Skinny Dipping
by Connie Brockway

素顔でいたいから

コニー・ブロックウェイ
数佐尚美［訳］

ライムブックス

SKINNY DIPPING
by Connie Brockway

This edition published by arrangement
with NAL Signet,
a member of Penguin Group (USA) Inc.
through Tuttle-Mori Agency, Inc., Tokyo

読者の皆さまへ

わたしは子どものころから、米ミネソタ州北部のリゾートやコテージなどで休みを過ごしてきました。岩だらけの土地に建てられた、網戸を張った小さなポーチつきの二間きりのコテージ。物干し用ロープには濡れたビーチタオルが干され、風に吹かれてペンダントのように揺れていました。

しかし今や、そんななじみの光景も見られなくなってきました。湖畔の小さなコテージは、建坪が四五〇平方メートル以上もある大きな家に取って代わられつつあります。美しい芝生を保つために散布される肥料は、以前は透明度の高かった湖に流れこんでいきます。オフロードカーやジェットスキー、ステレオスピーカーの絶え間ない騒音が、鳥のさえずりや、風や水が生む自然のかすかな調べをかき消しています。かつてどこまでも黒々と広がっていた夜空は庭園灯の光でよどんでいます。もはや見わたすかぎりの大自然は姿を消しました。人は都市郊外を脱出したのではなく、都市郊外の環境をそのまま別荘地に持ちこんだのです。そして不動産の売り出し価格は、ボートや家、芝生、おもちゃが買いたいという売り手の思惑のもとに設定されるようになりました。人は、自らが他者の生活に及ぼす影響について責任を負わなくてはなりません。人間の生活だけでなく、すべての生き物の生息環境についてです。

湖や森、静けさと暗闇がどんなものかを知っているわたしたちは、このうえなく恵まれています。この幸せを、子どもや孫の代の人たちにも味わってほしいと思います。読者の皆さまもきっとそう思われることでしょう。

わたしは結婚前、夏のある週末を、夫となる男性の一族、マッキンリー家の人々と一緒にある湖のほとりで過ごしました。そこが、本書に登場するシェ・ダッキーのモデルとなりました。マッキンリー一族は、カトリック的な「家族」の概念にもとづいて徐々に拡大し、湖畔の生活を支える精神はますます寛容になっていきました。その伝統がいつまでも続きますよう、心から願っています。

コニー・ブロックウェイ

素顔でいたいから

主要登場人物

ミニオネット（ミミ）・シャーボノー・オルソン……スピリチュアルカウンセラー
ジョー・ティアニー……ベンチャー企業の経営幹部
プレスコット・ティアニー……コンピュータの天才でＭＩＴの教授
ソランジェ・シャーボノー・オルソン・ワーナー……ミミの母親
メアリ・ワーナー……ミミの異父妹
サラ・ワーナー……ミミの異父妹
バージー・オルソン……ミミの大おば（父方の祖父の姉）
チャーリー・オルソン……ミミの大おじ（父方の祖父の兄）
ジョアンナ・オルソン……ミミの大おば（父方の祖父の兄の妻）
ナオミ・オルソン……ミミの義理の祖母（父方の祖父の後妻）
ビル・オルソン……ナオミの息子
デビー・オルソン……ビルの妻
ジェラルド・オルソン……ミミのいとこ
ヴィダ・オルソン……ジェラルドの妻
オズワルド（オズ）・オッテン……ミミの雇い主
オテル・ウェーバー……私立探偵

プロローグ

三月

「このはがきが先週届いたんです」

ミニオネット・シャーボノー・オルソン、通称ミミは、油じみがついてぼろぼろになった絵はがきをグレーのスチールデスクの上に置き、探偵のほうへ押しやった。

オテル・ウェーバーは私立探偵といった雰囲気ではなく、ミミの目には〈ネイト紳士服店〉を定年退職した販売員のように映った。少しばかり堅苦しく、少しばかりくたびれた、風采の上がらない男。だがミミが信頼を寄せる雇い主のオズが、ウェーバーなら仕事をまかせても大丈夫と請け合ってくれた。博識で顔の広いオズのことだから、ミネアポリスで一番料金が安いが腕の確かな私立探偵の知り合いぐらいいてもおかしくなかった。

ウェーバーは老眼鏡越しにのぞきこむようにはがきの文面を読んでいる。そこには走り書きでこうあった。

やあ、元気か。モンタナはすばらしいよ！　夏休みなんだから、学校のことなんか考えずに楽しく過ごしなさい。人生は短いんだからね！

愛をこめて、パパより

なつかしい手書きの文字を目にしても、ミミはもう肺の空気が吸い上げられるような息苦しさをおぼえずにいられた。父親が行方不明になって以来三〇年間、残された痕跡の数々に触れて、しだいに慣れてきたからだ。

「うちの親父もこんな考えの人だったらよかったのにな」ウェーバーはつぶやき、はがきを裏返して絵が描かれているほうを見た。角を生やした巨大なウサギ。遠景には青い山。絵の下に〝世にもまれな未確認生物、モンタナのツノウサギ《ジャッカロープ》〟という説明文があった。

「冗談がお好きなんですね、お父さんは」

「父は皮肉のつもりだったんですよ、きっと」ミミはそう言うと身を乗り出して絵はがきをもう一度ひっくり返し、切手の上に押された消印を指さした。「これ、見てください」

消印は一九七九年六月二二日になっていた。

これにはウェーバーも、ようやく関心を引かれたようだ。「なのに、先週届いたと？」

ミミはうなずいた。

「そういう話は聞いたことがあるな。家の改築時に壁の中から財布が出てきて、今はこの世にいない大工のものだとわかったとか、郵便局の仕分け箱のすきまにはさまったまま忘れられていた手紙が、投函されてから数十年経って配達されたとか」

「そうですね、このはがきは後者のケースです」

「ふむ。では、ご依頼の内容は？」

「父の身に何が起こったのかを、調べていただきたいんです」そう口に出して言っただけでミミは落ち着かない気分になった。父親はどこでどうしているのか——何年も答えが見つからないままの疑問。いつしか感じないふりをする癖がついていた。だが今もどこかで生きているかもしれない（でなければ、どこかに遺骨があるかもしれない）と思うと、予想もしなかった動揺をおぼえるのだった。

　はがきを受け取って以来ミミは、眠れない夜を過ごしていた。眠りを妨げられることほどいやなものはない。ずっと以前から、過去の反省や未来の予想を捨てて複雑さを排除し、穏やかに生きることを信条としてきた。しかしこのはがきによって心の平静をいたく乱された。そして不安に見舞われながらも、父親の件について何かしら行動を起こすしかない、という結論に達した。だからこそ今、こうして探偵事務所に来ているのだ。

「ははあ」ウェーバーはうんざりしたようにうなずいて言った。「お父さんは、あなたを置いて出ていったわけですね？」

「いいえ」ミミはむっとして答えた。「行方不明になったんです。三〇年前のことです。夏休みにわたしをミネソタ州北部の親戚の家へ連れていって預けたあと、旅に出ました。労働者の日《レイバー・デー》までには帰ってくると言って。でもそれきり、戻ってきませんでした」

「養育費の問題はありました？　裁判所の命令とか、訴訟など？　放浪癖があったとか？」

「いいえ」ミミは首を振った。「あのですね、ウェーバーさん。父には失踪したくなるような理由は何ひとつなかったんです。母は資産家の出身でしたし、父は離婚後扶養料も養育費も払っていませんでした。生きていくうえでの悩みなど、何ひとつなかったはずです」

「ミズ・オルソン」オテル・ウェーバーは机の向こうから身を乗り出してきた。「子どもが一人でもいれば、親としての悩みはあるものです。本当ですよ。わたしは五人の子持ちだが、人生、心配事の連続ですから」

「父をご存じだったら、そんなことおっしゃらないと思うわ」ミミは自信ありげに言った。

ウェーバーは信じられないといったようすでミミを凝視した。「ほう」

信じてくれようとくれまいと、ミミはかまわなかった。事実を述べていたからだ。父親のジョン・オルソンは、誰に対してもなんの借りも作らない人だった。波風を立てることもなく、他人に何をせよとか、どう生きろとか指図することもなかった。人に何かをしてもらおうという期待も持たず、物欲もなく、嫉妬深くもない。ミミの母親ソランジェは夫をかなり厳しい目で見ており、「こんな人」と言うより「こうでない人」と言うほうが早いと批判したが、本人はそのほうが都合がよかったらしい。ジョン・オルソンは、ミミがこれまで知った中で一番、人生に満足している人物だった。

ウェーバーはようやく黄色い法律用箋を机の上に取り出し、メモを取りはじめた。

「ほかにどなたかが、お父さんを捜そうという努力はされましたか？　失踪届は出ていますか？」

「どちらの質問も、答えはイエスです。祖父が人を雇って捜させていました。失踪届はノースダコタの州警察に出したそうです」ウェーバーがいぶかしげな顔をしたので、ミミは詳しく説明した。「父が最後に連絡してきたとき、ノースダコタにいたからです。公衆電話から家にかけてきました」

「電話があった日を憶えていますか？」

ミミは即座に答えた。「六月七日です」

「なるほど、具体的にわかっているんですね」ウェーバーは言い、椅子に体を持たせかけた。

「カナダや、メキシコへ出国した可能性は？　どなたか、確認されましたか？」

「したはずです。祖父は心当たりの知人全員に連絡をとっていましたし、やれることはしつくしたと思います。一九八六年になって裁判所に申立てを行ったときもなんの問題もなく法律上の死亡が認定されましたから」

「ふむ。だがあなたは、亡くなったとは思っておられないんですね」

「死亡が認定されたといっても、消息が途絶えていたからであって、遺体も発見されていないし、死んだという証拠はないわけですから。ひょっとするとロシアのイルクーツクかどこかの刑務所に入っていたかもしれませんものね。とにかく真相がわからないので、調査をお願いしたくて来たんです」

ウェーバーはペンの先端で法律用箋をとんとん叩いた。「ミズ・オルソン、まずわたしの考えを述べさせてください。おまかせいただくかどうかはそれで判断してもらえばいい。お引き受けすることになったら、調査の進め方と費用の目安をご説明します」

ウェーバーは椅子に体をもたせかけた。「三〇年も経っていますから、手がかりがつかめる見込みは薄いでしょう。たいていの人は、三〇年前、隣に住んでいたのがどんな人だったかも思い出せないものだし、ましてやガソリンスタンドですれ違っただけの人となると、なおさらです。とはいえ、このはがきからお父さんがモンタナにいたという事実がわかりました。当時、警察がつかんでいなかった情報と思われます。最初に申し上げておきますが、これから調査にかかったとしても、料金に見合った収穫が得られない可能性もありますよ」

ミミはうなずいた。「あまり高いと、お支払いが難しいかもしれません」

ウェーバーは失望のため息をもらした。「まあ、幸いなことに今では、インターネットでかなりの情報を集められますから、その分、調査費用を抑えられます。ただし、それ以外の情報は何カ月もかけて少しずつ、細切れにしか入手できないでしょう。お急ぎですか？」

「三〇年も経つんですよ。今さら、急ぐ理由がないでしょう」

「わかりました。それではこういう進め方でいかがでしょう。当面はわたしがほかの仕事のあいまに調べられることを調べておく。ネット検索のほかに、古きよきアメリカの郵便制度を使ってね。その方法なら低料金でお引き受けできます。そうして調べた結果、興味深い情報が見つかったら、手がかりとして追ってみる価値があるかどうかを判断する。かなり長丁場になるかもしれませんが。いや、たぶんなるでしょう」

「わかりました」それで問題なかった。ミミはただ、ぐっすり眠りたいだけなのだ。少しぐらい費用がかかってもかまわない。どうせ自分のためにも、人のためにも、使うあてがないお金なのだから。

ミミはその点でも、いかにもジョン・オルソンの娘らしかった。

家に戻ったミミは、もうひとつ用事があったのを思い出し、かかりつけ医の診療所に電話を入れた。手違いで送られてきたと思われる検診結果報告書について問い合わせるためだ。医療事務員に言われて二、三分待ったあと、電話に出てきたのが医師本人だったのには驚いた。

「申し訳ありませんでしたね、オルソンさん。いつもなら陽性の結果の場合は、報告書を郵送する前にまず患者さんご本人に直接お伝えするんですが」

「かまいません。とにかく、今そちらで検診結果をごらんになれますよね？」

「ええ、もちろん」

「特に何か、ありました？　わたしが知っておいたほうがいいことは？」

やや長い沈黙があった。

「先生？」

「つまり、妊娠のこと以外に、ですか？」

次に長く黙りこんだのはミミのほうだった。「妊娠してるんですか？　わたし」

「ええ、そうですが」医師は明らかに混乱していた。「あ、ああ。これは失礼しました。ご存じかと思ったもので。報告書を見れば一目瞭然だと――」

それからのことは、はっきり憶えていない。しばらく当たりさわりのない言葉をもごもごとつぶやいたあと、受付係に代わってもらったか何かしたかもしれない。その程度のあやふやな記憶だった。

少なくとも、「まさか、妊娠しているわけないのに！」などと叫んでしまうような恥ずべき反応はしないですんだ。実のところ、可能性はあった。おなかの子の父親とおぼしき人物はたった一人、熱気球に乗るバルーニストで、受胎したと思われる時間まで特定できた。アリゾナへ引っ越すからついてきてくれないか、と彼に訊かれ、アリゾナへなんか行くわけないでしょ、と笑いとばしたあとの三時間だ。

彼の気持ちを傷つけるつもりはなかった。予想もしなかった誘いに驚いたのだ。正直なところ、冗談にちがいないと思った。二人はそこまでの仲ではなかったし、ミミは男性との関係に深入りしない主義だった。面白がって笑ったことが彼を傷つけたとわかったとき、その失言を埋め合わせるためにミミは、セックスのときはかならず避妊するという昔からのルールを破ってしまった。気まずくなってせっかくの楽しい思い出を台無しにするのがいやだったのだ。そんなわけでミミは妊娠した。四一歳で。

自分がよい母親になれるだろうかなどと、考えたことがなかった。それは今も同じだ。物事についてあれこれ思いをめぐらせたり、これからのことを予想したりするのは、ミミの得意とするところではなかった。人生で本当の満足をおぼえるには、小細工をせず、なすがままにまかせなくてはならない――父親に教わった人生訓だった。「成り行きにまかせるんだよ、ミミ。そうすればうまくいく」

その日の午後、自分のアパートに戻ってからは外に出ず、ミミはタイ料理店にパッタイの宅配を頼んだ。妊娠という現実にはとりあえず対処しないでおいた。次の日も、翌週も、そしてその次の週も同じようにして過ごした。

何も手を打たず、成り行きを見守ろうと心に決めていた。ただ……赤ん坊が誰に似るだろう、どんな遺伝子を色濃く受けついで生まれてくるだろう、と想像することはあった。オルソン家の、母方のシャーボノー家の、それともバルーニストの遺伝子か。頭の中では、赤ん坊を抱いている自分、顔のない若い女性に赤ん坊を渡している自分、分娩台にあお向けに寝て足を広げている自分――いくつものイメージがあふれ、シャンパンの泡のようにきらめいては次々とはかなく消えた。

六週間が過ぎた。落ち着かない気持ちはしだいにつのっていく。あるとき突然、今回ばかりはただ様子見をしているだけではいけないと気づき、産科医の診療予約をとった。

診療日の前の晩、ミミは流産した。あっけないほどだった。あの検診で妊娠が判明していなければ、同世代の女性によくあるように生理が遅れてやってきたのだと思いこみ、自分が妊娠していたことも知らないままだっただろう。

だが実際には、知ってしまった。

それは変化のきっかけだった。ミミの中で根本的に何かが変わった。流産したあと、元の気楽な生活に戻るのだろうと思っていたが、そうはならなかった。胸騒ぎはいまだ消えず、自分の体内から発せられる「何かをしろ」という声にせっつかれているかのようだった。

確かに「どうしよう、母親にならなくちゃ！」と叫んで目がさめたりはしなかった。別に母親にならなくてもいいということぐらいわかっている。だが、その「可能性」をめぐる考えが、得体の知れない曖昧な形でその醜い頭をもたげていた。

夏

1

九月初旬

バシャン！

「ちょっと、何するの！」八二歳のバージー・オルソンがふらつきながら立ち上がると、古びた浮き桟橋がぐらぐら揺れた。

バージーはあたりを見まわした。足元には破れた青い風船が落ちており、そのまわりに明るいオレンジ色の絵の具が飛び散っている。

「なんなの、それ？」甥の娘ミミの声が浮き桟橋の横のほうから聞こえた。

「どこかのやんちゃ坊主が、オレンジ色の絵の具を仕込んだ水風船を投げつけてきたのよ」

「汚れつけちゃうボール《スプロッチボール》ね」ミミが言った。

「なんですって？」バージーは寝転がってうつ伏せになった。ファウル湖の水面に浮かぶこの浮き桟橋は、大柄な老女の体の重みで一方の側がもう片方より十数センチ深く沈んだ。

ミミはすぐ近くで、トラクター用の古タイヤを再利用した浮き輪に乗って、目を閉じたまま大の字になっていた。左右ふたつに結んだ黒髪が水につかり、ウキクサのあいだに漂っている。色あせて型崩れしたスピード製の水着は、一六歳のころに着ていたのと同じようなスタイルだ。

「スプロッチボールよ」ミミは静かにくり返した。「ここの子どもたちが発明したの。ペイント弾みたいなものだけど、塗料入り弾丸も専用の銃も高くて買えないから、ぱちんこと水風船を組み合わせて改良したみたい。正直言って、大したものだと思うわ」

しきりに感心するミミをバージーは無視した。「あそこにいた!」怪しい人影を見つけて叫ぶ。その人物は、オルソン家に代々伝わる別荘シェ・ダッキーの、六軒あるうちの一軒のコテージわきで、側壁にぴたりと身を寄せていた。きらきら輝く亜麻色の髪をしたその少年は手足がひょろ長く、白いクモザルを思わせた。「あれ、誰? ほら、六番コテージのそばにいる子!」

ミミは首を伸ばしてそちらを見ていたが、少しして「カール・ジュニアだと思うけど」と言った。「いえ、エミットか、ハルかもしれない。北欧系の男の子って、みんな同じように見えるから」

バージーは腕を伸ばし、少年に指を突きつけて怒鳴った。「またぶつけてくれたわね! 絶対つかまえて、生皮を剝いでやる!」

少年は嬉しそうな叫び声をあげて林の中に駆けこんでいった。まだら模様の小型犬がすばやくあとを追う。小さな侵入者に文句を言って気がすんだバージーは、元のようにゆったりとした姿勢で横たわり、ランズエンド製〝ダブルワイド〟水着の青いハイビスカスがプリントされた部分に組んだ手をのせて、ビーチのほうを見つめた。

「あの人たち、いったい何者なの？」うなるように言う。

「どの人たちのこと？」

「あの子どもたちよ。エミットだか、カールだか、ハルだかなんだか知らないけど」

「シェ・ダッキーに滞在しているの」そう答えるミミの声には笑いが交じっていた。

「おかしくなんかないでしょ」

「ううん、ある意味、おかしいわ。アーディスおばさんが亡くなった今は、バージーおばさん、あなたがこのシェ・ダッキー王国を管理することになるわけでしょ。〝忠臣〟の名前ぐらい、知っておくべきよ」

　バージーは、オルソン家の伝統によって自分に押しつけられようとしている責任を思い、苦々しい表情で敷地を見わたした。シロマツ林の端には老朽化した小屋が等間隔に並び、その向こうに白い二階建ての本館ビッグ・ハウスがある。下見板張りの建物で、基礎に使われた自然石には苔がびっしりと生え、何度も修繕された屋根は、色とりどりのアスファルトをまとっている。ひさしの上部に建設当時のけばけばしい装飾の痕跡がまだわずかに残っているものの、当初の高級化への挑戦以来、外観を飾り立てる工夫はなされていない。気のきいたしゃれのつもりか、すてきな家《シェ・ダッキー》と名づけられたこの敷地にある建物は築一〇〇年以上。ミネソタ州ツインシティーズ（ミネアポリスとセントポール）から車で北へ五時間、最寄りの町フォーン・クリークから西へ三〇分ほどの距離にある三流の湖に隣接する八〇エーカーの敷地に建てられている。

「大した王国もあったものね」バージーはつぶやいたが、実のところシェ・ダッキーが気に入っていた。それに夏には、自宅を構えるフロリダの暑さを逃れて、ここを無料の避暑地として使えるという魅力も捨てがたい。「指名されても、選ばれても、管理者の役割はごめんだわ」

「誰も、おばさん本人の承諾は求めてないわよ。一族の中で代々受けつがれていく地位なんだから」とミミ。「シェ・ダッキーはオルソン家の最年長の女性が管理するしきたりになっているでしょ」

ミミったら、言うだけなら簡単でしょうが、とバージーは不服げにひとりごちた。お下げにした黒髪に白いものがわずかに交じりはじめたミミの皮がむけた鼻先は上を向いていて、そばかすが浮いている。口元の笑いじわはかすかな線となって定着しつつある。そんなミミの姿は時代遅れの『長くつ下のピッピ』の主人公ピッピを思わせる。四一歳になった今も、ミミは左右ふぞろいな靴下をはいたり、だぶだぶのトレーナーを裏返しに着たりして人前に出ることがたまにあった。

ミミは間違いなく気楽な境遇にあった。なんの責任も義務も負わず、誰の面倒もみなくていい人生。バージーもまた、気楽な人生をおくっていた――少なくとも姉のアーディスが逝くまでは。

「ミミ」バージーは言った。「わたしは八二歳よ。今までの人生で、新しい名前ならいやというほど憶えてきたから、もういいわ。それに、ここに滞在している人たちのほとんどは、親戚でもなんでもないじゃないの」

　バージーはビーチのほうにあごをしゃくってみせた。何人もの小さな人影があわただしく岸辺を行ったり来たりしている。午後遅く始まるビーチパーティの準備に、古びた折りたたみ椅子やテーブル、毛布、ウェーバー社製の携帯式バーベキューグリル、袋入りの木炭、液体燃料の缶を運んでいるのだ。その三分の二はバージーの知らない人たちだった。

　シェ・ダッキーは、手に負えなくなった培養実験のような状態だった。

　一〇〇年以上前、広い心を持ち、人を選ばず親しくなるオルソン家の遺伝子を持つわずかな人々に端を発して、シェ・ダッキーは一族に少しでもゆかりのある人々を次々と受け入れ、数十年のあいだに夏の滞在客が爆発的に増えた。家族の元妻、元夫、元夫が新しく迎えた妻、新しく夫となった人の連れ子、腹違いの兄弟、姉妹、その友だち、そして……ああもう、きりがない！　バージーは考えただけで頭が痛くなった。それがかならずしも悪いことでないとわかってはいるが、自分が子どものころに知っていたシェ・ダッキーとは違う。その変化について不満をもらしているのはバージーだけではなかった。

「あら、その白髪頭にも、まだあと数人分の名前を入れる余裕ぐらいあるはずよ」ミミが言った。

　シェ・ダッキーに関して、オルソン家の一部の人々（この地所の法定相続人もいる）が売却の相談をしている事実を知ったら、ミミだってそんなに冷静でいられないだろう、とバージーは思う。

売却されるのであれば、それはそれでかまわない。バージーにとって地所の管理をまかされずにすむのはありがたいが、困るのは、一年じゅうフロリダのエバーグレーズに住まなくてはならないことだ。このあたりに別荘を借りるだけのお金はないし、ミネソタに住む親戚の家に滞在するとしたら、一軒につき数日ずつしか泊まれない。

そしてミミは？　シェ・ダッキーが人手に渡ったら、夏のあいだ、どこへ行くのだろう？バージーの知るかぎり、この家はミミの生活の中で唯一、不変のものだ。間違いなくややこしいことになる。だがバージーもミミも、この事態について何ができるというのか？　とはいえミミには、売却の話が持ち上がっていると教えてやるべきなのかもしれない。でも……。

うわべは率直で気の強い性格に見えるバージーだが、その実、臆病なのは自分でわかっていた。臆病すぎて結婚もできず、子どもも持てず、四〇年間勤めた病院で看護師長の地位にもつけなかった。臆病だから、人に悪い知らせを告げることができない。この短所についてはずいぶん昔に、性格だからしかたないと受け入れることにした。もっと悪い短所があるよりはましかもしれない、と自分を納得させたのだ。

シェ・ダッキーの行く末がどうなるかを知らされたからといって、ミミが取り乱して泣き叫ぶとは思えない。一八歳のころ、裁判所が父親の法律上の死亡を認定したときも、ミミは泣きわめいたりしなかった。それでもバージーは、ミミの悲しみに打ちひしがれた顔をまた見たくなかった。

「あなた、もしこの別荘がないとしたら、夏はどこでどう過ごすの？」バージーはできるだけさりげなく訊いた。

ミミは鋭い黒い目を片方だけ開けた。「でも、実際にここで過ごしているでしょ。これからも夏は滞在するつもりよ。死んで冷たくなったわたしの手から六番コテージの鍵がもぎ取られるまで、ずっと。でも、その先何が起こるかわからないわよ」ミミは考えこむように言い、ふたたび目を閉じてにっこり笑った。「死んでもまだここにいるかもしれないし」

「なんですって？　幽霊になって出る気なの？」

「もしかしたらね」

バージーは鼻先で笑った。ミミは電話相談スピリチュアリストだった。いや、それとも電話相談霊能者だったかしら？　ミミがカウンセラーをつとめるミネソタ州の北欧系住民向けスピリチュアル・ホットラインの名称は〈ストレート・トーク・フロム・ビヨンド〉というのだが、バージーはどうしても憶えられず、勝手に〝ウフ・デッド〟という北欧風のあだ名をつけて呼んでいた。

ミミのキャリアについて心配すべきか、なだめるべきか、それとも面白がるべきか判断がつかないために北欧の伝統にならって無視しているオルソン一族のほかの者とは違い、バージーはあからさまに小ばかにした態度をとらずにはいられなかった。かといって、そのチャンスがしょっちゅう訪れるわけではなかったが。

ミミが自分の仕事を引き合いに出すのは、彼女が一一歳のころ行方不明になった父親のジョン・オルソンについて人に指摘されたときだけだった。お父さんはすでに亡くなっているのでは、とほのめかした人の目をまっすぐに見つめて、ミミはこう答えた。「もうこの世の人でないとしたら、わたし、父の霊と交信できるはずじゃありませんか。でもそれができないのだから、まだ生きていると思います」この言葉で、たいていの相手はそれ以上何も言えなくなった。

では、ミミの母親ソランジェはどうか。元夫の死亡の可能性を娘が否定していることを軽視しないだろう、とバージーは想像していた。ソランジェは別に悪い人ではないが、反オルソン的で、物事に集中するタイプで、執拗で、容赦ない性格だった。離婚したあとも毎夏、怠惰な元姻戚ばかりが集まるシェ・ダッキーにミミを行かせるのはきっとつらかったにちがいない。だがソランジェはその習慣を続け、ジョンが行方不明になったあともやめさせなかった。

ソランジェとジョンは学生時代、ミネソタ大学の就職説明会で出会った。ソランジェは職を求めて、ジョンは無料のホットドッグを求めて参加した。ソランジェは、旅行熱にとりつかれた能天気な青年を自分と正反対の性格とはとらえず、すてきな難物だと感じ、その謎を解き明かしたくてたまらなくなった。ジョンは、自分の発するひと言ひと言に一心に耳を傾ける（それまでは誰も耳を傾けてくれなかった）、夢見がちでセックスを楽しむきれいな娘に惹かれた。そして二人は結婚した。

ソランジェは、あきれるほど短いあいだにジョンという人間の本質を見抜き、この夫が何者にもならない(まさにそれこそ彼の望みだった)と判断した。みじめになりながらも賢くなったソランジェは離婚し、二人のあいだに生まれた黒髪の女の子を、自分の両親の豪華な邸宅(ソランジェの曾祖父、ジャック・シャーボノーは脱毛サロン業界最大手の〈ヘア・トゥデイ・ゴーン・トゥモロウ〉の創設者だった)に引き取った。そして実家に落ち着くやいなや、ミミが父親から受けついだとおぼしき怠惰さの片鱗をすべて根絶やしにする努力を始めた。バージーも認めるところだが、母親の心配には根拠があった。ミミは第一級の怠け者である一方で、不運にも並外れて高い知能指数の持ち主だったのだ。

せっかくの資質を無駄にすまいと、ソランジェはミミに課外活動をすすめ、遊び仲間を厳選してやり、成長をうながすべくいろいろな形で〝奨励〟した——少なくとも父親のジョンはそう言っていた。この取り組みはまずまずの成功をおさめたが、ソランジェが一〇年後に再婚してすぐに二人の利発な女の子を産まなければもっと強化されていただろう。二人の娘は異父姉とは違って母親の奨励を必要とし、それにより十分な恩恵を得たようだ。そう、メアリとサラという名前だった、とバージーは思い出した。

二人の異父妹についてミミは多くを語らなかった。シャーボノー家の親戚との関係と、オルソン家(具体的にはシェ・ダッキー)との関係を明確に切り離していたからだ。父親が行方不明になって以来、ミミはある意味、終末期の患者のような生活をおくっていた。自分以外の誰に対しても責任を負わず、誰に対しても借りをつくらない。価値あるものや、守るべきものを何も持たなかった。

ただし、シェ・ダッキーをのぞいて。

そこが困ったところなのだ、とバージーは悲しく思った。人は生きていくうえでかならず、心に引っかかる「こだわり」をいくつか持たずにはいられないものだ。こだわりの数が少なければ少ないほど、関わり方は深くなる。ミミのこだわりはシェ・ダッキーだったが、いまいましいことにそれはバージーも同じだった。

バージーは咳払いをした。「ミミ、あなた……最近はどうなの、何かあった？」

「別に、何も。鳥みたいに自由気ままな生活よ。何がしたいの？　いつ？」

「そういう意味じゃなくて、つきあっている人のことよ。ボーイフレンドはいるの？　でなければガールフレンドは？」

「おばさん、今日はなんか変よ」ミミはそう言うと体をくねらせて古タイヤの上にずり上がり、ひじで上半身を支え、バージーに目を向けた。「気分でも悪いの？　大丈夫？」

「いいえ、ただ……あなたが幸せだったら、それでいいのよ」バージーは居心地悪そうに口ごもった。ミミが凝視している。当然だ。本人だって、まさか自分の口からそんな感傷的なせりふが飛び出すとは思いもよらなかったのだから。

「つまりね、まわりの状況が変わりつつあるでしょ」言葉を慎重に選びながらバージーは続けた。「これからも、どんどん変わっていくかもしれないものね」

「おばさんが負担に感じるのはわかるわ」見ているほうが気分が悪くなるほど深い同情心を

示してミミは言った。「でも、アーディスおばさんのあとを継いで同じようにやってほしいなんて、誰も思ってないのよ」

「よかったわ。わたしだって、そうするつもりはなかったもの」

「みんなもそんな期待は抱いてないわ。わかってるでしょ？」

「ええ」バージーは深呼吸した。「ねえ、ミミ。あなたに知らせておいたほうがいいことがあって――」

「そんなの、ないわ」ミミは即座に言った。不愉快な話題となると第六感が働くらしく、いつも実にうまく対処する。ただ言下にはねつけるのだ。

「そうかしら。でも――」

「ねえおばさん、裸で泳ぎましょうよ！」

「もう。やめてちょうだい、ミミ」バージーは強く反対しながらも内心、ほっとしていた。自分はミミに、先行きについて少なくとも警告しようと試みたのだから。「ヌーディスト気取りなんだろうけど、空をごらんなさい。真っ昼間じゃないの」

「だからどうだっていうの？」ミミはそう言うと、浮き輪から降りて水に入った。「裸で泳ぐのは裸で日光浴をするのとは違うわ。岸から一〇〇メートル近く離れているし、女性の大切な部分は水で隠れて見えないもの。ほら、泳ぎましょうよ。中に入ってから裸になればいいじゃない」

その言葉どおり、ミミはいきなりもぐった。湖面に泡が渦を巻いている。一分後、水の上に突き出された手にはブルーの水着が握られていた。次に頭が出てきた。顔から水滴がしたたり落ちる。

ミミはびしょぬれの水着を浮き桟橋に向かって放り投げた。水着はびしゃりと音を立てて浮き桟橋の角に引っかかった。「ほらね。簡単でしょ」

「あなたには簡単だろうけど。この水着、濡れたら最後、バールでも使わなきゃ脱げないんだから」バージーは水面を見下ろした。残念だわ。わたしだって裸で泳ぐのは好きなのに。シェ・ダッキーでは裸で泳ぐ習慣があった。通常は日が落ちて暗くなったあと、それなりの理由で。

「なあんだ、がっかり」ミミが言った。

「ほんと。でも――」

そのとき、ミサイル弾のようなものが飛んでくるのが見えた。弾は浮き桟橋の側面に当たって破裂し、緑の絵の具がバージーの体じゅうに飛び散った。「もう、いいかげんにしてよ！」

バージーがうんうん言いながら膝をついて立ち上がると、浮き桟橋が大揺れに揺れた。

「どうするつもり？」ミミが訊いた。

「あの悪ガキたち、つかまえてやる」バージーはすごんだ。

「わたしも行く」とミミ。「すぐ水着を着るから、待って」

「いいわ、あなたはここにいなさい。わたしがあの子たちを始末する邪魔をされちゃたまらないもの。といっても、シェ・ダッキーにいる一〇代の男の子には死刑の執行猶予をつけてやるつもりよ。このいまいましい地所のお守り役をまかされるなら、少しぐらいお楽しみがなくちゃね。あなたが管理を引き受けてくれるなら話は別だけど?」

「あははは。遠慮しとくわ」

いや、遠慮してほしくない。バージーはがっかりした。

「その浮き輪、借りてもいいかしら? 昔みたいに速く泳げないから」

「もちろん、どうぞ。でもわたし、本当について行かなくていい?」

「大丈夫よ」バージーはうわのそらで答えた。自分の代わりにシェ・ダッキーの管理をまかせられる人を探さなくてはならない。でも、誰に頼む? ここに住むオルソン一族の長は女性と決まっていた。ほかの年長者といえば、バージーの弟たちの未亡人であるナオミとジョアンナしかいないが、どちらも適任とは言えない。ナオミは以前からもうろくしかけているし、ジョアンナはずいぶん前に亡くなった夫の双子の弟、チャーリーと最近同棲しはじめて、神経がまいっているのをやっきになって隠そうとしている。だが、ミミが一族の長になれない理由はない、とバージーは思う。

確かに気質という点では、ミミほど地所管理に向かない人間もいないだろう。だがその一方で、ミミ以上にしかるべき能力をそなえた人間も考えつかない。本人は息を引き取る間際にも否定するかもしれないが、アーディスが死ぬまでの数年間、ミミは一族の中心となってシェ・ダッキーをまとめてきた。税金申告や、浄化槽汲み取りの手配、記録の管理などをやってきたことは皆が知っている。

ミミにしてみれば嫌いな仕事だろうが、やろうと思えばできるはずだ。もしかしたらシェ・ダッキーの売却を食い止められるかもしれない。ミミにとっても、皆にとっても、いい結果を期待できる。そうよ、まさに一石二鳥だわ。

とはいえ、ミミに頼んでも簡単に承知してはくれないだろうし、押しつけても無駄にきまっている。なにしろ三〇年にわたって、なんでもいいから一所懸命やりなさいという母親の命令に屈することなく生きつづけてきたのだから。

でも、そんなミミだって、わたしが本気で注意深く画策してうまく立ち回れば、もしかしたら案外すんなりと、おさまるべきところにおさまるかもしれない。まるで、するりと喉を通っていくカキのように。

よし、やってみる価値はありそうだ。バージーは浮き桟橋の角の部分に移動しながら心を決め、浮き桟橋を激しく揺らして湖に飛びこんだ。湖面にはほとんどさざ波も立たなかった。

2

バージーはあんなふうに言ったけど、そんなことはない、ここは少しも変わっていないじゃない、とシェ・ダッキーの敷地を眺めながらミミは思う。オルソン家の人々が六代にわたってその上で肌を焼いてきた、切り立った巨岩は今も変わらずガマの生い茂る水に浸っている。水中には代々続くヒルの一族が、オルソン家の子どもたちのお尻に吸いついてやろうと待ちかまえているにちがいない。

確かにコテージは灰色っぽく色あせて、雨樋《あまどい》には植物が根づいて芽を出している。ずっと昔に廃校になった小学校からオルソン家の誰かが拝借してきて水辺に置いた滑り台は錆びつき、斜めに傾いたその姿は、まるでもとの校庭に戻りたくて岸にはい上がろうとしているかに見える。時の流れを感じさせるそんな小さな変化をのぞけば、ミミが生まれてこのかた(いや、ミミの父親や祖父の時代以来)、シェ・ダッキーは変わっていないと言えるだろう。

住人と外界をつないでいるのは一本の電線だけ。電話もガスも下水道もない。ここでは過去と現在が共存するというより、並行して存在している。

シェ・ダッキーが今シーズンあと二、三日で休業に入るというのに、バージーが楽しい気分でなくなっているのは気の毒だった。だが今回のように親戚じゅうの期待がかかっていれば、誰だって同様に平静ではいられないはずだ。幸いミミはそういう立場にないし、そんな状況には陥らないだろう。もしバージーがこの役目をうまく逃れられれば（その可能性はある）、義理の妹でミミの大おばであるジョアンナが確実に跡を継ぐことになる。その次の候補はナオミ。ミミの祖父の二番目の妻（つまりミミの義理の祖母）ですでに未亡人だが、ナオミの場合は代わりに実務を行う人間が必要だろう。次の候補としてはナオミの息子（ミミにとっては半分だけ血のつながったおじにあたる）ビルと結婚したデビーがいる。

デビーはいつも何かにつけしゃしゃり出てきて、物事を正したり、仕切ったりしたがる。デビー一人に管理をまかせたためにシェ・ダッキーがおかしくなるようなことはないだろうが、彼女が采配をふるうのは自分があの世に行ってからにしてほしいとミミは思う。だが一〇歳は年上なのだから、それは望めそうにない。でももしかしたらそのころにはわたし、ぼけが始まってるかもしれないわね。そう考えると元気が出てくるのだった。

あお向けになって湖に浮かぶと、ミミは青い世界に包まれた。湖水はヒスイ色の混じったインディゴブルー、見上げれば紺碧の空。岸辺に並ぶ青々としたマツがゆっくり流れるように視界を通りすぎる。ミミは目を閉じ、さわやかな空気を味わった。季節の変わり目を感じさせるひんやりした風に鳥肌が立つ。

もう夏も終わりに近づいた。秋はすぐそこだ。

あなたもまさにそういう状態ね。

ミミは体をふたつに折り曲げてもぐった。浮かび上がって水面《みなも》に顔を出し、口から水を吐き出す。**何？　今の、どこから聞こえてきたの？**

ミミはまだ四一歳。夏の終わりといっても、初夏との違いはせいぜい日が多少短くなることぐらいだろう。だがそれは、物事をやりとげるための時間があまり残っていないという意味だ――だから、行動を起こすなら今しかない。

ああ、いやだ！　わたしったら最近、どうしちゃったのかしら。

最近？　いえ、日時まではっきり憶えている。心境の変化が訪れたのは三月一四日、午後四時ごろ。検診結果報告書が郵便で届いて、受けたおぼえのない妊娠検査で陽性であると知った瞬間だ。

今年の夏、借りた車に荷物を積みこんでシェ・ダッキーへ向かったとき、ミミには明確な意図があった。ここへ来て、眠気をもよおすほどの幸福感を取り戻すつもりだったのだ。その試みはいちおううまくいった。それでもときどき落ち着かなくなることがある。ふと気づくと、心は父親から届いたはがきと、コンピュータで作成された検診結果報告書のあいだを行き来しているのだ。頭の中ではフランク・シナトラの甘い歌声が流れている。過ぎ去った昔をなつかしむ〝楽しかったあの頃〟だ。ミミが自分の人生を振り返ってグリーティングカード調にまとめれば、こんなふうになるかもしれない。「もう夏も終わりに近づいていました。秋はすぐそこで、彼女もまさにそういう状態でした」

「ミミ！」

ミミはほっとして、浮き桟橋の周囲を泳ぎながら叫び声の主を探した。ビーチにはパーティに参加する人々が集まってきている。バージーの姿はなかったが、ビーチの真ん中に据えつけられた炉の近くにデビーがいた。人に囲まれてちやほやされているらしい。一方ナオミは、シェ・ダッキーにあるもうひとつの浮き桟橋の上にちょこんと座っていた。三年前、もう使えないという理由でビーチに引き上げられたものだ。

「ミミ！」ナオミがふたたび叫んだ。体に巻きつけた白いシーツをウエストのあたりまでたくし上げ、その下に派手なピンクの水玉模様のスラックスをはいている。頭の上で振っているのは、この二日間、浮き桟橋の上に足場を作ろうとガンガン叩くのに使っていた金づちだ。

ミミの知るかぎり、ナオミが何をしているのか誰も尋ねなかった。尋ねたが最後、ナオミの困った精神状態について決定的な答えが返ってくるにちがいないとおそれているのだろう。だが、身の回りのことができないとか、状況や人を認識できなくなっているというのではない。ぼけているわけではけっしてなく、風変わりな行動を楽しんでいるだけなのだ。

「なあに？」ミミは訊き返した。

「そんなところにいて、しわだらけになっても知らないわよ！」と怒鳴るナオミ。「いつまでそこにいるつもりなの？　みんな、集まりはじめてるっていうのに」

ナオミは昔からこうだ。義理の祖母としての務めを果たさなくては、とまじめに考えているらしい。

「今、行こうとしてたところ！」ミミは大声で言い返した。

「だったらいいけど」そう言うとナオミはかがみこみ、ふたたび金づちで板を打ちつけはじめた。

ミミは水着を取ってこようと、浮き桟橋へ泳ぎついた。だが見つからない。眉をひそめ、端に手をついて伸び上がり、向こう側をのぞきかけたが、はっと気づいた。ここで上半身を水から出したら、ビーチにいる人々に裸の姿が丸見えになってしまう。しかたなく反対側へ泳いでいき、目を走らせた。水着は影も形もない。

何が起きたのか一瞬でわかった。バージーが飛びこむ前に体を大きく上下させているあいだに、隅に引っかけておいた水着が水中に落ちてしまったのだ。ミミは浮き桟橋の下にもぐり、ゆらゆら揺れる緑の藻のすきまから向こうを見ようと目を細めた。だめだ。何も見えない。水深は六メートルほど。水着が沈む途中で藻にからまっていますようにと願いながら、腕で水をかきわける。一分ほどしてミミは水面に浮上した——水着なしで。

なんてことと。ミミはビーチを見わたし、泳ぎついたあとすぐに身を隠せる茂みがないか探した。どこにもない。一〇〇年ものあいだ、低木という低木を引き抜いて整備してきたシエ・ダッキーのビーチは、米国一きれいとは言えないまでも、広々と開けた砂浜になっていた。

岸に一番近いのはビッグ・ハウスを一五メートルほど過ぎたところの湿地に生えたニワトコの茂みで、これがオルソン家と隣の所有地の間の境界になっていた。さらにありがたいことに、境界線付近の水面はスイレンの葉におおわれている。岸までそろそろと泳いでいって茂みに駆けこめば、誰にも見られずに林を通って敷地の反対側、ピクニックの客たちが車を停める場所に出られる。きっと誰かが、車のドアを開けたままにしているにちがいない。それにミネソタ州民なら、夏でもかならずトランクの中に毛布を入れてあるはずだ。

そもそも、ミミにはほとんど選択肢がない。全裸で湖から上がり、一〇〇人はいると思われる人々の前を歩いて通るというのは、いくらなんでもいただけない。ナオミなら、ミミもついに光明を見出し、僧侶にでもなったかと思う程度ですむかもしれないが、ほかの人たちにそんな姿を……いや、彼らに面白がられたってかまわない。それよりデビーに裸を品定めされるのがいやだった。脂肪吸引をし、ジムで鍛えてほっそりした体に、タンニングスプレーで日焼けを演出したデビーに、哀れみの一瞥《いちべつ》を投げかけられるのはたまらない。

ミミはビーチの人々が忙しそうにしだすのを待ち、平然とした態度で岸へ向かって平泳ぎで泳ぎ出した。ビーチが近づくと体を沈め、穏やかな水面から目と鼻だけを出した状態で進んだ。ナイルワニが獲物の群れに近づいていくようなものね、とミミは思った。水中からいきなり浮かび上がってデビーの体をつかみ、湖の中に引きずりこんでいる自分の姿を想像して、岸が近くなるにつれ、にんまりとした笑みを浮かべる。この話をいとこのジェラルドの妻であるヴィダにしてやろう、と心にとめておいた。ヴィダはデビーについてミミと同意見なのだ。

ミミは深く息を吸いこみ、すうっと水中に沈んだ。ドルフィンキックで思いきり蹴り、ぐんぐん前に進んでいく。浅瀬になると水温が上がった。水草がわき腹や腹、太もも、胸をかすめる。まるで羽毛のように柔らかい肌触りだ。息苦しくなりはじめたとき、泥だらけの湖底に手が届いた。

膝立ちになり、そろそろと頭を上げる。大当たりだわ。そこはビーチと茂みからわずか数メートルの地点で、そこらじゅうスイレンの葉だらけだ。ミミは誰かに見つかったときの用心のため、スイレンの太い茎をひと握りつかんでぐいと引き抜き、体をおおった——この神々しい女性美を目撃したどこかの哀れな老人がぽっくり逝ってしまっては困るからだ。ミミは泥にひじをつき、お尻にひんやりした空気が当たるのを感じるまで、匍匐《ほふく》前進した。クラウチングスタートのような姿勢をとり、ビーチにいる人々にふたたび目をやったあと水中から飛び出し、藻と泥を振りまきながら大急ぎで茂みに駆けこむ。体を丸めてしゃがみこみ、耳をすました。何も聞こえない。

思わず笑みがこぼれる。ここから木の陰に隠れて進んでいって湖に通じる砂利道を渡り、林の中を通って駐車場へ向かえばいい。

「あ！」ミミの笑みがたちまち消えた。まわりに蚊が群がってブンブンいっている。蚊の神様がおいしそうな肉体をたっぷりつかわしてくださったよ、と仲間に知らせているにちがいない。長い道のりになりそうだった。

五〇メートルほど離れたビーチでは、体にまとったシーツを引っぱられて、釘を打つ手を止めたナオミが小さな男の子を見下ろしていた。

「なんなの、エミール?」

男の子の名前がエミールでないと知ったらナオミは驚いただろう。実のところこの子はオルソン家の一員でもなく、ジョージという名前だった。といってもたかだか三歳の子どもだから、どう呼ばれようと関係なかった。

「あの怪物、見た?」男の子は訊いた。

子ども好きのナオミは金づちを下ろし、エミール(ジョージ)の頭をなでた。「どの怪物?」

「湖から出てきた怪物」男の子はビーチのほうを指さした。

「どんな怪物だったの?」とナオミ。

「臭かった」

ナオミは楽しそうな目で男の子を見た。「それから?」

「汚かった」エミール(ジョージ)は首をたてに振って応えた。

「ああ」ナオミはわけ知り顔でうなずいた。「あれは怪物じゃないの。あなたのおばさんのミミよ」

これで納得したらしく、エミール(ジョージ)は「そう」とつぶやいて向こうへ行ってしまった。

ナオミはふたたび金づちでがんがんやり始めた。

3

ジョー・ティアニーはレンタカーの前輪のそばにしゃがみこみ、今さっき締めたばかりの耳つきナットを見つめていた。シャツの袖をまくり上げ、片腕を膝にのせ、手にスパナをぶら下げているが、五分前からずっとこの姿勢のままだ。ナットを見つめているのは自分の仕事に自信がないからではない（さほど複雑な作業ではなかった）。ここで立ち上がったら、プレスコットの新しい別荘までの旅を続けるしかなくなるからだ。

義務的な訪問だった。あちらも義務感から招いてくれたにすぎない。断ろうと思えばいくらでも言い訳はできたし、そのほとんどはもっともな理由になっただろう。だが辛抱強いのがとりえのジョーは、プレスコットとの関係をあきらめる気にはとうていなれなかった——相手の気持ちがその反対なのは明らかだったが。そもそも、挫折というものに慣れていないのだ。

豊富な資金力を誇るベンチャーキャピタルグループの現地最高責任者としてのジョー・ティアニーの職務は、新たに買収した企業に立ち入り調査をして査定し、今後の展開について提言をすることだ。そのため憎まれるのには慣れていて、自分個人に向けられた敵意とは思わないようにしていた。だが、プレスコットの反感はきわめて個人的な感情であり、ジョーとしてはどうしていいかわからず、手の打ちようがなかった。なぜ疎《うと》まれるのか、理由がわかればいいのだが、見当もつかない。洗練されていて落ち着きがあり、愛想がいいジョーはたいていの人に好かれる。ただ、神経質すぎるきらいがあるかもしれない。彼の潔癖さについて強迫神経症のようだと評する人もいるだろう。だが本人は、単にきちょうめんなだけだと思っていた。それに約束はかならず守る。だからこそ今、ミネソタ州北部までやってきて砂利道に車を乗り入れている。プレスコットとのつながりを保とうという覚悟を決めているからだ。

しかし覚悟が喜びを伴うとはかぎらない。初期のキリスト教徒たちがローマのコロッセオに送りこまれたとき、ライオンと闘わされるのを楽しみにしていたとは考えにくい。そういえば、飛行機から炎めがけて落下していく森林火災消防士の心境も似たようなものだろうな、とジョーは思った。それを頭の中の〝重い覚悟を決めた人たち〟のリストにつけ加えたとき、小枝がパキパキと折れる音が車の向こうから聞こえてきた。

ミネアポリスの北四〇〇キロ、カナダの国境にほど近い林の中を、いったいどんな野生動物がうろついているのだろう。熊か、ヘラジカか、オオカミか？　未確認動物はどうやら車の反対側にいるようだ。耳をすましていると、数秒後、動物が近づいてきているらしい音がした。ジョーは静かに上体を倒し、車の下をのぞいた。

向こう側に見えたのは、砂にまみれた、引っかき傷だらけの女性の足だった。女性だとわかったのは爪がどぎついネオンピンクに塗られていたからだ。足は少し引きずるような動きをしていた。次に、車のドアが開く音。相手の正体がわかって安心したジョーは（ネオンピンクのペディキュアをするような人物が危険であるはずはない――趣味がいいとは言えないが、それはともかくとして）、立ち上がった。「あの、失礼ですが」

泥やぬめぬめしたものをあちこちに垂らしながら、ジョーの車の前部座席に膝立ちになっていたのは全裸の女性だった。肩には水草がべったり張りつき、後ろで結んだ黒髪のカールからは小枝や木の葉が突き出ている。瞬間的に凍りついたその姿は、ひじから足首まで泥だらけだ。濡れてもつれた髪のあいだから、驚愕で大きく開かれた光る目が見上げている。

「なんだ、これは」ジョーはつぶやいた。「オオカミ少女じゃないか」

女性はテーザー銃の高圧電流に打たれたかのようにびくりとして跳び上がった。そのひょうしに車の天井に頭をぶつけ、てっぺんを押さえて叫ぶ。「ああ、もう！」

ジョーの視線がどこに向けられているかに気づいた彼女は、自分の体を見下ろした。

とたんに金切り声ときしり音の中間のような叫びをあげ、背を向けて駆け出すと、林の下生えに頭から突っこんだ。

ジョーは目をみはった。追いかけるべきか、警察に通報すべきか迷っていた。彼女が何かから逃げているのは確かだが、おびえているというよりはむしろ、あわてふためいているように見える。頭をぶつけてからはむかつき、ひどく困惑しているようすだ。

地元の狂信的な教団《カルト》か何かの敷地から迷い出てきたのかもしれない。裸と泥と……小枝を崇拝する新興宗教だろうか。

そんなばかな。

このあたりにカルトが拠点を構えているなら、プレスコットが関わっていませんようにと神に祈るところだが、祈ってもたぶん無駄だろう。プレスコットほどカルトのかっこうの標的はいない。裕福で、人づき合いが苦手で、自己弁護に走りやすく、痛ましいほど熱心に集団に属したがる。たとえ小枝を崇拝する集団でも、なんでもかまわないのだ。二人の関係を保つためになんでもする覚悟がジョーにはあったが、小枝の崇拝となると話は別で、とてもついていけそうにない。

これだけの考えがわずか数秒のあいだにジョーの頭を駆けめぐったが、突然、彼女の叫び声とともにやぶの中で何かがぶつかる音がし、思考が中断された。次の瞬間、よくよく聞いてみれば表現力豊かなののしりの言葉が聞こえてきた。けがをして助けが必要なのかもしれない。水中で呼吸ができないのと同様、困った人がいるとほうっておけないたちのジョーは、林の切れ目のところまで歩いていった。「大丈夫ですか?」

長い沈黙のあと、しぶしぶといった感じの答えが返ってきた。

「ものすごく大きなトゲが足に刺さっちゃったの」

ジョーは目の前に茂る低木の上のほうをそっとかき分けてみた。林の中へ三メートルほど入ったところに女性がしゃがんでいた。生い茂った雑草におおわれて下半身のほとんどは見えないが、両手で片足を押さえているのはわかった。

「見てあげましょうか？」ジョーは声をかけた。

「結構よ！」彼女はさらに体を丸めて雑草の茂みに身を隠そうとする。「おどかさないでほしいわ」非難がましい物言い。「車のまわりに誰かいるなんて思わなかった――ちょっと、見ないでよ！　わたし、裸なんだから！」

ジョーはくるりと背を向けた。そんなに裸を見られたくないのなら、なぜ服を脱いだりしたのか、と訊いてみようかとも思ったが、彼女の口調にはそれを許さないものがあった。

もしかしたらカルトの信者ではなくて、精神が不安定なだけかもしれない。しゃべり方からして頭がおかしい感じは特にしないが、正直なところジョーの限られた経験では判断がつかなかった。

「申し訳ない」万が一彼女の精神が病んでいる場合のことを考えて、ジョーは優しく言った。「タイヤを交換していたものですから」

「そうだったのね」

「何かお困りですか？」ジョーは穏やかな調子を保って訊いた。

「そんなの、見ればわかるでしょ」彼女はぴしゃりと言った。「ええ、困ってますよ。着るものがないのに、あっちのビーチへ行ってパーティに出なくちゃならないんですもの」

たぶん、ビーチの方向を指さしているのだろう。ジョーは後ろを向いたまま待った。

「裸で泳いでいたら、水着が湖に落ちてなくなってしまったの。それで岸まで泳いでいって、林を通ってここまで来たというわけ」

「なるほど」

「期待してたのよ」責めるような口調で続ける。

「あの車の中に毛布があればと思って。それをかぶれば、こんな姿をさらして歩かなくてもすむでしょ」

「確かにそうしたほうがよさそうだね。で、泥だの水草だの、体にくっつけているものは？」

「泥だらけの湖だからよ」彼女はすまして答えた。

どうやら頭がおかしいわけではないらしい。「何かお役に立てることはあるかな？」

「あなたの車の中に毛布はあるわよね？」

「自分の車じゃないんだ。レンタカーだから、どうかわからない」

「ミネソタ北部のレンタカー会社で借りたのなら、トランクに毛布が入っているはずよ。それ、取ってきていただけるかしら？」

「もちろん」その言葉どおり、ジョーは車に戻ってトランクを開けた。確かに後部座席の後ろに、ポリエステル製の古いスタジアムブランケットがきちんとたたまれて置いてあった。それを取り出して広げたジョーは、舞い上がる埃に顔をしかめ、今この瞬間にどんな年代物の細菌が自分の肺に巣くっただろうと怪しんだ。自分でも少し〝健康志向〟が強すぎると認めざるをえないが、今はそんなことにこだわっている場合ではなかった。

ジョーが林に戻ったとき、ふたたびかん高い声が聞こえた。続いて洟《はな》をすする音がして――彼女は泣いていた。ジョーは心配になって、茂みの中に入りこもうとした。

「どうしたんです？　何かありましたか？」

「見ないで！」

ジョーは毛布を自分の顔の前にぱっと掲げてみせ、無言のうちに彼女はやはり情緒不安定な人なんだと片づけると、「言っておくけど」といらいらして言った。「裸の女性なら、ぼくだって今までに見たことがありますよ。あなたはけがをしていて、助けが必要だ。そういう状況なんだから、つつしみ深くしている場合ではないんじゃないかな？　正直、ぼくはあなたをいやらしい目つきで見ようなんて思っていない。はっきり言って、今のその状態じゃ、見る価値があるかどうかさえわからない」

「知ってるわよ！」彼女は叫んだ。「何よ！　そんなこと、わからないとでも思ってるの？　ただ、わたし……歩けなくなっちゃっただけ！」

そのときジョーは思った——歩けないことと、体を見られたくないこととどういう関係があるのか、まったく理解できない。彼女はきっと、ストレスのせいで思考回路がおかしくなっているのだろう。おそらく自分が理不尽なことを言っているとわかっていても、ある種の堂々めぐりになっているにちがいない。これは政治論争などでよく見られる現象と同じだ。ショックが消えて落ち着くまで、事を分けて話しても聞き入れてはもらえないだろう。

「わかった、わかった」ジョーは言った。「どうすればいいか、言ってくれ」

彼女は大きな鼻声で言った。「毛布を持ってきてくださらない？　こっちを見ないで」

「やってみるよ」ジョーは足をそろそろと前に伸ばしながら進みはじめた。

「もう少し、左」

ジョーは左へ行った。

「ちょっと行きすぎ。そこ。そう、あと一メートルぐらい。まっすぐ来て。あと少し……そこでストップ」

ジョーは毛布を差し出したまま、足を止めた。「それから？」

「毛布をわたしのほうに投げてちょうだい。そうっとよ。今、あなたの真ん前、一メートル近くのところにいるから」

「了解」ジョーは腕をいっぱいに伸ばして毛布を投げた。毛布は彼女の頭に着地し、体をおおった。「もう見ていいだろう。ほとんど全部隠れてるよ」

「この毛布、小さすぎて全身は無理」くぐもった声が言う。「ショールぐらいの大きさしかないし、なんだかかび臭い」

ジョーは考えた。「ちょっと待って。いいアイデアがある」

ポケットに手を突っこみ、いつも持ち歩いている銀の折りたたみナイフを取り出した。次に片手を彼女の頭の上に置く。

「何をするの？」

「頭を出せるように、穴を開けるんだ。じっとしていて」

ジョーは慎重な動作で毛布のてっぺんを五、六センチほどつまみ上げ、ナイフの刃先を生地に差しこんだ。ポリエステル製なのでほとんど抵抗なく、バターに熱いナイフを入れるようにすっと入る。毛布に三〇センチほどの切れ目を入れてからナイフをポケットに戻した。それから毛布の端をつかんで、彼女の頭が切れ目から出るまで引っぱった。彼女は目をしばたたき、ジョーを見上げた。黒々と輝くきれいな目をしている。わかるのはそれぐらいだ。どんな容姿かは、誰かにホースで水をかけてもらわないかぎり明らかにはならないだろう。

「ありがとう」そう言って彼女は微笑んだ。なかなかいい、とジョーは思った。笑顔もすてきだ。頬にこびりついた泥が乾いてひび割れしていてもそれはわかった。

「どういたしまして。で、次にどうすればいい？」

「丈夫そうな木の枝を拾ってきてくだされば、杖がわりにしてなんとか歩けるわ」

ジョーは彼女を見た。〝行け！　ミネソタ・バイキングス〟のロゴが入った毛布でかろうじておおわれた、ひどく汚れてみすぼらしい小さな体。足は引っかき傷と虫さされのあとだらけだ。これから自分がとるべき行動を想像してジョーはがくりと肩を落とした。彼女に触らずにはできない行為であり、そうするのが自分の務めであることは明白だったからだ。ジョーは上体をかがめ、つべこべ言うすきも与えずいきなり彼女を抱き上げた――自分の服が汚れるのもいとわない英雄的精神を発揮したつもりだったが、彼女は身をよじった。

「お願いだから動かないでくれ」鼻をつく湖底の匂いに圧倒されながらジョーは言った。「これでシャツが台無しになるのは目に見えてる。だけど、ズボンはもしかしたら助かるかもしれないって、淡い期待を抱いてるところなんだから」

彼女は少しむっとしたように息をのみながらも、もがくのをやめた。

「さて、このまま車まで抱えていくからね。そうしたら、どこでも行きたいところにお連れしますよ」ジョーがうむを言わせぬ口調で言ったせいか、なんの反応も返ってこない。ジョーはゆっくり上体を起こそうとした。彼女は見かけより重かった。

「体重はどれぐらい？」腰が痛くなりませんように、と切に願いながらジョーは訊いた。

「わたし、中味がつまってるの」彼女は冷ややかに言った。「普通の人より比重が高いってこと。それより、抱きかかえてくれなんて頼んでないのに」

「いや、お安いご用ですよ」ジョーはなんとか腰を痛めずに姿勢を正すと、彼女の体を揺らして位置を調整した。ありがたいことに、車までの距離はわずか六メートルほどだった。

ジョーはふらつきながら茂みから出て車へ向かった。彼女が少しも感謝しているように見えないので、少し大げさにふるまおうと、半分ほど行ったところで立ち止まり、はあはあとあえぐ。「大丈夫ですよ、このぐらい……平気……ですから。お役に……立てて……嬉しいです」

「心臓発作を起こしそうだったら、わたし下りてもいいのよ」つっけんどんな口調だが、表情は心配そうだ。

「いや、ご心配なく」ジョーはごくりとつばをのみこんだ。

「ねえ、今ここで倒れられても、あなたを車まで引きずっていくのはわたしには無理よ。仮に引きずっていけたとしても、一番近い病院まで三〇分はかかるわ。下ろしてちょうだい」

「大丈夫」最後の三メートル。ジョーはよろめきながら進み、彼女を地面に下ろした（というより、落とした)。

彼女はけがをしたほうの足を持ち上げたまま、車によりかかった。ジョーが後部ドアを開けてやると、体を回して尻からどすんと座席に転げこみ、それから足を車内に入れた。ドアを閉めたジョーは運転席に乗りこんでハンドルを握り、バックミラーをのぞきこんだ。

「で、行き先は?」とジョー。「病院? 家?」

バックミラーでジョーと視線を合わせた彼女は目を細めた。

「どうして、もう息を切らしてないの?」

「医者に言わせると、ぼくは驚くほど回復力があるらしいんだ」ジョーは言い、道路に目を向けてエンジンをかけ、ギアを入れた。

「うんうんうなってたのは、苦しいふりをしてたのね」

「ふりじゃない。大げさにしただけだよ。実は、心臓発作のふりをして、きみに心肺蘇生法をしてもらおうかとも考えたんだけど、やめた。ぼくの肋骨は繊細なんでね」

彼女は声をあげて笑った。ジョーは驚いて顔を上げ、バックミラーを見た。

「わたし、そんな目にあっても当然だったかもね。ここで名誉挽回しておこうかしら」彼女は咳払いした。「助けていただいて、ありがとうございました。あなたは本物の白馬の騎士みたいにふるまってくれたのに、わたしときたら助けを求める乙女というより、まるでドラゴンみたいな言動をしちゃったわ。もっとも、見かけもドラゴンって感じよね、うろこみたいなのがいっぱいくっついてて」

ジョーは微笑み返した。

「まあ、乙女とは褒めすぎかもしれないな。それにしても、比重が平均より高い女性を抱え上げるチャンスなんて、そう誰にでもめぐってくるわけじゃないよね」

「確かに」彼女は間髪をいれずに応えた。

ジョーはにっこり笑った。こんなに楽しい気分になったのは久しぶりだった。じっくり考えてみたことはなかったが、今までの自分の生活は、国際色豊かなビジネスの世界で、多種多様な文化、権力と富に恵まれ、表面的には華やかだったにもかかわらず、実は少し……退屈といってもいいほどだった。つねに予定がびっしり詰まっていて、人とのつき合いはごく限られた人と、しかも社交上の関わりだけ。社会生活でも、仕事の上でも、予想外の出会いはほとんどない。だがこの場所、この状況、そして何よりもこの女性との遭遇は、まったく予期せぬものだった。

ジョーは顔を彼女のほうに向けた。「ジョーといいます」

「はじめまして、ジョー」彼女は女優のローレン・バコールばりのハスキーな声で呼びかけた。「ミミです」

「ミミか」いい名前だ。「どこへお連れしましょうか、ミミ？」

「この道を四〇〇メートルほど行くとY字路があるから、右へ曲がって。そこから一〇〇メートルぐらいで、家に着くわ」

「足に刺さったトゲ、医者に抜いてもらわなくていいのかい？　何かに感染するかもしれないだろう」傷口が開いている場合は、用心するに越したことはないからな。

「ビーチパーティにはお医者さんも何人か来るから大丈夫。獣医だけどね。でもトゲはトゲだから同じでしょ？　休暇で湖畔に滞在している人たちみんなと、フォーン・クリークの住人の半分が集まるの」

　それならプレスコットも招かれているだろうか。ミミの説明によるとパーティ会場のビーチは彼の別荘のすぐ近くのようだった。

「本当に大丈夫？」

「絶対に大丈夫。誰かがみてくれるから」

　きっとそうだろうな、とジョーはミミの家までの短い距離を運転しながら思った。乾いた泥や藻がはがれ落ちて、本来の顔立ちが現れてきていた。いわゆる典型的な美人ではないし、可愛いというタイプでもないが、妙に魅力的だった。

　言われたとおりY字路のところで右へ行くと、車輪のあとのついた幅の狭い道に入った。道の両側には乗用車、ピックアップトラックなどがずらりと停まっている。スポーツ《S》用多目《U》的車《V》もちらほら見える。古ぼけた小さなコテージが立ち並ぶ中を、連れ立った大人たちや子どもの群れが行き来している。

「ほらね、みんなが集まるって言ったでしょ」とミミ。「こっち側に寄ってちょうだい。一番奥のコテージ、わかる？　正面の窓の外に縞模様のビーチタオルが干してある、そこのコテージ。ドアのすぐ近く、ぎりぎりのところまで車を寄せてくれたら、誰にも見られずに中へ駆けこめるわ」

「了解」ジョーは言うと、木の根っこや土が盛り上がった路面の上を進み、後部ドアがミミの指定したコテージの網戸と平行になるまで車を寄せた。助手席の背もたれに腕をのせてミミのほうを振り返った。「ほら、着いたよ」

「ありがとう、ジョー」とミミは礼を言った。この髪、小枝があちこちに刺さっていなかったらどんなふうだろう、とジョーは想像していた。

「おかげで助かったわ。本当にどうもありがとう」

「どういたしまして、ミミ。お役に立てて嬉しいよ」ジョーは言いながら、それが心からの言葉であることに我ながら驚いていた。もちろん泥汚れの被害がなければもっとよかったのだろうが、しばらくのあいだ、とても楽しいひとときを過ごしたのは確かだ。

ミミは車のドアを開け、まず足を先に出した。けがをしたほうの足をそっと地面につけたが、痛みに顔をしかめた。

「中に入るのを手伝おうか?」

「いいの。毛抜きで抜いてしまえばすぐ楽になるから」ミミは微笑んだ。「でも今度は、お気持ち、ありがたくいただくわ」

ミミはいよいよコテージに駆けこむ構えになったが、ふと動きを止め、振り返ってジョーを見た。

「あなた、おなか空いてる?」

「あ……ああ、空いてるけど」

「わたし、今からこの材木みたいに太いトゲを抜いて、シャワーを浴びてくる。それまでここで待っていてくれたら、二度と味わえないような最高の手作り野外料理をごちそうしてさしあげられるわ。親切にしてもらったお返しをさせてちょうだい、少しでも」

ジョーは自分のシャツを見下ろした。

「こんな格好では人前に出られないよ。ひどく汚れてるもの」

「誰も気がつかないわよ」ミミは請け合った。「ここの人はみんなそう。それに、黒くなったところのほとんどは水のしみだし、もう乾きかけてるじゃないの」

ジョーはどうしようかと考えていた。それ自体、驚くべきことだった。ジョーはしみのついたシャツを着て公の場に姿を現すタイプの人間ではないからだ。とはいえ、汚れはそれほどひどくもないし、ミミが指摘したように、乾いてきたらかなり目立たなくなった。そのうえジョーは空腹をおぼえていた。手作りの料理なら、どれにするか慎重に選んで食べればいいことだ。

それに、プレスコットのほうはジョーの来訪を固唾《かたず》をのんで待っているわけでもなさそうだ。むしろジョーがやってくるのを忘れてしまっている可能性が高い。別荘へ行ってもプレスコット自身がいないことだってありうる。以前、プレスコットが教鞭をとっているマサチューセッツ工科大学《MIT》を訪れたときもいなかった。アパートのドアに、週末はニューヨークへ行っているという旨のメモが貼ってあっただけで、鍵も置いておいてくれなかった。

「どう？」ミミが訊いた。

「どこかで手を洗わせてもらえるかな？」

「もちろんよ」

4

かかとに刺さった一センチはゆうにあるトゲを抜き、髪を洗い、体の汚れをきれいに落としたミミは、着るものを探した。あいにく一週間以上、フォーン・クリークまで洗濯をしに行っていない。朝、バーベキューグリルの網を磨いたときに着ていたスウェットシャツとパンツを着てみたが、身なりにうるさくないミミの基準に照らしても、筋状についた油のしみはどうにもいただけなかった。かといってほかの服も似たりよったりだ。そういう余裕のない一週間を過ごしていたということだ。

最後にはやけくそになって、コテージの天井裏の狭い空間を探し、そこで掘り出し物を見つけた。長いあいだほったらかしにされていたビーチバッグに、一〇代の子ども向けのリゾートウエアが山ほど入っていたのだ。これらの服を着ていた女の子が今ごろおばあさんになっていてもおかしくないほど古いものだが、ミミは気にしなかった。いやな臭いもしないし、不潔でもないので、ビーチパーティにはぴったりだからだ。中から濃いブルーのパイル地で、胸にオレンジのヒトデ模様が刺繍されたビーチウエアを取り出し、それを頭からかぶって着ると、足を引きずりながらジョーを捜しに外へ出た。ミミを助けた恩人はピクニックテーブルにほど近い場所に立ち、並べられたごちそうを眺めていた。

ミミはジョーを観察した。

すてきな人だった。『フォーチュン』誌が選ぶトップ五〇〇社にランクインする企業にいそうな雰囲気の洗練されたハンサムで、身だしなみも完璧。黒い髪も青い目もきらきら輝いている。角ばったあごは川底の石のごとくなめらかに剃り上げられて輝くようだ。高級なブルーのエジプト綿を使ったシャツまで輝いていて、緑色の水じみがない部分は柔らかな光沢を放っている。

アウトドア用品専門店〈カベラス〉のカタログで注文した服ばかり着ている人が一万人はいるこの土地では、服装の点だけでもジョーはきわだっていた。たとえてみればカジカの群れの中のニジマスといったところか。シャツの袖口をまくって男らしい腕を見せているのは、彼にしてみれば〝カジュアル〟な演出なのだろう。キャメル色のスラックスはきちんと折り目がついている。ローファーはフィレンツェあたりの小さな工房のイタリア人職人が手がけたものにちがいなく、しっとりと柔らかそうだ。年齢はおそらく四〇代前半。肩幅が広くがっしりして、アルマーニの服がぴたりときまるだけでなく、それを脱いでも、スタジアムブランケットを急いでかぶせたくなるような体ではないだろう、とミミは想像した。

ジョーが魅力的なのは容姿だけではない。自信と落ち着き、品のよさが全身からにじみ出ていた。そう、落ち着きにあふれていて、ケリー・グラントをほうふつとさせる。『ビバリー・ヒルビリーズ　じゃじゃ馬億万長者』にケリー・グラントが出演したらこんな感じになるだろうか。だとしたらわたしはさしずめ、じゃじゃ馬娘のエリー・メイ役かしら——ちょっととうが立っているかもしれないけれど。

あのとき、泥水の湖からはい上がった生き物みたいにジョーの車のそばに現れるやいなや、ばかみたいに逃げ出したわたし。きっと、完全に正気を失った女に見えたにちがいない。幸いにもミミは、自意識過剰に悩まされたことがなかった。

「お待たせ」

ジョーが振り向き、微笑んだ。魅力炸裂の満面の笑みだ。

「やあ。きれいになったね」

「石鹸でごしごしこすったおかげよ」

昔からミミは男性のすてきな声に弱い。ジョーの声は今まで聞いた中でも一番セクシーで、体の細胞にまで働きかけてくる。二〇年もののスコッチウイスキーのようにスモーキーで、なめらかで、うっとりと酔わせてくれる。

「誰かがこのコテージに置いていったの」胸で笑顔を振りまくヒトデにジョーの視線が向いたのに気づいてミミは言った。「七〇年代半ばの服かしらね、たぶん」

ジョーはミミの足元を見下ろした。すり切れた安物のピンクのビーチサンダル。けがをした足をガーゼでおおい、絆創膏でとめてある。足もガーゼも、すでに少し汚れていた。

「足は大丈夫？」

「もう平気よ。あのトゲ、熟れたサクランボの種みたいにギュッと押して出してやったの。

わかるでしょ、ああいうトゲって、なくなったとたんすっきりして、元気になるのよね」

ジョーの顔を警戒の表情がよぎった。

「まさか、指で出したんじゃないよね？　針か何かをちゃんと消毒して使ったんだろう？」

ミミは面白そうにジョーを見た。この人ったら、ばい菌嫌いなの？　可愛いじゃない。

「心配しないで。ライターの炎で毛抜きを十分あぶったから。あぶりすぎて熱くなっちゃって、あのいまいましい毛抜きを床に落としちゃったくらい」

思わずたじろいだジョーを見てミミは声をあげて笑った。「からかっただけよ」と言って、ジョーをますます困惑させることに成功した。このようすだと、彼に盾つく人はあまりいないんでしょうね。「このビーチの美食ツアーにご招待したいけど、いかが？」

色あせた赤と白の市松模様のテーブルクロスが足のまわりで風をはらんでふくれている。ミミはテーブルのあいだを縫うようにしてジョーを案内した。あたりには少なくとも一〇〇人ほどの人々がおり、小道を散歩したり、コテージ前に置かれた安物のガーデンチェアに腰かけていたり、網戸を張った小さなポーチの中に引っこんでくつろいでいたりした。ビーチでバレーボールを楽しむグループもいて、悪態をつく声や笑い声が聞こえる。横で見守る観客からは声援が飛んでいた。

こちらに向かって怒鳴っているブロンドの大男は今ではミミのお気に入りとなったいとこで、ミミを幼いころからいじめていたジェラルドだ。一緒にバレーボールをやらないかと誘っている。ミミは明るい大声で言い返した。「ほら、足を引きずってるのがわからない？

これにはわけがあるのよ！　けがしてるんだから！」

ミミは肩越しにジョーを見た。「スパイクは無理だけど、レシーブならできるわ」

「ぼくもだ」

ミミはジョーに鋭い一瞥をくれた。この人、わたしにちょっかいを出そうとしているのかしら。その場にいる人が適当に集まってやるゲームに参加するタイプには見えない。パーソナルトレーナーをつけるタイプ。そう、スポーツならポロか何かで、ビーチバレーには縁がなさそうだ。

ニンニクをきかせた香ばしい匂いがする赤い肉の薄切りが山と積まれたテーブルの前でミミは足を止めた。「まず、サンドイッチから始めるといいわ」

ジョーは妙に居心地の悪そうな表情でミミを見てから、目の前のごちそうを用心深く眺めた。そしてやはり慎重に皿を手に取ると、スパイラルハムにフォークを突き刺した。そのようすをミミは哀れみをおぼえながら見守っていた。皆が腕によりをかけた家庭料理がこんなにたくさん並んでいるのに、よりによってそれを選ぶなんて。

「ああ、失望しないように言っておくけど」ミミはすばやく左右に目を配り、盗み聞きしている者がいないか確かめると、二人のあいだに置かれたデビルド・エッグ（辛く味つけしたゆで卵）のトレーの上に身を乗り出してささやいた。「そのハム、水煮なのよ」

「水煮」ジョーはおうむ返しに言った。

「そう。ジョアンナは長年、市販のハムにクローヴを刺したものを自分の手作りだと言ってごまかしてきたの」

「ジョアンナ？」

「わたしの大おばの一人。みんなが知っている事実なんだけれど、誰も何も言わないのよ。あ、だめだめ」突き刺したフォークを引っこめようとするジョーに注意する。「戻しちゃだめよ！　ジョアンナが見張ってるんだから。彼女の気持ちを傷つけるのはまずいでしょ？　自分の皿に取りなさいな。そうそう。もう待ちきれないって感じでひと切れとって、舌なめずりするのよ、ほら、舌なめずり！」ミミはせかすようにささやいた。

ジョーは言われたとおりにし、それでよろしいというようにうなずくミミを用心深く見つめた。

「上出来よ。ジョアンナの満足のいくようにしたんだから。じゃあ今度は、本物のサンドイッチを作ってあげる」ミミは紙皿にライブレッドを二切れ置き、片方のスライスに手作りのコーンドビーフを何枚ものせてからジョーに渡した。

そのとき、足元で何かが動いているのにミミは気づいた。見下ろすと、毛むくじゃらで汚い茶色の小さな顔がテーブルの下から突き出ている。さっきバージーとミミに、スプロッチボールを投げた子どもを追いかけていった不細工な小型犬だった。ジョーはサンドイッチの端からコーンドビーフをひと切れちぎって地面に落とした。犬はそれに飛びついてくわえたかと思うと、どこかへ消えた。

「きみの犬なのかい？」ジョーが訊いた。

「いいえ。誰の犬かしらね」そう言うとミミは、ジョーのサンドイッチの上半分のライブレッドをさりげなく持ち上げ、その下にクリーミーなソースをのせた。もの問いたげな顔をするジョーに応えて「ホースラディッシュよ」と言った。「自家製なの。すごくおいしいわよ」

「なるほど」ジョーは微笑み、おそるおそるサンドイッチをひと口かじった。不安そうな翳りは消え、喜びの表情に取って代わった。「最後に手作りのものを味わったのはいつだったか、憶えていないなあ。これは……その……」

「いいから、食べて」とミミ。

ジョーは食べつづけた。

「で、このパーティは毎年恒例の行事なのかい？」サンドイッチを食べ終えたジョーが興味深そうに訊いた。

「いやだ、毎年にならないよう願いたいわ」ミミは笑いながら答えた。

「なぜ？」

「なぜって、これはお通夜だからよ」

5

「お通夜だって？」オレンジ色に輝く笑顔のヒトデを見つめながらジョーは訊いた。「お通夜に着る服にしてはちょっと変わってるね。無難な色ということで黒にする人が多いのに」

ミミは笑った。「儀式ばったお通夜じゃないの。そういうの、アーディスおばさんはきっと喜ばなかっただろうし」

清潔になったミミはきれいだった。すごくきれいになった、とジョーは思いながら訊いた。

「アーディスおばさんって？」

「アーディス・オルソン。わたしの大おばの一人」一瞬、なつかしそうな笑みが浮かぶ。

「生きていたら、今日が八五歳の誕生日だったの」

「長生きだったんだね」

「無理にゴルフをあと九ホールもプレーしようなんて思わなければ、もっと長生きできたのに」

「脳卒中？」ジョーは穏やかに訊いた。

「九番アイアンよ。ペリカン・ストランド・ゴルフコースの一四番ホールで、アーディスおばさんがラフに打ちこんだ自分のボールを捜していたときに、パートナーが九番アイアンでおばさんを殴ってしまったの」

「うわ、痛かっただろうな」

「ありがたいことに、痛みはなかったみたい。何が起こったかもわからないままに即死したはずだって、お医者さまが断言していたから」

「よかった」適切ではあるが、気がきかない表現だな、と感じたジョーは「せめてもの慰めだったね」と言った。

「ほとんどの人にとってはね。でもゴルフのパートナーだったモリスは、二度とプレーしないって誓ってるわ。ほら、あそこにいるのがモリスよ」ミミが指さしたのは優しい感じのする頭の薄い男性で、カナリアイエローのゴルフパンツをはいて、クラブを握ったつもりでスイングの練習をしていた。似たような服装の仲間たちがまわりを取り囲み、口々に批評している。

「ここだけの話だけど、せっかくの誓いもそう長くは続かないと思うわ」

「ぼくは失礼したほうがよさそうだ」ジョーは言った。「故人をしのぶ会だとしたら、お邪魔だろうし……」

「いいのよ、いてちょうだい」とミミ。「亡くなったのは五月よ。それ以来、アーディスおばさんはメキシコ湾で風に吹かれているわ。生前の希望どおり、少なくとも遺灰はね。シェ・ダッキーで会を開くことにしたのは、皆が集まれる場所だし、誕生日にしたら本人も喜ぶだろうと思ったからなの」

「シェ・ダッキー？　シェ・ダッキーってなんだい？」

「ここよ」ミミは腕を大きく広げて示した。「湖畔の八〇エーカーがシェ・ダッキーの土地。伸び放題の雑草と、低木のハンノキやマツが生えているわ」

「ここに集まっているのは全員オルソン家の人？」

「まあ、なんらかの形でね。オルソン家では〝親戚〟の解釈の範囲が広いのよ。姻戚関係も含めてどんどん広がるの。いったんオルソン家の一員になったら、一生そのまま。離婚したり再婚したり、養子をとったり、改宗したり、性別を変えたりしてもね。〝家族〟だと認められたら、つき合いが切れるのは死んだときだけ」

　そんな無計画でふところの広い大家族はジョーには想像もつかなかった。妻のカレンとのあいだには子どもは一人しかいない。カレンが一二年前に死ぬ前も、典型的な核家族とは言いがたい状況だった。ジョーは二人が結婚していた一〇年間のほとんどを海外への長期出張で過ごし、その間カレンはシカゴの家で息子を育てていた。ジョーが望んだわけではないが、自然にそうなった。カレンは専業主婦の母親であることを誇りに思い、楽しんでいたから、ジョーは彼女がその生活を続けられるよう、自分の役割を果たしたつもりだ。

「でも、死ねば逃れられるというのも思いこみにすぎない。むしろ希望的観測かな」とミミは続けた。「実は、亡くなったばかりの人をみんなで抱きしめようと、あの世のオルソン家の面々が大勢、待ちかまえているんだから」

ジョーが目を細めてミミを見ると、まばたきひとつせず、まじめに見返してきた。かつがれているのではないとは思うが確信が持てなくて、ジョーはやや平静を失った。普段の自分なら、スーパーマンが視力検査表を見るのと同じようにやすやすと人の心が読めるのだが。

ミミが微笑んだので、ジョーはほっとした。もちろん、冗談にきまっている。

ミミは腕を広げてあたりを指し示した。「それから、オルソン家以外でここに集まっているのは昔からファウル湖に関わってきた人たちよ。たとえば、あそこにいるスボーダ家の人は」チェックの服をこよなく愛しているらしい赤毛の集団を指さす。「この湖畔に家を建てて住みついた最初の家族という説もあるの。我々オルソン家としては絶対にそんなことはないと言い張っているんだけれどね。それに」すまし顔で言う。「わたしたちの別荘は当初の建物のままですからね。ほら、あそこにコテージがいくつも見えるでしょ？　第一次世界大戦前に建てられたものよ」

誇らしさを隠せないようすでミミは続けた。「シンプルなデザイン、下見板張りの外壁、幅の狭いポーチ、幅広い正面。中に入ると中央のホールをはさんで両側に部屋がある。この特徴は、ご参考までに言っておくと、辞書による〝コテージ〟の定義にぴったりなの。だから、よそから来た人がよく間違えるように〝小屋〟とは呼ばないようにね」

「ふむ。それで？」ジョーは興味をそそられて言った。

「最初に湖畔に家を建てたのはオルソン家とスボーダ家なわけだけど、今でも両家の人々はかなり見受けられるわ」ミミはあたりを見まわした。「あなた以外の人は皆、ここに三代以上滞在しつづけた由緒正しい血筋なの。ファウル湖周辺のコミュニティは排他的だという悪評が立ってるわ。わたしたちはさしずめ、湿地のハンプトン家みたいに、避暑地で過ごす別荘族ね。ただ、お金がないだけで――あら！」ミミは突然大声をあげ、ジョーのひじをつかんだ。

「このカシュー・バー、食べなきゃ損よ」ミミはそう言うとテーブルの上の使い古した平鍋を持ち上げ、べとついた感じのものに指を突っこんでほぼ長方形をした一本を取り出した。

ジョーはたじろいだ。

「これ、スージーがたった今出したばかりよ、きっと」ミミは口いっぱいにカシュー・バーをほおばりながらつぶやいた。「みんなに見つかったが最後、一〇分でなくなっちゃうんだから」

ミミはジョーの胸に鍋を押しつけてうながした。ジョーは反対側の角をプラスチックのフォークでつつき、一本取った。ひと口食べただけでわかった。この世には、健康上のリスクをおかす価値があるほどうまいものもあるということを。ジョーはさらに数本を手早く確保し、近づいてくる集団に場所を譲った。どうやら第六感でカシュー・バーの存在を察知したらしく、バーベキューに群がるスズメバチのような襲来に、ジョーもミミも戦利品をペーパーナプキンで巧妙に隠して退散した。

ミミは古い鉄木《てつぼく》の幹を取り囲むように置かれたベンチのところまでジョーを連れて行き、座るよう手ぶりで示した。カシュー・バーを二本食べ終えてからようやく口を開く。

「あなたの話を聞かせてくれない、ジョー？　どういうきっかけでこのおかしな湖畔にやってきたの？　おたくの一族はどんな人たちかしら、たとえば森にひそんであなたの攻撃の合図を待ってるとか？　ここ、危険が迫ってるの？　パーティの最中襲撃されてカシュー・バーを掠奪されたりして？」

「まさか。人の家を訪ねていくところだよ」

「あら？　新しくできた別荘？」親近感をやや失ったらしい。「どれ？」

「はっきりとはわからない。このへんであることは確かなんだが。来る途中でタイヤがパンクしてね。もしかしたらきみなら知ってるんじゃ――」

「知らない」ミミはぴしゃりとさえぎった。「わたしたち、豪邸の人たちとはつき合わないから」

しまった。

「どのぐらいいる予定？」ミミが訊いた。

「週末だけ。それまでに追い出されなければの話だけど」

「あなたって、いろいろなところから追い出される人？」ミミは顔を上げ、ジョーのほうを向いて訊いた。なんともいえず魅力的な顔だ。自然派なのだろう。ごしごし洗って、日焼けして、肌は少し荒れている。ジョーがこの一〇年間で交際した数人の女性とは違って、ファッショナブルとは言いがたい。

ジョーは肩をすくめた。「カラオケのせいだよ。ぼくが歌い出すと、みんな嫉妬でいてもたってもいられなくなるんだ」

ミミは鼻先で笑った。「マイケル・ブーブレでも歌うの？」

「ポール・アンカさ」

ミミはあははと笑い出した。おおらかな、ついこちらもつられて笑ってしまう声。見上げてくるその目をふちどる、マスカラの必要がないほど濃くて長いまつ毛。そうか、気を引こうとしているんだな、とジョーは思った。それはぼくも同じだ。こんなにさりげない雰囲気で誘惑されたのは何年ぶりだろう？　ミミにはすっかり心をかき乱されている。二人の出会い方が尋常ではなかったし、お通夜という奇妙な状況にあるせいもあって、それがなんの不思議もなく自然に感じられる。

「きみの家族のこと、もっと教えてくれ」

「何を知りたい？」ミミはカシュー・バーをもう一本ほおばったまま訊いた。「あの人たちは……ただ家族というだけ」

それは違う。〝ただ家族というだけ〟なんて、ありえない。「誰が誰なのか知りたいね」混雑しているピクニックエリアに顔を向ける。「きみとはどういう関係なんだい？」

ミミは口をすぼめてふっと息を吐き、あたりを見まわした。「本当に知りたい？」

「ああ」

「じゃあ説明するわ。亡くなったアーディスおばさんは、六人きょうだいの一番上だったの。次がバージーおばさんで、この人も未婚よ。あそこにいる、トラック運転手みたいに見える人」

ミミの視線の先をたどると、短い白髪の大柄な老婦人が足を広げてテーブルの前に座っているのが見えた。向かいにいるのは、白髪を一本の長い三つ編みにして背中に垂らした、やせこけて背の高い女性だ。

「うん、本物のトラック運転手かと思ったよ」

ミミは唇をきっと結んでその言葉を無視した。

「彼女たちが子ども――広い意味での子ども――だった時代、四人の弟たちの面倒をみて過ごし、二人とも結婚しなかったという事実は、誰も忘れていないわ、本当よ。バージーおばさんの下の弟がエミールおじさんで、もう他界したけれど、六人の孫を残したの。最年長がジェラルド。さっきビーチバレーをしようってわたしを誘った人。彼の奥さんは――まあ、いいわ。大おばたちの話に戻りましょう」

「うん」

「エミールおじさんの下が双子のカルヴィンとチャーリー。カルヴィンおじさんももう亡くなったけれど、チャーリーおじさんは健在で、〝二度とゴルフはしない〟と誓った例のモリスにスイング改造のアドバイスをしていた一人」ミミが指さしたのは、パイロット用のミラーサングラスをかけたひょろりと背の高い老人だった。腰に手をあて、クラブなしで素振りをくり返すモリスを無言で見守っている。「チャーリーおじさんも独身なの」

次にミミは、白髪の三つ編みを長く垂らした女性をあごで示した。「バージーおばさんの向かいに座っているのがカルヴィンおじさんの未亡人、ジョアンナ。ほら、ハムの水煮を作ったと言い張ってる人よ。チャーリーとジョアンナは何年か前につき合い出したの。本人たちは誰にも知られてないと思っているみたい。で、この双子の次に生まれたのがわたしの祖父のジョン。二度結婚したあと、かなり昔に亡くなった。最初の結婚でもうけた子どもがわたしの父のジョンで、祖父の再婚した相手がナオミ……」ミミはあたりを見まわし、「ナオミおばさんは、シーツを体に巻きつけている人」と言って肩をすくめた。「とにかく、祖父の二度目の結婚で生まれた子どもがビル。わたしにとっては半分だけ血がつながったおじということになるわね」

「きみのお父さんもここにいらっしゃる？」興味をおぼえてジョーは訊いた。

ミミの表情は少しも変わらなかったが、それまではくつろいでいて親しみやすく、あけっぴろげだった態度が急によそよそしくなった。

「いいえ。両親はわたしが赤ん坊のころに離婚したから」

「ごめん、悪いことを訊いちゃったな」

「いいのよ。よくあることでしょ」ミミはぶっきらぼうな口調で言った。「ま、とにかく、祖母はまだ若いころに他界した。それから二〇年後に祖父はナオミと結婚して、すぐに生まれたのがビルおじさんなの」

「どの人がビルおじさん？」

ミミはふたたびあたりを見まわした。「ここにはいないわね。でも、奥さんならいるわ」

黒い半袖のドレスをきちんと身につけたブルネットの女性を指さし、「デビーよ」と上唇を曲げて言う。「お通夜にお決まりの黒い服を着てくるなんて、彼女ぐらいなものだわ。一族の中に礼儀作法を心得ている人が一人でもいて、ありがたいと思わなくちゃいけないんでしょうね」

「デビーのことが好きじゃないんだね」

「好きとか嫌いとかじゃないの。警戒心を起こさせるのよね、彼女」

「どうして?」

「デビーって、いつもわたしをうまく利用できる道はないかと考えていて、でもどうにも使えそうにないとうすうす感じてるみたいなの」ミミは打ち明けた。

「で、きみは、彼女の判断が正しいんじゃないかと気にしてるのか?」ジョーは内心気の毒になって訊いた。自分の価値を人に疑われることがいかに不愉快かは想像できる。かといってジョー自身にその経験があるわけではなかったが。

「いやだ、とんでもない!」ミミはのけぞった。「わたしの心配は、デビーが自分の判断の正しさにいつまでも気づかなくて、だからわたしを放っておいてくれないんじゃないか、ってことよ! あの人が何かを計画したり、お膳立てをしたり、問題を解決したりしているとわかっているだけで、こちらはすごく疲れちゃうの。ほら、見てよ」ミミはピクニックテーブルの方向をあごで示した。デビーはせわしなく動きまわり、老人たちは彼女が近づいてくる前に散り散りになって離れていく。

ジョーはデビーのようすを観察した。それほど悪い印象はなかった。混乱に気づいてあれこれ命令しているにすぎない。それのどこが悪いというのだろう?

「ビルおじさんもまとめ役なの?」

「いいえ」ミミは言った。「オルソン家の男性は、なんにしても先頭に立ってやるのをまったく望まないし、それで大満足という人ばかり。特にシェ・ダッキーに関してはね。祖父のひいおじいさんにあたるギュンターがシェ・ダッキーの日誌をつけていたんだけど、彼が書いたひと言がそもそもの始まりなんじゃないかしら。〝いつもわたしは物事を決める役を務めているが、ゆったりと休暇を楽しむ避暑地であるここシェ・ダッキーでは、何も決めたくない〟っていうの」

ジョーにとってその考え方は、儀式として体を傷つける外国の習慣と同じぐらい違和感があった。先頭に立って物事を決めない自分なんて、想像もつかない。大切な主導権を能力不足の者に渡すことはできない。言うまでもなく、それは責任放棄じゃないか。

「それ以来、シェ・ダッキーは純粋な女家長制になったの」ミミは続けた。「地所の法定相続人は六人いるんだけれど、ここの運営については子どもや夫たちをはじめ、全員が意見を言う権利があるのよ。毎年コテージを閉鎖する直前に一族が集まる会議で、決めるべきことを決めるの。アーディスおばさんが生前、とりしきっていて、その前は曾祖母のレナだった」

ジョーにしてみれば、どうしようもなく非効率的な方法にしか思えない。

「女家長の役割は？」

「毎年、シーズン末の会議の場で偉そうに見えるようにする以外に、ってこと？　シェ・ダッキーに関係するいろいろな仕事ね。たとえば、ここに電話回線を引くべきか、それともべミジにある電波中継塔からの信号が強くなるようただ願うべきかについて、みんなの意見の聞き取り調査をする。一族のゴルフトーナメントでのスコア係をする。古タイヤの浮き輪にちゃんとつぎが当ててあるか確かめる」最後の仕事についてミミは、それがもっとも重要な任務のひとつであるかのように大まじめに言った。

「電話回線は通ってないのかい？」

「固定電話用はね。携帯電話は通じたり、通じなかったり」

「次に家長になるのは誰？」

「バージーおばさんよ。重責を担うことになるわね」

「もしバージーさんが跡を継ぎたがらなかったら？」ジョーはくだけた調子で訊いた。

「ええ、いやがってるわ。でも、これはオルソン家が守っている最後の伝統のひとつなのよ。オルソン家がこの土地を買ったとき以来、シェ・ダッキーを牛耳ってきたのは一族で最年長の女性なんだから」

「バージーさんがいやだって言うなら、きみが代わりにやればいいんじゃないか？」ジョーは訊いた。理にかなった考えだと思ったのだ。ミミがシェ・ダッキーを大切に思っているのは明らかだったし、知性をそなえているのも確かだ。「クーデターを起こしてみようと思ったことはない？」

　ミミはいきなり笑い出した。「わたし？　まさか。バージーおばさんがどうしても断るというなら、誰かほかの人が引き受けてくれるだろうし、オルソン家は、今まで保ってきたものをいつまでもそのまま受けついでいくわよ」

　ミミは敷地の一番端に植えられたシロブナの木々をちらりと見た。

「ただし、景観は別だけれどね」

　ジョーは座りなおした。「豪邸のせいか？」

　ミミはジョーに鋭い一瞥をくれた。「当たり」

「最近になって湖畔に開発された別荘地が気に入らないんだね」

「湖畔ですって？」ミミは目を細めてジョーを見た。「あのね、確かにわたしはここが好きよ。でもそれは、人前でおならをする困った親戚に対する気持ちと同じ。短所があるから好きなのではなくて、短所があるにもかかわらず好きという意味なの。スボーダ家やオルソン家などの家族がこのファウル湖近くに家を建てた理由はただひとつ、湖畔の一等地がまだ安かったその当時でさえ、ここより高いところは手が届かなかったからよ」

「でも、オルソン家は何世代にもわたってここに滞在してきたわけだろう」

「まあ、何もないよりはましだったんでしょ」ミミはそっけなく言った。「買い換える財力がある人はわたしたちの中にはいないわ。今では、あなたが訪ねようとしているお友だちのような人種は、開発できる湖畔の一等地がなくなったものだから、このファウル湖みたいに小さくてさえない湖に進出しはじめてるわ。ただし〝野生の湖〟とか呼んでいるけれどね」ミミはあざけるように鼻を鳴らした。「そういう人種が地元住民を追い出しているの。広い土地にばかでかいしろものを建てて、固定資産税が上がる原因を作って。だから何十年も前からここに通いつづけた人たちがいづらくなってしまうのよ」

「あえて言わせてもらうと、それ、過剰反応じゃないか？」

ミミは数秒間、ジョーを悲しそうに見つめていたが、自分の太ももをぱんと叩いて立ち上がり、手を差しのべた。ジョーは迷わずその手をとった。

「いらっしゃいな、疑い深いジョーさん」ミミは言った。「いいものを見せてあげるわ」

6

ミミは足を引きずりながらも目的地に向かって進んだ。二番コテージを通りすぎたとき、大おばのジョアンナが、茂みの中から文字どおり飛び出してきた。

「いやだ！」ミミは叫んだ。「びっくりさせないでよ、ジョアンナおばさん！」

「あら、ごめんなさい」ジョアンナは謝り、興味深そうにジョーを見た。「実はナオミに見つからないように隠れてるの。あの人、わたしにシーツをかぶせようとするんだもの」

「あれはチュニックなのよ」ミミは言った。「バイキングの伝統にのっとった衣装を着てアーディスおばさんを見送りたいんですって」

「それ、トーガのことよね。でもトーガって、確か古代ローマの衣装じゃなかった？」

「トーガじゃないの。チュニックよ」ミミは辛抱強くくり返した。「ナオミおばさんがゴミバケツのふたを叩いて胸当てを作らなかっただけでもよかった、と思わなくちゃ」

ジョアンナの視線はジョーに向けられた。「で、この方、どなた？」

「ジョーよ」

「はじめまして、ジョー。いらしたばかりなのね。今夜だけ？　それとも一週間ぐらい泊まる予定？　コテージはすごく快適でしょ。ミミはちゃんとおもてなししてるかしら？」

ミミは黙っていた。ジョアンナは一族の中でも特にロマンチストで、男女の縁をとりもつキューピッド役を自任していた。実は仲人としては一度も成功をおさめていないのだが、そんなことでくじける人ではない。

「ええ、最高のもてなしを受けてますよ」とジョーは答えた。「ミス……？」

ジョアンナはそわそわしはじめた。

「オルソンです。ミスじゃなくミセス。ジョアンナ・オルソンです」

「ミスター・オルソンはお幸せですね」

口がうまいのね。ミミは感心していた。いかにも歯の浮くようなお世辞なのに、媚びている印象を少しも与えないのは大したものだ。

「夫はもういないんですよ」ジョアンナが進んで言った。「今年の一一月で、亡くなってから三五年になるわ」

「それは失礼しました」ジョーはトーンダウンして言った。

ジョアンナは敬意を表していったん目を伏せてから、「ところでジョー、ミミとはどんなきっかけで知り合ったの？」と訊いた。「ミミがやってるホットラインに電話したのかしら？　この子、そうやってたくさんの男性と出会ってるのよ。もちろんそのほとんどははっきり言って、ろくでもない男ですけどね。あなたみたいな人がかけてくるなんて、想像もできないわ」

ミミはジョーに目を向けた。明らかに挑発的なこのコメントにどう応えるか興味があった。思ったとおり、ジョーはすっかり困惑しているようだ。困って当然なのだ。ジョアンナの言い方だと、まるでミミがテレフォンセックス・ホットラインで働いているように聞こえたにちがいない。

ミミはジョーが気の毒になった。「ジョアンナおばさん、わたしたちもう行かなくちゃ。ジョーにここをひととおり案内してあげてから、戻ってくるから」ミミはジョーの腕に自分の腕をからませてジョアンナから引き離し、林の中を通る小道へと連れていった。

「今の話はどういう意味?」ジョーが訊いた。

今はもう自分の仕事を恥ずかしく思ったりはしなかったが、ミミはそれまでの経験から、たいていの人がテレフォンセックス業者のほうがスピリチュアルカウンセラーよりいくらかまともだと考えているのを知っていた。だから初対面の人には自分の風変わりな職業を明かさず、理性と分別と信念を持った女性だとわかってもらえたと思ったときに初めて教えるのがつねだった。だが、ジョーに隠す必要はないだろう。彼がここ数年で出会った中で一番ハンサムな男性であるにしても、どうせ知り合いの家に泊まりに行ってしまうのだし、ミミはアーディスへの献杯が始まるまでのあいだ、時間つぶしをしているにすぎない。

「わたし、スピリチュアルカウンセラーをしてるのよ」足を引きずって歩きながらミミは言った。「電話相談の会社に勤めていて、相談者があの世とコンタクトをとる媒介をしてあげてるの」

ジョーの歩く速度が落ちた。ミミは歩きつづけた。

「本当？」

「ええ。オフィスを構えたちゃんとした職場よ」

「ふうん。だったら……一族の人は死んでもオルソン家から逃れられないってきみが言ったのは冗談じゃなかったのか？　つまり、きみが知ってる確かな事実ってこと？」

「見たまま、ありのままを言ってるだけよ」ミミは言った。当たりさわりのない返答をしようと、ジョーが心の中で懸命にふさわしい言葉を探しているのがわかる。ミミにとっては何度も経験済みの状況だ。

「面白い」ジョーはようやく言った。「どんな仕組みになってるの？　分単位で料金を請求するのかい？」

　当たりさわりのない切り出し方としては上出来だろう。動揺しているふうにも見えない。

「だいたいは分単位ね。でも〈つながりたい放題〉の月額、週額プランもあるのよ。ほら、着いたわ」ミミは仕事の話を終わりにできてほっとしていた。

　二人は林を抜けたところでぴたりと足を止めた。止まらなければ、建物の壁にぶち当たるしかなかっただろう。

「見よ、次世代の者たちよ！」ミミは高らかに言って指さした。三階を超える高さにそびえる巨大な〝木材〟の塊はシーリング材で金色に光り輝いており、てっぺんにはヒマラヤスギをふんだんに使った屋根板がのせられ、銅製の雨押さえが取りつけてある。リゾート風の建物にも見えるが、実際には〝週末を過ごすための家〟らしかった。

　二人が立っている場所から少し離れたところでは、ミミのいとこのジェラルドとその仲間たちが手入れの行きとどいた芝生の端を大またで歩いていた。彼らの姿はミミに何かを思い出させる……そうだわ。映画『2001年宇宙の旅』の冒頭の場面で、モノリスに遭遇するヒトザルに似ているのだ。

　彼らは身ぶり手ぶりを交えながら、ぶつぶつ不満をもらしていた。特に北欧神話の雷神《トール》をほうふつとさせる大柄なブロンドのジェラルドは、腕をぶんぶん振りまわし、類人猿のような攻撃性を見せて歩いている。オルソン一族の品位のためにも、ジェラルドが芝生をそこらじゅうに投げつけたりしませんように、とミミは思った。

　ミミの父親の異母弟でデビーの夫、ビルだけが、身じろぎもせず立っていた。もともと温和そうな顔にしわを寄せて、いっしんにタバコの草を噛んでいる。かわいそうなビルおじさん。長年デビーと結婚生活を続けたつけが回って来ているのだ。そのひとつは、サーモンピンクのポロシャツを着させられていること。サーモンピンクのポロシャツが、中流階級の五〇代の男性にとってこの夏のユニフォームだからなのだろう。ふたつめは、薄くなりかけた頭に黒いブークレ毛糸のようなかつらをかぶらされていることだ。

　まばたきもせず凝視するビルの視線の先をミミはたどった。きっとこの巨大な建物に感心しているのだろう。こういった兆候から判断するに、ビルはデビーに洗脳された結果、際限のない〝もっと欲しがる〟症候群という不幸に陥ってしまったらしい。

「どう？　今まで見た中で一番悪趣味だと思わない？　この建物」ミミは誇らしげながら皮肉をこめた口調でジョーに問いかけた。

ジョーは答えずに、目を細めてこちらを見ている。ミミが今にも呪文を唱え出すのではないかと怪しんでいるようだ。そりゃ、そうよね。よりによって電話相談のスピリチュアルカウンセラーの話をしたんだから。想像をたくましくしているジョーに仕事のことを忘れさせようと、ミミはふたたび試みた。「今年の春、このモノリスみたいな家が完成間近になったとき、わたし建設業者に話を聞いたのよ。これ、なんだと思う？」答えを待たずに続ける。「一八八〇年代に建てられたアディロンダックの山荘を模したものですって。もちろん、少しは最新の設備をそなえているわよ。ホームシアターとか、三〇〇〇ドルする作りつけのカプチーノマシーンとか、四台用のガレージとか。一番すごいのはどこか、聞きたい？」

「すごい？」

「そうよ。嘘みたいな話。あの丸太、新聞紙とカカオ豆の殻をリサイクルした材料でできているらしいの。環境に優しい建材よね」皮肉をわかってくれるかしら、と思いながらミミはジョーを見た。「そう。今あなたが見上げているのは、九〇〇平方メートル以上の環境に優しい建物というわけ。ここの光熱費、どれぐらいかかるのかしらね。家の中はガンガン薪を燃やして暖めてるにきまってるわ。スーペリア国有林よ、用心しろ！　って言いたくなるわね。環境保護主義者だったら抗議するでしょうね」話しているあいだに、いとこのジェラルドと、モノリスの向こう側のコテージのオーナーである白髪交じりで小柄なハンク・スボーダの二人が、仲間から離れてこちらへやってきた。

「ジェラルド、ハンク。友だちのジョーよ」ミミは紹介した。「こちらがいとこのジェラルド。それからハンク・スボーダよ」

「友だちだって？　へえ」ジェラルドは言ってジョーを見た。ミミは幼いころ、シェ・ダッキーへ来るたびにこの年上のいとこにくっついて回っていた。そのためジェラルドは、ミミに対してある種の責任のようなものを感じていた。「友だちといってもミミは――あの、ここへ友だちを連れてくることはあまりないんですよ。だからあなたは特別なんでしょうね。どうやって知り合ったんですか？」

ジョーはジェラルドが差し出した手を握った。

「ちょっと困ったことになっていたので、助けてあげたんですよ」

ジェラルドはミミに心配そうな目を向けた。「困ったこと？」

「うん、本当にどうしようもない状態だったのよ。体じゅう泥だらけになってたところを、彼が車で送ってくれたの」

「そうか」ミミが泥だらけだったことが意外ではないらしいジェラルドは、ジョーのシャツに点々とついたしみに目をとめて、口を開けた。ミミと目を合わせ、ようやく口を閉じると、巨大な邸宅のほうを振り返ってジョーに訊いた。「ところでジョー、あれを見てどう思います？」

「あなたはどう思ってるんです？」ジョーは訊き返した。

「ま、ノースウッズにベイブ・ザ・ブルー・オックスの像が建てられて以来の、最大級の牛の糞みたいな建物といったらいいかな。ほら、見てくださいよ。周辺八〇キロ圏内にあるどの建物より、三メートルは確実に高いですからね」

「ぼくら、この別荘の持ち主の名前をとって、〝プレスコットの屹立〟って呼んでるんですよ」ハンク・スボーダが口をはさみ、そのあときまり悪そうに頬を赤らめてミミを見た。このあだ名を聞いたことがあるどころか考えついた張本人のミミは、つつしみ深く目を伏せている。

「プレスコットの――」ジョーは思わずむせた。男というのは本当にデリケートな生き物だ。

「まさか、あなた」とミミ。「何かの心理的な埋め合わせにこういう家を建てたなんて思ってないでしょうね?」

「この冬、木の葉がすっかり落ちて、ビッグ・ハウスからこっち方面を眺めたらどうなるか、想像できますか? 美しい冬景色の代わりに、空に向かってそそり立つこの塔しか見えなくなるんですよ」ジェラルドはぶつくさ言った。

「目ざわりになるかなあ?」ジョーは訊いた。

「それにほら、見て、あれ」ミミは皆のいるところに近い角に建てられている八角柱を指さした。

「火の見やぐらだって、あんなに高くはないわよ」

「そんな、大げさな」ジェラルドが言った。

「そうかもしれない」ミミは認めた。「でもね、わたし秋にもときどきここへ来ることがあるのよ。これからは、のしかかってくるようにそびえ立つあの塔を見るたびに、まるで自分が捕虜収容所にいて、警備兵の発砲を待っているみたいな気分になるでしょうね」

「シェ・ダッキーは捕虜収容所みたいには見えないけどね」ジョーは居心地悪そうに言った。

ミミはジョーの顔をのぞきこんだ。「ねえ、あなた本当はこのしろものが気に入ったんじゃないの？」

「いや」ジョーの反応はすばやく、心の底から言っているらしかった。

「わたしたち、大嫌いよね、この家」ミミがそう言って同意を求めるようにハンクとジェラルドを見ると、二人ともうなずいた。

「そう、大嫌いよね」林の中の小道から現れた赤毛の女性がくり返した。ジェラルドの妻、ヴィダだ。細身ながら丈夫そうな感じがする。

ミミはヴィダといい関係にあった。ヴィダは二、三年前から学校に復帰して、マッサージ療法士になるための勉強を始めた。実に的確な判断だった。なぜかというと、ときおりミミを練習台にしてマッサージをしてくれるからだ。

「やあ、こんにちは」ジョーが言った。「ジョーといいます」

「ヴィダです。もしあなたがわたしたちの立場だったら、大嫌いになると思わない？」

「もちろんですよ。ぼくだったらそのあげくに、自分の別荘を売ってしまおうと考えるでしょうね」

ジョーの理屈が間違っているのを誰かが指摘してくれないかとミミは待ったが、誰も何も言わない。

親戚の反応のなさにいらいらしたミミはついに言った。「売って、よそへ移るっていうわけ？　それじゃ、一時的に解放されるだけでしょ。遅かれ早かれ、州内の地面の穴ぼこはこんな建物でぎっしり埋めつくされるようになるわよ」丸太もどきを使った巨大な建物をあごで示す。

「第一、シェ・ダッキーの代わりになるところなんて考えられない。ここは残債もないし、維持費は一族で分担して支払っているから、みんなが使えるお手ごろな別荘になっているのよ。それに中には、お金の余裕がなくてここ以外の場所では休暇を過ごせない人たちもいるんだから」情けなさそうに言って締めくくる。

困惑した目を向けてくるジェラルドをミミは無視した。自分にとって〝休暇〟といえば普通、五月から九月まで続くのだが、それをジョーに言う必要はない。今は共感を得ようとしているだけだから、何もかも教える気はなかった。

「我々は売るつもりだけどね」

ミミ、ジェラルド、ヴィダがいっせいにハンク・スボーダのほうを振り向いた。

「なんだって？」ジェラルドが訊いた。驚きのあまり細長いあごを落としてあんぐり口を開けている。

「土地を売却することにしたんだよ」ハンクは自己弁護するように言った。「ファウル湖周辺も昔とは変わってしまって、もうもとに戻らないだろうからね。ここをずっと使いつづけることはできないし、売らずにおいておく余裕もない。ミミが今言ったようにね」

「わたし、そんなこと言ってないわ！」ミミが抗議した。

ジェラルドは驚愕の表情でハンクを見つめた。「まさか、冗談だろう。スボーダ家はオルソン家と同じぐらい古くからファウル湖畔に住んできたのに」

「歴史はうちのほうが長いさ」ハンクはすまして言った。「だけど、そんなことより、要は……不動産業者に言われたんだよ。うちの土地を売れば、フォート・マイヤーズに分譲マンションを買えるぐらいにはなるって」

ジェラルドは軽蔑をあらわにして鼻を鳴らした。

「そんな目で見ないでくれよ、ジェラルド。きみはまだ若いからそう思うだけなんだ」

見たところジェラルドは五〇歳近いのだが、今はそれを指摘している場合ではなかった。

「それに、きみの場合は生活のいろいろな面で助けてくれる人がまわりにたくさんいるだろう」ハンクは熱をこめて続けた。「だがうちにも孫ができて、ここへは年に二、三回ぐらいしか遊びに来なくなってしまったからね。家の維持管理はすべて、わたしとメアリの仕事になった。この春なんて、ボートを岸に着けようとしてヘルニアになるところだったよ」

「管理が大変だから家を売るっていうのか？」ジェラルドが訊いた。ミネソタで生まれ育った大方の人々と同じく、ジェラルドは自分を確固たる労働倫理を持つ者の典型であると思いたがっている（実はその反対の証拠は山ほどあるのだが）。ハンク・スボーダも同じような幻想を抱いていた。

ハンクは太くて濃い眉をぎゅっと寄せ、「もちろん違うさ」と大声で言った。「まあ、確かに大変ではあるがね。まったく、いやになる！　きみがあれこれ言うのは簡単だよ。きみらの別荘は湖岸から二キロ以上離れているし、森ひとつへだてたところだから、ここの状況がわからないんだ。うちの東側六〇メートルにはあのホテルが建った。西隣のスヴェンストロム家は土地を売っ払った。買った人は来年の春から工事を始めるらしい。そこへさらにもう一軒だからね！」ハンクは目の前にそびえる建物を指さした。顔は怒りで赤紫色になっている。「ほら、うちはすっかり囲まれて、見えるものといったら偽の木材の壁ばっかりなんだぞ」

なるほど。ミミは納得がいった。スヴェンストロム家の人々がパーティに来ていない理由がこれでわかったわ。裏切り者というわけね。ミミは悲しそうにハンクを見た。なんと言っていいかわからなかったし、心の奥ではシェ・ダッキーが同じ目にあわなくてよかったとほっとしながらも、それをやましく思っていた。いずれにしても、スボーダ家所有の古い小型のアルミ製釣り用ボートの姿が消えれば、ファウル湖も今までと同じではなくなるだろう。

「だから今のうちに売ってしまったほうがいいんだ。ここが美化された湿地にすぎないんだと誰かが気づく前にね」ハンクは息が続かなくなったのか、最後のほうはわびしげなささやき声で言った。

「売ったらどのぐらいになると思う？」ミミが振り向くと、すぐ横にデビーが立っていた。

「デビー」ハンクが言った。「その話は――」

「湖に面している土地一フィート当たり二〇〇〇ドルかしらね」と自ら答えたデビーはハンクの前を横切るように腕を伸ばし、ジョーに向かって手を差し出した。「デビー・オルソンです。はじめまして」

握手しようとするジョーの手に、デビーは字が印刷された小さなカードをぽんと置いた。

「何、それ？」ミミは訊いた。

「わたしの名刺よ。不動産業免許試験に合格すればすぐにでも営業を始められるの」

それならすべてつじつまが合う。「ハンクに売却をすすめた不動産業者って、あなたなの？」ミミはショックを受けていた。これは明らかな裏切りではないか――家族と、友人と、そしてシェ・ダッキーに対する裏切り。

「まだ不動産業者にはなってないわよ。まあ確かに、ハンクとは何回か話をしましたけどね」デビーはぬけぬけと言った。

なんて恥知らずな人なの。ミミはあきれて目を回した。むかついていた。

「相当なお金になるのね」と言ったヴィダに、ミミの敵意に満ちた目が向けられた。「だってここ、ガル湖やヴァーミリオンとは違うでしょ。ここの土地にそんな大金を払う人なんているのかしら？」

「どういう土地かなんて、プレスコットみたいな連中には関係ないんだよ」ハンクが苦々しげに言った。「要するに、大きくて最新式の、派手な家を建てたいだけなんだ。自分がどれだけ成功したか、友だちに見せびらかすためにね。といっても、友だちがうろついているのはあまり見かけないが」

「プレスコットとはお知り合いですか?」それまで黙っていたジョーが訊いた。

「いいや。造園を請け負っている地元の業者から名前を聞いただけです。だけど、造園だってさ! やれやれ。ここはノースウッズなんですよ。ノースウッズの土地で造園するなんて、いったいどういう料簡なんだろうね?」

ジョーはジェラルドのほうを向いた。「プレスコットに会ったことは?」

「ないですね。あの人、引きこもりみたいだから」

「もしかしたら広場恐怖症なのかもね」ミミは言い、デビーに背を向けた。彼女のことはあとでバージーにどうにかしてもらおう。「コンピュータの天才で、カリフォルニア大学バークレー校だったか、マサチューセッツ工科大学だったかの教授なんだけど、今は長期有給休暇中らしいわ。インターネット用アプリケーションを開発した人で、そのロイヤルティが何百万ドルも入るから、あの家を別荘用に建てたんですって。ほら、本人のお出ましよ」ミミは三階の小塔を指さした。ぽっちゃりした青白い顔が窓から皆を見下ろしている。

「ずいぶん若く見えるけど」ジョーはつぶやいた。

「そうね」とミミ。「せいぜい二二、三でしょう。飛び級して、大学を一二歳で卒業するぐらいの人よ。いつもあの窓から見下ろしてるの。童話の『ラプンツェル』の変な男の子版みたいにね。わたしだってこの目ざわりなものを毎日見なくてすむのなら、彼のこと気の毒に思えるのにね。同情する気が失せちゃうというか」

「悲惨だよな」ジェラルドが同意した。「見当もつかないような大金をつぎこんで、そこらのリゾート施設と同じぐらいでっかい家を建てたというのに、中に閉じこもったきりで誰も客が来ないなんて」

ジョーははるかに高い窓際にいる人物の顔をじっと見つめてため息をつくと、弱々しくVサインを作って挨拶した。「やあ、息子よ」

7

Vサインで軽く挨拶する父親のジョーを見下ろしたプレスコット・ティアニーは、恥ずかしさに顔を赤らめ、部屋の奥に引っこんで姿を隠そうとした。だがあいにく、そう簡単に隠れるような体ではない。

あんなところで近所の人たちに交じって、あの人はいったい何をやっているんだ？　父親がこの別荘を訪れる予定があったのは確かだ。来るのかどうか、いつ来るかとかはどうでもよかったが、来るなら来るで、ちゃんとした形で訪問するのが礼儀というものだろう。なのに父親は息子そっちのけで浮かれ騒いでいる。それを見たプレスコットの心に、少年時代に感じていた怒りがよみがえった。昔とまるっきり同じじゃないか。

母親が生きているときでさえ、父親のジョーはめったに家へ帰ってこなかった。いつもどこかよそにいて金儲けをし、名誉欲の塊になり、出世していった。休暇や誕生日にはいつも、ひどく場違いなプレゼントを抱えて顔を見せたものだ。妻と話をしたり、息子に目を向けたりもしない。でなければ、わが子の運動能力のなさに気づいたはずだ。

どうして父は、ぼくが天才児だということだけで満足できなかったのか？――プレスコットは自慢しているわけではなかった。天才というのは事実なのだ。幼いころから数学と物理に興味を示し、トールキンの『指輪物語』がお気に入りだったプレスコットは、つまらないホッケーのスティックよりコンピュータにかじりついているほうを好んだ。それに、ホッケーのスティックの使い方を誰に教わればよかったというのか？　父親に教わるといっても、二、三カ月に一度、五分ほどしか一緒に過ごせないのだから無理な話だ。もちろん母親に教えてもらえるはずはなかった。プレスコットと同じく学究肌の、いわゆる天才（知能指数一六五）だった母親は、頭脳を使う生活をしていた。

　そして、プレスコットを誇りに思っていた。

　いや、ぼくだけでなく自分自身のことも誇りに思っていたな、とプレスコットは心の中で訂正した。母親はひたむきなまでに息子の幸せを願い、最高の教育を受けられるように配慮してくれた。結果として、自宅教育《ホームスクール》を行うという選択をした——本人の言葉を借りれば「天才を教えるのに天才以上に適した人はいない」からだ。母親はまた、「才気ある者を育てる聖なる務め」と称して、自らの使命への心構えをつねに忘れなかった。その信念は実を結び、プレスコットは九歳で大学進学適性試験《SAT》に合格した。

　その後、母親はこの世を去った。当時一〇歳だった息子をハーバード大学に入学させるべきか否か、学長と携帯電話で激論を交わしながら道路を渡ろうとして、バスに撥《は》ねられたのだ。プレスコットはハーバード大学がどうしても許せなくて、プリンストン大学で学部課程を修了した。

妻の葬式に駆けつけた父親のジョーは、混乱した表情を見せていた——プレスコットの記憶ではあとにも先にもあのときだけだ。それから一週間、父と子はにらみ合いを続けた。あげくに父親はとんでもないことを言い出した。赴任先についてきて、海外の学校に通うのはどうかと息子にもちかけたのだ。どこか及び腰に聞こえたこの提案を、プレスコットは即座に拒否した。及び腰だったのは事実で、断られてほっとした父親の表情は一〇歳の子どもにも見てとれた。

そこでプレスコットは、実際に受け入れてもらえる年齢に達したら入るのも悪くないと母親と話し合っていた一流寄宿学校に入学したいと申し出た。提案するというより、主張した。

幸い父親は入学を許してくれた。少し意外だったのは、父親がその後も休暇と誕生日に顔を見せたこと、そして毎年夏には寄宿舎を離れて一カ月、自分が滞在している贅沢なアパートのどこかに一緒に住むよう言い張ったことだ。きっとそれが習い性となって染みついてしまったのだろう。もう明らかに父親役が要らないにもかかわらず、いまだに定期的に姿を現すのだから。プレスコットはジョーをまったく必要としていないのに。

一人息子が自分と一緒にいたくないと思っているなど、ジョーの自尊心にとっては耐えがたいことなのだろう。ほかの人たちからはもてはやされているのだからなおさらだ。ジョー・ティアニーは、ハンサムで礼儀正しく、カリスマ性にあふれた人間だった。

プレスコットの唇がぴくぴく引きつりはじめた。彼は窓のそばの壁に一度、バンと額をぶつけた。ただしあまり強くなく。青あざになりやすいたちだし、ダイアン・アーバスの写真作品の位置を乱したくない。一枚一枚、完璧にそろえるのに何時間もかかったのだから。プレスコットは窓から見下ろした。

父親はどうしてあそこにいるのだろう？　父親の性格からして、オルソン家の人たちは彼を聖書の〝帰郷した放蕩息子〟並みに温かく迎えるか、戴冠前の一族の王のごとくあがめるかして、パーティの主賓として招いたにちがいない。父親はいつもそうで、なぜかまわりにうまく溶けこむことができる。ファッション雑誌『GQ』から抜け出てきたような容姿のくせに、北欧系の住民の中にいても居心地がよさそうだ。彼らはプレスコットが〝ボンバディルの住みか〟と呼んでいるこの家を取り囲み、いたく感心している。

〝ボンバディルの住みか〟ではちょっと漠然としているか。だがプレスコットにとって作家のトールキンは、五歳のころからのヒーローだった。だから『指輪物語』の登場人物、古森のはずれの隠れ家に住む陽気な老人トム・ボンバディルにちなんだ名をこの家につけたのはごく自然なことなのだ。雑誌『アーキテクチュラル・ダイジェスト』とラルフ・カイロー著『アディロンダック・ホーム』の助けを借りて自ら設計を手がけたこの別荘を、プレスコットは外界からの隠れ家にしようと考えた。こうして自主的な亡命生活に入ったわけだが、職場であるMITの誰かがそのことを知っているだろうか、とふと思う。いや、疑わしい。

MITがプレスコットの開発したインターネットのセキュリティ・プログラムの権利を第三者に売却した翌年、彼が長期有給休暇をどこで過ごすのか、学生の一部をのぞいては誰も訊こうとはしなかった。それはそれでかまわない。私生活については、シリコンバレー第二世代の欲深な教授陣や、野心むき出しの大学院の学生にわざわざ教えてやるつもりはなかった。はしごにたとえれば、彼らは二番目の段あたりでしのぎを削っている。プレスコットは自分がはしごの最上段にいることを知っていた。それでも一人で頂点に立つのは骨が折れる。ここらでひと息つきたかった。歩いているだけで自分がのけ者だと感じる大学のキャンパスとは違って、考えたいことをじっくり考えられる肩のこらない場所を必要としていた。

ファウル湖畔は、おおむね自分に合っている。ここでは誰もプレスコットに期待を抱かない。ひいきのフットボールチームはどこかとか、またひと財産築くために何に取り組んでいるのかといったばかげた質問をする者もいない。ここでのプレスコットは景色の一部にすぎない。その点、オルソン家の人々と同じだ。もちろん自分がオルソン一族の一員だなどという妄想を抱いているわけではない。彼らとプレスコットは、南極の岩礁にそれぞれ独立した存在として共生するアザラシとペンギンのような対等の関係なのだ。

プレスコットの目は窓の下の動きをとらえた。がりがりにやせた赤毛の女性が新たにグループに加わっている。父親はもう、ぼくが息子であることをオルソン家の人たちに言っただろうか。プレスコットは体を横に曲げてよく見た。いや、言っていない。なぜわかるかというと、あの人たちは父子の関係を知ったとたん誰もが見せる驚きの表情をしていないからだ。そんな表情なら、今まで数えきれないほど見てきた。

落ち着け。プレスコットは自分に言いきかせた。一〇代のころなら、こんなくだらないボス争いもうなずける。しかしプレスコットはもう二三歳だ。自ら開発した画期的なインターネット用アプリケーションの権利を売却して大金を手にした。自分以上に知能指数の高い人間は知らないし、すばらしい家も建てた。それに父親のように他人の人生にからむことで生計を立てたりはしていない。

「くそっ」

だが、そういった実績をもってしても、父親がミニオネット・オルソンの隣に立っている事実は打ち消せない。プレスコットは壁にもたせかけた頭を支えにして向きを変え、せつなそうな目で二人を見下ろした。

三カ月前この家に引っ越してきたとき、隣の敷地にある荒れ放題のリゾート施設が気になった。リゾートと判断したのは、私道の入口の古い表札と、『ルーニー・テューンズ』のダフィー・ダックに似た木製のアヒルの置物を見たからだ。表札に焼きつけられた文字は〝シェ・ダッキー〟と読めた。工事現場の作業員に訊いてみると、驚いたことにそこはリゾートなどではなく、さびれた外見にもかかわらずまだ使われていることがわかった。シェ・ダッキーはオルソン家が所有する地所で、近親者を含む大勢の人が夏のあいだ、気が向いたときに出入りしているという。

プレスコットは大いに興味を引かれた。何事も事前に周到な計画を立て、十分な準備をしてのぞむたちで、親族といえば父親のほかに母方の祖父母と、会ったことのない年上のまたいとこが一人だけだからだ。この高い窓からオルソン一族のようすを眺めるのは（それに少し時間を費やしすぎていると自分でも認めざるをえない）、ディケンズの小説を読むのと同じぐらい面白かった。それも感傷的な結末ではなく、ディケンズ先生が課す哀れな境遇からすぐに救い出される善良で礼儀正しい人々を描く、明るく心温まる中盤を思い起こさせる。今にも壊れそうなシェ・ダッキーに次々と出入りする登場人物の中で唯一変わらないのが、あの女《ひと》だった。

初めて見かけたとき、彼女はマツの巨木の下に座って足の爪を切りつつ、アバの歌を大声で歌っていた。

もっとよく聞こうと、プレスコットは窓を開けた――家の配管に設置してある最先端の高性能微粒子フィルターシステムの効果が台無しになるうえ、アレルギーがひどくなるのをじゅうじゅう知りながら、開けてみた。歌声はとても美声とは言えなかった。

プレスコットがたじろぎながら聞いていると、一〇代の少年が彼女のところへやってきた。少年の言葉は聞きとれなかったが、たぶん人生や恋愛など深刻な問題の相談だったのだろう。彼女は少年の手をとり、感情をこめて目をのぞきこみ、言った。

「そんなの、放っておきなさい。成り行きにまかせるのよ」

少年の体から緊張が消えていくのが見てとれた。そして、奇妙なことにプレスコット自身の緊張もほぐれていくように感じたのだった。彼女は聖母《マドンナ》のような笑みを浮かべ、ふたたび足の爪を切りはじめた。

プレスコットはすっかり魅了されてしまった。

きれいな声でなかろうと、歌が下手だろうと、気にしない女性がここにいる。自分がもう若さを取り戻せなくても、あんなみすぼらしいコテージで夏を過ごすしかないほどお金がなくても、いっこうに平気なのだろう。なぜそう言い切れるか、自分でも不思議だったが、とにかくプレスコットにはわかった。彼女は身なりにあまりかまわず、手持ちの服も多くないようだが、これもどうでもいいらしい。すべてを悟った自然体の人なのだ。

彼女は湖に浮かべた浮き輪の上で長い時間を（何時間も）過ごしていた。内なる平穏をたたえた底なしの井戸を見つめているといった感じだ。おそらく禅やヨガの達人なのだろう。シェ・ダッキーが彼女を中心に回っていることは明らかだ。プレスコットが越してきて以来、毎日姿を見せるのは彼女だけだった。

「成り行きにまかせる」――今までの短い人生を人より抜きん出ることに捧げてきた人間にとって、これ以上に深く響く言葉はなかった。プレスコットは、つねにシェ・ダッキーにいる彼女がオルソン一族全員を率いて導いていく不変の役割を果たしているらしいと考えた。プレスコットの人生で不変のものといえばただひとつ、オールAの成績だけだ。父親の季節ごとの訪問は義務感にかられての行動にすぎないので、数に入らない。

父親は義務を果たすことこそ自分の務めと信じている。しかしプレスコットに言わせれば、共通点がまったくない父子なのだから再三の訪問は時間の無駄だ。それにひきかえ、シェ・ダッキーのあの女性とのあいだには多くの共通点がある。二人とも誠実で、環境保護主義者で（彼女が流行遅れの服を着ているのはそのせいにちがいない）、物質的なものより精神性に重きをおく人間だからだ。

名前はミニオネット・オルソンだという。一族の誰かと結婚した人なのだろうな、とプレスコットは想像した。大柄でブロンドが多いオルソン家の人たちとは違って、黒髪で小柄だからだ。それに、パートナーがいないとは考えられなかった。彼女は人生の喜びを人と分かち合うタイプに見える。足元にひれ伏して妻をあがめるミスター・オルソンの姿が見えないのは、亡くなったからにちがいない。子どものいない未亡人というわけか。

そして、ぼくは孤児のようなものと言っていい。

プレスコットは大きくため息をつき、壁から離れた。ミセス・オルソンは父に何を言っているのだろう。この家についてか？　父は彼女を引きつけようとしているのか？　だが彼女は魅せられているようには見えない。明らかにむかついている。

甘んじて受けとめろよ、ジョー。心の中で腕を上下に大きく振りながらプレスコットは思った。睡眠薬のコマーシャルのナレーションを思わせるその声と、中古車のセールスマン然とした魅力は、ミセス・オルソンのような女性には通用しないぞ。そう簡単にだまされる人ではないはずだ。

ふたたび外で叫び声が上がり、プレスコットの注意を引いた。窓から見下ろすと、林から少年が激しく身振り手振りをしながら走り出してきた。

プレスコットは親指の爪を嚙んだ。何が起こったのか知りたかったが、盗み聞きをしているとオルソン家の人たちに思われるのはいやだったし、窓を開けたら自分の姿が丸見えになってしまうおそれがある。とはいえ、皆が少年のほうに注意を向けていた。

　プレスコットは四つんばいになって窓の真下へ移動し、手を伸ばして窓枠を三センチばかり押し上げた。この報いは今晩、アレルギー症状が出たときに受けなくてはならないだろうが、それでも見るだけの価値はある。オルソン家の人々を観察することは、プレスコットにとって単なる暇つぶし以上の楽しみになっていた。長いあいだ見守ってきたからか、まるで彼らを養子にしたかのように感じていた。

「――火葬用の薪の山だ！」ブロンドの大男が叫んだ。

　プレスコットは窓の敷居のへりに指を引っかけるようにしてのぞき見た。皆、少年を取り囲んでいた。

「うん！　あの人、船着き場のところで、いかだの真ん中に積み上げた薪の山に灯油をかけてるんだ」

　プレスコットは窓のそばに置いてある双眼鏡を引っつかみ、膝立ちになった。狭いビーチにレンズを向けると、シェ・ダッキーの敷地内の古くてペンキが剝がれかけた二階建ての家が映った。案の定、白いカーテンを身にまとった老女が膝まで湖の水につかって立ち、いかだのような物体の上の真ん中に山と積み上げた小枝の上から赤いガロン缶の液体をかけている。プレスコットは双眼鏡を持った手を下ろし、窓のすきまに耳を押しつけた。

「そんなの、意味ないわ」ミセス・オルソンのすぐ横にいるやせた赤毛の女性が言った。

「アーディスおばさんの遺体がないのに燃やそうだなんて」

「薪の山の上にアーディスおばあちゃんのポスターがのせてある！」少年が叫んだ。

「なんてこった」ブロンドの大男がつぶやいた。

プレスコットは双眼鏡の焦点をいかだに合わせた。確かに、きめの粗い写真が小枝に刺してある。ゴルフバッグを持った老女の等身大の写真だった。膝まで水につかった女性はマッチをすり、薪の山に放り投げた。たちまち火が燃え上がり、そのうち黒い煙が出はじめた。

煙を見たのはプレスコットだけではなかった。ミセス・オルソンにも見えたのだろう、「大変だわ」と言った。「行きましょう、大火事にならないうちに」

彼女はビーチをめざし、林に向かって走り出した。ほかの人たちもすぐあとに続いた。

ジョーもその中の一人だった。プレスコットは虚無感をおぼえた。自分は父親に何を期待しているのか？　息子よ、一緒に行こうなどと誘ってくれるとでも？

その可能性は低かった。

8

バージーはプラスチック製のローンチェアをビーチまで引きずってきてどすんと座り、騒動を見守っていた。

バイキング風の船棺としては、ナオミが使ったいかだはお粗末なものだった。それでも故人の友人、親戚、近所の住民など、ビーチに集まった見物人たちにはがっかりしたようすはない。縦三列に並んで立ち、岸から五、六メートルほどの湖面にぷかぷか浮かぶいかだを眺めている。薪の上のポスターは大きく揺れ、まるでアーディス本人が勝利のダンスを踊っているかのようだ。

もしかしたら本当に踊っているのかもしれない。ミミに訊いてみよう、とバージーは思う。

最初、ナオミが作った足場の下から煙が上がったあと、火の勢いは弱まった。いかだを沖へと押し出したナオミは、膝まで水につかったまま、白いシーツのすそをまわりに漂わせてたたずんでいたが、振り向いて不快そうな表情を見せると、のろのろと岸へ上がってきた。

「まったく、いやになるわ」ナオミはたまたま一番近くにいたバージーに向かって言った。

「マッチなんか使っちゃいけなかったのよ。燃える矢を薪の山に射こむのが本来のやり方なのに……」


「なるほどね」バージーはつぶやき、缶入りダイエットコークの残りを飲みほした。

「どうしてうまくいかないんだろう」ナオミはまだ文句を言っている。「ガロン缶を使ったんだから」

そのとき突然しゅうっという音がして、ナオミは振り返った。バージーはすでに気づいて目をみはっている。灯油に引火したのだろう、二・五メートルほどの火柱が上がり、オレンジと青に輝く炎となってアーディスのポスターを包んだ。裏打ちの発泡スチロールがポンという音をたてた。ゆっくりと溶けていく写真は『オズの魔法使い』でドロシーに水をかけられて消えた西の国の魔女を思わせる。アーディスなら魔女にたとえられて喜んだだろう。

「やったわ！」ナオミは上機嫌で両手をこすり合わせた。「ここで待ってて。儀式のせりふを言ったら戻ってくるから」

「大丈夫よ、ナオミ、ちゃんと待ってるわ」バージーはそう応えて足首を交差させた。ナオミのことは好きだった。若い世代の者たち（ミミだけは意見が違うようだが）が噂するほど頭がおかしいわけでもない。むしろ、若い人たちのあいだではミミのほうこそ変わり者だという見方が多い。スピリチュアルカウンセラーという仕事も普通ではないし、ふらふらと気ままな暮らしをしているのだから無理もない。毎年夏になるとこの湖のほとりを訪れるミミは、全財産の八割ぐらいは持ち歩いているのではないか、とバージーは思う。それでも中型車のトランクがいっぱいにならないのだ。

「バイキングの乙女よ。ヴァルハラへの航海がとどこおりなく進みますよう!」ナオミは両腕を頭の上に上げたまま、水をかきわけて燃えつつあるいかだのほうへ歩いていった。そのとき一陣の風が吹き、ナオミの体のまわりで白いベッドシーツが舞った。なかなか感動的な眺めだわ。バージーは認めざるをえなかった。

「どうか、悠久の時が流れる岸にすみやかに着かれますよう!」

風にあおられて火はさらに高く燃え上がる。これも感動的だった。

「どうか、あなたの誇り高い魂が偉大な祖先たちの集う大広間で安寧を得られますよう!」ところが驚くべきことに、燃えるいかだは風の勢いで進む方向が変わり、岸に向かって流されはじめた。

「どうか──あっ、まずいわ!」ナオミはシーツをひるがえし、よろめきながらいかだに近づいた。沖へ押し戻すつもりらしい。

「そんなことしたらだめよ、ナオミ!」バージーは心配になって呼びかけた。「髪の毛が焼けこげちゃうでしょ!」

バージーが立ち上がったとき、数人がビッグ・ハウスのそばの林から岸に向かって走り出てきた。ジェラルドと息子のフランク、パーティのあいだじゅうミミについて回っていた男性が先頭で、ヴィダとビルがすぐあとに続いている。次にデビーとハンク夫妻、最後にミミ。といってもひどく差がついているわけではない。何を血迷ったか、ミミは片足でぴょんぴょん跳びながら進んでいる。

先頭を走っていた身なりのいい男性は湖にざぶざぶと入ってナオミに近づき、短く「失礼」とだけ言うと、体に巻かれた白いシーツを剝ぎ取って湖の水に浸し、いかだに叩きつけた。

「ふん、何さ」ナオミはプレイテックスの〝フルカップブラ、エイティーンアワー〟だけになった自分の胸を見下ろしてつぶやいた。燃えていたいかだはもう、水に濡らしたシーツでおおわれている。ふてくされたようすでいかだに背を向けたナオミはよっこらしょと岸に上がり、バージーのそばへやってきた。

「燃え広がるわけがないのに」とぶつぶつ言っている。「岸から離れたところで固定してあるもの」

バージーは特に驚かなかった。個性的すぎるきらいはあるものの、ナオミは無謀ではないからだ。

「あの人たちに言ったほうがいいかしら？　心配するなって」とナオミ。

バージーは考えた。ビーチに集まった人々の関心は、火葬の見物から、大火事になるのを食い止める消火活動へと移っている。皆、濡らした毛布やシーツ、タオルを重ね、あげくにはマットレスまで使っていかだを沈める作業に集中している。

「いや」バージーは結論を出した。「放っとけばいいわ。あの人たち、楽しんでるんだから」

確かに皆が楽しんでいた。いかだからは黒い煙が幾筋か立ち昇るだけで、林にまで火が燃えうつるおそれはないことが明らかになった今、火との闘いは水との闘いに発展していた。

お互いの体を沈め合う人や、水しぶきを上げて遊ぶ子どもたち。ついには誰かがシェ・ダッキーの武器庫に押し入り、水鉄砲を持ち出した。

ミミは砂の上に膝をついて座り、腕を太ももの上にだらりと垂らしていかだを見つめていた。ほっとして力が抜けたのか、肩を落としている。バージーが見ていると、ナオミからシーツを剝ぎ取ったハンサムな男性がミミに近づいて話しかけた。ミミは顔を上げて微笑み、男性が差し出した手につかまった。一瞬、二人の動きが凍りついたように止まったあと、男性はミミの手を引いて立ち上がらせ、手を放した。勝手にすればいいわ。過去に六人の恋人とつき合ったバージーは、その光景が何を意味するかわかっていた。

火花。本物の火花だ。性的に惹かれあっているしるしというだけでない、見逃すことのできない何かが感じられた。

「ねえ、あれ見てよ」ナオミがつぶやいた。彼女も二人のようすを見守っていたのだ。

「見たわ」バージーは言った。ナオミとは義理の姉妹として五十数年間つき合ってきた仲だ。長々と説明しなくてもお互いの意思疎通はできる。「あの人、知ってる?」

「ジョアンナが言ってたわ。ミミがジョーっていうかっこいい男の人を連れ歩いてたって」

「ジョーね」バージーはなつかしそうに言った。「昔、ジョーっていう名前のボーイフレンドがいたわ――」

「まったくあのばあさんときたら、どうかしてるんだから」

その声にバージーとナオミはあたりを見まわした。ナオミの息子ビルの妻デビーが、砂を勢いよく踏みつけながら夫のほうへ歩いていく。怒りにまかせて足を踏み出すごとに砂が飛び散った。

「あんなことして。この別荘地全体を焼きつくすところだったじゃない！」デビーは憤然として言い放った。まわりにいた数人がきまり悪そうに目をそらす。「ねえビル、なんとかしてよ。あのばあさんの奇矯な行動のせいで訴えられないうちに」

バージーはナオミのほうを見た。ナオミは肩をすくめた。

デビーはひどく動揺し、憤っているようだ。

「まあまあ、デビー。おれの母親なんだし――」

「わたしだってあなたの妻よ。それに」デビーは波打ち際で取っ組み合っている二人の男の子を指さした。「息子たち。彼女はわたしたちみんなを危険にさらしたのよ。あなたったら、いったいいつになったら、根性をすえてやるべきことをやれるようになるの？」

「デビー、黙っててくれない？」騒ぎの中、ミミが大声をあげた。バージーが振り向くと、ミミが足を引きずってデビーのほうへ向かっていた。ジョーの姿はない。ミミの顔は無表情で、ほとんど怒っているように見えた。その口調は……威丈高だった。

口をつつしむよう、デビーに対して誰かが言ってやってもいいころだわ、とバージーは思う。いや、とっくの昔に言うべきだった。それにしてもミミがその役を買って出るとは驚きだ。今まで率先して何かをやったことも、威丈高にふるまったこともない。自分は怠け者だから、誰かに何かを命令するのは無理、といつも主張するミミだった。だが本当の理由は、物や人を大切にしすぎるあまり、行動を起こさずにはいられなくなるのがいやなのではないか、とバージーは疑っている。父親が失踪して以来、ミミは何事にも執着しなくなっていた。

バージーは拍手をおくった。ジェラルドも加わった。次にジョアンナが、そしてもう一人が、次々と拍手しはじめた。近くにいた者全員ではないが、ナオミとの関係においてデビーが身のほどをわきまえるべきだと思う者が何人もいたらしい。デビーの頭に血が上った。

「ふん、けが人が出なくて何よりですこと」デビーは洟をすすり、あごをつんと高く上げて立ち去った。

姑としてデビーとつき合って一七年、彼女の鼻持ちならない性格に慣れきっているナオミはため息をついた。「かわいそうなビル！」

9

レンタカーに戻るとすぐに、ジョーは水浸しになったローファーを脱いで後部座席に放りこんだ。まるでウサギの巣穴からはい出てきたかのような気分だった。

湖のビーチでパーティが行われている最中に、数十メートルしか離れていない場所で裸になって泳ぐ四〇代の女性。そんな人はジョーの知り合いには一人もいない。ましてや、林の中を全裸で走ろうだなんて。仮にそうせざるをえない状況に追いこまれたとしても、普通の女性なら少しは途方にくれてしまうだろう。

ところがミミ・オルソンの場合、みすぼらしいスタジアムブランケットをかぶせられたとたん、それまでのきまり悪さはすべて消えうせてしまった。彼女はそれきり一度も困惑の色を見せない。子どもっぽいビーチウエアを着て現れたときも、幽霊と交流して生計を立てていると平然と告白したときも。

ジョーは悲しい結論に行きついた――ミミ・オルソンはいわゆる変わり者だ。

過去の経験から、ジョーはもうこれ以上、変わり者の女性と関わり合いになりたいとは思わなかった。今まで出会った〝変わり者〟は〝病んでいる〟か、〝知能が劣っている〟人がほとんどだった。だがミミ・オルソンの場合は特別免除に値するだろう。いかだの上の火葬という一族特有の奇妙な儀式でもわかるように、育ち方が影響しているのは明らかだった。多少風変わりになるのも無理はない。

オルソン家の人々とある程度の時間を一緒に過ごせば、誰だって少しは感化されておかしくなるだろう。現に、ジョーもとっぴな行動に走ったではないか。もし、今朝誰かに「あなたは午後、泥沼のような湖で服を着たまま膝まで水につかり、老婦人の体に巻かれたシーツを剝ぎ取るでしょう」と言われたとしても、ジョーは断固として信じなかっただろう。

ジョーはびしょぬれの靴下を脱いで、砂交じりの水を絞り出した。

ミミはただいっぷう変わっているというだけではない。オルソン一族がシェ・ダッキーを維持していくべきだという点について、明快で感傷的でない主張をしていたのには感心した。明快な思考をする女性は、たまらなくセクシーに思える。ジョーがカレンに惹かれた主な理由はそれだった。

カレンと出会ったのはオハイオのマイアミ大学四年生のときで、当時カレンはまだ入学したばかりの一年生だった。きっかけは上級統計学の授業で席が隣どうしだったことで、カレンがノートを見せてくれたとき、ジョーは愕然とし、一瞬にして恋に落ちてしまった。彼女のノートはきっちりと整理され、記述は詳細にわたり、まさに体系化への讃歌だったのだ。まもなく二人は一緒に勉強しはじめ、そのうちベッドをともにするようになった。

どうして二人が惹かれ合ったのか、男子学生社交クラブ《フラタニティ》のほかのメンバーは不思議がっているようだったが、ジョーは自分がなぜカレンに恋したか、理由をはっきりと知っていた。ジョーは一人息子で、職を転々としていた両親はメロドラマを地でいくようなカップルだった。そんな波瀾万丈の家庭環境で育った子どもにとって、緻密さ、秩序、理性ほど美しく思えるものはなかった。カレンはこれらの資質をすべてかねそなえた高貴な巫女のような存在だったのだ。

ジョーは足元に手を伸ばし、スラックスのすその折り返しをめくって中にたまった砂を地面に振り落とした。

妊娠がわかったとき、カレンは結婚を承諾したが、これには誰よりもジョーが一番驚いた。敬虔なカトリック教徒だから、どうしても産みたいという。それはノーベル賞受賞も夢ではないキャリアを無にすることを意味した。一方、ジョーは卒業後一流企業に就職し、仕事に没頭した。息子のプレスコットとともに家にいたいと望む献身的な妻を、ふたたび大学に通わせてやれるだけの給料を稼ごうと決意していたのだ。ほどなくジョーは頭角を現し、安心して仕事をまかせられるやり手の企業人として活躍しはじめた。しかしそのため、ほかの市や州へ、海外へ、何週間も、ときには何カ月もの長期にわたって出張する生活が続いた。

五年後、ジョーは二四歳の誕生日を迎えたカレンを食事に誘った。デザートのあとで、ジョーは白地小切手と、シカゴ大学の入学願書をテーブルに置き、カレンの前に差し出した。

「なあに、これ?」妻は驚いた表情で訊いた。

「小切手だよ。それと、シカゴ大学の入学願書だ。といっても、ひとつの例としてあげただけで、行きたい大学があればどこへ行ってもかまわない」

「えっ？」

「本当だよ。ついにこれできみも原子物理学者になれる」

「わたし、仕事があるもの」カレンは冷ややかに言った。

ぶざまな戦術ミスをくやしく思いながら、ジョーは切り口を変えようと試みた。

「もちろんそうさ。最高にすぐれた母親だからね」カレンは得意げな笑みを浮かべた。「だがこの話は、きみが夢見ていた仕事のことだ」

「プレスコットがいるのに、どうしろっていうの」

「あの子ももうすぐ五歳になる。幼稚園に行く年だろう」

「幼稚園ですって？」カレンの声が高くなり、近くの席で食事をしていた客たちが視線を向けてきた。「IQ一五〇以上の子どもにふさわしい幼稚園がどこにあると思う？」

この話ならジョーは、以前にも聞いたことがあった。プレスコットが能力を十分に発揮するために、適切な環境がいかに大切かという議論だ。「モンテッソーリ学園があるだろう」

「モンテッソーリ？　あそこは万年Bプラスどまりの生徒が行く学校じゃないの」カレンは首を振った。「いいの。わたしのことを気づかってくれて、ありがとう。でもジョー、わたしには立派なキャリアがあるの。一時的な仕事ではなくて、プレスコットの教師を一日じゅう務めるという使命が。わたしの指導のもとで、あの子の才能は開花しつつあるわ。まさに輝いているのよ」

「でも、きみはどうなんだ？」

「わたしも輝いているわ。見ていてわからない？」カレンは微笑んだ。幸せそうで、それはジョーも認めざるをえない。「これ以上に面白くてやりがいのある仕事は考えられない。才能に恵まれた子どもたちの認知能力の発達モデルは日々変わっていて、学ぶべきことが多いし、プレスコットに試してみたいことがたくさんあるの」

「それは気づかなかった……」

「あなた、めったに家にいないから」カレンは言い、ジョーの表情を見てつけ加えた。「文句じゃないのよ。ただ思ったままを言っただけ」

「きみはほとんど一人でプレスコットを育ててきた。せめて誰かの助けを借りたら」

「人の助けなんて要らないわ」カレンはきっぱりと言った。

「それなら、どうしたらきみの負担を少しでも軽くしてあげられるか、教えてくれ。以前話した昇進の件を断ろう。そうすれば前よりはいくらか家にいられる時間が多くなる」

「やめて！」カレンはひどく顔をしかめた。「だめ、断らないで。プレスコットの教育には大変な費用がかかるんだから。大学の授業料だけじゃない。あの子を育てていくうえで必要なものはすべて、必要になったときに手に入るようにしてやりたいの。たとえどんなにお金がかかっても」

「じゃあ、出張を少なくするという条件で、昇進の話は受けることにしよう」

二人の視線が合った。カレンの目はおびえていた。ジョーは突然、その理由に気づいた。

カレンは、やりがいのある仕事の一部を夫に取り上げられるのをおそれている。何もかもあきらめて結婚した彼女にとって、プレスコットの母親としての仕事こそ、唯一のよりどころであり、存在意義なのだ。

「ジョー、お願い」カレンは言った。「どうか、邪魔しないで。わたしの仕事を取り上げないでちょうだい」ジョーの想像どおりだ。

それで話は決まり、ジョーは同意した。

ぼくはその約束を守った。ジョーは濡れたスラックスのままで運転席に座り、エンジンをかけた。**なんという大ばか者だ。**

ジョーは四台入るガレージの前に駐車して車を降りた。プレスコットの別荘はノースウッズの森の雰囲気と、自動車用消臭剤のマツの香りとがあいまって、まるでディズニーワールドから抜け出てきたように見える。

これを好きになれればいいのだが、とジョーは本気で思っていた。プレスコットがきっと誇りに思っているだろうからだ。しかしそれにしても……ばかでかくて、偽物くさい。そして……とてつもなく、ばかでかい。

ミミがこの建物とプレスコットを嫌うのも無理はない。しかたのないことだ。かわいそうに、プレスコットがジョーの息子だとわかったときのミミはひどく恥じ入ったようすだった。言葉につまったあげく、しなくてもいい謝罪をしようとしていた。そのとき少年が、いかだに積んだ薪の山に火がつけられたという知らせを持ってやってきた。あとでミミはまた謝ろうとしたが、ジョーは気にしなくていいとさえぎった（ほかにももっと言いたかったのだが、何を言えばいいかわからなかった）。だがそのとき、あの女性がやってきて、ミミの関心はそちらへ移った。砂を踏み散らしながらやたら叫んでいたあの人、確かデビーといったたっけ？

ジョーは後部座席からトートバッグを取り出し、はだしのまま正面玄関までの道をそろそろと歩き出した。玄関ドアの上には松ぼっくりが飾られており、その中に目立たないように隠された小さな赤い光がこちらを見下ろしている。ドアまわりに呼び鈴はなく、真鍮《しんちゅう》めっきの小型のインターコム装置があるだけだ。

赤い光を見上げたジョーは弱々しく微笑んだ。監視カメラやウェブカメラのたぐいは嫌いだった。「よう、プレス。ぼくだ。ジョーだよ」とインターコムに向かって話しかける。「父さん」と言ってもよかったのかもしれない。だがプレスコットは、父親のことを〝ジョー〟としか呼ばないのだ。「やっとたどり着いたよ。もう知ってるだろうけど」

返事がなかった。

「この家、相当なものだね」沈黙。

「プレス？　いないのか？」出かけてしまったのなら、いつ帰るかわからない。もしかすると何日も戻ってこないかもしれない。「どうやって入れっていうんだい、この要塞みたいな家に？」ジョーはつぶやき、ドアのノブを回してみた。鍵がかかっている。

「裏に回ってくれ」姿は見えないが声だけが聞こえた。「デッキにつながる両開きのドアの鍵を開けておいたから」

そうか。うかつだった。ジョーは思った。**プレスコットはこちらのようすをずっとうかがっていて、ぼくが何かまずいことを言い出すのを待っていたにちがいない。では、ゲームの始まりだ！**

ジョーは建物の裏へ回り（プレスコットがつけたこの家の名前、確か〝ボムディィールの家〟とかいったかな？）、船首の形をしたヒマラヤスギの巨大なデッキに上がった。高価そうなクッションを敷いたラウンジチェアや小さな椅子が並べられている。残念ながら、これらの家具に人間の尻の痕跡がくっきりと残ることはないだろう。そもそも座ったのはプレスコットだけだろうし、季節ごとにさまざまなアレルギーに苦しめられる彼が戸外でゆっくりくつろぐのは無理だからだ。

プレスコットはアレルギーの注射を受けるのを拒否した。カレンは息子の体に化学物質を入れることに対して懐疑的だった。なんらかの形で脳に達するおそれがあるからで、「完璧なものはいじらないほうがいい」というのが彼女の主張だった。

息子の体へのアレルギーの影響を目の当たりにしたジョーは、洟を止められるならＩＱが少しぐらい低くなってもいいと思ったが、それは彼だけの考えだった。

ジョーは両開きのドアを押して開け（密閉性の高い家の純粋な空気を汚して）、あたりを見まわした。それはスポーツジムぐらいの大きさで、建物の端から端までを使っただだっ広い部屋だった。間仕切りの壁はなく、機能に応じて三つの主なエリアに分かれていた。リビングエリア（ジョーは大広間と呼びたい気がした）のソファや椅子の配置はゆとりがあっていい感じだ。次にダイニングエリア。そして小さなホテルの厨房に匹敵する大きさのキッチンだった。

リビングエリアのつきあたりの角に廊下が見え、そのまた奥には寝室につながる開いたドアがあった。建物の北側が寝室棟になっているらしい。二階と三階にはどんな部屋があるのだろう。

息子の姿はどこにも見あたらなかった。

「プレス？」返事がない。ジョーはキッチンまで歩いていき、紙ナプキンに丁寧に包んだカシュー・バーをポケットから取り出し、古代の棺を思わせる大きさの、御影石《みかげいし》の天板を使ったアイランド型カウンターの上に置いた。

聞こえてくるのは最先端の空気浄化システムが発するシューッという静かな運転音だけ。外界からの音はごく限られていて、鳥の鳴き声も、葉の生い茂る木々のあいだを吹きすぎる風の音も、すぐ近くでオルソン一族が開いているパーティのにぎわいも耳に入らない。巨大なダイニングテーブルの真上を見上げると、何頭分もの鹿の角が使われたシャンデリアがあった。トラクターのタイヤほどの大きさだ。

ジョーは洗練されたものを好むたちで、生活のあらゆる面で傑出したもののよさを楽しんでいた――仕立てのいい服、質のいい音楽、美しい芸術作品、極上の食事。一方で、無駄なものを嫌う気持ちも同じぐらい強かった。この家は、空間と材料をはなはだしく無駄にしている。

「プレスコット！　今、キッチンにいるんだけど！　お菓子を持ってきたよ！」

「大声を出さなくてもいいよ、ジョー。はっきり聞こえるから」

ドラム缶の中で話しているようなやや金属質ながら落ち着いたプレスコットの声が、キッチンの格天井《ごうてんじょう》の中に巧みに隠された一連のスピーカーを通じて響いてくる。『2001年宇宙の旅』に登場するコンピュータ、HAL9000の声に不気味なほど似ていた。

ジョーは天井を見上げた。また赤い光を放つカメラのレンズを探したが見つからない。よかった。自分のレム睡眠が記録されると考えたらとうてい眠れないからだ。

「どうしてインターコムが必要なんだ？　一人で住んでるのに」

「掃除の人が来たときに、あとをついて歩いたり、叫んだりしなくても指示できるようにするためだよ」プレスコットは抑揚のない声で答えた。

「どのぐらいの頻度で掃除に来てもらってる？」ジョーは興味をおぼえて訊いた。一人しかいないのに、どれだけ散らかせるっていうんだ？　別に掃除が悪いと言っているのではない。ジョーの清潔さへのこだわりは誰にも負けないほど強い。だが、こいつはそれ以上だ。

プレスコットは答えなかったが、何を言いたいかは明らかだった。彼が言葉を発するようになって以来ずっと、父親に対して発してきたメッセージだ――どうせジョーにはわかりっこない。

それでもジョーはもう一度試みた。

「近所の人が作ったカシュー・バーを持ってきた。びっくりするぐらいうまくて――」

「以前から気づいてたはずだよね、ぼくの体重のこと。デブだってこと」どこからか聞こえる声がさえぎった。「だったらわかるだろう。今後、カシュー・バーみたいな食べ物をこの家に持ちこむのはやめてほしい」

「おまえはデブじゃないよ。体格がいいだけだ」ジョーは言葉を探した。「いや。大きいというか」これも違う。「がっちり――」

「お願いだから、やめてくれよ」

ジョーは黙り、その場に立ちつくした。どこかの部屋からプレスコットもこちらを見つめているのだろうと想像しながら、ばかみたいに天井を見つめる。自分でも不思議だった。迷惑がられ、邪魔者扱いされているというのに、なぜぼくは毎年、巡礼のごとく息子を訪問しつづけているのだろう？

いい答えが見つからなかった。実のところ、父親らしい気持ちになったことがあまりないのだ。

ジョーはプレスコットと初めて対面したときのことを思い起こしていた。病院の廊下で、カレンの年老いた両親のとがめるような視線を避けていたところへ、分娩室から看護師が電動式のケーキワゴンのようなものを押しながら出てきた。中にはやせこけた小さな生き物が、極小サイズの黒の水泳用ゴーグルをつけて横たわっていた。宇宙船が不時着したときの地球外生命体のサルみたいにキーキー声をあげ、不安そうにもがいている。

「少し黄疸が出ているのでビリルビン光線療法を行っていて、それでゴーグルをかけさせているんです」と看護師は説明し、カートを操ってジョーを冷水器の隣へ押しやった。「でもそれ以外は問題ありません。元気なお子さんですよ。抱っこしてみますか？」

「いや、結構です」ぼくが抱っこしたら落としてしまう。

看護師は驚いたようには見えなかった。

「そうですか。では、赤ちゃんをおじいちゃんとおばあちゃんのところへ連れていきますね」

看護師はカートを後ろに引いたが、ジョーは何かに駆りたてられるように手を出してその動きを止め、プレキシガラス製の容器を上からのぞきこんだ。狭くて奇妙な空間だった。赤ん坊の黒っぽい皮膚に円形のパッドがいくつもテープで止められている。パッドの先のコードはカートに取りつけられた機械につながり、機械のモニター画面には数値が表示されている。数値に目を走らせ、無力な赤ん坊を見たジョーは、とてつもない大きな責任が自分の肩にのしかかってきたという思いにとらわれた。

その思いは今も変わらない。父親であることをめぐる難問はいつまでたっても解けそうにない。なのに、その試みをあきらめたくてもあきらめきれないのだ。

ジョーはカシュー・バーを取り上げ、ひと口かじった。ただぼけっと突っ立って、スピーカーからの声も聞こえないまま、五分近くが過ぎた。

「そうだ。さっき通ってきた小さな町に酒屋があったのを思い出した」ジョーは天井に向かって言った。「これからひとっ走りしてその店へ行って、ワインでも買ってこようか」

ようやく口を開いたプレスコットの声には明らかにほっとした響きがあった。

「ああ、そうだね。買ってきてくれ」

10

「Tシャツをたくし上げて。背中をもんであげるから」ヴィダが言った。

ミミは喜んで言うとおりにした。ピクニックテーブルにビーチタオルを重ねた上に腹ばいになり、腕にあごをのせている。レジ袋いっぱいにたまっていた砂が吐き出されたかのごとく緊張がほぐれていく。といっても、ヴィダが遠慮なく指摘したように、そもそもどれだけの緊張があったか怪しいものだが。

「あなたって、普通じゃないわよ」ヴィダはあきれたように言う。「わたしがほとんど触りもしないのに、みるみるうちにリラックスしちゃうんだもの。まるで取り上げただけでばたりと倒れるやわな指人形みたい」

「あなたの腕がいい証拠でしょ」ミミはくぐもった声でつぶやいた。

アーディスをしのぶ会は二日前に終わった。出席者のほとんどは帰ってしまい、残ったのは最後までねばるひと握りだけだ。

「で、話の続きを聞かせてよ」ヴィダはミミの背骨の両脇を手のひらの付け根部分で叩きながら言った。

「どこまで話したっけ？　ああ、そうだ。で、わたし言ったのよ。〝あ、やっちゃった〟って」

「まさか！」

「だって、どう言えばいいっていうのよ。彼の息子とは知らずに、オタクで、引きこもりで、広場恐怖症で、友だちもいないってけなしちゃったのよ。しかも自分に足りない男らしさを補おうと必死であんなものを建てて、せっかくの美しい景色を台無しにしたんだから、批判されても当然だ、みたいな調子で」

「だから、あ、やっちゃった、と」

「そう」ミミは肯定した。

「それからあなた、なんて言ったの？」

「何も。ちょうどそのとき、ナオミおばさんがアーディスおばさんをヴァルハラへ送り出す儀式を始めたから。いえ、というより」ミミは言いなおした。「正確には、アーディスおばさんの写真がヴァルハラへ送り出されたわけだけど」

「まずいことしちゃったわね。彼、かっこよかったのに」

「そうね」ミミはさびしそうに答えた。あのビーチパーティ以来、ジョーには会っていない。ただしミミは、彼が別荘の外に出てきているかもしれないと期待して周辺の小道を二、三回ぶらついてみた。出てきて何をするっていうの？　木を切るとか？　まずありえない。

「もう取り返しはつかないわよね……あ、そうだ！」ヴィダはマッサージの手をとめ、指をぱちんと鳴らした。「あの家へ行って、〝ごめんなさい。プレスコットがあなたの息子さんだったなんて、知らなかったんです〟って謝るの。とにかく、自分が霊能者だなんて言っちゃだめよ」

「何度言えばわかってもらえるのかしら？　わたし、霊能者なんかじゃないわよ。スピリチュアルカウンセラーで、死者と対話するだけ。でも考えてみれば、プレスコットって死人みたいに見えるから、実際、彼とコミュニケーションをとってたのかもね」ミミはそう言い、自嘲気味に顔をゆがめた。「今の、聞かなかったことにして。あんまりな言い方よね。わたし、あの巨大な建物を見るたびに腹が立ってたまらなかったから、つい。それに、プレスコットって、ゾンビみたいなんだもの。太ったゾンビね。ゴス・ファッションのピーターパンかな。だって、あの黒い髪と生白い肌でしょう。髪を染めたほうがよさそうだわ」

「お父さんが黒髪だもの」無意識のうちに手を動かしながらヴィダは言った。「もしかしたらプレスコットも、間近で見ればもっとすてきかもしれないじゃない。何度かちらりと見かけただけじゃわからないわ。ハンサムでも不思議じゃないでしょ？　だって、お父さんを見なさいよ。おいしそうだわ」

ミミは顔を起こして後ろを振り返り、ヴィダと目を合わせた。

「ずいぶんあからさまに言うわね」

「わたしたち、あなたのこと大切に思ってるのよ。だから関心があるわけ。それのどこが悪いっていうの？」

「あなたたち、もっと自分の人生を楽しむべきよ」

「あらやだ、それこそこっちがあなたに言いたいことだわ。まあ聞いてよ――」

そこへヴィダの息子で一四歳になるフランクが現れたため、ミミは話を聞かされるのを免れた。フランクはコテージの角を駆け足で曲がって突っこんできたが、急に横すべりして止まった。

「おっと！」少年は目の上を片手でぴしゃりと叩き、もう片方の細い腕を伸ばすと、コテージのほうに向かって手さぐりで行くふりをした。「何も見えなくなった」

「生意気な子ね」ミミはつぶやいて手を後ろに回し、ゆったりしたTシャツのすその折り返しを伸ばした。

「ぼく、感じやすい年ごろなんだぜ」フランクはそう言って人さし指と中指を広げ、そのあいだから片目でミミを見た。「一生消えない心の傷が残るかもしれないよ。何かが見えたと思ったんだ。なんなのか、はっきりとはわからないけど」

「ふーん。あんたってラッキーね」ミミは言った。「何か用なの？」

フランクは手を下ろした。「ビッグ・ハウスで何か、会議みたいなのが開かれてる。バージーおばあちゃんに言われたんだ、ミミにも関わりのあることだから連れてこいって」

「関わりがあるって、どういうことよ？」興味を引かれたというより迷惑そうな表情でミミは尋ねた。バージーはシェ・ダッキーで行われる会議には進んで出たがらない。それはミミも同じだ。誰かが勝手に招集をかけた〝同病相憐れむ〟的な話し合いなんかより、大おばのほうを当てにしてたのに。

フランクは肩をすくめた。「知らない。バージーおばあちゃんが言うには大切な話だって。ミミが会議に出なかったら後悔するから、かならず呼んでくるようにって」

「まっぴらごめんだわ」ミミはさっとピクニックテーブルから下りた。「あの人たち、まだナオミのいかだの件で騒いでるの？　もういいかげんにしてほしいわ。あんなもので沖へ行けるわけがないのに。それにわたし、デビーにごめんなさいって謝ったのよ」

「まさかミミ、〝黙ってなさい〟ってデビーをやりこめたのは本当だったの？」ヴィダはあきれて訊いた。「みんなが噂してたのは冗談かと思った。あなたがそんなこと言うなんて、想像できないもの」

「自分でも想像できないわ」ミミはきまり悪そうに応えた。「わたしったら、どうかしちゃったのかしら。アーディスおばさんと交信してたんだわ、きっと」

「アーディスおばさんだって、デビーに黙れなんて言ったことなかったのに。ミミ、あなたってはかりしれないものがあるわね。正直、驚いたわ」

「何かの投票をするって、バージーが言ってたよ」フランクがしつこくうながした。使者としての任務を真面目に果たそうとしているらしい。

投票による多数決で何かを決めようとしているとすれば、その件に関してみんなの意見が一致しなかったということだ。ミミはせっかくの貴重な自由時間を（たっぷりあるからといって貴重でないわけではない）親戚の者たちの議論を聞くことに費やしたくなかった。雪かきのサービスを年間契約にするか、一律の日当を支払うかでもめているのだろう。

「代わりに、あなたのお母さんが出るんじゃだめなの？」ミミはヴィダを見ながら言った。

「妥当な決定をするために決を採ろうとしてるんでしょうけど、わたしは興味がないから。その点、ヴィダなら適任――」

「どうしてそんなことがわかるのよ？」ヴィダが言った。

「第六感よ」ミミは言い、ヴィダをまっすぐに見つめた。「何しろ、スピリチュアリストですからね。いろいろと感じるのよ」

「死んだ人と交信するだけじゃなかったんだ」

「ときどき、何かを感知するのよね」

「へえ」

「本当に、感知できるの？」フランクが訊いた。「パパの意見では、ミミは自分が死んだ人と話せると本気で信じてるけど、実はそのことを恥ずかしがってるって。ママは、ぼくらがどう思うかはどうでもよくて、大切なのはミミ本人がどう考えるかだって言ってた。バージーおばあちゃんは、自分の考えを言うつもりはない、だって。それからチャックは、ばかばかしい、ミミは人をだまして生計を立てる詐欺師だって言ってた」

「本当なの？」ミミは言った。

「うん」

「チャックって、どの子？」

「知らないの？」フランクが訊いた。

「だって、当然でしょ？　今年の夏ここで過ごしてる一〇代の男の子は二〇人ぐらいいるのよ。全員ブロンドで、背が高くて、やせっぽちばっかりで」

「だったら、第六感で当てればいいじゃないか」フランクはにやにや笑いを浮かべた。

ミミは答えずに目をぐるりと回し、大げさに身震いした。

「チャックは前歯が欠けてて……右膝に傷あとがある。今年の春、サッカーの試合中のけが。それでもシュートを決めて一点取ったけどね……」声がしだいに小さくなっていく。

フランクの顔から得意そうな笑みが消えた。だが彼も、だてに思春期の少年をやっているわけではなかった。「まぐれ当たりだろ」

ミミは肩をすくめた。

「そう思ってもらってもかまわないわ。そういえば、まださっきの質問に答えてないでしょ。わたしの代理としてヴィダが会議に出られないかしら？　ちょっと待って。うん、出てもらえそうな気がする。では、あなたのお母さんを代理に任命します」

それまでのやりとりを辛抱強く聞いていたヴィダは言った。「つつしんでお断りいたします。法定相続人で議決権があるのはミミ、あなたよ。わたしじゃないわ」

「相続人といったって、六人いるうちの一人よ」

「それがどうしたの。あなたの義務でしょ」

「まったくもう」ミミは言い、視線を落としてフランクを見た。少年はまだミミのようすをじっとうかがっている。「ねえフランク、あなたが代理で行かない?」

若い自分に権限を与えられそうな期待に、フランクは青い目を輝かせた。「いい、ママ?」

「だめ」ヴィダはきっぱりと言った。「あなたが行くべきよ、ミミ。大した仕事でもないでしょ。シェ・ダッキーの固定資産税申告書をまとめたり、Eメールのアドレス帳を管理したりするほうがよっぽど大変なはずよ」

「そんな仕事、してないわ」ミミは心底驚いて言った。「アーディスおばさんがやってたんだもの」

「それはあなたの助けを借りて、でしょ。アーディスおばさんがバージーおばさんに言ってたわよ、何年も前からミミが手伝ってくれていたって」

「あーあ、気が重いなあ」ミミは自分の役割が美化されるのを好まなかった。それよりいやなのは、そういう仕事をまかせられると人に期待されることだ。たまたま、ミミもアーディスもシェ・ダッキーが気に入っていて、滞在時期が重なる場合が多かっただけにすぎない。書類の中身をチェックしたり、必要な計算をしたりといった作業の手伝いぐらい、相当な間抜けだってするだろう。ましてやミミは間抜けではないのだから。「アーディスおばさんに頼まれたことをときどきやってあげてただけよ」

「どのぐらいのあいだ?　一〇年?　一五年?」

「長いあいだやってたからって、それがどうだっていうの?」ミミはうんざりして訊いた。

「大した仕事でもないのに」

「デビーによると、アーディスおばあちゃんにも超能力があったって。待てよ、違うな。〝魔女〟って言ってたんだ」フランクが出し抜けに口を開いた。ミミとヴィダは黙ってフランクに目をやり、それから顔を見合わせた。

「大した仕事であろうとなかろうと肝心なのは、シェ・ダッキーの管理についてあなた以上に詳しい人は誰もいないってことよ」ヴィダが言った。「この地所に関わるなんらかの決定が必要だとすれば、あなたの意見は貴重よ。時間やお金の節約になるかもしれないもの」

ミミとしてはどうやら、これ以上のマッサージは期待できそうになかった。

「わかったわよ、わかった。行けばいいんでしょ」

11

フランクはビッグ・ハウスまでついてきた。途中、何度かこちらを盗み見ていたようだが、ミミは気づかないふりをした。生意気なフランクめ。自分でまいた種でしょ。それに、わたしがいとこ、またいとこ、さらに遠縁の子たちまで全員の名前を把握しているだけでなく、誰が誰だか見分けがつくという事実がばれても困る。人間関係においてはある程度の謎を残しておいたほうがいい。特に、オルソン一族の少年たちとの関係では優位に立っておきたいからなおさらだ。

ミミは自分の〝透視能力〟について、一族に新たに加わった姻戚関係の人のあいだで憶測が飛び交っているのを知っていた。しかしミミがシャーマンのようにけいれんを起こしたり、男性の声でしゃべり出したりはしないらしいとわかると、噂話はたいていやんだ。一方、年配の人たちはそれがどうした、といった態度だった。もちろん、アーディスもある種の〝能力〟をそなえていて、「今年の春は蚊が多いだろう」とか「来年には浄化槽の汲み取りが必要になる」とか、漠然としてはいるが不安を呼ぶ予測については信用できたからだろう。

ミミは以前、どうして誰もオルソン一族の故人と交信してほしいと頼んでこないのだろうと不思議に思っていた。しかしそのうち、オルソン家の人々にとって死者を呼び出すことは、夕食時に連絡もなしにいきなり知人の家を訪れるのに等しい行為だと悟った。ミネソタ州民はそんな厚かましさを持ち合わせていない（あるいは昔は持ち合わせていなかった）。かつては感情を表に出さず、敬虔できまじめなスカンジナビア人だったミミの顧客も、どんどんイングマール・ベルイマン的な厳粛さを捨てて、ニューエイジの快適主義に走りつつある。誇りあるルター派の人々がつねに「快適」でいたがるとは？

そんな陰気で無表情な世代の消滅をミミは悼んだ。世界は均一化しつつある。個人や家族をはっきり区別できる特徴が消えた。世代共通の特性や伝統、文化的なアイデンティティが薄れ、世代と世代をつなぐ絆がなくなった。

シェ・ダッキーがいい例だ。ごく普通の中流階級で、何百人という一族の者が出入りし、昔から連綿と続く記憶が刻まれたこんな別荘地に恵まれた家族がどのぐらいあるだろう？そう多くはないはずだ。では、シェ・ダッキーがなかったらどうなるか。一族が一堂に会するのはたぶん、一〇年に一度ぐらい。どこかのビーチ沿いの、趣《おもむき》も歴史もなく、どれも大した差がないリゾートに集まるしかない。ハンク・スボーダが見落としている点はそこなのだ。家を売却したお金で、家族とともにメキシコのカボ・サンルーカスへでも移り住むことはできるだろう。だが、何代にもわたるスボーダ家の思い出を持っていくわけにはいかない。

「まぼろしみたいなもの、見ることある？」ミミの思考を邪魔するかのようにフランクが訊いた。

「しょっちゅうよ」ミミは立ち止まってフランクの腕に触れ、目を大きく見開いて心配しているふりをした。「まさかあなた、見えないの？　お母さんはそのこと知ってるかしら？」

フランクは鼻先で笑った。「ふん、もういいよ」

「あっそう」

ビッグ・ハウスまであと数メートルというところでフランクは、自分のいとこにあたる少年三人がこっそり林の中へ入っていく姿を見つけた。「あ、ぼくも行かなくちゃ」とつぶやくと、すぐさま三人のあとを追った。

ミミはビッグ・ハウスの裏口から入り、真ん中を走る長い廊下に出た。左側にある応接間は建物の幅いっぱいを使った広い部屋だ。一方、廊下をはさんで右側の空間は奥のキッチンと正面のダイニングルームに分かれている。〝ダイニングルーム〟という気取った言葉が似合わない、丸太小屋にあるような部屋だが、オルソン家の代表者たちはそこに集まっていた。ベンチに陣取っている者、応接間から持ってきた張りぐるみの肘掛け椅子に座る者。数人は一九五〇年代のビニール張りのキッチンチェアに腰かけていた。

テーブルの端のほうでデビーが立って話しており、皆、耳を傾けているようだ。あの人、いったい何を言っているの？　一家の中で議決権があるのはナオミであって、デビーではないはずだ。ミミは壁ぎわを通ってジョアンナとチャーリーの後ろに座った。

「これ、なんの話し合い？」ミミはささやき声で訊いた。

「もっと早く来ればわかったのに」ジョアンナが長いお下げ髪を落ち着かないようすで引っ

ぱりながら肩越しにささやき返した。チャーリーはうなった。

「早く来なかったから、訊いてるんじゃないの。教えてちょうだい。なんの投票?」

少し間があった。ジョアンナは三つ編みに手をやったままためらい、そして答えた。

「シェ・ダッキーを売却するかどうか決めようとしてるの」

ミミは軽く笑った。「なるほど。わたしが怠け者で、議決の責任について真剣に考えてないって言いたいのね。ごもっともだわ。で、実際、何を決めるわけ?」

ジョアンナは振り返った。その目には厳粛さが感じられた。

「シェ・ダッキーを売却するかどうか決めるの」

ミミは大おじであるチャーリーの後頭部に目を走らせた。「チャーリーおじさん?」

チャーリーは振り向かず、こくりと一回、そっけなくうなずいただけだった。

それを聞いてミミは突然、呼吸困難に陥った。息を吐いたおぼえも、声を発したおぼえもないが、一瞬にして肺から空気が吸い上げられ、胸の筋肉が麻痺したようになった。

「今デビーが、売ったらどの程度のお金になるか、仲介手数料はどの程度にするつもりか、見込みを話してるところ。彼女、もうすぐ試験を受けて合格したら、不動産業者の免許が取れるんですって」

「そうらしいわね」ミミは呆然として言った。視線はデビーに釘づけになっている。まるでテレビショッピング番組の司会者か何かのように注目を浴びている。まさか、みんな真剣に聞いてなんかいないわよね、よりによってデビーの話を? つねに人や物のあら探しをしているデビー。見つけた問題を解決したり、物事をとりまとめたり、改善したりするのが趣味のデビー。オルソン家の人々は改善とか合理化に関心がない。誰の介入も受けたがらず、現状維持を望むはず……じゃなかったの？

ミミは室内を見まわした。うなずいている者もいれば、疑わしげな表情の者も、悲しそうな顔の者もいる。だが、全員が興味を持って聞いているように見える。

ありえない。本当にシェ・ダッキーの売却を考えているなんて。わたしが死んだあとならともかく、今はだめ。フランクとそのいとこたちの代になれば、地所を分割して売り、ひと財産築いてもらってもかまわない。でもわたしも、バージーも、ジョアンナも、ナオミも、チャーリーも、まだ生きているのだ。

それに、老獪《ろうかい》な常識人のビルだって健在なのだ。二人の息子が進学をひかえたいとこのジエラルドとその妻ヴィダも、新しい車を欲しがっているエルシーも、釣りガイドのビジネスを始める話をしていたハルもいる。ほかに、六人ほどの遠縁の者たち。みんな、物欲に走ろうと走るまいと、愚かな道を選ぶことだけはしちゃだめ。

ミミの心臓の鼓動が激しくなり、体じゅうをアドレナリンとともに恐怖が駆けめぐりはじめた。闘うか……それとも逃げるか？　迷うまでもない。ミミは、高ぶる感情に圧倒されそうになるといつもそうするように、逃げることにした。

立ち上がりかけたが、ジョアンナに手首をつかまれ、椅子に座り直させられた。「まだ誰も、何も決めてないいんだから」とジョアンナは小声で言った。「とにかく聞いてらっしゃい」

ミミは聞くまいとして、別のことを頭に浮かべてバリアーをはりめぐらそうとした――湖に浮かんでいる自分。アーディスと一緒に化粧合板のキッチンテーブルを囲み、カードゲームのカナスタをしている場面。ミネアポリスの〈モルト・ショップ〉で供されるパンプキン・モルト。だが、デビーの声はそのバリアーを外科用メスのように切り裂いた。それまではどんなときにも打ち負かされることのなかったジョージ・クルーニーに関する白昼夢さえも、デビーが次々とくり出す数字の襲撃にはなすすべもなかった。途方もない金額、想像もつかないほどの大金だった。

デビーは詳しく説明していた。シェ・ダッキーの土地は、不動産開発業者に売れば三〇〇万ドル近くになるという。売却代金は、一〇〇年近く前にアベル・オルソンの孫たちが結んだ共同使用協定書に定められた条件にしたがって、最初の共同使用者の代襲相続人《だいしゅうそうぞくにん》に分配される。つまり、オルソン家直系の各家族に同額ずつ分配されることになる。

次にデビーは、売却する場合に自分が果たせる役割について概要を説明しはじめた。不動産業者の免許を取得しだい、通常の半分の手数料で仲介を行うつもりだという。仮に相続人たちが地所の売却を決めたらの話です、とつけ加えたデビーのいかめしい表情は、売らないとしたらばかだ、と皆に告げていた。

この時点で誰かが「いったいいつになったら不動産業者の免許を取得できるのか」と訊いた。デビーは咳払いをし、次回の試験にはかならず受かる、感謝祭までには免許が取れると答えた。

室内に沈黙が訪れた。しばらくしてバージーが咳払いをし、ミミは安堵のあまり卒倒しそうになった。バージーもシェ・ダッキーをこよなく愛する一人であり、今やオルソン一族の長だから、きっと皆を正しい方向に導いてくれるだろう。

ところがそうはいかなかった。バージーはあたりを見まわし、後ろの席に座っているミミを認めると、大声で呼びかけた。「ミミ、あなたはどう思う?」

デビーに薄ら笑いを見せていたところへいきなり話しかけられたミミは、目をしばたたいた。「え、何?」

「デビーが提案した取引のこと、どう思う?」バージーは座ったままひじを曲げた片手を太ももにあてて振り向き、訊いてきた。

どう思うかですって? ひどく不快で、ばかげていて、目的と理にかなっているかもしれないが罰当たりな話よ。だがミミはその考えを口にするつもりはなかった。誰かほかの人が言い出すまでは。自分は聴衆の一人であり、今までもずっとそうだった。聴衆は発言したりしないものだ。「わからないわ」

一瞬、バージーはミミと目を合わせると、深く大きなため息をついた。

「わたしにもわからないよ」

バージーは立ち上がり、人々のあいだを通ってドアへ向かった。ふたたび皆が話しはじめた。顔をしかめて考えこむ者も、デビーに質問をする者もいる。ミミは目を疑った。新たに一族の長となった女性が出ていこうとしているのに、誰も気にもとめないとは。

思わず抗議しようとしたが、声にならない。ミミはこれまでの人生、すべて事が起こるにまかせるという哲学を貫いてきた。もちろん、ときには誰かが行動を起こさなくてはならないこともある。その誰かとは、今回の場合はバージーだ。なのに彼女は今、戸口にいて、ドアノブに手をかけている。そしてドアを開け、出ていった。

ミミは半ば放心状態で立ち上がった。周囲の声は静まり、好奇心に満ちた視線が感じられた。ビッグ・ハウスを出たミミは、ビーチへ向かうバージーに追いついた。小さな犬が跳ねまわり、まるでシャチについて泳ぐブリモドキのようにミミのそばを離れない。

「どこへ行くの？」声に動揺が表れるのを抑えようとつとめながらミミは訊いた。

「湖を見ておきたいと思って」とバージー。「来年の今ごろはもう見られなくなるかもしれないから」

その言葉の持つ意味合いをミミは受け入れたくなかった。

「どうして何も言わなかったの？　何もしなかったのはなぜ？」

バージーは埠頭の先端で足を止め、目を細めて、鏡のごとく穏やかな黒い湖面を見つめた。古びたいかだが浮かんでいるはずだが、ほとんど見えない。遠くのほうでカイツブリのわびしげな鳴き声がした。

バージーは顔を上げ、夜空を眺めた。暗くたれこめた雲のすきまから、ときおりわずかに星がまたたくのが見える。奥行きのないビーチではあるが、二人の後ろに並ぶコテージ内にともる風防つきランプの光で照らせる範囲は限られている。

「新しい別荘はどこも庭園灯があるのよね」バージーが言った。「最近の人たちはみんな、暗がりをすごく怖がるから」埠頭の端に腰を下ろすと、背を丸め、リーボックのスニーカーのひもを解きはじめた。片方を脱いだあと、靴下に手をかけた。

「バージーおばさん？」ミミはうながした。

「なんて言ってほしかったの？　あの場で」バージーは脱いだ靴下を注意深くスニーカーの中に押しこんでから、もう片方にとりかかった。

「シェ・ダッキーを売るのはばかな考えだって、みんなに教えてやればよかったのよ」

「ばかな考えとも思えないんだけど」バージーは言い、ふたたび立ち上がってシャツのボタンをはずし始めた。

「もちろんそうに決まってるでしょ！　ここと同じ環境は再現できないもの」ミミは暗闇を手ぶりで示した。

「そのとおり。来年はもう再現できないわね」

「どういう意味よ？」

「来年になれば、ファウル湖畔は新しく建った家でぐるりと囲まれることになるからよ。小屋とかコテージじゃなく、大きな家よ。三台用の車庫つきで、防犯システムが完備されていて、衛星放送用のパラボラアンテナが取りつけられた家」

「それがどうしたっていうの？　湖畔の南東側は全部わたしたちの土地よ。一番近いのがプレスコットの家でしょ。彼がいなくなったら、火をつけて焼いてしまおうって考えてるのよ」

シャツの一番下のボタンをはずしにかかっていたバージーの手が止まった。

「それ、冗談でしょ？」

ま、冗談と言えなくもないけど。

「もちろんよ。それに火事になったって、プレスコットなら建て直すだろうし。でもそんな話はどうでもいいわ。ここにいれば、わたしたちは家だろうが、何だろうが、どうなろうが気づかないふりをしていられる。湖の北側は無視できるのよ」

「じゃ、西側は？」バージーは湖全体を見わたし、うなずきながら訊く。

二〇〇メートル近く離れた対岸は暗闇の中、まったく見えない。「西側も無視できるわ」

「本当？」バージーは低いうなり声をあげた。「本当にそう考えてるのなら、みんなの前で言えばよかったのに」

「おばさんが言ってくれると思ってたもの」

バージーはシャツを脱いでたたみ、スニーカーの上にのせた。背中に手を回し、ひどく流行遅れのメイデンフォーム製DDカップのブラのホックをはずす。乳房がウエストに向かって垂れた。

「その考え、賛成できるかどうかわからない」バージーはようやく言った。

「なんですって？」ミミの声が高くなった。

バージーはショートパンツとパンティをまとめて膝の下まで下ろして脱ぎ、たたんだ服の上に重ねた。「自分がこだわってきたものが実はもうなくなってるのに、なかなか気づかないこともあるでしょ」

「この場所はなくなってないわよ」ミミはきっぱりと言った。

「来年はきっと、庭園灯がつくだろうね」バージーは優しい声でくり返し、情け深い目でミミを見つめた。

なんだかすごく変だわ。バージーおばさんは情け深くもないし、優しくもない。あまり感情を表さない人なのだ。ミミは次の言葉を待った。胸の動悸がおさまらない。ちょっとやそっとの刺激で簡単にどきどきするような心臓でもないのに。

バージーはくるりと背を向け、水の中へ入っていった。

「待って！」ミミは叫んだ。「まだ話は終わってないでしょ！」

「水は温かいわよ」バージーの声が返ってきた。「いらっしゃい」

もう、くそくらえだわ。ミミはビーチサンダルを蹴りとばし、Tシャツを頭から脱いだ。ブラはつけていない。下ろしたスウェットパンツから足を抜こうとして転びそうになり、砂の上を片足でぴょんぴょん跳んだ。

「あれ！」後方のビッグ・ハウスで誰かが叫び、ポーチのドアが蝶番《ちょうつがい》のきしむ音とともに開いた。「ミミとバージーが裸で泳ごうとしてる！」

これに応えて、家の奥から女性たちの興奮した声があがった。もう一人が喝采をおくる。

「最後のひと泳ぎね！」

ミミはようやくスウェットパンツを脱ぎちらしてバージーに続き、ばしゃんと大きな水音をたてて湖に入った。バージーを説き伏せるつもりだった。一族の長としてのリーダーシップを発揮して、あの最愛の愚か者たちを正気に戻してくれと言わなければならない。女性陣を説得すれば、仕事は終わったも同然だ。バージーはすでに肩まで水につかっている。移動するマンモスさながらの、確かでゆったりした動きで進んでいた。ビーチではさっきの小さい犬がやきもきして跳びはねている。

「待ってよ！」ミミは呼びかけた。「犬が心配してるわ」

「わたしの犬じゃないって」バージーはそう言うとあお向けに浮かび、背泳ぎでゆっくりと泳ぎはじめた。「もう裸で泳げなくなると思うとさびしいわ」

12

ゴス・ファッションだかなんだか知らないが、プレスコットが今こっているファッションはどうもいただけない、とジョーは評価した。真っ黒に染めたまっすぐな長い前髪が目にかかっている。片方の眉にはスチール製のボルト形ピアス。ぶかぶかのブラックジーンズのあちこちのベルトループに取りつけられたチェーンが、体を動かすたびに触れ合ってがちゃがちゃ音をたてる。プレスコットは、危険な雰囲気を漂わせるというより居心地が悪そうだった。そのうえ、舞台装置も効果的とは言えない。ゴシックファッションの信奉者で手作りのイタリア製家具を持っている人はそう多くないだろう。

もちろんジョーはその意見を息子に伝えるつもりはない。当たりさわりのないコメントを言うだけでも大変なのだ。何を言おうとプレスコットは言外に含まれた批判や侮辱を感じとろうとするにきまっている。

「彼女はなんて言ってた?」

プレスコットの予期せぬ声の調子に、ジョーはびくりとして訊いた。

「彼女って、誰のことだい?」

「ミセス・オルソンだよ」

「ミセス・オルソン？」

プレスコットは読んでいた本を伏せて膝の上に置いた。

「金曜日に話してただろう、ミセス・オルソンと」

「プレス、ミセス・オルソンといったって、お隣には一〇人以上いるんだよ。金曜にはそのうち何人もの人と話したし、二日前のことだからなあ。もう少し具体的に言ってくれないと」

「お願いだから〝プレス〟なんて呼ばないでくれ」プレスコットはコンピュータを思わせる単調な声で言った。「中年のミセス・オルソンだよ。小柄で、野暮ったい――いい意味でだけど」

小柄で、いい意味で野暮ったい中年女性？　誰のことかわからない。「もっと詳しく」

「カールがかかってる黒い髪の人。ヒトデの絵が描いてあるブルーの服を着てた」

「ミミのことか？」ジョーは訊いた。中年だって？　まあ、プレスコットにはそう見えるのだろう。でも、野暮ったいだって？

プレスコットはひもで引っぱられたように唇をすぼめた。

「クリスチャンネームは〝ミニオネット〟だと思う」

「ミセス・オルソンって言ったか？　ご主人がいるとは聞いてないぞ」一家の年上の女性について語ったときの話しぶりから、ミミは嫁いできたのではなく、オルソン家の血筋だろうとジョーは想像していた。

「未亡人なんだよ」

どうしてプレスコットがそんなことを知っている？　この家から外へ出たことがないはずなのに。

「で、彼女と何を話した？」

この〝いい意味で野暮ったい中年女性〟に対する息子の関心とこだわりように、ジョーは尋常でないものを感じた。

「なんだったかな。湖とか、近所の人たちについて、雑談を交わしただけだよ」

「たとえばどんな話？」プレスコットは訊いた。なんとしてもさりげないふうを装うつもりらしい。「この家を指さして話してたのが見えたんだけど、すごいって感心してた？　彼女と、家族の方も？　ここがホテル王アスターの孫が所有していたアディロンダックの狩猟小屋《ハンティングロッジ》の忠実な複製《レプリカ》だってこと、知ってたのかな？」

「ああ、知ってたよ」ジョーはプレスコットに話しつづけさせるためにそう答えた。ここへ来てから、息子とまともに話したのはせいぜいこれぐらいだ。

そのとき、プレスコットの表情に狼狽の色が見えた。「この家の名前、彼女に教えたの？」

家の名前……家の名前か。しまった。息子がつけた家の名前を思い出せない。ボムなんとかだったような気がするが？　おそらくこれも、「ぼくが一三歳のときメダルを獲得したスポーツはなんでしょう？」のような、プレスコットの〝パパを試すテスト〟のひとつなのだろう。

「あ、いや」

プレスコットはがっかりしたようだが、それ以上追及しなかった。

「ミセス・オルソンはほかに何を言ってた？」

「そうだな」ジョーはすばやく頭をめぐらせ、都合の悪い真実に思いやりのフィルターをかけて話すことにした。「感心していたよ。建材にはカカオ豆の殻を使っているとか、環境に配慮した建て方だとか」

「本当に？」

「ああ」いったいどうなってるんだ？　プレスコットのやつ、まさかミミに熱をあげてるのか？　ミミが魅力的でないというのではない。だがジョーの知る中では、欲望を抱く対象に対して〝野暮ったい〟などという感想を抱く男はまずいない。とはいえプレスコットは普通の男とは違う。

「ほかに何か？」

「おまえが天才だって言ってたな」

プレスコットは微笑み、それから思い出したように言った。

「もちろん彼女は、近隣に住む人たちについてはよく知っているし、気にかけているさ。思いやりのある人だからね。とても心優しくて、親切で」

まるで聖人や優秀な乳母の候補に名を連ねる人を形容しているように聞こえたが、ジョーが初めてミミに会ったときに受けた印象とは違っていた。かといってジョーなら、ミミを〝野暮ったい〟だの〝中年〟だのという言葉で表現したりはしないだろう。第一印象で言うなら、〝泥だらけの奇人〟といったところか。その後の印象ははるかによくなった。陽気な黒い瞳と気取らない物腰、そして不思議なことに、砂にまみれ、派手な色のペディキュアをつけた足のきゃしゃな土踏まずが思い出される。ジョーは微笑んだ。

「なんで笑ってるんだい？」プレスコットは強い口調で訊いた。

「え？　ああ、自分ならミミのことを〝野暮ったい〟とは言わないなと思ったんだ」

「へえ、そうなの？」プレスコットはピアスをつけたほうの眉を小ばかにしたようにつり上げた。

「肩ひじ張らない、と言ったほうがいいかな？」ミミのはだしの足や、ゴムでとめた豊かな髪、みすぼらしいビーチウエアを思い浮かべながらジョーは目を細めた。「まあそうだな、ちょっと野暮ったいか」

「彼女とは初対面だったんだろ。ぼくはいつも見てるからわかるけど」プレスコットはいらだたしげに言い、本をふたたび取り上げた。

どうやら、状況はよい方向に向かいはじめたようだ――〝よい〟というのもやや大げさかもしれないが。「なあ、プレスコット」ジョーはできるかぎり親しみをこめた声で言った。

「ピンポンでもしないか」

「正式には卓球だよ」プレスコットは冷ややかに応えた。

「そうだったな。ひと勝負やってみないか？」

「卓球台を持ってない」

「どうして？　卓球では表彰されたのに。得意なスポーツだろう」

「だけど、卓球は〝本当の〟スポーツじゃないって言ってただろ、忘れたのかい？」プレスコットがあざ笑った。

　ジョーは手のひらを見せて両手を上げた。「本当のスポーツじゃない、なんて言葉は使ってないよ。〝スポーツだったとは知らなかった〟と言っただけだ。しかたがないだろう、プレスコット？　あのころぼくはオリンピックも観ていなかったんだし、ちゃんと謝ったじゃないか。今、あらためて謝るよ。あのあと、卓球の試合をテレビで見て、高いレベルになるとなめらかな筋肉の動きや技巧が必要で、すごいんだなと実感したんだ」

「ばかにするなよ」

　ばかにしてなんかいない。ジョーはプレスコットにわかってもらいたかった。

「フットボールみたいに筋肉増強剤《ステロイド》を注入してたくましくなった選手がボールを追いかける競技じゃなければスポーツじゃない、とは言えないさ」プレスコットにはこれが効きそうだ。

「わかってるよ」

　プレスコットが本を持ち上げた。そうか、読書の話をすればいい。ジョーは頭を傾け、本のタイトルを読んだ。『指輪の幽鬼：現代のモルドールへの私の形而上学的な旅』とある。だめだ。本の話はやめよう。

ジョーは知恵を絞って別の話題を考えた。無害なテーマがいい。男なら誰でも話すようなことだ。「ところでプレスコット。ガールフレンドはいるのかな?」

プレスコットは本を膝の上にそっと伏せて置いた。「いない。ぼく、ゲイだから」

ゲイだって? ジョーにとっては予想外の答えだった。でもまあいい。いちおう会話が成り立ってるんだから。もしかしたらプレスコットがときおり見せる敵意は、ゲイであることをぼくが気づいてやれなかったからかもしれない。それなら理解できる。だが、なぜ今まで気づかなかったのだろう? そちらのほうがよっぽど不思議だ。

「本当かい?」ジョーは訊いた。

「ぼくが嘘をついてるとでも? 息子がゲイだってことがそんなに恥ずかしいのか?」

「いや、絶対にそんなことはないよ」ジョーは愛想よく微笑み、椅子に座ったまま身を乗り出した。「そうか、ゲイなのか。ボーイフレンドはいるのかい?」

「いない」プレスコットはぴしゃりと言い、ふたたび本を取り上げた。「ぼくはゲイじゃないから」

「だったらなぜ——」ジョーは言いかけてやめた。なぜかはもうわかっていた。自分はまた試された。これは不合格になるよう仕組まれた試験なのだ。なぜプレスコットが父親を何度も試そうとするのかは謎だった。それで何を証明しようというのだろう。ぼくが最低のばかだということか? ぼくは違う。最低のばかはプレスコット、おまえのほうじゃないか。ジョーはかろうじていらだちを抑えた。なんとかこの状況を好転させなくては。

「よし、わかった。おまえはゲイじゃないが、ガールフレンドはいない、と。じゃ、何が好きなんだい？　音楽は？」

「あんまり」

「チェスは？」

「好きじゃない」

「ポーカーは？」

「ほとんどやらない」

この子だって、何かやるべきだ。「おいおい、プレスコット。〝スター・ウォーズ・コンベンション〟でライトセーバーを振り回すだけが能じゃないだろう？」ジョーは声をあげて笑った。息子が少なくとも笑顔になってくれるのを期待していた。

ジョーの笑い声は急に小さくなった。プレスコットが笑っていない。まずい。

「別に、イベントに参加すること自体が悪いというわけじゃないさ」ジョーは急いでつけ加えた。「楽しそうだよな、実際」

「もう三年もあの手のイベントには行ってない！」プレスコットは叫んで立ち上がり、どすどすと足音を立てながら部屋を出ていった。

ジョーも立ち上がった。

「プレスコット、すまなかった。冗談を言おうとしただけなんだよ。間抜けな冗談だった」

その声はうつろな空間に響いた。ジョーはポケットに手を突っこんだ。自分はここにいること自体、無意味だ。そのせいで二人とも苦しんでいるじゃないか。よし、明日帰ろう。もしかしたら来年になれば状況が変わるかもしれない。

ジョーは湖を見下ろせる窓へ向かった。流れる雲のあいまから星明かりがきらめき、湖面を美しく照らしている。遠くには、輪郭のはっきりしない大きな物体がいかりを下ろした船のように揺れ、その周辺で人影が動くのが見える。おそらくシェ・ダッキーに滞在する一〇代の子たちだろう。

湖の水深がどのぐらいかはわからないが、少年たちがダイビングをしようなどとばかなことを考えないといいのだが。ジョーは良心に突き動かされ、プレスコットのバードウォッチング用双眼鏡を取り上げた。暗くてよく見えないのは同じだが、レンズの中で人影が大きくなり、しだいに形をなしてくる……ぼんやりと浮かび上がったのは、中高年とおぼしき女性たちの姿だった。

ジョーは双眼鏡を目から離し、急ににっこり笑った。シェ・ダッキーの女性たちが裸で泳いでいる。ちょうどそのとき、湖の対岸の宅地で突然、いくつもの投光照明がついた。ジョーはまぶしさのあまりまばたきをし、手で目をおおった。いかだのようなものの上にいた人影は水しぶきも上げず、音もたてずに湖に飛びこみ、二、三分のうちに姿を消した。もう誰もいない。暗い中、空っぽのいかだだけがむなしく揺れている。ジョーの気分は沈んだ。

振り返り、プレスコットの姿が消えた戸口をちらりと見る。

「プレスコット。聞こえるか。ライトセーバーについて変なことを言ってすまなかった」

「どうでもいいんだよ、そんなの」頭上のスピーカーから、感情のこもらない一本調子の声が響いた。

次の瞬間、かちりという音がしてインターコムのスイッチが切れた。ジョーは深いため息をついた。散歩にでも出かけるしかないか。

13

ミミは浮き桟橋のそばで水をかきわけて歩いていた。まわりにはほかにも裸で泳ぐ女性たちがおり、オルソン一族に代々伝わる話を語り合っている。たとえば曾祖父の父親スヴェンが、イタという娘に湖の上で結婚を申し込むつもりでカヌーに乗せてこぎ出したが、指輪を水中に落としてしまった。女性としては珍しく倹約家のイタが、すぐに湖へ飛びこんで指輪を捜し出してきたという昔話があった。それから、大おばのルースがT型フォードを運転し、何人もの子どもたちを乗せて町から戻る途中、坂のてっぺんでブレーキがきかなくなった話。車は猛スピードで坂道を下り、大きな崖からまっさかさまに湖へ落ちて、泡の中に沈んでいった。言い伝えによるとそのT型フォードは、今でも水深三メートルの湖底で泥に埋まったままだという。

いつもならこうした話を大いに楽しむミミだが、今夜は気分が落ちこんで、逸話というより追悼の言葉として聞き入っていた。

そのとき、湖の対岸に置かれた発電機がうなりをあげて動きはじめた。遠く離れたビーチで投光照明がいっせいについて、あたりを明るく照らし出す。女性たちは少女のようなくすくす笑いをもらし、すぐさま浮き桟橋を離れた。ミミは笑い声もあげず、ゆうゆうとそのあとを追った。

岸へ着くころには、ほかの人たちはすでに服を着てビッグ・ハウスへ引き揚げていた。ミミは濡れた髪の水分を絞り、ゆったりしたスウェットシャツとパンツを身につけた。ビッグ・ハウスへの道を四分の三ほど戻ったところで、バージーとヴィダの話し声が聞こえた。建物の裏口付近にいるらしい。

「もちろん、ミミは悲しく思ってるにきまってるわ」ヴィダが言った。「彼女、ここが大好きなのに」

ミミは立ち止まり、恥も外聞もなく盗み聞きした。

「シェ・ダッキーがそんなに大切だと考えてるなら、あの子だって反対意見を言うでしょうに」とバージー。

「いいえ、彼女が言うわけないわ」ヴィダは断言した。

いいえ、彼女が言うわけないわ――ミミは心の中でくり返した。**シェ・ダッキーだけでなく、わたしまで擁護してくれるなんて。**ミミは心打たれていた。

「ミミは自分から先手を打って行動するタイプじゃないから」ヴィダが続ける。「でも、だからといって強い思いがないわけじゃないの。心の底ではいろいろと考えているのよ」

調子に乗らないようにね、ヴィダ。

「調子に乗らないようにね、ヴィダ」バージーが言った。

「調子に乗ってなんかいないわ」ヴィダは言い張る。「だって、ミミにはシェ・ダッキー以外に何があるっていうの？　何もないのよ、なんにも。完全にゼロ」

　ミミは眉をひそめた。〝完全にゼロ〟だなんて、何もそこまでひどい言い方をしなくてもいいのではないか。

「ミミにとって家族との生活といえば、ここでしか経験できないのよ。しかも、夏のあいだだけ」

「母親がいるじゃない」バージーが指摘した。

　ヴィダはせせら笑うような声を出したが、続けて言った。「聞くところによると、母親のソランジェ・シャーボノー・オルソン・ワーナーにとって家族と呼べる存在は、自分が最高《C》経《E》営責任《O》者を務める会社だけらしいわ。そのうえ哀れなことに、ミミにはボーイフレンドもいない。親しい友人もいないみたい。だってあの人、シェ・ダッキーに誰かを連れてきたことがある？　ほかのみんなはしょっちゅう、誰かしらお客さんを招待してるのに」

　ミミは不意をつかれて少し驚いた。他人の生活にくちばしを突っこまない主義だからといって、友だちがいないということにはならない。わたしはただ、一人で過ごすのが好きなだけなのだ。

「ミミは家も、車も持っていないし、ペットも飼っていない」ヴィダは続けた。「わたしの知るかぎりでは、家の中に観葉植物さえ置いていないのよ」

だから、なんだっていうの？

「彼女の人生で所有しているものはシェ・ダッキー以外には何もない。しかも、一部しか所有していないんだもの」

わかったわ。ヴィダ。説明はもう結構よ。仲良しのいとこの妻に対する親近感が薄れた。

「父親が悪いのよ」バージーがつぶやいた。

パパが悪いですって？　ミミははっとして聞き耳を立てた。

「ジョンって、どうしようもない人よ」とバージー。「死ぬのを悟った老犬みたいに行方をくらましちゃって。年端のいかない娘を残して逝くのなら、埋葬できるよう遺体が見つかればよかったのに、あんなふうに失踪するもんだから、娘がいじけちゃったのよ」

ミミは口をあんぐり開けた。まさか、そんなはずはない。遠縁も姻戚も含めて、オルソン家の誰と比べてもわたしのほうがよっぽど精神的に健全だ。いつもぐっすり眠れるし（つい最近までの話だが）、寝起きは悪くないし（朝早く起きなくてはならないことはめったにないが）、かんしゃくも起こさず、むら気でもない。ごく穏やかな人生を歩いてきたつもりだ。わたしは大丈夫、余計なお世話よ。

それに、皆がいまだに根拠のない思いこみをしたがるのも驚きだった。父親の死亡が確定してもいないのに、埋葬の話が出るとはいかがなものか。わたし以上に父のことがわかっている人はいないはずだ。もしかしたら父は頭を打って、記憶喪失になったかもしれないではないか。どこかの強制労働収容所に閉じこめられているとか、乗っていた船が難破した可能性もある。あるいは単に家へ帰る覚悟がまだできていないだけかもしれない。どんな形にせよ、父は今ここにいないのだから、どこかほかのところにいるはずだ。

よし。ヴィダが支持してくれていることはよくわかったわ。ミミがこっそりビーチに戻ろうとしていると、もう一人の声が聞こえた。デビーだ。ミミは足を止め、警戒して聞き入った。なんと、デビーが一緒にいたとは。

「もういいわ」デビーはいらだたしげに言った。「わかった。確かにそのとおり、ミミの人生はみじめよね」

みじめですって？　誰も〝みじめ〟なんて言葉は使っていないじゃない。二人のうちどちらかが異議を唱えてくれるだろうとミミは期待したが、なんの反応もない。わたしって、そう見られていたの？　孤独で、みじめで……いや、もうこれ以上不愉快な言葉を重ねるのはよそう。

「だけど、誰のせいでそうなったの？」デビーが続けた。「わたしのせいでも、二人のせいでも、子どものせいでもないでしょ。ヴィダあなた、子どもたちに説明できる？『うちでは借金しなければいい大学に行かせてやれないの。理由は、遠縁の女性がかわいそうでシェ・ダッキーを売れないからよ』って？　遠縁って、電卓で計算しなければわからないほど遠い親戚なのよ」

ミミは口元を引きしめた。精一杯の自制心を働かせて「遠縁じゃなくて、またまたいとこの孫よ！」と叫びたいのをこらえていた。

だが、その怒りもすぐにおさまった。ヴィダの立場から見れば、そしてオルソン家の多くの人たちの立場から見れば、シェ・ダッキーを売るほうが理にかなっている。棚ぼたで大金が手に入れば、自分だけでなくわが子のためにどれだけしてやれるか、想像がつく。一方ミミは今さっき指摘されたように独りぼっちで、世話すべき家族がいない。教育費や車の購入費用、結婚式の費用、定年後の生活費などを誰かのために負担する必要もない。

オルソン家の人たちにああしろこうしろと言える権利はミミにはない。シェ・ダッキーを売りたいというのが大多数の意見なら、従わざるをえないのだ。それによって、まるで目隠しをしてぐるぐる回されたあと、断崖絶壁に向かって手さぐりで歩いていくような思いをしたとしても、自分はそれを乗り越えるしかない。

ミミはほかの人たちが集まるビッグ・ハウスへ戻るのをやめて、ビーチへ引き返すことにした。明日また気を取り直して、今後の展開の方向性が見えてきたら、わたしも平静になれるだろう。だが今夜は、今まで不変のものと信じてきたシェ・ダッキーが消えていくように思える。それにともなって、自分まで。

ミミはビーチをふらふらと歩きまわった。砂の上の足跡が打ち寄せる波でたちまち消えていく。コオロギやカエルがセレナーデを奏でている。茂みの中ではホタルの大群が、まるで妖精の明かりのように光っている。

本来ならこの自由なひとときを楽しみ、幸せな気分になっていいはずだ。穏やかで美しいあたりの景色を見まわして喜びを感じ、微笑んでもいいはずだった。だがミミはがくりと体を折り、砂の上にへたりこんで、大声をあげて泣いた。

「えへん」

近くで咳払いをする男性の声が聞こえたが、ミミは無視した。ジェラルドやチャーリーが質問してきても、答えたくなかった。

「えへん」

ミミは腕で洟をぬぐい、涙でかすんだ目を上げた。「何を――」

すぐ目の前の二メートルほど離れたところにジョー・ティアニーが、完璧にアイロンのかかったスラックスのポケットに両手を突っこんで立っていた。月の光に照らされているからでもあるが、あいかわらず輝いて見えた。それにひきかえミミは、また砂まみれでびしょぬれだ。そのうえ鼻水を垂らし、しゃくりあげている。

ミミは膝を抱え、前で固く手を組み、外見について何か言われるのを待ったが、ジョーはただ、深く息をついた。ミミ自身の素直な気持ちを反映したため息だった。

「どうしたんだ?」ジョーが訊いた。

ミミの下唇が震えだした。「あの……あの人たち……」ごくりとつばをのみこみ、ふたたび口を開いた。「シェ・ダッキーを売ろうとしてるの」

ジョーは痛ましそうにうなずいた。大丈夫だよ、とも、きみの勘違いじゃないのか、とも言わなかったし、慰めの言葉もかけてくれなかった。それでもミミは嬉しく思った。ジョーはミミの隣の砂の上に腰を下ろし、湖のほうを見つめた。

「何かあったの?」ミミも訊いた。

ジョーはミミのほうを見ずに答えた。「息子は、最低なやつだ」

ミミはうなずいた。しばらくのあいだ二人は黙ったまま、お互いのみじめな状況に思いやりを示すように並んで座っていた。ミミはシェ・ダッキーについて話す気になれなかった。きっとジョーもプレスコットのことに触れたくないだろう。二人とも引っ込み思案で、そう簡単に胸の内を語りたがらないタイプなのだと直感した。ただ、誰かがそばにいてくれると感じられて、温かい雰囲気を分かち合えて、触れ合えたらいいだろうな、とミミは思った。**だけど、これじゃありえない**。濡れたスウェットシャツと砂がこびりついた足と腕を見下ろす。

「わたし、いつも泥や砂にまみれてるわけじゃないのよ」ミミはつぶやいた。

ジョーは顔を向けてミミを見た。「そう？　一種のミネソタ北部風ファッションなんだと思ってた」

ミミは弱々しく微笑んだ。「それはそうだけど、わたしだってときには街に出かけるのよ、都会の裏通り風のあか抜けたファッションでね」

ジョーは声をあげて笑った。

「そういうあなたは、いつもカルバン・クライン風にきめてるの？　スポーティで洗練されてて。それと」ミミは洟をすすった。「今、アフターシェーブローションつけてる？」

「つけてちゃだめかい？」ジョーは面白がって訊いた。

「というか、少なくともマツの香りじゃないことは確かね」

「もちろん。でもこれ、ただの石鹼だよ」

「すごく高い石鹼でしょ」

「でも男らしい?」

「十分、男らしいわね」二人は誘惑し合うようなそぶりを見せていた。気をまぎらわしたいだけで、それ以上の深い意味はない。それとも、あるかしら? 肉体的な魅力だけではない。ジョーの中に思いがけない共感がかいま見えた。ミミがジョーに惹かれるのは颯爽とした男っぷりなどを考えれば当然だが、ジョーにしてみれば、ミミに魅力を感じたのは不意打ちだったにちがいない。

「ひとつ訊いてもいいかい?」

「どうぞ」

「ミスター・オルソンがいたことはある?」

まったく予想外の質問だった。「ええ、ミスター・オルソンならたくさんいるわ。土曜日だけでもあなた、六人ぐらいは会ってるはずよ」

「いや、そういう意味じゃなくて。きみがミセスかどうかってことだけど?」

「ああ、それなら違うわ、ずっと一人だから。結婚しそうになったこともないし」

きっとジョーは行動を起こす前に、ミミが独身かどうか確認したかったのだろう。これって、誠実な人だっていうこと?

ジョーは頭を振った。「プレスコットのやつ、かわいそうに」

プレスコットが？「えっ？」

「息子はきみが未亡人だと思いこんでるんだ」

どうやら二人は、ミミが想像したほど心が通ってはいなかったようだ。気晴らしのキスを考えていたわけじゃなかったのね。気が抜けたミミは体をずらし、砂の上に膝立ちになった。ジョーが見上げた。

「もう行くの？」がっかりしたような声。

「ええ。シェ・ダッキーは明日、冬休みに向けて閉鎖するの。だから今夜はよく寝ておかないと」

「ぼくも戻ったほうがよさそうだ」ジョーも膝立ちになった。二人はそのままの姿勢で長いあいだ向かい合っていた。「会えてよかったよ、ミミ・オルソン」

「わたしも。車に乗せてくれたこと、あらためてお礼を言うわ。車まで抱えていってくれたこともね。それから、あなたのすてきなシャツを汚すのを許してくれて、ありがとう」

ミミは手を差し出した。ジョーはその手をとり、握ったままでいる。ミミは頼りなげに微笑み、軽く腕を引いた。それでもジョーは放そうとせず、ミミをそろそろと自分のほうに引き寄せると、頭を傾けた。もの問いたげな視線をそらすことなく、顔を下げて唇を近づける。

ミミは力を抜いて、ジョーの肩に軽く腕をかけた。彼はミミの顔を手のひらではさむと、じっくり時間をかけてキスしはじめた。ミントのようなさわやかな味。引き締まった唇の巧みな動き。ミミもそれに応えて、きれいに整えられたひんやりとして豊かな髪に指を差し入れて愛撫した。頭皮のやんわりとした温かみが感じられる。ジョーはミミを強く引き寄せ、片手をあごにそえて優しく頭を傾けた。もう片方の手は腰からウエストに回し、腰、太もも、胸をさらに密着させる。

ミミのスウェットシャツがジョーのシャツを濡らし、重なった体の湿り気が熱を帯びてきた。ジョーの胸は厚く、硬い。しっかりと規則正しい心臓の鼓動が伝わってくる。キスが激しくなった。舌を差し入れられてミミは口を開け、舌をからめながらジョーの頭を抱き寄せた。彼は砂の上で膝立ちのまま足を広げ、そのあいだにミミを引き入れた。横に傾いてバランスを失いかけたミミは彼にしがみついた。だが唇は離さない。ジョーはミミの体を砂の上に横たえ、上からおおいかぶさった。二人の唇がぴったりと重なった。

優しく愛撫するジョーの手が肋骨部分からウエストへ、そして腰へと移った。スウェットシャツのすそから手が差し入れられ、親指がゆっくりと小さな円を描きながら上へ上がっていく。動きはおなかの上のあたりから始まり、乳房のふくらみのところで止まった。指の背で軽く撫で上げるようにして、感触と重みを確かめている。ミミは快感に背をそらし気味にし、甘えた声を出した。

ジョーは頭を上げ、ミミを見下ろした。息づかいがやや荒くなっている。もちろんミミも同様だ。

「セックスする？」すでに答えを知っているかのような調子でジョーが訊いた。

「いいえ」ミミは言った。ジョーと同じく寂しげな声。

「そのほうがいいだろうね」確信のなさそうな口調。ミミは屈折した喜びを感じた。

ミミはジョーが体をどけてくれるのを待った。が、彼は動かずに、当惑と強い興味が妙に入り交じった表情で見下ろしている。ミミの顔にかかる濡れた（今は砂っぽい）髪の毛をそっと払いのけると上体をかがめ、軽くキスした。ミミは目を閉じた。正常に戻ったばかりの胸の鼓動がふたたび激しく打ちはじめた。

ジョーは頭を起こして訊いた。「ぼくたち、うまくやっていけるかな」

ジョーの表情は期待に満ち、若々しく、それでいて少し悲しそうだった。超優秀な企業幹部にも、報酬がやたらに高い税金専門の弁護士にも、全国ネットのニュース番組のアンカーマンとかそういったものにも見えない。ミミがジョーを必要だと感じるのと同じように、ジョーもミミを必要としているにちがいない。

「ええ」ミミは言った。「そうだといいわね」

14

ミミは屋根裏の寝室へ上がり、ヒマラヤスギ材のクローゼットにウールの毛布を重ねてしまった。夏用のシーツなどリネン類はすでに日干しにしてたたみ、トランクに入れてある。〝花瓶〟（ワインやピーナツバターの空き瓶）に入っていたシオンやヤグルマギクを抜いた。古い冷蔵庫を空にして電源を切り、ふたを開けた重曹の箱を奥に突っこんでから、ロックをかけた。スノーモービルに乗った子どもがどんなばかなことをしでかすかわからないからだ。ジョアンナとチャーリーは冬場の凍結にそなえて水道管の水抜きを行い、ヴィダ、ジェラルド、息子のフランクとカールの家族は埠頭にボートを引き寄せている。シェ・ダッキーのシーズンは今日で終わり、明日から冬季閉鎖期間となる。もしかしたらこのままずっと閉鎖という可能性もないわけではない。

来年になれば、正面玄関の鍵はオルソン家以外の誰かが所有しているかもしれない。新しい所有者がキッチンの入口に車を停めて、木箱入りの缶詰やトイレットペーパーを運びこむ。あるいは、誰も入居しないかもしれない。その場合は、土木作業機《フロントローダー》が建物を取り壊し、ショベルで残骸をさらってゴミとして捨てるのだろう。

そうなっても、わたしはなんとかやっていける。当たり前よね、とミミは思う。そうするよりほかにないんだもの。

昨夜、オルソン家のほかの人たちと顔を合わせないようにしたのは正解だった。今日はかなり気分がよくなり、自分らしくふるまえる気がする。友だちがいないのではなく、自立していてハッピーな自分。貧しいのではなく、余計な所有物にわずらわされない暮らし。そんな人生がみじめだというのか？　いえ、みじめなんかじゃない。ミミはいつのまにか、本来ののんきな自分を取り戻していた。ひと晩寝たせいか、立ち直りの早い性格のせいか、それともジョーと過ごした古き良き時代のようなロマンチックなひととき、情熱的なキスが気分を高揚させたからか。きっと、それらすべての相乗効果にちがいない。

ジョーはもう帰ってしまったのか。いつかまた会えるかしら。たぶん、もう二度と会えないだろう。ミミの恋愛は長続きしない傾向にあり、穏やかに別れ、後悔なしに終わるというのがつねだった。男性にとっては未練の残る別れかもしれない（今回は立場が逆転しているようだが）。今までのミミはそんな別れでよかったのだ。

昨夜、ジョーからこの冬ミネアポリスにしばらく滞在する予定だと聞かされたので、ミミは自分の電話番号を渡しておいた。だがはっきり言ってそれは、二人が言語によらない〝コミュニケーション〟のほうに気をとられていたときの話だ。

ミミは亡きアーディスの古びたベッドに腰を下ろし、室内を漫然と眺めた。アーディスがなぜこの部屋を自分の寝室にしたのか、その理由は皆にとって謎だった。膝を痛めそうな急な階段を上がったこの屋根裏部屋は、傾斜をつけた天井に囲まれ、破風《はふ》窓をあしらった造りで、ほかのどの部屋と比べても夏は暑く、冬は寒いのだ。ただしミミだけは、アーディスがここを選んだわけを知っていた。

その理由は、軒下の窓から外を眺めてみれば明らかだ。北側の窓からは揺れる木々のてっぺんが眼下にある。見上げれば空はどこまでも高い。家の側面にあたる東側には草地が広がっている。ここでは何代にもわたって、子どもたちが蹄鉄《ていてつ》投げをしたり、七月四日の独立記念日にペットボトルで作ったロケットを発射したり、マシュマロを焼いて食べたりしてきた。南側の窓からはファウル湖のほとんどが見わたせる。

ミミは目を閉じ、アーディスが窓の前にひざまずいているさまを思い描いた。三月初旬のある朝、凍った雪の上を鹿が通るのを、少女のように手のひらにあごをのせて眺めるアーディス。その目を通してミミは、ガマが高く茂った中で二匹のカワウソが鬼ごっこをしているようすを想像した。きっとアーディスはこの場所から、子どもが初めて泳ぎを習う場面や、最初から失敗するのがわかっているいかだの進水式を何度も目撃したことだろう。

そう、わたしにはアーディスおばさんの気持ちがわかる。ミミは目を開け、室内にある大おばの遺品を探した。ゴルフのティー、しおりをはさんだペーパーバックの小説、爪やすり。それ以外には何もなかった。使い古した化粧台《ドレッサー》の引き出しはすべて空っぽだ。ベッドの下に手編みのラグが丸めて置かれてある。クローゼットのハンガーには服が一着もかかっていない。残っているのは思い出だけで、思い出が生き続けるためにはなんらかのパイプが必要になる。

「ミミ！」外からヴィダの呼ぶ声が聞こえた。

ミミは立ち上がり、窓際へ行って見下ろした。家の角のところにチャーリーの愛車、シボレーのエルカミーノと、ジェラルドのトヨタ・ランドクルーザーが停まっており、その二台のあいだにヴィダたちが立っていた。年代物のランドクルーザーは後部ドアが開けられ、そこへフランクがゴミを詰めた黒いポリ袋を投げこんでいる。毎年恒例の儀式のようなもので、別荘地を出ていく前の最後の立ち寄り先がゴミ収集箱というわけだ。そんなささやかな儀式が、ファウル湖畔の生活にはたくさんある。いえ、たくさんあった、だわ。ミミは心の中で訂正した。窓を開け、身を乗り出した。「なあに？」

「こっちは出発準備オーケーよ」とヴィダ。「そっちは終わった？」

いいえ、まだよ。「うん、準備完了。窓の鍵がかかってるかどうか、確認してるところ」

ミミは窓を閉め、幅が狭く薄暗い階段を下りてキッチンへ入った。サッシ部分の鍵が閉まっているのを確かめてから、古びた化粧合板のキッチンテーブルの上を、おまじないか何かのようにさっと撫で、裏口から出た。

「そろそろ出発しよう」チャーリーが低い声で言い、キーホルダーを取り出して裏口の鍵を閉めた。上体を起こし、手に持った鍵の束をどうすべきか迷っているかのように見下ろすと、ミミに投げてよこした。ミミはつかみそこなって胸で受けとめた。

「何よ、これ？」

「おまえが持っておいたほうがよさそうだ」チャーリーが言った。「わしは冬のあいだ、フェニックスで過ごすつもりだから。ジョアンナも一緒にな」

「二人でアリゾナまで、車でね」ジョアンナはとりすました表情で唇を引き結んだ。すでに公になりつつある二人の関係について誰に何を言われようとかまわないといった態度だ。

「二人とももう視力が弱くて夜は見えにくいから、ゆっくり行こうかと思って」

「ゆっくり行くって、いつごろ出発するの？　まだ九月なのに」ミミは言った。

「とにかく、鍵を持っていてくれ」チャーリーが言った。

「ジェラルドに預かってもらえばいいじゃない？」ミミは物を、特に大切な物を預かるのが嫌いだった。なくしてしまうかもしれないじゃないの。

「ミミったら、そんなこと言って！」ヴィダがいらだたしげに叫んだ。「うちがここからどれだけ離れてると思ってるの。お宅より三〇〇キロ以上遠いのよ。あなたが鍵を持ってたほうが何かと便利でしょ」

別にシェ・ダッキーの管理をしろと言われているわけじゃない。ただ鍵を預かるだけだ。それならかまわない。週末に遊びに来ることもできる。冬にシェ・ダッキーを利用する人はほとんどいない。それにはもっともな理由がある。ミネソタ州北部の冬は厳しく、ビッグ・ハウスもコテージも断熱性がよくないために寒いのだ。だがミミは冬にも訪れたことがあり、そうしない人たちは損をしていると思っていた。

「わかったわ」ミミは鍵をジーンズのポケットに入れた。

「車に荷物を積むの、手伝おうか？」ジェラルドが訊いた。

「手伝ってもらわなきゃならないほどの荷物、わたしが持ってたことあったかしら？」

「人は変わるものだからさ」

「わたしは別よ。いつも旅行は身軽に、速く、っていう主義だもの」

「〝一人旅が一番速い〟って言うしな」ジェラルドが言い返した。

「〝疲れた旅人よ、故郷へ帰れ〟」ヴィダが口をはさんだ。

「わたしは〝人の歩まぬ道〟を旅してきましたからね」ミミはやり返した。

「〝旅人が二度と戻らぬ未知の国〟かね」チャーリーがつけ加えた。

「〝ぼくらは旅を続ける　歌を歌いながら　仲良く寄りそって〟」ジョアンナがすかさず歌の一節を引用した。

皆、ことわざやせりふの引用を続けようと思えばいつまでも続けられそうだった。そのとき、近くの茂みから小さな犬が飛び出してきた。ここ一週間でミミが五、六回以上は見かけたこの雑種犬は、いきなりランドクルーザーの後部に突進した。ゴミ袋のひとつを破って中から汚らしい生ゴミをくわえ出し、口をあんぐり開けて見守るオルソン家の人々を尻目に、戦利品とともにまたたくまに逃げていった。まるで犬の精鋭部隊の突撃を見ているかのようだった。

「誰の犬だね？」チャーリーが訊いた。

「ハルヴァードのじゃないかな」フランクが言う。

「あら、ナオミの犬じゃなかったの」とヴィダ。

「デビーが飼ってるのかと思ってた」とジェラルド。

ミミは舌打ちした。「デビーが雑種犬なんか飼うわけないでしょ」

「もういい、わかった」ジェラルドが言った。「つまり、ここにいる誰の犬でもないということか？」

「そうらしいな」チャーリーは愛車エルカミーノに向かって少しずつ進みはじめた。手はジョアンナのひじの下をつかんでいる。「おや、もうこんな時間だ！　早く出発しなくちゃな、ジョアンナ。そろそろわしらも――」

「あら、だめよ」ヴィダはチャーリーの手首をつかんだ。「あの犬をつかまえるのを手伝ってもらわなくちゃ。ファウル湖畔の別荘やコテージにいる人はみんな、冬になる前に出ていくんですからね。まあ、プレスコットはもともと外に出ないから別だけど。それ以外に残るのは湖の反対側で建設工事に関わってる人たちだけ。つまり、あのかわいそうな犬を置いてきぼりにしたら、餌がなくて飢えてしまうってことよ。家まで車で九時間かかるわたしたちが残って犬を捜せるなら、あなたたちだって同じようにできるでしょ」次にヴィダは、借り物のホンダに向かって退却しようとしているミミに視線を向けた。「ミミ、あなたもよ」

「やれやれ」とチャーリー。

「がんばって、チャーリー。面白いじゃないの」とジョアンナが言った。

するとと怒りっぽい老人は顔を紅潮させ、低くうなったかと思うと素直に受け入れた。愛の力は偉大だった。

「しかたがない、やるか。どうすればいい？」

「みんなで手分けして林に入って、犬をビーチのほうに追いこみましょう」

「追いこむって？　そんなことしたらどうなる？　犬が反撃してくるかもしれないだろう。狂犬病だったらどうするんだ」チャーリーが反論した。

ヴィダは考えこんだ。みんながじっと見つめている。

「そんなこと、わたしにわかるわけないわ」ヴィダはようやく言った。「かわいそうだけど、やっぱり、放っておくしかないかしら……」

「毛布を使えばいけるかも」ミミがぶっきらぼうに言った。あのちっぽけでみすぼらしい雑種犬が取り残されると考えただけでいやだった。「ほら、大きな毛布よ。上からかぶせてつかまえればいいいわ」

「そうよ。もし犬が湖の中に入っていったら、ミミが追いかけていけばいいし」ジョアンナが口をはさんだ。

「どうしてびしょぬれの汚い犬をつかまえる役がわたしなの？」ミミは訊いた。

「だって、ほかの人はみんなきれいな服を着てるでしょうが」ジョアンナは意味ありげな表情でミミのジーンズに目をやり、理にかなった判断を下した。

反論しようのない論理にミミが答えられないでいるあいだに、皆は二台の車のトランクから毛布を取り出し、それを武器としてたずさえて、林へ向かった。ほどなく犬が目の前に現れた。口にくわえた筋状の物体が垂れさがっている。

「ほら、おいで！」ヴィダが呼びかけた。「お利口さん。坊やだかお嬢ちゃんだか知らないけど、なんでもいいからこっちへいらっしゃい！」

犬はもじゃもじゃの尻尾を用心深く振りながら、その場を動かない。

「よし、こうしましょう」ヴィダは低い声で言った。「まわりを取り囲むのよ。ジェラルドとミミは左から回りこんで。フランクとわたしが右へ行く。チャーリーとジョアンナはゆっくりゆっくり、まっすぐ進んでちょうだい。何か食べ物を持ってるふりして」

ミミとジェラルドはごくさりげなく、左斜め前に向かってそろそろと歩きはじめた。ヴィダとフランクも何気ないふうを装って右へ少しずつ移動している。ジョアンナとチャーリーは、おいしそうな音をわざと出しながらじりじりと前進した。彼らは輪になって犬を囲み、三メートルほどの距離まで来た。ミミが一番近いところにいる。

「ほらほら、ワンちゃん」ミミは膝に手をあててしゃがみ、いかにも犬好きらしく見えるようふるまった。「あなた、何くわえてるの——**あらいやだ、汚らしい！**」

思わず口走ったミミの嫌悪感もあらわな声に、犬は、せっかくの宝物が奪われるのではないかとおそれたのだろう。いきなり、ミミとジェラルドのあいだを駆け抜けていった。ジェラルドは犬に向かってたたんだままの毛布を投げたが、間に合わない。フランクも取り押さえようと跳びかかったが時すでに遅く、地面にばったりとうつ伏せに倒れた。チャーリーがからからと笑い、その腕をジョアンナがぴしゃりと叩いた。ヴィダは悪態をついている。ミミは熱くなり、犬のあとを追った。追いつめれば、毛布をかけてつかまえられる。

一〇分後、顔を真っ赤にし、ぜいぜいあえぎながら、ミミは作戦を誤ったことを悟っていた。囲いこむ場所がないのに追いつめるのが難しいのは当たり前だ。それでもミミは果敢に追跡を続けた。不安そうな犬はつねに二、三メートル先を行き、肩越しに振り返っては、ときおり立ち止まってミミが追いつくのを待つ。まるでゲームを楽しんでいるかのように。

ジョアンナとチャーリーは今やはるか後方にいる。だが、同じペースでついてくるヴィダとフランクとカールがちらりと目に入った。ジェラルドの姿はどこにも見えない。わたしもあきらめたほうがいいのかもしれない、とミミは思った。わき腹が痛くなってきた。息がすっかり上がって、子どもの弾く壊れたアコーディオンみたいな音がする。犬を助けるという使命感に燃えて、ミミはやるだけやった。でも、わき腹に引きつるような痛みが走る。もうだめだ。ゲーム終了――。

ミミは足を止めた。犬が〝プレスコットの屹立〟へわたしを導いている。この建物なら、エッシャーの版画のようにいろいろなところに角度がついていて、犬をどこかの隅に追いつめることができるから、好都合だ。

「犬がプレスコットの家へ向かってる！」ミミはフランクとヴィダとカールに向かって叫んだ。「家とガレージのあいだに斜溝があるから、そこに犬を追いこんでちょうだい。わたしは犬が出てきたところをつかまえられるように、ガレージの反対側から回りこむわ。二、三分待って」

「了解！」ヴィダの声が返ってきた。

ミミはもつれる足で、肺が焼けつくような感覚をおぼえながら、全速力で——年相応に全速力で駆けつづけた。ガレージの側面へ回り、息を切らして外壁にくずおれるようにもたれかかる。そのとき、ヴィダとフランクが手を叩いて叫んでいるのが聞こえた。「犬がそっちへ走ってるわよ、ミミ！　わたしたちもすぐ行くから！　それっ！」

ミミはガレージの角にぴたりと体を寄せると、毛布を目の前に広げて構え、息を殺して犬の足音に耳をすました。よし、ちょうどいいタイミング。

「五！　四！」ヴィダが叫んだ。「あっ、しまった。今よ！」

ミミは犬がやってくる一秒前に狭いすきまに飛びこんで待ち伏せた。不意をつかれた犬は向きを変えようとしたが、走っていたスピードが速すぎた。体の後部がぐらつき、ミミの足のほうへ倒れかかってきた。ところが犬は、すばやく横にもんどりうって、逃げ出す体勢になった。ミミはすかさず身を躍らせ、上から毛布をかぶせた。ほんの一瞬、体が地面と平行になったあと、どさりと音をたてて前のめりに倒れる。毛布の下で犬がわんわん吠えた。

ミミは魚のかかった網をたぐり寄せる漁師のように、もがいている塊を毛布ごと引っぱった。犬は抗議のキーキー声をあげ始めた。「もう、お願いだから静かにしてよ、ワンちゃん」ミミはあえぎながらぶざまに立ち上がり、勝ちほこって言った。「ラッキーだったと思いなさいな、わたしがあんたの上に着地しなくてね」

最初に駆けつけたのはフランクで、ミミの姿を見るやいなや、急ブレーキをかけて止まった。「ミミが犬をつかまえた！」大声をあげ、にっこり笑った。「すごいタックルだったね、ミミ。プロのアメフト選手になろうと思ったことない？」

「お黙り、フランク」ミミは言い、笑顔を返した。

次にヴィダとカールがやってきた。チャーリーとジョアンナがあとに続き、数秒遅れでジェラルドがキャンディバーを食べながらゆうゆうと到着した。息切れもしていない。

「あら、ジェラルド。さんざん手伝ってくれて、ありがとう」ミミは言った。犬はまだ吠えつづけている。不安がっているというより怒っているようだ。

「いやあ、どういたしまして」ジェラルドはそう言ってキャンディバーの包み紙をポケットに突っこんだ。「さて、犬を捕獲したと。で、どうするつもりだい？」

ミミはまだ荒い息の下、ぽかんとしてジェラルドを見つめた。「はあ？」

「だから、きみがどうするつもり――」

「聞こえたわよ。でも、なぜわたしが犬をどうにかしなくちゃいけないの？」ミミは毛布に包まれた犬を抱きかかえ、強い口調で命令した。「静かにしなさい」犬は静かになった。

「息苦しいんじゃない」ジョアンナが言った。

「あ、そうか」ミミは毛布を少しめくった。悪臭芬々たる毛むくじゃらの顔に、サメを思わせる黒い目がふたつ、こちらを見上げている。腐った魚の上で転がったような臭いがした。毛が固まってこびりついた小さな頭を見下ろしたミミは、確信を持った。この犬、腐った魚の上を転げまわったにちがいない。

「いい、こうして犬をつかまえた以上、わたしの役目は終わりよ。だから、あなたたちのうち誰かが、どこかに連れてってくれないと」

「わしらはごめんだよ」チャーリーが言い、ジョアンナのほうに身を寄せて統一戦線を張った。「その犬、ここからでも臭うじゃないか。わしのエルカミーノにそいつを乗せるわけにはいかんよ」

「洗えばいいでしょ――」

「濡れた犬なんて、なおさら乗せられないし、乾くまで待っていられない。聞いてると思うけど、わしらは、これから長い距離を運転していくんだから」チャーリーは腕時計を見た。

「ほら、もう行かなくちゃならん。ジョアンナ、おいで」

申し訳なさそうに肩をすくめると（というより、ほっとしたというのが正直な感想だったろう）、ジョアンナはチャーリーに手をとられて連れていかれた。

「ぼくらも連れていけないからね」ジェラルドはきっぱりと言った。「このあと、ミシガンのアッパー半島にあるヴィダの母親の家まで行く予定だから。どうしてもと言うなら、フォーン・クリークの警察署までなら連れていってもいいよ。それ以上はお断りだ」

「何言ってるの。警察へなんか連れていっちゃだめでしょ。二、三日留め置いたあと獣医へ連れていって、それから――」ミミは不潔な犬を見下ろした。犬は不安そうな目つきで見返した。「どうなるか、わかるでしょ」

「いや、そんなことしないって」

「いえ、するわよ」

「だったら、きみがゴールデン・バレーの動物愛護協会へ連れていけばいい」

「このホンダには乗せられないの。夏のあいだだけ、オズの子どもに借りた車だから」ミミは不安のきざしを感じながら言った。このみすぼらしいはぐれ犬の面倒をみることになってはたまらない。「座席の革に傷をつけられたら困るわ。車に臭いがついて、どんなに脱臭しても元どおりにならないかも。毛も抜けるし」

「だとすれば、フォーン・クリークの警察署へ連れていくしかないな」ジェラルドが言った。

もう、いまいましい。

「みんな、いいかげんにしてよ」

ミミは懇願するように言い、腕の中の犬を高く抱き直した。自分の運命のあやうさを突然悟ったかのように、犬はだらりと力を抜いている。ミミは視線を落とした。つやのない毛はべとついて、湿った息がひどく臭い。歯の状態もよくなさそうだ。子犬ではないらしい。ますます、いまいましい。

「いい、聞いて」ミミは冷静さを保って言った。「あなたたち、フランクたちに犬を買ってやろうって何年も話してたわよね。それが運命の力によって今、与えられたのよ。見てちょうだい、この子。オスかメスかわからないけど。子犬じゃないから、トイレのしつけはできてるはず。その点、心配ないわ。お風呂に入れさえすれば、きっとすごく可愛くなるわよ」

ヴィダの目はしぶしぶといった感じでジェラルドに向けられた。

ミミはかすかな希望の光に飛びついた。「この子には誰かが必要なの。愛し、愛される誰かが。犬って、多くのものを与えてくれる動物よ。飼い主を守ってくれるわ。番犬として役に立つこと間違いなしね。それに、賢いことは証明済みだし」ミミはできるかぎり優しい口調で心をこめて訴え、空いているほうの手を胸にあてた。「賢くなければ、この厳しい自然環境の中、たった一匹で生きのびることはできなかったでしょうからね」

「ふん」ジェラルドはあざけるような声を出した。ミミの感傷的な言葉に少しも心動かされていないらしい。「こいつはこの一週間、チキンのグリルやステーキを食って生きてきたんだぜ。ゆうべだって、ナオミがホットドッグをやってた」

「この子には家族が必要なのよ、ジェラルド。ね、ヴィダ？」ミミは言い、本能的にそうしたくない気持ちが強かったにもかかわらず、犬を抱え上げて自分の顔のそばに持ってくると、一人と一匹が悲しげな表情でヴィダを見つめるという演出をした。

「よかった。きみが飼うことになったわけだな。おめでとう」ジェラルドが言った。

「そうよ。あなたが飼えばいいのよ、ミミ」ヴィダは急に（ミミに言わせれば不実にも豹変して）夫に同調した。

「なんですって？　みじめなわたしの哀れな家の、墓場みたいな静けさを乱そうっていうの？　うちには植物ひとつ置いてないのに」ミミはそう言うと、ヴィダの驚いた（そして後ろめたそうな）表情を満足げに眺めた。よし。良心がとがめているにちがいない。そうなると、飼わざるをえなくなる。

「ああ、ミミ」ヴィダは両手を広げ、一歩近づいてきた。「本当に、ごめん――」

「わかった。きみも、うちも引き受けないということだな」ジェラルドがきわどいところで割って入った。あと二、三秒放っておいたら、ヴィダはミミの胸に飛びこんで赦しを乞い、罪を償うためならなんでもすると申し出ていただろう。ヴィダは感情表現が大げさなたちなのだ。「で、どうすればいい、ミミ？　警察署に連れていくのか、いかないのか？」

なんてこと。ヴィダの罪の意識に訴えれば、こういう汚い雑種犬を一ダースでも丸投げできたかもしれないのに。それに息子のフランクとカールも、興味ありげな表情からわかるように、半分乗り気だった。でもジェラルドが……この人、憎たらしい。オルソン家の男性はもともと融通がきいて素直で、運命の流れに身をまかせるタイプ……わたしみたいな人間がほとんどのはずなのに。ジェラルドったら、どうしてそうなれないの？　いやな予感がした。ホンダの中に入れた自分の荷物が、魚の内臓の上を転げまわったジャコウウシみたいな悪臭を放つことになりそうだった。でも、それ以外に選択肢があるかしら？

ミミは食欲が萎えるような臭いの小さな犬を見下ろした。犬も同じく面白くなさそうな表情で見返してくる。ミミは大きくため息をついた。湖まで抱えていって、一緒に水浴びをしてからでなくてはとても――。

「ぼくが預かります」

後ろで誰かの声がした。驚いたオルソン家の面々はさっと振り向いた。そこに立っていたのは黒いぶかぶかのダンガリーパンツのポケットに手を深く突っこんだ太った青年だった。

まっすぐな黒髪に青白い顔色。ゆったりした黒いTシャツの中の肩をすぼめ、目は黒いワークブーツのつま先に注がれている。片方の眉にはボルトのようなピアスをしていた。

まあ、プレスコットだ、とミミは気づいた。プレスコット・ティアニー。『アラバマ物語』に出てくる引きこもりの隣人、ブー・ラドリーが突然現れたようなもんだわ。すごい。

プレスコットは億万長者の天才といった感じではなかった。大きな図体にもかかわらず、なぜか小さく見えた。若い。明らかに居心地悪そうで、それが一番印象に残った。この、痛ましいほど場違いで不恰好な子が、あのかっこよくて洗練されたジョー・ティアニーの息子なの？

「ええと」迷いながらミミは言った。「あの、今なんて言ったの？」

「その犬、預かると言ったんです。ぼくが飼います」

「そりゃすばらしい」ジェラルドが言い、ヴィダの腕をつかんだ。「これで決まりだ。じゃあ、我々はこれで。ほら、出発するぞ」

ジェラルドは前にいるヴィダをせきたてるようにして歩いていった。フランクとカールがあとに続く。林の中へ入っていく前に、ヴィダが振り返った。その顔にはまだ罪の意識が表れている。彼女は親指と小指を伸ばした手を耳にあて、「電話して」と口の形だけで言い、去っていった。

ミミはプレスコットのほうを振り向いた。「あなた、本気なの？」

「ええ」

「ちゃんと世話してくれる？」

青年は真っ赤になり、強くうなずいた。

「約束できる？」ミミは訊いてからしまったと思った。こんな態度をとっていたら、そのうちプレスコットは怒って申し出を取り下げるだろう。

「約束します」

もうこれ以上言っちゃだめよ、ミミ。「それと、犬にヘンなことしないって約束できる？」

「ヘンなこと？」

ミミはプレスコットの眉に刺さったボルトを凝視した。

「たとえば、ピアスとか？」

青年はのけぞり、「まさか！」と驚愕の表情で叫んだ。「そんなこと……しませんよ。気持ち悪い」

「いちおう、訊いてみただけ」

プレスコットは顔をしかめて考えている。

「気になるんだったら、あなたにメールで写真を添付して送りますけど」

「あら、わざわざそんなことしてもらわなくても――」

「いや、ぼくがしたいんです。そうさせてください」プレスコットは妙に礼儀正しく、口調も堅苦しい。

「わかりました。じゃあ、お願いするわ」ミミは自分のＥメールアドレスを口頭で伝えた。

「大丈夫?」

「はい」

ミミは雑種犬を見下ろした。あまり心配そうなようすもなく、あたりを見まわしている。犬には人間を見分ける力があると聞いたことがある。この犬はプレスコットに対して何も悪いものを感じていないらしい。ミミにとってはそれだけで十分だった。救われた気分になり、犬を差し出してプレスコットの腕の上にのせた。「ありがとう」

犬は不潔きわまりなかった。ありとあらゆる病原菌を住まわせているにちがいない。ミミの良心がちくりと痛む。無視しようとしたが、できなかった。

「あのね。もしかすると狂犬病かも――」**黙ってらっしゃい、ミミ!**「というか、口に泡を吹いてるわけじゃないから、大丈夫だろうけど」あわててつけ加える。「でも、いずれにしても獣医さんに連れてったほうがいいと思うわ。今日にでも。やっぱり、調べたほうがいいでしょ、というか」口から出かかった言葉をあやういところで抑えた。「いろいろと知っておくべきこともあるだろうから」

まるで、この犬にノミがたかっていない可能性があるみたいな言い方じゃない。それでも、プレスコットにことさらに不快な情報を与える必要はない。不快といえば……ミミは犬の臭いを嗅いだ。「正直言って、わたしなら、今すぐひとっ走りして犬用のシャンプーを買ってくるわね。わかるでしょ?」

プレスコットはぼんやりとミミを見つめている。

「薬用シャンプーだったらなおいいわね。たとえばその……ノミとりシャンプーとか。あくまで念のためだけど」

「わかりました」

もう黙りなさい、ミミ。放っておいて出発するのよ。ミミは深呼吸をした。もう一回。そして背を向け、歩き出そうとしたが、ふたたび振り向いた。「この子、逃げ出すかもしれないわよ」急いで言葉をつぐ。「だから、リードなしで散歩させないようにしてね」

「わかりました」

「わたしが飼えればいいんだけど」**ミミの嘘つき。**「でも、大家さんが――」わたしったら、訊かれてもいないのにどうして言い訳ばかりしてるの？「じゃあ、よろしくお願いするわね」

そう言って帰りかけたとき、ミミはプレスコットの声に引きとめられた。

「あの！……ええと、その……」青年は赤い顔をさらに赤くしている。

「なあに？」

「あなた、大丈夫ですか？」

なんですって？ミミはあわてて鼻を押さえた。ときどき鼻血が出ることがあるのだ。でも血は出ていない。ミミは顔をしかめた。「ええ、大丈夫よ。なぜ？」

プレスコットの顔は今や、感謝祭の七面鳥に添えるクランベリーゼリーのように真紅だった。

「かなり息切れしてらっしゃるようで、顔も真っ赤だし、それにずっとわき腹を押さえているでしょう。まさか心臓発作じゃないですよね？　つまり……運転しても大丈夫ですか？」

これはこたえた。ミネアポリスへ帰ったらすぐにでもジョギングを始めなきゃ。育ちに育ったこの肥満児に指摘されるようじゃ、よっぽどひどい状態に見えたにちがいない。

「わき腹を押さえてるのは、ちょっと痛くなったからよ」これ以上説明する必要はないだろう。それに、プレスコットが犬を引き受けると申し出たのが同情心からであることは明白だ。余計な話はせず、好意に甘えておいたほうがいい。「じきに治るから平気よ。どうもありがとう。犬の写真、送ってね。楽しみにしてるから」

そう言ってミミはそそくさと退散した。

15

プレスコットは、ミニオネット・オルソンが林の中へ消えるのをじっと見守った。犬を置いていきたくなくて、後ろ髪引かれる思いで去ったにちがいない。彼女は勇敢にも振り返らなかった。ただの一度も。

プレスコットは小さな犬を抱き寄せた。目はすでに反応してかゆくなり、涙が出はじめていた。化学物質を体内に入れてはいけないと昔、母親に注意されたが、これからは副作用のリスクをおかしてでも抗アレルギー薬を服用しなくてはならない。犬を飼うのをあきらめるつもりはないからだ。もし母親が生きていたら、自分の健康をかえりみない息子の勇断に愕然とするだろうが、プレスコットはミセス・オルソンを失望させたくなかった。

先ほどまでプレスコットは、〝タワールーム〟と称する最上階の部屋に上がり、一人わびしく窓から外を眺めていた。ここ数日、オルソン家の人々は徐々に少なくなり、明かりのともるコテージの数がひと晩ごとに減ってきた。今朝になって一族の大半が出発したようだ。まもなくシェ・ダッキーから人の姿が消え、ミセス・オルソンもいなくなるだろう。そうなると自分は独りぼっちになる。

どうしてそんなことが気になるのか、謎だった。以前はなんともなかったのだ。しかし月曜にジョーが帰って以来、プレスコットは少し落ちこんでいた。ジョーがいなくなったのが寂しいからではなく、不当な扱いをしたのではないかという気がして不愉快だったからだ。さらに不愉快なのは、ジョーが不当な扱いを受けたという意識がないらしいことだった。ばかにするにもほどがある。

分別に欠ける言動があったら、少なくとも気がついてもよさそうなものだ。特に、家族の場合は。

家族だって。ふん。

プレスコットがそんなことを考えていたとき、ミセス・オルソンが林の中から転がり出てくるのが目に入った。小動物を追いかけているらしい。プレスコットがもう片方の窓際に移動したちょうどそのとき、ミセス・オルソンが動物に飛びかかり、毛布をかぶせて倒れこんだのが見えた。彼女はよろめきながら立ち上がった。片手を胸にあててあえぎ、しきりにむせてはいたが、もう片方の手は強い母性本能の表れか、小動物をくるんだ毛布をしっかりと守っている。

なんと勇敢な人だろう。だがミセス・オルソンを何週間も観察してきたプレスコットは、彼女が痛みを感じているのに気づいた。かよわく傷つきやすい女性だし、具合が悪いのは確かだが、それを親戚に気取られないようけなげに隠している。プレスコットは心配になり、助けが要るかどうか声をかけようかと迷ったが、ほどなく親戚一同が到着した。ところが彼らは息せき切ってもいないし、思いやりも示さなかった。ミニオネットとは大違いだ──彼女への親近感から、つい心の中でファーストネームで呼んでしまったプレスコットは、窓を開けて彼らの会話を聞き、そう判断した。

「この子には誰かが必要なの。愛し、愛される誰かが。犬って、多くのものを与えてくれる動物よ。飼い主を守ってくれるわ」と彼女は親類の者に訴えていた。

ブロンドの大男が次の言葉を聞いてせせら笑い、何か言い返した。なんと言ったかはわからない。プレスコットはミセス・オルソンを見守り、彼女の言葉だけに注意を傾けて、その苦しみを感じとっていた。ほかのことは耳に入らない。頭の中である考えが生まれつつあった。

「この子には家族が必要なのよ」ミセス・オルソンは続ける。

家族か。よし、それだけ聞けば十分だ。プレスコットはすでに階段を下りていた。何を言うべきか、どう言うべきか、考えをまとめようとしていた。

ぼくが犬を引き受けて、〝家族〟を与えてやろう。この決断は、単にミセス・オルソンを救うためだけではない。動機は、天才でなくてもはっきりとわかるほど明らかだった。犬を飼うことになれば、ミセス・オルソン以下、一家とのつながりを持てるからだ。といっても、ごく限られたつながりではあるが、それによってプレスコットも、広い意味でのオルソン一族の傘下に入ることになる。ミニオネット・オルソンの犬をもらい受けたという事実によって。

確かに、犬を飼った経験はない。生き物は一度も飼ったことがないのだ。プレスコットはほとんどの動物に対するアレルギーがあり、反応の出ないのは冷血動物ぐらいしかない。しかしそれも白馬の騎士として駆けつけて、乙女を（いや、乙女の愛犬を）フォーン・クリークの警察署に連れていかれる脅威から救うという場面においては問題ではなかった。

そんなわけでプレスコットは犬の飼い主となった。

見下ろすと、犬は見上げてきた。プレスコットはくしゃみをした。ひどいアレルギー体質なのに、今や犬と一緒に暮らすことになった。だがそれによって自分の生活にもたらされる著しい恩恵に、プレスコットはすでに気づいていた。まさか自分が、間違いなくばい菌だらけのこんな生き物にすすんで触ろうとは夢にも思わなかった。だが、大きなご褒美と引き換えなら、人はかなりの犠牲を払えるものらしい。それに、家の中には消毒剤がたっぷりあるから大丈夫だ。

プレスコットは、ここ数日間、数週間、もしかしたら数カ月間で一番というほどいい気分になっていた。犬のために必要な一連の作業が、家族としてやるべき仕事が目の前にある。そう考えただけで、胃のあたりが浮き上がるような高揚感をおぼえるのだった。

プレスコットには友人があまりいない。特定の団体にも属していない。職場の同僚もいるとは言えない。同じくＭＩＴで教鞭をとる教授陣の中でもよそ者といった感じだった。教授たちが皆プレスコットよりはるかに年上であるばかりでなく、自分の研究に没頭し、心血を注いでいるためだ。それはそれでいいのだが、プレスコットは違う。曲がりなりにもこだわりを持っている関心事といえばJ・R・R・トールキンの作品ぐらいで、この趣味については、教授陣からはあざけりの表情か、優越感もあらわに面白がる態度を示されるのがおちだ。あるとき、著名な研究者が人に愚痴っているのを小耳にはさんだことがある。「プレスコットが青年期を脱して大人になってくれさえすれば、そう不愉快にも感じないんだがね」と言っていた。もちろん、嫉妬から出た発言にきまっているが、それでも傷ついた。だって、ぼくはまだ子どもと言ってもいい年頃だもの。とはいえプレスコットは、近所に住んでいたほかの子とは違って、本当の意味で子どもらしい子どもではなかったのだが。

インターネットのセキュリティ対策ソフトウェアを開発し、MITに著作権を認められてから一年も経たないうちに、プレスコットは莫大なロイヤルティを得る身分になった。しかし友人は一人もできない。ある長い週末、プレスコットは、いろいろと考えをめぐらせた。これは自分が望んでいた人生とは違う。自分の求めるものがなんなのか定かではないが、どこかに属しているという感覚が欲しい気がした。それが無理なら、自分がよそ者であると思い知らされなくてすむどこかにいるだけでもいい。たとえば、人里離れた隠れ家とか。そう、ソローが『森の生活』で描写していたウォールデン池のほとりのような環境だ。

その数日後、プレスコットが教えている学生の一人が、両親が送ってきた新しい家の写真をクラスメートに見せていた。湖畔の家で、ミネソタ州フォーン・クリークに近いところにあるという。完璧な環境だった。ミネソタだって？　それならほかとは違った特徴がある、とプレスコットは思い出した。元プロレスラーのジェシー・ベンチュラが知事だった州だ。

一カ月後。インターネット上の画像を見て、プレスコットは自分の夢の一部である隠れ家用の土地の購入を決めた。そして今、小さな犬を見下ろしている彼は、夢をもうひとつ手にしたことになる。そのうち、望みがすべてかなうかもしれない。プレスコットは片腕に犬を抱えてガレージに向かい、防犯システム用の暗証番号を入力した。ドアは音もなく開き、中のプリウスが姿を現した。これから町まで行って、犬をきれいに洗ってもらおう。それからデジタルカメラを買って犬の写真を撮る。自分が唯一信頼に応えられる人間であることを証明するために、ミセス・オルソンに約束した写真を送るのだ。プレスコットはまたくしゃみをした。

あとで、ベミジのアレルギー科クリニックに予約を入れて診察してもらうつもりだった。

ミネアポリス・セントポール空港のハンフリー・ターミナル。

バージーは、サン・カントリー航空のチェックインエリアで、フロリダ州フォート・マイヤーズ行きの搭乗を待っていた。今日の午後、〈イーグルズ・リッジ・ゴルフコース〉で、最後のラウンドを手早く終えていた。フォート・マイヤーズの空港では友人が迎えに来て、ゴルフクラブとともに車に乗せていってくれる手はずになっている。これからの九カ月は気楽に過ごせるだろう。そのあとは……どうにでもなれ。バージーはできることはしたつもりだった。ミミに態度を明確にするよううながした。それについては悪かったとは思わない。昨夜、裸で泳ぐ前に交わした会話で、ミミのほうもバージーに同じような働きかけをしていたと判明したからだ。

もくろみが不首尾に終わったのは残念だ、とバージーは思う。もっとも、そう簡単にいかないことは最初からわかっていた。ミミが一族の代表としてシェ・ダッキーの管理を行う役割を引き受けるよう仕向けるには忍耐強く、つついたり、感情に訴えたり、押したり引いたり（今回は押すほうが多い）しなければならない。それがうまくいけば、バージーは余生を穏やかに過ごせるだろう。残された日々を——いや、一〇年以上を、だわね。ここで早まってはならない。

これは裏工作が必要だ。バージーは今日未明、車に乗りこんでシェ・ダッキーを離れる前に、ある〝罠《わな》〟を仕掛けてきた。あとはミミが罠に引っかかるのを待つばかりだ。

やがて結果が出る、とバージーが思っていると、フォート・マイヤーズ行き四五一便搭乗開始のアナウンスがあった。そう、時が経てば、かならず。


ブレイナードの北まで走ったところで、ミミの携帯電話が鳴り出した。着メロはベット・ミドラーの〝フレンズ〟で、留守録のメッセージがあるという通知だ。ミミは携帯電話をスピーカードックにつなぎ（オズの息子はハイテク機器が大好きなのだ）、自分のアクセス用暗証番号を入力した。

「新しいメッセージが三件あります。メッセージを聞くには、一を押してください」コンピュータによる合成音声が流れた。

三件のメッセージって、どのぐらいの期間に？　最近、洗濯のために車に乗ってフォーン・クリークへ二度出かけたが、二度とも携帯電話を持っていくのを忘れた。そうすると最後に留守録を確認してから約一カ月になる。わたしの人気も高まりつつあるようね。ミミは携帯電話のダイヤルボタンの一を押した。

「最初のメッセージの着信は、八月三日午後五時一五分です」

「こんにちは！　ミニオネット・オルソンさん」興奮気味の男性の声が挨拶を述べた。「おめでとうございます。あなたは今回の懸賞に当選され……」ミミは〝削除〟キーを押した。

「二番目のメッセージの着信は、八月五日午後一時三分です」

「どうして別荘内に固定電話を設置しないのかね？」オズの声が流れた。「いつ仕事を再開するつもりなんだい？　きみがいないとなんだかつまらないよ。それと、知らせたいことがあるんだ。〈ノードストローム〉では九月から靴のクリアランスセールの予定。それから、うちの息子がそろそろ車を返してほしいって言ってる」

これらふたつの用件のどちらがより重要なのか、オズには判断がつきかねたのだろう。

「三番目のメッセージの着信は、八月二二日午前一〇時四五分です」

「オルソンさん、オテル・ウェーバーです。九月一〇日から年末まで海外出張に出かけますので、帰国してからまたご連絡します。今のところ、新たにご報告できる情報はありません」

ミミは携帯電話をふたつに折って閉じた。ウェーバーからはほとんど報告事項が上がってこない。とはいえ、毎月請求される料金はさほど大きな金額にはならなかった。もう調査はやめていいと知らせるべきか、ミミは考えた。だが、どうやって連絡をとる？　ウェーバーは一週間前に外国へ行ってしまった。それに、急がなくてはならない理由があるのかしら？

理由は特にない。この件は今のところ、放っておくことにしよう。なるようになるわ。

秋

16

一〇月

ミネアポリス、〈ストレート・トーク・フロム・ビヨンド〉のオフィス

「いい、エルシー」ミミはヘッドホンマイクに向かって話していた。「カムリなら、リースが終了した中古車を買ったほうがいいわ。保証期間はある程度残っているし、販売店の駐車場から出るだけでかかる三〇〇〇ドルも支払わなくてすむから」

「三〇〇〇ドル？」

ミミはヘッドホンに付いたマウスピースの上に片手をかざして頭を傾け、中古車の査定価格の相場を記した『ブルー・ブック』をすばやくめくりながら答えた。

「ええ。初期費用を考えるとそのぐらいになるわね。エイナーがそう言ってるわ」

「そうなの」エルシーは大きなため息をもらした。「エイナーの言うことなら本当ね。あの人が死んでから、あたしちょっと落ちこんでたのよ。で、新車でも買えば元気になるかなと思って。だけど、新車はよくなさそうね」

「まったくの新車はおすすめできないわね」ミミは机の上に置いたノートパソコンの画面を見ながら同意した。エルシーが電話してきたときちょうど受信を確認したEメールがまだ表示されたままだ。

そのEメールには本文がなかった。プレスコットがまた、ビルの写真を送ってきたのだ。ビルというのはミミが押しつけた犬にプレスコットがつけた名前で（それにしても、犬にビルなんて名前をつける人がいるだろうか？）、最低でも週に一回は（ときには三回、四回と）こうして犬の画像が届けられる。ミミとしては別にかまわなかった。実を言うと、犬の写真が楽しみになっていた。プレスコットは返事を期待していないようだった。Eメールにはメッセージがないか、あってもお義理のように〝ソファに座るビル〟〝睡眠中のビル〟〝食事中のビル〟などと書かれてあるだけだ。どちらかというと睡眠中と食事中の写真が多かった。

今回送られてきたのは、背もたれの低い、いかにも高価そうな深紅色《スカーレット》のソファに座っているビルを写したものだ。ビルはけっして見栄えのいい犬とは言えないが、われ関せずといったようすでカメラから目をそらしている姿には、ミミの心に訴えかける何かがあった。環境の変化をためらいなく受け入れたのか、ビルは魚の内臓の上で転がって遊んでいた以前の生活と同じぐらい、赤いソファに座る生活に満足しているようだ。

この雑種犬についてジョーはどう思っているかしら。そんな考えがミミの頭をよぎった。ミネアポリスへ戻ってきて以来、ミミはしばしばジョーのことを思い出すようになっていた。といっても、ロマンチックなできごとを思い返すときにつきものの〝よかったわ〟と懐かしむような輝きは感じられなかった。

ジョーはどんな経歴を歩んできたのか。プレスコットとの関係は修復できたのか。二度目のデートが（あの夜が初めてのデートだったとして）もし実現していたらどうだろう。ジョーは都会で会っても、シェ・ダッキーでの印象と同じように、あんなに輝いて見えるかしら。要するにミミは、ジョーにもう一度会いたいのだった。でもそれは時間の無駄でしかない。だからミミは彼のことを頭から追い出そうと決心した。ところがうまくいかない。ビルの写真と同様、ジョーのイメージが突如として、いやになるほど何度もくり返し、頭に浮かんできてしまう。

過去に（最近も含めて）出会った人たちを思い出すよりずっと頻繁に、ジョーのことが思い出されてならない。でもジョーだって〝過去〟の人なのだから、彼についてよくよ考えても意味がないじゃないの？

「エイナーの気づかいはありがたいと思うわ」エルシーが話している。「でもあの人、生きてたときにもっと車の知識があったらよかったのにねえ。あの世へ行ったあとで、こうして助言してくれるなんて。どういうことかしら」

「それはね、エルシー。人は死ぬことによって、自分の優先事項を見直すきっかけができるものなのよ」ミミは言い、窓際に置かれたアオノリュウゼツランの鉢を食い入るように見つめた。何よこれ、元気がないじゃない。そんなばかな。アオノリュウゼツランは、誰が育てても枯れないはずなのに。花屋の店員が、この植物は放っておいても育つと請け合ってくれたのだから。「エイナーはいつも、あなたのためを思ってくれているわ」

ミミはキャスター付きの椅子で窓際まで移動し、鉢の中に指を入れてみた。土はからからに乾いている。これでいいのよね。だってアオノリュウゼツランって、けっきょくサボテンでしょ。

オフィスのある二階の窓から見下ろすと、〈スターバックス〉が屋外用のテーブルを夏と同じ位置に戻して営業していた。一〇月中旬の申し分のない小春日和、カフェラテを外で味わいたいという客のためだ。通りの向こうの小さな公園では、数人の大学生がアルティメット・フットボールを楽しんでいて、太った犬を連れた老人がベンチに腰かけてそのようすを見守っている。

「そうね」とエルシー。「確かにそうかもね。じゃあ、エイナーに伝えてちょうだい、エルシーがさよならって言ってたって。それからミミ、今回は一五分間の正規料金を請求してよ」

「はい、どちらも了解よ」とミミは言い、机の上のミネラルウォーターのボトルに手を伸ばすと、その中味をアオノリュウゼツランの鉢に注いだ。

「じゃ、これで切るわ。よろしくね」

ミミは〝通話終了〟のボタンを押し、ヘッドホンのマイク端子を抜いた。伸び上がってつま先立ちになり、遮音性の高い間仕切りの向こう側をのぞく。〈ストレート・トーク・フロム・ビヨンド〉（バージーに言わせれば〝ウフ・デッド〟）の創設者でオーナー社長であるオズワルド・オッテン（別名〝偉大なるオズ〟）が、深く倒したリクライニングチェアに寝ていた。伸ばした足を前の机の上にのせ、顔にはエルメスのシルクスカーフをかぶっている。

「今、交信しています」口をおおった部分が波打つように動く。「彼は安らかな気持ちでいるそうです」

電話の向こうにいる誰かの話をじっと聞いたあと、オズは言った。

「でも、来世では最初のころ、心穏やかに過ごすことはできなかったようです。今の境地に達するには償いが必要だったそうです」ふたたび間があく。「ええ、まったくそのとおりです。さぞかし不愉快だったでしょうね。本当に申し訳なかったと彼は言っています」

しばらく沈黙が訪れ、オズの口の上のスカーフはこれまで以上に規則正しく上下しつづけた。寝てしまったのかしらとミミが思っていると、そのうちオズは机にのせていた足を下ろした。顔の上のスカーフがすべり落ち、年齢による衰えが出はじめてはいるものの整った顔立ちが現れた。

「ええ、わかります。彼もわかってくれていますよ。誰だって動揺せずにはいられませんよね。もちろん、またいつでもお電話ください。彼はかならずここに、いえ、あの世にいらっしゃいますから」そう言ってオズは電話を切った。

「あまり楽しくないやりとりだったみたいですけど、違います？」とミミは言ってから間仕切りに両手をかけ、その上にあごをのせた。「ブルックの席で何してるんですか？　それにそのスカーフは？　社長の場合、死者と交信するのに小道具は要らなかったはずなのに」

「訊かれた順に答えると、質問その一については、特にそうでもない。その二、ブルックが休みだから。体調が悪いといって電話してきた」オズは、顧客との会話以外の場面では、かつて東海岸で公認会計士《CPA》をしていたころのきびきびとした口調に戻る。「その三、スカーフは小道具じゃなく、目をおおうために使っていたんだ。何しろ頭痛がひどくてね」オズは鼻梁の皮膚をつまんだ。

「死んだ人のせいでそうなるんですよ。それとも、生きてる人のせいかしら」

オズの電話の操作パネルの、着信を示すランプがついた。「困ったな。この相談、きみに回してもいいかい？」

「もちろん。でも、わたしのせいでお客さんが減るかもしれませんよ。ブルックの相談者って、〝ストレートなトーク〟より〝あの世〟のほうに興味のある人が多いでしょう。さんざん泣いて、後悔しつくして、〝あの人、赦してくれるかしら？〟っていうタイプ。わたしには合いそうにないわ」

「かまわないさ。ベティは保護者面談があって出社が昼過ぎになるって言うし、午前中はきみとぼくしかいないんだから」

「わかりました。電話を回してください」

「まかせたよ」オズは立ち上がった。靴をはいても一五八センチ程度で、ミミと同じぐらいの背丈しかない。体重もあまり変わらないのだが、この事実をミミはがんとして受け入れなかった。オズは厳しいまなざしをミミに向けた。「相談者のことを〝心霊体物質《エクトプラズム》ストーカー〟

なんて呼ばないように。先週、きみが例の男性相談者にそう言ったから、あとで大変だったんだぞ。クレジットカードに返金してくれって大騒ぎになって」

「あの相談者、本当に最低のやつだったんですもの」

「もちろんそうだろうが、二度と問題発言はしないでくれよ」そう言ってオズは出ていった。

ミミはヘッドホンをつけてマイクの音量を調節すると、点灯中のボタンを押し、相談者のクレジットカード情報が表示された液晶パネルを見て言った。

「こんにちは、ジェシカさん。〈ストレート・トーク・フロム・ビヨンド〉のカウンセラー、ミス・エムです。では、始めてもよろしいですか？」

「ええ。とりあえず彼女が何を言いたいのか、知りたいんですけど」という答えが返ってきた。怒りを抱えているらしい若い女性だ。

「もしかして、亡くなった方とのあいだに対立があったということでしょうか」ミミは言った。確信が持てないときは無難な表現を使うにかぎる。

「ふん、大したものね」とジェシカ。「〝亡くなった方〟とのあいだに〝対立〟がなかった人なんて、この世にいるの？　じゃわたし、非難されるのを覚悟で何も言わないわ」

「あの、ジェシカさん」ミミは呼びかけた。「ご相談の電話ですよね？」

「ええ、そうよ。人は誰でも間違うことがありますからね」

「また明日、かけ直していただいたほうが――」

「だめ。久しぶりの休暇で明日、メキシコへ出発する予定なの。あなた霊能者なのに、そんなこともわからないんですか？」

「わたしは霊能者ではなく、スピリチュアリストですから。相談者の方が財布をどこに置き忘れたかを当てるとか、おばさんの有名なブランディボンボンの作り方を透視するとか、くじの当選番号を予言するとかいったことはしておりません」

「つまり、天国でのゴシップを伝える以外、役に立たないってわけね？」ジェシカがあざ笑うように言った。

いったいなんなの。ミミは信じられない気持ちで電話を見つめた。

「よろしいですか。わたしの仕事は、亡くなった方の感情や望み、心残り、そして何よりも大切な助言を感じ取って、そのままお伝えすることです。だからこそこのホットラインは〈ストレート・トーク・フロム・ビヨンド〉という名前になっているんです」

「じゃあ、今すぐ感じ取ってくださいよ。待ってますから」ジェシカは吐き捨てるように言った。

ミミは深呼吸をひとつした。

「わあ、何それ」とジェシカが言った。「今の、わたしの母の霊があなたに乗り移った音かしら？」

「いいえ、違います。ジェシカさんにどうお話ししたらいいか、思案しているわたしが発した音です」

「ストレート・トークっていうのを聞きたくて、わたし待ってるんですけど」

「今、ストレートにお話ししているつもりですが」ミミは言った。ジェシカのように態度の悪い相談者からの電話は今までにも扱ったことがあった。たいていの場合はうまく調子を合わせられる。不満や怒りをぶちまける相手の話を聞いているあいだは、コーヒー休憩だと思えばいい。だがジェシカは何かに怒りを感じているだけでなく、混乱し、途方にくれているようだ。ミミは自分自身もそんな気持ちを抱いたことを思い出していた。あれは一一歳のころだった。父親が、約束の日から数週間経ってもシェ・ダッキーに迎えに来てくれなかった。ミミは喉が締めつけられるような怒りと恐怖心にかられ、途方にくれていた。もちろん親戚の者にはその感情を隠していて、それで自分は大丈夫だと思っていた――しばらく経って、あきらめるまでは。

ほかのものもすべて一緒に。

捨ててしまった。

いえ、そんなはずはない。ミミは不吉な考えを打ち消したくて、心の中で首を振った。自分がみじめになるようなことを考えちゃだめ。たとえば、流産した赤ん坊のこととか？　ミミは深く息をついた。そう、この世に生を享けられなかったわたしの赤ちゃん。もうやめよう、つまらない感傷に浸るのは。電話の向こうには助けを必要とする相談者がいるのだから。

「ジェシカさんにアドバイスがあります。専門家にご相談なさることをおすすめします」

「えっ？」

「プロの心理セラピストの力を借りるという意味です。お母さまの霊も、あなたがまだ知らないことを教えてはくださらないでしょう。今のこの状況を乗り越える手助けをしてくれる人に相談したほうがいいと思いますよ」

「そう伝えろって、母に言われたの？」ジェシカの声が高くなった。「そうでしょう、母がそう言ったのね？　あの人ったら、いつまでああしろ、こうしろって命令するつもりなの？　死んでからもわたしを悩ませようっていうのね！」

「あの、申し訳ありませんが、それは――」

電話が切れた。

ミミはため息をついた。ジェシカと毎週怒鳴り合いをする契約にサインしたも同然だ。しかたがない。世間の想像とは異なり、ミミも同僚も、相談者の状況によっては専門家の力を借りるようすすめることがある。たとえばうつ病、薬物の使用、虐待、アルコール依存症、自殺のおそれがあるといった場合には、ミミは沈みかけた船から逃げ出すネズミよりすばやく、掲示板に書きとめてある各分野の専門家の連絡先を紹介するのだった。

悲しいかな、世の中には沈みかけた船がたくさんある。舵《かじ》なしで人生の航海を続ける人たちの船は荒波に翻弄されて大揺れに揺れ、船体には失望という穴が開いている。それらの穴をふさぐのはミミの仕事ではないが、港と思われる方向に船を誘導できるのなら、それに越したことはない。

ミミの電話の操作パネルに、専用回線への着信を示すランプがついた。この番号にかけてくる人はまずいない。いるとすれば……ミミはボタンを押した。「もしもーし、ママ？」

「電話に出るたびに、その嘘くさいおかしななまりで話さなきゃならないわけ？」

当たりだわ。「ああ、ママ。今、ジャマイカ人と交信してたところなのよ」

「ミニオネット」ソランジェ・シャーボノー・オルソン・ワーナーだった。「今、忙しい？」なぜ母はわざわざ訊くのだろう？　「忙しい」と答えても、どうせ信じてくれやしないくせに。ソランジェはミミの仕事を毛嫌いしていた。〝毛嫌い〟といっても相当に控えめな表現で、〈ストレート・トーク・フロム・ビヨンド〉で働くことをマルチ商法に関わるも同然とみなしていた。要するに娘が、人が苦労して稼いだ金をだまし取って〝才能を浪費している〟と思いこんでいるのだ。

人の人生を真っ向から否定したいという感情が強烈なエネルギーを発するからか、ミミは母親の失望が骨の髄《ずい》まで伝わってくるのを感じた。それもミミが母親と一緒に過ごさないようにしている理由のひとつだ。愚痴や泣き言は聞きたくなかった。

「忙しくない。なんか用？」

「お願いだからやめてちょうだい。そんなわざとらしいしゃべり方をする年でもないでしょうに。今日電話したのはね、来月、トムとわたしの結婚記念日のパーティがあるから、あなたが忘れないようにと思って」

「え？　ママ、わたし招待状の返事はちゃんと出したわよ、残念ながら欠席いたしますって。受け取ってないの？」

「届いたわよ。でも無視することにしたの。ミニオネット、来なくちゃだめよ。手術でも受けるっていうのなら別だけど、それ以外の言い訳は認めませんからね。あなた、家族の集まりにほとんど顔を出さないじゃない。今回だけは絶対に出てちょうだいよ」

ミミは困ってもじもじした。実を言うと母親が開くパーティときたら、壁のペンキが剝がれ落ちるまで見守っているほうがまだしも面白い、というぐらいなのだ。

「サラの卒業式には行ったわよ」

「まあ、多少の実績はあるのよね」

ミミは皮肉を無視した。「それにママ、結婚記念日のおめでたい席に、元夫とのあいだにできた娘がうろついているって、どうかしら？　再婚相手に不快な思いをさせるかもしれないでしょ」

最初の結婚生活が破綻してから一〇年後、ソランジェは財界の実力者でベビーブーマー世代のまともな男性と再婚し、まもなく立て続けにメアリとサラを産んだ。二人の名前によってソランジェは、わが子を〝ミニオネット〟と名づけるというばかげた夢を卒業し、子育てに真剣に取り組む決意を世間に向かって表明した。今度はやる気まんまんのがんばり屋を育てるつもりで、それには成功した。妹のサラは二〇歳で大学院の博士課程に進み、姉のメアリはインターネットのスパイウェア開発会社を設立してバリバリ働いている。赤ん坊のころは可愛かった二人だが、今や〈アメリカ青少年エリート協会〉の創立会員だ。長い時間一緒にいるとミミは居眠りをしたいという強烈な欲求にかられるのだった。

「ばかばかしい。心配無用よ」ソランジェが言った。

そのとおり、トムは結婚前の妻の人生に少しも興味がないらしかった。邪険に扱われたり、無視されたりしたことが一度もないことを考えるとミミは、トムに好かれているらしい。彼はミミを妻と元夫との子というより、自分との結婚にあたって妻が持ってきたもの（たとえば昔のシャネルのコートなど）とみなしているようだ。

「ぜひ来てね。期待してるわ」と母親は言い、驚いたことにこうつけ加えた。「ミニオネット。来てくれたらわたし、これ以上嬉しいことはないのよ。お願いね」

命令口調なら無視するのは簡単だったろうが、まったくと言っていいほど感情的にならない母親からの情に訴える言葉は意外だった。興味深いが、もしかしたら困った兆候かもしれない。ママったら、いったいどうしちゃったのかしら？

「じゃあ行くわ、かならず」

やや間があり、ためらいが感じられた。普段のソランジェなら、ためらったりはしない。あくまで行動志向の人で、それも、母娘が理解し合えない数多くの理由のひとつだった。ミミの考えによれば、行動主義というのは過大評価されがちで、世界に蔓延する多くの問題の根本原因となっている。何かを支持して行動を起こせば、必然的に何かに反対するはめに陥るからだ。

「ママ？」

「何を着るつもり？」母親はさりげなく訊いた。さりげなさすぎるほどに。

ああ、なるほど。そういうわけね。「服を着ていこうと思ってたんだけど」

「あのね、ミニオネット」

「ドレスっていう意味よ」

「ああいう場にふさわしいドレスを持ってる？　有力者の方もいらっしゃるのよ。顔がきく人たちがね」

顔がきくって、どんな顔よ？　とミミは訊き返しそうになったが、意志の力でなんとか抑えた。母親の言葉で子どもじみた衝動を刺激されていた。

「強力なコネがあるの」

「へえ、そう……」

「何よ、口ごもって。まあいいわ。パーティの席ではうまく立ち回って、真面目な議論に加わるようにしてよ。ポピッチ下院議員や、うちの弁護士のバド・バターも出席するし、ビジネスマンもかなり来る予定よ。トムがバイオ・メドテック社の売却を計画しているんだけれど、その準備のためにヴェリティ・ブローカレージ社が送りこんできた人も。ほかには、心臓移植がご専門のネイダーマイヤー博士。バイオリニストのご主人もご一緒だから、芸術家タイプの方もいらっしゃるってことね」

「面白そう」ミミは心にもないことを言った。

「せっかくのチャンスだから、うまく活かしてほしいのよ」

「せいぜいやってみるわ」

「ミニオネット、あなたにはすばらしい潜在能力があるわ。やろうと思えば、まだまだ人生どうにかなるでしょう」

いや、やろうとは思わないし、どうにもならない。ミミは医者にも、弁護士にも、先住民の首長にもなるつもりはなかった。この議論はソランジェが昔、ミミのＩＱが平均以上に高いというとんでもない発見をした直後から始まっていた。ソランジェは娘が大物になると信じ、そのために必要な努力は惜しまないと決心した——本人の同意のあるなしにかかわらず。ミミは自覚がないだけで、実はやる気十分なはずだというのが母親の判断だった。

そんな中、ミミはワーナー邸から早々と逃げ出し、父親の家族のもとに身を寄せた。母親は震え上がった。オルソン一族と縁が切れたと安心していたら、娘がすすんでその中に飛びこんでいくとは。当時ミミは一八歳になっていたため、母親は娘の自由にまかせるよりほかになかった。ワーナー家へ戻ってくるよう脅しても懇願しても引きとめられなかったのだから、なおさらだ。

ソランジェが使った脅し文句はまず、シャーボノー家からの支援をいっさい受けられなくなるというものだった。もとはカナダで毛皮罠猟をしていたジャック・シャーボノーが築き上げた脱毛サロン王国は、ジャックが開発した皮なめし剤に、本来の用途に加えて、手指のムダ毛を溶かす働きもあるという発見をきっかけに繁栄した。だがソランジェの脅しも、厄介なことにもともと物欲がほとんどないミミには効果がなかった。それにソランジェの父親は遺言により、ミミを含む孫全員に少額の年金の受領権をすでに譲っていた。ただこの遺贈が行われたのはソランジェによると、ジャックが死んだとき、「ミミがまだ怠け者ぶりを発揮していなかったから」だという。

　こうした発言は、言葉で情に訴えてもどうせミミは聞き流すにちがいないというソランジェの考えをよく表している。さらに、二人の異父妹が悲しむから家を出ないでくれという訴えも、同じく説得力がなかった。なぜなら（これは事実なのだが）、ミミが家を出たとたん、メアリは〝頭のいい子どもを育てる積み木セット〟の入ったトランクをミミの部屋へ運んで邪魔な家具を押しのけてから、積み木で五〇階建ての高層ビルを建てはじめたのだから。そうした過去の記憶が、机の上の電話を見つめるミミの脳裏を駆け抜けていた。

「ミニオネット？」

「あらやだ！　電話がどんどん入ってきて、操作パネルがクリスマスツリーみたいに光ってるわ！」嘘をついて逃げよう。「ママ、もう切らなくちゃ。霊は待ってくれないものね。どうしてかって？　死んでるからよ。そういうわけで、あの世からの電話に、わたし応えまーす。じゃあね！」

「待ちなさい！」母親の威厳ある声は、動物の群れの暴走でさえ止めかねない勢いだった。

「何よ？」

「忘れないでよ、そのことは……誰にも話さないようにね」

　そのことというのは、ミミの職業の話だ――仕事というか、業務というか。

「あなたのためにならないでしょ」

　本心から出た言葉であることはわかっていた。母親がミミの仕事をよく言わないのは、自分やトム、いわゆるミミの異父妹、メアリとサラ（別名、小さなバラクーダたち）に影響があるからではない。心からミミのためを思っての忠告なのだ。母親はミミを愛し、ミミは母親を愛している。母娘は愛情によって縛られている。**お願い、解放して、**と思いながらも、ミミは「わかったわ、話さないようにする」と言った。

「よかったわ。じゃあ、おばあさまの真珠のネックレスを送っておくわね。最近、糸替えをしたばかりだから。つけて出てちょうだいね、期待しているわ」

〝期待している〟は、母親の一番好きな言葉だった。

「わかった。もう切るわ、ママ。じゃあね」母親の次の命令を聞かないですむよう、ミミは〝通話終了〟ボタンをそっと押し、パーティの場に〝ふさわしい〟ドレスを調達できるかしら、と考えた。〈ノードストローム〉に入っている〈ラック〉で買うか、それとも金持ちで権力者で、女装趣味のあるオズに借りるか。

オズに訊いてみよう。彼は高級なものしか買わない人だから。


「今日の午後の話し合いで、ずいぶん進展がありましたよね」

デリア・バンが言った。すらりと背が高く、スポーツ好きらしい三〇代前半のこの女性は、会議室のテーブルの角からさりげなく手を伸ばし、ジョーの手首に触れた。デリアはロンドンに本社を構えるD&Dの最高情報責任者《CIO》を務めている。ジョーは今、D&Dの買収に向けて、資産評価などの査定を行っているところだった。

「ええ、思っていたより早く進みました」とジョーは言い、微笑んだ。デリアの話し方は本人と同じで品がよく、優雅で、あか抜けている。ロンドンの高級ブランド店が立ち並ぶスローン通りがお似合いといった感じだ。「このペースだと、こちらでの仕事は一週間程度で収拾がつきそうです。プロジェクトの進捗が予定より早いなんて、珍しい。前回がいつか思い出せないほどですよ。ご協力いただいたおかげです。ありがとうございます」

デリアは微笑み、座ったまま足を組んだ。見事な脚線美だ。体を斜めに傾けてテーブルに置かれたファイルフォルダーを開き、上からおおいかぶさるようにして数字の最終確認をしている。そのようすをジョーは観察した。デリアは見られているのを知っているな――ジョーも気づいていた。だが二人とも、気づかないふりをし続けている。

デリアは濃いネイビーのタイトスカートに、ゴールドのカフスボタン付きのクリーム色のシャツ姿だった。豊かなはちみつ色のブロンドを首筋のところで巻き髪にしている。きりっとして男性的な服装と飾り気のないヘアスタイルがかえって女らしさを強調しており、デリアはそれを意識していた。イメージが他人に及ぼす影響力の大きさをよくわかっている女性なのだ。靴のヒールの高さから、再生加工したべっ甲フレームの読書用眼鏡まで、すべての要素が計算しつくされており、彼女の自信と自尊心、ステータスを雄弁に物語っていた。

ミミ・オルソンの場合、デリアのファッションの流儀から少し学んでもよさそうだな。そう思ったジョーは、皮肉な気分になって微笑んだ。しかし、なぜそんなことを？　ファッションによる自己主張など、ミミ・オルソンは思いつきもしないだろう。いや、実は主張しているか。ミミの服装は、「人になんと思われようとかまわない。自分がどんな人間か自覚しているから、それで十分」とさりげなく伝えているからだ。

ジョーがこれまで出会った中で、ミミ・オルソンのような人は一人もいない。職業の選択からして普通ではない――なんともいえない不快感をもよおさせる職業だが。どんなに前向きにとらえようとしても、死者からの助言を電話で伝えるなどという仕事は、合法的な詐欺としか思えない。ただし、死者と意思疎通ができるとミミが本気で信じているなら話は別で、だとすれば相当な変人だ。そうなると、ジョーがしょっちゅうミミを思い、どうしているか気にかけている（実は好きになってしまった）こと自体、きわめて不思議な現象だと言える。ミミはジョーが好きになったほかの誰とも違う。誰にもまねできない独自のものを持った女性だった。

だから、ほかの人と比べるのはおかしい。本人と同じく生活環境も特異なのだから。ミミ・オルソンは初対面の人に与える印象について心配する必要がない。シェ・ダッキーという風変わりな生活共同体に滞在しているかぎり、見知らぬ人に遭遇するチャンスはあまりない。親戚や友人など、昔からつき合いのある集団に囲まれている。彼らはミミを長年よく知っているため、彼女のとっぴな行動や癖にも慣れっこで、容認するどころか完全に受け入れているのだ。

ぼくもあんなふうに率直にふるまえたらどうだろう？　自分の変わった部分やもろさをすべて公衆の面前でさらけ出せたら？　いや、公衆ではないな。親族だ。ぼくのことをよくわかってくれていて、よろいの隙間《すきま》を見せてもかまわないと思えるような人たち……。

ジョーは顔をしかめた。どんな〝隙間〟だ？　ぼくには隙間なんてない。第一、心のよろいだって着けてないじゃないか。何をばかなことを。今後、心理学者があれこれアドバイスする『ドクター・フィル』みたいなテレビ番組は見ないようにしよう。

「まずは大丈夫」デリアはファイルフォルダーを閉じ、テーブルの表面に軽く打ちつけて中の書類をそろえた。「ところで、わたしおなかがぺこぺこ。あなたもでしょ。食事をご一緒しません？　この通りの近くにすごくおいしいカレーのお店があるんですよ。もう少し先へ行ったところのタイ料理もなかなかですけど」

じっと見つめてくるデリアのまなざしには何やら熱いものがあり、〝食事をご一緒〟する以上の関心を示している。いちおう考えてはみたものの、ジョーはプロジェクトが一段落つくまでは仕事と遊びの混同はしない主義だ。かといってデリアは、ただ夕食を一緒にとろうと提案しているにすぎないのかもしれない。せっかくの誘いを断れば、身勝手な男という印象を与えるおそれもある。その一方で、もし食事をともにして二人とも不愉快な思いをすることになったら？　デリアは確かにきれいな女性だ――しかし、悲しいかな、ここが肝心なところなのだが、ジョーはデリアには肉体的に惹かれるものをまったく感じなかった。もちろん美しいことは認める。こんなに優雅ですてきな女性の魅力に気づかないわけがない。見事な芸術作品の価値を認めるのと同じだ。だがエドワード・ホッパーの名画『ナイト・ホークス』とベッドをともにしようとは思わない。

ジョーは四四歳。カレンと死別して以来、女性と真剣につき合ったことはない。深く関わり合うのは避けたかった。知性、勤労意欲、目的意識、責任感の面で共通の価値観を持つカレンとうまくいかなかったのなら、そういう共通認識がまったくないとわかっている女性とうまくいくわけがないじゃないか？

いや、知性の面ではミミと相通ずるものがあるな。ミミが聡明な女性であるのは間違いない。ジョーはつねに物事の良い面と悪い面の両方を評価して判断し、それぞれの道筋をとった場合にどうなるか、見通しを立ててから行動を起こすことにしている。衝動は、カレンの妊娠が判明した時点で捨てていた……しかし、デリアとの食事をどうしようか迷っていたのに、いつのまにかミミと関わり合いになりたくない理由を考えている。いったいどういうことだ？

「ご一緒したいのはやまやまなんですが、実は一時間後に電話会議が入っていて、その準備をしなければならないものですから」ジョーはとっさに嘘をついた。

「そうなんですか」デリアは失望感をあらわにして唇をすぼめた。「じゃあ、また今度の機会に」デリアが立ち上がったので、ジョーもあとに続いた。二人は歩きながら翌日の議題について話し合い、エレベーターに乗って階下へ下りた。大理石を敷きつめた天井の高いロビーに出て、外のタクシー乗り場に向かう。ジョーは一台目のタクシーにデリアを乗せて見送ったあと、自分は別の車に乗った。

ホテルに着いたジョーは、フロント係と挨拶を交わしてから二階のスイートルームへ入った。趣味のいい客室だった。電気暖炉のまわりに小さなソファが三つ配置され、居心地のよさそうな雰囲気をかもし出している。黒御影石のバーカウンターの向こう側には、中味は豊富だがごく控えめに置かれたワインクーラーと小型冷蔵庫がある。壁を飾る本物の絵画もすばらしい。ロンドンのホテルにしては広いバスルームには、真鍮製の温熱式タオル掛けがあり、ふっくらとした厚手のタオルが温められている。大型のベッドには織り目の細かいエジプト綿のシーツが敷いてある。壁の色は淡いセージグリーン、家具の色はより深みのあるグリーンで統一され、プラム色が効果的なアクセントとして使われている。ジョーが社会人生活の大部分を過ごした何百軒というほかのホテルとは明らかに違う。だがそれでいて、まったく同じ点もある。多額の費用をかけて設計した、見てくればかりに注意を払った内装、法外な料金をとるデザイナーが提案する優雅な家庭生活の賛歌という意味では、どこも変わらない。

ホテルの客室も、一般住宅の部屋のように見えないこともない。ただし、雑然とした日常を感じさせるものをのぞいて。たとえば、未払の請求書、読みさしのペーパーバックの小説、なぜかCDが入った宝石箱、黒髪の巻き毛が少しからみついたブラシ、ピンボケの写真、やりかけのクロスワードパズル、ソファの下に隠れた靴、ドライクリーニングのこまごまとした指示や食料品のリストが書かれた付箋など、複雑で豊かな人間関係の名残が、ホテルには欠けている。

ジョーはソファの背もたれにジャケットをかけてから腰を下ろした。目の前のコーヒーテーブルの上のリモコンに手を伸ばし、今日の客室清掃係は高級雑誌を完璧な扇形に広げて置いたんだな、と思った。電話を取り上げ、ルームサービス係を呼び出す。

「こんばんは、ティアニーさま」電話の向こうで応答した声は、聞いただけでは顔と一致しないが、ここ一カ月間、毎日一度は話している相手だ。「何をお持ちしましょう?」

「サンドイッチだけで結構です。ええと……パストラミサンドは?」

「もちろんございます」

「じゃあ、それで――いや、ちょっと待ってください。コーンドビーフはありますか?」

「はい、ございます。コーンドビーフがお好きでしたら、ルーベンサンドイッチはいかがですか? シェフ特製のレシピですが」

ジョーは肩をすくめた。「それをお願いします」

「すぐにお持ちいたします。デザートはいかがいたしましょう?」

「いや、結構です。ありがとう、アーマド」

「おそれいります」

ジョーは通話を終え、ソファに深くもたれた。なんとなく落ち着かなかった。食事を注文する前に、フィットネスクラブへ行っておいたほうがよかったかもしれない。最近、少し運動不足だった。だが、ランニングマシーンで何キロも走ったり、えんえんと踏み台昇降をしたりするエクササイズはいつも楽しんでやっているわけではないし、今日はなおさら気乗りがしなかった。その場で人を集めるバスケットボールやフラッグフットボールをやっている場所がどこかわかればなあ、と思う。チームスポーツで味わえる仲間意識がなつかしかった。

今夜はデリアと食事に出かけたほうがよかったのかもしれない。こんな気分だから、一緒に過ごす時間を楽しめただろう。普段のジョーは、一人でいてもなんの不満もなかった。自分自身に満足しているし、仕事も楽しい。出張も、人づき合いも、難題も苦にならない。おそらくどれも得意なことだからだろう。ジョーが得意でないのは、プレスコットの父親としての仕事ぐらいなのだから。

それから、カレンの夫としての役割もうまく果たせなかったな。

いや。靴を脱いでコーヒーテーブルの上に足をのせながらジョーは思った。けっきょく、公私を混同しないというルールの問題ではなく、やっぱりデリアと出かけなくて正解だったのだ。

ジョーがカレンの死後、誰とも真剣につき合わなかったのにはそれなりの理由があった。どんな女性もカレンと比べると、ひたむきさ、やる気、聡明さの点でかすんでしまうからだと昔は思っていた。確かに的を射ている部分もある。しかし時が経つにつれ、状況をより客観的に見られるようになったのも事実だ。その客観的な評価によって残酷なまでにはっきりとわかったのは、自分の結婚が大成功とは言いがたい、ということだった。

ジョーとカレンはチームとしてうまく機能していなかった。同じ会社の独立した部門どうしに似た関係で、共通の財源で別々に運営される事業のようなものだった。おそらくお互いを十分に知らないまま結婚したせいだろうとジョーは思っていた。その後二人が離れて生活するようになり、それぞれ果たすべき責任も変わったため、理解し合う機会が失われてしまったのではないか。そんな過ちは二度とくり返さないつもりだった。だが今の生活では、結婚は言うに及ばず、新たに真剣な関係を築くのに必要な時間と距離の近さがいつになったら確保できるか、定かではない。仕事上の必要から一年のうち九カ月もカレンとプレスコットと離れて暮らさざるを得なかったジョーはあいかわらず仕事に追われており、じっくり時間をかけて女性との関係を育む余裕がなく、次の一歩を踏み出せないでいる。

いつかはそんなゆとりを持てるようになるかもしれない。だが、今はまだ無理だ。

戸口でベルが控えめに鳴り、ルームサービスの到着を知らせた。ジョーは足をコーヒーテーブルから下ろし、ドアを開けに行った。廊下には、ドーム形のふたつき銀皿を真ん中にのせたワゴンを前に、感じのいい顔の女性が立っていた。「こんばんは、ティアニーさま」と挨拶する声にいつもの活気が感じられない。黒髪を結い上げておだんごにしているが、こめかみ部分の皮膚が強く引っぱられて目がつり上がり、びっくりしたような表情になっている。

離れた両目の下にはくまができている。

「こんばんは、エスター」ジョーがわきへよけると、エスターはワゴンを押して室内に入った。

「今夜はどちらで召し上がります？　暖炉のそば、それとも公園を見下ろせる窓際がよろしいですか？」エスターは窓のほうに向かって頭を傾けたが、その動きでこめかみのまわりが引きつったのか、顔をしかめた。

「大丈夫ですか？」ジョーは訊いた。

「少し頭痛がするだけです」エスターは答えた。なるほど。髪をこんなにひっつめているのだから頭が痛くなるのも当然だ。「でも、お気づかいありがとうございます」

「ワゴン、そこに置いておいてください。どこで食べるかはあとで決めますから」ジョーは言い、折りたたんだ五ユーロ札をエスターに渡した。

「ありがとうございます」エスターは札を受け取り、くるりと向きを変えた。きつく結い上げた黒髪からおくれ毛が何本か出ている。それを見ると何かを思い出す……そう、ミミ・オルソンの黒髪だ、とジョーは気づいた。エスターの髪もミミの髪と同じように、濡れると小さいカールになり、乾いたときには自然に肩にかかるのだろうか。だがミミの場合、頭痛とは無縁にちがいない。

　ドアが閉まるとすぐに、ジョーは銀皿の丸ぶたを取った。マッチ棒のように細いポテトを敷いた上にのっているのは、香り高い衣をつけたクロックムッシュ風のパンを三階建てにしたサンドイッチで、ぱりっとした千切り野菜があちこちから飛び出ている。今まで食べたことのあるルーベンサンドイッチとはまったく違う。もちろん、ファウル湖のほとりでミミが適当にこしらえてくれたコーンドビーフのサンドイッチとは似ても似つかない豪華版で、とてもおいしそうだ。

　だがあいにく、ジョーの舌はファウル湖畔の手作りサンドイッチのほうに魅了されてしまっていた。

17

一一月

ミミは〈カルホーン・ビーチクラブ〉の二階にあるサンルームの背の高い両開き扉から、通りの反対側に広がるビーチをあこがれのまなざしで見つめていた。ここカルホーン湖は、ミネアポリス市内にある二四の湖の中で一番人気が高い。日はすでに湖に沈んでいたが、活動的な人たちが数十人、まだ外に出ていた。冬が来る前に屋外でできるだけ長い時間を過ごしたいという考えだろう。犬を散歩させる人、ジョギングをする人、インラインスケートを楽しむ人、散歩をする人などの姿が、湖を取り巻く街灯の光に照らされて急に浮かび上がったかと思うと、同じような速さで影の中へ吸いこまれていく。わたしもあの人たちに加われたらいいのに、とミミはうらやましく思った。

ミミはサンルームの中へ戻った。ありふれた白い格子垣《トレリス》は、輸入物の椅子カバーとおそろいのミッドナイトブルーの布でおおわれていた。クロスのかかった長いテーブルの上には、豪華さを競い合うように花が飾られ、料理が並べられている。トムとソランジェの招待客たちも、きらびやかさを競い合うという意味では同じだった。ダイヤモンド、ゴールド、プラチナ、シルバー、クリスタルビーズ、ラメなどが燦然と輝いている。大勢の人が発する光のまぶしさにミミは目がくらんだ。ネックレスが言葉をしゃべれないのは残念だった。アクセサリーが語るストーリーのほうが、今夜集まった人たちから聞く話よりずっと面白いのは確実だからだ。

ワーナー家の招待客が知性やウィット、ユーモアのセンスに欠けているわけではない。各界の有力者が集まる大規模なパーティだけに、誰もが用心しているのだ。結果としてクラブソーダの注文が相次ぎ、危なげのないおしゃべりが交わされる。本当に興味深い会話（間違いなく少しはあるはずだ）は、もっとプライベートな場所――階段の踊り場、トイレ、一階のロビー――で行われているらしかった。

ミミはすぐ下の異父妹の姿を見つけた。少し離れたところで女性客と仲良く談笑しているメアリは、小柄なミミと変わらない背丈で、母親のソランジェに似て色黒でがっちりしている。微笑みながらほとんど空になったハイボールのグラスを傾け、室内を見まわしていた。メアリの成功戦略がどんなものか分析すべく、ミミは観察した。ずんぐりむっくりのイメージも戦略のうちなのだろうか。まだ二八歳だというのに、メアリはギリシャのドリス式円柱を思わせるずんどう体型だ。黒地に錦織《ブロケード》をあしらった硬めの生地のドレスは、上半身は手首まで、下半身は足首までをすっぽりとおおい、女性らしい曲線を隠している。じろじろ見られているのに気づいたらしく、メアリは顔を上げてミミを認め、かたわらの女性にふたことみこと話したあと、まっすぐミミを目指してやってきた。

開口一番、メアリは言った。

「ミニオネット姉さん。まだ死人とつき合ってるの？　それとも誰か新しい人でもできた？」

「ママに聞かれないように気をつけてよ、仕事のことは家族の秘密なんだから」

ミミがメアリに会うのは半年ぶりだが、何も変わっていない。姉なのだから、ほのかな愛情でも抱いてくれるようになればと期待していたが、下の妹のサラと違ってそうはならなかった。あいかわらず、ミミを嫌っている。

といっても、昔から嫌っていたわけではない。ミミがワーナー家から逃げ出した当時、メアリは五歳。ミミにつきまとっていないときは元素周期表の暗記に取り組む子どもで、黒々としたあどけない目には異父姉に対するあこがれがあった。だがその後評価が下がり、中学生になったメアリは、ソランジュによる「ミミを今の状態から救出する」という大義にくみした。何年か経ち、ミミが現状を脱却するどころか、自分に満足してこの上なく幸せに生きているのが明らかになると、聖戦は激しさを増した。メアリの敵意の理由がミミにはわかるような気がした。ミミと違って幸せでないからだ。誰の目から見ても典型的なワーカホリックのメアリは、哀れにも自分の不幸せの理由がわからないのだった。

「別に気にしなくてもいいわよ」とメアリは言い、スプレーで固めたヘルメット風の黒髪に手をあてた。指輪にあしらわれた大粒のサファイアのまぶしさに、ミミは目がくらんだ。メアリが身につけるものでこれ見よがしなのは派手な指輪の数々だけだ。本人によれば「女の子どうしのプレゼント」だという。それらは洗練されていながら、同時に内輪だけにわかる親密な雰囲気をかもし出していた。

「新しい指輪？」ミミはメアリの手を指して訊いた。

「そう。サブ・サーファーが上場したときの記念にディッシー・マンフランクがくれたの」サブ・サーファーというのは、メアリが高校の最上級生のときに設立した会社の名前だ。家族のインターネットのサイト閲覧履歴などを相手に知られずに監視するスパイウェアの開発を手がけ、巨額の利益を上げている。

「まさか。ディッシー《いかした》・マンフランクなんていう名前、本当にあるの？」ミミは訊いたが、答えを期待していたわけではない。メアリは冗談を言わないたちなのだ。

やはり反応がない。

ミミはかたわらのテーブルに手を伸ばし、ツリーの形に美しく盛りつけられた野菜の山からブロッコリーをひと房つまみとった。「でもその指輪を見ると、ディッシーって人はステディな関係を築きたがっているようね」ブロッコリーを口に放りこむ。

「ふん、鋭いのね」と言うとメアリは咳払いして、ミミの目をまっすぐに見つめた。「ステディと言えば、誰かつき合ってる人いるの？」

「ママから頼まれたんでしょ、ミニオネットに訊いておきなさいって」

メアリは否定しなかった。

「ママに伝えておいて、つき合ってる人はいないって。わたしは絶海の孤島で独りぼっちだって」

「だったらその島には金鉱があるのね、きっと。姉さんがそんなのをつけてるの、見たことないから」メアリはミミの胸元を飾る真珠をしげしげと見た。シャーボノー家の祖母のもので、糸替えして仕立て直したネックレスだ。

ミミは、メアリが欲深さからネックレスに目をとめたとは一瞬たりとも思わなかった。性格にいろいろ欠点があるメアリだが、強欲さは持ち合わせていない。ただ今は、ミミがどうやってこのネックレスを手に入れたか（実は借りただけなのだが）、知りたくて死にそうになっている。だったら、死なせてやればいいわ。

「これ？　きれいでしょ」とミミは言うと、いきなり声をあげた。「あ！　トリュフのキッシュだわ。おいしそう」小さな銀製トングではさんで、自分の皿にふたつ取り分ける。「メアリ、後ろを見て。これ、イチジクの中に何が詰めてあるの？」

「わかるわけないわよ。わたし、ケータリング業者じゃないもの」

「ちょっと食べてみて、何か教えてよ」

「そんなの、どうでもいいでしょ」

「お願い。もしヤギ乳チーズだったらわたし気持ち悪くなっちゃうし、口に入れたあとで吐き出したくないのよ、ママのお祝いの席で」

「しかたないわね」メアリはイチジクをつまみ上げてかじった。「ロックフォール・チーズよ。本当にお子ちゃまなんだから」

ミミは微笑み、メアリの手からイチジクを取り上げた。身についた習慣はなかなか変わらないものだ。ミミは昔、幼いメアリを命令に従わせるのにいつも成功していた。メアリはミミにあこがれ、ワーナー家の敷地内ならどこでもついてまわって、ソーダを持ってくるよう命じられるのを待っていた。それを思うと、昔はよかった。

ミミがなつかしい思い出に浸っていると、サラがやってきた――正確には、後ずさりしてきてぶつかりそうになった。急に振り返ったひょうしにハニーブロンドが揺れるさまは、サテンのカーテンを思わせる。ミミはサラの腕をつかんで倒れないよう支えてやった。身長一七五センチに一〇センチのピンヒールをはいたサラはきわだって背が高く、胸の谷間にミミの目線がくるほどだ。

何かが違う、とミミは思った。身長の話ではない。サラが淡いローズ色のジャージードレスから胸の谷間をのぞかせていることが、今までとは違うのだ。前回会ったときは、ノーアイロン仕様の、体に合わないネイビーブルーのパンツスーツを着て、実用本位のフラットシューズをはいていた。

知らないうちに時が流れていたのだろう。ミミの思い出の中のサラは、ワーナー家の書斎の肘掛け椅子に座って黙々と本を読む人形のような女の子だ。〝おませさん〟というあだ名で呼ばれていたっけ。最後に会ったのは確か、一年近く前だ。それ以前はめったに会わなかった。意図的にそうしたわけではなく、サラが忙しかったせいだ。一六歳で高校を卒業し、一八歳でペンシルベニア州立大学を卒業し、二〇歳でスタンフォード大学の修士課程を終えた。今、二三歳になったサラは、シカゴ大学国際経済学部の博士課程で勉強している。単なる天才でなく、超天才と言っていい。ソランジェは三人目の娘でついに大当たりをとったわけだ。母親としてさぞかし満足しているだろうと思いきや、実はそうでもない。

「ごめんなさい、気がつかなくて」サラはあわてて謝り、ミミを見下ろした。「あら、ミミ姉さん、久しぶりね」

「久しぶり。きれいになったわね、サラ」

ミミの本心から出た言葉だった。サラの顔からは子どもっぽい脂肪がそぎおとされ、頬骨が目立つすっきりとしたラインが美しい。数年前から使っているアキュテインというニキビ治療薬が効いたらしく、肌はなめらかでむらがなく、ハニーブロンドの髪を引き立てている。つややかな髪はハイライトを入れているからだろうか。流行のファッションといえばランズエンドの服が定番だったこの子が？　さらに驚いたことに、サラは心底、幸せそうに見えた。表情も明るく、感じがいい。ミミの記憶にある幼いころのサラは、まじめで堅苦しく、卵白だけのオムレツのように面白味のない子どもだったのに。

「ありがとう」サラは微笑んで言った。

姉のメアリと違ってサラはいまだに、一番上の姉であるミミに一目置いている。スタンフォード大学で複数専攻の履修が大変だったときも、月に一度はミミへのEメールを欠かさず、勉強の内容などを律儀に書き送っていた。

「ミミ姉さん、まだ、ほらあの、霊とかに関わってるの？」

霊とか、ですって？　いつも言葉の正確さにうるさかったサラが、〝〜とか〟というようないいかげんな表現を使うなんて。これもまた、今までにないことだ。

「ええ、そのとおりよ」メアリが代わりに答えた。「ミミはまだ、相変わらず幽霊にささやいてるみたいよ」

「実を言うと、しょっちゅう叫んでなくちゃならないんだけどね」ミミは言い、目をぐるりと回してみせた。「幽霊って、天使の羽だの、光背《こうはい》だのに気をとられてるものだから人の話を聞かないのよ、わかる？　ああいう連中にはつき合いきれないわ、まったく」

メアリは顔をしかめ、残ったハイボールを飲み干した。

「そんなの、おかしいわ」とサラが言った。「天使を羽の生えた人間とみなす宗教図像学《ずぞうがく》のルーツは古代の人々による描写で、有翼円盤に描かれたアッシリアの太陽神アッシュールのはずよ。それに、天使の中でも羽を持つものは一部の階級に限られているの。それから光背は、今ではキリスト教における神聖性を表すとされているけれど、もともとは古代ローマ美術において、ミスラ神との関連で描かれていたものよ」

そう、これこそおなじみのサラだわ。「おっと、わたしの勘違いでした」とミミは言い、イチジクをもうひとつ口に放りこむと、メアリのほうをちらりと見た。「最近、インターネットののぞき見ビジネスの調子はどう？　今年はのぞき趣味の人をたくさん見つけた？」

「サブ・サーファーは重要な情報収集ツールよ」メアリはこわばった口調で言った。「わが社は、家計の破綻や精神的な苦痛から人を救う仕事をしているんだから。たとえば、本来は請求書の支払いにあてるべきお金が実はどこに使われていたか、知りたくない？　大切な家族が夜、部屋に閉じこもって誰も寄せつけずに、コンピュータで何をしていたのか、確かめたくなるのが人情でしょ？　それとも、何も知らないまま生きていきたいと思う？　頭上に斧があるのに気づきもせず、何も起こりませんようにと願いながら日々を過ごすの？」

「わたし、何も知らないでいるほうを選ぶわ！」ミミはためらうことなく言い切った。

メアリは軽蔑の舌打ちをし、近くにいる給仕係を手招きして呼んだ。

「まさか、冗談でしょ」サラはあっけにとられた表情だ。「何も知らないまま生きることを選ぶっていうの？」

「世の中、情報というものが評価されすぎてるわ」ミミは応えた。「情報があるから頭の中がごちゃごちゃになって、優先順位がつけられなくなるのよ。人生、計画が挫折するときも、描いた青写真が消えてなくなるときもあるし、出世街道まっしぐらだった人が脱線したりもする。だから流れに逆らわずに、成り行きまかせでいくほうがいいの。知らなければ、傷つくこともないでしょ」

「たとえば、家族の誰かの消息がわからないままのほうがいいっていうの？」

行方不明の父親のことをほのめかされるのは、錐《きり》で刺されたかのようにこたえた。

「そのとおりよ」ミミは言った。メアリにとっては、反撃されるより無頓着な態度をとられるほうがずっといらだつのを知っているからだ。「知らないって、健康にもすごくいいし」

ミミはメアリの全身をさっと見わたした。「メアリ、睡眠はちゃんととってるの？　なんかやつれてるわよ。〝バラの香りをかぐために立ち止まれ〟っていうことわざ、聞いたことない？」

「姉さんみたいに？　姉さんときたら立ち止まるどころかその場に寝て、バラの茂みの中で転げまわったあげく、二度と立ち上がらないじゃないの」ウエイターがやってきたので、メアリはスコッチ・オールド・ファッションドを注文した。

「わたしはこのうえなく幸せよ」ミミは楽しそうに言った。「そう、この世に自分の居場所を確保して幸せに生きてるの」

「たぶんね。でもそれは、ほかの誰も欲しがらない場所でしょ。それが姉さんにとってなんになるの？」

サラは心配そうというより冷静に顔をしかめて見守っている。まるでディベートを観戦しながら、どちらの側がポイントを多く稼いでいるか決めかねているかのようだ。

「無駄よ」おやおや、メアリにまた、母親が乗り移ってるわ。メアリに〝いい娘ポイント〟が追加で入った。「わたしは昔、よく見ていたんだけど――」

「あら、なんの話をしてるの？」ソランジェが客の集団の中から現れ、メアリが何を見ていたのかは謎のままとなった。

しまった。母親が近くにいたとは気づかなかった。とはいえこの人に存在感が足りないわけではなく、背丈が足りないだけなのだ。身長一五二センチで肉付きのよいソランジェ・シャーボノー・オルソン・ワーナーは、豊かな胸と小ぶりな尻、明るく輝く小さな瞳の持ち主だ。前に進んだかと思うと急に止まり、また動き出すその歩き方はまるで鳩のようだった。髪は不自然なほど真っ黒に染めて堂々としている。もともと太く濃い眉は何年も前に電気分解法で脱毛し、その上からアートメイクをほどこしてあった。

「大した話じゃないのよ」メアリが答えた。

「ママ、久しぶり」とミミは声をかけた。

「あら、ミニオネット」ソランジェはミミを遠慮なく眺めまわして品定めし、低い声で褒めた。「いい感じ。すてきよ」

オズの女装趣味と贅沢な好みに、それとドレスを貸してくれる気前のよさに感謝しなければならない。オズの服のサイズはミミと同じなので、二人一緒にショッピングに出かけると、ミミは代わりに試着するようオズに言われるのだった。

「少しやせたんじゃない」ソランジェはそうつぶやいて首をかしげた。

「わからないわ。体重計を持ってないから」

妹たちは信じられないといった表情であからさまに目配せし合った。**本当かどうか確かめたいならわたしのアパートに来てみればいいわ**、とミミは思った。

「体重計がないって、うんと解放された気分になるわよ。試してみるといいわ」

「解放だけが人生じゃないわ」ソランジェが小さな目を輝かせて言った。「どなたかとお話しした？」

冷静さを自慢にする人にしては、ときどき驚くほど気配りに欠けたところを発揮する母親だった。ミミは控えめな身ぶりで妹たちを指し示した。

「そうじゃなくて、仕事の面であなたの力になってくれそうな人と話したかって訊いてるのよ」

ミミは驚いたふりをして目を丸くした。「何も知らないお客さんの中に手相鑑定をする人をまぎれこませてたなんて、教えてくれなかったじゃない。どんな母親も、ママにはかなわないわね。そこまでする？」

サラが声をあげて笑ったので、ミミはびっくりしてそちらを見た。実はこの子にもユーモアのセンスがそれなりにあったのかもしれない。

「ミニオネット。お願いだからふざけないでちょうだい」母親が言った。「あなただって、亡くなった親族からと言って電話で見ず知らずの人にメッセージを伝えるような仕事をして残りの人生を過ごしたいとは思わないでしょ」

気のきいた皮肉のひとつも浮かんでくればと思ったが、だめだった。ミミのおおらかな笑顔がたちまちこわばった。人の評価がどうであろうと母親の、物事の本質にずばり切りこむこの鋭さは疑いようがない。

しばらくして、ミミは小さな声で言った。「わたしが偽ってるっていうの？」

この言葉を母親は無視し、ミミの腕を軽く叩いた。

「まだ遅くないわよ。四〇歳っていったら、ひと昔前の三〇歳ぐらいの若さだもの」

「五〇歳がひと昔前の三〇歳だと思ってたけど。それにわたし、四一歳よ」

狙ったとおり正確に切りこんだと満足した母親は、それ以上深追いはしなかった。

「せっかくの機会だから、歩きまわっていろいろな人とお話ししてちょうだい。ママのお願いはそれだけ」

母親がミミの社会的な成功（または不成功）にしか関心がないのだと思えれば、もっと気が楽なのだが、実はそうではない。母親は娘たち一人ひとりにとって最高の人生を願ってやまなかった。ただ、〝最高〟の定義として描いている具体的なイメージが、やりがいのある仕事、高収入が得られる華々しいキャリア、社会的地位であるというだけなのだ。母親はミミが幼いころから、〝いろいろなものの中から取捨選択して人生の目的を見出す〟のをずっと待っていた。だが、自分にはちゃんと人生の〝目的〟（できるだけ物事を複雑にしないで生きること）があるのだとミミが何度言ってきかせても、母親はその言葉を信じようとしなかった。

わたしの娘に限ってそんなはずはない。あなたはやればできる。すばらしい力を秘めている。才能があるのに、それを活かしていない。この種のテーマのバリエーションを何回聞かされたことか。一〇〇〇回、いや二〇〇〇回はいっているかもしれない。

かわいそうなママ。でも、ママを喜ばせるためなら……。

「わかったわ」ミミは言った。

母親は満足げにうなずいた。

「よかった。お客さまは全員、サラが知ってるから、訊けば誰なのか教えてくれるわ」今度はメアリのほうを向く。「パパの救出に向かってほしいの。一五分ほど前からおばあちゃまにつきそっていて、大変そうだから。わたしが行ってもいいんだけど……」

ママはおばあちゃまに軽蔑されているから、だめなのよ——ミミは口には出さずに補った。ミミはソランジュの姑に会ったことはない。ドイツ系アメリカ人二世で熱心なカトリック教徒のワーナー夫人は、息子の結婚相手が離婚経験者で、しかもフランス系であることが許せず、ミミがワーナー家で暮らしていたあいだは一度も訪ねてこなかった。その間サラからもれ聞いた情報から判断するに、ソランジュはたぶんワーナー夫人にひどい目にあわされたのだろうとミミは想像していた。

母親の命を受けたメアリは特攻隊の兵士のようにあごを高く上げ、ドレスをひるがえしながら人ごみをかき分けて進んでいった。次にソランジュは、一番下の娘に射るような視線を向けた。「サラ、とても顔色がいいわね」

サラの微笑みにはかすかな不安が表れている。何か隠しているな、とミミは気づいた。隠しても無駄なのに。ごまかしを見抜く母親の勘の鋭さは、番犬が相手の恐怖心を感知する力に匹敵するほどで、反応も番犬と同じく攻撃的だ。ミミはとにかく真実を告げて、言葉の嵐が過ぎ去るまで内心ぶつぶつ言いながら耐える、という対処法をずっと昔に学んでいた。

「ママも調子がよさそうね」サラはブロンドの髪の房を耳の後ろにかけ、上体をかがめると、母親の頬にキスした。「結婚記念日、おめでとう」

かつてない愛情表現だった――しかも、もともと感情を表に出さない娘たちの中でも一番感情表現の少ないサラが。あまりの驚きにソランジェはうろたえて、それまで何を考えていたかわからなくなった。目をしばたたかせ、口を開いたり閉じたりしたあげくに「あら、どうも……ありがとう。じゃあ……ミミをちゃんと皆さんに紹介してあげてね」と言って、人ごみの中へ戻っていった。

ミミはサラを見ながら考えこんだ。この子がママをうまく操る？　まさか。

母親の姿が見えなくなると、ミミはサラに訊いた。

「メアリったら、何かあったのかしら？　あの子、いやな女の新次元に到達してるわ」

「ずんどう足首よ」サラはなんの前置きもなく決めつけた。

ふくらはぎの下部と足首の境目がなくなり、まるで柱のように見える〝ずんどう足首〟は、ワーナー家の女性にふりかかる不幸だった。メアリの足首はふくらはぎと同じぐらいの太さだし、サラにもある程度症状が出ている。どんなに減量しても、つま先立ちでかかとを上げ下げする運動を気を失うまでやっても治らない。ずんどう足首の遺伝子には勝てないのだ。ミミは幸いにも、ワーナー家の遺伝子は持っていない。

「メアリ姉さんのドレスのすそ、床をするほど長いのに気がついたでしょ」サラは続けた。「足首を隠してるの。気にするようになったから」

「でも、足首がずんどうなのはずっと前からじゃないの」

「そう。わたしやミミ姉さんはそのことを知ってる。でも、本人が知ってたかどうかは別よ。

どうやら、ある日ふと足元を見たとたんに事実に気づいて、それ以来むしゃくしゃしているみたい」

サラは姉のずんどう足首の悲劇について数秒間嘆いただけで立ち直った。通りかかったウエイターが掲げたトレーからシャンパングラスを取り、ミミに向けて持ち上げると、ウインクをした。「わたしたちのために乾杯」

ミミは目を疑った。サラがウインクするのは今まで一度たりとも見たことがない。まるで性格の移植手術でも受けたかのようだ。

「人生を楽しんでいるみたいね」ミミは言った。

「ええ、楽しんでるわ」サラは待ってましたとばかりに強くうなずいた。「わたし、つき合ってる人がいるの」

「つき合ってる人?」かわいそうなサラ。人とまともにつき合った経験がないのではないかと、ミミは以前からうすうす感じていた。強い疑いを抱いていたと言ってもいいほどだ(そんなとき、ミミの推測は大きく外れない)。「男性、それとも女性?」と訊いてみる。

「男性よ、最高に男らしい人」

なるほど。ウインク、笑い声、ドレス、胸の谷間。すべて納得がいく。

「つまり、恋をしてるのね?」

サラは眉根を寄せ、何を言っているか理解できないとでもいうようにミミを見た。

「恋ですって?」

ミミは自分も戸惑った顔をしているにちがいないと思いながら答えた。「ええ。恋よ」

サラの表情が晴れやかになった。

「そうか、ミミ姉さんとは世代が違うのよね。すっかり忘れてたわ。いやだ、恋なんかしてないわよ。わたしたち、週末に会ってるんだけど」サラは身を乗り出し、ほとんどささやきに近い声で言った。「セックスの相性がすごくいいの」

「そう」ミミは適切な言葉が思いつかなかった。〝よかったわね〟とか、〝おめでとう〟って言えばいいの？　〝彼にお兄さんはいる？〟とか？

「彼が、初めての人なの」サラは嬉しそうに言う。

「でも、最後の人じゃないわよね」

「誤解しないでほしいんだけど、とってもいい人なのよ」サラは実にさりげなく言い、ミミを驚かせた。「頭もいいし。彼って、大学の――」

「教授なんでしょ」怒りをおぼえながらミミは訊いた。

「ううん。大学院の学生で、わたしが家庭教師をしてあげてる人」サラはくすりと笑った。

サラがこんな笑い方をするなんて。「いけない関係でしょ？」

「確かに。教え子と関係したメアリー・ケイ・ルトーノーの、アイビーリーグ版ね」

サラはレディらしく鼻先で笑った。「あら、彼のほうが年上よ。でもわたしたち、すごくいい感じなの。二人とも結婚を前提としたおつき合いは望んでいないけど、ベッドで過ごすことだけをいやしく追求するっていうんでもないのよね」

「メアリは知ってるの？」

「まさか！　知られたら、テレビに出てくるジュディ判事みたいに判決を下されるにきまってるじゃん」

きまってるじゃん？　サラは下品な言葉遣いをしない子だったはずだけど。

「でも、ミミ姉さんにだったら打ち明けられると思ったの」

わたしにだったら打ち明けられるって、なぜ？　その理由を訊こうとしたとき、ミミはサラに腕をつかまれ、人ごみの中に引き入れられた。「一二時の方角に敵機現る！　ママよ。

ミミ姉さんが人と話していないのに気づいたが最後、すぐにこっちへ来るわ」

「だってこうして、人と話してるのに」

「わたしと？　まあ、人として扱ってくれてありがと、優しいのね」サラはまんざらでもなさそうだ。「さて、誰をご紹介しましょうか？」目を細め、確かな意図を持って室内を見まわす。「そうだ！　あそこの男性、わかる？　しまった、あっち向いちゃった。ポピッチ下院議員と話してる人。黒髪で、長身の？」

ミミはうなずいた。

「あの人、パパが最近売却したバイオ・メドテックを買ったエクイティ・トレーディング社の首切り役なの。彼なら絶対、いい話し相手になるわよ」サラは本当に舌なめずりしていた。

「首切り役？」

「ミミ姉さんったら、ビジネスのことなんにも知らないのね」サラは哀れむように言った。

「うん、知らない」

「彼は、偵察隊と先遣隊、両方の役割を果たしているの。会社が企業買収の判断をする際に、まず候補企業に乗りこんで、現状調査を行い、弱みを見つけ、企業価値を割り出すのが彼の仕事。買収が決まった場合、その企業の合理化……つまり、ぜい肉をそぎ落とす方法を提案するわけ」サラは首を切るしぐさをしてみせた。

「冷酷なのね」それこそまさに、ミミがビジネスに関わりたくない理由だった。自分の肩にのしかかる重い責任。血も涙もない決断を下さなければならないときも、一人の健全な判断に多くの人の生活がかかっているときもあるだろう。大事な日に花粉症に悩まされて、判断力が鈍っていたらどうするの？　ああいやだ、そんなのごめんだわ。

「成長、特に経済的な成長というのは、痛みなくしてはなしとげられないものよ」サラはタキシードに包まれたその人物の背中に品定めするような視線を向けた。「でも、自分の首が首切り台の上にのせられることになったら、斧を振るう人は彼であってほしいと願うわね」

「どうして？」

「二、三日前、初めて会ったの。彼、セックスアピールがにじみ出てるって感じなのよ」

「じゃあ、紹介して」ミミは調子を合わせて言った。

「オッケー。ただし、メアリ姉さんには言わないでおいてよ、わたしが彼を紹介したって。姉さんたらね」サラはいわくありげな笑みを浮かべた。「彼にお熱なのよ」

　若い恋人がいる妹とは対照的に、中年好みか。

サラが先に立って、二人の男性が会話しているところへミミを連れていった。とどめを刺すために近づいていくという感じだ――シャーボノー一族は、状況判断において狩猟用語を使うのを好む傾向にあった。めざす獲物は、二人の接近に気づいて振り返った。

わお。ミミの反応はそれに尽きた。

ドレスシャツを身にまとった姿は、ロールスロイスに乗る人種のように見える。『オペラ座の怪人』の世界に属する男性と言おうか。あごの線も、目も、白いドレスシャツも光り輝き、きれいに手入れされた爪さえかすかな光沢を放っている。そして髪は……完璧と言うしかない。ミュージシャンのウォーレン・ジヴォンだって感心するだろう。

「こんばんは、ミミ」と挨拶したのはジョー・ティアニーだった。相変わらず男らしくセクシーな、柔らかい低音だ。

ジョーはミミの全身に視線を走らせた。一秒にも満たない短いあいだの観察で、驚いているのがわかった。そこでミミも観察した。ただし、じっくりと探るように。

「まあ、おめかしして、ずいぶんきれいになったじゃない?」ミミは言った。

18

　ジョーは大声で笑い出した。まさしく自分が考えていたとおりのことを、先回りして言われたからだ。ミミはくつろいだようすで、女らしく、きれいだった。柔らかい生地を使ったピーコックブルーのドレスは日焼けした肌の色を琥珀色に見せ、彼女のために作られたかのように体の線にぴったり沿っている。首元には真珠にダイヤモンドをあしらった見事なネックレスをしている。

　ドレスも、ネックレスも、ジョーにとっては大変な驚きだった。ミミがぎりぎりの生活をしていると思いこんでいたからだ。確か、プレスコットの湖畔の別荘に隣接したあのコテージの代わりを買う余裕がない、と言っていなかったか？　それとも、金に困っているのはオルソン家なのか。いずれにせよ、ジョーはミミを綿のチュニックが似合う女性だと思っていた。身につけるとしたらたいてい手作りビーズのネックレスで、特別なときには髪の毛を真ん中で分けるというタイプだ。

「せっかく褒めたのに、お返しの言葉はないの？」とミミが言った。その横でサラ・ワーナーとポピッチ下院議員があきれて視線を交わしている。

ジョーは首をかしげ、今一度じっくりとミミを眺めた。「どうだろう」考えこむように言う。「水草がついていたほうがよかった気もするな」

「そんなこと、思ってもいないくせに」ミミは批判するでもなくたしなめた。

もちろん、ミミの言うとおりだ。一瞬ではあるが、ジョーは二人のライフスタイルの隔りを忘れていた。自分の生活は統制がとれていて、しっかりとした基盤があり、緻密だ。ミミの生活は自由気ままで、無計画で、混乱している。それより……なぜミミがこんなところにいるんだ？　中西部で大成功をおさめた実業家が保守的な人たちを招いたパーティなのだ。あまりに思いがけない再会だった。また会えた喜びでいっぱいのジョーは、ミミが招待されたいきさつも聞いていなかった。それに、よくよく見てみればミミは、九月にファウル湖で出会った食道楽の女性をあか抜けさせただけにすぎない。

デザイナードレスの装いなのに、ハイヒールもストッキングもはいておらず、メイクアップといえば口紅だけだ。豊かなカールを三つ編みにしてうなじのところで巻き、まとめ髪にしているが、反抗的なおくれ毛が何本かこぼれ出て（その多くは銀色がかっていた）、こめかみのあたりでクモの糸のように揺れている。ジョーはミミの手に目を向けた。指が長く、きゃしゃな手だ。爪はやすりで整えるのでなく切られており、磨かれていない。もしかしたら信託基金からの収入で暮らす変わり種なのかもしれない。二〇年後のミミはどうだろう――白髪をウエストまで垂らし、チュニックに高価な真珠のネックレスをした本格的な変人となって、ビルケンシュトックのサンダルをはいて生協の店舗に歩いていく姿が想像できた。

「きみの電話番号をなくしてしまったんだ」なぜかはわからないが、ジョーは訊かれもしないのに出し抜けに言った。ミミは驚いているようだった。電話がかかってくるのを期待していなかったらしい。ジョーはうろたえた。連絡してほしくなかったのだろうか。

「だから、電話帳で調べてみた」ジョーは続けて言った。「M・オルソンって名前の人がミネアポリスに何人いるか、知ってる?」

「かなり多いでしょうね」ミミは答えた。微笑みからは何を考えているかわからない。

「ティアニーさん、ミミをご存じなんですね?」トム・ワーナーの美人の娘、サラ・ワーナーが訊いてきたので、ミミに連れがいたのを思い出す。社交の基本を忘れるとは、ジョーらしくなかった。

「ええ、前にお目にかかってます。家族の集まりで」ジョーは答えた。サラがいぶかしげな表情を見せたので、「彼女のご家族の」とつけ加える。

「なんですって?」とサラが言った。

「〝彼女のご家族の集まりで〟と言ったんだよ」ポピッチ下院議員がくり返した。会話に加わることができて嬉しそうだ。

「でも、ミミの家族といったらわたしたちのことよ。ミミはわたしの姉なんです」

ジョーは驚きを隠せなかった。有力者の一家であり、保守的で少し堅苦しいワーナー家の関係者として、ミミほど似つかわしくない人もいないからだ。

「正確には母親が同じ、異父姉なの。ポピッチ先生、こんばんは」ミミは下院議員のほうを向いて挨拶した。

ソランジェが母親だったとは。トム・ワーナーを陰になり日向になり支えてきたソランジェは、強靭な精神の持ち主で、その鉄のような意志をくじくには黒魔術をもってするしかないとジョーは確信している。バイオ・メドテックを売却すべきだと主張してトムを説得したのはソランジェだった。一方、ミミが何かを強く主張する姿は想像できない。自分の愛する湖畔の掘っ立て小屋が売却されるおそれがあるとわかったときでさえ、抗議の声をあげなかったのだから。ふむ、これは興味深い——。

何を考えているんだ？　ミミ・オルソンに興味を持つつもりはなかったのに。ワーナー家よりも、変わり者ばかりのオルソン家の気質を明らかに色濃く受けついでいるミミは、やっぱり変わり者だ。そんな変人に自分は何を求めているのか？　もちろん、何かを求めているにきまっている——光沢のある生地に包まれた小柄な曲線美のなめらかな動きをひそかに眺めながらジョーは認めた。だが、ほかに何があるというのか。それに（聖人ぶったことを言うと）、ミミはトム・ワーナーの継娘でもあるから、自分に課した例のルールによれば交際禁止だ。ほら、ちゃんと理由があるじゃないか。

そうなると残る疑問はただひとつだ。ぼくはなぜ、ミミ・オルソンに近づいてはいけないと自分に言いきかせなくてはならないのか。あらゆる点で〝きわめて魅力的な女性〟の基準を満たしているデリア・バンの場合はその必要がないというのに。

突然、部屋の反対側が何やら騒がしくなった。湖を見下ろすアーチ状の大きな窓の近くだ。

サラは背伸びをして人々の頭の向こうを見た。「大変だわ。ママがかわいそう」

「どうしたの？」ミミが訊いた。

「おばあさまが――踊ってるの。失礼、行ってきます」サラは急いでひしめき合う客たちの中に入っていった。

「つまり、きみはワーナー氏の継娘というわけか」ジョーは言った。

サラに気をとられていたミミは、ようやくジョーのほうに注意を向け、あははと笑った。

「わたしのことをトムの継娘だって言った人は今まで一人もいなかったわ。トム本人もよ。そうですよね、ポピッチ先生？」

「ああ」下院議員は同意した。

そのとき部屋の向こう側でくぐもった衝突音がして、ミミは振り向いた。最初は何事だろうと興味しんしんだった周囲の人々は状況を察して困惑し、今や騒ぎの現場から聞こえてくる音をごまかすためにわざと大きな声で会話して、あえてそちらに目を向けないよう必死だった。

「じゃあ、きみはなんと呼ばれているんだい？」ジョーは尋ねた。

「え？」ミミは聞いていなかった。下唇を噛み、どうしようか迷ったあげく、急に「ちょっと失礼していいかしら」と言った。

「もちろん。あとで戻ってきてくれるよね？」

「ええ」ミミは不自然な笑みをかすかに浮かべてジョーを見た。それからポピッチ議員に

「じゃあ先生、ご健闘をお祈りします」と挨拶し、人の群れのほうへ向かった。

「ミミがワーナー家のほかの女性と同じDNAを持ってるなんて、想像もつかんだろう？　特に異父妹たちとは似ても似つかない」立ち去るミミの後ろ姿を見ながらポピッチ議員は言い、頭を振った。「何をしでかすかわからない人だからね」

ジョーは不思議そうに首をかしげた。「ミミ・オルソンのことをよくご存じなんですね？」

ポピッチ議員は鼻を鳴らした。「よくは知らないさ。実際、誰にもわからないだろう。考えてもみたまえ。ミミはすべてにおいて恵まれて生まれた。魅力的だし、ソランジェによると、天才だという――あくまで彼女の主張によると、だがね。トムは人脈豊富な実業家で、どういうわけかミミが気に入っているらしい。ソランジェだってそれなりの資産家だし――〈ヘア・トゥデイ・ゴーン・トゥモロウ〉っていう脱毛サロン、聞いたことがあるかい？　あれはソランジェの家族が創立した会社なんだ」下院議員は身をかがめ、すばやくあたりを見まわしてからささやいた。「それにミミは、ワーナー家の女性特有のあの、気の毒な足の遺伝子を持っていないからね。わかるかい？」

ワーナー家の女性と知り合いになって日が浅いジョーでも、その意味はわかった。

「にもかかわらず、ミミが何で生計を立てているかというと、愛する人を亡くした孤独な人たちをだまして、彼女が死者の霊と交信できると信じこませ、金を取ってるんだからね。もちろんソランジェはこのことを秘密にしようとつとめているが、皆知っているさ。まったく、もったいない話だよ」ポピッチ議員はため息をついた。

ジョーは同意を示すつもりでうなずいたが、実はふたたび、どうしようもなく興味をそそられていた。

19

人ごみをかき分けながら進むミミは複雑な心境だった。サラが暗黙のうちにタイミングよくSOSを発してくれたから、かえってよかったのかもしれない。ジョー・ティアニーがあまりに魅力的で、あのままいくと衝動にかられて何かしてしまいそうだったからだ。ミミはもともと衝動的な性格ではない。いつものんびりと気楽に過ごし、できるだけ行動を控えて生きてきた。重大な局面では特に、行動を起こさない傾向にある。だから男性との軽いつき合いが（それだけでなく、恋愛自体が）自然と少なくなるのだ。最後に男性と深い関係になったときは、いきなり妊娠という事態に陥った。

それからいくらも経たないうちに、人生はふたたび、距離をおきなさいとミミに警告している。そよ風のように不意にやってきては去っていく人との関係であればなおさらだ。父親の失踪についてメアリが意地悪な発言をしたときにあらためて思ったことだが、ミミは自分がそよ風になりたかった。風に吹かれるより、吹いているほうがいい。

メアリとサラの祖母を初めて見たとき、ミミはワーナー家のずんどう足首の源泉がどこかを悟った。また、この老婦人がハイになっているのに気づいた。ビール用のジョッキのごとくがっちりとした体型で白髪交じりのワーナー夫人は、頭をのけぞらせて椅子にだらりともたれかかっていた。目は開けたままだが焦点が合っていない。首のしわのあいだにダイヤモンドのチョーカーが食いこみ、ふくらんだ腹の上にだらりとおいた手の指には指輪がいくつもはめられている。

サラは祖母の隣に椅子を引き寄せて座り、おどおどと微笑みながらまわりの客に横目で見られるのに耐えていた。ミミの姿を認めるとほっとしたのか、全身の力が抜けたようになった。まるで、ハイになった老婦人に対応できる専門家が来てくれたとでも言いたげだ。ミミの脳裏にナオミ・オルソンの姿が浮かんだ。まあ、確かに多少の経験はあるけれど、専門家ではありませんからね。

「お父さんはどこ?」サラのところに歩み寄って訊く。「メアリは?」

「パパを捜しに行ったわ」サラは笑顔を崩さずにささやいた。「おばあさまったら、メアリ姉さんのことをママと勘違いして、さんざん悪口を言ったのよ」

「それで?」

「皆さんに聞こえちゃったわ」

かわいそうに。サラはまだ若いから、注目を集めるのがいやで自意識過剰になっているのだろう。ミミはワーナー夫人をはさんで反対側に座り、椅子をずらしてサラのほうに身を乗り出した。こうすれば両側から夫人におおいかぶさる形で、ほかの人に聞かれずに話ができる。「いったい何があったの?」

「おばあさま、ここへ着いたときからようすがおかしかったってメアリ姉さんは言うんだけど、ますますひどくなって。給仕係とダンスを踊るといってきかなかったの」

「それは、ハイになってるからよ」ミミは老婦人を意味ありげに見やった。ガラス玉を思わせる目、微笑みを浮かべた口元。

サラはまたたくまに青ざめた。「まあ、どうしよう」

「まさか、薬物を使っていたのを知らなかったとは言わせないわよ」ミミは信じられないといったようすで言った。「何年も大学で過ごしてきたんだから、見聞きした経験ぐらいあるでしょうが」

「知らなかったわ。本当よ」サラは必死に否定した。「おばあさまがママに厳しいのはいつものことだから。この夏、糖尿病性神経障害と診断されて、入院中はモルヒネを投与されてたの。きっとつらかったんだと思うわ。退院してからもずっと、処方薬が全然効かないって文句を言ってたし。最近、妙な言動が目立ってきて、初期のアルツハイマー病か、でなければ別の種類の認知症じゃないかと思ってたの。でも、あれこれ考え合わせてみなかったから。なぜお医者さまはそんな薬を処方したのかしら？」

「たぶん、鎮痛剤を自分で勝手に服用していたんでしょう」ミミは冷ややかに言った。ワーナー夫人は、小声でくすくす笑ったり、自分にしか見えない誰かに話しかけたりしつつ、丸々とした膝を指でリズミカルに叩きつづけていた。

「おばあさまって、昔からちょっと傲慢というか、お高くとまったところがあって、人前で

〝騒ぎ〟になるのをひどく嫌ってたの。でも今はほとんど毎日、騒ぎを起こすようになっちゃって」サラはしゃくりあげながら泣いている。「わたしたち、どうすればいいかしら？」

わたしたち、ですって？　わたしは本当なら部屋の向こう側にいたはずなのよ。ファウル湖のビーチでのロマンスの再燃をかけて、臆面もなくジョー・ティアニーにべたべたしていたはずなのに。こんなことに関わっているひまはないわ。第一、ワーナー夫人とは今日が初対面なのだ。

「また踊り出したらどうすればいい？」サラが訊いた。

「わたしがリードしましょうかって、誘ってみたら？」

「姉さん、冗談を言ってる場合じゃないわ。おばあさまはね、化粧室から帰ってきたとたん、給仕係に声をかけて、一緒に踊ってくれってせがんだのよ。ほら、みんなこっちを見てるじゃないの。わたし、どうしていいかわからない」

ミミはあたりを見まわした。誰も見ていなかった。ワーナー夫人が夢見心地になったのを見届けるや、客たちはそれぞれの会話を再開していた。「お客さまの認識では、おばあさまは今日のお祝いで喜びのあまり興奮してしまったけれど、今は落ち着いて眠っている。皆さん、その程度にしか思っていないわ。だからあなたも、パーティを楽しみなさ——」

「あなた、誰？」

椅子にもたれた老婦人の体越しに顔をつき合わせて話し合っていたミミとサラは、その声に気づいて振り返った。ワーナー夫人がぼんやりとした目で二人を見下ろしている。

「誰なの、あなた?」夫人はミミをまっすぐに見てくり返した。

「ミミです」

「ミミ、って……」夫人は目を細めて思い出そうとしている。誰だか思い当たったのか、曇った瞳が輝いた。「カエルの連れ子でしょ?」

反対側でサラがはっと息をのんだ。「おばあさま!」

ミミは横目でサラを見た。「カエルって?」

「ママのことをカエルって呼んでるの」あたりに心配そうに目を配りながらサラが言った。

「フランス系だから中傷してるわけじゃないのよ。あの人の体型がカエルみたいだからそう呼んでるだけ」意地悪な老婦人は小声で言った。

「なるほど、わかりました」

ワーナー夫人はさらに目を細めた。「憶えてるわ。あなた、カエルが最初に不釣り合いな相手とくっついたときの子よね。正式な結婚だったってカエルは言い張ってたけど、離婚した安手の女のほうがそこらの安手の売春婦よりましだ、みたいな言い草だわ」

チューブトップにサテンのホットパンツ、透明のアクリル樹脂製の一〇センチヒールをはいてよろよろと歩く母親の姿を想像して、ミミは声をあげて笑い出した。

ワーナー夫人の薄い唇の両端が引きつったように上がり、また元に戻った。

「カエルはきっと、最初に結婚したとき一五歳ぐらいだったんでしょうね。あなたいくつ?五〇歳?」

ミミの笑いが止まった。「四一歳です」

「老けて見えるわね。日焼け止めを塗ったほうがいいわよ。いいピーリング剤を使ったらましになるかも。ヘルス・スパもおすすめよ。船上の楽しみとしては悪くないでしょ。夫が今、スパにいるはずなんだけど、早く捜しに行かなくちゃと思ってるの。あの人が女性マッサージ師のお尻をつねったりしだす前にね」ワーナー夫人は椅子の肘掛けに両手をのせ、それを支えに立ち上がろうとした。

「おばあさまの名前は？」ミミは早口でサラに訊いた。

「〝おばあさま〟の名前はワーナー夫人です」老婦人は険悪な声で答えた。

このおばあちゃん、案外、意識がはっきりしているのかもしれない。

「ファーストネームは？」

「イモジェンよ」サラが小声で言った。「おじいさまは三〇年も前に亡くなってるわ」

孫娘の密告に、イモジェンはむかついて答えた。「ふん！」

「そうだったのね。イモジェンとお呼びしてもいいかしら？」ミミは穏やかな声で訊いた。なるほど、女の子のお尻をつねる夫はもうあの世へ行ってしまったわけね。わたしの得意分野だわ。ミミは内心、しめたと思った。「ぜひ伝えてほしいとご主人に頼まれたんですが、もうまもなく、あなたと一緒になれるだろうとおっしゃっています」

サラがぎょっとしてミミを見た。

イモジェンは一瞬、鋭い目でミミを見たあと、肘掛けをつかんでいた手を放した。しばらくして「それほど急ぐ必要はないだろうけれどね」と言い、濡れた砂を詰めた袋のように椅子に沈みこむ。「わたしたち、航海に出てからもうどのぐらいになるかしら？　思い出せないわ……」老婦人はまぶたを閉じ、眠りに落ちた。

「こんな幻覚を起こすような薬、どこで手に入れたのかしら？」サラが訊いた。

〝おませさん〟も、実は思ったほど早熟ではなかったのかもしれない。

「証券マン」イモジェンは目を閉じたまま、くすりと笑った。「あの人、自分の利害にさといのよ。かかりつけのヤブ医者は臆病でね、大切な医師免許を取り上げられたくないもんだから」

「信じられない」サラは力なくささやいた。「その証券マンって、おばあさまと同じぐらいの年なのよ」

「わかったわ！」イモジェンはぱっと目を開き、嬉しさを隠すことなくミミを見つめた。「あなた、心霊術師でしょ。ね、そうよね？」

「さあどうでしょう」ミミはなんの怒りもおぼえなかった。

「やっぱり！　あなたなら、あのお世辞たらたらの色男より少しはプロっぽい技を見せてくれると期待してるわ」イモジェンは一人の給仕係をにらみつけながら言った。「あのぐずな男、わたしの足を踏みっぱなしだったくせに、自分はダンスが踊れるなんてぬかすんだから。船のパーサーに言いつけるつもりだから、わたしが忘れないよう憶えておいてよ。横柄な男。最後まで踊りきりもせずに」イモジェンはふたたび目を閉じた。

「ごめんなさい、ミミ姉さん」サラが意気消沈して言った。青ざめた頬がほのかに赤く染まっている。ボビイ・ブラウンならチークシャドーに使いたくてたまらなくなるような色だ。

「わざわざ駆けつけてくれたのに、わたしったらお礼も言わないで」顔を上げたサラの目には涙があふれている。ミミは仰天した。「なのに姉さんは……ひと言も責めるようなことを言わなかった。立派だわ」

どうしよう。サラがこんな感傷的な言葉を吐くなんて、考えられない。わたしの記憶にあるかぎり、感情を表に出さない子だったはずなのに。ボーイフレンドとのセックスライフのせいで、これほどの人格の激変が起こったのか。もしかしたら最近、頭を強く打ったのかもしれない。「ほら、泣かないで」

「ごめんなさい」サラは洟をすすった。「もうすぐパパかママが来てくれると思うから、ジョー・ティアニーのところへ戻ってちょうだい。ジョーはたぶん姉さんのことを気に入ってると思う。おばあさまのことは気にしないで」

そのとおり、あの老魔女についてミミはなんの責任も持たなくていいから対処しやすく、気持ちも楽だった。だが、サラにとっては愛する祖母なのだ。さぞかしつらいだろう。

サラは目の前で組み合わせた自分の手をじっと見ている。ミミは自分に与えられた選択肢は何かをすばやく考えた。かっこいい男の見本のようなジョーを捜しに行くか。それともここに残って、イモジェン・ワーナーの面倒をみるか。

サラは顔を上げ、けなげに微笑んだ。

あーあ、しかたがない。どうせジョーは今ごろ、もっと楽しめる場所へ移動してしまっているだろう。

「いい、サラ」ミミは言った。「ここにいる人たちは皆、パパとママの友人でしょ。あなたは両親の代わりにちゃんと皆さんの相手をしなくちゃ。わたしはもともと、いろいろな人と話したいとは思ってなかったし、ご存じのように自分を犠牲にするタイプでもないから、本気で言うんだけど――あなたはもう行きなさい。わたしがイモジェンと一緒にここにいるわ。この人、わたしの詐欺を暴き立てたくてたまらないみたいだし」

「読心術を使ったわね」イモジェンが気取った笑みを浮かべて言った。

「どうしてみんな、わかってくれないのかしら？　わたしはスピリチュアリストで、透視能力者じゃないのに」ミミは言った。

「それって、ずいぶん都合のいい言い逃れじゃない？」イモジェンが片目を開けて皮肉っぽく言った。

「ええ」

イモジェンは声をあげて笑い、ミミはサラに「もう行きなさい」と言うようにあごで示した。

サラはほっとした表情で立ち上がった。

「パパを見つけたら、できるだけ早く戻ってくるから」

「急がないでいいわよ」ミミは言った。

「サラ、早いよ」

「急がないでいいわよ」イモジェンがくり返した。今度は両目を開けている。「サラ、早いとこ行きなさい。わたしはここで、この人の出し物を見るわ。バンドももう演奏してないようだしね」老婦人はミミのほうに身を寄せた。「あなた、上手にやれたらチップをあげるわよ」

20

ジョーは室内を歩きまわりながらいろいろな人と言葉を交わした。だが心ここにあらずだ。会話は新鮮味に欠け、どこかで聞いたような話題ばかりだった。一五分経ってもミミは戻ってこない。きっと知り合い――ポピッチ下院議員によるとミミを深く知る人はいないらしいが――を見つけたのだろう。

ミミがそれほど謎の多い人物であるとはジョーには思えなかった。自分にとっては確かにそうだが、彼女にはオルソン一族の親戚が大勢いるし、シェ・ダッキーの常連でもあるから、親族の者にはよく知られた存在にちがいない。とはいえ、この考えがすべてに通用するわけではないことをジョーは知っていた。シェ・ダッキーの近隣に住む扱いにくい誰かさんのように家に引きこもっていれば、誰にも存在を知られずにいられるのだから。

そろそろワーナー夫妻に礼を言って失礼しようと決めたとき、ジョーはミミを見つけた。奥の壁際で太った老婦人の隣に座っている。二人は何やら熱心に話し合っている最中だった。老婦人はミミの鼻のすぐ下で指を左右に振り、ミミは強情そうな表情を見せて腕組みしている。二人とも存分に楽しんでいるようだった。

　ジョーは人ごみの中で立ち止まってミミを見守り、魅了された。アップに結った髪が一部ほどけて毛が落ちてきているな、とぼんやり思う。ミミはジョーの中の矛盾する欲求をかきたてる。腕のいい美容師の手にゆだねて髪をととのえさせたい気持ちにさせられる。その一方で、ミミと一緒にいるとジーンズを買おうかな、という気になる。ジョーは一九歳のとき以来、ジーンズを持ったことがなかった。

「はい、どうぞ。確かスコッチがお好きだったのよね。シングルモルトでしょう？」ワーナー家の長女、メアリがハイボールグラスを両手に持ってすぐ横に現れ、片方のグラスをジョーの手に押しつけた。

「乾杯！」メアリはグラスの上部をジョーのグラスにかちりと合わせたが、勢いあまって自分の手にウイスキーをかけてしまった。眉をひそめ、グラスをもう片方の手に移すと、濡れた手を振って水分を落とす。その時点でジョーは、メアリが酔っぱらっているのに気づいた。彼の知る普段のメアリ・ワーナーは、極端な潔癖症だからだ。

　ジョーはミミのほうにちらりと目を走らせた。メアリはその視線を追ったが、媚を売るような微笑みが消え、非難がましいしかめっ面に変わった。

「ジョー。まさかあんな、のーんびりした」メアリは母音を長く伸ばして言った。「わたしの姉の魅力に屈したなんて言わないでしょうね」スコッチをぐいと飲み、はにかむように微笑む。おやおや、これは困ったぞ。

「ほら、見てよ。ミミ姉さんったら、あのおばあさまでさえ手なずけて、意のままに操ってる。ふん！」メアリはミミとワーナー夫人を見て言った。

「そうだ、サブ・サーファーの話を聞かせてくれないか」メアリの気をそらそうとジョーは話しかけた。「わが社はずっと以前から、セキュリティソフトに関心を持っていて――」

「ミミ姉さんって、それほどあれというわけでもないのよ」メアリは当然のことのように言った。

「あれって？」

「なんでもいいの」メアリはグラスの縁に沿って指をすべらせた。頬は赤らんでいる。「あの人、〝今を大切に生きたいの〟とかなんとか言うけど、ぷっ、笑っちゃうわね。それから、〝わたしが欲しいのは自分の自由だけ〟みたいなせりふ。ちゃんちゃらおかしいわ。ま、これが完全な嘘じゃなかったら、それはそれでいいんだけどね」うぶな人が怒ったように、メアリの頬はさらに紅潮する。「ミミ姉さんが嘘つきだなんて、思いもよらなかったわ」

「嘘つき？」

「だって、あの格好を見て。セントラル・アベニューあたりじゃ、ああいうデザイナードレスや真珠のネックレスを身につけてる人、まずいないわよ。世俗的な所有物には興味がないと主張してるわりには、いいものを持ってるようね」

ジョーはミミをあらためて見た。ドレスとネックレスには最初から気づいていた。どちらも、ファウル湖でミミから受けた印象とは対極にあるものだ。

「あんなドレスやアクセサリーを買うお金、どうやって手に入れたのかしら？」メアリはつぶやき、ウイスキーをもうひと口飲んだ。「ママは姉さんに一セントだってやらないと言ってるし、そもそも無職なわけだし。ちゃんとした仕事がない、っていう意味だけど」

ミミによれば、オルソン家の人たち（ミミもその中に含まれているというニュアンスだった）には金がなく、シェ・ダッキーからよそへ移れないという話だった。だが今夜の装いの贅沢さを見ると、実態は少し違うようだ。ミミはたぶん、自分以外のオルソン家の人たちのことを言っていたのだろう。そうにちがいない。

「メアリ、ここでそういう話はちょっと——」

メアリはジョーの言葉が耳に入らないかのようにしゃべり続けた。「人の弱みにつけこむのは意外に儲かるのかも。あのようすから判断するに、姉さんは相当うまくやってるんでしょうね」メアリはミミのほうに向かってグラスを掲げ、乾杯のしぐさをした。

「ママは昔から、ミミ姉さんは誰よりも潜在能力があるって言ってたの。なろうと思えばなんにでもなれたし、やろうと思えばなんでもできたでしょうに、けっきょく選んだのはああいう仕事ですものね」

ジョーは、メアリに同情した——何しろ、姉がいかさま師だというのだから。それでもジョーは言い訳を見つけ、ミミを弁護してやりたい気持ちにかられた。ばかげた話だ、よく知りもしないのに。妹にいかさま師だと思われているのなら、本当にそうなのだろう。

「お姉さんのことが好きじゃないんだね」ジョーは訊いた。

「えっ？」メアリは驚き、冗談ではないかとでもいうような表情でジョーの顔を見た。驚きはすぐに消え、首を左右に振る。「そんなことないわ。わたしもみんなと同じく、いいカモになってるの。ミミ姉さんのこと、大好きよ」メアリはあたりを見まわすと、「もっと飲みたいな」と言って人の群れの中へ向かった。

ジョーはあっけにとられてメアリを見送った。ふたたびミミに注意を向けると、彼女はまだワーナー夫人と話していた。化粧っけのない顔は生き生きと輝いて小粋で、アップにした黒髪からさらに多くの毛がこぼれ落ちている。人の不幸につけこんで餌をあさるハゲタカのようには見えない。ユーモアにあふれ、きりっとした美しさのある女性だ。ただし美容院には行っていない。にもかかわらず、あるいはだからこそ――そのどちらかはわからないが――魅力的なのだった。

ジョーは知りたかった。どちらのイメージが真実により近いのか。確かに、自分がミネアポリスにいるのはあと二週間ほどで、この街を去ったあと、二人はもう二度と会えないかもしれない。今後三カ月から六カ月間、こちらが地球の裏側で仕事をしている可能性もある。それでもかまわなかった。望むべくは、せめてここを離れるまで……そんなことはどうでもいい。自分が何を望んでいるか、なぜ望んでいるか、つねにはっきりと自覚している必要があるか？　いや、ない。

ジョーがミミに近づいていくと、ワーナー夫人が命令する声が聞こえた。

「霊界との交信なら、ウィジャボードを使ってほしいわ」

「わかりました」とミミは言い、あたりを見まわした。そばのテーブルに置かれた空のトレーを見つけて取り上げ、太ももの上にのせてから、同じテーブルからガラス製のきれいな灰皿を取ってひっくり返した。「どうぞ。このプランシェット（降霊術でウィジャボード上の文字を指し示すハート形の木の板）の縁に指をのせてください」

　老婦人は身動きしない。

「これはプランシェットじゃなくて、灰皿。それは料理を運ぶトレーでしょ」

　ミミは深いため息をついた。

「そんな見えすいた偽物の小道具を使うようじゃ、この仕事で名を成すのは無理ね」老婦人は鼻先でせせら笑ったが、突然、痛みを感じたのか、顔をゆがめた。

　ミミの膝からトレーがすべり落ちた。「大丈夫ですか？」

　ジョーは思わず前に進み出た。

「お母さん？」トム・ワーナーが廊下のほうから、サラをしたがえて急いでやってきた。ジョーは足を止めた。

　老婦人は息子を見上げた。「トム、わたし自分の船室に戻りたいの。すまないけど……」

「わかりました」トムは振り向き、廊下にいる誰かに身ぶりで何かを伝えた。「お母さん、すみませんでした。こんなところへ連れてきて、疲れさせてしまって」母親の頭越しにミミを見て言う。「ありがとう、ミニオネット」

　トムの目には心からの親愛の情がこめられていた。ワーナー夫人は新たな痛みに襲われたらしく、ふたたび顔をしかめたが、それでも辛辣な笑みを浮かべている。「何に対して感謝してるの、トム？　この人、そのトレーがウィジャボードだとわたしに信じこませようとしたのよ。こういうクルーズ船でショーをやる人を雇うときは、もっと厳しく吟味しないと」

ミミはため息をついた。「チップはなしですか？」

老婦人は唇を引きつらせ、愉快そうな笑みを浮かべかけた。だが衝動をこらえて口を引き結び、不遜な表情を保つ。「チップはなしよ」

ワーナー夫人はトムの手を借りて起き上がると、息子とサラに両側から支えられ、痛みにひるみながらも鼻をつんと高く上げて反発を表し、足を引きずって歩いていった。

ミミは、ジョーの姿に気づいたときもまだ微笑んでいた。椅子から立ち上がったその顔には驚きと喜びが表れている。そこにはひとかけらの狡猾さもなかった。

「どうやら、社交上の大惨事は回避できたようだね」ジョーは通りがかりの給仕係が掲げたトレーからワイングラスをふたつ取って、ひとつをミミに差し出した。

ミミは首を横に振った。「いいえ、結構よ。それに、大惨事でもなんでもないわ。トムのお母さんの話し相手を少しのあいだつとめていただけ」

いや、違うだろう。ジョーは信じなかった。

ミミはあたりを見まわし、いたずらっぽい表情になった。

「そろそろわたし、退却したほうがよさそうね。律儀なお嬢さまたちは接客中だから、気づかれずに抜けられるわ。あなたはまだ残っておつき合いしなきゃいけないんでしょうけど、こっちはその必要もないから。そうだ、お願いがあるの。妹か母に〝ミミはどこ？〟って訊かれたら、あっちのほうで見かけましたよ、とか言っておいて。この演技がお互いうまくやれたら、わたし、ごますりの点数が稼げるの。つまり、パーティの席にちゃんと三時間いたってアリバイになるわけよ」ミミは首を伸ばしてジョーの手首にはめられたロレックスの時計を見た。「実際には一時間半しかいなくても、ね」

二人の距離が近かったので、ミミの石鹸の香りが漂ってきた。なめらかで柔らかそうな髪だが、手触りも柔らかいのだろうか、とジョーは思った。これまでに目にしたミミの髪は、湖の水で濡れているか、シャワーを浴びてまだ乾いていないかのどちらかだった。今見ると、驚くほどしなやかそうで、つやがある。これだったら美容院に行かなくてもいいかもしれない。高価なドレスの下はレースのブラをつけているのか、それとも洗練されているのは表面だけか。ミミは、彼女の住む（変人や権力の弱い者の）世界でもつまらない者とみなされているが、ジョーの住む（富裕層や権力者の）世界でも、同じように取るに足りない存在なのだろうか。しかしそれよりも何よりも、ジョーはミミ・オルソンについてもっと知りたくてたまらなかった。

「ぼくも一緒に帰りたいんだけど、いいかな」思わず口をついて出た言葉だった。**しまった、これはまずい**。公私混同もいいところじゃないか。そうだ、主義に反することはしない。グランド・ホテルへ帰るついでに、彼女を送っていくだけだ。

ミミはショックを受けたふりをして目を大きく見開いた。

「でも、ティアニーさん。あなたがいなくなったら、絶対に皆に気づかれてしまうわよ」

ミミの言うとおりだ。

「車で来たの？」ジョーは訊いた。

「いいえ、タクシーで」

「ぼくの車があるよ」ジョーは誘いかけるように言った。

ミミは声をあげて笑った。「じゃあ、行きましょう」

21

アパートの廊下でジョーと抱き合い、情熱的なキスを交わしながら、ミミはバランスを失ってつまずいた。ジョーは彼女を抱きしめたまま後ろに倒れ、両肩を壁に勢いよくぶつけた。それでも重ねた唇を離さない。あまりのひたむきさにミミは感心し、声にならない笑いをもらした。

ジョーは突然キスをやめ、腕を伸ばせば届く距離までミミの体をそっと押しやった。息づかいが荒くなっている。信じられないことだが、黒髪がくしゃくしゃに乱れ、輝くばかりに白いシャツのボタンがはずれ、黒いシルクのタイがほどけているにもかかわらず、ジョーはさらにすてきに見えた。陶然としたその表情も魅力的だ。ジョー・ティアニーが陶然とする瞬間はめったに見られないのかもしれない、とミミは思った。

ミミは足元が定まらずふらふらしていた。ジョーの体にもたれかかり、首に腕をからめて引き寄せる。ミミの二の腕をつかんで向き合ったジョーは、目線が同じ高さにくるように少しかがんだ。喉仏が動くのがありありとわかる。洗練されていない人について言うなら「ごくりとつばをのみこんだ」とするところだ。

自分がジョーにこんな変化を起こさせるなんて、驚きだった。それは同時に強烈な興奮をもたらした。権力というものが究極の媚薬になることは、以前から何度も聞いていた。権力の持つ可能性こそ、ワーナー家の人々が信条とするところだからだ。だが今この瞬間、その意味合いを初めて理解した気がした。ミミは顔を斜めに傾け、キスを誘った。

するとジョーは、息を大きく吐き出した。「やめてくれ」

「何を？」

「これをだ」ジョーはそう言って前かがみになり、キスをした。ミミもすぐにキスを返した。ジョーがまた、先に身を引いた。「こういうことをしちゃいけない」やや震える声。「きみはトム・ワーナーの継娘で、ぼくは彼の経営する会社のうちの一社について、わが社にとってよい投資先になるかどうか判断するためにミネアポリスに来ているんだから」

「じゃ、さっさと判断したら」

「物事を混乱させたくないんだ」

「わたし、混乱してないわ」ミミはささやき、片方の肩を動かしてジョーの腕の中に体をすべりこませると、その胸に両手のひらをおいた。早鐘を打つジョーの心臓の鼓動が伝わってくる。彼はうめいた。「あなたから国家機密情報を引き出すつもりはないわ。約束する」

「そういう問題じゃない」

「まさかあなた、わたしの任務があなたといちゃついて気を散らすことだなんて思ってないわよね？　そのあいだにトムの部下のいかさま公認会計士がバイオ・メドテックに忍びこんで、帳簿をいじるんじゃないかとか？　とんでもない」

ミミの手はジョーのタキシードのジャケットの上をゆっくりとたどり、胸筋のあたりを特に丁寧に撫ではじめた。生地は体温で温かくなっており、仕立てがよく、しなやかで上質な手ざわりだ。ちょうど彼と同じように。

「どう？」ミミはジョーのあごに沿って舌先を巧みにはわせて誘った。彼の肌は柑橘類と白檀《ビャクダン》の入り交じった香りがかすかにする。先ほどからのキスでミミの唇は敏感になり、二人の神経の末端からあふれるフェロモンを感じとり、目の見えない女性が点字を読むように、ジョーの生えかけのあごひげの上をなぞっている。

「ビジネスと私生活はごっちゃにしない主義なんだ。いつも……ああ……」ジョーは頭をのけぞらせ、首から鎖骨の上のくぼみまでミミが舌をはわせるままにまかせた。ミミの体を片腕で抱えて回すと、腕をクッションに使って彼女の体を壁に押しつける。

ミミは壁に押しつけられ、前腕で顔をはさまれた。ジョーは彼女の髪に手をからませ、頭をそっと傾けてさらに激しく、むさぼるようにキスを続けた。あまりの刺激にミミはめまいを感じ、熱い予感に胸躍らせた。

「くそっ、だめだ」ジョーは言って唇を離した。ミミの上向いた顔を見下ろし、またうめき声をあげそうになる。上体をかがめ、額と額を合わせた。目を閉じて深呼吸している。まるでマラソンを完走した人のように、今にも倒れるかと思わせる息づかいだ。「場所を考えないと」

ミミはしぶしぶあたりを見まわした。二人はアパートの共用廊下にいた。いちゃついてしまったが、ほかには誰もいない。いや、そうでもないか――突然、頭の中にイメージがわいてきた。アパートの向かいの住人がドアののぞき穴に目を押しつけて、あれこれ批評しているようすだ。

確かに衝動的になっていた。衝動にまかせて行動すればどういう結果を招くか、ミミは経験から学んで知っている。だが今は、体が本能の呼びかけに応えようとしていた。

「本当ね」ミミはすばやく決断を下した。このままいけば二人がベッドになだれこむことになるのは目に見えている。だとすれば、少しペースを落としてもいいかもしれない。

ミミは事務的なそっけなさで身を離してドレスのしわを伸ばし、髪にさっと手をあててから、ハンドバッグの中から部屋の鍵を取り出した。鍵穴に鍵を差しこんでドアを開け、ジャケットの袖をつかんでジョーを中に引き入れようと後ろに手を伸ばす――カシミヤドスキンの生地に触れるはずだが、手ごたえがない。ミミは驚いて振り返った。

ジョーはドア枠に伸ばした腕をついて立っていた。まさか、入らないつもりなの？　性衝動で我を失い、ミミを抱き上げ、寝室を探して走りまわるはずが……いったいどうして？

そのときミミの頭に浮かんだのは、向かいに住むジェニファー・ビーシングのイメージだった。三五歳のジェニファーは小太りで陰気な感じの女性で、今ごろドアののぞき穴に片目を押しつけてこちらをうかがいながら、味はいいがとてつもなく高カロリーのケーキの材料を憂鬱そうに混ぜているかもしれない。ジェニファーなら、ミミ・オルソンが男性を部屋に連れこむのに失敗したとしても驚かないだろうし、明日あたり、ブラウニーをどうぞとかなんとか言って、哀れみをこめて訪ねてくる可能性もある。以前、同じ階のほかの独身女性にそのたぐいの差し入れを持って行く彼女を見かけたからわかるのだ。でも、そんな人たちと一緒にしてもらったら困る。確かにこの部屋に男性が訪れてからずいぶんになるが、それは自分の選択だったのだから。

「入って！」ミミは切迫した声でささやいた。

「ミミ、すまない」ジョーは取り乱した声で答えた。「いったん決めたルールは守らなければ意味がないんだ」

信じられなかった。そんな常軌を逸したルール、守ってどうするのよ。ミミの頭の中に、ジェニファー・ビーシングに加えて隣のゲーツ夫妻のイメージも浮かんできた――仲が良いくせに喧嘩の絶えない夫妻はお互いを罵倒しながらドアの前でのぞき穴を奪い合い、「それでも我々は結婚しているから、まだましだ」と思っているだろう。今ごろはもう、あのよぼよぼで意地悪なディンウィディー未亡人でさえのぞき穴の前にたどりついて、ひとり言をつぶやいているにちがいない。「気の毒にねえ。男を家に連れこむこともできなくなっちゃって。ま、意外でもなんでもないわ。ミミ・オルソンも、もう若くはないからね」

「入ってちょうだい」ミミは低い声でうながした。ジョーは悲しそうな笑みを浮かべ、ぎこちない動きで一歩、後ずさりした。彼の考えが読めた。映画『危険な情事』のような事態をおそれているらしい。

ミミは五〇年代風のレトロな妖婦の雰囲気を出しつつ、だらけた姿勢でドア枠にもたれかかった。なまめかしい微笑み（本人はそのつもり）を浮かべてささやく。

「大丈夫、二〇分で帰ってかまわないわ。あなたの貞操を守ると約束するから」

「えっ？」

「ご近所の目があるでしょ。きっと今、みんな見守ってるわ。わたしが部屋に誘ったのに、あなたが強く抵抗した場面も目撃したでしょうね。わたしにだってプライドがあるのよ。いや、〝あった〟と言うべきかな」

ジョーもすぐに気づいた。「しまった。外野がいたか」

「そのとおりよ」さっきまでの誘惑モードはすっかり失せ、今やミミは自分のプライドを賭けて闘っていた。

「だから抵抗せずに、素直に中へ入ってもらえると助かるんだけど——」

言い終わらないうちにいきなり抱え上げられた。不意をつかれたミミは小さく叫んでジョーの首にかじりついた。彼は頭をかがめ、耳元に唇を寄せてささやいた。「こうすればいい？」

胸の鼓動が速まっていく。冷めかかっていた興奮がふたたびかきたてられて、津波のごとく押し寄せた。**ミミったら、プライドはどこへ行っちゃったの？** 心の中の声がたしなめた。ひと晩で二度も抵抗されるような目にはあいたくなかった。

「落っことさずにいてくれるならね」ミミは口ごもりながら言った。「あなたの膝がこの重みに耐えきれずにどうにかなったりしたら、わたし一生、責められちゃうもの」

「何言ってるんだ。以前にもちゃんと持ちこたえた実績があるじゃないか」

「ジョー。率直に言って、あなたって冒険旅行家タイプじゃないでしょ。早くどうにかしないと、二人とも床にばったり倒れかねないわよ」

「鍛えてるから大丈夫」ジョーはミミの体を高い位置に抱え直した。確かにつらそうには見えない。わき腹に伝わってくる鼓動からすると心拍数もあまり上がっていないようだし、顔も赤くなっていない。どうやら心臓発作を起こすおそれはなさそうでよかった。でも——。

「とりあえず中に入って。しばらくしたら帰ってかまわないから」

「とりあえず、だって？　おいおい、ぼくにだってプライドというものがあるよ。中に入るなら、二〇分やそこらで出て来たりはしないさ」

なるほど、そういうことか。でもあなたは近所の人たちと顔を合わせなくていいから気楽よね。「わかったわ」

ジョーは頭をかがめてミミの唇にしっかりとキスすると、体を半回転させて後ろ向きで戸口を入り、ドアを足で蹴って閉めた。中に入って立ち止まり、あたりを見まわす。ミミは自分のアパートがジョーの目にどう映るか知りたくて彼の視線を追った。

きっと、安っぽい住まいだと思われるだろう。だらしない感じはしないにしても、在庫一掃セールで調達した安物の家具ばかり、という印象かもしれない。それも当然のことで、クランベリー色のマイクロファイバー製リビング五点セット（ソファ、椅子、足のせ台《オットマン》、コーヒーテーブル、ランプ）は、まさにそういうセールで手に入れたのだ。前の居住者が残していったビーンバッグチェアの片方の端には、かぎ針編みのひざ掛けが無造作に置いてある。チェアにはパンやクッキーのかけらが落ちている。肘掛け椅子の背にはオズから借りたデザイナードレスが数着かけてある。パーティに何を着ていくかはいろいろ試してから決めなさいと、オズが強くすすめてくれたものだ。中にはまだついたままの値札が袖からのぞいている服もある。

オズは、それぞれのドレスに合わせて装飾品も貸してあげると言ってきかなかった。靴、宝石類、スカーフ、フェイクファーのボレロまでそろっている。これらはラブソファの上にまとめて置いてあり、けっきょくミミはひとつも身につけなかった。シャーボノー家の祖母のものを仕立て直した真珠とダイヤモンドのネックレスをするよう母親から命じられていたからで、一人の女性がいくら贅沢に着飾ったとしても、一回のパーティではそれひとつで十分だと思われた。

部屋の隅にはオルソン家の祖母から譲り受けたオーク材の一本脚のダイニングテーブルがあり、これがミミの仕事机になっている。ノートパソコンとバブルジェットプリンターが置かれ、そのすぐ横にはメモ帳、雑誌、本などが山と積んである。一枚ガラスの大きな窓の横には、ガレージセールで見つけた天井までの高さの本棚がふたつ。ここには本だけでなく日常的によく使う品、たとえばヘアドライヤー、新品のチューブソックス、昨夜作ったポップコーンの匂いが残るミニ電子レンジなどがおさまっている。窓の向かい側には、部屋の中で燦然と輝く、四〇インチの薄型プラズマテレビが鎮座している。

ミミはテレビを見るのが大好きだった。この悪癖ばかりはやめられない。架空の人物を中心に週ごとにくり広げられる人生模様。人々の抱える問題はすべて関連性があり、謎解きは一時間で、長くてせいぜい一クールで完結する。なんと充実した人生の過ごし方だろう。

確かにシェ・ダッキー滞在中は、テレビなど必要ない――もとい、見たいとは思わなかった。あの地区は受信状態があまりよくないせいもあるが、テレビを持ちこんだとしてもほかにやることがたくさんあって見るひまがなかっただろう。『ヒーローズ』や『ドクター・ハウス』といったドラマの登場人物と同じぐらい興味深い生身の人間が闊歩《かっぽ》しているのだからなおさらだ。

「いい部屋だね」とジョーは感想を述べた。本気で言っているようには聞こえなかった。

ミミはあらためて室内を眺めた。雑然としているというより、心地よい空間よね、と自らに言いきかせる。確かに掃除機をかけたり、埃を払ったりする必要はあるかもしれないけれど。でもそれはどこの家も同じじゃない？「もうここでいいわ、下ろして」

「助かった」ジョーはかがんでミミを床に下ろし、上体を起こすと、片手で腰の後ろを押さえた。「朝、ストレッチをもっとやらなくちゃな」

「わたしを抱えたままずっと立ってるからよ。中に入ったらすぐに下ろしてくれればよかったのに」

「ぼくの膝がだめになるとかいう、あの偉そうな発言を聞いたあとで？　まさか、冗談だろう？　四〇歳以上の男性全員の名誉を守るためにもがんばる必要があったからね。きみがいいと言うまでは、もう下ろしてもいいかなんてぼくからは訊けないさ」

「男の人って、本当に男性ホルモンに翻弄されちゃうのね」ミミは不思議そうに訊いた。

ジョーはうなずいた。

「成長してホルモンの影響から脱することはないの？」

ジョーは首を振った。「ないだろうね。実は、ターザンみたいに胸を叩いてきみを感心させてやろうとも考えたんだけど、ゴホゴホむせるのが関の山だと思ってやめたのさ」

ハンサムで男らしいが、自分の弱さを認める謙虚さもそなえている。これ以上にミミの胸をどきどきさせる人はいない。「かわいそうなおじさま。それじゃ、何か――」

ハンドバッグの中から携帯電話の着メロのくぐもった音が流れてきた。『聖者の行進』のメロディで、ミミはこの曲を〈ストレート・トーク・フロム・ビヨンド〉の相談者からの着信専用に設定してあった。「あら、いやだ」

通常、ミミは在宅勤務をしなかった。オズが税務上の理由で原則として従業員を社内勤務としているからだが、たまに人手が足りないことがあり、そんなときミミは携帯に相談者からの電話を転送してもらっていた。今夜は早めに帰宅するつもりだったし、オズからドレスを借りたお礼にと思って、その手続きをすませておいたのだが、高まる情熱に突き動かされて混乱し、すっかり忘れていた。

「出なくちゃ。いつもなら家で仕事はしないんだけど」ミミは申し訳なさそうに肩をすくめて、唇に指をあて、黙っていてとジョーに身ぶりで伝えると、携帯電話を開いた。

「こんばんは。ミス・エムです。あらかじめ電話の数字キーで、お客さまのクレジットカード情報を入力していただけましたか？」

「もちろん。だって、承認が終わっていなければこうして通話できないはずでしょ？」若い女性の声だ。

「ジェシカさんですね」今日は土曜日。ジェシカがかけてくるのはいつも月曜ときまっているから、何かあったにちがいない。「今日はどんなご相談ですか？」

「ニールっていう新しいボーイフレンドのことなんです。どうしたらいいか、母に訊いてもらいたくて」

ボーイフレンドですって？　初耳だ。「はい、わかりました。お話しください」

「ニールがうちに引っ越してくることになるかもしれないんです。もう、かなり長いあいだつき合ってるんだけど」

「どのぐらいの期間ですか？」

「三週間です」

「あまり長いとは言えないですね」ミミは注意をうながすつもりで指摘した。

「あなたに何がわかるっていうの？」ジェシカのかんしゃくが爆発した。初めて電話を受けたときからなんとなく予感していたように、ジェシカは数週間のうちにミミ（ミス・エム）の扱いにくい顧客となっていた。最初はそれなりに素直な態度なのだが、ミミ（というより今は亡き自分の母親）に言われたことが気に食わないと（たいていの場合気に食わないのだが）、怒って電話を切ってしまう。そのくせ翌週になるとまたかけてくるのだった。

「ええ、わかるわけありませんよね」そう答えたときジョーと目が合った。彼は奇妙な表情でこちらを見つめている。それはそうよね、スピリチュアルカウンセラーなんて風変わりな仕事ですもの。

「ところで確認なんですが、以前、ご紹介した心理セラピストの女性のところへ行かれました？　ボーイフレンドの件についてはもう話しましたか？」

ミミは、ジェシカの母親からのアドバイスとして、信頼できる心理セラピストを探すよう強くすすめていた。心理学の専門家だが、ジェシカがたまに母親の霊と話をしてうっぷんを晴らしても異議を唱えない人が望ましい。

「ええ、行ってみましたけど」不機嫌そうな答えが返ってきた。「料金がものすごく高いの。あなたは精神面で問題がある、って言われたわ」

「あら、本当ですか？」ミミは驚いたふりをした。「でも、相談してよかったじゃありませんか。有意義なお金の使い方ですよ」これでジェシカなしの幸せな生活に戻れたらいいが、と期待しつつ言う。

「ええ、まあ。でも今日は、心理セ……彼女の件はおいといて、ニールとの同棲について、母の意見を聞いてみてほしいんです。もうじきニールが引っ越してきたいって言ってくると思うので。正直言ってわたし、母がどう思うかなんて気にしてないんだけど、あの人、ごねるのが趣味らしいから、そういうチャンスを与えてあげてもいいかなと思って。あの世じゃ自由にしゃべれなくて寂しいでしょうしね。あ、ちょっと待ってください」

電話の向こう側で呼びかける若い男性の声がした。

「どこだい、ジェシカ？　すぐ戻ってくるって言ったのに。ぼく、一人じゃ寂しいよ。それにＤＶＤがまた途中で動かなくなっちゃった。直してくれる？」

受話器を手で押さえる音がしたかと思うと、ジェシカの、これまでミミが聞いたこともないような声が聞こえてきた。「すぐに行くわね、ニール！」

「もう切らなくちゃ」ジェシカはささやくように言った。「母がニールについてどう思ってるか、訊いておいてくださいね」

「わかりました」

「また、電話しますから」ジェシカはそう言って電話を切った。

「そりゃ楽しみだわ」ミミはつぶやいて携帯電話を閉じた。「ごめんなさい。今夜、相談を受ける予定だったのを忘れてたのよ。パーティから早く帰ってくるつもりで〝墓場シフト〟の当番として登録してたの」気のきいた言い方よね、と思わずにやりと笑う。ジョーったら、知らないのね。「墓場シフトってわかる？」

「ぼくは失礼したほうがよさそうだな」

「いいのよ」ミミはあわてて言った。「相談者からの電話はたいてい、午前二時以降だから。どうしてかわかるでしょ。眠れない人たちが多いのよ。悩みぬいて、後悔や自責の念にさいなまれて……」ミミは肩をすくめた。人の行動の裏にどんな理由があるかなんて、知りようがないけれどね、と言いたかった。

ジョーはひどく落ち着かないようすだ。

「心配しないで。あなたの少年時代がどうだったか、亡くなったネッティおばさんから聞き出したりしないから」

「ぼくにはネッティっていうおばさんはいないよ」

「冗談よ」しまった。ジョーはわたしの仕事をうさんくさいと感じているにちがいない。

「何か飲む？　炭酸飲料も水も、ビールもあるけど……」

「ありがとう。ビールをもらおう」

ミミはキッチンへ向かった。

「あのテレビ、すごいね」ミミが小さなキッチンに入ったとき、ジョーの声が聞こえた。

「テレビを見るのがよほど好きなんだな」

「画像が驚くほど鮮明なの。実際に見ないとそのすばらしさはわからないわよ。リモコンはダイニングテーブルの上にあるから、試しにつけてみて」話しかけながらミミは小型冷蔵庫の扉を開け、かがんだ。重ねた保存容器の奥をのぞいて瓶ビールを探す。ピーツ・ウィキッド・エールの最後の二本を取り出したミミは、動物クラッカーってビールに合うかしら、と考えていた。

自分は物事を偏見なく公平に判断できる人間だ――とジョーは思いたかった。およそ二〇年にわたり国際ビジネスの世界で文化の相違を超え、さまざまな性格の人々とつき合う中、そうでなければやってこられなかっただろう。だがミミのアパートでオーク材のテーブルに向かって歩いていくうちに確信が持てなくなっていた。

議論の余地はない。ジョーはミミの職業にどうしようもない違和感をおぼえていた。ミミの仕事が最近とみにうまくいっているらしいという異父妹メアリ・ワーナーの意見も、母親からの生活費の援助がない事実を考えるとなおさら信憑性があって、心穏やかではいられなかった。そんな不安も、ミミを家まで送っていくと申し出たときには忘れていられた。アパートの廊下でキスをしたときも、情熱が燃え上がったときも、すっかり忘れていた。ところがミミの携帯電話が鳴り出すやいなや、ふたたび疑念が頭をもたげたのだ。

真珠とダイヤの見事なネックレスに加えて、法外な値札のついた最新流行のドレス、靴などの贅沢な装飾品を目にしたせいで、疑念はいっこうに晴れなかった。すべてが、特売場で買いそろえたような調度とあまりに不釣り合いだった。最近、思いがけない大金が転がりこんだというのなら話は別だが。あるいは、臨時収入だろうか。たとえばビル・ゲイツのおじいさんの霊と交信したとか。でなければ、生きている人間を〝罠にかけて〟手に入れた金かもしれない。

ミミにそんな疑いを抱くのはいやだった。だがジョーは現実主義者でもあった。ミミについて見聞きしたことすべてを考え合わせれば、つじつまが合う。ただ、いくら理にかなった説明をしようとしても、スピリチュアリストだか、降霊者だか、霊媒者だかなんだか知らないが、そちらの世界に通用するものだろうか？　それに加えて、ミミ・オルソンのような人物とつき合った経験は皆無なのだ。ジョーはミミがどんな人間かをつかもうとしてもがいていた。詐欺師なのか？　単に変わっているだけか？　それともまた別の解釈があるのか？

「うまくいかない？」キッチンからミミの声がした。

「何が？」

「テレビの操作。〝ON〟ボタンじゃなくて、〝電源〟って書いてあるボタンを押してね、〝ON〟ボタンはケーブルからアンテナへ切り替えるためのスイッチだから。今すぐそっちへ行くわ」

リモコンか。そうだった。ジョーはダイニングテーブルの上に身を乗り出して探したが見つからない。書類の一部をどけてみたところ、あった――ジョーは目をみはった。

リモコンが、なんとプレスコットの写真の上にのっていた。みすぼらしい小さな犬を腕に抱いている。そんなはずはない。プレスコットはひどい犬アレルギーだからだ。といっても、世界に存在する物質の九割方にアレルギーを持っているのだが。

ジョーは写真を取り上げたが、その下にまだ一枚あるのに気づいた。これは違う服を着たプレスコットで、ただ一緒に写っているのは同じ犬だ。持ち上げると、その下からまた息子の写真が現れた。

いったいこれはどういうことだ？

ミミ・オルソンは息子の別荘を〝プレスコットの屹立〟と呼んでばかにし、持ち主を哀れんでいた。友人がおらず、引きこもりであることも、大金持ちになったことも知っていた。それに、プレスコット本人がミミに夢中なのだ。

プレスコットほどだましやすいカモがほかにいるだろうか？　ジョーが疑っているように、ミミが罠にかける生きた獲物として、こんなかっこうの標的があるか？　罠は？　願わくば、罠などあってほしくない。

ミミは、自分に首ったけで人間嫌いの億万長者の写真を一〇枚以上も持っている。それにはもしや別の理由があるのか――だがほかの理由を思いつかなかった。ジョーは片手で髪をかき上げた。自分は結論を急いで、決めつけようとしているのかもしれない……しかしプレスコットは、いろいろな意味でひどく世間知らずなのだ。

「リモコンの使い方、まだわからない？」トレーを持ったミミが後ろ歩きで部屋に入ってきた。トレーの上には瓶ビールが二本、クラッカーがひと箱、紫の波模様が入ったオレンジ色の妙な食べ物を入れたプラスチック容器がのっている。

「そう、当たり」ジョーの視線の先に気づいたミミはさえずるような声で言った。「ポートワイン・チェダーチーズ・スプレッドよ」

実のところ、ジョーには見当さえついていなかった。「そうか」

ミミはテーブルの上にトレーを置き、ピーツ・ウィキッド・エールの瓶をジョーに手渡してから自分の瓶を高く掲げた。「では――」ミミの顔に一瞬浮かんだ戸惑いの色はすぐに消えた。「よき時代が訪れることを祈って、乾杯」

ジョーが乾杯のしぐさをしないので、ミミは腕を伸ばしてお互いの瓶の底をかちんと合わせ、自分のビールを口に運んだ。

「そこに持ってるの、何?」ジョーの手に握られた紙をあごで示した。

ジョーはそれを差し出し、落ち着いて慎重な口調で言った。

「プレスコットの写真だ。これ、どうするつもりだい?」

ミミはビールを口から離し、ジョーが持っているものを横目で見た。喉元に血が上り、頬が赤らんだ。「ああ、それ。プレスコットが送ってくれたの」

「どうして?」

「わたしが送ってって頼んだから」ミミはさっと目をそらした。「実は、これほどたくさん送ってとは頼まなかったんだけど――」

「なぜ?」長年つちかってきた自制心が大いに役立った。ジョーの声は穏やかで理性的で、やや執拗な感じもしなくはないが、単なる好奇心で尋ねているようにしか聞こえない。

「なぜかって?」ミミはくり返し、肩をすくめた。「プレスコットが送りたいって言ったからよ。きっと寂しいんだと思うの。それ、Eメールで送ってきた画像をプリントした写真。中にはけっこう可愛いのもあるわ。セルフタイマーを使って撮ったんでしょうけど」

ミミはテーブルの上におおいかぶさるようにして残りの写真を広げ、そのうちの一枚を選んで取り上げた。「ね、なかなか可愛いでしょ? もちろん犬のことじゃないわよ。この犬、不細工だもの。プレスコットが犬を抱いているようすが可愛いってこと。きっと薄汚い雑種犬に感情移入してるのね。そう見えないように撮ったんだろうけど、メロメロなのがまるわかりだもの。あなたの息子さんって、あいにく手玉にとられやすいタイプかも」

手玉にとられやすいタイプだって？

「どうしてプレスコットがきみに自分の写真を送りたがるんだ？」

この問いかけにはっとしたのか、ミミはテーブルの上におおいかぶさった姿勢から、ゆっくりとジョーのほうに顔を向けた。すぐそばにいるので、目のまわりの小じわも、髪のカールの具合も、つねに日焼けしている胸骨部分の肌も、はっきりと見える。

ジョーの質問に含まれた意味合いに気づいたらしく、ミミの首の筋肉が緊張した。「どうしてだと思う？」

ジョーは答えずに、椅子の背にかけられたドレスと、ラブチェアの座面に置かれたいくつもの箱を指さした。「どうも近ごろ、かなりの金が入ったようだね」さりげなく聞こえるようつとめたつもりが、失敗した。自分でもわかっていた。「宝くじか何か、当たったのか？それともカジノで大勝ちしたとか？」

「わたし、ギャンブルはしないわ」ミミの声は冷ややかだった。「何考えてるの？　ちゃんと口に出して言ってよ、ジョー」

「何を考えてるかぐらい、わかるだろう」

ミミは少しも目をそらさず長いあいだ黙っていたが、話しはじめた。

「その犬は、わたしが夏の終わりにファウル湖を離れるときに見つけたの。施設へ連れていくことになりそうだったんだけれど、プレスコットが現れて、犬を引き取ると言ってくれたの。それでわたしが、犬の写真を送ってね、と頼んだのよ。その理由は」ミミはここで初めて恥ずかしそうに言った。「なぜかというと、プレスコットがちゃんと犬の面倒をみてくれるかどうか、心配だったからよ」

ジョーは手に持った写真をあらためて見た。そう言われてみるとどの写真にもかならずプレスコットとともに小さな雑種犬が写っている。胸の緊張感が徐々にほぐれてきた。

「プレスコットはどうして犬を引き取ると言ったんだろう？　犬と一緒にいるとアレルギー症状が出るのに」

ミミは後ろに下がった。いつもの気さくさはどこかへ行ってしまった。

「さあ、知らないわ。あなたの息子さんでしょ。本人に訊いてみたら？」ミミは携帯電話を取り上げ、ジョーの胸に押しつけた。「電話番号、わかる？」

たまに写真を送る程度の関係だというのに、なぜミミは電話帳に載っていないプレスコットの番号まで？　「あいつの携帯番号を知ってるのか？」

「あなた、知らないの？」ミミは反撃した。

ジョーは混乱して、冷静な対応ができなくなっていた。普段なら即座に鋭く切り返すところだが、今はだめだ。自分自身の判断が信じられなかった。無神経で愚かな言動をしてしまった。もしミミが何かを隠しているのなら、プレスコットに電話するようすすめるはずがないじゃないか。では、犬を飼うことにした理由は？　おそらく、ミミを感心させたかったのだろう。なんと言ってもプレスコットにとって、彼女は一種の――。

ミミは、テーブルに並べられた写真の横にふたたびビールを置いた。ジョーはその動きを目で追った――これは別荘の室内で撮影された一枚だ。背後にある暖炉のマントルピースに、カレンとプレスコットが写った額入り写真が飾ってあるのがはっきり見える――ジョーは思わず目をそむけ、肘掛け椅子の背にかかった贅沢なドレスの山に視線を移した。これほど高価な服と宝石をどうして買えたのか、ミミからまだ納得のいく説明をしてもらっていない。黙っていたかったが、それ以上に知りたい気持ちが強かった。いや、知らなくてはならないのだ。

「きみはプレスコットに言ったのか？　母親の霊と交信してあげられるって。母親から息子へのメッセージを届けるふりをしてきたのか？」

この質問で、写真の表面についたビール瓶の輪染みをふき取っていたミミは手を止め、体を起こした。

「もう帰ってちょうだい」落ち着いた表情で、声も静かだったが、ミミの目には傷ついた感情があふれていた。

「ぼくには知る権利があると思う。あいつの父親だから。もろさのある子だけに、傷ついてほしくないんだ」

「いいえ、あなたには知る権利なんかない。さっきの質問、あれはプレスコットが詐欺師にだまされたら困るから訊いたんでしょ。息子がだまされやすいということは、あなたの基準では、傷つくより悪いからよ」

「それは違う」ジョーはこわばった声で応えた。

「あら、違うの？　わたしこそ、早々と決めつけるべきじゃなかったかもしれないわね。でも、安心させてあげる。答えはノーよ。プレスコットはわたしがどんな仕事をしているかも、どんな人間かも、まったく見当もつかないと思うわ。それでも彼は、父親よりわたしのことをずっとよく知ってるでしょうけどね」

「きみがプレスコットにカウンセリングのサービスをしているかどうか訊いたぐらいで、怒らなくてもいいだろう」ミミの反応が理不尽に感じられて、ジョーはいらだっていた。

「いいえ、怒って当然よ」ミミの唇はこわばり、肌は紅潮している。「あなたはわたしを非難したじゃないの、亡きお母さまに対するプレスコットの愛情につけこんでお金をだまし取ったって。わたし、そんなことは絶対にしていません。もう帰って。さようなら」

　ジョーは反論しなかった。なぜなら、ミミの言うとおりだったからだ——自分はミミをひどく責めてしまった。今やここにいてもしょうがない、帰るしかない。それにしてもジョーは、何を信じていいやらいまだにわからなかった。ミミは、自分は霊と交信できると本気で信じる誠実なスピリチュアルカウンセラーなのか、それとも詐欺師なのか。ジョーはミミを信じたかった。だが、信じられなかった。

「申し訳なかった」ようやくジョーは言った。

「さよなら」
ミミはジョーを戸口まで見送らなかった。

あふれる涙に、ミミはうろたえた。いやだ、わたしったら、ろくに知りもしない男性にさよならしたぐらいで泣いている。何週間もデートを続けた男性と別れたときでさえ泣かなかったのに。もちろん、生まれなかった赤ん坊の父親として遺伝子の半分をくれたバルーニストと別れたときも、泣いたりしなかった……そうだ、こんなに涙が出るのは、妊娠による女性ホルモンの作用にちがいない。だって、いつものわたしらしくないもの。

だけど、そんなことはどうでもいい。ミミは、卒業式のダンスパーティの前日にボーイフレンドに捨てられた一六歳の高校生のように、さめざめと泣きつづけた。

五分後、誰かがドアをノックした。まだ泣いていたミミはさっと立ち上がり、涙をぬぐった。外にひざまずいて赦しを乞うジョー・ティアニーの姿を想像していた。これもまた初めての経験だった。期待を抱いてどうするの。それでもミミは、勢いよくドアを開けた。

ジェニファー・ビーシングが立っていた。部屋着姿で、ふわふわのスリッパをはき、ピーカン・パティを大盛りにした皿を両手で持っている。ピーカン・パティは一時間で作れるお菓子だ。つまりジェニファーは、ジョーと一緒に廊下にいるミミの姿を見た瞬間から作りはじめたことになる。まるでジョーが去っていくのを運命として予見していたかのように。

ジェニファーは皿を差し出した。その痛ましげな表情は、ロマンスが破綻する運命にある女性のグループにミミを喜んで迎え入れているようだった。
彼女は言った。「ピーカン・パティを作ったから持ってきたの」

22

プレスコットはプリウスのリアハッチの扉を開け、〈サムズ・クラブ〉で買いこんだ品物を入れた段ボール箱を引き出した。これでクリネックス・ティシューは合計何箱になるかな、と頭の中で計算する。二〇箱。このぐらいあれば一週間はもつだろう。アレルギー専門医に打ってもらった注射がようやく効果を現しはじめていた。この専門医からは当然ながら、体毛の濃い動物を室内に入れてはいけないと注意も受けた。ただ、プレスコットにしてみれば、その選択肢は考えられなかった。

ビルという犬の名前は『指輪物語』に登場する〝小馬のビル〟から取ったもので、モルドールへ向かう主人《あるじ》のサムに仕えるビルと同じぐらいの忠誠心を抱いてくれればと期待してつけた。プレスコットはミセス・オルソンに、ビルを引き受けると約束した。その約束をたがえるわけにはいかない。それにビルがいなければ、ミセス・オルソンに連絡する口実がなくなってしまう。ビルの写真を送ったり、ビルの世話や暮らしのようすを書きつづったりできなくなる。プレスコットの努力は報われつつあった。ミセス・オルソンは多忙な中、たまに返事をくれることがあった。先週など、四段落に及ぶメールが返ってきた。

段ボール箱にはティシューと食料品のほか、形も大きさも各種取りそろえた消化のいい犬用ガムが入っている。プレスコットはずっしりと重い箱を肩にかつぎ上げ、片手でリアハッチの扉を閉めた。

プレスコットの体重は減りはじめ、筋肉もついてきた。新たな発見もあった。犬には毎日の長い散歩が欠かせない。エネルギーを発散する場がなければ、破壊行為に走るおそれがあるからだ。このことに気づき、実践的な教訓を学ぶまでに、椅子が数脚、テーブルが数台犠牲になった。

しかし、そんなことはどうでもよかった。秋の深まりとともに気温が下がり、地面に雪が積もると、アレルギーを引き起こす物質が大幅に減って、散歩が楽しみになった。実のところ、犬との共同生活（生き物を所有するという考えには道義的に賛成できなかった）によって、プレスコットの人生は実に豊かになった。部屋に入ると（浴室でさえも）いつも犬が出迎えてくれるのが嬉しかった。空になったミネラルウォーターのペットボトルに狂喜し、むしゃぶりついて遊ぶ犬の無邪気な姿を見ていると、陶酔感さえおぼえた。犬が足元にうずくまり、その温かい体がもたれかかってくる重みを感じるとき、プレスコットは満足感に包まれた。いつのまにか犬の世話が楽しくてたまらなくなっていた。自分を頼りにしてくれる誰かがいる。日々の食事や運動といった基本的な欲求だけでなく、群れの一員として生きるという心の奥の欲求を満たすために。その感覚は喜びだった。そこでさらに大きな喜びを味わおう、と決心した。

プレスコットは戸口で箱を下ろし、ジャケットのポケットをさぐって鍵を探した。庭を掘ってプールを造るために雇った作業員が、防犯システムを切っていたからだ。プレスコット自身はしょっちゅう泳ごうとは思わなかった。だが共同生活が始まって最初の一週間、一緒に散歩に出かけたとき、泳ぐのが好きなビルは何度も湖に飛びこんで、魚臭くなって帰ってきた。かぐわしい香水とは言いがたかった。それでビルのためにプールを造ることにしたのだ。

冬が予想外に早くやってきたのでプール造成工事はひとまず中断せざるをえなかった。作業員たちは引き揚げたが、その際に防犯システムを復旧させておくのを忘れたというわけだ。それでもプレスコットはかまわなかった。防犯システムなどもう必要ないからだ。そのとき、プレスコットが帰ったのに気づいたらしく、狂ったように吠えたてる犬の声が家の中から聞こえてきた。

「ちょっと待ってくれ！　今、開けるから！」と呼びかけ、ポケットの中の鍵をさぐる。そんなにじらさないでよと言わんばかりの抗議の吠え声に、プレスコットはにやにや笑わずにはいられない。キッチンに荷物を置いたら、犬を連れて散歩だ。東へ向かい、林の中の小道を抜けて、シェ・ダッキーの敷地を目指す。別荘にはもう誰もいない。まるで古書店の一番奥の棚のように生気に乏しく、うらぶれた雰囲気だ。

プレスコットはドアを押した。開けたとたん、目の前を犬が三匹、庭に飛び出していった。お互い吠え合い、飛びかかってもつれ合って庭を転げまわる三匹の犬。田舎に住む因習打破主義者としてのプレスコットの新生活の楽しみは、三倍の大きさになっていた。

「わかった、わかった！　とにかくこの荷物を中に入れさせてくれよ」プレスコットは段ボール箱を持ち上げた。

犬たちはのたくり、跳びはね、駆けまわっていたが、箱の中に何やらおいしそうな匂いのするものがあるのを嗅ぎつけるやいなや集まってきて、一刻も早く家に入ろうと、押し合いへし合いしながらドアに向かった。プレスコットの家族が増えつつあった。

23

ホテルの一室。ベージュの壁にかかった薄型プラズマテレビの画面の中では、主人公の女流作家ジョーン・ワイルダーが泥でぬかるむ断崖の上で足をすべらせ、アマゾンの熱帯雨林の水びたしの丘を転がっていった。落ちた先は蚊がうようよいる沼で、ジョーンは水面下に消えた。

キングサイズのベッドの真ん中に座ったジョーは腰の後ろにあてた枕をふくらませ、テレビの音量を上げた。のべ何百日もホテルのスイートルームに滞在し、何千時間もの〝HBOチャンネル無料サービス〟を利用してきたベテランだけに、映画『ロマンシング・ストーン秘宝の谷』は少なくとも五回ほど観ている。だが、何を観ようかとチャンネルをあちこち切り替えているうちに、主人公が泥だらけになってすべり落ちるおなじみのシーン（これにはいつもぞっとする）が目にとまり、リモコンを置いた。というのは、その場面に映ったものが何かを……誰かを思い起こさせたからだ。

よどんだ水から姿を現したジョーン・ワイルダーの泥だらけの髪を見て、ジョーはその〝誰か〟を思い出した。ミミ・オルソンだ。

だが画面の中のジョーンは困惑しているように見える。次の瞬間、ジャック・コルトンに足のあいだに着地されてショックを受け、最後には笑い出す。

ミミは……ミミらしかった。泥にまみれても居心地がよさそうで、ショックを受けない。それに、驚かせて笑わせる必要もない。なぜなら、ミミだったらその時点でもう笑っているからだ。ジョーンは態度があやふやで、世間知らずなところがある。一方ミミは率直で、もし世間知らずなところがあるとすればどこなのか、ジョーにはよくわからない。だからこそ、霊との交信などという仕事が不自然な気がするのかもしれない……。

ジョーはふたたび、ミミ・オルソンの分析ばかりしていた。ワーナー家の結婚記念パーティから一週間近く経っていたが、ジョーはいまだにあの瞬間――プレスコットをだましていると責められたことに気づいた瞬間――のミミの表情を何度も思い出すのだった。もし本当にだましていたとすれば、ミミはなんと言っただろう。「あら、ばれたか。わたしが悪かったわ。クラッカーをもう少しどう？」とか？

いや。おそらく、あのときとまったく同じ反応を示すのではないか。侮辱されても威厳を示し、冷たい憤りを見せて。潔白でも、そうでなくても、反応は変わらないにちがいない。

だが、どちらが本当のミミなのだろう？

それをつきとめる方法がひとつある。プレスコットに電話して、ミミの話が本当かどうか確かめるのだ。今思いついた考えではない。ミミのアパートをあとにして以来、どうしようか迷っていたのだが、心に引っかかるものがあって実行に移さなかった。理不尽なことではあるが、信頼を裏切ってはいけないという根拠のない義務感があった。**なぜなら、プレスコットにさぐりを入れることはミミの気持ちを傷つけるからだ。**なんとも間の抜けた論理だった。いよいよ自分も中年の危機《ミッドライフ・クライシス》を迎えたのではと疑いたくなる。だがもし中年の危機なら、若くてぴちぴちしたチアリーダーに目がいくのが普通で、ちょっぴり野暮ったい中年の女性版ピーターパンに欲情するはずがない。いや、欲情する、という表現は当たらない。それとはちょっと違う。ただ、ミミは……独自の世界を持つ女性ということで、ジョーの興味を引きつけてやまないのだ。

日が経つにつれて、まともな論理が頭をもたげてきた。たとえ自分がミミについて誤った判断をしていたとしても、状況を考えれば無理はない。だまされているのが自分だけならかまわない。そう思えるほどにミミは魅力的だった。だが今回はプレスコットが関わっている。息子のためを思うからこそ心配しているわけで、それに対してミミに謝るのは筋違いだ。つまるところ、ジョーはミミになんの義務も負っていない。プレスコットに対して義務があるというだけだ。

ジョーはまだその義務を果たしていなかった。プレスコットとミミが実際どういう関係なのか、ミミの言葉が嘘か本当かを明らかにしたいという気持ちの裏には個人的な理由もあったが、それが主な動機ではない。ミミに関する疑問を放置して、ずるずるここまできてしまったということ自体、親として怠慢だったと言わねばならないだろう。

ジョーはリモコンの消音《ミュート》ボタンを押し、携帯電話に手を伸ばすと、アドレス帳をスクロールしてプレスコットの番号を探した。発信ボタンを押して待つ。テレビの画面では、ジョーン・ワイルダーがメキシコ風のショールをはおって酒場に現れ、ジャックをあっと言わせていた。ミミだったらショールなどはおらずにジャックをあっと言わせていただろう。格好より態度の問題だった。ヒトデの絵がついたパイル地のビーチウエアでいけている女性は、何を着てもいけているはずなのだ。

「はい」五回目の呼び出し音でプレスコットが出た。警戒したような声だ。

「よう、プレスコット。ジョ——えー、お父さんだ」

少し間があった。「はい?」

「あと二、三日したらミネアポリスを発つから、その、出発前に電話しておこうと思って」

プレスコットは答えない。

「今度は中国へ行くんだ」

「へえ。どうしてわざわざそんなことを?」

「どうしてって?」

「今まで自分の予定を教えてくれたことなんか、一度もなかっただろう。なんでまた今になって?」

「さあ。おまえが興味あるんじゃないかと思ったんだ。中国じゃ、ピンポ——卓球がさかんだからね。向こうで手に入るいいラケットがあれば、買ってこようか?」

プレスコットはため息をついた。「ぼくは子どもじゃないんだから、ジョー。海外出張のたびにおみやげを買ってきてくれなくてもいいんだよ」

「わかってるさ。でもおまえが子どものころ、まともなプレゼントひとつ買ってやれなかったと反省してね。つまり、なんというか……」みやげを買ってやりたいという単純なことを、なぜいちいち息子に説明しなくてはならないのか？　「今度こそ、おまえの好きなものを買ってやれるかなと思ったんだ。くだらないものじゃなくてね」

ふたたび間があった。「〝ペット・ロック〟を買ってきてくれたとき、石のおもちゃなんかでばかにしやがってと思ったんだ。公立学校の子が全員持ってるのに気づくまではね。あの石、窓から投げ捨てちゃって、悪かった」

「いいんだよ。くだらないプレゼントだった」

「いや、努力はしてくれたからね」

なんと。今まで、ジョーの善意（どれほど的外れでも）を認めてくれたことが一度もなかったプレスコットが……これは思ったよりうまくいっているぞ。

「獣医にすすめられたドッグフードを買ったのに犬の好みに合わなかった、みたいな感じだったんだろうね、きっと」

なんだって。共感を示してるつもりか？　そうだ、プレスコットは犬を飼っているんだった。しかも、ミミにもらった犬だ。話のきっかけとしては最高じゃないか。「ああ。そういえば先週、ここミネアポリスで集まりに出たとき、偶然ミミ・オルソンに会ったんだが、おまえが犬の世話をしているって言ってたな」

また短い沈黙。だが今度は興味を引かれたらしい。

「ミニオネット・オルソンに会ったって？　どういう集まりだい？」

「取引先関係のパーティだよ」

「ミニオネットがおたくの会社の買収先の企業で働いてるってこと？」信じられないといった口調だ。

「いや。買収候補企業の経営者の親族なんだ」

「本当？　へえ。オルソン家がそんなに裕福だったとはね。つまり、それほど資産が……ちょっと待てよ。それって、かっこいいじゃないか！　オルソン家の人たちは、意図的にああいう小屋を別荘として使ってるっていうんだね？　自宅で完全菜食主義を貫いてる人みたいに？　それはまた――」

「いや、違う」ジョーはさえぎった。これ以上詩的な空想が広がらないようにするためだ。「オルソン家というのはミミの父方の一族でね。今回のパーティの主催者とミミは、母親を通じて姻戚関係にあるんだ」

「でもミニオネットは、エンジニアとか税務弁護士とか会計士とか、ジョーみたいなビジネスの仕事はしてないんだろ？」プレスコットは答えを待たずに鼻先で笑った。「もちろん、違うよな」

「ああ、そうだろうね」ジョーは言った。「ミミの職業は何か、知ってるか？」

「知らない。でも看護師や教師だったとしても意外じゃないな。もしかしたら幼稚園の先生かもしれない。なんで?」

ジョーはもう少しで噴き出しそうになったが、幸い、なんとかこらえた。

「彼女の電話番号、知らないか? 連絡をとる方法はあるかな?」

「どうして?」プレスコットはふたたび訊いた。その声は急によそよそしくなっていた。もう父親への対抗意識を抱く年ごろでもないのに。ただ、ミミにロマンチックな気持ちを抱いているとしても、プレスコットは行動に移すことはないだろう。物の見方や考え方が違いすぎる。もしミミが霊と交信できると本気で信じているのなら、まったく別世界の人間だと言っていい。

「おいおい」ジョーはうんざりして言った。「何も、ミミ・オルソンとデートしようなんて気はないよ。彼女、タクシー代として二〇ドル貸してくれたんだ。ぼくが普段、現金を持ち歩かない主義なのを知ってるだろう? 借りた金を返したいだけだよ」

「ふうん」プレスコットは信じたらしい。「電話番号は知らないけど」とつぶやいたあと、やや尖った声で「親戚の人に訊けばいいじゃないか?」と言った。

「そうか!」ジョーは嬉しそうに言った。喜んでいるふりをする必要もなかった。ミミの話は嘘ではなかったのだ。「そうだ。どうして思いつかなかったんだろう。ありがとう、プレスコット」

「ああ」プレスコットは疑わしげに言った。

「よし。向こうで最新式のピンポンのラケットを探してみるか」

「卓球だよ」電話が切れた。

わずかなひとときではあったが、プレスコットと会話らしきものを交わした。もしかしたらこれからは希望が持てるかもしれない。ジョーは嬉しくなって電話を置いた。おおむね友好的な雰囲気で話せた。プレスコットは食い物にされようとしていたわけではなかった。ミミの言っていたことは本当だった。彼女があのネックレスを買う金をどこで手に入れたにせよ、あれが崇拝者から贈られたものにせよ、プレスコットとは関わりがなかったのだ。そうなると、ミミに謝らなくてはならない。

いや、待てよ。ジョーはあの夜、息子が金をだまし取られていると心配するまともな父親なら誰でもそうするように、疑いを口にした。何も言わずに成り行きにまかせたほうが満足できるひとときを過ごせただろうし、楽だったにちがいない。実際、そうしたかった。だがジョーはあえてそうせず、ミミに疑問をぶつけた。今はそれでよかったと思っている。

ただ、もう少しうまく、もっと冷静に対処できればよかったのにと思う。性急な態度や詰問口調は自分らしくなかった。

そう、ジョーはつい、非難がましい言葉を口にしてしまった。

詐欺師であろうとなかろうと、ミミに謝らなくてはならない。疑いを抱いたことに対してではなく、言動に対して。なんとか番号を調べて電話をかけようと考えたがやめた。ジョーはまだ、ミミについてどう判断していいものやらわからなかった。プレスコットからでないにしても、ほかの人から金をだまし取っているかもしれない。実際、そうして生計を立てているのだろう。**何を言っているんだ、ジョー。ミミはスピリチュアリスト・ホットラインでカウンセラーをしているだけだ**、と自分に言いきかせる。だが、それこそまさに、悪徳商法の教科書的な定義そのものじゃないか。

だめだ。ミミ・オルソンのこととなると、衝動的に行動してしまう。花束でも贈って罪の意識を捨てて、それっきり終わりにしよう。

ただし、終わりになりませんようにと願うのをやめられたら、の話だが。

24

一二月

「つまり、相続人のうち土地を売りたくない少数派は、売りたい人たちの持分を買い取らなくてはならないんですか？」

ミミは口の前にぶら下がった棒のようなものに向かって話しかけた。オズが最近購入した最新型のヘッドホンマイクだ。

「そのとおりで、多数派と少数派が逆の場合もまた同様です。でも、まずは資産価値の査定をしてもらう必要がありますね」弁護士のバド・バターが答えた。「すみません、ちょっとお待ちいただいてもいいですか？」

弁護士に相談料を払っていないミミは（バターはあくまで上得意であるトム・ワーナーへの好意として質問に答えてくれているのだ）、いやだと言える立場にはない。「はい」

ミミは待っているあいだ、机の上の書類をパラパラとめくり、ヴィダからの情報を走り書きしたメモを探した。ミミの人生について「みじめ」発言をした埋め合わせとしてか、いまだにヴィダはデビーの行動にさぐりを入れてはせっせと報告してくる。その情報の活かし方を知っていればよかったのだろうが、ミミに情報というものが嫌いな理由を無理やり思い出させるきっかけにしかならなかった——情報は頭を混乱させる。山腹を猛烈な勢いで下っていくなだれを見守るように、自分には流れを止めるすべがない。しかし今やヴィダのおかげで、危機に瀕したミミは（知らない幸せに浸るのでなく）肩越しに振り返って恐怖に目を見開いている。余計なことを知らされたせいで、胃潰瘍になりそうだった。

それでもミミは、デビーのふとどきな行動を報告してくれなくてもいいとヴィダに言う気にはなれなかった。そして今、トム・ワーナーの弁護士にいろいろと質問をしている。いかにも計画を練っているように見えるが、実は違う。ミミはただ……オルソン家のほかの人たちが行動を起こそうと思ったときに何ができるか、調べているだけだ。

数日前、ヴィダが電話してきて、新たな事実がわかった。デビーが、ファウル湖畔の土地をタウンハウス開発業者に分譲できるようにするため、地目変更をオックスリップ郡の当局に申請中だという。それからデビーはビルと組んで、ナオミの説得に成功したとかで、「オルソン家の子どもたちの学費支援」のためと称してシェ・ダッキーの売却に賛成させたようだ。バージーからも、なぜか突如として携帯メールがときどき送られてくるようになり、それによるとジョアンナもまた、ほかの相続人からの期待（というより期待されないこと）のプレッシャーに負けそうになっているらしかった。

バド・バター弁護士の助言を聞いて、ミミはどうでもいいと思うようになっていた。相続人たちがシェ・ダッキーを維持することに賛成するか、そうでなければ売却するかというだけの問題だ。もっとも、売却を希望する相続人の持分を買い取る人（たち）がいれば話は別だが。

「お待たせしてすみませんでした」バド・バターがふたたび電話口に出てきた。「どこまでお話ししましたっけ？」

「地所の資産価値を査定する方法についてです」

「あ、そうでした。査定にあたっては遺言執行人が利害関係のない査定人を雇うのが普通です。遺言執行人はどなたですか？」

「バージー・オルソンです」これは売却反対派にとって有利な点だ。バージーは人に相当やいやい言われたりせっつかれたりしないかぎり、誰も雇おうとしないにきまっている。しかしミミは、デビーがこの障害に気づくやいなや、自分で査定人を雇うのではないかという予感がした。そうなるとバージーは大騒ぎせずに受け入れてしまうかもしれない。

「自分が土地を売りたいからといって、売りたくない人に無理やり売らせることはできないんでしょう？　たとえば、わたしが売りたくないとしたら、先手を打って売りたがっている人の持分を、査定人が適正な市場価格とみなした金額で買い取ると申し出ることはできますよね？」

「まあ、状況によって変わる場合もありますが、一般的には、できます」

ミミの思ったとおりだった。「ありがとうございます、バターさん」

「お安いご用ですよ。また質問したいことが出てきたら、連絡してくださってかまいませんから。ワーナー社長にもよろしくお伝えください。そのうち、ラケットボールの勝負でやっつけるのを楽しみにしていますってね」

「伝えておきます。今日はありがとうございました」ミミは電話を切り、椅子の背に深くもたれかかった。シェ・ダッキーの価格がどのぐらいになるのか、見当もつかなかった。デビーは三〇〇万ドルぐらいと言っていたっけ？　いずれにしても、ミミが一人でかき集められる額をはるかに超える大金にはちがいない。

なんとなく掲示板に目を向けた。そこには最近プレスコットから送られてきた写真画像をプリントしたものが貼りつけてある。ミミはもう、ジョー・ティアニーについて考えなくなっていた。

これは誇りに思っていい。ジョーの態度にミミは怒り、感情を傷つけられた。さらに困ったことに、彼が去って何日も経ってから胸にぽっかり穴が開いたようになり、自分でも驚いていた。だが今はもう怒りも感じていないし、傷ついてもいない。先週末、ジェニファー・ビーシングにピーカン・パティの作り方を教わっているあいだに、ミミはジョーの父親らしい大げさな態度について笑ったりもしたのだ。

確かに、母親とトムの結婚記念パーティの直後にプレスコットから来たメールを読んだとき、ジョーのことで暗澹たる気持ちを抱いたのも事実だ。プレスコットによると父親から電話があり、その中でミネアポリスのとあるところでミミに偶然会ったが、また連絡したいので電話番号や職場を知らないかと訊かれたらしい。ふん、ばかばかしい。息子が〈ストレート・トーク・フロム・ビヨンド〉ホットラインに相談していないかどうか、息子との関係についてミミが嘘をついていないかどうか、さぐるためにきまっている。なんていいお父さんなのかしら。

実際、ジョーは父親の務めをちゃんと果たしていた。息子が誰かに――上品な言葉ではなんと言うんだっけ？――そう、搾取されていないかを確かめるため、親としてできることをしたにすぎない。けっきょくミミはこのメールに返事を出さず、それ以来プレスコットもジョーについて触れてこない。いい傾向だった。話題にされなければ、ジョーのことを考えなくてすむからだ。

だから、ミミは考えていない。

その視線は、プレスコットが送ってきた写真の一枚に釘づけになっていた。三匹の犬がビーチを疾走する姿がぼやけて写っている。シェ・ダッキーのビーチだ。この写真を撮ったときプレスコットは、凍りついた湖面に立っていたにちがいない。ミミの目をとらえたのは犬たちではなく、シェ・ダッキーだった。ビーチには人気《ひとけ》がなく、六番コテージの側壁には浮き具が立てかけてある。さびの浮いた古い旗用ポールは、コンクリートの台が崩れかけてはいるが、それでも立っている。

ミミは冬場のシェ・ダッキーに対し、オルソン家の人々がふたたびやってくるのを辛抱強く待ちながら冬眠している、という印象をつねに抱いていた。だがこの写真のシェ・ダッキーは冬眠中ではなく、死に向かっているように見える――誰かが介入しないかぎり。

ミミは両手指先を突き合わせ、人さし指の先であごを突きはじめた。なぜ誰も、バージーもジョアンナも、介入しようとしないのだろう。誰か、皆に命令できる立場で知恵をそなえた人が、一族のリーダーとしての権限でシェ・ダッキーを守るために闘ってくれないのか。それができるのはバージーでもジョアンナでもない。もちろん、ミミでもない。

もうひとつ、別の可能性もあった。実現の見込みは薄いが、もし母親に話をして、シェ・ダッキーが大きな利益が期待できる投資案件であると納得させられれば、母親はほかの相続人の持分を購入する資金を貸してくれるかもしれない。見込みが薄い？　薄いどころか、ホールインワンぐらいの確率だ。しかし、試してみる価値はあるのではないか。

ミミは立ち上がり、間仕切りの向こうをのぞいた。隣のスペースにいるのは大柄でブロンドのサッカー・ママ（お稽古事をする子どもの送り迎えで忙しい母親）兼スピリチュアルカウンセラー、ブルックだ。机の端に腰かけてオズとおしゃべりをしている。ミミに気づいたブルックは、自分のファイルキャビネットの上に並べられたマニキュアの瓶のうちから二本を取り上げて訊いた。

「〝カーネーション〟と〝マイアミサンライズ〟、どっちがいいと思う？　オズ社長はカーネーションのほうがいいって言うんだけど」

「社長の趣味は絶対に信用できるわ」とミミは助言した。オズが得意げな笑みを浮かべてブルックを見る。「ランチのあと、二時間ほど外出しなければならない用事ができたんですけど、いいかしら？　金曜の夜の電話相談は引き受けますから」

「最近、いつも金曜の夜を担当してるな」とオズが言った。「あと土曜もほとんど出てるじゃないか。もっと人生楽しまなくちゃ、ミミ。本気で言ってるんだぞ」

「ちゃんと楽しんでますって」

「へええ」オズはブルックとともに唇をゆがめ、声をそろえて応えると、意味ありげに目配せをした。「ここで働いてどのぐらいになる？　三年？　四年だっけ？」

「五年になりますね」

「そうか。その間、本気でつき合ったボーイフレンドは一人もいなかったよな」

「だから、なんだっていうんです？」

「人生を楽しむべきだよ」

「社長、ボーイフレンドなんかいなくたって人生は成り立ちますよ」

「あなたが気づいていないだけでしょ」三度の離婚を経験しているブルックがつぶやいた。

ミミは、オズやブルックとその種の議論をするつもりはなかった。二人とも良好な人間関係の専門家とはとうてい言いがたいからだ。過去にうまくいった経験があったのならともかく。それに、ミミ自身にもそういう経験がある——ただ、皆と同じような形ではないが。

「じゃあ、一緒に旅行に出かける女の子の親友はいるのか？」とオズは訊き、自分で質問に答えた。「いないよな」

「ペットも飼ってないでしょ」ブルックが責めるような口調で言った。「確か、植物だって育ててなかったわよね」

「あら！」ミミは勝ちほこってかん高い声を出すと体を回転させ、窓辺でかろうじて生きているアオノリュウゼツランの鉢を指さした。「ちゃんと育ててます。で、幸せになるために何かしら面倒をみるものを持たなきゃいけないっていう考えって、どうなのかしら？　わたしに言わせれば、ブルックも社長も」**そしてヴィダも**、と心の中でつけ加える。「決めつけすぎですよ」

　オズとブルックは哀れむような視線を投げかけた。

　ミミはさらに反論しようとしたが、けっきょくやめた。

「じゃあ、しばらく二人で対応をお願いできます？」

「大丈夫よ。どうせこの時間帯は死ぬほどひまだから」ブルックは自分のしゃれに大笑いし、オズは天を仰いだ。そのとき、ミミの電話の操作パネルにランプがついた。ミミは顔を傾け、液晶の表示を読んだ。

「ちょっと待って。この相談は受けなくちゃ」ミミはヘッドホンマイクの位置を調整し、通話ボタンを押した。「こんにちは、ジェシカさん。ミス・エムです」

　ブルックがミミの仕事スペースの入口に姿を現した。意地悪くにやにやしている。その後ろでオズがつま先立ちになったり身をかがめたりして、自分より背が高く横幅もあるブルックの体の陰からこちらをうかがっている。

「母が認めてくれるかどうか知りたいんです」ジェシカはいきなり切り出した。

「引っ越してくるというボーイフレンドのことですね？」ミミはブルックとオズを手で追い

払った。ブルックは最後に目をぐるりと回して自分の席に戻り、オズも自分のオフィスに引っこんだ。

「ええ、母に訊いてください」

「だめだとおっしゃったらどうします？」

仮定条件をつきつけられてジェシカは黙りこんだ。

「この件について心理セラピストに話しましたか？」

「ええ」ジェシカは答え、取りすました口調でつけ加えた。「セラピストとの相談内容についてお話ししたくはありませんけど」

悪くないわ。「わかりました。お母さまと交信できるかやってみましょう」ミミは椅子に座って目を閉じ、集中した。今回にかぎりジェシカは邪魔せずに黙っている。二分ほど経ち、ミミは目を開けた。「お母さまからの返事がないわ」

「いない、いない、いなくなっちゃったってことですか？」

「〝いなくなっちゃった〟わけではないでしょう？　お母さまはもう亡くなってるんですから」ミミは冷静にさとした。「交信できないという意味です。お母さまの存在を感じないんです」

「じゃあ、どこにいるの？」

「わかりません。霊はGPSをつけてませんし。自宅に閉じこめられているわけではなくて、天国ですからね」

「でも、反応がないのはどうして?」ジェシカはいらだちながらも心配そうな声だ。

「もう一度やってみましょう」ミミはつぶやいた。

ジェシカのこの気持ちがあるからこそ、ミミは相談を受けつづけているのだった。さんざん悪口を言いながらも、この娘は母親を心から愛している。その怒りの大部分は、支配されていたからではなく、支配されなくなったからにちがいない。母親が自分の人生に干渉してこないことが寂しくてたまらず、腹立たしいのだろう。まるで突然、釣り糸から切り離された浮きが波間を漂っているかのようだ。

「母はどうして答えないんです?」ジェシカがふたたび詰問口調で訊いた。

「わかりません。もしかしたら、考えごとをしてらっしゃるか、忙しいのかもしれませんね。でなければ、特に何も言うことがないから反応がないのかも」**わたしの父親のように。**その考えが脳裏をよぎったが、ごく短い一瞬のことで、ミミは無視した。父親があの世にいるかどうかもまったくわからないのに、気にしてもしょうがない。

「言うことがないなんて、母の場合ありえないわ」ジェシカは一蹴した。

「死ぬという経験は、人を変えるものなんですよ」

「でも……じゃあ、ニールについてはどうなんです? 彼が引っ越してきたいと言ったら受け入れるべきかしら?」

ああ、だめだめ。その罠には引っかからないわよ。相談者の親族や友人、先祖の霊が助言を与えるのはいい。だがミミは、母親のふりをするつもりはなかった。子どもと関わり合いになるチャンスは一度きりで消えたのだ。

それを思い出すと、柄にもなくずきんと胸が痛む。あのとき、ミミは母親になる機会を逃した。ほかに何度、チャンスを逸しただろう？　ちょっと待って。母親としての義務が「チャンス」となったのはいつだったかしら？

今年の三月。もう一年近く前だ。

こんなことにわずらわされるのはごめんだった。もうとっくに、もとの理想的な生活に戻っていてもいいはずなのに、わたしはいまだに、起こらなかったできごと、あるいは生まれなかった子ども（ミミはこっそりその子に微笑みかけた）に割り切れない思いを抱いている。父親をめぐる疑問と、その消息（どこにいるか、あるいはもうこの世にいないか）に悩まされている。

「ねえ、聞いてます？」ジェシカがせっついた。「ニールのことはどうすればいいの？」

捨ててしまいなさい、とあやうく言うところだった。母親への質問を小声で話すジェシカの背後から聞こえてくるニールの声は、泣き言の多い、愛情に飢えた負け犬のようだ。そういう余計なお荷物は、ジェシカにはどう考えても必要なかった。

「ミス・エム？」

もう少しで考えていることを口に出しそうだった。だがミミは、それにより生じる責任を負いたくなかった。もしニールが本当にジェシカにとって一生に一人の、最愛の人だったらどうする？　干渉する権利がわたしにあるというの？　自分自身の意見を言うのは、死者の霊からの助言を伝えるのとは違うのだ。

「わたしには判断がつきませんね」ついにミミはつぶやいた。なぜか自分に失望してい
た。

「母は絶対に許してくれないわ」急に悲しげな声になってジェシカが言った。「赤毛の男の人が好きじゃなかったから」

「天国にはヘアカラーはありませんよ、ジェシカさん」

ジェシカは突然、笑い出した。望みはある、とミミは思った。この娘もたまに、心の底から大笑いしてくれることがある。ジェシカは間違いなく変わりつつあった。心理セラピーの効果が表れているのだろう。ときどき可愛げのある態度さえ見せる。ミミは干渉せずに見守ってやろうと思った。

「ヘアカラーがあるかないか、ミス・エムにはわからないでしょ」ジェシカが言った。「いつも言ってましたよね、天国がどんなところかは全然わからないって。亡くなった人はみんな、天国の状況を説明しようともしないって」

「ええ、確かに。でも、どんなところかわかればいいなと期待してるんですよ」

一秒ほどの間があった。ふたたび口を開いたとき、ジェシカの声は哀愁を帯びていた。

「ええ、わたしも」

電話が切れた。ミミはヘッドホンマイクを乱暴にはずし、作業スペースの外壁のフックにかけてあった冬物のコートを取るとそれをはおった。「行ってきます!」と呼びかける。

「ちょっと待ってよ、ミミ」ブルックが戸口に現れ、カーネーション色のマニキュアを塗った指をミミの目の前に広げた。「あなた、ジェシカと話すためだけにわざわざ残ったっていうの？　悪意の塊みたいな、モンスター・マザコンのジェシカよ？」

「ええ、そうよ」ミミはコートのボタンをかけながら答えた。「毎週月曜の正午にかけてくるから」

「そのためにわざわざ？　どうしても自分が相手してやらなきゃならないって感じてるわけ？」ブルックはいぶかしげにミミを見つめている。

「じゃああなた、代わりにジェシカの電話を受けてくれる？」

「とんでもない」ブルックは首を振った。「そのお楽しみはあなたにとっておいてあげるわ。ただ、あなたって愛情に飢えた人と関わり合いになるのが好きじゃないのに、ジェシカってどう見てもそのタイプだと思わない？　そうでしょう」

「なんて言えばいいのかしら？　これでも人との関わりは大切にしてるつもりよ。なのにあなたとオズは、わたしが世話するものを何ひとつ持たない人間だからって心配してる。あなたたちみたいに何かに対する義務を負うって、このうえなく幸せなものだって言いたいんでしょ。でもご心配なく。わたし、ジェシカの世話をしてるから。どう、この顔。幸せいっぱいじゃない？」ミミは顔の前に両手で四角いフレームを作り、そのあいだからしかめっ面をのぞかせた。

「はいはい」ブルックは鼻先で笑った。「それより、どこかへ行く予定じゃなかったの？」

「ええ、行くわ」ミミはバッグを取り上げてさっと肩にかけた。「チャオ」

階段を使って一階のロビーに下りたとき、ミミは初めて気づいた——ふざけて口に出した言葉ではあるが、自分がブルックに語ったことは事実だと。

それでも、怖いとは思わなかった。

25

「そうね、あなたの頼みごとを聞いてまず頭に浮かんだのは、この機会をうまく利用できればいいなっていうこと」

サンルームの中、ソランジェはコーヒーマグにクリームを入れ、鋳鉄《ちゅうてつ》製のテーブル越しにミミを見つめた。頭上にはガラス張りの天井窓の枠に沿って積もった雪が見えるが、室内にはヤシの木やランの花の香りが漂っている。

「あなたはトムの経営する会社のどれかに就職する。それと引き換えにわたしはシェ・ダッキーの、ほかの相続人の持分を買い取る。つまり取引みたいなものよね」ソランジェは、娘がそういった概念になじみがないのではと心配してでもいるのか、詳しく説明した。

「過去にそれでうまくいった例があるらしいわ」ミミは言葉を選びながら慎重に言った。今までこれほど母親の支援を切に求めたことはない。ミミは神経質になっていた。まるで失望を招き入れるのを覚悟でドアを開けているかのような気分だった。何かを頼んだり期待したりさえしなければ、ドアは閉ざしたままにしておけるかもしれないのに。

ソランジェはテーブルに置かれたバニラ・ウエハースの箱を取り上げ、誘うように振った。

ミミは「ありがとう、いいわ」と言って断った。

母親はウエハースをひと握りつかみ出してから箱を押しやった。見てくれがものを言う公の場では完璧に外見をととのえることに腐心するソランジェだが、自宅でプライベートな時間を過ごすときはそれほど堅苦しくない。さすが、ヒッピー世代のジョン・オルソンと一時とはいえ結婚していただけのことはある。

大きめの淡いブルーのセーターと、ゆったりしたコーデュロイのスラックスを身につけ、口紅の大部分をコーヒーマグにつけたソランジェは、郊外に住むちょっぴりだらしない主婦のように見えた。しかしその物腰は堂々として、あたりを払うような威厳があった。淡いブルーのセーターを着てウエハースをほおばるころころに太った女性から、どうしてこれほどの威厳がにじみ出ているかは、娘のミミにとっても謎だった。

「その計画、わたしは乗らないわ」とソランジェ。「驚いた?」

「ううん、別に」ミミは本気で言った。母親がシェ・ダッキーを救済してくれるとは正直なところ期待していなかった。

「どうしてか、知りたい?」

「ううん、別に」ミミはくり返した。どうしてかはもうわかっていた。母親はオルソン家をめぐることには基本的にすべて反対なのだ。

「あなたの提案、ただの思いつきで検討不足だと思うの」娘の返事に関わりなくソランジェは話し出した。「地所を売りたい相続人が誰で、何人いて、いくら要求しているのかもわからないままに、物件を買えっていう漠然とした提案でしょ」

「ママの意向を打診してみたかったからよ」声に熱意がこもりすぎないよう抑えながらミミは言った。「検討してくれるかどうかもわからないのに、情報を絞りこむ手間をかけたりしないでしょ。だったら詳細なデータを出しましょうか？」

ソランジェはウエハースをもう一枚、しっかり嚙んだあと、ようやく「いいえ」と答えた。「結構よ」

ミミはがっくりした。「そう」もう、終わりなのね。これ以上できることは何もない。言うことは何もない。

「なぜかを説明させて」ソランジェが言った。

「必要ないわ」ミミは椅子を引いて立ち上がろうとした。

「でも、説明したいのよ」母親は抵抗した。「これまでの二〇年間、あなたはお金が欲しいとか援助してほしいとか言ってきたことは一度もなかったわよね。どうしてかはわかってる。わたしに支配されたり、恩を着せられたり、返済の義務を負いたくなかったんでしょう。偉かったわ。正直言って、とても賢明な考え方だと思う。もし援助を受けていたら、わたしに情け容赦なく利用されていたでしょうからね」

お見事というほかなかった。母親は遠まわしな言い方はしない人なのだ。

「それが急に、援助をしてほしいと頼んできたのだから、よほどせっぱつまっているとしか思えない。実に面白い兆候よね、あなたがそんなに必死になるなんて。つまりは」ソランジェは劇的な瞬間を引き延ばしたくないらしく、短く間をおいた。「あなたに希望が持てる、ということよ。必死さというのは、強力な動機づけになるから」

ミミは冷静さを取り戻した。シェ・ダッキーといったって、たかが地所だもの。三流の湖の、三流のビーチを持つ別荘地。確かに、あったら便利だけど、せいぜいそんなものでしかない。自分の人生から人が消えていなくなるのなら、地所がなくなったっておかしくはないでしょ？　シェ・ダッキーごときのことで大げさに騒ぎ立てるつもりはないし、あの別荘がそんなご大層なものだと母親に思われたくもない。

「ママ、やめてよ。わたし別に、突然のひらめきを得たとか、変身したとか、信心深くなったわけでもなんでもないんだから。ただ、夏のあいだ無料で泊まれる湖畔の別荘を確保しておきたいだけなの」

「そんなの、信じないわ」ソランジェは穏やかに言った。

もう、いまいましい。

「こうして行動を起こそうとしているのは、あなたがシェ・ダッキーを心から大切に思っているからよ。どうしてかはわたしにはわからない。でも何かを得るために、無駄だとわかっていても前向きに努力しようという気持ちがあるって、すばらしいことだと思うわ」

「へえ、すごい」ミミはかちんときて、いらだちをあらわにした。「刻一刻と気分がよくなってきたわ」

ソランジェは微笑んだ。「シェ・ダッキーを救う努力をしなさい、ミニオネット。できることはすべてやるのよ。成功するかどうかは大きな問題じゃないの。めざすところへの旅路が、あなたを成長させてくれる。きっとそうよ」

「ママ。わたし、四一歳になるのよ。旅になんか出るわけないでしょ、アパートへ帰るぐらいがせいぜいで。それに、成長はもうとっくに止まってるわ」

ソランジェはまぶたを半分閉じた。この自信たっぷりの表情はどこかで見たような……わかった。母親は、謎めいたご託宣を出さんとするときのオズにそっくりなのだ。

「それは人それぞれよ、ミニオネット」ほらね、出た。「大人になるのが普通の人より遅い人もいるんだから」

ミミは憤慨して両手を上げた。「わたし、とっくに大人になってますって。一八歳のときにジミーと――」

「違うわ」ソランジェは言い、ウエハースをもう一枚つまんだ。「比喩的に言ってるの」

「比喩的であろうとなかろうと、同じよ」

「どうなるか見てみようじゃない」見ているだけで腹立たしい微笑みだった。「おやりなさい。シェ・ダッキーを救うのよ。がんばってちょうだい。協力できないのは申し訳ないけど、できると言ったら嘘になるから。わかるわよね」

ミミは立ち上がり、テーブルの反対側へ行くと、顔を上向けている母親を見下ろした。母親はウエハースを幸せそうに嚙んでいる。「ママ、もしかしてシェ・ダッキーの一区画を買い取るお金も持ってないのね」ミミは訊いた。

「ないわ。少なくともわたし個人の資金だけでは無理」

「もしそれだけのお金があったら、わたしを恐喝して思いどおりにしてたわよね」

「たぶんね」ソランジェは臆面もなく認めた。

「でもそれ以外のことは？」

「あら、本気で言ったのよ。ミニオネット、あなたは変わりつつあるわ。時間はかかったけど、ようやく真価を発揮しようとしている。いつかきっと、皆に一目おかれる人物になるわ。幼いころの期待に、ついに応えられるようになるというわけね」

「やだ、勘弁してよ」メアリの声がして、ミミは振り返った。異父妹は黒いカシミヤのコートに身を包んでサンルームの戸口に立っていた。

ソランジェはメアリに向かって微笑んだ。「あら、誰かと思ったら」

「潜在能力が目覚めるっていう話？」メアリは片方の眉をつり上げ、小ばかにしたように言った。

「こんにちは、メアリ」とミミは言ったが、この異父妹につき合う気分にはとてもなれなかった。ミミは昔から、自分の力ではどうしようもないことについては、ひるんだり泣き言を言ったりせずに受け入れられる人間だと自負していた。だがどうやらそうでもないらしい。今やミミは顔を引きつらせ、めそめそ弱音を吐きそうになっていた。「そろそろ帰るところだったのよ」

母親の顔がゆがんだ。「あら、もっといればいいのに。キッチンにバニラ・ウエハースがもうひと箱あるけど」

「ありがとう。でももう行かなくちゃ。わたしにはまっとうすべき運命があるんですもの
ね？　さなぎから抜け出て蝶になり、翼を広げてワシになる。目の前には登るべき山が、渡るべき川がある」メアリをいらだたせるためにわざと言った言葉だが、効果はあったようだ。

「はいはい、聞こえたわよ」メアリが言った。「ミミ姉さん、ついに何か事を起こすか、起こそうとしてるんでしょ。天使の歌声で祝福しなくちゃね！　本当よ。それを聞いて一番嬉しく思ってるのはわたしなんだから。間違いないわ」メアリはどこか落ち着きがないながらも確信をにじませて言い切った。

　その強い口調に、かがみこんで母親の頬にお別れのキスをしようとしていたミミは動きを止めた。どうしてメアリが嬉しく思わなくちゃならないの？　まさか。この人、嫌味を言ってるだけよね。

「ミニオネット、帰る前にちょっと」ソランジェがミミの注意を引いた。「最近、サラから連絡あった？」

「そうね……」ミミは考えた。「うん、このあいだの土曜に」ワーナー家の祖母の事件以来、サラからは週に二度のペースでメールが送られてきていた。これをどう解釈していいものか、ミミにはよくわからなかったし、感想と言われても特にない。若い女性らしい秘密を打ち明けるメールでもなく、大半は特許法関連の内容だった。ときおり恋愛に関する質問が来ることもあり、ミミはきまって「よくわからない」「わたしだったら成り行きにまかせるわ」と

答えていた。サラがミミを人間関係の専門家とみなしているという事実は、おそらくサラ自身の悲しい経験の反映なのだろう。

「どうして？」ミミは訊いた。「何かあったの？」

「サラの居場所がわからないのよ」と母親は言ったが、ミミの表情を見て急いでつけ加えた。「電話はちゃんとかけてくるし、声も元気そうだけど。本当に、すごく元気そうなの」母親は強調した。「でも自分のアパートに何週間も帰ってないようなのに、どこにいるか教えてくれないの。誰と一緒かも。ときどき、電話口の向こうで誰かの声が聞こえるの。男性の声みたい」

なるほど。あとくされなしの、例のセックスフレンドね。「サラに訊いてみた？」

「あまり詮索したくないの」ソランジェはすまして言った。つまり、訊いてはみたがはねつけられたということか。

「たぶん、ボーイフレンドができたのよ」どの程度まで明かしていいものか迷いながらミミは言った。母親には、できるかぎり正直に言ったほうがいい。この人の嘘を嗅ぎわける力は目をみはるものがある。

「ボーイフレンド？　どういう人か、知ってる？」

「知らないわ」

レーザーのごとく鋭い母親の視線が、真実を見抜こうとしている。見すえられてミミは口を開こうとしたが、メアリの声にさえぎられた。「ボーイフレンドといえば、最近ジョー・

ティアニーに会った？」

なぜメアリが、わたしとジョーの関係を知っているの？　まあ、知るべきことはほとんどない関係だけれど。ミミにとってジョーはもう過去に一度だけ関わった人にすぎない。一度じゃなく、二度、いや三度か。そのうち二度はいい雰囲気だったけど、一度はそうじゃなかった。というよりほとんどは楽しく過ごせたっけ、ジョーがいやなやつだとわかるまでは。なぜまたジョーのことを考えたりするの？

「ミミったら、ジョー・ティアニーに興味あるの？」ソランジェは一瞬サラのことも忘れ、目を輝かせて訊いた。

「いやだ、そんな。ただわたしたち、前に――」こんな反応をしてしまうなんて。わたし四一歳なのよ。「いいえ、興味なんかないわ」

母親はため息をついた。「まあ、いずれにしても発展性はなさそうだけど。あの人先週、今回の仕事の最後の追いこみで一日一八時間働いたらしいの。ここが一段落したらまた別のプロジェクトが始まって、海外出張ですって。たぶん今ごろはもう、ミネソタにはいないと思うわ」

いなくなった？　紳士なら、町を出る前に謝罪のひと言があってもいいはずなのに。けっきょく、ジョーも紳士というほどじゃなかったのね。見かけにだまされたわ。それがわかっても、思ったより気分はよくならなかった。「あら、いけない。もうこんな時間だわ。仕事に遅れちゃう」ミミは言った。

「待ちなさい」

ミミの動きがぴたりと止まった。

「クリスマスのディナーパーティには来るでしょ？」

ミミは頭の中ですばやく出席の損得をはかりにかけた。まずマイナス面。ゆったりくつろげる自分のアパートからここへ来て、クリスマスのテーマに沿った、スピリチュアルカウンセリングに関する悪意あるコメントに応えなくてはならない（たとえば〝あの世でスクルージって名前の守銭奴に遭遇することがあるかい？　あっはっは！〟とか）。そして、高価なばかりで自分には必要のないプレゼントをたくさん開けるはめに陥る。母親は無邪気に、長女のミミは遅咲きなんですよ、と皆に語る。するとメアリが、誰にでも聞こえる声で「一〇〇年に一度開花するリュウゼツランみたいに？」とのたまう。プラス面はというと、無料でおいしいごちそうが食べられる。母親を喜ばせることができる。そして……無料でおいしいごちそうが食べられる。

「出たいんだけど、クリスマスはうちのホットラインに相談が集中するのよね。二、三時間だけ休みをもらえるかどうか訊いてみないと」クリスマスイブとクリスマスは、一年じゅうでもっとも忙しい二日間だった。朝起きたときに愛する人を思い出して寂しくなるのか、クリスマスムードに包まれて帰宅したときにふと後ろめたい気持ちになるのか、多くの人が死者の霊と交信したくなるらしかった。

「まあ、ミニオネット。ああいう哀れな人たちの弱みにつけこむのは普段の日だけで十分でしょうに、何もクリスマスまで——」

まずい言葉の選び方だった。紳士らしくないジョー・ティアニーのイメージがミミの頭に浮かんだ。あんな人のこと、考えるものですか。「帰らなくちゃ！」ミミはさえぎるように言うとかがんで母親の頰にキスし、鋳鉄製の椅子の背からコートを取り上げて、その場を逃げ出した。

オフィスへ戻る前に軽くお昼を食べようと、ミミはいったんアパートへ戻った。中へ入ろうとしたとき背後のドアが開いて、ジェニファー・ビーシングの声が聞こえた。

「あなたにお届け物よ！」

振り向くと、ジーンズをはいた太い足の上から花を咲かせたバラの木が生えているように見えた。ジェニファーはバラの花束を下ろしてのぞきこんだ。「いい香りね！」

「わたしに？」ミミは訊いた。

ジェニファーはうなずいた。「一時間ほど前に届いたの。カードもそえてあるわ」

「ちょっと待ってて、ここ開けるから」とミミは言ってドアを開け、花を受け取った。「ありがとう」

「どういたしまして。隠れファンかしらね？」

そんなばかな。ミミは微笑んだ。「あとで教えるわ」と約束し、花を抱えたまま後ろ向きで中に入って、お尻でドアを閉めた。戸口のそばのテーブルに花束を下ろし、ぶら下がっている金色の紐についたカードを開く。


先日の失礼きわまりない言葉について本当に申し訳なく、深くお詫びします。

あんな醜態をさらしたままミネアポリスを去らなければならないのが残念です。

ジョセフ・L・ティアニー

これがお詫び？　自分の非は認めているものの、少しも心がこもっていない言葉。しかもあれから何週間も経っているのに、なぜ、今さら？

そうか、すぐにもミネアポリスを発つからなのね。別れた直後に謝罪のしるしとして花を贈れば、また会いたいという誘いだと誤解されるかもしれない。だが、花を贈ることを「出発前の作業リスト」の最後の項目にしておけば、会って気まずい思いをしたり、電話をもらって困惑したりするおそれはないというわけだ。

ご心配なく。どこへなりとも行きたいところへ行けばいいわ、非の打ちどころがなく紳士的な行動で、充実感を得て。いい気なものね、ジョー。

ミミはカードを半分に破った。そのとき、ハンドバッグの中から携帯メールの着信を知らせるメロディが流れてきた。ミミは破ったカードを花束のそばに置くと、バッグの中から携帯電話を取り出して画面を開き、短いメールの本文を読んだ。

デビーは不動産業者の免許を取って、シェ・ダッキーの査定人を指名。みんな売却に合意しそうな方向で、これで決着か。フォーン・クリークの弁護士に書類作成を依頼した模様。春までにシェ・ダッキーのがらくたを運び出す予定。ほかに誰もやる人がいないため。先週、ゴルフで八五のスコアを達成。

「バージー、あと九ホールやっていく？」カートに乗ったゴルフのパートナーが大声で呼んだ。ボニータ・スプリングスから来たという靴の革のような肌をした女性で、今朝知り合ったばかりだ。

「ちょっと待っててちょうだい、マグジー」バージーは叫び返した。ミミからの返信を期待して待っていた。

甥の娘にあの携帯メールを送ったのはずるいやり方だったかもしれない、とバージーは思う。実を言うとまだ誰も査定人を雇っていないし、弁護士との面会の日取りも決まっていなかった。しかしそれももう時間の問題で、もしミミがシェ・ダッキー救済運動を起こすつもりなら、早く腰を上げてもらわなくてはならない。デビーは年若いいとこたちに呼びかけて一族の年寄りに圧力をかけさせ、売却の方向にもっていく構えだ。ジョアンナの孫たちの中には、ダートバイクを買う話も出ている。つまり、もう後戻りはできない事態とみていい。

バージーはできるかぎりのことをしてきた。ナオミと密に連絡をとってデビーの動きを把握し、その情報をヴィダを通じてミミに流していたのだ。自分が直接ミミに伝えることも考えたが、そうするとミミは安心して、バージーが乗り出してどうにかしてくれると思いこんでしまうだろう。とんでもない、わたしは何もしないからね――いや、できない。ミミはそう思わないかもしれないが、バージーは人を動かすことのできるタイプではないからだ。そのうえ、意志の強さも持ち合わせていない。それはこの年で新たに身につけようとしても無理だ。

「バージー、用意できた？」マグジーが呼んだ。

「今行くわ」とバージーは言い、携帯電話を閉じた。

冬

26

一月

「もしもし、ミズ・オルソンのお宅ですか？　オテル・ウェーバーです」

「どなた？」

「オテル・ウェーバーです。私立探偵の」電話の向こうの男性は辛抱強くくり返した。

「ああ、ウェーバーさん」この人は外見と同じような声をしている。陰鬱で、くたびれていて、さえない。

「お久しぶりです。出張から帰ってきたので、お約束どおりご連絡しました」

「ああ、そうでしたね。ありがとうございます」

「お礼を言うことなんかありませんよ、ミズ・オルソン。ろくに成果も上げていないのに」

「もともとそれほど成果を期待していたわけじゃありませんから」失望が声に出ないようつとめながらミミは言った。

「でも、悪いニュースばかりじゃありませんよ。出張の前に、ミネアポリスとモンタナのべインズヴィルまでの、州間高速道路二号線沿いにあるモーテル全部に問い合わせてみました。一九七九年の夏、ジョン・オルソンという名前の宿泊記録が残っていないかどうか」

「どうしてですか？」

「お父さんから送られてきた絵はがきの消印がベインズヴィルだったからですよ。この町は二号線沿いにあるんです。当時、お父さんは車を持っていなかったということで、この高速道路を使ってヒッチハイクしたか、バスで移動したと思われます。ですから途中で周辺のモーテルに泊まった可能性があるわけです」

「なるほど。モーテルから返答は？」

「ありません。でも、出張から帰ったあと、七九年には営業していたがその後閉鎖されたモーテルのリストを作りました」

「それがなぜ悪いニュースじゃないんですか？」

「実は、そういったモーテルがかなりあるんです。その大半が、お金に余裕のない人が泊まるたぐいの安宿でした。幸い、家族経営のところが多くて、経営者がまだその地域に住んでいるんですよ。フロント係が毎シーズン替わるホテルチェーンとは違ってね。それにああいう人たちは昔の物を取っておく傾向があるので、お父さんの名前が記録に残っている可能性はなきにしもあらずです」

「それは期待できますね」

「期待できる、と言うと大げさですが、何もないよりはまし、といった感じです。わずかな望みがあるというだけですよ」ウェーバーは言った。さすがは自分に厳しく、正直すぎて困るほど正直なミネソタ州民だ。

「とにかく」ウェーバーは淡々とした口調で続けた。「今までの収穫はそれだけです。これ以上のことがつきとめられる可能性はかなり低いですよ、そこのところははっきり申しあげておきます。でも、お望みであれば調査を続けます。ご自身でお決めになってください」

何もしないでいるより、何かしらやったほうがいい。とにかく、やってみるしかないじゃない？

「では、引き続きお願いします、ウェーバーさん」

さらに数週間が過ぎた。ミミは頑丈そうな四輪駆動のレンタカーを借りて、シェ・ダッキーへ向かった。二週間以内に戻るとオズには約束していた。もともとクリスマスのあとは顧客からの相談が大幅に減るので、オズはさして文句も言わずに休暇をくれた。

車のヘッドライトが、古い木の表札とダフィー・ダックに似たアヒルの置物をとらえる。なぜもっと早く来なかったんだろう、とミミは後悔した。見上げると、澄んだ夜空に星の群れが天の川となってまたたいている。行く手に広がる私道は積もったばかりの雪におおわれて、白く輝く横断幕のようだ。月の光がビッグ・ハウスの青白い正面を銀色に変え、二階の窓を照らし出している。雪明かりのせいで周囲は沈んだ銀色とブルーの光に包まれ、昼間を思わせる明るさだ。ミミは車を降り、持ってきたバックパックを肩からかけて戸口に向かって歩き出した。

踏みしめるたびにブーツの下で雪のきしむ音がする。気温がマイナス一七度以下にならないとこういう音は出ないが、そこまで寒いとは感じなかった。ただし最悪の事態にそなえて防寒対策は万全で、アラスカン・バッグ・カンパニー製の大きめのダウンジャケットを着こみ、保温性下着をつけた上に裏がフェルト加工のスラックスをはいていた。手にはウールライナー付き革製ミトン、足元はスティーガー・デザインズのスノーブーツといった格好だ。

ビッグ・ハウスの中の電源は落としてあったが、月の光が室内にも射しこんでいた。冷え冷えとする廊下を歩いていくと吐く息が白い。ミミは足元の床板をきしませながらキッチンへ入り、古びたグレーのヒューズボックスを開け、主ブレーカーのレバーを上げてから、キッチンの天井灯をつけた。

この一連の作業は、ここ一〇年ほどのあいだに五、六回、アーディスが冬場、急に思い立ってシェ・ダッキーを訪れた際、いつもミミが担当していた。テキサス州エルパソに住んでいた大おばは、直前割引の格安チケットが取れたと興奮して電話してきた。ミミは冬のあいだだけアーディスから借りていたクライスラーのおんぼろルバロンで空港へ迎えに行った。二人はともに北へ向かい、夜明けにファウル湖畔に到着した。

ミミは、うつらうつらするアーディスを暖かい車内に残してビッグ・ハウスに入り、今と同じように部屋の準備をととのえた。違いは、窓から外を眺めても、もうアーディスの姿がないことだ。オルソン家特有の不思議な第六感で、準備がととのったころに目をさましたアーディスは、赤ちゃんフクロウのように目をしばたたかせて車から出てきたものだった。

ミミはキッチンを見まわした。冷蔵庫、化粧合板のテーブル、古いコルク張りの床。シェニール織りの着古したバスローブをはおり、たこだらけで外反母趾のはだしの足で歩きまわるアーディスの姿が目に浮かぶようだ。おんぼろのパーコレーターに残った昨日の粉にスプーン一杯を新たに加えてコーヒーを淹れていたっけ。あのコーヒーはおそろしくまずかった。だがアーディスは、ドリップ式コーヒーメーカーを買ったらとか、挽き立てのコーヒー粉を使ったほうがいいとかすすめられてもがんとして聞かず、もったいないことをしちゃいけないよと、厳しい説教を始めるのだった。

「アーディスおばさん？」ミミは息をひそめて聞き耳を立てた。大おばが返事をしてくれるのではないかと半ば期待していた。だが聞こえてくるのは、眠りから覚まされた家がたてるポンとかミシミシという音だけだ。ミミは裏口を開け、吹きだまりになった雪をドアで押しのけた。狭いすきまに体をこじ入れるようにして外に出ると、キッチンの裏窓の下に置かれたプロパンガスのタンクをめざす。ようやくたどり着き、タンクの栓をひねって開けてから応接間へ引き返し、隅にしつらえられた旧式のガス暖炉の前に座りこんだ。古い別荘の多くがそうであるように、ビッグ・ハウスには地下室がないため、機械的な設備はすべて共用の部屋にあり、管理しやすくなっている。暖炉のわきにある小さなドアを開け、点火用バーナーのスイッチを入れて待つ。ほどなく小さな火がつき、シューッという音がして炎が広がった。ミミは立ち上がり、次に何をしようかと考えた。

過去の経験から、一階の部屋が暖まってダウンジャケットを脱げるようになるまでに二時間ほどはかかるとわかっていた。ポンプを作動させ配管に水を流すにはもう二時間、年代物の給湯器で浅いバスタブにお湯を張れるようになるには、さらに二、三時間が必要だろう。

ミミは正面の窓から湖を眺めた。その景色は感傷的なクリスマスカードを思わせた。雪に見立てたきらきら光る粉が、開いたとたんにそこらじゅうに飛び散るカードだ。ミミは昔から、クリスマスカードの世界へ入りこんで雪景色の中を歩いてみたいと思っていた。今の格好ならできそうだし、裏口付近にたまった雪をシャベルでかき出すよりよっぽど楽しそうだ。

ミミは帽子の耳当てを下ろしてふたたび外へ出、ビーチに向かってのろのろと進んだ。湖岸に沿ってうねりながら広がる雪の中を歩いて、シェ・ダッキーの境界線まで来たところで足を止め、塔のようにそびえるプレスコットの別荘を見上げる。窓には明かりが見えない。ファウル湖畔のほかの避暑族と同じく、プレスコットも冬の訪れとともに出ていったのだろう。きっとメキシコかどこかのビーチ沿いにムーア様式の立派な城を建てて、ビルと一緒にビーチを見下ろしているにちがいない。まあいいわ。それならわたしは、この湖を独り占めできる。

しばらくのあいだミミは身動きもせずそこに立っていた。さまざまな記憶がよみがえる。祖父が生きていた最後の冬が思い出された。当時、メアリがおなかにいて妊娠八カ月だった母親は家から動けず、ミミが祖父とナオミ、大学生だったビルとともにクリスマス休暇中シェ・ダッキーに滞在することを許可してくれた。ある日の真夜中、祖父はミミを起こして暖かい格好をさせ、散歩に連れ出した。あのころのミミはいつもすねていて気分屋のティーンエージャーだったから、散歩の連れとしては好ましくなかったはずだが、祖父は外に出てみようといってきかなかった。

あの日、おじいちゃんと一緒にここまで来たのだっけ、と思いながらミミはあたりを見まわした。祖父は北欧のおとぎ話をしてくれたが、氷の洞穴に住むトロールや、オオカミや、雪の女王さまがいたということぐらいしか憶えていない。当時一三歳だったミミは、何事も鼻先でせせら笑うのがつねだったが、祖父は気にもせず、「もう大きいから、おとぎ話なんか聞きたくないか？」と言っただけだった。

ミミは目をぐるりと回し、答えようともしなかった。

「そうすると、スノーエンジェルを作るのもいやな年ごろになったってわけか？」

ミミはふたたび目をぐるりと回した。

祖父はにっこり笑い、「ありがたいことに、わしはまだそんな年じゃないぞ」と言った。

「こんな完璧な雪で遊ばないなんて、もったいないじゃないか」

そして祖父はくるりと向きを変え、新雪の上にいきなりあお向けに倒れると、寝転んだまま両腕を動かして、羽の生えたスノーエンジェルを作ったのだった。

翌朝、目覚めて窓から湖のほうを眺めたナオミとビルは、湖岸全体にたくさんのスノーエンジェルを見つけた。大きい人型と、小さい人型が交互に並んでいた。そのスノーエンジェルも、風に吹かれて昼ごろにはなくなった。

「おじいちゃんの言うとおりね」ミミはつぶやき、胸の前で腕を組んで顔を空に向け、後ろ向きに倒れた。四一歳ながら一三歳のころよりもっと勢いよく着地して、体のまわりに白い雪煙が上がり、肺の空気が持っていかれた。「いたたた」

ミミは長いこと寝転んだまま、呼吸がととのうのを待った。夜空を見上げて、過ぎ去った年月の音に——夏の、秋の、冬の音に耳を傾ける。

このビーチは何千というキャンプファイヤーを見てきた。焼きマシュマロと板チョコをグラハムクラッカーではさんだスモアが丁寧に作られるのを、何千回と見てきた。ミミはその多くを作り、さらに多くを食べた。夜になるとたいてい、ミミといとこたちを寝つかせるためにおじやおばが歌を歌ってくれた。『サウンド・オブ・ミュージック』に出てくるトラップ家のミネソタ版を気取っていたわけではない。ほかに何もすることがなかったからだ——テレビもなく、ラジオの電波も届かず、照明も暗くて長時間の読書はできなかった。ミミは今でも、『枯葉』や『ミスティ』、『ドント・ゲット・アラウンド・マッチ・エニィモア』といった曲を最初から最後まで憶えている。

雨の日には、ミミといとこたちは傾いたポーチで、ドミノやクーティやキャンディランドといったゲームをして遊んだ。激しい雨に、落ち葉でつまった雨樋があふれ、私道に刻まれた轍《わだち》がますます深くなった。そんな日が何日あっただろう？　私道のてっぺんから流した紙のヨットは、全部で何艘になっただろう？

今寝そべっている場所の近くで、ミミは父親に泳ぎを教わった。浮き輪に乗ってミミの横にいた父親は、娘の頭を水面に浮かせておくため片手で長いお下げ髪をつかみ、もう片方の手には瓶ビールを握っていた。ミミは首を横にねじり、目を細めて湖面を見た。三〇年近く前のあの場所にあった浮き輪がどんな形をしていたか、思い描こうとする。そう、あんなふうだった……。

あれは一一歳の夏休み。父親がシェ・ダッキーに連れてきてくれた。母親は最初しぶっていた。夏を過ごすならほかにもっといい場所や、もっと生産的な方法があるのに、というのが母親の言い分だったが、最後には折れた。ミミにとっては父親と、オルソン家の人々と一緒に遊びたいだけ遊んで暮らす、最高に楽しい、終わりのない夏になるはずだった。ところが父親はシェ・ダッキーに一泊しただけで気軽にさよならを告げ、レイバー・デーまでには戻ると言い残して出発した。ミミは父親が不在のあいだ、悩みも気がかりも忘れて夏の毎日を楽しむと約束させられたが、逆らわなかった。父親にであれ、母親にであれ逆らうことは、なんの得にもならないとわかっていたからだ。

父親が旅に出たあと、ミミは成り行きにまかせて過ごそうとした。本気でそうしていた。毎日がのんびりと気楽で、みんなの表情は愉快そうで、周囲の音や声は快く響いた。だがミミは、父親がいつ帰ってくるのだろうと気になっていた。数日が一週間になり、ひと月以上になり、九月になっても父親は戻らなかった。そしてある日の午後、祖父に言われた。もうすぐ新学期が始まるから、母親が迎えに来る。町に戻るんだよと。そのとき突然、ミミは悟った。父親はもう帰ってこない。もしかしたらずっと——。

一一歳だったころとまったく同じように、ミミは考えをまとめるのをやめ、昔なつかしい世界へと戻っていった。

あの日の夜遅く、おばや大おばたちがいつものように湖で水をかけ合い、笑い合いながら泳いでいたのを思い出す。夏休みもあと少しで終わりなのに、父親とミミはたった一日しか一緒に過ごしていなかった。しかしファウル湖では、夏はまだまだ続いていた。

ミミはサンベッドから下りてビーチへ行き、オルソン家の女性たちが月光の下、裸で泳いでいるのを見つけた。彼女たちはミミの姿を認め、手を振って一緒に泳ごうと誘った。はやる思いでパジャマを脱いで裸になり、湖に入ったミミは、驚きのあまりはっと息をのんだ。ひんやりとしてなめらかな肌ざわりの水が、皮膚のすみずみにまで染みわたる。これが、泳ぐっていうことなんだ。今まで泳いだと思っていたのは本物じゃなかったんだ、とミミは感じた。湖から上がりたくなかった。夜が終わってほしくなかった。

確かにある意味で、夜は終わらなかった。その夜ミミはついに、自分を解き放つすべを身につけたのだ。

今、ミミは雪の上で目を閉じ、鼻から息を吸っていた。左右に大きく広げた両腕を上下にすべらせる。それにつられて足もはさみのように動き、ブーツのかかとが新雪の下の氷を削った。よし。このスノーエンジェルなら、風が吹いても翼のあとがなかなか消えないだろう。そう思いながら続けていたミミは、急に動きを止めた。

困った。せっかく作ったスノーエンジェルの形を崩さずに起き上がるにはどうすればいいのか。転がってもまずいし、膝立ちになることもできない。昔、祖父と一緒にやったときはどうしていたっけ？　ミミはウエストを支点に体を折り曲げようとしたが、年のせいとたっぷり羽毛の入ったダウンジャケットのおかげで、手を使わずに腹筋だけで起き上がるという動作が不可能に近くなっていた。でも一三歳のときにできたのなら、今だってできるはず。ミミは気合を入れて、うんうんうなりながら起き上がろうとした。あと少し……だめだ。ばったり倒れた。

ミミはふたたび試みた。が、結果は同じだった。よし、今度は両足を曲げて膝を抱え、弾みをつけて起き上がるのはどうかしら？　やってみたが、惜しいところでへなへなと、横にくずおれた。スノーエンジェルを壊さないよう、反対方向に身をよじったが、ふたたびあお向けに倒れるばかり。ばかばかしいったらありゃしない。お尻の下に両足を入れて、それを支えに起きればいいだけ――ところが、途中でブーツが脱げてしまった。

ええい、もう！　なんとかして――。

「ミセス・オルソン！　ミセス・オルソン！」半狂乱で叫ぶ青年の声がした。

寝そべっていたミミは頭だけを起こし、足のあいだから声のするほうを見た。誰か、男の人――**プレスコットだろうか？**――が、別荘のデッキの雪におおわれた階段を下りてくるところだった。コートの前もとめず、帽子もかぶらず、手袋もはめず、両腕を激しく振りまわしながらやってくる。「そこにいてください！　動かないで！」

はあ？　ミミは頭をさらに起こした。

「大丈夫です！　ぼくが行きますから！」青年が怒鳴った。いつのまにか三匹の犬が加わり、足元で跳びはねている。彼はよろめきながら階段を下りきった。

やめて。こっちへ来られたら、スノーエンジェルを台無しにされてしまう――そのとき何やら音が聞こえてきた。かすかに響いていたその音は、しだいに大きくなってくる。その正体がわかるのに一分かかった。救急車のサイレンの音だ。いったいなんの騒ぎ？

「もう大丈夫です！」プレスコットの叫び声。犬たちが激しく吠えた。「動いちゃいけません！　すぐに救急救命士が来ますから！」

きゅうきゅう――救急車を呼んだの？　わたしのために？　ミミは恐怖にかられて目を見開いた。恥ずかしさのあまり顔がほてった。

プレスコットめ！　あいつ、わたしが何かの発作でも起こしたと勘違いしたんだ！

ミミは体を一回転させ、すっくと立ち上がった。スノーエンジェルなんか、くそくらえだわ。プレスコットはデッキの下に積もった雪の中をもがきながら進み、叫びつづけている。

「ミセス・オルソン、だめです！　起き上がっちゃいけない！」

「プレスコットったら、この間抜け――」ミミは動きを止め、目をしばたたいた。

プレスコットの姿が視界から消えていた。

27

プレスコットは消えたのではなかった。庭に造成中だったプールに落ちてしまったのだ。ミミがプールの縁までたどり着いたとき、救急救命士が二人、家の角を回って近づいてきた。前にいる救命士がミミに呼びかけた。「心臓発作を起こした女性はどこです？」

「プールの中よ！」

「えっ？」

プールを勢いよく指さすミミのそばに救命士がやってきて、三人は縁から中をのぞきこんだ。プレスコットは底に積もった雪に三〇センチほど埋まって横たわり、身動きひとつしない。軍放出品のミリタリーコートの前が開き、フランネルのパジャマが見える。片足がねじれたようになって体の下に隠れている。横にはブーツが片方だけ落ちていた。

「これが病人の女性ですか？」ミミの隣にいる救命士が訊いた。薄い口ひげを生やした、がっしりした青年だ。

「女性じゃありません」プレスコットの姿を見てミミは震え上がっていた。なんてばかな子なんだろう。わたしが発作を起こしたと勘違いして助けようとして、もう少しで自分が死ぬところだったじゃないの。「助けてくれますよね？」

「もちろんです。クラウス、縄ばしごだ。それからアーニー保安官も呼んでくれ。担架で運ぶのを手伝ってもらう。早く！」

「了解です、ボブ」もう一人の救命士は急いでその場を離れた。

「一〇分ほど前、こちらの住所から通報がありまして、湖畔で中年女性が一人、心臓発作を起こしてもがいているということでしたが……」ボブは太ももに手をあててプレスコットを見下ろしている。「どうやら情報が間違っていたようですね。しかし運がよかったですよ。我々はこちら方面に別件で出動していたんですが、誤報とわかって引き返してきたところだったので、通報を受けたときはここからわずか数キロの地点にいたんです」

プレスコットがうめき声をあげた。よかった。ミミは安堵のため息をもらした。だが、寝返りを打った彼の右足首を見ると、本来曲がってはいけない方向に曲がっている。ミミはめまいがしてふらつき、救命士に襟首をつかまれて体を支えられた。

まもなく保安官がやってきた。郡の南部をパトロール中で、通報を受けて駆けつけたのだ。保安官と救命士はプールの底に下り、三人がかりでプレスコットを担架に乗せた。担架に手動のウインチをつなぎ、プールの壁をつたってゆっくりと引き上げる。そこからはすぐに救急車へ運び入れることができた。

救急車の中でプレスコットは意識を取り戻した。「ここはどこ？　どうしたんだろう？」

「事故でけがしたんですよ」救命士のボブがプレスコットの腕に静脈注射の針を刺しながら

答えた。「足首をひねって、頭を強く打ったようですね」

「そうなんですか？　でも、確か――」プレスコットは頭を起こし、不安そうに車内を見まわした。「ミセス・オルソンはどこです？　無事ですか？　見つけてくれました？」

「落ち着いて」救命士のボブがプレスコットの体を押さえてふたたび寝かせた。「ミセス・オルソンというのは誰です？」

「湖にいた女性です！　きっと、まだあそこにいるんだ――」

ミミは、こそこそと横歩きで救急車から離れようとしているところだった。だがボブの鋭い視線でその場に釘づけになる。

「落ち着いてください。彼女は大丈夫ですから。ですよね？」ボブはミミに向かって手招きし、救急車の中へ入るよううながした。

しまった。ミミはしかたなく乗りこみ、弱々しい笑みを浮かべてプレスコットを見下ろした。彼の青い顔には冷や汗が光り、痛みで目は生気を失っている。

「ええ、わたしなら大丈夫。あなたは自分の体だけ心配していればいいの」

なんてこと。足首を痛め、脳震盪を起こして横たわっているこの若者は、よく知りもしないわたしのことを心配している。二人の交流といえば、自分が汚らしい犬の世話をしたくないばっかりにこの子に押しつけたときだけだというのに。「中年女性」と呼ばれたことさえ、赦してやってもいいとミミは思った。

プレスコットは目をしばたたかせてミミを見上げた。「本当に大丈夫ですか？　心臓発作を起こしたかと思ったのに。雪の上でのたうちまわっているのを見て、それで――」

「大丈夫よ」とミミはくり返し、そのあととりすましてつけ加えた。「ところで、わたしまだ三〇……三五歳なんだけど」

「本当ですか？」痛みに耐えながらも、プレスコットは驚いた顔をした。ミミの後ろにいるボブが鼻先で笑った。

「本当よ」

「でも、あの、発作を起こしたみたいに見えたから」プレスコットは言い張った。

「あれはね、雪の上でスノーエンジェルを作ってたの」

これを聞いた救急救命士二人、運転手、ハンサムだが無気力そうな保安官は皆、凍りついた。保安官は視線をそらし、パトカーの前部座席に置かれた呼気分析装置を見た。

「何か問題でも？」ミミは語気荒く尋ねた。

「いいえ、マダム」

「問題ありません、マダム」

「マダムって呼ぶの、やめてください」

プレスコットが白目をむいた。

「よし」ボブが運転手に言った。「準備オーケーだ、出発するぞ。病院まで付き添われますか、マダム？」

「いいえ。お隣に住んでるっていうだけですから」こしゃくな救命士め。自分だってそう若くないくせに。ミミは後ろに下がり、救急車から外に出ようとした。

「待って」プレスコットの手が伸びてきてミミの手首をつかんだ。ふたたび意識がはっきりしてきたらしい。

「何？」

「犬たちをつかまえて、家の中に入れてほしいんです。まだそのへんにいると思う」プレスコットは懇願するような目でミミを見上げている。「この寒さだし、小さな犬だし」ふと考え直して訂正する。「小さめの犬だから。お願いです」

「何匹いるの？」

「三匹。名前はビル、メリー、サム。ビルは憶えてるでしょう。あとの二匹はビルに仲間を作ってやりたくて、引き取った犬です」

「すみません、患者さんを病院に搬送したいので」プレスコットの体と細いケーブルでつながれた監視装置の画面を見ながらボブが言った。「マダム、犬をつかまえてくれますよね？」

「そして、ぼくの家に一緒にいてやってください。世話する人が見つかるまで」

「え？　なんで？　シェ・ダッキーに連れていけばいいんじゃ――」

「いや、それじゃだめなんです」プレスコットは哀願している。「お願いします。あの子たちは施設に保護されていた犬だから、捨てられるんじゃないかと不安でおびえているんだ。変化を嫌うから、新しい場所に連れていかれると神経質になっておかしな行動に出るかもしれない。ほかに頼める人がいないんです。お願いします」

「いいじゃありませんか、マダム」ボブがややかん高い声を出した。「二、三日豪邸で過ごすのも悪くないでしょう」

豪邸がいやだと言っているのではない。犬たちの世話が困るのだ。冬にシェ・ダッキーに滞在できるのもこれで最後と思ってやってきたのに、その数日間を雑種犬の世話に費やすなんて。

「じゃあ、犬のようすをときどきのぞいてみるわ」ミミはそう言うと、後ずさりして救急車から出て地面に降り立った。

「だめだ！　あの子たちは、数時間でも放っておかれるのがいやなんです。遠吠えをするにきまってる！」

「それがどうしたの？」

プレスコットは喉をつまらせたような失望のうめきをもらした。

「おやおや。ずいぶんなお礼だなあ」誰かのつぶやく声が聞こえた。

ミミはあたりを見まわした。もう一人の救急救命士と保安官が後ろに立って、深い失望をあらわにしてこちらを見ている。保安官は腕組みをし、首を振っている。いつも人に批判されても動じないミミは、今度も平気だった。だがそれよりプレスコットの気持ちが気になった。彼は本気でミミを助けようとしたのだ。

「わかった。あなたの家で犬たちと一緒にいてあげる。ただし、代わりに世話をしてくれる人が見つかるまでですからね」ミミはしぶしぶ引き受けた。

「ありがとう！」プレスコットはつぶやいた。「ドッグフードは冷凍庫にたっぷり蓄えてあります。それから、あなたの食料も冷蔵庫と冷凍庫にありますから、どうぞ」

「じゃあ行くぞ」もう一人の救急救命士がミミをひじで押しのけて乗りこみ、ボブが扉を引いて閉めた。救急車はサイレンを鳴らしながら去っていった。

保安官はガムを一枚口に入れ、考えこむようにミミを見た。「普通、思いますよね。あなたぐらいの年でスノーエンジェルを作る女性は、本来はもっと……」

「もっと、なんですか？」ミミは両手を腰にあてて訊いた。

「人当たりが柔らかくて、情にもろいんじゃないかと」保安官は肩をすくめた。

「柔らかいのがいいの？　だったら仔牛の肉を買えば」ミミはぴしゃりと言った。「で、犬を見つけるのを手伝ってくださいます？」

保安官はパトカーの開いたドアに向かって後ずさりした。

「いや。郡内の反対側の地区で不審な動きがあったと通報があったので、行かないと」

「嘘でしょ」ミミはなじった。

「さあ、どうだろう。でも、嘘かどうかは証明できませんよね」保安官はすばやく運転席に座った。「それに、マダムは雪の中で無邪気に遊んでたじゃないですか。今度は犬を捜すっていう、いい言い訳ができたでしょう。楽しんでください」

保安官は車のドアをばたんと閉め、ハンドルの上部にかけた手の指を立てて挨拶すると、たちまち走り去った。

確かに大型犬ではないが、「小さめの犬」とも言えない犬たちだった。一匹はブロンドで毛並みがよく、ふさふさした尻尾を持つ垂れ耳のメスだが、二二、三キロは軽くあるだろう。もう一匹は汚れた雪のような毛色をした、横腹がたるんで足の長いオスだ。耳がぴんと立っていて、細長い鼻面にこぶがあるために、アニメのワイリー・コヨーテに妙に似ている。

ミミの最初の失敗は、ふさふさブロンドの〝ブロンディ〟に跳びかかったことだった。さっとすり抜けられ、ミミは四つんばいのまま着地した。これを遊びの一種と思ったブロンディは、走り寄ってミミのブーツをくわえ、引っぱった。首根っこをつかまえようとすると跳びすさって逃げる。ミミの二番目の失敗は、走ってくる〝ワイリー〟に襲いかかるという無駄な努力をしたことだ。そのため「このサルは一緒に遊びたがっている」と二匹が信じるさらなる根拠を与えてしまった（動物は皆、人間を意地の悪いサルだと思いこんでいるらしい）。

ミミがふらふらと立ち上がり、自分は遊びたがってなどいないのだと犬たちにわからせるまでにかなりの時間がかかった。はあはあとあえぎつつ、正面に足を広げて立つ二匹と対峙する。二匹とも嬉しそうに舌をだらりと垂らし、次のお楽しみは何かな、と期待している。ミミは以前、テレビの『ドッグ・ウィスパラー』で紹介されたエピソードを思い出した。犬には強いリーダーが必要だ、と言っていたっけ。

「来い！」ミミは命令し、プレスコットの別荘に向けてずんずん歩き出した。振り返ってみると、犬たちはミミのことなどもうとっくに忘れて、ぐるぐる回って追いかけっこをしている。

「来なさい、今すぐ！」

それでも言うことをきかない。ミミはポケットに両手を突っこみ、次の作戦を考えた。すると指に触れるものがある。去年の一〇月ごろ入れておいたパワーバーだった。これって、犬にやってもいいんだったかしら？　まあ、いいか。ミミは包装を破ってパワーバーを取り出し、空中で振りかざした。

「ほら、あんたたち！　見て、うまいうまい！」信じられないことだが、「うまいうまい」という言葉を聞いたとたん、犬たちは追いかけっこをやめ、本当？　と問いかけるようにミミを見た。「嘘じゃないわよ。わたしについてらっしゃい。パワーバー、あげるから」

ミミが別荘に向かって歩き出すと、今度は犬たちも走ってあとをついてきた。二匹を中に入れたミミは、約束どおりパワーバーを半分に折って投げてやった。ようやく落ち着いてあたりを見まわす。

へえ、すごい。なかなかのものね。そう思ったのは、部屋がいかにもプレスコットの好みそうな、コウモリの住む洞窟みたいな内装でなかったからでもあるが、とにかく感心した。家具はあまり置かれておらず、色彩感覚が豊かでモダンで、とても居心地がよさそうに見える。特に、S字形の赤いソファと、明るいエレクトリックブルーの節糸織り地を張った、ゆったりとして低めの安楽椅子がいい。ただ、雰囲気のいい調度ながら、やはりインテリアデザイナーの並々ならぬ努力の気配が感じられた。誰かに頼んで自分にふさわしいものを取り揃えてもらった、という感じだ。だからここには『スミソニアン』誌のバックナンバーの山もないし、御影石のキッチンカウンターの曇りひとつない流し台には、古いふきんなどかかっていない。また、ふたに小さな穴を開けたピーナツバターの瓶の中でサナギが飼われていたりもしないし、ペイントされた亀の甲羅や変わった形の石も置いていない。ペーパーバック版の小説や、工作用粘土で苦労して作って派手な色に塗った灰皿もない。つまり、同じ湖畔の家なのに、シェ・ダッキーの六番コテージとは似ても似つかない環境なのだ。

住む人の関心事や歴史を示唆するものといえば、犬関連の品だけだ。犬の生態や心理に関する本が、打ち出し銅を使ったコーヒーテーブルにきちんと重ねて置かれていた。そのほとんどは角がかじり取られている。しかし室内でもっとも目立つのは、犬用の玩具の数々だ——ボール、骨、ぬいぐるみ、キーキー音をたてるおもちゃや棒状の遊具、かじるためのおもちゃなど、中には用途が全然わからないものもあった。ミミは犬たちを横目で見てつぶやいた。

「甘やかされてるわね、あんたたち」

脱出劇の疲れが出たのか、二匹の犬はクッションつきの安楽椅子に跳び乗って丸くなり、居眠りしはじめた。よし。うまくすれば、この子たちが寝ているうちに——あれ、二匹しかいない。プレスコットは三匹と言っていたはず。

しまった。一匹足りない。そうだ、ビルがいないのだ。ミミがプレスコットに押しつけて、この動物園の祖となったビル。夏のあいだ、オルソン家の犬のふりをして肥え太った日和見主義者のビル。ジョーに息子をだます詐欺師扱いされたのも、プレスコットが山ほど撮って送ってきたビルの写真のせいだ。犬が悪いわけでないのは百も承知だが、今は公平さを保とうという気持ちはなかった。疲れて、足先が冷たかった。体全体はようやく温まってきたものの、スラックスに雪が染みて、尻まで濡れていた。そんな状態で公平も何もあったものじゃない。あのちび犬を捜しに行くなんてまっぴら。ビルがいなくなったのはわたしのせいじゃないんだもの。

ミミはダウンジャケットを脱いだ。ブロンディが頭を上げて、澄んだ茶色い目でとがめるように見た。

「ビルなら大丈夫」ミミはブロンディに言った。「今ごろはもう、別のお人よしを見つけて家に入れてもらってるわよ」

ブロンディはうなだれ、悲しげなため息をついた。

「平気だって言ってるでしょ」ミミはキッチンに入り、冷蔵庫の前で冷たい飲み物を探した。製氷機の上の液晶画面の温度表示はミミを責めるかのごとく光っている。室内温度は三・三度。これでも外よりはだいぶ暖かい。外気温はマイナス十数度だろう。

「わかったわよ！」

ミミはダウンジャケットをひっつかんで袖を通し、ファスナーを上げるとスノーブーツをはき、ふたたび帽子をかぶってデッキへ出た。「ビル！　ビル！　いい子だから出ておいで！」

これだけ優しく呼びかけられれば、遠くから姿を現して、尻尾を振り振り耳なびかせて走ってくるだろうと想像していたら、見事に裏切られた。影も形も見えない。ミミはデッキの階段をドタドタと下り、凍った地面ですべって転んであやうく首の骨を折りそうになりながらもプールの縁に沿って進み、湖のほうへ向かった。「ビル！　うまいうまい！　ビル！」

なんの反応もない。

ミミは手を袖の中にしまいこみ、ジャケットの襟にあごを埋めて犬の名前をかん高い声で呼んだ。いない。いらだちが不安に変わった。〝うまいうまい〟という言葉がほかの二匹に対するのと同じく魔法のような効果があるのではと期待したのだが、ビルには通用しないらしい。ああいう小さい犬はこんなときどこへ行くだろう。ミミはどうしていいかわからないまま、あちこちを捜した。雪の上に痕跡が残っていないか目をこらす。小さい足跡だから見つけやすいかもしれない。だがデッキの階段の下あたりで見つかったのは、プレスコット、救急救命士、保安官、犬、ミミの入り乱れた足跡だけだった。

捜しまわること三〇分、叫びつづけて声も嗄《か》れたころ、ミミはこれ以上捜索しても無駄だと悟った。デッキの階段を上っていくうちに不安がどんどん広がり、それがいやでたまらない。長いあいだ、そんな不安こそ避けて生きてきたというのに。厳寒の中、いなくなったビルのことをくよくよ考えても、誰にとっても（ビルにとっても）なんの得にもならないとはわかっているが、おそろしいイメージがくり返し脳裏に浮かんで消えない。もしやビルは、プレスコットみたいに穴に落ちてしまったのではないだろうか。ウサギを追いかけているうちに道に迷ったのか。それとも、凍えて動けなくなってしまったのか。

ミミは車のキーを取りに中へ入った。国道沿いを車で捜そうと心に決めたのだ。ブロンディとワイリーは、行方不明の仲間のことなどまったくおかまいなしに、それぞれ陣取った椅子の上で眠っていた。ブロンディはあお向けに寝転がり、足を空中でぶらぶらさせている。ワイリーは丸くなって寝ているが、そのそばには茶色のぬいぐるみが……。

ミミは首をかしげ、近づいた。ぬいぐるみはプスプスという音をたて、強烈に臭いおならを放った。

「ビル？」

ぬいぐるみは片目を開け、退屈そうな目を向けた。ミミが手を伸ばして背中に触ると、毛は乾いていて体は温かい。この犬は、ミミが叫びながら林の中を捜しまわっていたあいだ、ずっとここで眠っていたのか。

「ずっと大声で名前を呼んでたのに。なんで、吠えるなりなんなりしなかったの？」

今度は片目すら開けようとしない。ビルはふたたび、鼻が曲がるかと思うほどのおならをした。

28

ミミはS字形のソファからのろのろと体を起こし、足を床に下ろして立ち上がろうとした。膝がくずおれて、ジャガイモの入った袋のようにどさりとへたりこむ。ソファの足元にいるワイリーが身を乗り出し、ミミを見下ろしている。

「あんたがわたしの足の上で寝るもんだから、しびれちゃったじゃない」ミミは犬に文句を言った。

ワイリーはあくびをし、羽毛ふとんの下にもぐった。ふとんはミミが一階の客用寝室から持ってきたものだ。ソファでなく寝室で寝たほうがよかったのかもしれないが、ベッドを使うとシーツなどを洗濯しなくてはならない。わずか一泊か二泊の滞在でそこまでする必要もないと思ったのだ。この家で犬たちの面倒をみると約束したにもかかわらず、ミミは三匹を連れてビッグ・ハウスへ行こうかとちらりと考えた。しかし犬たちが「おかしな行動に出る」というプレスコットの言葉から、部屋のあちこちに散らばったウンチの山やおしっこの水たまりを想像し、安全策をとってここに泊まることにした。

ミミは血のめぐりをよくするために太ももを叩いて立ち上がり、キッチンへ行った。おいしいコーヒーが飲めそうだった。こんな別荘なら、真鍮の高級エスプレッソマシーンがあるにちがいない。スチーマーもついているかもしれない。ミミは食器戸棚の扉を次々と開けていった。

一〇分経っても、エスプレッソマシーンは見つからなかった。それでも冷凍庫ですごいものを発見した。健康志向の高価な冷凍食品が小分けに包装されておさめられていたのだ。まさかこれ、犬用じゃないでしょうね。信じられないが、そうらしい。ドッグフードは冷凍庫にたっぷり蓄えてあるとプレスコットは言っていたが、そのとおり、相当な量だ。犬たちの心理状態を気づかってミミに一緒にいてやってくれと頼むぐらいの飼い主だから、一食分ずつ個別包装のグルメフードを与えていたとしても不思議はない。といっても、犬を飼ったことのないわたしにはわからないけれど。

ミミは朝食用と記されたトレーに入ったトルティーヤの包装を剝がし、電子レンジに入れて加熱し、ハミングしながら待った。ピーという音がしてトレーを取り出し、振り返ったとたんに足元にいたビルにつまずく。ビルはミミの足首に嚙みつき、離れようとしない。この犬とずっと一緒にいたらトラブルになりそうだ、とミミは感じた。長くつき合わずにすむのは幸いだった。

ビルの後ろにはブロンディとワイリーがひかえ、期待をこめて尻尾を振っている。

「サルが先よ」とミミは言い、トレーを持ってソファに座った。フォークも何も使わずにトルティーヤにかぶりつく。すばらしく味がよかった。どうりでプレスコットが太るわけだ。

ミミは女王のまわりに群がる(毛がふさふさして小さめの)嘆願者たちに囲まれてひとつめを食べ終えた。残りのトルティーヤは三つにちぎって、ひと切れずつ放って三匹に分け与えた。

ふわふわで可愛いブロンディの運動能力は抜群だった。自分の分のトルティーヤを空中でキャッチするだけでなく、ワイリーのために投げてやった分も、ソファの端まで横っ跳びに跳んで奪ってしまう。ただしブロンディは、ビルの分を横取りしようとはしなかった。ワイリーもブロンディも、自分たちよりずっと小さいが引き締まった体の、頑丈そうなこの雑種犬に敬意を払っているらしかった。

「よし。あんたたち、外へ出てらっしゃい」ミミは言った。「でもその前に、ひとつだけはっきりさせておくわ。わたしたち、一緒に寝た仲だから、信頼関係があるはずでしょ。戻ってこなければもう知らないからね。すませることをすませたら、教えてよ」

ミミは後ろに下がり、ドアを開けた。犬たちは外に飛び出した。

だが、五分でちゃんと戻ってきた。

ミミは九時まで待ってからフォーン・クリーク病院に電話した。避暑地の別荘所有者の多くがそうであるように、プレスコットもわざわざ固定電話を引かず、サービスエリアが充実していてつながりやすい携帯電話を連絡手段としていた。ただ、別荘地の電波の受信状態が悪いとわかるとたいていの人は固定電話を入れるものなのに、外界とつながっていることにこだわらないオルソン一族は例外だった（例外という意味では電話を持たない隠遁生活がいいと考えているらしいプレスコットもそうだ）。ミミも、場所によってサービス圏外になる携帯電話を使うしかない。幸い今日は、デッキに出るとかなり鮮明に聞こえた。手すりのところで寒さに震えながら電話をかけ、プレスコット・ティアニーの病室につないでほしいと頼んだ。ほどなく女性の声が応えた。

「担当医のヤングストラムです。失礼ですがお名前は？」

「ミミ・オルソンといいます」

「ミズ・オルソンはティアニーさんのご親戚ですか？」

「いいえ。あの、犬の世話をしている者です。プレスコットの容態はどうでしょうか？　本人と話せますか？」

「それは無理ですね。整形外科手術を受ける必要があったので、昨夜ヘリコプターでダルースへ搬送されたんです」

「大丈夫なんでしょうか？」

「ここを出たときの容態は安定していました。大丈夫、よくなりますよ」

よかった。「いつごろ退院できそうですか？　二、三日後？」

「もうしばらくかかりそうですね」

「もうしばらく？」ミミの声が高くなった。「わたし、そんなに長くいられないわ」

医師はこの訴えを無視して言った。「今、ジョー・ティアニーさんに連絡をとろうとしています。プレスコットさんの保険の記録では、お父さまとのことだったので。ただまだ連絡がつかないんです。この方の連絡先、ご存じですか？」
「いいえ。プレスコットが搬送された病院の電話番号を教えていただけますか？」
「いいですよ」医師は言った。「ただ、今夜遅くまで電話に出られる状態ではないと思いますが」

時間の経つのがひどく遅く感じられた。夜になったらプレスコットに連絡して、犬たちの世話をどうするつもりか訊かなくてはならない。その間、ミミは別荘の外で（つまり携帯電話の通じないところで）過ごそうと思った。理由は単純だ。ジョーが電話してきたら出ないわけにいかないが、彼と話したくないうえ、プレスコットが入院したいきさつについて説明するのがいやだからだ。ミミはシェ・ダッキーへ歩いていくことにした。犬たちも一緒だ。置いていく理由がないし、違う環境にどう反応するか確かめてみたかった。

ビッグ・ハウスの中はすでに十分暖まっており、暖気で壁や天井の継ぎ目がミシミシいっていた。プレスコットに注意されたとおり、犬たちは（並外れた適応能力を持つビルをのぞいて）なじみのない場所で落ち着きがなかった。ワイリーとブロンディは、部屋から部屋へと移動するミミのあとについて回った。古い床板に当たる爪の音と、はあはあというあえぎ声。犬たちは頭《こうべ》を低く垂れ、ときおりあたりを見まわしながらこそこそと歩きまわった。まるで幽霊でも出るのではとおそれているかのようだ。

もしかしたら、本当に誰かの霊がいるかもしれない。ミミは目を閉じ、交信を試みようと耳をすました。誰の声も聞こえない。アーディスも、祖父も、ずっと前に他界したチャーリーの双子の兄、カルヴィンも。もちろん、父親のジョン・オルソンの気配もない。父親が残した唯一のイメージが、旅に出るといって別れを告げたときの姿だというのも不思議だった。ミミが目を開けると、二匹の犬の目が心配そうに見ている。次の瞬間、ブロンディが向きを変え、玄関に突進すると、狂ったようにドアを引っかきはじめた。

「ほら、落ち着いて。誰もいやしないわよ。幽霊はあんたたちが追い出しちゃったから」

ミミは空調の設定温度を下げてからビッグ・ハウスを出た。犬たちも団子になってあとに続く。外に出るやいなやワイリーとブロンディは能天気なばか犬に戻り、雪玉を作って投げてやると大喜びした。ミミはシェ・ダッキーとプレスコットの別荘の境界線となっている林で、小道の雪かきを始めた。数日間この犬たちの世話をするはめになるのなら、ときどきはシェ・ダッキーへ来てゆっくりしたいと思ったのだ。

雪かきを終えるころには日が暮れかかっていた。ミミはプレスコットの別荘へ戻り、暖かい室内で夕食をとることにした。朝見つけておいた深皿焼きのピザを冷凍庫から取り出し、オーブンに入れる。焼き上がったところで四つに切り、炻器《せっき》の皿四枚にひと切れずつ取り分けて、三枚の皿を床に置くと、「うまいうまい！」と呼びかけた。

犬たちが姿を現した。床に置かれた三枚の皿に目をやってから、ふたたびミミを見る。犬が唖然とすることがあるなら、まさにその表情だった。

「いい、わたしピザが食べたいから、夕食はピザにしたの。あんたたちの手足が人間みたいにならないかぎり、決めるのはこっちよ。二足歩行の動物に従ってもらうわ。食べなさい」ミミは命じた。

ビルが自分より体の大きい仲間に先駆けて皿に飛びつき、ピザをくわえた。がつがつ食べつつも、ミミから目を離さない。いつなんどき気が変わるかもしれないとおそれているのだろう。ブロンディとワイリーも、それ以上うながす必要もなく、床を蹴って残る二枚の皿に飛びかかっていった。

よかった。ピザが気に入ったのね。冷凍庫にはあと三枚残っている。

ミミは高級ミネラルウォーターを飲みながら自分の分を食べ終えた。前の晩かけて寝た羽毛ふとんにくるまって、デッキに出る。今度も運よく携帯電話がつながった。

「はい」八回目の呼び出し音でプレスコットが出た。薬のせいか、ぼうっとした声だ。

「プレスコット。ミミ・オルソンです」

長い沈黙があった。ときおり、喉からもれるような呼吸音が聞こえる。いびきをかいているらしい。

「プレスコット！」ミミは電話に向かって叫んだ。

「え？　何——？」

「ミミ・オルソンよ、ファウル湖の。今、犬たちと一緒にあなたの別荘にいるの」ミミはひと言ひと言はっきりと、大きな声で発音した。

「ミセス・オルソン！」プレスコットは泣き叫んだ。本当にすすり泣いている。「大丈夫なんですか？　生きてたんですね？」

「生きてるわよ。憶えてない？　わたし、スノーエンジェルを作ってたのに、発作を起こしたと勘違いしたあなたが救急車を呼んだんでしょ」

一瞬、プレスコットは考えこんだ。「ああ、そうでした。雪の上で手足をばたばたさせていたから、死んでしまう、と思ったんだ。その歳で、真夜中に外で転げまわっていたから」ろれつが回らず、声の大きさも一定でない。薬の影響で意識がもうろうとしているのだろう。

「転げまわってました」

「ええ、そんなふうに映ったかもしれないわね。でも死んでなんかいないわよ」

「魚みたいにはねてた」

「プレスコット、わたし今、おたくの犬たちと一緒にいるの。入院中の世話をあなたに頼まれたから」

「ビルと？　ビルと一緒にいるんですか？」声に喜びがあふれた。

「ぼくの代わりにビルにキスしてやってくれますか。ビルがいないと寂しいなあ。可愛くてたまらないんだ。キスしてやってください」プレスコットは執拗に言った。

ミミはガラス扉を通じて室内を見た。ビルは赤いソファの真ん中に座って自分の体をなめている。「はい、キスしたわ」

「それから、メリーとサムは？　あの子たちにもキスをお願いします」

「はいはい、大丈夫。そこらじゅう、キスしときましたから。プレスコット、話があるんだけど」

「可愛いでしょう？」

「ものすごく可愛いわ。それより、あの子たちをどうするの？」

「愛してやるんですよ」プレスコットはなんのためらいもなく、よく回らない舌で答えた。「愛して、導いてやる。それが犬の求めるもののすべてなんです。自分のいるべきところを知り、その環境で受け入れられる。人間だって、求めるものは同じじゃありませんか？」

薬でふらふらになった広場恐怖症が、大したお説教だこと。

「それはそうかもしれないけど、もっと具体的な話をしなくちゃ。わたし、これ以上犬たちの面倒を見られないの。やることがあるから」小さな嘘だった。このぐらい、いいわよね？

「犬の世話をする人はどうするつもり？　いつ頼むの？」

「え？」

「犬だけここに置いておくわけにはいかないでしょ」ミミはゆっくりしゃべった。「世話をどうするか、具体的に考えてる？」

沈黙が続いた。また眠りに落ちてしまったのかと思ったころ、プレスコットは言った。

「わからない」

ミミはもう一度訊いた。「誰が面倒をみるの？」

「わからない！」いらだちが声に出ている。「そのへんには知り合いがいないんです。どうすればいいかもわからない。あなたが世話を続けてくれませんか？　ぼくが命を救ってあげたんだし」

「救ってもらってなんか――」まあいいわ、放っておこう。「世話し続けるのは無理。やることがあるんですもの」

「たとえば、どんな？」

「いろいろよ。一人の時間を楽しんだり」

これまでだって、さんざん一人で楽しんできたでしょうに。どこかから思いがけず皮肉な声が聞こえ、ミミは眉をひそめた。

「それについては、ぼくにはどうすることもできませんね。入院してるんだから。でもお金ならあるから、お支払いでき――」

「お金なんか欲しくないの。シェ・ダッキーに戻りたいだけ」

プレスコットはため息をついた。

「犬たちはいやがるだろうな。騒ぐだろうし、粗相をするかもしれない。でもシェ・ダッキーでなければだめだと言うんなら、連れていってもかまいませんよ」

「犬を連れていきたいなんて言ってないわ。シェ・ダッキーで一人になりたいの」ミミは間をおいた。意地悪な揚げ足取りをする心の声が聞こえてくるのではと半ば予想していた。だが、何も聞こえない。「だからこそ、ここまで一人で来たんだもの」

「それについては、ぼくにはどうすることもできませんね」プレスコットは理不尽な客に対応するセールスマンのような口調で同じフレーズをくり返した。

「お父さんはどうなの?」ミミは訊いた。

「どうって?」

「お父さんに連絡はついた? こっちへ来られないのかしら?」

「冗談でしょう?」プレスコットはいらだたしげに言った。「犬は父を嫌うだろうし、父だって犬をいやがるにきまってる。第一ぼくは、父がどこにいるかだって知らないんですから」

「こちらも同じよ」ミミはジョンのことを思い出してつぶやいた。「お父さんから電話はなかった? あなたが足を骨折したこと、ご存じなの?」

「ジョーがですか? 話はした憶えがあるから、知ってると思いますけど。でも、どうでもいいんです。あの人には別に……」プレスコットの声がしだいに小さくなったかと思うと、急に元に戻った。「そうだ。誰かを雇えばいい。支払いはぼくがします。でも、犬好きの人にしてくださいよ」

いい考えだった。だが、もう夜も遅いから、求人のためにあちこち電話をかけるわけにもいかない。しかたない、今日はあきらめよう。どうやらわたしは、もうひと晩あのソファで寝る運命にあるらしい。「わかったわ。なんとかやってみる」

「ありがとう……ミニオネット」最後にさりげなく名前をつけ加える彼の巧妙さに、ミミはもう少しで笑いそうになった。

「どういたしまして、プレスコット。人を手配できたら知らせるわ」

「よろしくお願いします。あなたが無事で、本当によかった」

ミミは部屋の中をちらりと見た。犬たちはみな、毛づくろいをしている。きっとこのうちの一匹が今夜、寝ているわたしの顔をなめるだろう。間違いなく。

「ありがとう」ミミはつぶやいた。


翌朝。「どいてちょうだい」ミミは太ももの上のワイリーを押しのけた。ブロンディがソファの足元に置かれた毛布の下から現れた。どこかでビルがおならをした。

九時になった。ミミはすでに、羽毛ふとんにくるまった姿で湖を見下ろすデッキに出て座り、膝の上にフォーン・クリークの薄い電話帳を広げていた。この町の会社の大半が営業を開始する時刻だ。ミミはさっそく電話をかけはじめた。

九時半までに、三匹の犬の世話をしてくれそうな人や、そういう知り合いがいる人全員に連絡した。フォーン・クリークに二軒あるペットホテルは、どちらも冬季休業に入っていた。獣医クリニックにもペットを預かる施設があるが、六つのケージ全部が埋まっているという。コミュニティセンター、教会事務所、退役軍人クラブ、〈フォーン・クリーク・ショッパー広告宣伝社〉、レストラン〈スメルカ〉まであたってみたが、犬の世話のアルバイトは見つからなかった。

信じられない。ミミは放心状態で通話終了のボタンを押した。フォーン・クリークは経済的に豊かな町ではない。夏場はそれなりににぎわうものの、冬場になると別荘族も暖かい土地へ逃げ出すから、地元住民は食べていくのが精一杯だろう。にもかかわらず、責任感があり誠実で、犬が大好きで、現金と引き換えに自分の時間を少しぐらい犠牲にしてもいいという人が一人も見つからないなんて。自由を重んじるその態度に喝采をおくりたいところだが、今のミミから見ればいまいましいかぎりだった。

ミミは犬たちに目をやった。三匹は荒野の探索から帰ってきたばかりだ。ワイリーとビルはお気に入りの椅子の上で丸くなっているが、ブロンディはミミの前に立ち、期待に満ちた表情で待っている。下腹のふわふわした毛から小さな氷の塊がいくつもぶら下がり、貧弱なクリスマスツリーの枝から重たげに下がる飾りのようだ。一番下の毛先についた氷は溶けはじめており、フローリングに水たまりを作っている。ブロンディはぶるっと身震いし、長い尻尾を振った。

ミミはため息をついてタオルを取りに行った。

濡れた毛をタオルでごしごし拭いて乾かしてやると、ブロンディはミミをなめようとした。「いい、よく聞いて。昼間はわたしがようすを見に来るとしても、あんたたちはもう大きいし、勇敢なんだから、夜はベビーシッターなしでちゃんとやれるわよね。どうせプレスコットにはわからないし、わたしだってやりたいことを……」**何をするっていうの？** ミミは心の中で自問していた。**すきま風の吹く寒いボロ家で、独りぼっちでいたいわけ？**

ええ、そうよ。だってわたしがファウル湖へ来たのは、お別れを……**何に別れを告げる**

の？　青春時代に？

違うわ！　冷笑する声をミミははねつけた。理性がなければ、あの世からのお告げと思いこむところだが、あいにくミミはそれが自分自身の声だとわかっていた。一年近く前から徐々に勢いを増してのさばるようになった、内なる叫び。だが間違っている。わたしはシェ・ダッキーに別れを告げるために来た。目的はちゃんと果たすつもりだ。三匹の犬がいたところで――ブロンディの左耳にできた頑固な毛の塊をほぐしながらミミは顔をしかめた――その決意は揺るがない。

それにしてもわたしは、「敵」の別荘でいったい何をやっているんだろう？　まあ、現実的には「敵」ではないかもしれないが、プレスコットはこの国に住む上位一パーセントの高額所得者層の持つ軽蔑すべき要素をすべてそなえている。招かれもしないのにずかずかと踏みこんできてやりたい放題にふるまう人たち。厚かましくて身勝手で、何より悪いのは自制心のかけらもないことだ。マツに似せた建材で造ったあの宮殿を見ればわかる。一人で住むにはあまりに広すぎる別荘だが、どうせ一年に何回か週末を過ごすだけだろう。

プレスコットはわたしの命を救ったと勘違いしている。自分の陳腐な考えにも気づかず、この別荘がファウル湖の中流階級にどんな影響を与えているかすら知らないのかもしれない。だが、知らなかった、では言い訳にならない。それにミミとしては、プレスコットに、というより彼の家に対して義憤を感じているほうが、納得しきれないまま彼に恩義を感じるより気が楽だ。

それでもミミは律儀に、犬たちを十分に運動させて疲れさせてから餌を与え、生理的欲求のために外に出してやった。そして、三匹がそれぞれ「いつもの場所」に落ち着いたのを確かめたあとで、気づかれないようにこっそり裏口から外へ出た。暗闇の中に立ち、のぞき見はせずにじっと耳をすます。

どうやら大丈夫そうだ。ミミはほっとして林の中の小道を通り、ビッグ・ハウスへ戻った。今夜は一人で平穏無事に過ごせるのだ。一〇時ごろ、湖面を照らす月の光の美しさに魅せられて外へ出た。ところがそのとたん、かすかな、しかしまぎれもない犬たちの遠吠えが聞こえてきた。

ミミは恐怖におののき、ただちに向きを変えてビッグ・ハウスの中へ逃げ帰り、ドアをばたんと閉めた。大丈夫よ。あの子たちは甘ったれているだけなのだ。応接間に戻ったミミはイヤホンをつけ、ｉＰｏｄのボリュームをめいっぱいに上げて『八〇年代ディスコソング・ヒット集』をかけると、表面がでこぼこの大きなソファに横になった。

だが、耳から入るのとは違う想像上の音がどこからか聞こえてくる。読もうと思って持ってきた情熱的なロマンス小説にも集中できない。ドナ・サマーの『ラスト・ダンス』のメロディをしのぐ音量で、ブロンディとワイリーとビルの鳴き声が頭の中に響きわたっていた。こんなばかなことがあるわけがない。外に出たときでさえ、かすかにしか聞こえなかった吠え声なのだ。それに、犬たちはもうとっくにあきらめて、今ごろすやすやと（ビルはおならをしながら）眠っているかもしれない。それを確かめるため、ミミはふたたび外に出てみることにした。

イヤホンをはずし、裏口から頭だけを出して聞き耳をたてる。犬たちはまだ遠吠えをやめていない。哀れを誘うくぐもった吠え声は、黒板を爪で引っかく音のように気にさわった。ミミはふたたび勢いよくドアを閉め、顔をゆがめた。罪の意識――これだわ、わたしが子どもを持たなかった理由は。その場に立ちつくしながら、ミミは自分が老いていくのを感じていた。罪の意識と不安で、老いが早まるかのようだった。

そうして夜が更けていった。ミミは三〇分おきに窓かドアを開け、絶望した犬たちのみじめな遠吠えを聞いた。午前二時ごろ、選択肢はふたつしかないと観念した――犬たちを引きずってでもシェ・ダッキーへ連れてきて哀れな鳴き声を聞くか、プレスコットの別荘へ戻るか、そのどちらかだ。ミミは古びた大きな寝袋に身を包み、とぼとぼと別荘へ戻った。三匹の犬は狂喜して出迎えたが、その喜びも怪しいもので、ほんのいっときしか続かなかった。さっきまであれほどみじめったらしく見えた犬たちはいつもの場所に丸くなったかと思うと、たちまち眠りに落ちた。

ミミはシーツ類を探してベッドメイキングをしようかとも考えたが、もう三時近くになっていた。それにソファは寝心地がいいし、あとひと晩かふた晩だけなら（〝もうしばらく〟とはそのぐらいだろう）、あまりくつろぎすぎないようにしてこの消費主義の（ただし環境に優しい）寺院で過ごしたほうがよさそうだ。

「ちょっと、どいてちょうだい」ミミはワイリーに文句を言い、長々と伸びている犬とソフアの背もたれのあいだに体をこじ入れた。

三日後。ミミはまだ、プレスコットのソファで寝ていた。

ワイリーも一緒に。

29

ミミはガレージに通じるドアを開けた。昨夜（プレスコットの別荘に閉じこめられて五日目の夜）、冷凍ピザが底をついた。〝プレスコットのマツ材もどき宮殿〟（以前考えた〝プレスコットの屹立〟は短期間でも自分が滞在する家の呼び名としてはふさわしくないと、新たにつけたあだ名）の住人たちは皆、間違いなくピザが好きなので、町へ買い出しに行かなくてはならない。ガレージの中をのぞくと、仕切られた四台分のスペースのうち三台分が空で、トヨタのハイブリッド車プリウスしかない。これには少し失望した。プレスコットの目にあまる消費主義を軽蔑する気持ちは断固として揺るがないものの、あくまで好奇心から、ベントレーやデロリアンを運転するのはどんな感じか、経験してみたかったのだ。

ガレージのシャッターが上がりはじめるやいなや、犬たちがリビングエリアのほうから先を争って駆けてきた。ブロンディとワイリーは、あっけにとられて戸口に立ちすくむミミの前を通りすぎてガレージへ入り、プリウスに向かって突進した。乗せていってもらうつもりらしい。もうどうでもいいか。ミミは意地の張り合いをする気にはなれなかった。おまけにその手の闘いとなると、いつも犬（特にビル）のほうに軍配が上がるのだから。

「わかったわ」とミミは言って後部ドアを開けた。「どうせわたしの車じゃないし。どうぞ、ご遠慮なく」

さっそく車の中に飛びこんだワイリーとブロンディは、社交界にデビューする貴婦人のようにとりすまして後部座席に陣取った。取っ組み合いもせず、シートベルトを嚙みちぎりもせず、跳ねまわったりもしないで、期待をこめてミミを見つめている。少し前までガレージの外をうろついていたビルは、玄関につながる雪におおわれた歩道にいた。薄汚い小さな体を斜めに傾け、ずんぐりした後ろ足を突き出して横座りしている。

「ほら乗って、ビル。乗りなさいってば。早くしないと置いていくわよ。一緒に行きたいんでしょ」

小憎らしいちび犬め。わたしが近づいていったら逃げるつもりね。ミミとビルの関係はいつもこうで、ビルの魅力を認めないミミと、群れのリーダーとしてのミミを無視するビルの対立によって成り立っていた。ミミが車に乗りこんでドアを閉め、エンジンをかけると、ビルはあくびをした。ミミが車をバックさせると、ビルは足で体を搔いた。

外の気温がマイナス一八度以下でなければ、ミミはビルを置いてきぼりにして出発していただろう。だがそれはできなかった。この寒さでは凍え死んでしまうだろうし、それによって二人のあいだにくり広げられる意地の張り合いで、ビルが勝利をおさめることになるからだ。ミミはドアを開けて車の外に出ると、ビルのところへつかつかと歩み寄った。「いったいぜんたいあんたって子は、どうして——」

そのとき、近づいてくる車の音がして、ミミの演説を中断させた。黒いＢＭＷ５０４ｉが林の中からその大きな姿を現し、ミミの前で停まった。エンジンが切られた。光沢仕上げの塗装をほどこしたボディを見れば、誰が運転していたのかは明らかだった。

　思ったとおり、ドアを開けて出てきたのはジョー・ティアニーだった。風にはためく黒いカシミヤのロングコート。襟の下には黒鉛色のスカーフをしている。ジョーは手袋をはめながらミミを見上げた。

「あなたですね、犬の世話をしてくれているのは」そう、この声だわ。冷静な中にセクシーさが漂う。「ジョー・ティアニーといいます。この家の所有者の父親です」言い終わらないうちに声が小さくなった。自制心がほんのわずかでも欠けていれば、ジョーの口はぽかんと開いていただろう。

「きみか」一瞬、ジョーのまなざしに温かいものが見えた気がしたが、違っていた。それは疑いだった。「ここで何をしてるんだ？」

「金を掘ってるのよ」ミミは答えた。「ほかに何があるかしら？」

30

「面白い」ジョーは言った。

みすぼらしい小さな雑種犬に向かって叫んでいたさえない格好の女性がミミ・オルソンだとわかったとき、心にこみ上げてきた温かいものは、ミミの明らかな敵意を目の当たりにしても消えなかった。「金を掘ってるのよ」というミミの言葉でジョーはきまり悪くなったが、それはまったくばかばかしいことだった。今まで何度も自らに言いきかせてきたように、きまり悪さややましさを感じる理由は何もないのだから。ただ不思議なのは、しわくちゃの野暮ったいジャケットを着て、裏が毛皮張りのおそろしく趣味の悪いボンバーキャップをかぶったこの小柄な女性に、ジョーはなぜかいつもバランスを崩される。そして自分の頭に真っ先に浮かんだことを口走ってしまうのだった。

しかし、ミミはここで何をしているんだ？　そもそも、なぜファウル湖畔までやってきたのか？　外見から判断するに、シェ・ダッキーは厳寒を過ごすのに向いた造りではなさそうなのに。何か特別な理由でもあるのだろうか。

「なぜここへ来たんだい？」

ミミは片方の眉を上げた。「なぜって、犬の世話をしてるからよ」

やっぱりそういうことか。「でも、犬の世話をまかされたのはどういうわけだ?」

「どうって? ラッキーだっただけよ。プレスコットが大変なときに、たまたまここにいたの」ミミはそう言い、気が進まない様子でつけ加えた。「いちおう言っておくと、オルソン家ではシェ・ダッキーを売ることになったの。だからその前に数日間でも過ごしたくて来たというわけ。おたくの坊ちゃんみたいな人たちがブルドーザーで整地して、好き勝手にばかでかい別荘をおったてて、湖岸がモンスターで埋まっちゃう前にね」

なかなかうまい言葉の使い方だ、とジョーは認めた。ただ、ちょっと品位に欠けるが。とはいえ思い入れの強い問題だから、ついそうなってしまうのだろう。ほら、ミミについて客観的な判断ができるようになったじゃないか。自分はどうやら、このよれよれの格好をした小柄な女性にかけられた魔法を解くことができたようだ。この魔法は出張先の中国までジョーを追いかけてきたし、ここ三カ月間、ふとしたときや間の悪いときにミミのことを考える原因となっていた。しかし今、ミミの荒れた唇と、輝きのある目の下のくまと、背筋を伸ばした小さな体の動きを見ながら、ジョーは物事を冷静にとらえ、考えることができた。ふたたび自分を取り戻していた。

しかし、あのつやのある黒髪に手を伸ばして、帽子からはみ出た毛の束を押しこんでやりたくなるこの衝動はどうなんだ? 別に、ミミに触れるための言い訳じゃない。きちんとしているのが好きだから気になるだけだ。

「あなたこそ、ここで何してるの?」ミミが訊いた。

しっぺ返しか。「プレスコットの事故の件で保険会社から電話があったので、担当医に連絡をとって、飛んできたんだよ。中国に出張中だったんだ」ジョーは一瞬、間をおいてから、出し抜けに訊いた。「バラの花は届いたかい?」

「バラ? ええ、受け取ったわ」

「その口調からすると、ぼくの謝罪を受け入れてくれたかどうか訊く必要はないようだね」声がこわばっているのが自分でもわかった。

「あれ、謝罪だったの? 言い訳だと思ってたけど」ミミは言い、ジョーの目を見た。

一本とられた。まったく言い返せない。

「で、どうしてここへ来たの?」とミミ。

「担当医が言うには、プレスコットは退院したあとしばらく、つきっきりで世話をする人が必要なんだそうだ」

「なのに、看護人を雇わなかったの? あなたプレスコットのこと、〝最低のやつ〟って言ってたじゃない」

「でも、息子だからね」ジョーは顔を赤くした。実は最初、看護人を雇おうと考えていたのだ。昨日病院で面会したときのプレスコットは、鎮痛剤でまだ意識が半ばもうろうとした状態で、いつものように知らない人には効き目のある反抗的な態度を見せ、不満をあらわにしていた。それを見て、ジョーの頭にひらめきが生まれた——車椅子の乗り降りを手伝うとか、電子レンジで食事を調理するとか、犬を散歩させるといった世話なら、ぼくにもできるのではないか。そうすればカレンの死後初めて、プレスコットの生活においてまともな役割を果たせる。

確かに、自分が在宅介護をするところなど想像したこともないし、プロの看護人と比べてどれだけの仕事ができるか定かではない。だが持ち前の器用さでこなせそうだし、それより重要なのは、本当に息子の世話をしたいという思いがあることだ。二人にとってこれはいいチャンスではないか……同じ部屋にいても離れた場所で過ごしてしまう今の関係を、少しは改善できるかもしれない。

ジョーはこの考えをプレスコットに提案したが、予想どおりふたたび強い抵抗にあった。プレスコットはこの申し出を、父親の犠牲的精神から出たものとみなしたのだろう。ジョーもまさにそのとおりだと感じたが、不思議なことに拒否されて引き下がるどころか、息子のために世話をしてやりたいという決意がかえって固まった。とはいえ議論するつもりはなく、ジョーはただにっこり笑って別れを告げ、レンタカーを借りてダルースを離れた。息子の退院（白血球数の増加と感染症のおそれから、まだ数日先になりそうだった）にそなえて環境をととのえておいてやろうと心に決めていた。また、犬の面倒をみてくれている人への支払いもすませておくつもりだった。

しかし、プレスコットが「すべてまかせてあるから大丈夫」と言っていた人物がミミ・オルソンであるとわかった今、自分の申し出を受け入れようとしない息子の態度について、ジョーは今までとは違った見方をしていた。そもそも、プレスコットはどうやってミミに別荘で犬の世話をしてくれるよう頼んだのか？　ミミはあの別荘が大嫌いだったはずではないのか。「プレスコットは今週末退院できるそうだ。ぼくが車で迎えに行く」

「あなたがここで世話をすること、プレスコットにはもう話してあるの？」

「いや。あいつを……驚かせてやろうと思って」**既成事実を作ってしまえば、なし崩し的にここにいられそうだから、**とジョーは思ったが口には出さなかった。「どうして？　きみが困ることでもあるの？」

「もちろんよ。あなたにここにいられたら邪魔だもの。わたし、プレスコットがけがして心が弱くなっているのにつけこんで、彼にとってかけがえのない存在になろうとたくらんでたのに。しまった、また失敗したか。家に帰って、うまく取り入る別の方法を考えなくちゃ」

「そんなつもりで言ったんじゃない」ジョーは正直、驚いた。思ってもみなかった可能性だが、本当は考えておくべきだったのかもしれない。くそ。

「あら、そうなの？」ミミは信じられないといった表情だ。「まあ、ごめんなさい。あなたという人を誤解してたわ」

「ああ」攻撃されっぱなしではいられない。「なかなか鋭い皮肉だね」

「ありがとう」ミミは軽快な声で言った。「じゃあわたし、車の中にある自分のバッグと、家に置いてある荷物を取ってから、失礼するわ。そう、その車」ジョーがプリウスと、後部座席に辛抱強く座っている二匹の犬に目を向けたのに気づいてミミは言った。「この一週間、プレスコットのミニカーを勝手に使わせてもらったけど、もう乗れなくなると思うと残念だわ。ストリープをぶっ飛ばして、フロスティとつるんで、ビラーを乗っけてたの。すっごく面白かったわ」

「人をばかにするなら、相手の母国語でばかにしたほうが効果的だと思うがね。今の、通訳してくれないか？」

　ミミは無理やり笑みを浮かべた。「〝つるむ〟は、仲良くやるっていう意味。〝フロスティ〟は、都会に住んでて、ウインタースポーツをするために北へやってくる連中。〝ビラー〟っていうのは、スノーモービルに乗る人たちのことよ。あなた、オジサンね」

「〝ストリープ〟は？」

「わたしが作った言葉」ミミは悪びれもせずに答えた。「ストリープなんてものはないわ」

肩を怒らせてジョーの前を通りすぎると、ミミはプリウスのドアを開けた。ふさふさした毛のレトリバー系と、細長い胴体をしたグレーの雑種犬が飛び出し、そこらじゅうを跳ねまわりはじめた。ミミのミトンや大きめのブーツのタッセルに噛みついて遊んでいる。ミミはいつものことだと言わんばかりに犬たちをぴしゃりと叩き（効果はなかった）、かがみこんで車の中を引っかきまわした。やたら大きなトートバッグを引っぱり出してくると、それを肩にかけ、玄関へ向かって歩き出した。

　犬たちは大はしゃぎでミミのあとを追った。ただし歩道に座っていたプレスコットのみすぼらしげな犬だけは別で、怖いほどじろじろとジョーを見つめてくる。ミミが玄関に近づくと、犬たちはわれ先に中へ入ろうと走り出した。

「まさか、きみの犬を家の中に入れるつもりじゃないだろうね？」ジョーは訊いた。

ミミはあたりを見まわし、笑みを浮かべた。離れたところから見ても嬉しそうな笑みではないとわかる。「あなた、知らないの？」

「知らないって、何を？」

「この子たち」足元で取っ組み合う二匹の犬を指さす。「この二匹はプレスコットの犬なの。だから今は、あなたの犬というわけ」

「でも、プレスコットは犬に対するアレルギーがあるのに」しゃべりながらジョーは自分でもばかげたことを言っているとわかっていた。

「信じられないなら——どうせ疑ってるんでしょうけど——自分で本人に電話して確かめてみたら」

「まだそのことにこだわってるのか？　もう謝ったじゃないか。手紙も書いた。あらためて謝れっていうのかい？」

「ええ」

「謝るよ。すまなかった」

「受け入れられません」

「ぼくが間違ってたよ」

「まあ、そこまで言うならね」ミミはジョーをじっと見ながら言った。冷たかった表情が少しやわらいだようだ。「あなたの真ん前にいるのがビル。この二匹のどっちかが」足元でじゃれ合う犬を指さす。「メリーっていうの。もう一匹の名前は憶えてないわ」

「どっちがメリーだって？」

「わからない」ミミは肩をすくめた。「夜遅かったし、救急隊員には責められるし、プレスコットはうんうんうなってたし、わたしはほかのことを考えてたし。名前を度忘れしちゃったから、この子をブロンディ、その子をワイリーって呼ぶことにしたの。ほら、ワイリー・コヨーテみたいだから。あのアニメ、好き？」

ミミが犬たちをどう呼ぼうとかまわなかった。それよりジョーは、ミミの言ったほかの言葉が気になった。「きみはプレスコットがけがしたとき、ここにいたのか？」

「実は、あっちのほうにいて」ミミは湖を指さした。「ちょうど……散歩していたんだけど、プレスコットが家から出てきて、プールに落ちるのを見たの」頬をピンクに染めながらも、ミミは挑むような目でジョーを見た。

明らかに嘘だった。嘘をつくのが下手なんだな。その発見はジョーに、安心させると同時に不安を誘うという妙な効果をもたらした。もしミミが腕ききの詐欺師なら、嘘をつくのはいとも簡単なはずだ。つまりミミは（ジョーの推測どおり）腕ききの詐欺師ではないことが証明されたわけで、それは安心できる材料だった。一方、不安を誘うのは、ミミが何かを隠しているということだ。いったいなんだろう？

「中から荷物を取ってこなきゃ。いいでしょ？」

ミミは玄関のドアを開けた。犬の一団が中へどっとなだれこみ、姿が見えなくなった。聞こえてくるのは足の爪で床を引っかく音やうなり声だけだ。

ミミはブーツを蹴るように脱ぐと、廊下を歩いていった。ジョーもあとを追い、湖を一望できるリビングエリアへ入った。だが目の前に広がる絶景にもかかわらず、室内の光景に目を奪われた。赤いソファの真ん中にはひざ掛けと毛布がからまり、端からは枕カバーなしの枕がずり落ちている。大きな銅製コーヒーテーブルの上にはパンくずやクッキーのかけらが散らばり、本や雑誌、やりかけのクロスワードパズル、iPodがのっている。

ソファのまわりも乱雑そのものだった。ぼろぼろのビーチサンダル、ずたずたになったTシャツ、中味が飛び出たぬいぐるみ。そして安楽椅子の下にはなんと、牛の骨らしきものがひとつ、いやふたつ、転がっている。

キッチンがどんなになっているか見たくもないと思いつつも、ジョーは見ずにはいられなかった。ここも似たりよったりで、違いといえば食品の包装ラップが転がっていることぐらいだ。御影石を使ったアイランド型カウンターの端にはバックパックが今にも落ちそうな状態でのっており、その横にはゴム底のモカシンシューズが置いてある。

「キッチンカウンターの上に靴がのってるよ」ジョーは呆然として言った。

「え？　ああ、そうだったわ」ミミは急いでジョーの前を横切り、モカシンシューズをつまみ上げた。「犬に取られないように、カウンターの上に置いておいたんだった。あの子たち、わたしのTシャツを破いちゃったの、見てよ。といっても、やったのはワイリーだけど」

「なるほど」そうか。ミミは散らかっているのを好む変わり者というわけではなく、正真正銘、ずぼらなやつなんだ。流し台には四枚の皿が積み重ねてある。「誰かお客さんが来たのかい？」

ジョーの視線の先をたどったミミは、「え？　ああ」と言って小さく笑った。「ううん。一枚はわたしので、残りは犬たちのよ。犬用の食器がどこにあるのかわからなかったし、床にじかに食べ物を置いて食べさせるわけにはいかないだろうと思ったから」

「どうして？　いや、答えなくていい。洗ったばかりなんだね」

「いいえ、わたし……」ジョーの皮肉がこたえたらしく、ミミは目を細めた。「いい、ジョー。わたしはプレスコットのお手伝いさんじゃないわ。彼に頼まれて犬の世話をしていただけよ」

「だからといって、部屋の中をごみ箱をひっくり返したみたいにしなくてもいいだろう」

「ごみ箱ですって？」ミミは両手を大きく広げるしぐさをした。「生活感がある部屋、って言ってほしいわ」

「いや」ジョーは称賛すべき冷静さで応えた。「ソファは確かに生活感があるがね。きみが寝て、くつろいで、食事をした場所って感じ――おい、まさか。コーヒーテーブルの上にあるの、あれ歯ブラシか？」

ミミはテーブルの上にかがみこみ、歯ブラシを回収すると、ジャケットのポケットに突っこんだ。「あのね、ジョー。人がミネソタの北部にやってくるのは、掃除機や、乾燥機や、へアアイロンの暴虐から逃れるためなのよ。わたしは休暇を過ごすために来たの。それと、確かにソファで寝たわ」

「どうして？」

「犬をどうすればいいかわからなかったから。寝室を散らかしたくなかったし——」

ジョーは突っこみを入れようとしたが、ミミにきっとひとにらみされて思いとどまった。

「別の部屋まで散らかしたくなかったの」とミミはくり返した。「最初の晩、ソファで寝たから、そのままずっと使いつづけただけ。それに、犬たちが閉じこめられるのをいやがるんだもの。犬をベッドに上げるのをプレスコットがどう思うかわからなかったしね」

「たぶん、ソファに上げるのと同じように感じるだろうね」ジョーはつぶやき、ソファや椅子の張り地の表面についた犬の毛を非難がましい目で見た。プレスコットが掃除機を持っていないとは信じられなかった。

ジョーがあらためて見まわすと、ビルとブロンディは部屋の中をぐるぐる回って追いかけっこをしていた。フローリングの床を軽やかに走り、ソファを飛び越え、壁にぶつかってピンボールのようにはね返る。ワイリーはミミのTシャツに野性を取り戻したかのように大喜びで食らいつき、細かく嚙みちぎろうとしている。

「犬に〝待て〟って命じてドアを閉めればよかったじゃないか？」

「ふん！　犬のことをよく知らない人の言うせりふね。見てよ。あの子たち、〝待て〟なんていう命令に従うと思う？」

「やってみたのか？」

「何回もね。ほかにも〝来い〟だの、〝今すぐおいで〟だの、〝お願いだから来て〟だの、〝ちくしょう、来るんだ〟だの、〝こっち来やがれ〟だの、全部試したわよ。どれもみんな、同じ。なんの効果もなかったわ」ミミは振り返り、急に怒鳴った。「やめなさい！」

犬たちは命令を無視した。ミミは「ほらね、だから言ったでしょ」というような表情でジョーを見た。

「まったく管理できてないじゃないか」ジョーは言った。

「なんですって？」

「きみはこの状況に対処できなくなってる。家事も、犬も、そしてたぶん、それ以外のこともコントロールできてないんだろう」**たとえば、自分の人生も。**だがそれは口にしなかった。ついに、プレスコットの生活における自分の仕事を見つけたとジョーは感じていた。しかも自分の得意とする分野だ――混乱を一掃して秩序をもたらす。散らかった部屋を片づけ、暴走列車にブレーキをかけるのだ。

ミミは黒々としてまっすぐな片方の眉をつり上げた。

「落ち着いて威厳のある口調のほうが、ヒステリックな命令口調より効果があると思うんだ」言ったとたんにジョーは後悔した。「今の言い方はよくなかった」

「いえ、そんなことないわ」明らかに本音を隠した言い方だ。「気にかけてくださってありがたいぐらいよ。天才の足元にひれ伏して、学ばせていただきたいわ」ミミは胸の前で腕組みをした。「教えてくださいな、センセイ」

「ずいぶんつっかかってくるんだな」

「いえいえ。どうぞ、せいぜいがんばって、ジョー」ミミは腕を組む角度を変えた。犬たちはあいかわらず暴れまわっている。こんな大混乱を放っておくわけにはいかない、とジョーは思った。

「ビル。ブロンディ。ワイリー」聞き慣れない声で名前を呼ばれて、犬たちは動くスピードをゆるめて声の主を見た。ジョーはまだミミと目を合わせたままだ。「自分が率いていこうとする相手に口やかましく叱りつけると、こいつは大したことないんだな、と見くびられてしまうんだ。注意を引きつけるには、相手がきっとこちらを向いてくれると信じる必要がある」

ミミは退屈そうな表情でジョーを見た。

叫び声でない普通の話し声にあまり慣れていない犬たちはいつのまにか走るのをやめ、どうしていいやらわからずにうろうろしはじめた。ついにブロンディが、不安に耐えきれなくなったかのようにジョーのもとへやってきた。ほどなくビルもワイリーも、好奇心から近づいてきた。

ジョーは犬たちを一匹一匹、順ぐりに見て言った。「お座り」

犬たちがお座りをした。ビルまでが。

ジョーが勝ちほこった表情で振り向くと、ミミは口をあんぐり開けて、信じられないといった顔で犬たちを見つめている。次の瞬間、唇をきつく嚙みしめると、ミミはひと言も発さずに歩き出し、途中でアイランド型カウンターからバックパックをひっつかみ、玄関へと向かった。

犬たちはミミがずんずん歩いていくのを見守り、それからジョーを見上げた。

「いいんだよ」ジョーは応えた。

おそらく険悪な空気を感じとったのだろう――犬というのはそういうことに敏感な動物だという――犬たちはこそこそと玄関近くまで行き、隅に隠れてミミのようすをうかがった。ジョーもそれに続いた。ミミはブーツをはいた片足でぴょんぴょん跳びながら、もう片方をはこうとしている。はき終えて、床に落ちたミトンをすばやく拾った。

「ミミ」気分を害してほしくなかった。ジョーの望みはただ、ミミに……どうしてほしいんだ？　**行かないで、ここにいてくれ**。

ジョーはもう、自分自身がよくわからなくなっていた。

ミミはジョーに一瞥もくれなかったが、犬たちをにらみつけた。三匹は縮こまってジョーの後ろに隠れた。そりゃそうだろう。もし自分が犬だったら、やっぱり同じように縮こまるにちがいない、とジョーは思った。

ミミは玄関のドアを勢いよく開けて出ていく前に、最後に一度だけ振り返った。

「この、裏切り者たちめ！」ミミはつぶやき、ドアをばたんと閉めた。

31

ミミは古い猫脚の陶器製バスタブに体をゆったりと沈めてくつろぎ、足首を交差させて縁にのせた。まさにこれこそ、ずっと思い描いていたファウル湖畔での過ごし方だった。体のまわりから湯気がかすかに立ちのぼり、蛇口からぽたぽたと垂れる水のリズミカルな音が気持ちを落ち着かせ、心地よい無気力にいざなってくれる——つまりわたしの普段の状態よね、と思い出す。

ピザを温める、ブロンディの毛のからまりをほぐす、ビルの不幸を願う、といった行動をとらなければならないという不快感も、そのうち消えるだろう。何しろ、犬の奴隷状態から解放されたのはつい昨日のことなのだ。犬たちやプレスコットの別荘など、林の向こうの世界のものはすべて、もはやミミの関心事ではなかった。今は自分自身のことだけ心配していればいい。ご都合主義に走る四本足のおべっか使いたちのことなんて、もうどうでもいいでしょ？　厄介払いができてせいせいしたわ。あの子たちには鬼軍曹のジョー・ティアニーがいて、一挙手一投足にちゃんと目を光らせていてくれるんだから。わたしはやっと、自由になれたんだ。自由、自由、自由！

自由だが、寒い。

ビッグ・ハウスはもともと一年じゅう住むことを前提として造られていないため、断熱性が低く冷えこむ。バスタブの湯がたちまちぬるくなって湯気が消え、外に出ている足や腕には鳥肌が立った。熱湯専用栓を足先でひねる。プシュプシュという音が出ては止まり、止まったかと思うとさび色の水が勢いよく噴き出してバスタブに注がれた。二、三分もすればまた寒さに震えるはめになりそうだ。プレスコットの別荘の給湯システムはいくらでも熱湯が出たのに。

ミミは立ち上がり、ヒーターにかけてあったタオルを取って、できるだけ手早く体を拭いた。風呂につかってさっぱりしていた。暖かい服を着て一階へ下り、うろうろして、家の中を走りまわる動物に邪魔されない、平和な静けさを楽しむ。正午になったのでピーナツバター・サンドイッチを作り、オレンジクラッシュを飲みながら食べた。窓から外を眺める。何も見えない。犬も、ジョーもいない。

それにしてもジョーっていやなやつ。あの態度、あんまりじゃない？「犬の面倒をみてくれてありがとう」とかなんとか、お礼のひと言ぐらいあってもよさそうなものなのに、わたしが使った生活感あふれる場所をいちいちチェックして回っては非難して。あげくのはてに、「きみはこの状況に対処できなくなっている」などと口走るしまつ。要は「自分の人生をコントロールできていない」って言いたかったんでしょ。思い上がったばい菌恐怖症の支配魔め。一人で勝手にいろんなものを支配してればいいわ。

人間を人生という航海の舵取りをする船長にたとえる話はもてはやされすぎだ。ミミはどんな船の船長にもなりたくなかった。自分自身の船は特に。船の舵取りをしている人は景色が見えないからだ。それに、船長は船を動かすだけでなく、人を追い立てて動かそうとする。ちょうど母親のソランジェがわたしを追い立てて行動を起こさせようとするのと同じに。でも、なぜジョーのことなんか考えて時間を無駄にしているんだろう？　確かにあの人は思いがけないユーモアのセンスがあるし、清潔感漂うハンサムで、いい香りがして、キスが上手だ。そう、あんな男、どこにでもいる。でもプレスコットの容態を心配するあまり、仕事を中断して飛んできて、世話をしようという気持ちはあるのだ。その点も母親に似ている。娘に必要とされているとわかればすぐに駆けつける母親。ほかのことはともかく、ああいう支配魔たちの見上げたところは、いつでも頼りになるという点だ。ありがたいことにわたしは、誰にも頼る必要がない。

その問題に心の中でいちおうけりをつけると（どんな問題か、なぜけりをつけなければならないのか自分でも定かではなかったが）、ミミはロマンス小説を持ってきて、それからの四時間、でこぼこしたインド更紗《チンツ》張りのソファの角に丸くなって読みふけった。昼下がりに起きようとすると、足の筋肉が凝り固まって伸ばすのがやっとという状態になっていた。足を引きずりながらキッチンへたどりつき、鎮痛剤を探したが見つからない。プレスコットの別荘まで行ってジョーに薬をもらおうかとも一瞬考えたが、あの傲慢なジョーのことだ、薬は自分に会いにくる口実だと思いこみかねない。でも、外を歩けばけいれんした筋肉がほぐれるかもしれない……あ、しまった。アークティック・エクスプローラー製のシルク混の靴下をプレスコットの別荘に忘れてきてしまった。この厳寒に外へ出るにはそれ相応の格好をしないとだめだ。あの靴下に代わるものはない。取りに行かなければ。

シェ・ダッキーとプレスコットの別荘を結ぶ小道をたどりながら、ミミは言うべきせりふをおさらいしていた。もちろん礼儀正しくふるまうつもりだ。むやみに敵対心をむき出しにしても意味がない。ミミとジョーの人生観はあまりに違いすぎて、お互いを理解し合うことはほぼ不可能だ。それがありのままの真実だった。異なる種に属する宇宙人が二人、レシピを交換しようとしているようなもので、作り方の手順がお互いに理解できないだけでなく、材料自体が共通でない。たとえばミミのレシピにはマッシュルームが必要だが、ジョーの住む星には栽培用の土が存在しないといった具合に。

ミミはいつのまにか敷地の境界線を越え、プレスコットの別荘の玄関へ来ていた。大きなガラス扉を通して室内をのぞく。ジョーが廊下の奥にいる。キッチンの中で、プラスチックのバケツを横に置いて床に膝をついて何かしている。床のタイルを磨いているらしい。へえ、お上品なジョー・ティアニーが、お手伝いさんですか！

ミミはドアをノックした。音に気づいて振り返ったジョーは、無表情な顔でミミを見た。床磨きのブラシをバケツに入れ、なめらかで優雅な動きで立ち上がると、『ER緊急救命室』の医師役のジョージ・クルーニーが手術用の手袋を脱ぐのと同じように手慣れた動作で黄色い手袋を脱ぎ、ドアに向かって歩き出す。膝にハンドタオルを巻いた男性が、どうしてこんなにセクシーに見えるのかしら？　ブルーのドレスシャツの袖口を折り返してひじのところまで出しているからだ――とても魅力的な腕だった。日焼けしていてたくましく、手首のところまで柔らかそうな黒い毛にうっすらとおおわれている。ミミは男らしい腕に弱いのだ。

ジョーがドアを開けた。

「何か？」

「靴下を忘れちゃったの」

ジョーはうなずいた。「そうだね。入って」

ミミは用心しいしい、横歩きで中へ入った。

「すぐに戻ってくるから」ジョーはミミを玄関先に残し、家の奥へ消えた。

「床を磨いてたのね」ミミは後ろから声をかけた。

「ああ」

〝そりゃそうだよ、あんなに汚れてたんだから〟とかなんとか言わなかったことだけでも、褒めてあげなくちゃ。

「磨くしかなかったんだよ」奥のほうからジョーの声が聞こえた。ふん、褒めるのはもうやめたわ。

ミミは犬の姿を捜してあたりを見まわした。少なくとも、幾晩も一緒に寝たワイリーぐらいは出迎えてもいいはずだ。実はワイリーとブロンディに会うのが楽しみでもあった。ビルについてはそうでもないけれど。「犬たちはどこ？」

「洗濯室にいるよ」とジョー。「風呂に入れてやったから、体を乾かしてる」

なんと、かわいそうに。ほどなくジョーが紙袋を手に戻ってきて、ミミに渡した。

「わたしのものを紙袋に入れたの？」ミミは訊いた。なぜかそのことのほうが、汚れた床についての皮肉より腹立たしかった。

「洗濯してから入れたんだ。それと、タンポンも入ってるから」

「ありがとう」


日暮れどきには雪が降りはじめた。湖岸に沿って歩いていたミミは、ふとプレスコットの別荘のほうを見ている自分に気づいた。金色がかった温かみのある光がデッキに面した窓からもれている。気の毒に。ジョーと犬たちは今晩、何を食べたんだろう。そんなにたくさんは食べてないだろうな、と想像する。

ミミはビッグ・ハウスへ戻り、ホーメル社のチリビーンズの缶詰を開けた。自分の食事をほかの者（特にビル）と分け合わなくてすむのがありがたかった。チリビーンズだからなおさらだ。そのあとオズに電話しようかと思ったが、今週はずっと携帯電話の受信状態が悪かったのであきらめて、ビッグ・ハウスの中をぶらぶらすることにした。ときどき足をとめて目を閉じ、各部屋に今は亡きオルソン家の人々がいる姿を思い浮かべようと試みたが、だめだった。想像力が過去への扉を開くのを拒否し、プレスコットの別荘と、中にいるジョーと犬たちが気になってしょうがない。ジョーもやっぱり退屈してるかしら。ちょっと待って。

わたしは別に退屈なんかしていない。ただ……無気力なだけだ。

うろうろ歩きまわりながらミミは引き出しやトランクを開けてみたが、何もない。食料棚までのぞいて、一番下の棚に古いアルバムが何冊も入った箱を見つけた。こんなところにこんなものがあったとは気づかなかった。アルバム自体にもほとんど見おぼえがない。過去の思い出にあまりこだわらないオルソン家の誰かが、最後にこれらのアルバムを引っぱりだし、色あせた黒いページを繰ったのがいつか、ミミは思い出せなかった。先祖の写真から、チャーリー大おじの六本あった足指が誰の遺伝かもわかるだろうか。

ミミは箱を引きずって応接間へ戻り、アルバムをぱらぱらとめくって中を確かめた。オルソン家の記録係たちは、空いていればどの一冊のどのページにでも手当たりしだいに写真を貼っていったらしい。大半の写真の裏には写っている人の名前が書かれ、一部には日付も記されていた。何十年も前に塗られた糊は剝がれ、開くと写真がぱらりと落ちてくるページもあった。ミミはばらばらになった写真を家族ごと、年代ごとに分けて積み重ねていった。数独のパズルよりもやりやすかった。

新たな一〇年分の作業にとりかかったとき、玄関からかすかな音が聞こえてきた。ジョーかしら？　まさか、ジョーがドアを引っかくはずはない。アライグマ？　ミミはドアの近くまで行き、窓からそっと外をのぞいた。下の階段に、ビルがいた。

犬の姿を見たミミの心にこみあげてきたものは……なんだろう？　喜びとはちょっと違うし、達成感？　これも違う。幸福感ではもちろんない。充足感。そう、これだわ。充足感だ。

ビルはミミを見上げた。ミミはドアを開け、腰に手をあてた。きれいにブラシがかけられたビルの毛はつやつやして、ベビーシャンプーみたいな香りがした。

「あら、ビル。中に入れてほしいって、わたしの情けにすがりにきたんでしょ？　だけど、その姿」ミミは痛烈な皮肉をこめて言った。「ジョー・ティアニーのおしゃれなお犬さまになっちゃったじゃないの」

それでも犬は堂に入った無頓着さでミミの前を通りすぎ、廊下へ向かった。ミミがあとを追うと、のんびりとした足どりで応接間に入っていく。ここではアルバムのかび臭い匂いに数秒間、興味を示しただけで終わり、ふたたび廊下へ出た。ミミもあとからついていった。

ビルは玄関のドアの前に戻り、立ち止まった。振り返って懇願するように見上げることすらしない。ミミは犬の頭上に手を伸ばしてドアを開けてやった。ビルは振り向きもせず、正面の階段を下りていく。ドアを閉めたあとミミは、ビルがプレスコットの別荘へ帰るかどうか確認するつもりでようすをうかがった。犬は足を上げ、一番下の段におしっこをしてから帰途についた。

今夜だけでなく、明日も夜は冷えこむだろう。ワイリーがいれば暖かいだろうなと、ミミは足元に何度も手を伸ばさずにはいられなかった。

翌日、ミミは増えつつある写真の山を応接間からダイニングルームに移し、フォーン・クリークまで車を走らせた。食料品の買い出しをして、ふたたび夜遅い訪問客があったときにそなえて冷凍のピザも二枚仕入れた。それから写真用品を買いにドラッグストアへ寄った。

カウンターにいた愛想のよい女性店員はミミが選んだ商品を見て、スクラップブッキングをなさるんですか、と訊いてきた。それがどういうものかわからなかったが、ミミは「ええ、まあ」と答えた。店員の顔は喜びに輝き、わたしもスクラップブッキングが趣味なんですよ、と宣言すると、ぼうっとしているミミの手をとり、奥のコーナーへと導いた。一五分後、店を出たときには、ミミは大きくふくらんだ紙袋を抱えていた——中にはメタリックカラーインクのペン、何十枚というステッカーシート、ボーダー飾り用のクラフトはさみ、グリッター、何百というダイカットペーパーのパーツ、スタンプ、インクパッド、色画用紙、特殊糊が入っていた。

ビッグ・ハウスへ戻ったミミは、戦利品をダイニングテーブルの上に並べた。自分の買いこんだ愚にもつかない品を見ていい気分になっていた。スクラップブッキングを始める前に、まずアルバムから古い写真を剝がし、こびりついた糊をきれいに拭き取る必要がある。やり方は例の親切な店員が教えてくれた。ミミはiPodで音楽を聴きながらとりかかった。

トイレに立ったときようやく作業を中断したが、気がつくともう二時で、これには驚いた。ダイニングルームの窓から外を見てすぐに、平衡感覚がおかしくなっているのを感じた。アルバムの上にずっとかがみこんでいたからだわ。新鮮な空気を吸わなくては。

ミミはジャケットをはおり、手袋をはめて、ビーチへ向かった。深呼吸をし、血のめぐりをよくするために足踏みをする。吠え声が聞こえたので振り向くと、プレスコットの犬たちと彼の父親が、湖の向こう側からこちらへ近づいてくる。三匹の犬は綱のようなものにつながれ、クロスカントリースキーをはいたジョーを引いて走りつつ、抗議の吠え声をあげている。

まあ、怠けちゃって。ミミはあきれた。犬がかわいそうじゃないの、残酷だわ。ジョーは軽量級とは言いがたいのに、ちび犬のビルまでがこき使われている。ミミの姿を認めた犬たちは、唯一の救世主ここにありとばかりに方向転換し、きゃんきゃん吠えたてながらジョーを引っぱって駆けてくる。

ジョーは片方のストックを持ち上げて合図を送ってくる。男っぽいオートミール色のフィッシャーマンセーターに茶色い厚手のウールスラックス姿で、まるでアウトドア用品のＲＥＩ《レイ》の広告に出てくるモデルのようだ。ぴったりとしたスキー帽は端整な顔立ちをきわだたせている。

近づいてくると、犬たちは跳ねまわり、ミミの手や足を甘噛みしはじめた。ただしビルだけは、丸い小さな尻で雪の上にぺたりと座ってあくびをしている。ジョーは微笑んだ。血色がよくいかにも健康そうだ。青い目はブルーのコンタクトレンズをつけているかのようで、歯は雪のごとく真っ白に輝いている。

ミミは自分をみすぼらしく感じた。

「かわいそうじゃない。この子たちをどうするつもり？」

「やあ、ミミ。きみたちはお座り」三匹の犬は凍りついたというほどではないにしてもぴたりと動きを止め、ミミは押し倒されるのを免れた。座った犬たちを見ると、それぞれハーネスをつけている。

「どうだい、大したもんだろう？　昨日、雪が積もる前に、ベルトとハーネスを翌日配達で注文したんだ。走らせるのはまだこれで三度目なんだけど、みんな、こつをつかんだみたいだよ」

「あなたのそのお尻を引っぱって湖の周辺を走るこつを？」ミミは嫌味な口調で訊いた。

ジョーは怒るどころか、笑い出した。面白がっている。「違うよ。いや、そのとおりだ。い、い、犬スキーだから」

その言葉でぴんと来るかと思ったが、ミミは知らないらしく、説明を求めるかのように待っている。

「犬スキーだよ。ノルウェー人が考案したスポーツで、クロスカントリースキーと犬ぞりを組み合わせたみたいなものだね。犬たちは大喜びさ」

そんなはずはない、とミミは疑った。だが犬たちの視線はジョーをあがめるようにじっと見上げている。ミミはこんな表情で見つめられたことは一度もない。アイスクリームを冷凍庫の奥から探し出してきて分けてやったときは別だったが。

「この子たち、くたくたに疲れてるじゃない」

「いや、楽しんでる。動物には皆、あらかじめ定められた役割がある。その役割を果たしているときが一番成長するんだ」まるでママみたいな言い方だわ。

「ビルがあなたを引っぱりまわすために生まれてきたとは思えないけど」

「ああ。だけど食べて寝るだけがビルの人生じゃない。人間と同じように、動物にも仕事が必要なんだ。それによって生きがいを見出し、幸せになり、緊張がほぐれ、満足が得られるからね」この人、間違いなくソランジェが乗り移っている。生きている人の魂と交信なんかできるんだろうか？　これは母親に電話して確かめたほうがよさそうだ……。

「そんなこと、どうしてわかるのよ？」

「プレスコットが持ってる犬の心理学と群れの行動学に関する本を何冊か読んだんだ」

ミミは犬たちをちらりと見た。三匹とも縮み上がっていないし、むちで打たれたあともない。「ふうん」

「納得できないんだね。じゃ、見せてあげよう。こいつら、夢中になって走るから。本当に速いぞ。見ててごらん」

ジョーは雪に突き刺してあったストックを取り上げ、前傾姿勢になった。「行くぞ！」

ジョーがスキーで雪面を蹴って踏み出すと、犬たちはたちまち生き返ったようになり、綱に引っぱられて走り出した。三メートルほど滑ったところで犬たちのほうが勢いを増し、人間と一体となって飛ぶような速さで進んでいく。

ミミはうっとりとしてその光景を見つめた。犬たちは有頂天になって尻尾を泡立て器のごとく振り、吠え立て、足を激しく回転させながらさらにスピードを上げていく。ジョーが大声で笑っている。困ったことにミミは、そんな彼が好きだと思わずにはいられなかった。偉ぶってお高くとまった、人の心を惑わせるやつとして忘れようとしていたのに。実際ジョーは人の心を惑わせるやつなのだろうが、すてきであることは確かだ。

ミミは微笑みながら見守った。あのまま走りつづけたら、シェ・ダッキーのビーチ近くの甲羅干し用の大きな岩のほうまで行くんだろうな、というぼんやりとした思いが頭をかすめた。普段は氷の上に突き出す形でそびえているので、スノーモービルに乗る人にとっては危険ではないが、昨日から雪がかなり降って積もったから——どうしよう、危ない。

「ジョー！　ジョー！　曲がって！　今すぐ！」

ミミの叫びを聞いたジョーは振り返り、片方のストックを頭上高く持ち上げて振った。目の前に迫る雪の塊に犬たちは向きを変えたが、ジョーはそのまま突き進み、岩の真ん中にもろに当たった。そして文字どおり、空を飛んだ。

32

「今度は別のティアニーさん？」
オックスリップ記念病院の救急入口の傾斜路で車輪つき担架《ストレッチャー》を押しながら、ボブが訊いた。このあいだの救急救命士だ。今回、ファウル湖に駆けつけてジョーを搬送した救急車には乗りこんでいなかったが、駐車場の救急外来受付でまた会ったのだ。どうやらボブは運転手や事務担当者など、いくつもの仕事を兼務しているらしい。

ボブは幅広のガラス扉の横に設置されたドアロックの前で立ち止まり、うつ伏せになったジョーの体越しにミミを見て訊いた。

「ティアニー家の男性に対する復讐か何かですか？　一人ずつ消していく計画とか？」

「わたしは何もしてないわよ、このティアニーにも、このあいだのティアニーにも」

ミミは憤然として答えた。この私心のない行為に疑いを抱いておかしな想像をめぐらせたりして、この人、ミステリー作家にでもなるつもりかしら。わたしはむしろ、聖人として称えられるべきだと思うけど。

幸い電波の受信状態がよかったので携帯電話で救急車を呼んだあと、ミミは大急ぎでジョーのもとへ戻った。頭に大きなたんこぶを作り、肩を脱臼しているようだ。ほかにもどこかけがをしているかもしれない。救急車が来るまで付き添ってから、犬たちを追い立てて家の中に入れた。シェ・ダッキーに戻ろうとしていたとき、ジョーの頼みで（頼みというより懇願だった）プリウスに乗り、救急車のあとをついて病院まで行くことになった。退院したらプリウスに乗って帰るつもりらしいが、どうせ運転は誰かに頼まざるをえないだろう。「ついてきてくれ、お願いだ」と言ったときのジョーの表情は必死そのものだった。

理由はすぐにわかった。ジョーのような感染恐怖症にとって、この世で病院ほどおそろしい場所はない。入院すると考えただけで怖気をふるっているのだ。

「この人をどうやって湖までおびき出したんです？」とボブがミミに訊いた。「また発作を起こすふりをしたとか？」

「なんですって？」ジョーは気力を振りしぼって言った。「発作を起こしたふりをしてた？ 発作って、いつ？」

「ご本人によると、雪の上で寝転がって遊んでただけだって言うんですがね。いい年をした女性が――」

「ちょっと！」ミミがさえぎった。

「いい年をした女性が、ですよ」ボブは悦に入ってくり返した。「雪の上に寝転がってスノーエンジェルを作っていた。それをおたくの息子さんが発作と勘違いして救急車を呼んだ。息子さんが彼女を救おうと湖へ駆けつける途中で、プールに落ちてしまったと。そういう話なんですがね」

ボブは疑わしそうにミミを見た。「でも怪しいんだなあ、どうも信じられない。といってもこの人、男を食い物にする悪女には見えないですけどね。シャロン・ストーンって感じじゃないし」

「ちょっと！」ミミがまた抗議した。

「どんな手でやられたんです？」ボブはジョーに訊いた。

「彼女じゃない。ぼくがいいところを見せようとしてて、岩にぶつかったんです」

「アークティック・キャットで？」興味を引かれたらしくボブは訊いた。

通訳してくれ、とでも言うようにジョーはミミを見た。

「スノーモービルのことよ」

「それなら違う。犬と一緒に遊んでたんです」

この答えにボブは閉口して首を振った。「いい年をした大人の男が犬とお遊び。ファウル湖では何かおかしなものを栽培してるんじゃないでしょうね？」

「いや、してません」とジョー。

「じゃあ、まるっきりしらふで、彼女にいいところを見せようとしてた、と」ようやくガラス扉が開いた。「彼女、ティアニー家の男性にどんな魔法をかけたんです？」

「そんなことを訊くなんて、よっぽどケーブルテレビばかり見てるんでしょうね？」ジョーが言った。

ボブの顔が赤くなった。

「プレスコットは言ってましたか？　彼女に〝おびき出された〟って」ジョーは強い口調で訊いた。

「いいえ」ボブはうんざりしたように答えた。「実は息子さん、彼女がすばらしい女性だってうわ言みたいに言ってばっかりでしたよ。ミニオネット・オルソンがいかに完璧な女性か、三〇分はたっぷり聞かされましたから」

「本当？」ミミは少し気取って尋ねた。プレスコットがわたしにあこがれていたなんて、気づかなかった。ジョーがそう思っているのは知っていたが、その一方であの人は、わたしがプレスコットの母親をかたって偽のメッセージで息子をだましていると思いこんでいたのだ。息子のほうが父親よりよっぽど鋭いわね。

「もちろん、意識は半分もうろうとしていましたよ。それでも尋常じゃない褒め方でしたからね。そのとき、何かがおかしい、怪しいと思ったんです。あれぐらいの年頃の子が恋するならアンジェリーナ・ジョリーみたいなタイプのはずで、間違っても」ミミが目を細めて威嚇しているのに気づいたのだろう、ボブは「彼女みたいな人じゃないだろうから」とだけ言った。

「そんな言い方はないでしょう」とジョーが注意した。

ミミはボブに勝ちほこったような笑みを見せた。ジョーがかばってくれている。もちろんジョーは、誰に対してもそういう態度で接するにきまっている。白馬の騎士的ふるまいが癖になっているのだ。それでも、誰かにかばわれ、守られるのはいい気分だった。ジョー自身もわたしについて同様にかんばしくないイメージを抱いていたことを思い出させるのはやめにしよう、とミミは思った。

ボブがストレッチャーを押して病院の救急処置室を通るとジョーは真っ青になった。目のふちを赤くし、汗ばんだ少女が椅子に座っている。母親が受付で書類に記入しているあいだに、青洟を垂らした幼児が走りまわり、絵本を壁に投げつけたりしている。短い開放廊下の片側にはカーテンで仕切られた三つの診療室があり、そのうちふたつは空いていたが、一番奥の仕切りの向こうでは誰かがはあはあと苦しそうに口呼吸をしていた。ボブは一番手前の診療室にジョーを運びこんだ。

丸々と太って可愛らしい小児科の看護師（黄色いアヒルのプリントがついた手術着を着るのは小児科の看護師ぐらいしかいない）がクリップボードを手に近づいてきた。「ファウル湖から搬送されてきた方ですか？」

「間違いありません、カリンさん」ボブは大物の魚を釣り上げたかのように声高らかに宣言した。

「この女性が前回も湖にいたという方？」看護師がミミをちらりと見て言った。

「そうです」

看護師はミミの全身を眺めまわした。「はあ、なるほど」

「すみません、ティアニーさんを早く診ていただきたいんですが？」そう言ってからミミは自分でも驚いた。だが誰も応急処置にかかろうとしないし、ジョーは院内感染をおそれて沈黙しているし、自分がうながすしかないと思ったのだ。もうそろそろ犬たちの食事の時間だ。

「命に別状は？」看護師は言葉短くボブに訊いた。

「命に別状はありません」

「それなら、まず受付をしていただきます」看護師はジョーの上にかがみこんだ。「保険には入ってらっしゃいますか？」

「はい」ジョーは横を向くと、歯を食いしばりながらスラックスの尻ポケットから財布をやっとのことで引き出し、看護師に突きつけた。「保険証が入ってます。すみませんが、早くお願いします」

看護師は財布を開き、中の保険証を取り出した。「はい、あと少しだけ我慢してくださいね。すぐに処置をしますから。でも、先にやるべきことから片づけていかないと」

そのとき、汚らしい小さな手が担架の向こうから伸びてきて手すりをつかんだ。次に、ブロンドの髪がわずかに生えた小さな丸い頭がのぞき、そして赤いほっぺたの、目鼻が真ん中に集まった顔が出てきた。最大の特徴は、鼻水を盛大に垂らしていることだ。

目と目が合った。茶色い小さな目と、大きく見開かれたブルーの目。

「勘弁してくれ」ジョーはつぶやいた。

「どうちたの？」小さな生き物が訊いた。

「ジャスティン・ビヨークランド。すぐにママのところへお戻りなさい。わかった？」

そう言って看護師は担架にすがる子どもを抱き上げ、おむつで大きくふくらんだ尻をぱんと叩いた。

ミミはジョーを見下ろした。目を閉じている。この人、心の中で祈っているのかもしれない。

「肩関節を脱臼していますね、ティアニーさん」ヤングストラム医師が言った。疲れた顔をした五〇代の女性だ。「手首も痛めているし、膝もひどくひねったようです。頭を打って気を失ったのはまあいいとして、かなり大きいこぶができています。経過観察が必要ですので、一日入院してください。あと数日間は車椅子なしでは動けないでしょうね。その手だと松葉杖は握れないだろうし、もう片方の足に体重をかけるのはしばらく無理ですからね。介護施設が――」

「いやです！」

起き上がろうとしたジョーは痛めた膝をどこかにぶつけて悲痛な叫びをあげた。

医師は平然とした表情でジョーを見た。「病院付属の介護施設には、大変優秀な理学療法士がいます。二、三日そこで治療を受ければ、きっと――」

「いやです！」

「二、三日その施設で治療を受ければ」医師は何事もなかったかのように続けた。「息子さんのお宅に戻るより、はるかに早い回復が望めますよ」

「どうでもいいんです」ジョーは聞き分けのない子どものように首を大きく振った。

いけないことと知りつつも、ミミは面白いと思っていた。脱臼した肩関節を元の位置に戻す処置を行うために注射された鎮痛剤、デメロールの作用で衝動を抑えられなくなり、考えたことがすぐ口に出てしまうのだ。普段のジョー・ティアニーだったら自分自身の言動にあきれていただろう。今ジョーの頭を占めているのは、彼の言うところの「病原菌がうようよいて疫病が蔓延する館」（一般には「病院」として知られている場所）にもう一分でもいたくないということだった。

「フォーン・クリークには個人で雇える看護師や在宅介護人がいないんですが、病院には介護施設が併設されていますから。ティアニーさんの場合、少なくとも四八時間は付き添って介護してくれる人が必要になります」

「付き添いなら彼女がいます！」ジョーが言った。

爪のささくれを熱心にむいていたミミは、顔を上げてジョーの指さすほうを見た。指先はミミに向けられていた。

「はあ？」

「彼女が介護してくれるんなら、退院してもかまわないわけですよね？」

医師は肩をすくめた。「もちろんです。意思に反して引きとめることはできませんからね。まあ、本当はできると言えばでき――」

「困ります」ミミは言った。

「頼むよ、ミミ」ジョーはベッドの手すりを指関節が白くなるまできつく握りしめている。その目はムンクの『叫び』を思わせた。「もう犬の世話をしてもらっているんだし、あと二日だけだから。ぼくが立てるようになるまででいい」

そうだわ、犬たちがいたんだっけ。ミミはブロンディの優しい顔やワイリーのおどけた顔を思い浮かべた。ビルは……まあいい。とにかく、誰かがあの子たちを散歩に連れていき、餌をやらなくてはならない。それに、ジョー・ティアニーが薬の作用によるパニック状態から脱して我に返ったとき、プライドが多少へこむのを見とどけてやるのも悪くない。

「お願いだ」ごほごほ咳をする音が聞こえる待合室に恐怖の目を向けてジョーは言った。

「わかったわ」ミミは快く応じた。

33

ファウル湖近くを走るプリウスの中、ジョーはけがをした足を助手席の背にもたせかける形で後部座席に座っていた。すぐ隣には折りたたまれた車椅子が積んである。ジョーはほとんど口をきかなかった。薬でぼうっとしているからだろうが、道路の轍に車輪が入って車体が揺れるたびにうめき声をあげていた。

車はプレスコットの別荘に着いた。ミミは車椅子を取り出して私道の上で広げ、建物へ入って犬たちを外に出してから、ジョーに手を貸そうと車に戻った。ジョーはすでに後部のドアから降りようとしていたが、途中で体がつかえてしまった。

「手伝うわ」とミミは言い、ジョーの足を下ろすために手を伸ばした。

「病院から出るとき、手を洗った？」ジョーが訊いた。

「え？」

「病院でいろいろなものに触っただろう。その手で触られちゃ困る。見てたんだ、子どもがつかんだ手すりをきみが触るのを。だから病院を出る前に手を洗ったか、確かめないと」

薬のせいでこうなっているのだから許してあげようと自分に言いきかせながら、ミミはジョーを安心させるような笑みを浮かべた。「もちろん、洗ったわよ。わたしだって菌をうつされたくないもの。さあ、足をそろえて回して、ドアの外に出られる？　けがをしてないほうの足を支えにして立って、椅子に倒れこむ。できる？」

ジョーはいかにも男っぽく、ふんと鼻を鳴らして拒絶した。

「わかったわ。じゃあわたしの首に腕を回して」ミミは前かがみになり、感じよく微笑んだ。

「できない。左腕がわきに固定されてるから」

「そうよね。じゃあ、こうしましょう。まず痛くないほうの足を出して、地面につけて。そうそう。今度は右腕を上げて、わたしの肩を入れる。そうすれば一緒に立ち上がれるでしょ」

ジョーが素直にけがをしていないほうの腕を上げたので、ミミはその下に肩を入れ、彼の胸を両腕でしっかり抱えこむと、あごの下に自分の頭を押しこんで立ち上がろうとした。

「きみの髪、いい香りがする」ジョーが言った。

「あのね、そんなに驚いた声を出さなかったら、褒め言葉だと思えたのに。いい？　一、二の、三で――」

「すごくいい香りだからさ」

「ジョー・マローンよ。いい、持ち上げるわよ」ジョーの体はがっしりと硬く、温かかった。薬が効いてぼうっとしていようと、いつもの元気がなかろうと、洗練された男らしさを発散している。

「本当に？　高いシャンプーを使うタイプには見えないのに」

　この人なら当然、ジョー・マローンぐらい知っているわよね。たぶん、ガールフレンドがこのブランドの香水をつけていたのだろう。

「イーベイのオークションで手に入れたのよ。よし、いい？　一、二の、三」

　ミミは力をこめてジョーの体を自分のほうに引っぱり上げた。二人はぐらつきながらも立ち上がり、ジョーは右手をプリウスの天井について安定を保った。

　ジョーはミミの上向いた顔を見下ろし、「目もすごくきれいだ」と唐突に言った。

「あなたの目もすてきよ」それは本当だった。黒髪でアイルランド系のハンサムな男性の魅力は抗しがたいものがある。

「きみがプレスコットをだまそうとしていなかったのはわかってる」ジョーは出し抜けに言った。

　ミミは一瞬ためらったが、興味をそそられた。今は胸襟を開いて語り合う絶好のタイミングとは言えない。ミミは冷静で頭がさえているのに対し、ジョーはデメロールの作用でふらふらになっている。その一方で、本人には悪いが、礼儀正しく洗練された物腰というよろいを取り去ったジョーの考えを聞いてみたかった。

「そう？　どうしてわかるの？」

「プレスコットに電話してきみのことを訊いてみた。何気ないふうを装ってね。あいつはまったく知らなかったよ、きみの仕事……なんて言うんだっけ？」

「スピリチュアルな世界とのパイプ役？」

「なんだ、それ」ジョーは二人で抱き合いながら片足で立っているのをいやがっているようには見えなかった。むしろ満足そうだ。といってもミミも同じだった。こんな体勢で話をするのが妙にしっくりくる感じがした。ただしジョーがいつもの自分を取り戻したらこうはいかないだろう。

「うちの会社のホームページではそういう表現になってるの」

「ずいぶんもったいぶった表現だな」オズのせっかくの営業努力もこれでは形無しだ。内心ではジョーの意見に賛成だったが、雇い主に対する忠誠心から黙っていた。「とにかく、プレスコットはきみの仕事がなんなのか、かいもく見当もつかないようだ。やつの想像では、きみは貧乏に敢然と立ち向かう未亡人で、前向きな気持ちと勇気によって絶望から逃れようとしているらしい」

「なんでわたしが絶望しなくちゃならないの？」ミミは不思議そうに訊いた。

「わからない。未亡人だと思いこんでるからだろう。あいつはきみに夢中なんだぞ、知ってるか。救急救命士だって気づくぐらい」

「そうね」ミミは謙虚に目を伏せた。「なんとなくわかってたわ。あなたとしては心配でしょう。だって、わたしが今まで彼を利用してなかったからといって、これからもしないとはかぎらないでしょ」ジョーは否定もせず、聞いている。「なのにあなたは、回復するまでの数日間は一緒にいてくれってわたしに頼んだわよね。これってどういうこと、ジョー？」

ジョーはしばらく考えていた。しっかりと抱き合い、肩に頭をもたせかけられ、恋人のように顔を見合わせたこの体勢で会話している不自然さに彼が気づかないのなら、このまま何も言わずに放っておこう、とミミは思った。

ジョーはようやく口を開いた。「ぼくがよっぽど病院を嫌ってるか、きみの目が本当に、すごくきれいか、そのどっちかだろうな」

ミミは微笑んだ。「あなた、気落ちしてるみたいじゃない」

「してるさ。きみという人がよくわからない。きみはいつもはあまり変人には見えないし」

「あら、ありがとう」ミミは真面目に言った。

「だけど実際は変わり者なわけだろう。だって、ブラウン大学に入ったのに、オールAの優秀な成績で学士号を取る一カ月前に退学してしまうような人だから――」

「大したことないわ。専攻は英語だったんだから。その話、誰に聞いたの？」

「お母さんだよ。きみについていろいろと話してくれた」

ママが？　当然、そうよね。目的のためには手段を選ばない人にとって希望の泉は永遠に尽きることがないのだから。母親はおそらく、結婚記念パーティのときに二人が一緒に退席するのを見て、ジョーを通じてミミによい影響を与えるチャンスとふんだのだろう。

「母は自分の娘たちのこと、やたらしゃべりたがるの。いちいち信じたらだめよ」

ジョーは聞いていない。「で、まともな職にもつかずに、家具付きの安アパートを借りて住んでいるって――」

「家具付きじゃないわよ」ミミは抗議した。

「あんなアパートに金を払って住んでるのか？」

正直すぎるのもたいがいにしてほしいわ。

「それと、わたし、まともな職についてるつもりよ」

ジョーは冷笑した。「そうか。じゃあ教えてくれ、ミミ。きみは自分が本当に死んだ人の霊と話してると信じてるのか？」

「あなたはどうなの？」ミミは訊き返した。

「わからない。わかってるのは、きみが変わり者でエキセントリックだってことだけだ」

「わたしがエキセントリックですって？」ミミは大声で笑い出した。「病原菌が怖くて病院のベッドから逃げ出した人が、よく言うわよ」

ジョーの体がこわばるのがわかった。ミミが望んでいたように、これで不愉快な方向に行きそうな会話を終わりにできる。自分の人生について長々と説教を聞かされたいのなら、母親かメアリに電話すればいい。そんな説教のコーラスに新たな人の声を加える必要はないのだ。そういえば思い出したが、サラからもう何週間も連絡がない。次にフォーン・クリークへ行ったとき〈ブルースキー・コーヒーショップ〉に立ち寄って、無料のインターネット接続サービスを利用してEメールをチェックすることにしよう。

「ほら、ジョー」ミミは痛めていないほうの足を支えにしてジョーの体を回転させ、車椅子に下ろした。「密閉性の高い清潔なお家に入りましょ」

車椅子を押して建物に入ると、犬たちがのんびりとあとをついてきた。ナバホ・ラグを蹴ってわきにどけ、フローリングのリビングエリアの真ん中に乗り入れる。

鎮痛剤の効果が薄れてきたのか、ジョーは体を動かすたびに顔をしかめている。医師は痛みが出る前に薬を服用するよう厳しく言っていた。

ミミはキッチンへ行って水をコップに一杯持ってくると、自分のジャケットのポケットに入れておいた瓶入りの処方薬を取り出し、瓶のキャップを回した。

「ほら」手を出すようジョーにうながして、注意深く二錠だけ手のひらに振り出す。たぶん痛みが強くなってきたからだろう、ミミに薬を管理されることに対して騒ぎ立てもせず、ジョーは錠剤を口に入れて水をひと口飲んだ。

「ねえジョー、教えて」ミミは真剣なまなざしをジョーに向けて言った。「完璧でいるのって、大変じゃない？」

ジョーは面食らった。「完璧？　なんのことだい？」

「完璧な服装、完璧な髪型、完璧に身だしなみをととのえて、完璧に清潔で……」

「ミミ、教えてくれ」ジョーは反撃した。「朝、クローゼットの中に入っていって、こんなふうに言うのかい？　〝一緒に出かけたい人、この指とまれ！〟とか？　きみを見てるとそんな感じだよ」

ミミはソファの肘掛けに腰を下ろし、身を乗り出した。

「わたしは今のままの自分に満足してるわ」

「ぼくだって今のままの自分に満足してる」ジョーはやり返した。

でも、二人とも嘘をついているような気がするのはなぜ？　誰に対して嘘をついているの？　ミミは急にそんな思いにとらわれた。

「完璧さに固執し出したら、そのうち間違いなく頭がおかしくなる。うちの母に訊いてみればわかるわ」

「ぼくは固執してない」ジョーは断言した。

ミミは黙ったまま、まったく信じられないというふうにジョーを見た。

「固執してるわけじゃない」ジョーはくり返した。「人の外見というのは、その人が自分自身と周囲の人たちをどう見ているかの反映なんだ。外見を磨く努力には、自分ばかりでなく、周囲の人たちの評価を大切にしているんだと彼らに伝える意味もあるのさ」

ミミは自分の服を見下ろした。膝が大きく出たスウェットパンツに、だぶだぶのフランネルのシャツを着て前をはだけ、その下には色あせたピンクのTシャツという格好だ。

「ということはわたし、自分自身もほかの人も嫌いってこと？」

ジョーは考えこむようにミミの姿を眺めた。「そう見えるかもしれないな」

ミミは声をあげて笑った。笑わずにはいられなかった。たとえ薬でぼうっとした状態であっても、ジョーとの言葉の応酬は楽しかった――屈折した楽しみだけれども。

「お上手ね、ジョー・ティアニー」

「な、そうだろう？」ふたたび薬が効きはじめたらしく、まぶたが半分閉じられている。そうやって座っているジョーがもろく見えて、ミミは胸が締めつけられるのを感じた。こんなふうに人に頼らなくてはならない状態はつらいだろうに、それなりに最善を尽くしている。プレスコットともうまくやろうと努力していた。どうしてだろう？　それに、なぜわたしがそんなことを気にするの？　いつものわたしなら他人の生き方を詮索したりしないのに。

「ジョー。どうしてここへ来たの？　実際の話」コップを受け取りながらミミは訊いた。

「どういう意味だい？」

「看護人を雇うことだってできたはずでしょ。足を折った程度なら命に関わることはないもの。あなた自身がわざわざここへ来る必要はなかったはずよ。会社だって喜んで休暇をくれたとは考えにくいし。ねえ、どうして来たの？」

「あいつの父親だからさ」ジョーは、なぜそんなわかりきったことを訊くんだ、とでも言いたげにミミを見た。

「父親だからって、子どもが困っているときに駆けつける人ばかりじゃないでしょう」ミミは言った。心臓の鼓動が少し速くなっていた。ジョーをここまで運んでくるのに思ったより体力を使ったからだろう。

「いや、駆けつけるさ」ジョーは確信したように言った。すでにどんよりとした目がさらに曇っている。「可能ならの話だよ。駆けつけるのが無理なときもあるし、自分が必要とされているかどうかわからないときもあるけど、もし可能で、必要だとわかっているときは、駆けつけるのが親というものだよ」

少し複雑ではあったが、ミミはその意味を理解した。ジョーは本気で言っていた。親なら誰でも駆けつけるという部分は間違っているけれど、誠実な発言だった。ミミはジョーをしばらく見つめていた。心の中で何かがとろけていくのを感じていた。「さあ、お父さん。お休みの時間よ」

寝室は全部、一階の別棟に集まっているので、ミミは迷うことなくジョーを乗せた車椅子を押して五室ある客用寝室のひとつに入った。車椅子をベッドの横に寄せ、ブレーキをロックして、身をかがめる。ジョーのウエストに腕を回そうとすると、彼はびくっとしてひるんだ。

「どうしたの?」

「なんでもない」何かに耐えている男らしい表情。「気にしなくていい」

ミミは体を起こした。「また手を洗ったかどうか確認したいの?」

「いや。手を貸してくれ」

どうも信じられない。ミミは手を伸ばしてジョーの膝を軽く叩いた。

「ほら、触った《タッチ》」もう片方の膝も叩く。「タッチ」

ジョーは驚いてミミを見上げた。「おい、やめろよ」

「タッチ」ミミはジョーの鼻の頭を指でつついた。「タッチ」今度は頭のてっぺんに触る。

「そんな、子どもっぽいことをして」

「タッチ、タッチ」ミミの手はジョーの頬から肩に動いた。「タッチ、タッチ、タッチ」手、胸、腕。

「もういいだろ？」ジョーは辛抱強い態度で訊いた。

「さあ、どうかしら」

「ふん、いいさ。自分でベッドに移るから」

「子どもっぽいのはどっちかしら？」ミミは眉をつり上げて言った。「薬を飲んでるから、無理してけがをするといけないわ。でも無謀な行動をするつもりなら――」

ミミは言葉を慎重に選び、今度は望ましい効果を引き出した。

「そうだな」ジョーはこわばった声で言った。「ベッドに横になるから、手伝ってくれないか？」

「洗ってない手であなたに触るのを我慢できる？」

「言っただろう、気にしなくていいって。いや、ぼくは気にするけど、さっきびくっとしたのはそのせいじゃない」

「本当？」ミミは疑わしそうに言った。「どうしてびくっとしたの？」

「きみが体を寄せてきたとき、膝にぶつかったからさ」

ミミの頬に血が上った。「まあ」

ジョーはそれを見て微笑んだ。

「誤解したのかい？　心配しなくていい、よくあることだから」

この人、わたしが言ったことをすべて憶えているの？　ミミは咳払いした。

「いえ、誤解なんかしてないわ。じゃあ、ベッドに移りましょ」

ミミは前かがみになった。ジョーは長い腕をミミの肩に巻きつけ、うめき声をあげながらけがをしていないほうの足に体重をのせてバランスをとった。ミミは車椅子を足で蹴ってわきへよけ、ジョーの体をベッドのほうへ導いて、慎重に下ろしはじめた。あいにく、大柄な体を支えるのに小柄なミミの腕力では足りず、四分の三ぐらいはそろそろと下ろせたものの、あとは力尽きて落としてしまった。ジョーはミミを上にのせたままベッドに倒れこみ、大きくあえいだ。

ミミはジョーの胸に片手をついて体を少し起こし、心配そうに彼を見た。「大丈夫?」

「大丈夫じゃない」

「大丈夫のはずよ」ミミは言い張った。「痛くないほうを下にして倒れたから」

「だけど、きみが着地したのは痛いほうだからね」

「そうだったの?」ミミは青ざめた。「ごめんなさい。本当に、ごめんなさい」もがいて起き上がろうとするが、ジョーの手がつかんで放さない。

「そういえば、さっきより気分がよくなったよ」とジョー。ミミの下に横たわるその体は硬く頑丈そうで、弱々しさとはほど遠かった。

「まあ」ミミがジョーの胸に手をついて強く押して体を離すと、彼は大声で笑った。「今なら鎮痛剤を飲んでるから、グッドイヤーの風船みたいな小型飛行船が体の上に落ちてきたところで、全然痛くないさ」

わたしがグッドイヤーの小型飛行船ですって？　脂肪がついてるってこと？「何よ！」

ミミは急いでベッドから離れた。

うわべこそ憤慨していたが、ミミは気分を害したわけではなかった。実のところ、薬でとろんとしたジョーの目にちらつく欲望を見て、少し嬉しい気持ちになっていた。デメロールを服用してふらふらになった男性の興味を引くことができるとしたら、わたしだってまだ捨てたものではない。だぶだぶのスウェットパンツにフランネルのシャツという格好でも、何かしら引きつけるものを持っているはず。もしかしたらその〝何か〟はジョー・マローンのバスジェルかもしれないけど。きっとあれに魔力があるのね。もっと買うことにしよう。

もう一度寝室をのぞいてみる。ジョーはすでに眠りに落ちていた。あお向けになって片腕を横に広げ、軽くいびきをかいている。よし。これであのふざけた犬たちとの再会をこっそり楽しめる。

犬たちと一緒にいたいと願う自分の本音は見せたくなかった。気づかれたら最後、犬（とジョー）の世話をすると同意したことが当たり前のように思われてしまう。せっかくジョーが恩を感じてくれているのに、その気持ちをぶち壊したくなかった。かといって、なぜ恩を感じてほしいのか、ミミは自分でもよくわからなかった。ジョーの持っている中でミミの欲しいものはひとつもないし、ジョーがしてくれそうなことでミミが必要とするものも何もない。『フォーブス』や『ＧＱ』といった雑誌、航空会社のマイレージプログラム上級会員のアップグレードの奴隷になり、抗菌石鹸を好むジョーとは違って、ミミは何物にもわずらわされない自由で独立した人間だ。

一〇分後、ミミはブロンディとワイリーの温かい頭を膝にのせて満足げに座っていた。わたしは転がる石《ローリングストーン》のようなもの――行くあてもなく、家もない。

ミミは眉をひそめた。ボブ・ディランの『ライク・ア・ローリング・ストーン』の歌詞はそうじゃなかった。確か、〝帰る家もなく〟だったんじゃないかしら。まあいいわ。ミミは太ももをぱんと叩き、ブロンディとワイリーを起こした。

「さて、ピザが食べたい人はいる?」

34

ジョーは玄関のドアが開き、閉じる音を聞いた。数分後、リビングへ入ってきたミミは、大きなクッション封筒を抱えていた。心ここにあらずといったようすでジョーの頭をぽんと叩き、「タッチ」とつぶやく。

「お願いだから、それ、やめてくれないか?」

「やめない。料金をもらってもいいぐらいだわ。だって、あなたの潔癖症的な感覚を鈍らせてあげてるんだもの」

「鈍くなんかなりたくないよ」

「そんなの嘘。たった二日間でずいぶん進歩したわよ。触られてももう、ほとんどびくついたりしないじゃない」

「きみ、スティーブン・キングのあの本、読んでる最中なんじゃないか? 頭のいかれた元看護師が小説家の看病をするってストーリーの」ジョーは不機嫌な声で言った。

「『ミザリー』ね?」ミミは嬉しそうに訊いた。実に楽しげで、ずっとこの調子だ。空想的なことや奇妙なもの(ミミの偏った世界観ではほとんどすべてのものがそうだ)に出会うと、ユーモア精神をくすぐられるらしい。「読んでないわ。どうして？　わたしがある夜突然、野球のバットを持って襲いかかってくるとでも思ってるわけ？」

「いや。それじゃ早く決着がつきすぎる。きみはぼくを拷問して苦しめたいんだろう」

ミミの眉が上がった。

「それに」ジョーは続けた。「あの主人公の男と違って、ぼくはきみの大好きな幻想をぶち壊したりしないから」

「どうかしらね」

「それ、どういう意味だい？」

「わたしが抱いてるのは、あなたが糊のきいたボクサーショーツをはいてて、靴下にアイロンをかけてるっていう幻想なんだけど」

ジョーは眉をつり上げた。「現実にはそうしてないって、どうしてわかるんだ？」

「ただの推測よ」

「ふうん。そんなに興味があるなら確認してもいいよ、一緒に」

ミミはまた笑い出した。いい笑い声だ、低くてハスキーで。

「だとすると幻想は消えたわね。ボクサーショーツに糊をきかせてる人は、看護人に対してそんな無作法なことをほのめかしたりしないはずよ」

「じゃあ……」ジョーは希望をこめて言った。「確かめてみる？」

ジョーの胸の鼓動が高鳴った。ちらっとこちらに向けたミミの目に、思わず想像をたくましくしたかのような色が見えたからだ。だがそれも一瞬で、すぐに消えた。

「男の人って、いつも楽観的なのよね」ミミは首を振った。「感謝祭の七面鳥より念入りにぐるぐる巻きにされてるくせに、あわよくば、という気持ちで甘い夢ばかり見るんだもの。また何か悪意に満ちたコメントをされそうだから先に言っておくと、甘い夢、というのはわたしのことよ」

「それを証明する方法はたったひとつしかない」ジョーは重々しく言った。

今回はミミも相手にせずソファに座り、クッション封筒のガムテープを剝がしはじめた。ジョーの中途半端な誘惑の試みは、まるっきり冗談というわけではなかった。なぜもっと真剣に迫らなかったかというと、どういう反応が返ってくるか確信が持てなかったし、まだそれを確かめる段階ではないと思ったからだ。

それにジョーは、ミミとの関係をまた台無しにしたくなかった。ここへ来た最初の日、ミミはジョーの言葉の裏に隠された意味をいちいち探っていた。その必要もなかったのに。ジョーは、その時点でミミの人となりを見きわめていなかったにしても、プレスコットが苦労して稼いだ金をミミが吸い上げたりするはずがないということはわかっていた。そんな人物でないことは一日一緒にいれば納得がいく。そう考えたのはミミの道徳観や倫理観が特にしっかりしていると判断したからではない。詐欺のように周到な準備と緻密な計画が求められる企てを最後までやりぬくのに必要なモチベーションがミミにはないと思ったからだ。

かといってジョーは、ミミが怠け者だと思ったわけでもない。ミミは一般に使われている意味での怠け者では断じてない。ただ、プレスコットをだましたところで、その努力をするだけの価値があるとミミが思うものは得られないのだ。それには金も含まれる。ミミほど物を所有することに興味のない人間に、ジョーは会ったことがない。

ミミはすばらしき船地球号の密航者を思わせる。ほかの乗客は血と汗と涙の結晶で乗船券を購《あがな》っているのに、それを避けて通るやり方を見出そうとしている。しかしそうとも言い切れないか、とミミを見ながらジョーは思う。クッション封筒についたガムテープを剝がすのをあきらめたミミは、なんと封筒の角を嚙むという手段に出た（封筒が届けられる前にどんな場所に置いてあったか考えただけでジョーは身が縮む思いだった）。ミミは明らかに、物を大切にする心や他者に対する思いやりを持っている。たとえば犬やシェ・ダッキー、親族。ジョーのことも、ある程度にせよ大事にしてくれている。ただし自分が大事に思っている人や物とのあいだにあえて距離をおくことに一所懸命なのだ。物理的な距離ばかりではなく感情的な距離も。

ミミは今、眉根を寄せて封筒の中身を見ている。さまざまな形と厚さの紙が何枚も入った文書で分厚くなったファイルだ。

「ミミ？」

ミミは顔を上げた。その表情は頼りなげだ。「これ、オテル・ウェーバーっていう人が送ってきたの。父の消息を調べるためにわたしが雇った私立探偵」

「きみのお父さん？　お父さんに何があったんだ？」ジョーはファウル湖畔のビーチパーテ

ィで、ミミに父親のことを尋ねた記憶がおぼろげながらあった。そのときは、父親がどこかほかのところにいて、シェ・ダッキーに来ていないだけだという印象を受けた。だが、最近消息がわからなくなったにしては、ミミの態度が落ち着きすぎてはいないか。「最後に会ったのはいつだい？」

「三〇年前よ」

「えっ？」

「三〇年前。父は夏休みにわたしをシェ・ダッキーへ送り届けたあと、世界放浪の旅に出たの」ミミは書類を指で叩いた。「世界といってもけっきょく、モンタナあたりで終わったみたいだけど」

「ちょっと待って。もう少し詳しい話を聞かせてくれ」

ミミはジョーが興味を示したのに驚いたようだったが、話しはじめた。

「両親はわたしが赤ちゃんのころに別れたの。離婚後の取り決めで、夏休みのあいだは父がわたしの面倒をみることになっていて、父と二人で毎夏、シェ・ダッキーに来ていたの。今と同じように、大人も子どももあそこのコテージにぎゅうぎゅう詰めで過ごしていたっけ。わたしたち、何日も大人と話さないこともあったな。誤解しないでね、見守ってくれる大人は何人もいたのよ。ただ、子どもは子どもらしく遊ばせてくれて、余計な干渉はしなかった。とりわけ父の子育ては放任主義だったわ」

「夏のあいだずっとシェ・ダッキーに滞在していたということは、お父さんはそれが可能な仕事についていたんだね」

「ううん、定職にはついてなかったの」ミミはあっさりと言った。「いちおう働いてはいたけど、職業と呼べるような仕事じゃなかった。生きていくために働いていたのであって、働くために生きていたわけじゃないから」

言い訳か。父親をかばっているんだな、とジョーは気づいた。父親を支持する気持ちの表明として、そのライフスタイルを受けついできたのか。ミミの「成り行きにまかせよう」式の哲学の背景が少しは納得できる気がした。

「父はほとんどいつもごろごろしていて、たまに、一週間とか一、二カ月、ふらりと旅に出ることがあった。夏のあいだはあまり長く留守にしなかったけれど」

子どもを残して何週間も不在にするなんて、いったいどんな父親なんだ?

ぼくのことじゃないか。

その言葉が突然、降ってわいたように頭に浮かび、ジョーはすぐに打ち消した。自分の場合とは事情がまったく異なる。ミミの父親には、娘を置いていく理由になるような仕事や責任がなかった。ジョン・オルソンには選択肢があったが、ジョーにはなかったのだ。

いや、もしかしたら二人の違いは——ジョーには言い訳があった、というだけのことかもしれない。

実際、ミミの父親と自分にどれほどの違いがあるというのか? 二人とも、子育てという仕事を妻にまかせっきりにした。必要に迫られてというより純粋に子育てを楽しみ、その能力に恵まれていると信じた妻に。ジョン・オルソンはなぜそうしたのか？　彼はミミの思っているとおり、本当に屈託がなく何事にも無頓着で、自由気ままな男だったのだろうか？　それとも、進んで子育てに取り組む必要がないことに、内心ひそかにほっとしていたのか？　彼もやはりおそれていたのだろうか？　**ぼくと同じように。**

不愉快な質問にもつねに尻込みせずに答えるジョーだったが、今は明確な答えが見つからない。真実はおそらくどちらでもなく、前者と後者の中間だろう。もしかしたらプレスコットがジョーに抱いている敵意の原因はそこにあるのかもしれない。父親に捨てられたとまでは思わないにしても、カレンに息子をまかせて専業の父親の役割を免除されたジョーの安堵した気持ちを、プレスコットは感づいていたのではないだろうか。ジョーは自分がどう感じていたかも思い出せなかった。最初のうちこそほっとしたかもしれないが、その気持ちが長く続かなかったことだけは憶えている。

安堵の気持ちが怒りに変わりはじめたのはいつだったろう？　プレスコットだけでなく、自分自身の期待をも裏切ったと気づいたのは？　カレンが死ぬ前だったか？　思い出せない。この問いかけを自分自身にこれほど正直にぶつけたのは初めてだった。ジョーは、息子に対するカレンの献身の結果に疑問を抱き、自分がどこか不誠実だと感じていた。同時にそれを不誠実さではなく、客観的な目で状況を見直しただけにすぎないのかもしれない、とも思っていた。

「ねえ」ミミが言った。「そんなに痛ましそうな顔をしなくてもいいのよ。時間が経つにつれてわたしも現実を受け入れて、もう割り切ってるんだから」

ジョーはカレンについて思いをめぐらせるのをやめ、ミミに注意を向けた。やはりミミは、自分で言うほど割り切れていない。明るく輝くその目にはどこか翳りが感じられ、達観した態度にはほど遠かった。「その後、お父さんはどうなった？」

「わからない。ラシュモア山から電話をかけてきて、祖父と話したの。すごく楽しくて時間の感覚を忘れそうだ、いつ戻るかはわからないって」

「きみに話したのはそれだけか？」

「わたしは直接話してないの」ミミはふたたび快活に答えた。少し平然としすぎている。「旗取りゲームに夢中になって遊んでいたから。その電話が、父からの最後の連絡になったわ。きっと父は今でもどこかにいて、そちらでは時が止まってるんじゃないかしら。わたしはそう思ってるの」ミミはにっこり笑った。そうか、こうして無頓着を貫き通すことで自分を守っているんだな、とジョーは気づいた。

「それから何年も経って、いまだにお父さんを捜しているんだね？　その、ウェーバーって人からの報告書を今でも受け取っているのか？」

「今でも？　いえ、そうじゃないの」ミミは不快なことを指摘されて否定するかのように首を振った。「父の件についてはずっと放っておいたのよ。オテル・ウェーバーを雇ったのは去年の春で、きっかけは絵はがきが配達されたこと。郵送中に紛失したか何かで」ミミはきまり悪そうに小さく笑った。「ようやくわたしのもとへ届いた。なんと父からわたしに宛てた絵はがきで、三〇年前に書かれたものだったというわけ。モンタナの郵便局の消印があったわ。父を捜すために祖父が雇った人たちが、最初ノースダコタを中心に調査していたのがわかっていたから、それで、わたし……本当は、そのまま放っておいたほうがよかったのかもね。探偵なんか雇ったりして、何を期待してたんだろう？」ミミはまた笑った。ひどく早口になっている。「わたし、どうかしてたわ。あなたにとってなんの興味もない話なのに。べらべらしゃべるほうじゃないんだけど。こんな――」

「個人的なこと？」ジョーは静かに言葉を補った。

ミミは指をぱちんと鳴らした。「そのとおり。個人的なことよ。ごめんなさいね」

「いや、いいんだ。もっと聞かせてくれ」ジョーは意識的に冷静で客観的な口調を保つようにした。同情や心配を口にしたら、ミミが心を閉ざしてしまうと思ったからだ。「で、探偵が何かつかんだのか？」ジョーはミミが手に持った書類をあごで示した。

ミミは書類の存在を忘れていたかのように見下ろした。「もしかしたらね。わからない。これによると父に会ったのを憶えている人を見つけたっていうんだけど、そんなのが手がかりになる可能性、どれだけあるかしら？」ミミは悲しげに頭を振った。

「どんな情報でも出てきたら追いかけて、なんとかしてつきとめたいという思いは強いんだろうに」

ミミはふたたび首を振った。「どうかしら。わからない。今なんとなく感じてるのは、どちらかというと、このまま――」

「放っておいたほうがいい」

「そうね」

「なぜだ？」ジョーは好奇心にかられて訊いた。「どうして、もっと以前にお父さんを捜してみようと思わなかったんだい？」

その瞬間、明るく屈託のないミミの仮面が剝げ落ちた。マジシャンが布を取り払ったように、その下に隠れていた真実の姿があらわになる。その目は今や恐怖におびえ、落ち着きがなく、暗い影に彩られていた。

「父を見つけるのが怖かったの」ほとんど聞きとれないほどの小声でミミは言った。「ばかだなって、思うでしょ」かすかに浮かべた悲しげな微笑みには、わかってくれるわよね、とでも言いたげな表情が宿っていた。書類を入れたファイルで太ももを軽く叩くと、ミミは立ち上がった。

不思議なことに、ジョーはミミが言わずにおいたことが完全に理解できた。もし父親が死んでいれば、それは終わりを意味する。もし生きていれば、それもまた終わりを意味する。なぜなら、新たな人生を見つけた父親は二度とミミのところに戻ってくることはないからだ。

「犬たちを散歩に連れていく時間ね」ミミは近づいてきて、ジョーの肩に指先を軽く触れた。

「タッチ」

35

「すみません、車椅子を玄関の中まで持ってきてもらえますか?」プレスコットは、〝ボンバディルの住みか〟と名づけた自分の別荘の玄関を入ったところに松葉杖をついて立っていた。松葉杖の使用は短距離の移動に限られており、それ以外は車椅子を使うよう言われている。「飛行場からここまで、どうもありがとうございました」

「どういたしまして」ダルースからプレスコットを乗せてきた飛行機のパイロットが言った。飛行機はジョーがチャーターしてくれた。ありがたいことだ。でももう父親の助けなど要らない――ぼくにはミニオネネットがいる。

「これで大丈夫ですか?」パイロットは車から降ろしてきた車椅子を器用な手つきで広げてから訊いた。

「ええ。付き添ってくれる人がいるので、大丈夫です」プレスコットは微笑みながら言った。

それを聞いて安心したらしいパイロットは、プレスコットの肩をぽんと叩いて出ていった。まだミニオネネットと犬たちの出迎えがないが、きっと散歩に出かけているのだろう。

プレスコットはそうっと車椅子に腰を下ろし、松葉杖を壁に立てかけた。プールに落ちたあの事故から一一日が経っていた。入院が長引いたのは、足首の再手術が必要だったからだ。しかし予後は順調で、こうして帰宅することができた。プレスコットは深呼吸をし、喜びに包まれてあたりを見まわした。家具を動かして空間を広くし、マット類は巻いて壁際に置いてある。車椅子で動きまわりやすくするための配慮だ。本当に気のきく人だ、と嬉しくなる。部屋は見事に掃除が行きとどいていた。タイルも御影石のキッチンカウンターも、磨きぬかれてぴかぴかだ。堅木張りのフローリングも深みのある光沢を放っている。こんなにきれいに手入れしてくれるなんて、さすがミニオネット。思っていたとおりだ。

プレスコットは車椅子を動かして廊下からキッチンへ入った。リビングのほうに向きを変えたとき――。

「お帰り、プレスコット」ジョーの穏やかな声が聞こえた。

プレスコットはびくりとしてあたりを見まわし、部屋の向こうの陰から現れた父親の姿を認めた。ジョーは車椅子に座り、片足をまっすぐ伸ばして足置き《フットレスト》にのせていた。膝の上で両手を組み、鬱々たる表情だ。

「なんでここにいるんだ？」プレスコットはつい声を荒らげて訊いた。

「おまえの世話をしようと思ってね。四日前に来て家の中の準備をしてたんだが、こういうことになって」ジョーはけがをした足を悲しげに指さした。「ぼくのほうが介護してもらいたいぐらいだよ。退院は明日だと思ってたんだが」

「血液検査の結果が良好だったので、退院が早まったんだ。その姿、どうしたんだい？」

「事故だよ。膝の捻挫と、肩関節脱臼だ。あと二、三日すれば車椅子は必要なくなると思う。勝手に家具の配置を変えてすまなかった。おまえにとってもこういう配置のほうが楽だろうと思ってね」

「ミニ――ミセス・オルソンはどこだ？　犬たちは？　彼女を追っ払ったのか？」

ジョーは一瞬、プレスコットのようすを観察した。「こっちへ来てくれ」と言い、見ていて感心せずにいられないほど巧みに車椅子を操ってすばやく床の上を移動すると、湖を見わたせる窓の前で止まった。プレスコットはぎこちない手つきで車椅子を動かし、父親の横に停めた。

「ほら、あそこにいるよ」

プレスコットがジョーの指さした先を見ると、眼下の湖の上を三匹の犬たちが逃げるように走っている。あとにぴたりとついて滑っていくのはクロスカントリーのスキーヤーだ。

「どうなってるんだよ？　あの男の人は誰？　どうしてぼくの犬を追いかけてるんだ？　ミセス・オルソンはどこだ？　ジョーじゃなく、彼女がここにいるはずだったのに！」プレスコットはまくしたてた。スキーヤーが必死に逃げる犬たちを追いかけているのを見て気が気でなかったのだ。

ジョーは息子のほうを振り向きもせずに答えた。「あそこにいるのがミセス・オルソンだよ。ところで彼女はミセスじゃない、ミズ・オルソンだ」

「え？」

「それに、あれは犬を追いかけてるんじゃなく、犬が引いてるんだ。犬スキーっていうんだが、ハーネスをつけた犬が彼女の体にくくりつけた綱を引っぱるようになってる。ぼくが教えたんだけどね」ジョーはうらやましそうな目で言った。「すごく面白いよ。彼女、もう二時間近くも外にいるんだ。ぼく一人をここにおいて」

あれがミニオネット・オルソンだって？　プレスコットは信じられない思いで見つめた。湖上を猛烈な勢いで滑っているあのスキーヤーが、しとやかで落ち着きのある中年の隣人だというのか？「まさか、冗談だろう」

ジョーは聞いていないようだ。「人情味に欠けると思わないか？　ぼくがここに座って退屈していることぐらいわかりそうなものなのに、外に出て――犬と一緒に」急いでつけ加える。「うらやましくて頭がどうかなりそうだよ。ぼくをほったらかしにして外で遊んで」

どうやらジョーは、ミニオネットのことをぼくよりよく知っているらしい――プレスコットはくやしかった。「彼女がミセスじゃないって、どうしてわかる？」詰問口調で訊く。

「本人から聞いたんだ。ぼくがここへ着いたとき、犬たちと一緒にいてね」

「そもそもジョー、なぜ来たんだ？」

「理学療法士によると退院後もしばらく介護が必要ということだったし、知らない人がまわりにいるとおまえも気づまりだろうと思ったからだよ」

プレスコットは口を開け、そしてすぐに閉じた。自分に対する父親の気づかいに不本意ながら感じ入っていた。だがそれでも、ここにいるのがジョーでミニオネットでないという事実の埋め合わせにはならない。

「ミニ――ミズ・オルソンがいるとわかったときに、どうして帰らなかったんだ？」

一緒にいてほしいのはミニオネット・オルソンなのだ。ジョーではない。プレスコットは想像をめぐらせていた。朝はミニオネットと一緒にオートミールを食べ、午後になったらぼくが昼寝をしているあいだに彼女が家の中を動きまわって整理整頓をしてくれる。夜は二人でチェス（難しすぎるようなら、チェッカー）をして過ごす。ぼくは彼女のために、どの医療保険会社がいいか調べる手伝いをしたり、インターネットのサイトから退職基金に加入する方法を教えてあげたりする。ぼくらはちょっとした家族になれるだろう。ミニオネット・オルソン、ビル、メリー、サム、そしてぼくだ。ところが現実には、ジョーがいる。

ふと気づくと、ジョーは哀れむようにこちらを見つめていた。おなじみの表情だ。

「どうなんだい？」プレスコットは答えをうながした。

「ミズ・オルソンは、ここに残るのをしぶっていたんだよ、プレスコット。ぼくは最初からいるつもりだったけれどね」

「そんなの、信じられない」プレスコットは腹立たしげに言った。落ち着いて耳に快い声を出そうと心に決めていた――ジョーさえいなくなってくれれば。「このボンバディルの住みかに――言っとくけど、『指輪物語』に出てくる家にちなんでつけた名前だからね――ミズ・オルソンがいたくないと思っているとしたら、こんなにきれいにしてくれるはずがないじゃないか？」

「きれいにしたのはミズ・オルソンじゃない。ミセス・マクゴールドリックっていう家政婦さんに一日おきに来て掃除してもらってるんだ。だけどミミと犬たちがいるかぎり、毎日にしてもらうべきだったよ。ミミは本当にずぼらなやつだからな」ジョーは頭を振った。「それに、あの犬たちときたら……」

そんなはずはない！　気取りのない人ではあるが、掃除嫌いだなんて、ありえない。プレスコットは汚いのが大嫌いだった。その考え方をあこがれの人が持っていないとはどうしても信じたくなかった。

「家の中が少し散らかったとしても、それは彼女の仕事が大変すぎるからだよ。家事と犬の世話の両方を頼んだのはちょっと負担が重すぎた。ぼくが気づいてあげればよかったんだ」

「いや、そういう問題じゃない」ジョーが言った。「問題はミミが、自分が不要と思う努力は断固としてしない、ということなんだ。といっても、実のところあらゆるものの八五パーセントを不要とみなしてるがね。ミミは自分を律することをせず、それを誇りに思っているんだ」

ジョーはいつのまにミニオネットを〝ミミ〟と呼ぶようになったんだ？

「ミミを見てみろよ、プレスコット」ミニオネットのほうに頭を傾けてジョーは続けた。「生き生きしていて、可愛くて、知性があって、超一流の怠け者だよな」

ジョーは心の底から深いため息をついた。もっと冷静なときだったら、人を非難するにしては不思議な締めくくり方だなとプレスコットも思ったかもしれない。だが、この人格攻撃が自分の崇拝する女性に向けられたものだけに、プレスコットは車椅子を回転させ、ジョーと対峙した。「今の言葉、取り消してくれ」

ジョーは当惑して息子を見た。その反応に興味をそそられはしたが、当惑していた。

「撤回しなかったらどうする？　殴ろうっていうのか？」

プレスコットはぐいと前に進み、こぶしを大きく上げて振るったが、あいにく空振りに終わった。ジョーの表情は当惑から驚愕に変わり、車椅子を後退させた。

「やめろ、プレス。危ない。けがをするぞ」

「言葉を取り消せ！」プレスコットは歯を食いしばり、殴りかかった。勢いあまって車椅子から落ち、ジョーの上に倒れこむ。衝突音とともにジョーの車椅子がひっくり返り、二人とも床にのびた。

「痛いっ！」ジョーが悲鳴を上げた。分厚いガーゼとギプスで衝撃のほとんどが吸収されたプレスコットは、床に手をついて体を（ギプスで固められた下半身も）引きずりながら父親のほうへ這っていった。「自業自得だよ。それから言っとくけど、彼女はミミじゃない、ミニオネットだ！」

「おい、プレス！　どうかしちまったんじゃないのか？」ジョーは手首を胸にかき抱くようにして言った。そして息子の表情を見ると、痛くないほうの足とひじで体を支えて後ずさりしはじめた。

「それから、ぼくのことを〝プレス〟って呼ぶな」プレスコットはがなりたてた。

「わかったよ。頭がおかしくなったのか、プレスコット？」

「ミニオネットは心が温かくて愛情深い、すばらしい女性だぞ。あんたには彼女の悪口を言う権利はない。謝れ」

「悪口だって？　おい、小学生みたいな態度はやめてくれよ。まるで先生に夢中になった生徒みたい――いてっ！」

36

「ふうー！　汗だくよ。トルコ式のスチームバスで使ったタオルよりびしょびしょ！」

　ミミは階段の上に向かって大声で呼びかけた。

　ジョーをたじろがせるためにわざと使った生々しいたとえに満足したミミは、ジーンズについた雪を払い、クロスカントリースキー用のブーツを脱いだ。デッキの下の屋外に通じる出入口から入ったので、ジョーの管轄外であり、今のところは彼の主婦的批判の標的にならないですむ。ミミは場所に頓着せずにジャケットを脱ぎ捨てた。外を見ると、犬たちがはあはあいいながら雪の上に寝ている。これまでの経験では、少なくともあと三〇分は中へ入れてくれと言ってこないだろう。

「ヤッホー！　ジョー、またすねてるんじゃないでしょうね？　明日あたりからけがした膝に体重をかけてもいいって、お医者さまも言ってたでしょ。わたしにつかまって、ガレージのまわりを歩いてみましょうよ」

　ジョーが岩にぶつかって空を飛んでから四日が経っていた。けがをしてからのジョーは、時間を追うごとに不機嫌になっていった。体が思うように動かせないこと以上に、何をするにも人に頼らねばならない生活に慣れるのが大変なのだろう。だがミミもそれに劣らず、誰かに頼られるという生活には不慣れだった。今や人一人と犬三匹が、食事、運動、交流、会話を求めてミミを頼りにしているのだ。

会話の面では予想外の成果があった。ジョーをよりよく知るようになったということではない（電話によるあの世との交流を生業とするミミは聞き上手だから、当然だ）。会話を続けるうちにミミは、自分について語るようになった。長年のあいだに五、六人の人に伝えたより多くのことを、ジョーに打ち明けたのだ。きっかけは、オテル・ウェーバーが送ってきたあのおかしな封筒小包だった。

封筒の中身は大半が手書きのメモのコピーだが、要するにウェーバーがわずかながら手がかりになりそうな情報を入手したという内容の報告書だった。あまり期待しすぎないようにとウェーバーは注意していたが、その心配はなかった。予想とはまったく異なり、〝ミスター・きれい好き〟と〝ダストモップたち〟の世話に追われるあまり、父親の消息について期待を抱くどころではなかった。ミミはスキーパンツを脱ぎながら、ジョーとの丁々発止のやりとりを自分がいかに楽しみにしているかに気づいて当惑した。もしかしたらこれは、別の種類の熱い接触の代わりではないのか。

ジョーは危険な存在だった。笑わせようと披露する茶目っ気にあふれた意見や、じっと見つめてくるまなざしや、シャツの袖をまくったときに見せる魅力的な腕に、ミミは不覚にも胸がどきどきしてしまうことがある。だが二人は今後、恋愛関係になるべきでは――いや、なるはずがない。悲しいかな、今や二人はお互いを知りすぎていた。

　これが発展したらどうなるか、ミミには想像できた。二人ともいっときは関係を楽しめるだろう。だが終わったあとにお互い思いをめぐらせて、次に会うときは距離をおいたほうがいいかもしれないと感じる。二人のうちどちらかの愛情が深すぎる、あるいは（さらに悪いことには）どちらかの愛情が薄すぎるのではと心配する。わたしは判断を大きく誤って彼に電話し、留守電メッセージを聞いて切ったあと、夜中に目がさめる。彼の電話のナンバーディスプレイに自分の番号が表示されていたか、彼がその番号を見て「よかった、出ないですんで！」と思ったのではないか、と悩む……最悪だわ。

　でも、そんな将来はやってこない。今は今で楽しもう。

　ジョーはどうしたのかしら。家の中に雪を持ちこんだといって長々とお説教をしてもよさそうなものなのに。眠っているの？　わたしを待っていて、ちょっと留守にしたあとに、心臓が止まるような微笑みで迎えてくれるだろうか？

　ジーンズをはきかえるころには、ミミの心臓は期待に高鳴っていた。カリプソのリズムだ。自分の気持ちに正直になって、胸躍らせてみよう。少しぐらいならかまわないわよね、循環器系にはよさそうだ。ミミは階段を一段抜かしで上がった。「ねえ、ジョー。車椅子を車に積んでいって、フォーン・クリークで夕食っていうのは……」

　目に飛びこんできたのは、湖を見わたす窓のそばで車椅子に座るプレスコット・ティアニーの姿だった。

「プレスコット！　いつ帰ってきたの？　どうして何も言ってくれな……」プレスコットの警戒心をあらわにした不機嫌そうな表情を見て、ミミの声はしだいに小さくなった。手を固く組んで膝の上に置いたプレスコットの髪は乱れ、黒いTシャツの肩の部分が破れていた。

「ジョーはどこ？」

「ここだよ」

その声にミミが振り返ると、並んだ窓の向こうの端に、車椅子に座ったジョーがいた。自然に見せようとつとめているが、左目のまわりの青あざが痛々しい。

「やあ、ミミ」ジョーは何気ない口調で言った。「今日の雪はどうだった？」

「雪なんてどうでもいいわ。いったいどうしたの？」

「ちょっとした事故さ。プレスコットとちょっともめてね、それで――」

「あなた、お父さんを殴ったの？」ミミはさっと振り返ってふたたびプレスコットと向き合った。自分でも予想だにしなかった怒りにかられていた。

「違う！」二人のティアニーが同時に叫んだ。ミミの怒りは少しおさまった。

「違う」ジョーはくり返した。「二人とも車椅子から落ちて、それで……あの、ぼくがテーブルの脚をつかんだんだ。そしたらテーブルが傾いて、上にのっている本がずり落ちてきて、目に当たったんだ」

「それでもまだ疑問が残るわね」ミミは皮肉をこめてつぶやいた。

「ぼくがジョーを殴ろうとしたんです」プレスコットが急に口をはさんだ。ミミの中でふたたび怒りが燃え上がったが、今回は心の準備ができていた。ジョーとプレスコットのあいだに何があったにせよ、わたしが関知すべきところではない。

「そうなんだ」驚いたことに、ジョーは誇らしげに見える。

「殴ろうと思えば殴れたんです、本がジョーの目に当たったあと。でも自分をおとしめたくなかったから」

「なぜお父さんを殴ろうとしたの？」ミミはプレスコットに訊いた。

「だってこの人、あなたについてひどい悪口を言ったんですよ」

おそらくミミとジョーの関係がここ数日間でいい方向に発展したからだろう。

〝ミミに金を搾《しぼ》りとられるぞ〟とジョーがプレスコットに警告したのではないかと、ミミの心に疑いが生じるまでに数秒かかった。

しかし、その二、三秒後、二人の関係をさらによく表すあかしなのだとミミは思い直し、疑いを捨てた。昨日ジョーは、きみのことを誤解していた、と言ってくれたではないか。きみは誰かをだますには怠け者すぎると。ミミとしてはこの評価を恥ずかしく思うべきなのだろうが、そうは思わなかった。

「ジョーはなんて言ったの？」

「あなたのことをずぼらだとか、無責任だとかって」

ミミは鼻先でせせら笑った。プレスコットはその様子を見てショックを受けたらしい。

「ジョーと比べて？　わたしも、ほかの人も似たようなものよね」

プレスコットは眉をひそめた。

「自分を律することをしないだの、頑固だのって批判したんですよ」

「頑固とは言わなかったぞ」ジョーが声高に言った。「自分の立場を明確にしない人間は頑固とは言えないからね」

「あいたた」ミミは言った。「それ以外の批判については わたし、罪状を認めます。さて、コーラか何か、飲みたい人いる？」

ミミにはプレスコットの失望が手にとるようにわかった。夜明けにピストルで決闘よ、と二人にすすめるかと思っていたら、代わりに炭酸飲料をすすめられちゃって。かわいそうなプレスコット。彼はジョーと違って、わたしがどんな人間か全然わかっていない。

「それから、あなたがぐうたらで、寝ているも同然だって言ってました」プレスコットは声を荒らげた。

キッチンへ行く途中だったミミは足をとめ、「あら、それは傷つくわね」と認めた。「あんまりだわ。わたしは『数独マスター・マガジン』に掲載されてる超難問の数独を、数字を仮置きもしないで解いてるのに」

「へえ。ノーベル賞委員会に自薦したらどうだい」ジョーが言った。

「すごいな」とプレスコット。「本当に、すばらしい」

ミミはプレスコットを見やった。応援されているときはわかるものだ。「ほかにもあるのよ」ミミはすまして言った。「わたし、家のプラズマテレビとDVDレコーダと、ケーブルシステムの配線を全部一人でやったの」

　プレスコットは感心したふりをしようとしている。ジョーはわざと、きれいに手入れされた爪の磨き具合を確かめている。

　ミミはこれまで、自分が知性のある人間だと人に説いて回る必要がなかったから、妙な感じがした。

「いい、この件について議論するつもりはないわよ。今、飲み物を持ってきてあげるわね。そしたらわたし、シェ・ダッキーへ帰って、いつものように最高に幸せなぼけーっとした時間を過ごせるから」

「ちょっと待って」プレスコットが言った。「ここに泊まらないってことですか？」

「そう。泊まる理由がないもの」実は泊まるべきでないもっともな理由もあるのだが、ミミは口にしなかった。ジョーの体調が落ち着くにつれ、ミミのほうは落ち着かなくなってきていた。

　今まで、男性とベッドをともにしたいとこんなに強く感じたことはない。自己防衛の警戒信号がこんなに明るく点滅したこともない。その理由は自分でもわからなかった。過去に男性と短いがすばらしい関係を持ったときは、誰も傷つかなかった（訂正――ミミの知るかぎり誰も傷つかなかった。原則として後追い確認の電話をかけないため、知りようがないのだ）。

「でも、犬たちはどうするんです？」プレスコットは弱々しい声で訊いた。

「わたしが朝来て犬の世話をするわ。晩にはみんながちゃんと食事にありつけるようにする。ジョーの分も含めてね。昼間は放ったらかしになるけど、犬たちはありがたがるんじゃないかしら」

「この人と二人きりで、置いていくつもりじゃないでしょうね？」粘っこく、こびへつらうような表情でプレスコットが言った。

この言葉にジョーは姿勢を正した。「ぼくのどこが悪い？」

「どこがいいっていうんだ？」プレスコットはぴしゃりと言い返した。「あんたがここにいると、何もかもめちゃくちゃになるんだよ。出ていってくれ」

こんな言葉を吐く原因となったプレスコットの痛みを考えると、ミミの心はざわついた。だが誰かを裏切っているような感覚がいやだった。プレスコットとその同族こそ、シェ・ダッキーを消滅させようとしている張本人と言ってもいい。彼らがファウル湖畔の空いた土地にこの家のような巨大な別荘を建てなければ、シェ・ダッキーの土地の値段も跳ね上がらなかっただろうし、売却話も持ち上がらなかっただろう。あの環境がいつまでも存続したはずなのだ。

その一方で、プレスコットの言葉はあまりに幼かった。

ジョーもそう思ったらしく、怒りは見せなかった。

「ぼくはただ、役に立ちたかっただけなんだが」

ミミの心のざわつきは激しい痛みに変わった。ジョーの声がひどく寂しそうだったからだ。

「もう、やめてくれ。手遅れなんだ」プレスコットは言い切ると、手をぐいと動かして車椅子の向きを変え、父親からできるだけ離れようとした。だが操作を失敗して車椅子が回転しはじめ、壁に激突してしまった。

「大丈夫か？」ジョーが心配そうな表情で近づいた。

「ばかやろう！」プレスコットは恥ずかしさのあまり顔を真っ赤にして叫んだ。

ミミの中にさまざまな感情があふれて、めったなことでは侵食されない心を強い酸のようにむしばみ、焼いた。煙の匂いを感じそうなほどに。

怖くてたまらなかった。父親と息子の激しいやりとりが怖いのではなく、自分自身と、自分がとろうとしている行動が空恐ろしかった。ミミはこの親子の劇的な対立の真っただ中に介入しようとしていた。なぜそうするのか、どうしたら自分を止められるのかもよくわからずに。だがミミは、二人がお互いを無益に傷つけ合うのをこれ以上見ていられなかった。

「わかったよ、プレスコット」ジョーは顔をこわばらせて言った。「ぼくが――」

「二人とも、お黙りなさい！」やった。足を踏み入れて、関わってしまった。二人は啞然としてミミを見ている。いやなやつら。わたしがいるのを忘れていたのね。

「黙ってなさい。わたしが戻ってくるまで」

「どこへ行くんだ？」

「まず、犬たちを中に入れる。次に、キッチンへ行ってワインを取ってくる。そしたらあなたたちは、この部屋の端と端に分かれて座って、二人で話し合いなさい。そうしなかったらわたし、あなたたちを置いて出ていって、犬たちのなすがままにまかせるわよ。そして、ビルが連発するおならのなすがままに」

二人は押し黙った。

37

　ワインに合うものがないかと食器棚の中をごそごそ探していると携帯電話が鳴り、ミミは驚いたひょうしにアイランド式カウンターに置いてあったホワイトホール・レーンのカベルネ・ソーヴィニヨンのグラスを倒してしまった。こぼれたワインがカウンターの端からタイル張りの床にしたたり落ちて、ミミは悪態をついた。二〇〇二年のホワイトホール・レーンと言えば極上のワインで、こぼすのはあまりにもったいない。ましてや、ビルのような犬になめさせるなど論外だ。ミミは携帯電話を取り上げた。「はい、もしもし」

「ミミか？」

「今は亡きイレーネおばさんじゃありませんよ、オズ社長」ミミはひざまずき、床にこぼれたワインをふきんで拭きはじめた。それを目ざとく見つけたビルがリビングエリアから飛んできてふきんの端に噛みつき、うなり声をあげて引っぱりはじめた。遊ぶということをしない犬だから、じゃれているのではない。家のあちこちに散らばっていたタオルや靴、衣料品などが、ジョーが来てから底をついていたため、何日間もこの蛮行のチャンスを待っていたのだ。「ちょっと待って」

ミミはふきんをぐいと引いたが、ビルは放そうとしない。ついにふきんが半分に破れた(これで何枚目だろう)。ミミは手に持った半分を放し、ビルは戦利品とともに勝ちほこって走り去った。破れたふきんのことぐらいで争ってもしょうがない。ミミは立ち上がった。

「まさか、ワインで濡れたふきんをくわえたまま家の中を走りまわらせるつもりじゃないでしょうね?」衝撃を受けたプレスコットが訊いた。

「いや、そのつもりだろう」ジョーがうんざりしたあきらめ顔で答えた。

「悪かったわね。わたし電話中なのよ!」ミミは送話口を手で押さえて言ったあと、携帯電話を耳にあてた。「何かありました、社長?」

「今の、誰だい?」オズが興味しんしんで訊いた。

「近所の人です」

「近所の人? きみ、シェ・ダッキーへ行って祖先の霊と残念会を開くんじゃなかったのかい?」

実際の言葉は「シェ・ダッキーのくさい臭いを吹き飛ばす」だったのだが、話を粉飾するほうが面白いと信じて疑わないオズは勝手に編集していた。「そのつもりだったんですけど、計画を変更したんです」

「計画なんかするようになったのはいつからだい?」

オズは会話を引き延ばそうとしているらしい。だがリビングでは二人と一匹が、スペインのパンプローナの牛追い祭りを再現していた。車椅子に乗ったプレスコットとジョーが牛の

ように フローリングの床を滑走し、映画『バトルランナー』の果敢な主人公顔負けの走りを見せるビル（口にくわえたふきんが闘牛の布の代わりだ）を追いかけている。

「確かにそうですけど、最近、人生の川の流れがよどみに入っちゃって、また潮が満ちるまでここで立ち往生するはめになりそうで。ところで、用件はなんでしたっけ？」

オズは大きく息を吸いこんだ。「きみは休暇中だし、今持ち出すような話でもないんだが、どうせあと少しで帰ってくるんだろうから——」しまった。二週間以内に仕事に戻るとオズに約束したのを忘れていた。ここへ来てどのぐらいになるだろう、とミミは頭の中で数えてみた——一一日だ。

「申し訳ないんですけど、もう少し休みをもらえませんか」

「えっ？」オズは大声をあげた。

「ここでやらなきゃいけないことがいろいろあるんですよ」

「たとえば、雪が降るのを眺めるとか？」ミミの言葉が信じられないのか、オズは皮肉たっぷりに言った。「休暇の件で電話したんじゃないんだが、あとどのぐらい休みたいんだ？一週間？　いいかミミ、きみが出てきてくれないと困る事態が——」

そのとき、がしゃんという音がしてミミは振り返った。プレスコットが階段から転げ落ちそうになっている。ミミは携帯電話を胸にあてた。

「ちょっと、ばかなことしないでちょうだいよ！　もう片方の足も折りたいの？」

二人をこのままを放っておくわけにはいかない。ビルはというと、赤いソファの下にうずくまり、野生の光を目に宿しながら、ふきんを奪おうとするジョーに向かってうなっている。まずい。ミミはふたたび携帯電話を取り上げた。「あの社長、それについては――」

だがオズはしゃべり続けている。「――彼女に言ったんだよ、わが社はちゃんとした会社だから、きみが社外で勤務する場合には、相談をすべて記録に残して料金を請求する決まりになってるって。なのに信じないんだ。だから、きみから彼女に話してくれないか。まず、いつ出社するかを伝えて、それからブルックでもぼくでも、きみの代わりに彼女のお母さんと交信できると言って安心させてやってほしいんだ」

ジェシカの話だわ。ミミは動きを止めた。ジェシカのことを忘れていた。彼女も休暇をとる予定だったはずだが、いつごろまでかは聞いていなかった。ミミ（と母親）に戻ってきてほしいというのか。

「わかりました。ジェシカさんの電話番号を教えてください。わたしから電話します」

「聞いてなかったのか？　今電話がつながってて、保留にしてあるから今すぐ話ができる。感謝するよ。まったく彼女には悩まされた。とんでもない人だな」

本当にそのとおりだわ。でも不安を抱えている。「つないでください」

オズは安堵のため息をついた。「ありがとう。さすがミミだな」

「まかせてください。じゃあ、また」

カチカチいう音がしたあと、怒りと皮肉を含んだジェシカの声が聞こえてきた。

「どうなってるんでしょうね？　幽霊を相手にすると疲れるから、休みを取らなきゃいけないっていうんですか？」

「実のところ、疲れる相手は幽霊じゃないんですけどね」ミミはそうつぶやき、少し考えさせる間をおいてから言った。「こんにちは、ジェシカさん。お元気でしたか？」

「あんまり元気じゃないのよね」ジェシカはぶつくさ言った。「ニールが越してくるのをやめようかと迷ってるんです。あれは絶対に母のせいだわ」

「お母さまがニールさんと交信してるんですか？」ミミは疑わしそうな口調を隠さずに訊いた。「ニールさん本人がそうおっしゃってた？」

「いいえ。でも、ほかにどんな理由があるっていうんです？　いつも〝きみなしじゃ生きられない〟って言ってるのに、なんで一緒に暮らしたがらないのかしら？　それ、わたしなしで生きるってことでしょ」

ミミの頭の中で警鐘が鳴った。お互いを強く求め合っているとしても、どちらかが与える側に回らなくてはならない。ニールはジェシカをせいぜい利用してやろうと決めたのではないだろうか。小細工の意図が見える気がした。

「引っ越しについて不吉な予感がするって言うんです。確信が持てないらしくて。だからやっぱり、母のせいにちがいないわ」

「心理セラピストの意見はどうなんです？」

「くだらないこと言ってましたね、自立できるようにならなきゃいけません、とかなんとか」

ミミは肩越しに振り返った。二人のうちどちらかがようやく、ビルの口からふきんをもぎ取ったのだろう、ワインをたっぷり吸いこんだ布は暖炉の上に分厚い本を重しにして、勝利を祝う旗のごとくぶら下がっている。プレスコットは車椅子から横に中途半端に身を乗り出して、床に落ちたワインのしずくを拭き取っている。ジョーがこちらを見ている。ミミは携帯電話をあごの下にはさみ、廊下に向かってゆっくり歩いていった。

「くだらないことだと思います？」ジェシカに訊く。「あなたはお母さまが亡くなるまで一緒に住んでいたんですよね？」

「あの人がそう言ったんですか？」〝あの人〟というのはジェシカの母親のことだ。「母ったら、わたしがセントクラウド大学二年のとき、学内の寮にまるまる一学期のあいだいたことを忘れてるんだわ」

ビルに向かって叫ぶプレスコットの声がリビングから聞こえてくる。それから、何やら重い本のようなものが落ちる音。ビルが特別加点をねらって飛びついたのだろう。

「ジェシカさん。一人暮らしってすばらしいですよ」そう、本当にすばらしい。ミミはビルの汚したあとをはいつくばって拭く自分の姿を想像しながら思った。「好きなときに自分のしたいことができて、誰の許可を得る必要もなく、他人の都合に合わせなくてもいいんですから。自分が興味を持っていることに没頭できますよ」

「一人でいるのが好きな人だったらいいでしょうけど」ジェシカは無理やりしぼり出すように言った。隠しておきたいことがばれるとわかっていて、みじめに聞こえないよう願っているかのようだ。「わたし、独りぼっちになりたくないの。自分のまわりの空間が広すぎると、埋めたくなるんです」

「わかりますよ」ミミは言った。「でもその空間は、ゆっくり時間をかけて埋めていったほうがよさそうですね。急がなくてもいいですから」

「あなたにはわからないわ」ジェシカはすかさず切り返した。「お宅は人がいるじゃないですか。後ろで声が聞こえるもの」

ミミはもう少しで鼻を鳴らすところだった。人ですって？ 人なんかいてほしくないって言ってやろうかしら。もちろんわたしは、まわりに人がいるのには慣れている。シェ・ダッキーで過ごした夏はいつも、何十人という人と一緒にいた。とはいえミミは生きている人々の周囲をうろつく善良な霊のように、ただいるだけでさして影響力もなく、あまり必要でない存在だった。ただこの事実を伝えても、ジェシカは信じないだろう。実際、同じ立場だったらミミも信じるとは思えなかった。

ここでのわたしは間違いなく影響力があり、必要とされている。そして……楽しく過ごしてもいる。満足している（いつもの状態だ）だけでなく、ジョーを（そして自分自身を）苦しめ、犬たちにちょっかいを出すことで愉快な気分になれるのだ。それはミミの人格の変化を表すものではなく、順応性を示す証拠でしかない。

「ミズ・オルソン！」プレスコットがリビングで怒鳴っている。「ビルがまたあのワイン漬けのふきんを取り返して……今度は絨毯にしずくが垂れてる！ お願いですからあれ、取り上げてくれませんか？」

ブロンディが廊下に現れ、ミミの横を通りすぎると、ドアの前におすわりをして肩越しに振り返った。外へ出たいのだ。ここにいる連中の中ではブロンディが一番礼儀正しい。

「ミミ！　早くしてくれ。プレスコットが車椅子から這って降りようとしてるぞ」ジョーが大声で呼んだ。

疑いの余地なく、皆がミミを必要としていた。

「わたし、独りぼっちになりたくないんです」ジェシカがくり返した。その声から敵意が消え去っていた。

「独りぼっちじゃありませんよ。わたしがいるでしょう」

ジェシカはレディらしくない声を出した。

「ええ、まあそうね。でもあなたには料金を払ってるじゃないですか」

ミミは深呼吸した。あともう一人増えたところで、どれほどの違いがあるだろう？　どうせ、ほんのしばらくのあいだだけなのだ。

「もうお金はいいわ。わたしの携帯番号を教えますから、直接かけてきてください」

38

一時間後。

「ぼくがこれまで何をやっても、この人はただの一度だって感心したことがないんですよ」プレスコットはジョーを指さしてそう言うと、空のワイングラスを差し出した。ジョーがさっと身を乗り出してグラスを満たす。いつもながら気のきくホストぶりだ。自分の家でもないのに、とプレスコットはいまいましかった。父親失格だと息子に非難されたのに気づかないのだろうか？　どうでもいいというのか？

「どうでもいいはずがない」とプレスコットはつぶやいた。「ぼくは正真正銘の天才ですよ。MITで終身在職権を持つ最年少の教授だし。開発したものは――」

「わたしも昔は天才だったのよ」ミミが快活な声で口をはさんだ。

話の腰を折られたプレスコットは眉をつり上げた。ミミはワイリーを抱いてソファにだらりと座り、もう片方の手でブロンディの耳をいじくり回している。お気に入りのふきんを取り上げられたビルは、絨毯の端に座ってすねていた。

「本当よ」ミミは重ねて言った。

「どうしてわかったんです？」プレスコットは疑わしげだった。

「幼稚園に入ったとき、母にテストを受けさせられたの」

「ぼくの母は、二歳半のときにテストを受けさせてくれましたよ。先見の明がある人でしたからね」プレスコットは自慢した。

「でもソランジェにはかなわないわ」ミミは冷静な口調で反論した。「彼女には未開拓の才能を感知するレーダーがそなわっていてね。その感度のよさときたらおそろしくなるほどよ」

「で、そのあとどうなったんです？」とプレスコット。

「何が？」

「天才だった、って言ったじゃないですか」

「ああ、そのこと。やめたのよ」

「天才はやめたりできるもんじゃないでしょう」プレスコットがジョーを見ると、すっかりくつろいだようすでソファに身を沈め、腹の上にワイングラスをのせてバランスをとりながら、満面の笑みを浮かべている。何に満足しているかは想像もつかないが。

ジョーが口を開け、何か言おうとしている。ほらきた、とプレスコットは思った。話を横取りするつもりだ。ベルベットのように柔らかで深みのあるこの人の声を聞くのがみんなだーい好きだからな。だけど、「ベルベット」のようなその声が大学時代にタバコを吸いすぎたせいだと知ったらどうだろう（この情報をこっそり教えてくれたのは母親だった）。どうせミミもすぐに靴を脱いで、うっとり聞きほれるにちがいない、とプレスコットは覚悟した。もっとも彼女の場合、初めから靴をはいていなかったが。

「犬の足はばい菌だらけだってことぐらい、知ってるでしょう？」プレスコットはミミの素足をあごで示して指摘した。ジョーが口を開けたのが話すためでなく、あくびをするためだとうすうす気づいたからだ。「この床の上には、雪が運んでくる寄生生物や、細菌や、その他もろもろのものがうようよしてるんですよ」

「そんなの、みんなかちんかちんに凍ってると思うけど」ミミはいっこうに気にならないらしい。

「凍ってたってだめです。科学者が古生代の氷から生きた微生物を発見した例もあるのに──何するんです？」

ミミは『不思議の国のアリス』に出てくるチェシャ猫のようににやにや笑いながら、コーヒーテーブル越しに身を乗り出すと、車椅子のフットレストの上に置かれたプレスコットの足に手を伸ばし、親指をぽんと叩いた。「タッチ」

「何のつもりだ？」おびえたプレスコットは金切り声を上げて後ずさりした。ミミはそれを追いかけ、足の指を一本ずつはじいていく。「タッチ、タッチ、タッチ、タッチ」

「おまえの過敏症を治そうとしてるだけさ」ジョーが落ち着いた声で答えた。

「やめるように言ってよ」プレスコットは身を縮めた。

「ぼくじゃだめだ。自分で言えよ。おまえの言うことなら聞くかもしれない」

ミミははしゃぎ声を上げながら親指に戻り、ぐいと引っぱって最後の一撃を加えた。

「わあっ！」

それから自分の席にどすんと腰を下ろす。「もう一度タッチ！」

「酔ってる」とプレスコット。

ミミのようすを見たジョーも「そうだな」と言った。

父親はミミの本質を見抜いていた、とプレスコットはしぶしぶ認めざるをえなかった。ミミはぼくが思い描いていたような女性ではなかった。禅的な静謐《せいひつ》さをたたえた泉、豊饒の女神、雪原の聖母のような女性として、ミニオネットにあこがれていたのに。ぼくを励まし、支え、ぼくのためならどんなこともいとわず、ぼくの幸せだけを願ってくれる人。そう、ママのような女性だ。でも、ここにいるミミは違う。

「あなたは、ママにちっとも似てない」プレスコットは絶望的な口調でつぶやいた。

「この人、酔っぱらってる」ミミはジョーに告げ口した。

ジョーは息子を見て「確かに」と言った。

裏づけを得たミミは、プレスコットに向き直った。

「わたし、あなたのお母さんみたいにはなりたくないわ」

ジョーとプレスコットはあっけにとられた。

ミミは叫んだ。「二人とも自分を見てみるといいわ！　愕然としてこっちを見つめてる、その表情までそっくりよ。なあに、今まで言われたことない？　二人がそっくりだって」

いや、一度もない。それどころか母親は、ジョーに似ても似つかぬ息子ができたことは奇跡に近いと言い続けていたくらいだ。プレスコットは急いでジョーを振り返った。今の言葉を侮辱と感じたかもしれない。だが、そうでもないようだ。第一、それほど飲んでもいなかった。

ジョーにそのつもりがないのなら、自分が何か言わなくては。それもジョーが笑い出す前に、だ。

「ばかばかしい。似たところなんて、これっぽっちもありませんよ」

酔っぱらいの陽気さは、一瞬にして飲んだくれの真剣さに変わった。「確かに、初めて会ったときにはちっとも似てないと思ったんだけど、黒のヘアカラーを落として――お願いだから最後まで言わせて」ミミは忍び笑いをもらした。「眉のボルト形ピアスをはずして、多少ぜい肉を落として日焼けさせれば、そっくり親子の一丁あがり。でも一番似てるのは性格ね。どちらもばい菌恐怖症で、支配魔で、計画過剰で、管理好きで――」

「ぼくがばい菌恐怖症？　支配魔？」プレスコットとジョーは声をそろえて叫び、そのことに気づくと、お互いを驚きの目で見た。

「ぼくたちにいいところはないのか？」ジョーがミミに訊いた。

ぼくたち？　プレスコットは不思議な気持ちになった。

「今のは長所よ」

ジョーは声をあげて笑い出した。父親がこれほど屈託なく笑うのを最後に見たのはいつか、プレスコットは憶えていない。もともと二人とも、楽しいことがあっても大騒ぎするタイプではなかった。

ミミは続けて言った。「それに表情もそっくり。笑顔も、うんざりした顔も、ショックを受けたときの顔もね。たった今、わたしがキャシーみたいにはなりたくないって言ったときだってそう」

「母の名前はカレンですよ」プレスコットは、母親についてミミが不可解なコメントを述べたことを急に思い出した。

「なんだって同じよ」ミミはどうでもいいというように手を振った。

「母みたいにはなりたくないって？」プレスコットは食い下がった。「誰だってなりたがるでしょう。母はすばらしい女性でしたからね。天才だったし。聡明で、意欲的で、その気になればなんだってできた」

「彼女は卒業生総代だった。オハイオのマイアミ大学で経費全額支給の奨学金を受けていたよ」ジョーがうなずきながら割って入った。

だがミミはその言葉には耳を貸さず、プレスコットを見つめていた。

「お母さんはすべてをあなたに注ぎこんだってわけね」

軽蔑の響きが感じられた。なぜだろう？　軽蔑だと思ったのは勘違いだろうか。

「そうですよ。ぼくに勝ち抜くチャンスを与えるために、すべてを犠牲にしてくれた。就職もせず、キャリアより家でぼくを教育することを選んだんです。優秀な先生でした」

「採用通知をたくさんもらっていたでしょうに。全部断ったの？」ミミは訊いた。

プレスコットは眉間にしわを寄せた。答えられなかった。これまでは、母がどこかから採用通知をもらっただろうと漠然と考えていただけだった。

「いや、もらってない。彼女は大学を卒業せずに、プレスコットと家にいるほうを選んだんだ。もっとも、息子が大学に入学したら、自分も学校に戻るつもりではいたがね」

「ふん」

「なんだって？」とプレスコット。

「ふん」

ミミはママを侮辱している。

「お母さん自身がそう言ったの？　プレスコットのために何もかも犠牲にするって？　だとしたらわたし、ソランジェに電話して謝らなくちゃ。少なくともソランジェはわたしのために人生をあきらめたりはしなかったわ、ありがたいことにね」

その声にはあざけるような響きがあった。やっぱり、勘違いではなかったのだ。それにしてもソランジェって、何者だ？

ミミはくすりと笑ったが、頭にふとある考えが浮かんだ。愉快な気分は徐々に消えて疑いが生まれ、ついに驚愕に変わった。

「ねえあなたたち、わかってなかったの？　プレスコットはともかくとして、ジョー、あなたまさか、彼女が変人だってことを知らずに結婚したっていうの？」

「いや、そういうわけじゃ」

「知らなかったって、顔に書いてある。ああ、なんてこと」ミミの語調が和らいだ。

「ジョー、気の毒に。奥さんはきっとすごくきれいな変人だったのね。だって、そうじゃなきゃ、あなたたち二人が完全にだまされたはずがないもの」

「善意の塊のような女性だった」ジョーがこわばった声で言った。

「それは否定しないわ。ソランジェもそうよ」

「ママは変人じゃない」とプレスコット。

ミミの視線はジョーからプレスコットに移った。その目にあるものは優しさから共感に変わりつつある。「わたしの母も頭がおかしいの。あなたのお母さんみたいにメジャーリーグ級じゃないのは確かだけど、でも間違いなくトリプルA級の変人。だからといって愛していないわけじゃない。大好きよ。ただわたしは母の……あまり好ましくない性格に目をつぶったりはしないの」

「ぼくの母に好ましくないところなんて、ない」

「いいこと、坊や。親を愛する気持ちも、親がすばらしい人間だと信じる気持ちもわかる。本当よ。だけど、失ったものにこだわりすぎて、目の前にあるものに気がつかないのはよくないわ。あなたの場合、それはお父さん――ええ、わかってる。小さいころはそばにいてくれなかったのよね。でも今はここにいるじゃないの」

ミミはグラスの中のルビー色の液体に目を凝らした。「非凡な能力を持った子どもって、たいていの男性をすごく怖がらせるものよ。お父さんはあなたが怖かったのかもしれない。自分が力不足だと感じたのかも。わたしもきっと……」目を少し見開き、ミミは言葉をのみこんだ。

プレスコットは父親に視線を走らせた。ジョーは窓の外を眺めている。

プレスコットは戸惑った。国際派で博識なジョー・ティアニーが力不足だと感じることがあるとは、考えてもみなかった。「じゃ、この人は罪悪感からここへ来たと？」プレスコットは思いきって訊いた。

酔っぱらいのミミは軽く鼻を鳴らした。「何言ってるの、プレス。なぜここへ来たかなんて、どうでもいいじゃない。理由はジョーがほとんど海外で暮らしていたことと、お母さんがあなたの人生の壮大な設計図を描いていたことの中間にあるのかもしれないけど。あなたとお父さんの関係も、テレビのホームドラマみたいに何もかもうまくいくとは限らないわよね。でも大事なのは、ジョーはここにいるけど、お母さんはいないってことよ」

ぼくにはジョーは必要ない――とプレスコットは言いかけてやめた。確かに父はここにいる。今までもずっとそうだった。ここだけでなく、息子のいるところならどこにでも、毎年時計のように正確に現れたものだ。プレスコットは心もとなげに顔をしかめた。自分はある分岐点に来ている。このまま母を、ありていに言えば死んだ母を弁護しつづけるか、それとも まだ生きていて、ミミが指摘したとおり息子のそばにいる父にチャンスを与えるか。ジョーのことだからそのチャンスを無駄にする可能性は大いにあるが、それでも……プレスコットは銀のボルト形眉ピアスをねじりながら思案した。

そのときドアベルが鳴り響き、三人は跳び上がらんばかりに驚いた。ミミは、ワイ――いや、メリー（プレスコットは仲間をアニメに登場する犬の名前で呼ぶのを許さなかった）から離れて立ち上がり、玄関へ向かった。興味をおぼえたプレスコットは車椅子を後退させ、部屋の隅から玄関のガラス越しに盗み見た。ハニーブロンドで肌のきれいな若い女性が、ドアをノックしようとしていた。

女性はミミに気づくと手を振った。

「こんにちは、ミミ姉さん！　中に入れて！　寒くて凍え死にそう！」

39

「妊娠してたのね」サラの突き出たおなかを見て、ミミは言った。

「もうすぐ五カ月」ミミを肩で押しのけるようにして中に入ったサラは、物珍しげにあたりを見まわした。梁出し天井、彫刻がほどこされた石のマントルピース、木釘の美しい堅木のフローリング。「姉さんが気に入るはずだわ。最高！」

「ここ、シェ・ダッキーじゃないんだけど」

「なぁんだ」サラはがっかりした顔になったが、大して動じるようすもなく肩をすくめてみせた。「そんな気はしてたんだけど、どんなときも希望は捨てちゃいけないと思って」

「父親はどこ？」

「知らない。待って。この言い方は正しくないな」サラは自分で訂正した。さぞかし大変だろう、とミミは思った。何事にもここまで正確を期すとは。「居場所は知ってる。でも関係ないわ」

「彼のほうも承知してるの？」

「妊娠について知ってるか、という意味なら、答えはイエス。産んでほしいと思ってるか、あきらめてほしいと思ってるか、という意味なら」サラは大きいおなかを見下ろした。「もう選択の余地はないのに、どちらとも決めきれずにいる」

「例の大学院生?」

「そう」

「ミミ、どなただい?」ジョーの声がした。叫ぶ声もなんてセクシーなの……あらいやだ、やっぱりワインを飲みすぎたみたい。「ミセス・マクゴールドリックか? もしそうだったら、下の階で一人で走っていて気づかなかったと言えばいい」

「わかった」ミミも叫び返した。

「誰?」サラがミミの顔を見て訊いた。

「ジョー・ティアニーよ、でも――」

「ジョー・ティアニーですって?」

「聞いて。これにはちゃんとしたわけがあるの。あなたの今の、その状況と違ってね」

「下の部屋を見せてあげたら? それがすんだら戻ってきてくださいよ」今度はプレスコットが叫んだ。彼の場合はミミと同じでただうるさいだけだ。「話はまだ終わってないんだから」

「ちょっと待って」ミミはプレスコットに同情していた。だが今はもっと大事な問題に対処しなければならない。捨てられたと感じている彼の気持ちにつき合っている場合ではなかった。そもそも実際、捨てられたわけでもないのだから、なおさらだ。じゃあ思いきって――

だめ。立ち入っちゃいけない。

「今度は誰？」サラが眉をつり上げた。

「ジョーの息子、プレスコットよ。今日の午後、ここに着いたばかり」

「ほんと？　それは、それは」

ミミはその言葉を無視した。

「それで、あなたの興味深い状態についてママはなんて言ってるの？」

サラは少し赤くなった。「ママは知らない。パパもね」

ミミは驚いた。「よく隠し通せたわね」

「できるだけ顔を合わせないようにしていたから。でも、そのうちおなかが目立ち始めたから、シンガポールで半年間の実務研修を受けるってことにしたの。海外研修は前にもあったから信じるとは思ったんだけど、そのとおりうまくいった。なかなか賢いでしょ？」

「イタチみたいにずる賢いだけよ。メアリは知ってるの？」

「メアリ姉さんは何も知らない。わたしたちのあいだだけのことにしておきたいの」

「わたしたちって誰？」

突如として、サラが新たに身につけた冷静さが消えうせた。上目遣いになったこの表情には見覚えがある。当時五歳だったサラが、サンタクロースが実在するかどうかという問題に関して「経験による反証」があると言い張ったにもかかわらず、「サンタは本当にいる」とミミが断言したときもこんな痛ましい表情をしていた。まるで、がっかりするのがわかっていても希望を持たずにいられないといった目つきだ。「そうよ、姉さんとわたしっていう意味」

「でも、サラ」ミミは後ずさりした。「わたしなんかじゃ、こういう話の相談相手にはなれないわよ」

「アドバイスが欲しいわけじゃないの」サラは急いでつけ加えた。「だからこそ姉さんのところに来たのよ。姉さんに相談しても無駄なことはわかってる。ただ時間が欲しいだけ。そうこうしてるうちにどうにかなって、片づいてくれるだろうし」

「相手は赤ん坊なのよ、サラ」ミミはあきれて言った。「〝片づいてくれる〟なんて単純なものじゃないわ」

「放っておいても、物事はおさまるべきところにおさまる。それが姉さんのいつものやり方だし、これまでもそれでうまくやってきたじゃないの」

「それとこれとは別よ」ミミはきっぱりと否定した。でも妊娠したとき、わたしはまさにそういう態度で、ただ待っていただけではなかったか？　そうせずにいたらどうなっただろう？　今ごろ可愛いミニ・ミミを抱いていたかしら？　それとも養子に出しただろうか？　わからなかった。過ちを犯さないために何もせずにいたのだが、そのこと自体が最大の過ちだったかもしれない。何を今さら。もとはといえば、サラが大きなおなかを抱えてやってきたりするからだ。

「別じゃないわ」サラはしゃべり続けた。「すべてがうまくいったとは言えないにしても、実際なんとかなってるもの。何事も思いこみをしないようにすれば、ある意味、安全なのよね。いつも最高の結果を期待して自分に言いきかせるより、何も期待しないほうが利口よ。赤ん坊ができちゃった今、姉さんのことが以前よりずっとよくわかるようになったの。ほら、〝成り行きにまかせる〟っていう考え方」サラはもったいぶったようすでうなずいた。「すごく合理的で、納得できるわ」

できちゃった? 母親の結婚記念パーティに出たときもそう思ったが、ミミは妹の変わりようにあらためて目をみはった。そんな言葉を遣う子ではなかったのに。昔のサラならきっとこう言っただろう——「受胎し、現在懐胎期間の半ばにさしかかっています」

「成り行きにまかせるわけにはいかないわ、サラ。人間の話なのよ。ちゃんと選んで、決めて、計画を立てなきゃ。赤ちゃんの将来のためにも」

サラは冷ややかにミミを見つめた。

「姉さんがそんなこと言うなんて、信じられない。すごくがっかり」

「わたしだって」ミミは弱々しく言った。

「不意打ちをくらわせて、あわてさせちゃったせいね、いつもの姉さんらしくないのは。悪かったわ」サラはそう言いながら、ミミの腕を軽く叩いた。「事情をのみこむ時間がなかったのよね。わたしにはあったけど。ずうっと考えて、たった今決心したの。もうこのことは考えたくないって。だからもう考えないことにする。姉さん、どうかしら？ ここに置いてくれない？」

もちろん。「わかった。でもシェ・ダッキーは気に入らないと思うわ。寒いし、すきま風も入るし、どことなくかび臭いし。テレビやラジオもない。携帯だってつながったり、つながらなかったりだから」

「いいわよ。わたし、キャンプって経験ないから面白そう。退屈したときのために博士論文の原稿も持ってきたし」

「ミミ?」またジョーの声がした。

ミミは後ろを振り返った。「そろそろ紹介したほうがいいわね。これからしばらくは一緒に食事することになりそうだから」

「どういう意味?」サラが訊いた。

「こっちよ」ミミが先に立ってリビングに向かうと、サラはよたよたした足どりでついてきた。「サラ、ジョー・ティアニーは知ってるでしょ? こちらは息子さんのプレスコット。プレスコット、妹のサラよ」

しばらくのあいだ、サラは礼儀正しく立ったまま父と息子を見つめていた。二人はおそろいの車椅子に座り、包帯を巻かれ、青あざをつくった姿で、やたら丁重な態度を見せていた。サラは、もうこらえきれないとばかりに噴き出した。

「姉さんったら!」サラはおなかを抱え、涙を流して笑い転げながら訊いた。「あなた、二人に何したの?」

「このミートボール、最高」サラがフォークを突き立てながら嬉しそうに言った。今さっきレストラン〈スメルカ〉でジョーが買ってきたスウェーデン風ミートボールだ。「毎日、こんなおいしいもの食べてるの？」

「冷凍食品が切れたときだけ」とジョーが答えた。

サラはテーブルを押して立とうとした。

「どこへ？」プレスコットが尋ねた。

「パンを取りに。グレービーソースを一滴も残したくないから」

「ミミに取ってきてもらえばいいよ」プレスコットが言った。「そのほうが簡単だ」

ミミですって？　プレスコットが帰ってきてからまだ数時間しか経っていないのに、わたしの呼び名はミズ・オルソンからミニオネットへ、そしてミミになってしまった。うーん、どうしたものか。サラは椅子に座り直し、期待のこもった目でこちらをうかがっていた。

ミミはぶつぶつ言いながら立ち上がった。**なんて気まぐれでいやな感じなのかしら、若者の妄想って。**だがミミは思い直した。プレスコットはわたしに妄想を抱いたわけじゃない。理想化しただけなのだ。**ただ、なんて気まぐれでいやな感じなのかしら、若者の理想化って、**では語呂が悪かった。

「ありがとう、ミミ」ミートボールを口いっぱいに頬張ったままそう言うと、サラはプレスコットに向き直った。「何の話でしたっけ？　そうそう。いまだ証明されていない天才の妹がどんなにみじめかってことね。それはメアリ姉さんがよく知ってるはずよ」

ミミはサラの前にパンを押しやった。

「ミミが天才？　確かに自分ではそう言ったけど、とても本当とは……」プレスコットの声はしだいに小さくなっていった。頬が赤らんでいる。

サラは共感を示してうなずいた。「わかる。わたしたちだって、ママが天才だって言い張るから信じてるだけ。だから、いまだ証明されていないって言ったでしょ」

サラがウインクした。ミミは妹がウインクしたところを見たおぼえがなかった。自分だけでなく、誰に対しても。妊娠はサラの体をふくらませただけでなく、ただでさえ開放的な性格をさらにふくらませて進化させたらしい。この調子だと、出産するころには地元のコメディクラブの舞台に立っているかもしれない。

「わたしはね、みんなに教えてやりたいの。自分の一番上の姉さんは、今でこそ何もしていないけど、誰よりも優秀な頭脳の持ち主なんだってね」サラが言った。

「何ですって？」とミミが言った。

サラはまたフォークで大きなミートボールを突き刺して口に放りこみ、よく噛んでのみこんでから、プレスコットに向かって言った。

「何もしていなくても、わたしはかまわない。でもメアリ姉さんはどうかな？　ミミ姉さんが試しに何かをやってみようとするだけでも、喜んで手を貸すんじゃないかしら。何でもいいの、天賦の才を活かすことなら。そうね、未開拓の才能でもできることをミミ姉さんがしてみせてくれれば、それだけできっと満足すると思う」サラはまたミートボールを突き刺して、グレービーソースの中で転がした。「わたし、メアリ姉さんの気持ちもよくわかるのよね」

「勝負が成立しないレースだね」プレスコットは大きくうなずきながら言った。

サラはそうだと言うように彼を見つめた。そしてフォークで彼のほうを指すと、またウインクした。いや、ウインクじゃないのかもしれない。チック症状が出ただけなのかも。「そのとおり」

「わたしはどんなレースにも参加してないわ」とミミが言った。

「そう。レースに参加してませんね」プレスコットは断言した。いつも正しい答えを知っている最前列の子のように熱意にあふれている。「自分の能力を証明しようとしているのに、誰にも振り向いてもらえないことがどんなに屈辱的か、あなたにわかりますか?」彼はジョーをちらりと見た。「誰か、ミミに教えてやってほしいな」

ジョーがバター皿に手を伸ばしてきたので、サラはもぐもぐ口を動かしながら彼のほうに皿を押しやった。ミミと目が合うと「だって二人分食べなきゃ」と言い訳した。

「二人分ね。もう一人はオーソン・ウェルズ並みの巨漢なんでしょうね」とミミは言った。

「誰も〝ミミに教えてやる〟必要はないわよ。わたしだってばかじゃないから、それぐらいわかる」ミミは頰づえをつくと、いかにもみじめそうな表情を作ってみせた。「かわいそうなメアリ・ワーナーは、幼いころからいつも目盛のない物差しで測られている気がしていました。それは伝説の怪獣キメラと比べられ、幻影を相手に競争するようなもので、不公平きわまりない扱いでした」

　プレスコットとサラは噛むのをやめ、ばつの悪さと驚きの入り交じった表情でしばらくミミを見ていた。

「やめてよ」ミミはうんざりして言った。「世界一深い洞察を述べたわけでもないのに」

「そうだけど、とてもよく自分がわかってるなあと思って」

「いい？　自分が他人にどう思われているかを気にしないからといって、知らないってことにはならないのよ。まったく別の話なんだから。これ以上驚くべき心理学的発見がなされないうちに言っておくけど、メアリが遅まきながら姉や妹にライバル心を持つようになったことをわたしが気にしてないのには、簡単明瞭な理由があるの。でもそれはトイレのしつけがうまくいかなかったせいでも、メアリの子守を押しつけられたせいでもない。つまらないことだと気づいたからよ」

　最初に口を開いたのはサラだった。「それ、いつわかったの？」

「何年も前と言いたいところだけど、実はこの秋、ママの家へ行ったとき。メアリは何かにつけ挑戦的だった。芝居がかった口調で〝行動に移せ――少なくとも努力せよ〟みたいなことを言いながら、わたしをにらみつけてた。あれでわからないのは、去年のフルーツケーキ並みに頭の血のめぐりが悪い人間だけよ」

「メアリ姉さんはきっと、ミミ姉さんと比べられるのがつらかったんでしょうね」サラが深い感情をこめて言った。

「そう？　じゃあ、あなたはどうして比べられて不公平だと感じないでいられたの？」ミミは訊いた。

サラは考えこむような顔でパンにバターを厚く塗った。「わたしはずっと、自分のほうがミミ姉さんより頭がいいって思うようにしてきたから」ティアニー父子に照れ笑いを向けてから、ミミに言った。「それに、わたしはずんどう足首に動揺しないですんだから。メアリ姉さんがあれに気づいてどんなにショックを受けたか、教えてあげたでしょ」

「ずんどう足首って？」好奇心に負けてジョーが質問した。

サラがテーブルの上に足を突き出して、指さした。

「これがずんどう足首。かかとからすぐにふくらはぎで、途中のくびれがないでしょ」

二人の男性はこの情報を、それにふさわしい重々しい態度で受けとめた。

ミミは続けた。「好敵手が欲しいってメアリが言うなら、物理学者のスティーヴン・ホーキング博士ぐらいの人物じゃないとね。気が強くてなかなかの闘士らしいし」

ジョーが笑った。「ミミの言うこと、一理あるな。メアリはもしかしたら、自分一人しか参加者がいないレースをわざと選んで参戦していたのかもしれないね。そうすればほかの人と比べられないですむから」

「ありがとう、わたしのヒーロー」ミミはまつ毛をはためかせた。

「どういたしまして。ぼくは乙女の嘆く姿に弱いんだ」とジョーが言った。「それに、ぼくほどデザイナーブランドの騎士のよろいが似合う男はいないから、身につけるチャンスを見逃すわけにはいかない」

ミミは思わず噴き出し、もう少しでマッシュポテトを吐き出してしまうところだった。プレスコットとサラの視線は、ジョーからミミへ移り、そしてまたジョーに戻った。プレスコットはフォークを置いて椅子に深く沈みこみ、またもとの不機嫌な態度に戻った。

「プレスコットはどんな仕事をしてるの？」サラが訊いた。その場の雰囲気を（せめて食事中だけでも）救うつもりだったのか、結果としてそうなったのかはわからない。

「コンピュータ関連」

「どんな？」

「ええと、設計関係」

「ＭＩＴで授業をしたり研究をしたりするあいまに、ホストコンピュータ間のセキュリティ・プロトコルを開発したのさ。このプロトコルは、今や世界じゅうの大手投資会社で使われてる。特許を取得したのは大学だけど、プレスコットにもロイヤルティの何パーセントかが入る」そう言ってからジョーは自慢げにつけ加えた。「息子は、大学で終身在職権を持つ教授の中では最年少で、今は長期有給休暇中なんだ」

「ほんとなの？」サラが目を丸くして訊いた。

「うん」プレスコットは車椅子の上でもぞもぞ体を動かし、ひどく恥ずかしそうだ。

「すごい。畏れ多いわ」サラが正直に言った。

「ぼく……あの……犬たちがおなかをすかせてるから」

プレスコットはそう言うと、助けを求めるような目でミミを見た。哀れにも、坊やは褒め言葉への対応のしかたがわからないらしい。でなければ、ジョーのあけっぴろげな息子自慢をどう受けとめていいやらわからず戸惑っているのか。

ミミがテーブルから離れたので、犬たちは食事の時間が来たことを感じとって、オオカミが巣穴から出てくるようにテーブルの下から姿を現した。ミミは自分の皿の上にひとつだけ残っていたミートボールをつかむと、犬たちの真ん中めがけて投げた。もう少しでビルの開いた口に入るかに見えたミートボールは、なめらかな動きで近づいて跳躍したブロンディに空中で奪われた。

「ナイスキャッチ！」とサラが言った。

「何してるんだ？」プレスコットが詰問口調で訊いた。

「大丈夫よ」ミミは手を伸ばし、今度はプレスコットの皿からミートボールを一個つまんで言った。「みんなに同じだけあげるから。ただし、ビルは別。この子は太ってるから、半分ね」

ビルが歯をむき出してミミを見上げた。だがそれは本物の敵意というより、義務感からにすぎない（と、ミミは自分に言いきかせた）。

ミミはミートボールを指で半分に割ると、片方をビルの口に入れてやり、残りをワイリーに与えた。ワイリーはそれを上品に受け取った。プレスコットが犬ばかぶりを発揮して喜んでいるところを期待して、ミミは顔を上げた。ところが彼はしかめっ面をしている。

「テーブルから餌をやっちゃいけません」彼は厳しい口調で言った。「人間の食べ物をやるのもだめです。犬の体によくないから。タマネギが入っていたら死ぬことだってある」

「人間の食べ残しをやるなって、彼女に言っておいたんだがな」ジョーが殊勝な顔でうなずきながら言った。

ミミは目を細めてジョーをにらみつけてからプレスコットに言い返した。

「見知らぬ人間の親切を当てにするのなら、パンのどちら側にバターが塗られているかだけじゃなく、誰がバターを塗ってくれるかも憶えておいてほしいものね。もうひとつ言わせてもらえば、やったのは残り物じゃない。わたしの食事を分けてあげたのよ。それにあなた、人間の食べ物を与えちゃいけないなんて教えてくれなかったじゃない。犬の餌は冷凍庫に入ってるって言ってたけど、人間の食べ物しかなかったわ」

「犬の餌が入ってるのは、ガレージの冷凍ケースですよ」プレスコットは興奮気味だった。

「一食分ずつ小分けにして袋詰めにしたドッグフードが入ってて、袋には犬の名前がそれぞれちゃんと書いてあるんです。餌には鶏肉、ラム、米、ミネラル類、カルシウム、ビタミンサプリメントがバランスよく配合されてる。その割合はぼくが犬の栄養について研究して、個々の犬に合わせて考案したものですよ」

「あなたが救急車で病院に運ばれる前に〝食料は冷凍庫にある〟って言ったのは、そういう意味だったの？　わたしはてっきり自分の食事と、キッチンの冷凍庫のことだと思ってた。あなたがこのワン公たちに特別食を与えてるなんて、どうしてわかる？　いいこと、プレス、犬はしゃべれないのよ」

「だけどあなたは話せるじゃないですか」プレスコットはまるで深遠な普遍的真理を見出したかのようにあえいで言った。「あなたは犬のことを何もわかっちゃいない、そうなんですね？」

「正解」

「風呂にも入れてないでしょう」

「それも正解。ジョーがやってくれたわ」

「もしかして、もともと犬が嫌いなんじゃ？」

「それは不正解。犬たちの世話を引き受けたとき、わたしは誠意を持って始めたわ。何の偏見も持たずにね。犬を飼ったことも、一緒に暮らしたこともなかったけど。でもね」ミミは洗いざらいぶちまけてしまうつもりだった。「もし犬族との関わりがビルとの出会いだけだったら、好きにはならなかったかもしれない。でもそうじゃなかったから、好きになれたのよ」

「ビルが気に入らないのなら、どうしてぼくにくれたんです？」

「あなたが引き取るって言ったからよ」その言葉でプレスコットはなぜか顔を赤らめた。

「ぼくがどんな人間か知りもしないで預けたんですか？　信用できるかどうかも、世話好きで責任感のある人間かどうかもわからずに？　あなたに託された役割を忠実に果たすかどうかも――」

「わからなかった」ミミの声は硬かった。プレスコットの言い方だと、まるでわたしがビルと彼を見捨てたみたいに聞こえる。いや、それより悪い。見捨てたことをわたしに思い知らせようとしている。「よく聞いて」ミミは徹底して正直に話すことに決めた。「わたしはね、絶好のチャンスだと思ったの。自分が背負いたくない責任を、死ぬほど犬を欲しがってた坊やに押しつけるチャンスだと。そうすれば、その坊やがわたしの湖を破壊してることへのちょっとした仕返しにもなるしね」

プレスコットは口をあんぐり開けてミミを見つめた。

ジョーが熱心に見守っているのにミミは気づいた。

「死ぬほど欲しがってた、だって？」とジョー。

「まあ、そうね」

「〝あなたの湖を破壊してる？〟」プレスコットがつぶやいた。その表情は憤りでこわばっている。

ミミは眉根を寄せて答えた。「そうよ」

プレスコットは車椅子に座ったまま背すじを伸ばした。こみ上げてくる感情を抑えようとして唇が震えている。「ぼくがどうやって、、、あなたの湖を破壊してるっていうんです？」

冗談のつもりかしら？　ファウル湖周辺の古くからの住民と別荘の所有者が、この〝マツ材もどき宮殿〟と所有者のプレスコットをどんなに忌み嫌っているか、知らないとでもいうの？

「考えてもみてよ」彼女は驚きを隠せなかった。「あなたや、あなたみたいな人たち、つまり使い道も考えつかないほどの大金を持った人たちがこの湖畔に〝隠れ家〟を建てて、のさばってる。そういうモンスターみたいな豪邸が他人に、たとえば何世代も前からここに来ている人たちにどんな影響を与えているか、一度でも考えたことある？」

プレスコットはミミをにらみつけた。「ありますよ。地価が上がったはずです」

「そうやって地価をつり上げたから、固定資産税も上がって、金持ちしか払えない額になってしまった。でもそれより悪いのは、何台ものジェットスキーや、屋外用の音響装置付き三段デッキを持たない人たちが、よそ者みたいに感じさせられていることよ。自分たちの湖にいるのに。何十年も家族で訪れてるコテージにいるのに。あなたたちは豪邸を建てて、そこからわたしたちを見下ろしてる。それでスボーダ家のように、家を売りに出すしかない人たちが出てくる。それがあなたのやっている破壊行為よ」

プレスコットは真っ赤になった。

「それは一方的すぎるんじゃ――」とジョーが言いかけた。だがプレスコットは赤い顔のまま、ジョーに向き直った。

「口を出さないで。これはぼくの問題で、自分の家のことだから」そしてミミを振り返った。

「ほかに言いたいことは？」

「ある。訊かれるまでもないわ」ミミは続けた。「あなたたちは湖にも、モンスター別荘にも興味はなくて、三年もしたら他の場所へ移っていく。みんな非居住者で、ここにいるのは次に想像力をかき立てるものが出てくるまでのあいだだけ。行きずりの旅行者にすぎないのよ」

「でたらめだ」プレスコットが吐き捨てるように言った。声が震えている。「そんなふうに決めつけるなんて、あんまりだ。ぼくがここで何をするつもりか、なんのためにこの家を建てたかも知らないくせに。ぼくのことを何も知らないくせに。こっちだってあなたのことを知らないけど」

「ビンゴ。やっとわかってきたようね」ミミも鋭く切り返した。

プレスコットはその言葉を無視した。「この家が気に入らなくてもかまいませんけど、ぼくを旅行者扱いするのはやめてください。あなたは湖をほかの人と共有するのがいやなだけでしょう。ただの俗物ですよ、あなたも、おたくの一族も。他人と自分を比べて、違いにばかりこだわって、一〇〇年前から家族連れでここへ来ている人間以外にはチャンスを与えようとせずに、今でも井戸水を使っている」

プレスコットの言い分にも一理ある。だがミミの怒りはおさまらなかった。彼の理想化にも、自分の罪悪感にも、この別荘や、これから建てられる同じたぐいの豪邸にも、それらがシェ・ダッキーの行く末にどんな意味を持つかにも、腹が立ってしかたがなかった。だがその怒りの中核にあるのは新たな発見だった。シェ・ダッキーが、これまでの人生で自分が行きずりの旅行者でない、通行人でないと思える唯一の場所、個人的な思い入れのある唯一の場所であることに気づいたのだ。気づいたとたん、怖くなった。

「あなたは共有するつもりなんかないのよ。取り上げようとしているだけ」

「そんなことはない。自分の権利を主張してるだけです。あなたの先祖だって、大昔のある日ここに現れて、湖畔の土地の一区画を自分のものだと主張したわけでしょう。それと同じですよ。彼らも最初は行きずりの旅行者だった。ぼくは――」プレスコットはそこで言葉を切り、一度口を閉じたが、ふたたび開けて続けた。「人は、どこかの土地に落ち着く前に、まずそこを訪れようとするでしょう。訪れてみて初めて、自分の居場所だと思える土地を見つけることができる。違いますか？」

その言葉の意味が身にしみてわかって、ミミの怒りは急にあとかたもなく消え去った。プレスコットは自分の居場所だと思える土地を買ったのであって、ただ自分のものにするために土地を買ったわけではなかった。その気持ちがわかるのは、わたしをおいてほかにいないだろう。

ミミの胸は共感でいっぱいになった。目を上げると、プレスコットはあごを突き出して防御を固め、こちらをにらみつけている。サラとジョーは黙って座ったまま、成り行きを見守っていた。ジョーの表情から、息子の言葉が彼の心にも響いたことをミミは察した。ジョーも自分の居場所を探しているのだろうか？　サラもそうなのか？

「本当にそのとおりね、プレスコット」ミミは言った。「自分の思いこみで、あなたのことをあなだこうだと決めつける権利なんかなかったのに。わたしって最低ね。嫉妬してるのかな。あなたには自分の持っているものを守るだけのお金があるのに、わたしにはないから」

プレスコットは目をしばたたき、ジョーは驚いて眉をつり上げた。サラまで愕然とした表情をしている。

「何よ。おたくの一家って、間違いを素直に認めないの?」とミミは訊いた。「サラ、あなたまでそんなふうにじろじろ見るなんて、どうして? わたし、自分のこと最低だって言ったでしょ。ちょっと興奮しすぎちゃったみたい」

「確かに」サラが言った。「姉さんがあんなに熱弁を振るうのを初めて見たわ。ママが聞いたら啞然としたでしょうね。メアリ姉さんは拍手喝采だったろうけど」

「やめてよ」とミミは言った。

「ぼくはそれほど感動しなかったな」ジョーが言った。うっとりするようないつもの声だが、息子を弁護したい気持ちがにじみ出ている。「ただ責めてるだけだったじゃないか」

どんな理由かはわからないが、ジョーは急に言葉を切り、少し顔を赤らめた。

「しかし、どんなに冷静な人間でも、強い感情に苦しめられているときは特に、あとで悔やむような言葉を口にすることがあるからね。たいていの人は自分の非を認めるのに何週間もかかるんだけど、ミミの場合、そういう問題はないらしいな」

「でもミミが指摘した中には、納得できる点もいくつかあったな」プレスコットが認めた。

「あんな見方もあるとは知りませんでした」

「わたしだって、あなたの立場で物事を考えたことはなかったわ」とミミは言った。二人は探るような目つきで見つめ合った。ジョーとサラは、二人を励ますようにうなずいた。

「プレスコット、あなたが嫌いだったわけじゃないの。わたしが嫌いだったのは——これからもそうだと思うけど——この別荘よ。だけど、わたしがあなたにビルをまかせたそもそもの、一番大きな理由は、犬を厄介払いして出発したくなっていた矢先に、あなたが飼うって申し出てくれたこと。それに、犬の写真を送るとも言ってくれたでしょ。あなたなら大丈夫だとなんとなく思った。それだけ」

プレスコットはまだ機嫌を直していない。「か弱くて、無防備な小さな生き物を、よく知りもしない人間に預けるとはね。信じられない」

そう言われてみれば、卑劣な行為のような気もする。「正直に言うとね——わたしはいつも、どこまでも自分に正直でありたいと思ってるの——今だったら、あのときと同じようにするかどうかはわからない。ビルをあなたに押しつけたとき、わたしは犬がどんなに手のかかる存在かを知らなかったの」それもまた、真実だった。「これで仲直りできる?」

プレスコットはサラとジョーを見た。二人はもう一度うなずいてみせた。まるで慈悲深い首振り人形のようだ。「いいですよ」

突然、正面玄関のほうから『聖者の行進』のメロディが聞こえてきた。ジェシカだ。ミミは彼女からの電話をこれほど嬉しいと思ったことはなかった。

「失礼。仕事の電話が入ったみたい」

玄関わきのクローゼットへ向かう。ジャケットに携帯電話を入れたままにしていたのだ。

「仕事って?　どんな話?　誰と?」プレスコットが訊く声がリビングから聞こえてきた。

「ミミ姉さんはスピリチュアルカウンセラーなのよ」サラが何気ない口調で言った。「死んだ人の霊と話をして、生きてる人間に報告するの」

「死んだ人が電話をかけてきたってこと？」プレスコットの心は、強い好奇心とわだかまりを捨てきれない気持ちのあいだで揺れ動いているようだ。「玄関ホールで幽霊と話すの？のぞいてもいいかな？」

「だめ！」ジャケットのポケットから携帯電話を取り出しながら、ミミは叫び返した。「もしもし、ジェシカさん。さっき話したばかりなのに、またですか。今度はなんの話です？」

「本当の番号を教えてくれたかどうか、確かめたくて」

「もうわかったでしょう、本当の番号ですよ」

「ほかにも話したいことがあるんだけど」

「どうぞ」

ジェシカが深呼吸するのが聞こえた。さらにもう一回。棒高跳びの準備でもしているみたいだ。「あなたが実際に母と話せるわけじゃないのはわかってるんですよ。ニールも同じ意見なの。わたしがそのことをわかってるって、知らせたかったんです」

「そうですか」

またしても沈黙。しかも今度は長かった。

「なんで何も言わないんです？」ようやくジェシカが沈黙を破った。

ミミはため息をついた。「なんて言ってほしいんです？　おっしゃるとおりわたしは詐欺師です、とか？　あなたから何百ドルもふんだくりましたが、詐術がばれないよう祈ってます、とでも？」

「〝詐術〟ってどういう意味ですか？」ジェシカは小声で訊いた。

「ぺてんにかけるってことです」

「なるほど」また沈黙。ふたたび話し出したジェシカの声は沈んでいて、少しわびしげに聞こえた。「でも、そういうのが聞きたいんじゃありません。本物だって言ってほしいんです。あなたが伝える母の言葉は本物だって」

ミミは壁にもたれかかると、携帯電話を口元に寄せた。

「それで、何かいいことがあるかしら？」ミミは優しく尋ねた。「わたしがそう言っても本物の証明にはなりませんよ。しょせん詐欺師の言葉だ、カモの聞きたいことを口にしているだけだと思われるにきまってるでしょう。落ち着いて考えてごらんなさい」

「でも証明してほしいんです」

「無理ですね。理屈じゃなく、そのまま信じるしかないこともあるんですよ」

「じゃ、信じてはいけないものを信じたことに気づいたら、どうすればいいんですか？」

ミミはプレスコットを思い浮かべた。わたしがビルを押しつけたとき、彼はそれが善意から出た行為だと信じた。だから、真相を知ってあんなに傷ついたのだろう。これはわたしではなく、プレスコットの問題だ。もちろんわたしは故意に自分を偽ったわけではない。でも、実際以上に善良な人間と勘違いされてしまった。そうだ、ジェシカがまだ電話の向こうで返事を待っている。

「信じてはいけないものは今度から信じないようにしよう、と思うことですね」

「でも、それでも信じつづけるんでしょう？　そうやって人にチャンスを与えつづけるんでしょう？」

「その人たちは運がいいんでしょうね」ミミは言った。

ジェシカは一瞬黙りこんだ。「そろそろお友だちのところに戻ってあげてください。やっぱり電話しなきゃよかった。あなたを少しでも信じるべきだったわ。じゃあ」

電話が切れた。ミミは返事をせずにすんだことにほっとしていた。

40

夕食後も、ミミとサラはまだ食べ物をあさりつづけていた。ミミは冷蔵庫のドアを開けっ放しにして、中の物を直接口に放りこんでいたし、サラはサラダの残りからガーリック味のクルトンだけを探してつまんでいた。皆、さっきまでの高揚した気分をすっかり忘れてしまったらしい。ただし、ジョーだけは違っていた。プレスコットはミミの辛辣な批評が彼個人に向けられたものではないと納得したようだ。ミミの態度にも微妙な変化が生まれている。プレスコットを責めたことを後悔しているのだろう、とジョーは思った。実際、二人はかなり波長が合ってきている。もっとも、プレスコットのミミ崇拝はあとかたもなく消えていたが。

先ほどの会話はミミとプレスコットだけでなく、ジョーにとっても意義深いものだった。ミミがプレスコットのこの家について自分の考えを述べたのは正しい。ジョーは、率直であること（たとえ耳に快い言葉ばかりでなくても）の大切さは理解している。その一方で、息子が傷つくのを目の当たりにして、親としての保護本能を強く刺激されたことにも驚いた。同時に、ミミが大演説をぶった理由が、強い思い入れにあることに気づいてもいた。プレスコットをだましていると言って自分がミミを責めたのも、同じ理由からだった。ジョーは口論に割って入ろうかとも考えたが、プレスコット本人がミミの糾弾を受けて立ち、ちゃんと対処していた。そんな息子が誇らしかった。

「あなたたちが何を食べようと勝手だけど、犬にはやらないようにお願いしますよ」プレスコットが言った。「犬は人間の食べ物で病気になることだってあるんだから。チョコレートもそのひとつ。だからチョコレートケーキは与えないこと」

「わかってるってば」ミミがぶつくさ言った。

「どうかな」プレスコットは鷹のような目でミミを見張っている。

ジョーはプレスコットの反応に注目した。ミミが聖母のごときママ役から降ろされたのは確かだが、もしかしたらレトロなヒッピー系スピリチュアリストの役で再登場するかもしれない。何しろミミはプレスコットを完全に魅了しているのだから。人生哲学について質問しつづける息子に、ミミは食べながらいいかげんな答えを返している。その答えというのが、いちおう意味深長に聞こえるのだが、実は全部スターバックスの紙コップにプリントされた文からの引用ときている（コーヒーを飲まないプレスコットは気づかない）。

それでもジョーは沈黙を守っていた。わが子についてあまりに知らなすぎた。息子がほかの人間と交流しているさまを観察する機会もほとんどなかった。親子で会うときはいつも真空地帯に二人きりでいるようなもので、世間との接点がなかった。プレスコットが孤独を好んでいるのではなく、単に孤立しているだけだということを知った今、ジョーは不思議でならない。ぼくたちはどうしてあんなふうだったのだろう？

ミミは、たわごとも才気あふれる警句も、子どもだましの話も真実も、とうとうとまくしたてることができる。その違いがわかっているかどうかは推測の域を出ないとしてもだ。おそらく承知のうえで言っているのだろう、とジョーは思った。ミミが、ジョーとプレスコット（とカレン）の関係に新たな刺激を与えたのは確かだ。とはいえ、稲妻のごとく二人との関係を照らし出し、明らかにしてくれたわけではない。ミミはジョーがすでに知っていたことを口にしただけだ。ただ、その言い方はジョーの道義的責任を問うものではなかった。おかげで妻の真意を疑問に思った後ろめたさと、息子のためにもっと早く疑問を投げかけるべきだったという罪悪感の両方が払拭された。妻の生き方を疑問視したとしても、それは愛がないからではない。ぼくは確かにカレンを愛していた。ミミが指摘したように、カレンはすばらしい人間だった。変人だった可能性は大いにあるにしても。

だが今となっては、そんなことはどうでもよかった。

ミミは、冷蔵庫のドアをお尻で押してしっかりと閉めた。両手に白っぽい色の小さな塊をのせている。その眼には輝きが戻っていた――ミミ・オルソンを人生の深刻な局面に長くとどめておくのは不可能だった。その輝きがいたずらを思いついたせいなのか、喜びのせいなのか、ジョーには判断がつきかねた。とっておきの秘密を知っていて人に教えたくてしょうがないのだが、そのくせ誰も信じないだろうとわかっている――ミミはそんな印象を与えることがよくあった。ぼくなら信じるかもしれない、とジョーは思った。

「死者の霊ってどんな声をしてるんですか？」プレスコットが訊いた。

「調子に乗せないでよ」とサラ。

「乗せてないさ。興味があるだけ。いったいどんな声ですか？」

ミミは団子状のものをひとつ口に放りこむと、物思いにふけるような顔つきで嚙んだ。

「声は出せないわ。当たり前でしょ、発声器官がないんだから。こちらは言葉を聞くんじゃなくて、感知するって感じかな」

「じゃ、霊たちをどうやって区別するんです？」

「さあね」

プレスコットはサラのほうに向き直った。「からかってるのかな？」

サラは肩をすくめた。「さあね」

プレスコットはジョーを見た。

「ぼくにもわからない」

「誰にもわからないわよ」ミミが断言した。

「それが困るんだよ」ジョーが言った。

ミミは嬉しそうに微笑んだ。なんて可愛い笑顔だ。

ジョーは微笑みながら椅子にもたれかかり、テーブルを見わたした。姉妹の冷やかし合い、プレスコットの思いがけないユーモア、犬に対するみんなの何気ない思いやり、ここにいる理由が皆それぞれ異なっている事実にさえ、彼は幸せを感じた。これまで味わったことのない、抗うことのできない幸福感だった。

「何を食べてるんです？」ミミの手を指さしてプレスコットが訊いた。ベージュ色をした小さな団子状の塊で、黒いつぶつぶが交じっている。

「クッキーの生地」

「げっ、気持ち悪い」

「わたしにもちょうだい」とサラが言った。

「だめだ」ジョーは身を乗り出してミミの手を払いのけようとしたが、うまくかわされてしまった。

「生卵にはサルモネラ菌が付着してるかも」プレスコットが戦いを引き継いだ。「サラが病気になったらどうするんです」

「心配ないって」ミミは言って、団子をサラに手わたした。「これは形成と包装をすませてから冷蔵した、生卵を使わないタイプのクッキーだから。さてと」彼女は手をこすり合わせた。「行くわよ、サラ」

「どこへ？　シェ・ダッキーに？」プレスコットが訊いた。「まだ早いのに」

「でも行かなきゃ」ミミは言った。「サラは初めてだから」

「第一印象を書きとめておくことをおすすめするよ」とジョーがサラに言った。「きっと面白いものが書けるから」

「どういう意味かしら？」サラがミミに訊いた。

ミミは穏やかにジョーに向かって微笑んだ。「ばい菌恐怖症の言うことは気にしないの。毎日漂白しなきゃ、チフス菌がつくと信じこんでるんだから」

ジョーも微笑み返した。だが本当は言いたかった——**ここにいてくれ**。

サラは立ち上がった。「ティアニーさん、ご心配なく。わたしは要求の多い人間じゃありませんから。ミミが言うには、キャンプみたいなんですって。きっと気に入ると思うわ」

「それはよかった」ジョーは愛想よく言った。

ミミは妹を玄関まで案内し、そこで二人はコートとジャケットを着た。短い別れの挨拶のあと、二人はサラのレクサスに乗りこんで出発した。プレスコットは二人の車が夜の闇に消えるまで見送っていた。

「ここに泊まればよかったのに」とつぶやくと、彼は照れくさそうな顔でジョーを見た。

「ビルはサラが気に入ったみたいだから」

リビングに戻ると、ジョーは並んだ窓の片隅に、プレスコットは反対側に車椅子を止め、二人で暗くなった空を見上げた。

「ビルをもう一度外に出してやったほうがいいかな？」ジョーが訊いた。

「大丈夫だろう」

「そうだね」父と息子はふたたび黙りこんだが、その沈黙はこれまで一緒に経験したものとは違っていた。以前ほど静まり返った感じはない。もっと居心地がよく、気にならなかった。

「星がよく見える」ジョーが言った。息子の視線を感じていた。

「ぼくたちが醜態を演じて床に倒れたって、ミミに言わないでくれてありがとう」プレスコットが言った。「ぼくが殴ろうとして空振りしたことも」

「気にするな」

「それから、ここへ、えー、手伝いに来てくれたことにもお礼を言わなくちゃ」プレスコットはぼそぼそ言った。「仕事で忙しいのに大変だったでしょう」

「大したことないさ」とジョーは言った。「来たかったんだ」

一瞬、かすかな緊張が走ったが、すぐにまたくつろいだ雰囲気になった。

「天文学には詳しい？」しばらくしてプレスコットが訊いた。

「まるっきりだめだ」ジョーは妙に満足して答えた。「おまえは？」

「多少は知ってる。詳しいとは言えないけど」

「そうか。じゃ、オリオン座の三つ星はどこだ？」

プレスコットは車椅子をジョーの近くまで移動させ、暗闇を指さした。「北斗七星はわかる？」

「それなら知ってる」

「オーケー。ひしゃくの柄をたどっていくと——」

そのとき玄関のドアが開く大きな音がして、プレスコットはびくりとした。驚いた犬たちもいっせいに吠えはじめたが、ビルだけは例外だった。歯をむき出し、小さな丸い胴体を震わせて低くうなりながら、堂々と玄関ホールへ出ていく。ポパイさながらの威勢のよさだ。

プレスコットとジョーは期待に胸を躍らせて待った。

サラがリビングの入口に姿を現し、手にしたスーツケースをどさりという音とともに下ろした。

「キャンプなんてまっぴら。ここに泊めてもらってもいい？」

41

二月

ミミはキッチンのアイランド型カウンターに手紙の束を置き、手袋をはずした。カウンターの反対側ではプレスコットが頬づえをつき、新聞に掲載された数独と格闘している。ミミが入ってきたのにも気づいていないようだ。プレスコットが退院し、サラがやってきてから四週間になる。最初こそ社交熱心だった彼もすぐにくつろぎ、淡々と接するようになった。ミミが別荘に毎日立ち寄ることも当たり前のように受けとめている。そうした感謝知らずの態度を、ミミは失礼と思うどころか、妙に可愛いと感じていた。不思議なことに今のこの状況全体が……快適だった。

ミミは自分の存在について、この小さな生活共同体にとって大切ではあるが不可欠ではないと感じていたし、その感覚が気に入っていた。不可欠でない理由のひとつは、皆がそれぞれ、ミミなしでも立派にやっていけるからだ。また、皆（たぶんワイリー以外）の幸福がミミの肩にかかっているわけでもないという、望ましい状況だからでもある。それでも、共同体の役に立っているという自覚は……心地よかった。自分がいなかったら、これほどうまくはいかなかっただろう。

そう。すべては完璧に近い。

ただジョーは……だめだめ、立ち入り禁止。ジョーのことは気にしないようにしなくては。一緒にいるとますます高まる肉体的誘惑のほうも。彼も同じように感じているのはわかっていた。もしミミがもっと演技派、あるいは自己中心的な性格だったら、こう想像しただろう。ジョーが昨日、医者の見立てより二週間も早く犬スキーをしに行ったのは、痛みをひどくして、肉体の誘惑に負けないようにするためにちがいない——いいえ、だめ。考えるのはよそう。

別荘へ入ってきたときの幸せムードは消え、ミミはそわそわと落ち着かず、不機嫌になっていた。サラはどこにいるんだろう？　コートを脱ぎ、近くのスツールの上に置いて、自分宛てに送られてきた高価そうな封筒の封を切った。出てきたのは一枚の通知だった。

文面に目を通す。長くはかからなかった。読み終わると、丸めてゴミ箱の底のほうに押しこむ。

ピーターソン・ピーターソン・アンド・ピーターセン法律事務所なんか、くそくらえだわ。彼らは、アーディス・オルソンの法定遺産相続人の大半からの依頼を代行しているにすぎないが、ミミの知ったことではない。通知には、フォーン・クリークにある事務所に相続人全員が集合し、シェ・ダッキーの売却手続きに必要な書類にサインするよう「お願い申し上げます」と書かれていた。ミミはこの法律事務所を憎んだ。

自分の親族を憎むよりましだった。

その日が近づいているのはわかっていた。バージーが数カ月前、携帯電話のメールで伝えてきた状況は、ヴィダからの電話で裏づけられた。留守電のメッセージをミミが聞いたのは二、三週間前だが、ヴィダは申し訳なさそうな声で事情をぐだぐだと説明していた。ミミがとっくに承知していた内容だった。つまり、シェ・ダッキーを売るべき理由は山ほどあり、手放さずにおく理由は皆無に近い、ということだ。その決定は軽々しく下されたわけではなく、相続人は皆、心を痛めてはいた。だが現実には売却しか道はないという結論に達した。オルソン家の人々はきわめて現実的なのだ。

事態はすでに手に負えなくなっていた。というより、もともとミミの手にゆだねられたことなど一度もなかった。そう思うと昔はほっとしたのに、どういうわけか今は無性に腹が立った。

ゴミ箱のふたを乱暴に閉めたとき、玄関ホールに高級そうな旅行かばんがひとそろい置かれているのに気づいた。それまではふたの陰になって見えなかったのだ。ジョーのことを考えないでいられたらという希望はすべて消し飛んだ。旅行かばんはジョーのもので、明日シンガポールに向けて出発し、仕事を続けるという。ほかに誰も交渉をまとめられる者がいないからで、不可欠な存在とはそういうものなのだろう。今日、運命の女神はミミを見放した。楽しいことにはすべて終わりがあると、避けがたい現実を突きつけるつもりらしい。

楽しい日々だった。ジョーには行ってほしくない。このふたつの現実がミミの気分をさらに暗くした。ここ何年も、誰かに行かないでとはっきり口に出して言ったことがなかった。もちろん、心温まる思いで漠然と「素敵な人だったのに、続かなかったのは残念だった」と感じた経験はあったが、これほど痛切に胸がうずいたことはない。喉の奥に何かがつかえているような感覚だった。

　ミミは誰よりも見送り上手で、別れ上手だった。だが、ジョーを失うことを考えると――ちょっと待って。違うでしょう。言葉の選び方が間違っている。自分のものだったこともない人を、失うとは言えないじゃないの。ジョーと一緒にいられなくなる。話もできなくなる。あの控えめで気のきいたユーモアももう聞けない。そう思うとどうしようもなく心が痛んだ。それだけではない。困らせたり、反論したり、挑発したり、からかったりもできなくなるのだ。ミミはこれほど自分が誰かにとって大切な存在になりうると感じたことはない。そして……ジョーは自分にとってどんな存在だろう。大切な人。かけがえのない人だ。もしいなくなってしまったら――。

　ジョーとのことはすべて、わたしの想像だったのだろうか？　わからない。ジョーの気持ちをどうやって訊けばいいのか、あるいは訊くべきなのかも、わからなかった。ミミは混乱し、動揺した。ただ成り行きにまかせて、気にならなくなるまで放っておくしかないのかもしれない。

　後ろでサラの重い足音が聞こえたかと思うと、戸棚を開ける音がした。闘う構えでさっと振り向くと、妹は砂糖のかかった〈リトル・デビー〉のミニドーナツの箱を棚から引っぱり出しているところだった。ミミは手を伸ばして箱をつかんだ。

「体重を少し落とさなくちゃいけないってヤングストラム先生に注意されたでしょ」ミミはぴしゃりと言った。サラから箱を奪おうとしながらとっさに思いついた口実だった。ここにいるつもりなら一度はフォーン・クリークの家庭医であるヤングストラム医師に診てもらいなさい、でなければママに電話するわよ、とミミは妹に忠告しつづけてようやく受診させたのだった。

「わたしの勝手よ！」サラはがなった。「それにこの二週間、体重は増えてないわ」

「でも、よたよたした歩き方をしてるでしょ」

突然、サラは目に涙を浮かべ、喉をつまらせた。

「だめよ。泣いても」ミミは言った。「妊娠を口実にしないこと。もうその手はきかないわよ。ここにきて四週間しか経たないのに、倍の大きさになるなんて」

「そんなことない！」

「いいえ、太りすぎよ。血圧にもよくないわ」サラの手の力がゆるむのを感じたミミは、箱をぐいと引っぱった。そのひょうしにふたが開き、フロステッド・ミニドーナツがキッチンに飛び散った。

プレスコットは頭を下げ、飛んできた箱を間一髪で避けた。

「おい、気をつけてくれよ」

犬たちがどこからともなく走り寄ってきて、ザトウクジラがオキアミの集団をひと飲みにするような勢いでドーナツをくわえたかと思うと、次のおこぼれにそなえてふたたび出ていった。

なんてことしてくれたの、と言わんばかりの態度でサラはスツールにどすんと腰を下ろし、腕を組むと、ふくれ上がったおなかの上に置いた。そのふくらみは先月の小さな隆起がやや成長したもので、小高い山になる日も遠くはなさそうだった。

「プレスコット、ミミに太ったって言われた」

「そう」初めのうちこそサラの同居に動揺していたプレスコットだが、ひと月経った今は我関せずといった態度になっていた。最初、ミミはプレスコットの変心を危ぶんだ。自分へのあこがれを捨てて、サラに情熱的な恋心を抱いているのではないかと案じたのだ。いつもの成り行きまかせでは困った事態を招きかねないという結論に達したミミはプレスコットと直接対決し、妹に気があるかどうか単刀直入に訊いた。

彼は真っ赤になった。「まさか！　サラは妊娠してるんだよ」

「妊婦をセクシーだと思う男もいるわ」

「うわ！」

この返事を聞いて、ミミはそれ以上追及する必要はないと思った。

「プレスコット！　何とか言ってやってよ」サラが要求した。「わたし、太ってないわよね？」

プレスコットはちらりと見上げると、「太ってない。大きいだけだ」と答えた。

ミミは勝ちほこった表情で妹を見た。

「赤ちゃんが大きいからだわ」サラは鼻を鳴らして言った。

「その体重だと、赤ん坊は乾草一山くらいの大きさになるわね。足を見てごらんなさい。ずんどう足首がひどくなっちゃって」

鋭い指摘にひるんだサラは、プレスコットに助けを求めた。「プレス？」

彼はサラの足を見下ろすと、悲しげな、だがはっきりとした声で言った。

「ずんどう足首っぽいな」それで自分の足のことを思い出したのか、新しい歩行用ギプスをつけた左足をそばのスツールの上にのせた。

「いいわ。別にドーナツが食べたかったわけじゃないんだから。そうそう、クッキー生地がなくなってるわよ、姉さん」サラは向きを変えると、ゆうゆうとした足どりでキッチンを出ていった。

サラがここへやってきた夜、レクサスに乗ってシェ・ダッキーからプレスコットの別荘へ引き返す妹を見送りながら、ミミは嬉しくてしかたがなかった。実際、思わず両手をもみ合わせてしまったほどだ。すべて自分の思惑どおりにことが運ぶはずだ、と思っていた。

車のテールランプが見えなくなるとすぐ、ミミは応接間へ取って返した。郷愁に満ちた至福のときを心ゆくまで満喫するつもりだった。先祖たちの霊が待っていてくれるだろうと期待していた。ところが部屋には誰もいない。空虚だった。驚きと、みじめさと、混乱に襲われながらも、負けるものかと思った。ここ何週間か、プレスコットの別荘へ行かないときはアルバムの整理をしたり、コテージをうろうろしたり、スケッチをしたりして過ごし、けっきょくひどく退屈していた。サラの世話というかっこうの口実があったのだから、プレスコットの家へ移ってもよかったかもしれない。だがそれでは、シェ・ダッキーにいても何の意味もないと認め、しかも、プレスコットの家にはいる意味があると認めることになる。

「ジョーはどこ?」ミミは訊いた。

「外にいる」プレスコットが答えた。

この情報にミミは食いついた。「また犬スキーをしてるんじゃないでしょうね? 無謀にもほどがあるわ。昨日だってあの膝で行ったりして、とんでもない大ばか者よ。反対側の膝に青あざをつけただけですんだのはラッキーだったと思わなきゃ。だいたいあの人は――」

「落ち着いて、ミミ」プレスコットはスツールの上で体をねじり、窓の外を見た。「ジョーは岸から五〇メートルぐらい離れた氷の上にいるけど、ひっくり返したバケツの上に座っているだけだから。おかしな光景だろ? ジョー・ティアニーが何もせずにただバケツに座ってるなんて」彼は感慨深げなようすで、窓の外の父親の姿に目を細めた。「地球最後の日の預言を連想させるね」

「そう……それならいいわ」ミミはつぶやいた。そうだ、シェ・ダッキーへ行って、ジョーが発つまで戻ってこなければいい。そうすれば、別れを言わずにすむ。

「ホルモンのせいだな」プレスコットが顔を上げずに言った。

「何が？」

「サラの気分が不安定なのは、ホルモンのせいだ」

「ああ、それ。わかってたわ」

「じゃ、あなたの不機嫌の理由は？」プレスコットは鉛筆を置いて訊いた。「ずっとピリピリしてるじゃないか。アップル・コンベンションに登場するビル・ゲイツみたいだ。いつもは気分屋じゃないのに。何があったの？」その表情には戸惑いと気づかいが見てとれた。

プレスコットの顔はひどく真剣で、若々しかった。新鮮な空気を吸い、犬に引っぱられて運動し、情緒不安定な妊婦を相手にする毎日が奇跡を生んだのだ。彼がパーティの主役になれるとは思えなかったが（扱いにくく、怒りっぽいのは今でも変わらない）、最近はありのままの自分でいるほうが楽だと感じているのは確かだった。それにきれいな心の持ち主でもある。本当に……**いやだ**！　どうしてプレスコットのことでこんなに感傷的になってるの？この子はどこにも行ったりしないのに。

「それで？」プレスコットが答えを待っている。

ミミは彼の横のスツールに腰を下ろした。「よくわからないけど、いろいろあって」

「たとえば？」

言おうかどうしようか、ミミは迷った。ささいないらだちや心配事を吐き出すのは、どうみても自分らしくない。実際、そういった感情の存在を自分でも意識しないようつとめてきた。でも……ぶちまけたところでどうってことないじゃない？　彼に何か助言を求めるわけではなく、ただ質問に答えるだけなんだから。

「たとえばサラよ。あの子はママに電話しようとしないけど、わたしはするべきだと思う」プレスコットのいぶかしそうな表情を見たミミは、詳しく説明することにした。「でも無理強いする権利はわたしにはない気がする。それから……」

「それから？」優しくうながす声。

「妹のことが心配でたまらないの。赤ん坊をどうするか決めようとしないし、どんな選択肢があるのか考えてみようともしない」

これを聞いて、プレスコットはやはりぎょっとした顔になった。

「マタニティクラスに参加するつもりもないみたい。信じられる？　妹は何を言われても、てこでも動かない。自分が太ってることだって認めようとしない。健全じゃないでしょ？　でもサラは言いつづけてる、〝成り行きにまかせよう〟って」いらだちと心痛でミミの声は大きくなった。「わたしをからかってるのか、それとも頭がおかしくなっちゃったのか、わからない。赤ちゃんを〝成り行きにまかせる〟なんて、できるわけないのに！」

「サラにそう言った？」

「何度もね！　ママがここにいてくれたらいいのにって、心から思うわ」

プレスコットは同情するようにうなずいた。

「それから、ジョーのこともある」何もかも打ち明けるって、こんなにすっきりするものなんだ。驚きながらミミは言った。

プレスコットはもの問いたげな視線を向けた。

「膝の話よ」ミミはあわてて説明した。「あんなにわからずやだったかと思うと、いらいらするわ」

理由を問いただされる前に、ミミは話題を変えた。「それから、昨日オズから電話があって、いつ帰るのかって訊かれたんだけど、最低でもあと二、三カ月は無理だって返事したの。だってサラが出産するまでそばにいてやらなくちゃならないもの。それなら代わりの人を雇うしかない、きみには悪いけど、って謝るから、自分を責めないように言ってやったわ。最近はあの世の人たちはあちらにとどまっていて、おしゃべりしに出てこないもの」

プレスコットの目が好奇心でいたずらっぽく輝いた。ジョーと同じブルーの目だ。

「そう？」彼は少しさりげなさすぎる声で応じた。「死んだ人の霊がもう話しかけてこなくなったの？」

「いい質問よ、プレス。わたしが霊と話せるかどうか知りたい？」

「うん」

「わたしも知りたい」ミミはそう言い、彼のくやしそうな顔を見て微笑んだ。気分がよくなってきた。「それにシェ・ダッキーの電気配線がもうだめになってるの。昨夜アルバムを整理してたら、そのあいだに五つもヒューズが飛んで、新しいのを買いにフォーン・クリークまで車を飛ばさなきゃならなかったわ」

「あなたはタフな人だね」面白がっているように聞こえたのでミミがまじまじと見ると、プレスコットは無邪気な目を見開いて応えた。からかっているのかしら？　いや。この若者がかなり変わったのは事実だが、こんなからかい方をするようにはなっていないはずだ。

「それは確かね」タフで立ち直りが早い。それがわたし。

「ほかに言いたいことは？」

ある。もちろんあった。だが饒舌な暴走列車は突然止まってしまった。ミミはふたたび気持ちが沈んでいくのをはっきり感じた。「今朝、手紙が届いたの」

「どんな手紙？」

「通達状。法律事務所に集まる日を知らせてきたの。そのとき、シェ・ダッキーを売るための書類にサインするんですって」ついに、売却の件を口に出して言った。来週初めにデビーが売買価格を決めれば、それでおしまいだ。

ミミはプレスコットに笑ってみせた。実際よりつらそうに見えないといいけど。

「ひどい話でしょ？」

なんとプレスコットはショックを受けたらしい。

「こんなに天気のいい日はめったにないなあ」下の階から姿を現したジョーが、階段を上りきったところで同意を求めた。彼はミミとプレスコットに微笑みかけた。まわりの環境と自分の居場所に満足し、くつろいで、安心しきった表情をしている。それは本来、わたしの役なのに。ミミはそれを取り戻したかった。生のクッキー生地を腹に詰めこむのも、午後いっぱい数独を楽しむのも、凍った湖の真ん中に座るのもわたしがやるはずだったことだ。それなのに時間はわたしを避けて流れ――でなければ置き去りにして――さらに先へと進んで行ってしまった。その瞬間、ミミは心からジョーに腹が立った。

「アイス・フィッシングに挑戦しようかと思ってるんだけど」ジョーは宣言した。「プレスコットはやったことあるかい？　ない？　ミミは？」

「あるわ」ミミの頭に浮かんできたのは、ジョーとプレスコットが冬のある日、ひっくり返したバケツの上に座り、打ちとけた雰囲気で押し黙ったまま、二人のあいだに開けた氷の穴の上で釣糸を垂らしている光景だった。プレスコットの足元にはココアの入った魔法瓶が置かれ、二人は餌に食いつきそうにない魚を待つともなく待ちながら至福のときを楽しんでいる。わたしはその場にいないだろう。なぜなら、ファウル湖の歴史におけるわたしの章は終わっているからだ。彼らの歴史、ジョーの歴史におけるわたしの章も。

　こみ上げてくるもので喉がつまった。なんてこと。安全な浅瀬を抜け出て、より深い人間関係に飛びこんだりしたからこういうことになったのだ。もがけばもがくほど沈んでいく。今になってそれがわかるとは。

「ほんとかい？」ジョーは形のいい頭を傾けて訊いた。憎たらしいほど……**愛想がいい**。

「当たり前でしょ。なんだと思ってるの？　あれはわたしの湖なのよ。家族の湖なの。生まれたときからずっと、春も、夏も、秋も、冬もここに来てる。アイス・フィッシングももちろんやった。氷の上でのモリつき、船釣り、流し釣り、浮き釣り、スピナー釣り、ルアー釣り、餌釣り、底釣り、バス釣り――」

「もういいよ、ミミ！」プレスコットがさえぎった。

「わかったから。あなたはファウル湖の釣り人の鑑《かがみ》だ」

怒りがたちまち消えていった。涙で鼻の奥がつんとした。そのとき携帯の『聖者の行進』の着メロが鳴り出さなければ、大泣きして醜態を演じてしまったことだろう。ミミはカウンターの上の電話をつかむと、玄関ホールへと走り出た。

ミミは一度深呼吸した。「もしもし、ジェシカね」

「こんにちは、ミミ」〝ミス・エム〟はとっくの昔に〝ミミ〟になっていた。二人のあいだにはもう何の秘密もない。「プレスコットはそこにいる？　サラとジョーも？」

「いるわよ」と彼女は言った。「みんなここに集合してる」

「ちょっとでいいから、スピーカーフォンにしてくれない？」

「わかった」ミミはスピーカーフォン用のボタンを押すと、ドアの入口に立ってキッチンのほうに電話を向け、「ジェシカからよ」と呼びかけた。「挨拶して」

「こんにちは」ジェシカが言った。

「やあ、ジェシカ」ジョーとプレスコットが声をそろえて応えた。

「授業はどう？」プレスコットが訊いた。彼はジェシカが地元のコミュニティカレッジ主催のウェブサイトデザインの夜間コースを受講しているのを知っていた。履修コースを選ぶにあたっては、電話で助言して一時間も話し合った。

「うまくいってるわ。手伝ってもらったお礼を言いたいと思ってたの」

「役に立ってよかった」プレスコットは口ごもりながら言った。顔が赤くなっている。

「ほら、ほら。彼を恥ずかしがらせちゃったから、スピーカーを切るわよ……どう、変わりない？」

「それがね」肩をすくめているのが、声の調子でわかった。

「ニールのこと？」

「運命の人じゃないってわかったの」

ミミは安心しながらも、ジェシカの声に誇らしげな響きがあるのに気づいて違和感をおぼえた。「よくあることよ」

「〝きっとうまくいくわ〟なんて言わないでくれて、ありがとう」

「どういたしまして」

「質問があるの」

「どうぞ」

「あなたが母と本当に話せるのかどうか、わたしにはわからない」

「それで？」

「でもできるって信じたいの。だからそう考えることにするわ」

「わかった。で、質問って？」

ジェシカはためらいながら話し出した。「つまり、母は死んだあと、わたしにアドバイスしたいことがあったとは思えないの。ずっと考えてたんだけど、たぶん母は……あの世にただいただけなんだと思う。生きてるときみたいに、うるさくて、いつもそばにいて」

「そうね、どこのお母さんも同じね」

「だからね、思ったんだけど、母の声を伝えてってあなたに頼むべきじゃないんじゃないかなって。だって、それじゃ母と直接話すことにならないもの。それに、たまには母の意見を聞かないで物事を片づけてもいいんじゃないかって気もして」

「確かに」

ジェシカはしばらく黙りこみ、それから消え入りそうな声で言った。

「わたし、ママを愛してるの」

「わかってるわ」

ジェシカは咳払いした。「じゃ、もしわたしがあなたを通してコンタクトを取ることをやめたら、ママは怒るかしら？」

ああ、やっとわかってくれた。「ううん」

「ほんとに？」その声は驚きながらも、明るくはずんでいた。

「お母さんはわたしを通してだろうが、直接だろうが、あなたに話す必要はないのよ。お母さんに必要なものは何もない。亡くなってしまったから、何も要らないの」

ジェシカが小さくため息をもらすのが聞こえた。緊張の糸が切れたようだった。

「思い出してちょうだい、ジェシカ。〈ストレート・トーク・フロム・ビヨンド〉に電話してきたのはあなたのほうだったってことを。あなたがお母さんの助けを必要としていたんでしょ。その逆じゃなく」

「ママに会いたい」

「そうよね」その気持ちがミミにはわかった。わたしも、今すぐソランジェに会いたい。

ジェシカはためらいがちに言った。

「また電話してもいいかしら、あなたと話すためだけでも？」

「もちろんよ、ぜひそうして」


キッチンに戻る途中、ミミはもう少しでジョーにぶつかるところだった。

「プレスコットに聞いたけど、シェ・ダッキーがもうすぐ売りに出されるんだって？」彼は言った。「残念だよ、ミミ」

あの密告屋め。ジョーの肩越しに、サラが不機嫌さから（自分の部屋からも）脱け出し、プレスコットと並んでソファに座っているのが見えた。二人はビルの毛色がシナモンブラウンか、ナツメグブラウンかで言い争っている。

「避けられない運命には屈するしかないわね」ミミはできるだけそっけない口調で答えたつもりだったが、沈んだ声になっているのは承知していた。かといってカウンセリングなんか受けたくない。きっと状況はよくなる、などと誰にも言ってほしくなかった。

ジョーがそばにいる。退院した日、彼が車から降りるのを手伝ったときよりずっと近くに。だからだわ。その腕の中に身を投げ出し、お互いの息づかいを感じ、温かさに包みこまれたいと思うのは。ちょっとした口実か、ほんの少しの後押しがあればそうしていただろう。だがそうなれば、置き去りにされるという悲しみがもっと強くなる。情けない。ミミは、芝居がかったおばさんのような言動をしている自分が信じられなかった。

「ごめんなさい、八つ当たりして。シェ・ダッキーがオルソン家のものじゃなくなるのが信じられないだけ。まるで皆でよってたかって、死にかけている家族の生命維持装置をはずそうとしてるみたい。でもシェ・ダッキーが死ぬ必要はないと思ってる」

ジョーがまっすぐに見つめてきた。

「シェ・ダッキーに必要なものは何もない。これまでも、ずっと」

ミミは息を深く吸いこんだ。「さっきの話、盗み聞きしてたのね!」

ジョーは悪びれずにうなずいた。「きみはあの家を人間みたいに思ってる。でもね、ミミ。そのエネルギーの半分でも、きみの気持ちに実際に応えることができる誰かに注ぐことができれば……」ミミの顔を見つめたまま、言葉尻をのみこむ。

ミミの胸の鼓動が速くなった。アドレナリンが急上昇し、パニックの真っただ中に放り出された。ジョーは出発しようとしている。サラも出産後はいなくなってしまう。父ももうこの世にはいない。

「そんなことない」ミミは無理やり笑おうとした。「土地というのはいつもそこにあるものよ。突然どこかに行ってしまうことはない。その存在はいつまでも変わらないわ」

「この世で変わらないものなんて、何もないだろう」

ほとんどのものに関してそれが真実であることを、ミミは誰よりも知っていた。でもシェ・ダッキーは別だ。シェ・ダッキーは昔と同じでなくてはならない。わたしのために、いつもここになければならない。この世にはつねに変わらないものもあるのだ。だがその確信も、得体の知れない恐怖によって打ち砕かれた。

「ミミ、ビルって、ショウガ色だと思う？」部屋の反対側からプレスコットが叫んだ。

「ミミ、そこにいるんだったらミルクを持ってきてくれない？」サラが頼んでいる。

そこへ、午前中のうたた寝から目覚めたワイリーがのろのろと入ってきた。ミミに撫でてもらうと玄関へ行き、ドアを爪で引っかく。

ミミは逃げたかった。去年の夏、そしてこれまでのすべての夏と同じように無邪気な幸せを味わえる日々に飛んで帰りたかった。だが自分は今ここにいて、季節は冬の真っただ中だ。ジョーとプレスコットと、犬たちとサラ——ここを去って前に進もうとする人たち——によって、この場所に縛りつけられていた。失おうとしているこの土地に。

だから、ミミは逃げ出した。

42

ジョーはプレスコットの別荘とシェ・ダッキーのあいだの小道を、踏みしめるようにして歩いていた。ひと足ごとに膝が悲鳴を上げる。だが、挫折感から立ち直るにはそれが一番いい方法のように思われた。その挫折感は、耐えがたいほど長く感じられたこの一カ月間で徐々に大きくなってきたものだった。

この四週間、激しい肉体的な不快感を味わいながら過ごしてきた。原因のひとつは、足と肩のけがだった。だがもっと大きかったのは、ミミの部屋へ行って、半年ほど前にこのビーチで二人が始めた行為を最後まで終えられなかったことだ。それができなかった理由はたくさんある。まずジョーは自分の手足が完全に治るのを待ちたかった。悦び以外の理由でうめき声を上げたくなかったからだ。それに、ミミが悦び以外の理由で笑うのも聞きたくなかった。息子の部屋が客用寝室に近いことも気になった。それから、サラの存在もある。サラのこととなると、ミミは過保護な母鳥のようだった（実のところ、ミミは「誰に対しても、何に対してもわたしは責任を取りたくない」というたぐいのせりふをよく口にするのだが、そのつどジョーは噴き出したくなるのを必死でこらえていた）。そして最後の理由は、自分でも認めるように、怖かったのだ。

この最後の理由が、たぶんほかの理由以上に、ジョーを無能で、無力で、決断力がなく、煮え切らない負け犬にしていた。彼は負け犬になるのがいやだった。言い訳はしない主義だ。物事を調査し、体系化し、評価し、査定し、取るべき行動を決めて、多くの人に最大の善をもたらすのが仕事だった。

だが今度ばかりは違う。事のあまりの重大さにジョーは困惑していた。今まで、こんなに大事だと思えるものに出会った記憶がない。自分にとっても、まわりの人にとっても。

ジョーは何十年ものあいだ、自分が社会のどこにも属していないかのような感覚を持って生きてきた。ミミとともにその社会の一員になりたいという思いが、彼のあらゆる影響力を骨抜きにしていた。そしてようやく足と肩のけがが回復し、すべてがうまく回りはじめたと思った矢先に、ミミが突如として逆上した。不機嫌になり、けんか腰で、感情的な言葉を吐いた。明るくてよく笑う、穏やかなミミが。

だがそのことで、ジョーはミミをますますいとおしいと思うようになった。なぜなら、すでにわかってはいたが、彼女が何にも執着せず、誰とも関わりを持たず、流れに身をまかせて生きているわけではない証拠を見せられたからだ——**ミミを愛しているのか？** ジョーは足を止めた。なつかしく、心温まる、ずっと先延ばしにしてきた言葉を聞いたような気がして、彼は首をかしげた。間違いない。愛している。

ミミはビッグ・ハウスの応接間にいた。でこぼこしたソファの片隅に座って、むっつりとして打ちひしがれているように見える。シャツはウエストのあたりでよじれたままで、素足を体の下で丸めている。カールのかかった豊かな髪が肩をおおい、鼻は泣いていたかのように赤い。顔を上げることなく、それでもじっとにらむような目つきで、窓の外を見つめている。「ミミ」

近寄ろうとしたひょうしに、テーブルに足をぶつけた。ジョーは呪いの言葉を押し殺した。

「こっちを見て」

「今、忙しいの」

ジョーの中で恐怖がふくれ上がり、ミミを救う騎士気取りの感情を抑えこんだ。この土地で見つけたものをすべて失ってしまうのが怖かった。プレスコットとの関係でも、仲を修復しようとしてかえって相手を傷つけるという同じパターンに陥ってしまうのをおそれた。自分が見つけた大切な時間を失うのが怖かった。たとえば犬がチョコレートを食べると体に悪いのに、なぜ人間は食べても大丈夫なのかといった、宇宙の神秘について思いをめぐらせる時間を。ジョーはここで見つけた家庭を失うのが怖かった。これまでどこへ行っても、自分は感じのよい通りすがりの滞在客にしかすぎなかった。他人の人生を根底から変えられる力を持つ、愛想がいいだけの存在だった。だがここファウル湖畔では、急ごしらえとはいえ、家族に近い共同体の一員だ。そしてその中心にはミミがいた。そうだ。自分は、要するにミミを失うことをおそれていたのだ。

だめだ。失うわけにはいかない。

考えただけでジョーは絶望的になった。そんな気持ちに不慣れなあまり、まずい行動に出てしまった。

「お願いだからこっちを見てくれないか？」彼はもう一度丁重に頼んだ。「そんな子どもみたいな態度はやめて」

ミミは無関心を装って目を向けたが、ジョーが足を引きずっているのを見ると急に立ち上がり、奥の部屋へと姿を消した。

「出ていっても無駄だ」ジョーはミミの後ろ姿に向かって叫んだ。「足を引きずってでも追いかけるからな。さぞみっともなくて、滑稽な姿だろうよ。それが見たかったんじゃないのか？」

ミミは水の入ったコップと鎮痛剤の小瓶を手に戻ってきた。テーブルの上にコップを乱暴に置くと、瓶のふたをねじって開け、見もせずに広げた手のひらの上で瓶を傾ける。カプセルが数個転がり出たが、そのうちひとつが床に落ちた。

「あーあ」ミミはつぶやき、さっと身をかがめて拾い上げた。カプセルを窓のほうにかざし、ふっと息を吹きかける。それから「どうぞ」と、コップと薬を差し出した。

「それをぼくに飲ませるつもりじゃないだろうね？」

「どうして？」

「床に落ちた」

「いやだ、またそんな――大丈夫よ。三〇秒ルールの範囲内だから」ミミは妙にいたわるような口調で言った。「床に落ちていた時間が三〇秒以内なら、ばい菌はつかないの」

「いいから、別のカプセルをくれ」ジョーは手を差し出して要求した。予想外の展開になってしまった。魅力を発揮して、自信たっぷりにふるまうつもりだったのだが、薬ごときで泣き言を言っている。もっと堂々とした態度でなくてはいけないのに……。

薬の瓶を寄こせと指を鳴らすのはよくないとわかっていた。だがそう思った瞬間、指が鳴ってしまった。

ミミは一瞬驚いた表情になったが、すぐに険しい表情で目を細め、ジョーの指に負けないほどの音を立ててまばたきした。「いやよ」

「いいじゃないか、ミミ。ばかなことを言うんじゃない」

「ばかですって？　とんでもない。放っておいてちょうだい」

我慢も心の広さも限界に達したジョーは、足を引きずりながら近づいた。ミミは汚染されたカプセルをふたのない瓶の上にかざしている。

「中に入れるな」ジョーは警告を発した。

カプセルが瓶の中に落とされた。

ジョーはつんのめるように前に進んだ。ミミは後ずさりすると、挑むように片眉を上げ、親指で瓶の口をおおって振った。

ジョーは唖然とした。「信じられない。そんなことをするなんて。しかもつまらない意地を張って……ぼくにどうしろっていうんだ？」

「ふたつにひとつよ。適応能力を持った普通の人間がするように、瓶の中からひとつ選んで飲むか、それともよろめきながら薬局へ行って、床に落ちた一個のカプセルのせいで瓶全体が汚染されてしまったと訴えるか。薬剤師はきっと大笑いするでしょうけどね」

ミミは肩をそびやかすようにして歩み寄ると、わざとらしい無関心さでドアを目指した。ジョーはただ見送るほかなかった。自分の無力さと不器用さを痛感して、体が動かなくなっていた。あごをつんと上げたミミが目の前を通りすぎる。そのとき手が伸びてきて、指先でジョーの胸をなぞった。しびれるような刺激が彼の体を貫いた。

「タッチ」ミミの声には挑戦的な響きがあった。

ジョーはミミの手首をつかんで振り向かせ、抱きしめた。歯止めがきかなくなって、二人の唇が重なり、体がぶつかり合った。ミミは喉の奥から声を出し、首に腕を巻きつけてキスを返してきた。ジョーの不安はきれいに消し飛んだ。これでいい。完璧だ。二人はこうなる運命だったんだ。

両手でミミの顔をはさむと、舌をからませたまま、ソファに向かって後ろに下がった。快楽の予感が膝の痛みを忘れさせていた。ジョーの腰にミミの両腕が回され、二人は厚く柔らかく波打つクッションの上に倒れこんだ。

今回はキスと舌による長い拷問も、肋骨や腹や太ももをためらいがちに手でまさぐり合う苦しみもなかった。切迫感が二人を支配していた。シャツを脱がせ、胸をあらわにすると、ミミのうめき声にあえぎが加わった。ジョーは顔を乳首に近づけ、口にくわえた。そらせた腰の下に片腕を差しこんでしっかり抱えこみ、股間を押しあてた。

ミミは彼の肩をつかんで押し返した。「待って。待ってちょうだい」

「だめだ、もう待てない」ジョーは生唾をのみこんで言った。「まだ話があるのか？」

ミミは声を上げて笑った。「違う！　違うの！」首を振ってそう言うと、腰を高く持ち上げてジーパンを下ろし、遠くへ蹴り飛ばした。それから指で彼のシャツのボタンをはずしにかかる。

「タッチ」指先がジョーの胸に触れた。彼は後ろに倒れ、目を閉じた。ミミの手を感じただけで、肌に言いしれない悦びが広がった。冷たい指先がシャツの前を開けていく。

「タッチ」わたしのものよ、と主張するように、温かい唇が腹部に押し当てられた。

「タッチ」彼女の舌が湿った痕跡を残しながら下りていく。胸から下腹部へ、さらにその下へ――ジョーは長く、熱い息を吸いこんだ。

「タッチ」

だめだ。もうだめだ。彼はミミの肩をつかんで体を回転させ、組みしいた。中に入って、包みこまれる感覚を味わいたかった。ゆっくりとした動きで突き入れると、彼女は動きを止め、もっと奥まで届くように少しだけ体をよじった。太ももがわき腹を万力のような強さで締めつけてくる。動くたびに彼女のうめき声がもれた。

「ああ、いいわ、ジョー……すごく……」ミミはくすりと笑うような声を出したが、彼が動きを再開すると、その声はあえぎに、やがて哀願に変わり、とうとう絶頂に達した。

長い時間が、ジョーにはとてつもなく長く感じられる時間が経った。ミミは彼の腕に抱かれてぐったりと横たわっていた。こめかみに張りついた巻き毛をかきあげ、優しくキスすると、ミミは顔を向けてきた。その黒い瞳は大きく見開かれ、肌はバラ色に染まって輝いている。黒々とした豊かな髪がクッションのように頭の下に広がっていた。

「行ってしまうのね」声がうるんでいた。

「戻ってくるよ」

それには応えず、ミミはジョーの顔の上で視線を少しずつ動かしていった。目のところまでくると、絶望と希望がないまぜになった表情になる。

「ぼくが始めたプロジェクトだし、買収先の会社には評価の見直しに値する人たちもいるんだ」

「みんなを失望させないためにでしょ」

わかってほしい、とジョーは思った。「失望させるかもしれない。今回は」

ミミは首を横に振った。「そんなことない。だからあなたが好きなの。そのままのあなたが」そして頬に触れてきた。ジョーにはわかった、ミミがけっして引きとめないだろうということが。彼女はこれまでの人生、何も期待せず、何も要求せずに生きてきたからだ。しかしだからといって、期待や要求を必要としていないわけではない。

「そんな顔するなよ」

「どんな顔？」

「心配そうで、あきらめたような顔。ぼくはかならず戻ってくるから」

「そうだといいけど」

彼は激しいキスで口をふさいだ。

「きみは心配しすぎだ」ジョーはささやいた。今までこんなことをミニオネット・オルソンに言った人間がいるとは思えなかった。

この皮肉はミミにも通じていた。そういう理解力も、ジョーが高く評価している長所のひとつだ。

「あなたみたいになれるよう、がんばるわ」その声は面白がっているようだ。

「きっとだよ」

ジョーの唇が下りていくにつれ、ミミの呼吸は浅くなっていった。「リラックスして」

「成り行きにまかせないか」彼が提案した。

「あら」とミミは言った。「わたしもそう思ってたところよ」

春

43

五月

ひんやりとした外気の中に踏み出したバージーは、ファウル湖に反射する朝のまぶしい光に目をしばたたき、伸びをしながら大あくびをした。まだ眠気がとれない。正直なところ、シェ・ダッキーでは夜ぐっすり眠れたためしがなかった。マットレスが薄すぎるうえ、この太った体だ。それでも、ここには元気を取り戻させてくれる何かがある。この数週間、フロリダのゴルフ場では自分が少し老けたような気分を味わっていた。

振り返って、ペンキが剝げかかった家の正面を見上げながら考えた。シェ・ダッキーはすぐに売れてしまうだろうか？　それとも最後の避暑に来る時間ぐらいは残されているだろうか？　バージーはきらきら輝く湖を目の前にして、また裸で泳ぐ機会があるかしらと思った。草で縁取られたビーチへと続く幅の狭い道に向かう。スプロッチボールのいたずらをしかけたあの子たちは、わたしがぱちんこの練習をしていたのを――ゴルフ場のフェアウェイに出没するワニ目がけてプラスチック製のボールを発射して腕を磨いていたのを知っているかしら？　ビッグ・ハウスへ戻ったバージーは、玄関の外に立てかけてあった平たいフェデックスの封筒小包につまずいた。

「まったく！」

腰をかがめ、ぶつぶつ言いながら封筒を拾い上げる。ミミ宛てだった。家に入り、ダイニングルームのテーブルの上にあったミミのバックパックのわきに置いた。

上の階で人が動きまわる気配がする。バージーをはじめシェ・ダッキーの法定相続人は――それに、明らかに相続人でない人たちも――翌日の弁護士との会合を見越して、ゆうべのうちに到着していた。ミミがいるものと思っていたらどこにも姿が見当たらず、目につくのはぱんぱんにふくらんだこのバックパックだけ。まるで、さっさとここを出ていくつもりでいるかのようだ。

しばらくしてミミがやってきて、いちおうすべてのことに説明がついた。バックパックは異父妹のサラが産気づいたときにそなえて用意したものだという。このニュースは案の定、皆が口をあんぐり開けてしまうほどの困惑をもたらした。まだ誰も面識がないミミの異父妹が来ている？　もう長いこと、ミミの母方の家族でシェ・ダッキーへ来た者は一人もいないのに……まあ、ソランジェは別で、ジョンが失踪した年にミミを迎えにきたが。臨月を迎えているらしいミミの異父妹が、なぜミネソタ最北部の赤の他人の家で出産しようなどと思いついたのか。謎は深まるばかりだった。

それより、ミミが敵の陣営（すなわち〝プレスコットの屹立〟）へ出向き、敵と（敵が飼っている犬とも）仲よくしていたという事実が明らかになり、そのほうがずっとショックだった。とりわけ不思議なのは、あの別荘でカブスカウトの女性リーダーもどきの役割を果たしているらしいミミが、それが自然であるかのようにふるまっていることだ。なんであれ人に頼られるのが大嫌いで、バージー同様、人に頼られるといらいらするたちだというのに。二人は（少なくともバージーは）そういう性分だ。ひょっとするとそれはミミの本来の姿ではなく、周囲の事情のせいでそう思えただけなのかもしれない。

ほかの面でも変化が起こっていた。バージーが知るかぎり誰よりもお気楽なミミが、妹の心配をし、犬たちのことでやきもきし、律儀にプレスコットの世話を焼いている。かわいそうに、なんらかのきっかけで、普通の人が抱えているありとあらゆる心配事や悩みの種に目覚めてしまったようだ。しかし、バージーならいきなり重責を負わされて気が滅入るところだが、ミミはどうやら違うらしい。それどころか生き生きしている。元気はつらつとして輝いているではないか。

バージーは顔をしかめ、少し空気を入れ換えようと湖に面した窓を押し上げた。五月の初旬にしては珍しくいい香りがする。ミネソタ北部のじめじめした春につきもののかび臭い匂いがまるでしない。いつもの五月だったらよかったのに、とバージーは思う。シェ・ダッキーで過ごした去年の今ごろと同様、うんざりするような五月なら、売却の件を考えるのももっと楽だったろう。だがこの数週間、例年になく暖かく、からっとした天気が続いたおかげで、湖は心地よい香りを漂わせ、かぎりなく美しく見える。

部屋へ戻ってみると、ギャザースカートとバックスキンのシャツを着たナオミがあぐらをかいて片足だけを太ももにのせる半蓮華座で床に座っており、目を閉じて何やらぶつぶつつぶやいていた。

「何か感じた？」バージーは訊いた。

ナオミは目を開け、「だめだわ」としょげたように言った。「才能を授かってるのはミミだけみたい」

「ナオミ、本当に書類にサインしたいと思ってる？」

「ううん。でもビルがそうしてほしいって。あの子も息子二人を大学にやらなきゃいけないし。正直言って、どちらも奨学金はもらえそうにないからね」

「そうね」バージーは言った。「ジェラルドとヴィダも同じことを考えてると思う？」

「ええ。それに兄弟たちもね。ジェラルドは自分の取り分を兄弟と山分けするつもりなのよ。遺言状を作ったときは、まさかアーディスも、夏の会合の最後にスピーチをする権利以外に何かしら譲ることになるとは想像もできなかったでしょうね。相続人に指名した人たちがこの地所を売るなんて、夢にも思っていなかったと思うわ」

「もっと先を見越して考えておくべきだったのにね」バージーはぼやいた。「アーディスもミミと一緒。何事もなるようになると思ってたんだわ。でも責められないわね。わたしもどっちかと言えばそうだもの」

「ジョアンナには今、孫が何人いたかしら？　八人？　一〇人？」ナオミが訊いた。

バージーはしょげかえり、肩をすくめた。言いたいことはわかる。オルソン家の子孫がこのささやかな金脈を採掘しないでおくなど、とてもできない相談だろう。

ナオミは前かがみになって膝を崩し、ソファに手をついてのそのそと立ち上がった。「夕食はどうする？　車で町まで行って、〈スメルカ〉でミートボールを買ってきてもいいわよ。何人分要る？」

バージーは頭の中で人数を数えた。まず自分とナオミ、それに、長年の関係をついに白状したジョアンナとチャーリーが六番コテージに泊まっている。それから、ヴィダとジェラルド。ナオミの息子ビルと妻のデビー。あの二人は相続人というわけでもないのに、ナオミの〝手助け〟をするためにどうしてもついていくと言ってきかなかったのだ。ふん、まるでナオミに介護が必要みたいじゃないの。二人が来たのは、土壇場でナオミが意見を変えないようにするためだ。ここまでで八人。あとはミミと、彼女が共同体の一員として受け入れた妹のサラ、それに例のプレスコット。当人たちが数に入れてもらいたがっているかどうか確かめるべきね、とバージーは思った。ミミはもう、仲間とみなしてるみたいだけど。

ミミが現れたとき、バージーはまだそのことを考えていた。

「お帰り、ミミ」ナオミが言った。「サラはどう？」

「元気だと思うけど」ミミはつっけんどんに答えた。「昨日、フォーン・クリークへ連れていったの。ヤングストラム先生は、今すぐお産のためにミネアポリスに帰らないのなら、このままここで産むしかないだろうって言ってた」

「それで、サラは帰るつもりなの？」とナオミ。

「まだ帰らない、ですって。あの子、妊娠したせいで聴力に支障をきたしてるのよ。間違いないわ。だって、わたしの言うことも、先生の言うことも聞いちゃいないんだもの」

ミミはいったいいつから、人に指図をするようになったのか？　バージーはいぶかしんだ。

玄関のドアがばんと開き、ヴィダが入ってきた。「あら、住み込みの舌足らずな霊媒師さんじゃないの」そう言ってミミに微笑みかける。

「これまで、あの世から舌足らずな声で話しかけてきたのはトルーマン・カポーティだけよ」ミミが答えた。「それにわたし、あの仕事は辞めたの」

ナオミとヴィダとバージーはびっくりして顔を見合わせた。

「なんですって？　いつ？　どうして？」

「休暇より稼働日をもっと増やせと雇い主に不当な要求をされたから、辞めざるをえなかったのよ」

「本当？」ヴィダが訊いた。

「本当よ。それに、ここじゃやかましくて、もう霊の声が聞こえないの。プレスコットとサラは、グラフィックアクセラレータの開発者としてどちらが優れてるか言い争ってたかと思うと、赤ちゃんの名前をどうするか議論してる。プレスコットの目下のお気に入りは、女の子ならガラドリエル、男の子ならファラミア。アラゴルンだと名前負けしちゃいそうだからでしょうね」

何をわけのわからないことを言ってるんだろう？　バージーは混乱した。その表情をミミは誤解したのか、さかんにうなずいている。

「わかるわ」ミミが言った。「サラは『指輪物語』を読んでもいないのよ。子どもの名前はベスかジョンのほうがいいと思ってるぐらい。あの子の創造性のすべては子作りに費やされてしまったというわたしの仮説を立証してるわね。それと、命名権が親権を持つ親にあることはもう、やんわりと指摘しておいたから。だって、サラは赤ちゃんを養子に出すかどうかまだ決めてないんだもの」

「誰の声が聞こえないって？」バージーは訊いた。昔から子どもには興味がないし、ましてや赤ん坊の名前なんて、どうでもいい。

話題が変わってミミは不意をつかれた。「え？」

「やかましくて、もう声が聞こえないって言ったでしょ」

「だから、霊よ。生きてる人間に圧倒されて黙ってしまったの。兄妹げんかみたいに言い争っている二人のこと。おまけにサラは、ビルに〝歌〟を教えてるのよ」

「ビルって？」ヴィダが訊いた。当惑しているようだが、それはバージーも同じだ。平気なのはナオミだけらしい。何もかもわかっているとでも言わんばかりに、にやにや笑っている。

「茶色い巻き毛の、薄汚いソーセージみたいな小さい犬。去年の夏、わたしたちが〝救出〟したやつがいたでしょ？　あの犬にサラが遠吠えを仕込んだの。残りの二匹もスポットライトの外に追いやられるつもりはないから、ビルのかん高いオオカミ風の吠え声が聞こえるたびに、遠吠えを始めちゃうのよ」

「そんなことになって、腹が立たないの？」バージーが言った。ミミが霊に見捨てられてしまったと聞いて、放ってはおけなくなっていた。

「腹が立つ？　まさか。わたしはその場を離れるだけ。隣に住んでる利点はそこよね」

「そうじゃなくて、霊の話よ」

「腹なんか立たないわ。何事にもそれぞれ、時期や季節ってものがあるでしょ」

なんですって？　バージーは仰天した。こんなせりふを吐く子じゃなかったのに。シェ・ダッキーでは、天気がどうであれ、何月であれ、何も変わらないのだから、時期はひとつしかない。いつまで経っても、ここでは何もかもずっと同じまま。人は、来ては去っていくけれど、この土地は……時を超えた不変の存在だ。それはミミが口を酸っぱくして言ってきたことではないか。

そのとき、ジェラルドがずかずかと入ってきた。浮かない顔だ。

「やあ、ミミ。なんでそんなに幸せそうな顔をしてるんだ？　ああ、きみはいつもそうだもんな。神経がぴりぴりすること、ないのかね？」

「ないわ」ミミが言った。「もともと、無神経だもの」だが、顔が赤くなっている。「どうしたの、そんなさえない顔して？」

「きみにはわからないさ」

「ジェラルド」ヴィダが警告するように言い、夫の腕に手を置いた。

「たぶんね」ミミが答える。「でもまあ、いいじゃない。とにかく話してよ」

「ああ」ジェラルドは開き直って投げやりに言った。「ここに来られなくなるのが寂しくてね。そう、お察しのとおり。価格がつり上がっちまった湖畔の沼地ごときですっかり感傷的になってるんだ。くそ、しゃくにさわる。ぼくらは昔からここで、さんざん楽しんだものな。だって、カールを授かったのは、あのビーチの――」

「ジェラルド！」ヴィダがかん高い声で叫んだ。

「おやおや、知らなくてもいい話を聞かされちゃった」とバージー。

「やっぱりね」ナオミが抑揚をつけて言う。

「とにかく」ジェラルドは続けた。「ちょっとブルーな気分なのさ。シェ・ダッキーがもうオルソン家のものじゃなくなると思うと」彼は急に肩をそびやかした。「もちろん、ここを売るのは賢明なことだけどね」

ヴィダは夫に微笑みかけ、その腕に自分の腕をからませた。

「ね、ジェラルド、ビーチを散歩しましょう」

「今日は雷雨になるんだぜ」ジェラルドは不機嫌そうに言い返した。「雲がどんどん大きくなってるし、そのうちこっちへ来るだろう」

「あら、この春はずっとそんな感じだったでしょ」ミミが言った。「一〇代の男の子がコンドームを持ち歩いてるでしょ、あれと一緒。見せびらかすばかりで実際には何もしない、こけおどしみたいなものよ。もう何週間も雨は降ってないわ。緑が枯れてきてるの、気づかなかった？」

「ほらね」ヴィダはまつ毛をはためかせて夫を見た。「ビーチへ行く途中で空いているコテージを見ていけばいいじゃない……」ヴィダはセーターをさっと取り上げて玄関へ向かった。ジェラルドはにわかに元気づいたセントバーナードの子犬よろしく妻のあとを追った。

二人と入れ違いにダイニングルームへ入ってきたのはジョアンナとチャーリーだった。

「おや、塔から下りてきたのは誰かと思えば、プリンセス・ミミだ」チャーリーはテーブルに置かれた写真の箱のそばで立ち止まった。「おいジョアンナ、見てごらん。ミミが古い写真を見つけてきたぞ。アルバムはどうしたんだ？」

チャーリーとジョアンナはミミの両脇に立ち、片づいていない写真を手にとって眺めた。

「ばらばらになりかけてたから、整理し直そうと思って」ミミが言った。

「おっ、ごらん、ジョアンナ。きみと子どもたちだ。わしもいる。なんとまあ。あのツリーハウスのこと、忘れていたよ」チャーリーは首を振った。「あんなものの中にいて、よく誰も死ななかったもんだ」

チャーリーはミミを見上げて続けた。

「なかなか賢いやり方だね。写真を日付順じゃなく、家族ごとに分類したんだな」

「まだ始めたばかりよ。どうなるかはこれからのお楽しみ。今、プレスコットとサラとわたしとで、デジタル写真の検索ソフトを作ってるところなの。タッチスクリーンインターフェースを使うんだけど、同じ人物の別の写真を探したいときには、画面上でその人の顔に触れるだけでいいの」

期待と興奮が伝わってくる声だ。**だったら、シェ・ダッキーを守ることにもっと熱心になってくれてもよかったじゃないの。**バージーは苦々しく思った。そのためにいろいろと画策したのに。でっちあげの携帯メールもそうだ。シェ・ダッキーを閉鎖する準備をミミにさせるよう仕向けた。そしてここへ来たミミの目につきやすく、それでいてあまりわざとらしくない場所にアルバムを置いておいた。ヴィダを介してありとあらゆる刺激的な情報も流してやった。すべてはミミが発奮し、いてもたってもいられなくなるのを期待してのことだった。熱い思いにかられて行動に出てくれる、でなければせめてその努力ぐらいはしてくれると思ったのに。

ジョアンナがやれやれというように頭を振った。「だけど、それだけのデータを入力するのはものすごく骨が折れそうね」

「顔認識のソフトと関連づければ、そうでもないのよ」

「おいおい、ＦＢＩじゃないんだから」チャーリーが小ばかにしたように笑った。

「国際刑事警察機構《インターポール》が使ってるソフトよ。プレスコットが言うには、開発に協力したんですって」

突然、玄関のドアが開く大きな音がしたかと思うと、わんわん吠える犬の鳴き声と、床をひっかく爪の音と、どたばたと近づいてくる足音が聞こえた。応接間の戸口に姿を現したのはプレスコットだった。体をふたつに折り曲げて苦しげに息をつき、肩越しに外を指さしている。そのまわりを犬たちが跳びはねていた。

「何？　いったいどうしたの？」ミミは声を荒らげて訊いた。

「サラが……」プレスコットは大きく息を吸いこんだ。胸を激しく上下させている。「来てください……今すぐ！」

44

　息せき切って走るプレスコットのあとについて、ミミは林を抜ける小道を急いだ。その後ろにはみんなが縦一列になって黙々と続く。二階の寝室で騒ぎに気づいたビルおじさんとデビーまでが加わった。シェ・ダッキーや弁護士や、写真に対してミミが抱いていた考え、そのほか重要だと感じていた物事がことごとく意味を失いつつあった。サラが赤ちゃんを産むのだ。「なんで……病院に……電話しなかったの？」ミミは訊いた。

「やってみたけど……通じないんだ、携帯電話が」プレスコットが苦しそうに答える。つい一〇日前に歩行用ギプスをはずしたばかりだから、足に負担をかけすぎてはいけないと、ミミは心配になった。「ねえ……休んだほうがいいわ」

「……どうして？」

「だって、足が」ミミはあえぎながら言った。

　なんのことかわかったプレスコットは「大丈夫」とだけ答えた。

　林を抜けた一行は別荘の玄関から中に入ると、そのままキッチンへなだれこんだ。サラは御影石のカウンターに寄りかかって、スツールに尻の片側だけをのせて腰かけ、平然とバナナの皮をむいていた。冷蔵庫のそばの床に水たまりができている。

「破水してる！」ジョアンナが肩越しに振り返って背後で押し合う集団に告げた。情報が次々に伝わっていく。

「……破水してる」

「……破水してる」

「……破水してる」

「この人たち、誰？」サラが訊いた。口に入れようとしていたバナナが空中で止まっている。

「オルソン家の人」ミミは膝に手を置いて前かがみになり、息を切らしながら答えた。

「オルソン家の皆さん？　ミミの一族？」とサラ。大喜びしている。「わあ。はじめまして」

「お噂はかねがね聞いてますよ」

「ソランジェの一番下の娘さんでしょ」

「はじめまして、どうぞよろしく」

「わたしの名刺よ」最後の声の主はデビーで、サラに不動産業者の名刺を渡している。

「もういいわ」呼吸がしだいに整ってきたミミは言った。「挨拶なんかあとでできるでしょ。プレスコットから聞いたけど、あなた――」

「この人、びびっちゃったのよ」サラはこともなげに言った。「ごく自然な現象なんだって教えてあげたんだけど。まだ陣痛も始まってないって言ったのに。床を掃除するのがいやだっただけなんでしょ、きっと」顔を赤くしたプレスコットを冷ややかな目で見て締めくくり、バナナをひと口かじった。

「じゃあ、きみが掃除するっていうのか？」プレスコットが訊いた。走りに走ったせいで、黒いTシャツのわきの下に丸く汗染みができ、ぶかぶかのブラックジーンズが今にもずり落ちそうだ。

「ジーンズ、買い換えなきゃだめね」ミミはプレスコットをじろじろ見て言った。「それ、脱げちゃいそうだもの」

「早く病院へ行かないと」ジョアンナが強い口調でうながした。

「いえ、大丈夫ですから」とサラ。

「フォーン・クリークまで三〇分はかかるし、かかりつけの先生に連絡がつかないの。携帯の受信状態が悪いのよ。病院へ行かなきゃだめ。今すぐ」ミミが言った。

「まだしばらく大丈夫だと思う」とサラ。あの強情な顔になっている。「心配してもらって感謝してるわ。本当よ。それに約束する。痛みを感じたらすぐ、プレスコットに病院まで連れていって――」

「いつ陣痛が始まってもおかしくないわ」ヴィダが厳しい口調で言った。「今、行かなきゃだめ」

まったく同感だとばかりにジョアンナとナオミが力強くうなずいた。デビーまでが「そのとおりよ」とつぶやいた。

「行けないわ」

「どうして？」ミミは訊いた。本気で腹が立ってきた。この数週間、サラのますます怪しくなる判断、命令、気まぐれ、要求などに従って過ごした。すべて、本人の人生と決断に関わる問題で自分が口出しすべきではないという認識があってのことだった。でも、そんなのくそくらえだわ。赤ちゃんの命がかかっているのだ。誰かが責任ある行動を取らなくては。

「サラ・シャーボノー・ワーナー、もし——」

「ちくしょう！」突然、リビングからビルおじさんのかん高い叫びが聞こえ、続いて何者かのうなり声がした。全員が振り返ると、ソファにあった膝掛けの下から犬のビルが現れ、その前でビルおじさんが尻をさすっていた。

「あの犬、噛みやがった」ビルおじさんは膝掛けからできるだけ離れ、ソファの端におそるおそる腰を下ろした。「いまいましいったらありゃしない。ここは犬小屋か」

「そうよ！」サラはひらめいたように言った。「行くわけにいかないわ。だって、犬たちの世話は誰がするの？」

あまりのばかばかしさにあっけにとられて、ミミは一瞬、妹をまじまじと見つめた。ついにジョアンナが口を開いた。「犬なら大丈夫だから」と優しく話しかける。「病院へ行かなきゃ。ここにいたって、赤ちゃんが出てこないようにするのは無理なんだから」

サラは反論するかに見えたが、次の瞬間、顔をくしゃくしゃにした。

「出てきてもらっちゃ困るのよ！　この子をどうしたらいいか、自分でもまだわからないんだもの！」

サラは食べかけのバナナを床に落とし、カウンターに突っ伏して泣き出した。キッチンにいた女性たちがいっせいにまわりを取り囲み、舌打ちをしたり、なだめたり、安心させるような穏やかな声で話しかけたりした。ミミはサラの後頭部をなで、ヴィダは背中をさすり、デビーは落ちたバナナを拾い、ジョアンナは水を持ってきてやり、ナオミは先住民のお産の呪文を唱えはじめた。

「ミミ？」サラのくぐもった声は痛々しいほど幼く、心もとなげだった。

「考えれば結論が出せるわ、大丈夫」

「無理よ」

ミミの心が急に崩れるように溶けた。

「じゃあ、一緒に考えましょう。二人で結論を出すの。約束するわ。でも、まずはこの子を産まなくちゃね」ミミはサラの顔にかかった髪を払ってやった。「行こう、サラ。本気でプレスコットに赤ちゃんを取り上げてもらいたいわけじゃないでしょ？」

「ぼくは赤ん坊なんか取り上げませんよ！」大声が返ってきた。

騒ぎの最中、姿を消していた彼は、小塔に通じる吹き抜けのある階段から現れた。片手に携帯電話、もう片方の手にミニノートパソコンを持ち、こんなものは役立たずだと言わんばかりに高く掲げている。

「高いところならつながるかと思ったんだけど、衛星電波もマイクロ波もだめだった」

なんていい人なの。ほかの男性――それにバージー――は何もせず座ったままでいるのに、彼は少なくとも何かしようと努力してくれた。

「ありがとう、プレスコット」ミミは言った。

プレスコットは頬をピンク色に染めた。それから顔も体もふくらみきったサラのほうを見て言った。

「いいかい、サラ。きみは今、大事なときを迎えているんだよ。さあ、そこから下りて、病院へ行こう。そして赤ちゃんを産むんだ」

驚いたことに、サラはその言葉に従った。抵抗もせずスツールから下りると、手の甲で洟をぬぐい、よたよたと玄関ホールへ歩いていく。オルソン家の女性たちもそのあとに続いた。シロアリの女王に仕える世話役のアリたちのように。

45

　最初の一時間は悪くなかった。陣痛はまだ始まっておらず、サラはミミとプレスコットとともにフォーン・クリーク病院の分娩待機室にいた。フロアランプに照らされ、ふかふかの肘掛け椅子が置かれた居心地のいい部屋だ。三人はアイスキャンディをなめ、冗談を言ったりテレビを見たりした（この病院にはケーブルテレビ専用回線が引かれている）。サラが新たに思いついた赤ん坊の名前は、女の子ならミニオネット、男の子ならプレスコットだという。二人にとっては嬉しい話ではあった。だがサラが本気だと信じているらしいプレスコットを見て、ミミは哀れに思えてならなかった。妹の感傷的な気分がいつまで続くやら、とひそかに疑っていたのだ。

　その疑問の答えは、最初の本格的な痛みが襲ったときに出た。

　サラは、自分がどんなにビルが好きか（これも感傷のなせる誇張だ）を語っている最中、急に押し黙った。招かれざるいやな親戚の到来に聞き耳を立てるかのように首をかしげる。

「今の、何？」

「何って何？」プレスコットがあたりを見まわして訊いた。

サラはしばらく待ち、肩をすくめ、ふたたび緊張を解いて枕に寄りかかろうとしたが、途中でびくんと跳ね上がった。「今のやつ」と言って、おなかに片手を置く。

ミミはナースコールボタンを押した。一分ほどすると、看護師の女性がさっそうと入ってきてミミとプレスコットを部屋から追い出し、サラの状態を調べた。そのあとすぐ、ミミとプレスコットを呼び戻し、こう告げた。「陣痛が始まりました。いい兆候です。このまましばらくようすを見ましょう。マタニティクラスに参加しましたか？」

ミミはサラを見た。「看護師さんに言いなさい」

サラの口が反抗的にゆがんだ。「意味がないと思ったから参加してません。出産の勉強はひととおりしています。医学部の課程は修了しましたし、産科学についてもひととおり学びましたから」

「産科学の授業を受けるのと、実際に出産するのは同じではありませんよ」看護師ははっきりと言った。

「どうしてそんな必要が――」サラはぎょっとして目を見開いた。「うっ、来た！　いたた」

「だからこそ皆さん、マタニティクラスに出るんです」

「ちょっと！」ミミが言った。「言っておきますけど、この人だって遊びに来てるわけじゃないんですから」

「お姉さん、落ち着いてください。妹さんは大丈夫、ちゃんとやれますよ。ただ、何が起きるか予想がついていればもっと楽になるんだとお伝えしたかっただけです」看護師はサラのほうを向き、にっこり笑って多少好感度を上げた。「がんばりましょう。もっと痛みが激しくなったら、無痛分娩のための硬膜外麻酔《エピデュラル》をしますから。また少ししたら、ようすを見にきます」

「わたしのほうが姉だって、どうしてわかったのかしら？」

看護師が出ていったあと、ミミが訊いた。

「ママを……呼んで！」

頬づえをついた手のひらからあごががくりと落ちて、ミミははっと目を覚ました。ぼうっとしたままあたりを見まわす。夢の中では歌うクジラの群れと一緒に裸で泳いでいたのだが、現実には、病院の長い廊下のつきあたりにある待合室の丸テーブルを前にして座る自分がいた。廊下の反対側の端ではサラが悲鳴を上げていた。「怖い」と助けを求める声ではなく、「わたしの要求どおりにしなかったら、素手で病院を破壊してやる」という叫びだ。

戸惑いながらも素直さを見せていた数時間前のサラは姿を消し、今やうるさく泣きわめく女になっていた。

ミミは壁の時計をちらりと見た。ここへ来てから一〇時間が経っている。

さっと立ち上がったとたん、うめき声が出た。右腕がしびれていて、首も痛い。プレスコットはビニール張りの緑のソファにだらしなく寝そべり、口を開けていびきをかいていた。こっそり近づき、眉に刺さったボルト形ピアスを抜いてやりたい思いにかられる。わかっている。これは嘘偽りのない願望というより、自分がでっち上げた衝動だ。本当はサラの相手をしたくないだけだ。

プレスコットを起こして代わりに行かせようかとも考えたが、それは卑怯というものだ。第一、〝おだてて元気づけよう〟として病室を訪れたプレスコットに、あの子は物を投げつけたのだ。ただし姉には、まだ暴力を働くまでには至っていなかった。しかたない。ミミは廊下をとぼとぼ歩いていった。

「ミミ姉さん！」サラが叫んだ。「廊下でこそこそしてるのは、姉さんでしょ？」

「そうよ！」

ミミは答え、意を決して元気よく部屋へ入っていったが、サラを目にしてたじろいだ。顔は真っ青で、汗でじっとり湿り、ハニーブロンドの美しい髪はすっかりつやが失せ、もつれた毛が横のほうで固まっている。目のまわりにはくまができ、唇はかさかさだ。ベッドの上にぶら下がった点滴バッグに管でつながれている。数時間前、サラの陣痛が徐々に弱まったため、陣痛促進剤ピトシンの投与が始まった。かわいそうに、妹は疲れ果てていた。でも顔には決意が表れている。神よ、妹をお助けください。サラ・シャーボノー・ワーナーはこれまで、失敗を知らずに生きてきました。どうか、今度もうまくいきますように。

「サラ」

「姉さん、寝てたでしょう？」サラは責めるような口調で言った。

「ごめんなさい。具合はどう？」

「いいお産じゃないことは確かね。その定義がどうであれ」サラはミミに怒りをこめた目を向けた。「今のわたしに言わせれば、この世にいいお産なんて存在しないわ」

「かわいそうに」

サラは抗議の言葉を抑えこむかのように手を振った。「ママを呼んでほしいの」

「えっ？」

「ママに会いたいのよ。電話して」

「ママだけには知らせたくないって断言して、ここ数カ月、メールをシンガポール経由で転送させたり、プレスコットに頼んで携帯の番号を海外発信のように偽装させたりしておきながら、出産間際になって今さらよくもまあ、ママに会いたいなんて言えるわね？」ミミは腰に手を当てて言った。

「気が変わったの」サラは臆面もなく答えた。「ママを呼んで」

「実は――」

「あっ、助けて！」サラはベッドからがばっと起きた。

ミミは枕元に身を乗り出した。「どうしたの？」

サラは顔をゆがめ、ぴたりと動かなくなった。やがて、そろそろと頼りない息を吐き出して何かを待っているような表情になり、それからゆっくりと力を抜いて元の姿勢に戻った。

「特別にすごいやつが来ただけよ。さてと、何を言いかけてたんだっけ？」

ミミは妹をじっと見た。大丈夫そうだ。「もうママには連絡したわ」

「えっ？」

「今朝、電話したの。トムと一緒にメキシコのカンクンに旅行中だったけど、すぐ空港に向かって一番早い便に乗るって言ってたから、そろそろ到着するころよ」

感謝の気持ちで力が抜けるどころか、サラは怒りを爆発させた。

「よくもそんなことしてくれたわね。なんの権利があって人の人生に干渉するの？」

ミミは啞然とした。文字どおり、開いた口がふさがらない。

「干渉ですって？　わたしが？　シェ・ダッキーの玄関先に姿を現したのはあなたでしょ」

サラはふんと鼻を鳴らした。「正確には、プレスコットの別荘の玄関先でしょ」

「言葉の表現なんてどうでもいいの！」ミミはきっぱりと言った。「第一、あなたが現れたからこそ、こっちにも干渉する権利ができたのよ。それと、あなたがわたしの妹で、ママがわたしたちの母親だという事実のおかげでね。ママに母親の役目を果たしてもらうべきか決断する必要があったから、思い切って呼んだの。あなたはとてもそんな判断ができる状態じゃなかったし、この四カ月間、ずっとそうだったから。それに、ママを呼べって言ったのはあなたでしょ。わたしはお望みどおりにした。タイミングが多少早かっただけよ」

「屁理屈よ！」サラが怒鳴った。

「認めなさい」ミミは歯をむき出して言った。

「もし姉さんが――ああっ、だめ、助けて！」サラはミミの手首をつかみ、皮膚に爪を食いこませた。

「痛っ！」ミミは叫び、ベッドわきのナースコールボタンを親指で何度も押した。「なんなの？　どうしたの？　サラ？　サラ！」

大きく見開かれたサラの目がミミの視線をとらえた。「いいお産になってきたみたい」

「とてもいいお産ですよ」産科の看護師が満足げに言った。「今、麻酔医がこちらへ向かっています。先生がいらしたら、麻酔をしましょう。あともう少しで赤ちゃんを抱けますからね。すぐに戻ります」

「大丈夫？」ミミはサラに訊いた。

「看護師はそう思ってるみたいだけど」サラはふてくされて言った。痛みでまた顔がゆがむ。

ミミはもう見ていられなかった。

「ひーひーふうしなさい」

「えっ？」

「ひーひーふうって、呼吸法よ。テレビでみんなやってるじゃない」

サラは何やら言いかけたが、やめて呼吸法をやりはじめた。そのとき、ふさふさした白髪頭の優しげな麻酔医が、トレーをのせたカートを押して入ってきた。

「麻酔をしますよ。準備はいいですか、ミズ・ワーナー？」

「ええ！　よろしくお願いします！」

「わかりました。さて、しばらく外に出ていていただけますか、ミズ……」医師は看護師をちらりと見た。「オルソンです」ミミは小声で言った。

「ミズ・オルソン。今から麻酔をします。処置がすんだら、また入ってかまいませんので」

「行っちゃだめ！」サラが言った。「お願いします。姉にいてもらってもいいでしょう？　ミミ姉さん、一緒にいて」

麻酔医は肩をすくめ、ミミは病室に残ることになった。医師は看護師に手伝わせてサラを横向きに寝かせ、分娩着の背中を開いた。「では、麻酔をする場所の消毒をします。そうすれば——おやおや、これは」そう言って分娩着を閉じる。

ふたたび襲った陣痛に耐えながら、サラは振り向いて言った。「注射を打ってくださるんでしょ？　早くお願いします！　また痛みが来てるんです！」

「申し訳ないが、麻酔はできそうにないんですよ、ミズ・ワーナー」

「いったいどうして？」

「注入する部分ににきびがあるんです」

「にきび？」ミミが訊いた。

「じゃあ、別の場所を探してください！」とサラ。

「あいにく、そう簡単にはいかんのですよ」麻酔医は情けなさそうに言った。「この麻酔薬を注入できる部分はごく限られているのですが、そこに支障があって」

「支障？」

「周囲に感染症があるためです。つまり、にきびです」

「にきび？」ミミはおうむ返しに言った。

麻酔医がうなずいた。「にきびは一種の感染症ですから」

「この痛み、どうにもできないっておっしゃるんですか？　にきびのせいで？」サラの声は最後の単語のところでかん高くなった。「わたし、どうすればいいんです？」

「麻酔なしで産むしかないですな」

「大丈夫ですよ」ティアニー父子を診たヤングストラム医師が言った。「むくみがひどくなければよかったんですけどね。でも、あまり心配しなくてもよさそうです。お母さんは若いし、健康ですから。おなかの赤ちゃんの状態も良好です」

「プレスコット！　どこにいるの？」分娩室から聞こえるサラの声が廊下に響きわたった。

「あんなふうになる妊婦さんもいます。よくあることなんですよ。特に意味もなく言ってるだけです」医師は首をかしげ、好奇心にかられたようにミミを見た。「いろいろと大変そうですね、お姉さんも巻きこまれて」

「最近、たたられてるんですよ」ミミは悲しげに認めた。

いざというときが来たらすぐに呼んでもらえるよう看護師に念押ししたミミは、病院の共用パソコンを使わせてもらおうと思った。妊婦の家族が友人との連絡などのために利用しているもので、家族用の待合室に置かれているという。ミミはそこへ行く途中で分娩室へ向かうプレスコットに行きあった。二人は母となる人を守る最前線の兵士のごとく、視線を交わしただけで無言のまますれ違った。

看護師に教えられたとおり、待合室には古いノートパソコンがあった。ミミはホットメールのサイトからメールを送ることにした。今の状況をジョーに伝えたいと思ったのだ。深く考えすぎたり、先読みをしたりはしなかった。サラの赤ちゃんが生まれる。そのことをジョーと分かち合いたかった。たとえ遠く離れていても。でも、いつも距離をおいた関係では満足できない。一年前のミミなら、四六時中あれこれ要求してこない恋人のほうが好都合だと考えただろう。でも今はそれではだめだ。我慢できない。ジョーが恋しい。そばにいてほしい。これからも、ずっと。

画面にホットメールの受信トレイが現れた。ざっと目を通すと、ジョーからメールが来ている。ミミの視線はそこで止まった。日付を確認すると、昨日、送信されたものだ。件名は簡潔だった。**もうすぐ帰る。**

ミミはメールをクリックして開いた。

親愛なるミミ

買収先の会社の所有者一族が、売却はしないと結論を下した。ぼくはお役ご免だ。明日にはそっちへ行く。きみを愛してる。会いたくてたまらない。会った瞬間、きみも同じことを言ってもらわなきゃ困る。言ってくれるよね。ぼくを愛してほしい。愛してくれているよね。そうだろう？

ジョーより

ミミの脈が速くなっていく。ジョーが――あの雄弁で洗練されたジョーが、こんなに混乱して舞い上がった、うぶなラブレターを書くなんて、信じられない。可愛い人。もちろんよ、ジョー。愛してるわ。

46

エレベーターが開き、オルソン家の人々を吐き出した。全員集合だ。そこらじゅうをうろつき回り、ついに家族用の待合室から出てきたミミを見つけ出した。ミミはみんなを出迎えた。

「どうしたの？　まだ一一時よ。法律事務所の会合まで、あと三時間あるじゃない」

「サラのようすを見にきたの」ジョアンナが言った。

「それに、空模様が怪しいからね」とチャーリー。「州の北部全体に竜巻注意報が出ていて、西の空に稲妻が光ってる。遅れるなんて危険は冒したくなかったんでね」

「どうして？」ミミは大おじと目を合わせて言った。「そんなに契約書にサインしたくてたまらないわけ？」

「遅刻しても意味がないだろう」大おじはぶっきらぼうに答えた。頬が赤くなっている。ばつが悪そうにするだけのつつしみがあることだけは確かだ。

「サラはどう？」ジョアンナが訊きながらミミにしかめっ面を向けた。**チャーリーを怒らせないで。**「赤ちゃんは男の子？　女の子？」

ミミはシェ・ダッキーの件を追及するのをあきらめた。皆があそこを売ろうとしているのはチャーリーのせいではない。ほんの一部、責任があるだけだ。**それに、わたしにも責任がある。**「わからないわ。まだ産まれてないのよ」

「かわいそうなサラ。でも近ごろじゃ、わたしたちが経験したようなつらい思いはしなくてすむんでしょ」

「実はそうじゃないの。サラの背中にはこんな大きなにきびがあって……」それは重要ではない、とミミは判断した。「陣痛については何の処置もできないんですって」

オルソン家の女性たちは同情の声をあげはじめた。

「ノルウェーのいい舟漕ぎ歌をいくつか知ってるわ。それを聞くと、すごく力をこめて引き寄せられるのよ」ナオミがアイデアを出した。

「ありがとう、ナオミおばさん。でもサラには押し、い、い、出してもらいたいのよね。引くんじゃなくて」ミミが言った。「あの子はなんとかがんばれると思う。今はプレスコットがついていてくれるし。わたしはちょうど、軽く何か食べようと思って出てきたところ。だってサラがこんなこと言うんだもの。分娩室に食べ物なんか持ちこんだら、台から下りて――」

廊下の向こうからうなり声が聞こえ、会話が途切れた。

「思い出すわ」ジョアンナがつぶやいた。

「わたしも」ナオミは息子のビルを責めるような目でちらりと見た。

「わたしは未体験。ありがたいことに」バージーが言った。

妹のうなり声ならさんざん聞いてきたミミは、話題を変えた。

「会合までの時間をどうするつもり？」

「〈ボンフィリオ〉へピザを食べに行こうと思ってた」ビルが言った。オープンしたばかりの〈ボンフィリオ〉は、フォーン・クリークに五年ぶりにできた新しい店という栄誉を得ている。

そのとき、エレベーターが止まるチンという音がし、オルソン家の人々はホールのわきへよけた。ドアが開くと五、六人の乗客の姿が見え、小柄で胸の大きな女性が飛び出してきた。顔を左右にすばやく動かしているさまは、まるで虫を探す雌鶏のようだ。

「ママ」ミミが声をかけた。

トムとメアリ、そしてなんと、ワーナー家の祖母までがエレベーターから出てきて、ぴたりと足を止めた。メアリは中へ逆戻りすべきか迷っているように見えたが、背後でドアが閉まり、逃げ場を失った。しばらくのあいだ、誰も何もしゃべらなかった。オルソン家の人々がエレベーター・ホールの片側に、ワーナー家の人々がその反対側に、ミミはその中間に突っ立っている。自分の存在をのぞけば何も共通項のないふたつの家族にはさまれて立っているのは妙だった。両家とも相手をじろじろ見ている。まるで、噂では聞いていたものの、互いの存在を今の今までまったく信じていなかった部族どうしのようだ。

最初に動き出したのはソランジェだった。ミミを通りこしてチャーリーに近づく。

「こんにちは、チャーリー。お久しぶりね」

「ソランジェ、相変わらずお美しい」チャーリーは微笑み、ソランジェの両手を握った。彼女も笑みを返す。

ミミは、皆が口をあんぐり開ける音（自分の口も含めて）を聞いた気がした。どうやら、ソランジェもそれに気づいたらしい。「あらいやだ。ジョンと離婚したからといって、オルソン家の皆さんが気に入らなかったわけじゃないんですよ。中でも特に好きな人もいましたし」ソランジェはまたチャーリーに微笑みかけた。

「離婚で家族全員と絶縁だなんて、つまらんじゃないか」とチャーリー。「たくさんの元オルソン家の人間が、今でも家族の一員だ。毎年シェ・ダッキーにやってきて……」声がしだいに低くなり、老人はうつむいた。

「わたしたちはただ、物事の見方が違っていたんですよね」ソランジェが言った。

「ああ、違っていたな」

ミミが今になって考えてみると、母親はオルソン家の人について否定的な言葉を口にしたことは一度もなかった。例外は夫のジョンだけだ。チャーリーがソランジェの手を握ったままなのが気に入らないらしく、ジョアンナが皆を押しのけてチャーリーの隣に割りこんだ。面白がっているような、ちょっと得意げな顔をしていたソランジェは、すばやくチャーリーから離れ、ミミのほうを向いた。「サラはどこにいるの？」

「赤ん坊はまだなのか？」トムが心配そうに訊いた。

これをきっかけに、皆がいっせいにしゃべりだした。大丈夫なのか、きっと大丈夫よなどなど、言葉が入り乱れ、わけがわからなくなっていったが、イモジェン・ワーナーの偉そうな声がそれをさえぎった。「この人たち、いったいどなたなの？」

ミミは問いかけるようにソランジェを見やった。

「お義母さまと一緒にカンクンへ行ってたの」

「みんな、落ち着いて！」ミミが叫んだ。「大丈夫だから。赤ちゃんはまだよ。サラがまだいきみはじめてないの。わたしは母とトムを分娩室に案内するから、みんなはお互い、自己紹介でもしててくれる？」

誰にも反論する間を与えず、ミミは母親の腕を引き、皆のあいだを縫って抜け出した。廊下へ出たそのとき、プレスコットが小走りで近づいてきた。ジーンズが落ちないようにウエストバンドをつかみ、眉に刺したボルト形ピアスが弾んでいる。「サラがいきんでる！」

「お願いだから、あの子が父親じゃないと言って」ソランジェが小声で言った。

「はあ？　やだ、違うわよ。あれはプレスコット」ミミは勢いよく走り出した。ソランジェとトムがすぐあとに続く。ミミが先頭に立って分娩室に入ろうとすると、産科の看護師が腕組みをして戸口に現れた。ワーナー家の人々も急に立ち止まった。

「皆さん、これは芝居見物ではないんですよ」看護師が厳しい口調で言った。「赤ちゃんが生まれるところなんです。お母さんの許可をもらって、ちゃんとオーバーシューズをはいていただかなければ、中に入ることはできません」

「**ママー！**」

ソランジェは看護師の横をすり抜けていった。

一五分後。

「ピザを食べにいきましょうか。あとビールも」プレスコットがトムとメアリに提案した。オルソン家の人たちはさっきの悲鳴を聞いて、逃げるように〈ボンフィリオ〉へ出かけていった。あわてていただろうに、「分娩室から追い出されたら、いらっしゃい」と笑顔で皆を誘ってくれた。

「おばあさまはどうするの？」メアリが訊き、イモジェンのほうをあごで示した。緑のソファの上に不気味なくらい上品にあお向けになり、腰のあたりで手を組み合わせているさまは、死体保管所に安置されたご遺体といったところだ。

「あなたたち、先に行ってらっしゃい。おばあさまはわたしが見てるから」ミミはプレスコットに目を走らせてから、意味ありげにメアリを見た。「でも、目を覚ましたらどうすればいい？　何か必要な物があるかしら？」デメロールなど、常用している鎮痛剤があるかもしれない。

「それはママがしてくれるわ」メアリが無邪気に言った。

「ママが？」ミミは声を張り上げた。まさかソランジェが姑に……薬をあげてたの？

トムが咳払いをした。「廊下の先に水飲み器があった気がするな。すぐに戻るよ」

「あのね、おばあさまには糖尿病性神経障害があるの。薬を飲まないわけにはいかないのよ。

痛みがひどくて――」とメアリ。

「非難してるわけじゃないわ、びっくりしただけ」ミミが口をはさんだ。

「かかりつけの先生は、おばあさまに初期の認知症があるからと言って、十分な量の薬を処方してくれないものだから、痛みが軽くならないの。副作用が心配なんですって。一番顕著な副作用は妄想らしいの」メアリは唇を引き結んだ。「妄想はけがを招くおそれがあるからって先生は言ってるけど。本当は医師免許を取り上げられるとか、訴えられるのを心配してるんだと思う。おばあさまが空を飛べると思いこんで屋根から飛び降りちゃったりして。といっても、あの先生ばかりを責めるつもりはないわ」

「それでママは……どうしたの？　お医者さんには相談しないことにした？」ミミの驚きはまだ消えなかった。

「そう。ママが言ってたわ。〝幻覚には対処できる。でも痛みには対処できない〟ってね」

「じゃあ、どうやって対処するって？」ミミは尋ねた。

「訊かなかった」メアリは取りすまして答えた。

「びっくり。ママはお姑さんを嫌ってるし、お姑さんもママを嫌ってるはずなのに」

「ママは責任を逃れたりする人じゃないもの」

ええ、そういう人じゃない。これまでもずっとそうだった。

「哀れに思っただけなのかも」ミミはそれとなく言った。

「責任感と哀れみがないまぜになってるのかも」メアリがやり返す。

「誰か炭酸飲料、買ってきてほしい人いる?」プレスコットがひどくきまり悪そうな顔で申し出た。

「結構よ」姉妹は互いの顔を見ながら同時に答えた。

「ミミ姉さん、本当にここでずっとサラの面倒を見てくれてたの?」メアリが訊いた。

ああ、まずい。ついに来た。ミミは生まれ変わった、進化したと思われている。期待されるのは苦手だ。確かに、人は何かに期待せずにはいられない場合がある。わたしがジョーとの関係に今以上のものを求めてしまうように。でもやっぱり、いざ自分が期待されると落ち着かなくなる。

ミミが答える間もなく、プレスコットが言った。

「そう。犬とぼくとジョーの面倒も見てくれた」

「ジョーって……ジョー・ティアニー?」どうやらメアリは頭の中でいろいろな苗字を当てはめてみたらしい。

「ぼくの父」

「どうでもいいじゃない。つまらないことで騒ぎ立てなくてもいいわよ、メアリ。わたしはただ……サラが困ってたから……」

「やるべきことをした」メアリが代わりに締めくくった。「いいかげん、その気になってもいいころだものね」

ミミはため息をついた。自分が招いたことなのだから、しかたがない。

「ねえメアリ、〝姉さんにわたしの実力を証明してやる〟と思ってるだろうけど、もうそんな年でもないんじゃない？　さ、もう気にしないで――」

「ああもう、黙ってよ」メアリはすねて言った。「ええ、ええ、みんなの考えてることはわかってるわ――ママだけは別だけど。つまりこうよ。姉妹どうしの激しい競争意識のせいで、メアリはミミになんとしても競争に参加してほしいと思ってる、そうすれば姉と真っ向から対決して、自分の実力が証明できるから。ばかばかしい。わたしが姉さんにこんなに腹を立ててる理由は、競争意識とは関係ないのかもって、一度でも思ったことない？」

ないわ、一度も、と思ったが、ミミは口には出さず、横目で妹を見るだけにとどめた。

「天才ってみんな、こんなに自己中心的なの？」メアリは部屋全体に向かって問いかけた。

「そうですよ」プレスコットが代表で答えた。この話題なら自分にも語れる資格がありそうだと思ったのだろう。

「わたしはミミ姉さんと競争したいんじゃない。自分を情けないと思うのをやめて、新たな生活を始めてほしいだけ。もしそれが、姉さんの持ってる――ママは持ってるって言い張るけど、わたしは正直、疑わしいと思ってる――頭脳をフルに活用することだろうが、カーニバルの余興のタップダンスだろうが、なんだろうが、かまわないわ」

「ぼく、出てったほうがいいですか？」プレスコットがもじもじしながらまた訊いた。

誰も注意を払っていない。「小さいころ、ミミ姉さんはわたしのあこがれの人だった。それから、お父さんが行方不明になった。そしたら姉さんもいなくなった。つまり、アーサー王伝説の『シャロットの姫』みたいに、幻を通して世の中を見る人生を送るようになっちゃったのよ。ただし、姉さんがこもっていたのはシャロットの城じゃなくて、シェ・ダッキーの館だし、外の世界へ連れ出してくれるガラハッドもいなかったけどね」

それを言うなら騎士ランスロットだが、今は誤りを訂正するタイミングではない気がした。

「姉さんは、人と距離をおいて生きてる。ずっと停滞したまま。それがむかつくの。目を覚ましてほしいのよ。競いたいからじゃなくて、姉さんを愛しているから」

えっ？「そうなの？」

「ミミ姉さんって、どこまでばかなのかしら！」

「つまり、この一〇年、あなたが怒ってた理由はただひとつ、わたしの幸せを心配していたからだって言うの？」ミミは信じようとつとめた。そしてメアリの表情から、本気なのだと理解した。もしかすると、最初は姉への対抗意識が習慣化していたのだが、今、そこから潔く脱却するための出口を探しているのかもしれない。そうだとしても理解できた。

メアリは下着がきつすぎるかのように体を少しずらしたが、それでもなんとかミミとまっすぐ目を合わせていた。「まあ、そんなところね」

メアリのメロドラマっぽいたとえには多少ながら真実が隠されているかもしれない。ミミは人と距離をおいた人生を送っていた。距離をおいていさえすれば面倒には巻きこまれない。距離をとっていれば、人や物事が及ぼす大きな力にも影響されなくてすむ。メアリは仲直りしたがっている。ミミにはそれで十分だった。目がなぜかうるんできた。

プレスコットが椅子から腰を浮かせた。「ぼくはもう、いないほうがいいですよね？」

ミミもメアリもまったく同じように、信じられないと言いたげなまなざしを向けた。

「どうして？」メアリが訊いた。「あなたはメインイベントのあいだ、ずっとここにいたんでしょ。ほかのことも大団円を迎えそうなんだから、最後まで見とどけるべきよ。そう思わない？」

プレスコットは浮かせていた腰をおそるおそる椅子に戻した。

「つまりメアリ、あなたは今までずっと精神的に安定していて、環境に適応していたってことになるわけ？」とミミが訊いた。

「そのとおりよ」

幸いトムが戻ってきたので、哀れなプレスコットはそれ以上、ワーナー家の秘密にさらされずにすんだ。彼はミミの顔からメアリの顔へと用心深く目を走らせ、なんであれ、語るべきことが言いつくされたのがわかって初めてにっこり笑った。ミミは（これが最初ではないが）、男は基本的に臆病なのだと気づいた。

「もう、行ってもいいですよね？」プレスコットは、トイレに行かせてとせがむ小学生のようだった。

「どうぞ」

プレスコットは勢いよく立ち上がった。

「わたしは残ったほうがいいかな」トムが言った。といっても本気ではなさそうな表情だ。

「いいえ、トムも行ってちょうだい」ミミが言った。「サラは二時間ほど待ちの状態なの。あと四五分やそこらなら、お産も大して進まないはずよ。もし少しでも異変があったら、ナースステーションの電話を借りて連絡するわ。約束する。フォーン・クリークのどこだろうが、ここから五分以上かかる場所はないから大丈夫よ」

それ以上うながす必要はなかった。エレベーターへ向かうトムとメアリとプレスコットは、ミミに負けず劣らず疲れているようだった。サラが今、どんな試練を経験しているかは想像することしかできない。ミミはイモジェンに目を向けた。いびきをかいている。

待合室を出てすぐのところに、誰もいない病室があった。ミミはそこのベッドの隅にたたんで置いてあった毛布を失敬して待合室に戻り、イモジェンにそっとかけてやった。毛布の端をあごの下にたくしこむ。これで石棺に刻まれた彫像というよりは、うたた寝中の老女らしくなった。

イモジェンの世話が一段落ついたので、ミミは腰を下ろして椅子に足をのせた。

「わたし、本来ならあなたに腹を立てるべきなんでしょうね」

顔を上げると、ソランジェが椅子のそばに立っていた。疲れきった顔をしている。

「ママには秘密にしておいてくれって、サラに頼まれたのよ」ミミは母親に言った。「何か困った事態になっていたら連絡してただろうけど」自己弁護をしたい気持ちより、疲労感のほうが強かった。

ソランジェが隣に腰を下ろした。「わかってるわ」

ミミは母親に笑いかけた。「ありがとう。小さなお母さんの様子はどう？」

「このままあまり進まないようだと、帝王切開になるでしょうね」ソランジェが言った。

「メスを使うと言えば、あの子ももっとがんばる気になると思うんだけど。あなたがどうしてるか、ようすを見にきたの」母親はあたりを見まわした。「トムとメアリはどこ？　それと、顔に金属をぶらさげた、あの変な子は？」

「プレスコットだってば。みんな、ピザを食べに行ったわ。何かあったらすぐに電話するからって言ってあるの」

ソランジェはうなずき、力なく微笑んだ。

「かわいそうなトム。こういうことに関しては、ジョンといい勝負だわ」

「パパが？」

「わたしが産気づいたとき、あの人、どうしようもなく混乱しちゃって。病院へ行く途中で三回、吐いたんじゃないかしら。タクシーを呼んだのよ。あんな状態では、がら空きの駐車場で運転するとしたってまかせられなかったでしょうね」

「パパが？」ミミは驚いて訊いた。「いつだって、すごくのんきな人だったのに」

ソランジェは妙な顔をして娘を見たが、穏やかに言った。

「そうじゃなかったんじゃない？」

「パパはお産に立ち会ったの？　分娩室で？」

「努力はしたわ。でも、わたしが破水したとたんに気を失いかけたので、付き添いの人たちが引っぱって待合室へ連れていったのよ」母親はミミを見上げた。「あなたは出てくるのになんと三四時間かかった。どこまでも頑固な子でね」

ミミは身震いした。

「きっとママも、できることなら分娩室から逃げ出したいと思ったんでしょうね」

ソランジュは首を横に振った。「いいえ。ちっとも思わなかった。あなたがもうちょっと早く出てきてくれたらいいのにとは思ったけど、二人一緒にがんばっていたし、そうするしかなかったもの。それにわたしたち、立派にやってのけたんだから」

ソランジュは昔から、人のために「そこにいる」ことが自分の役割だと考えていた。少し度が過ぎる場合もあるにはあったが、ミミは母の献身に一度も疑問を抱いたことはなかった。

「わたしが小さかったころ、ママはいつも、すぐに部屋を出ていったりしなかったわよね」ミミは静かに言った。「毎晩、寝つくまで本を読んでくれたのを憶えてる」

「あなたが、そんなに本を読んでもらうのが好きだったとは思わなかった」ソランジュはやや自嘲気味に笑った。

「まあ、わたしは『イリアス』より『貨車暮らしの子どもたち』が好みだったけど……」

「名作であることに変わりはないわ」ソランジュはそう言って立ち上がった。「さて、サラがあの看護師に危害を加える前に戻ったほうがいいわね」

母親は心ここにあらずといった感じでミミの頭を軽く叩き、分娩室へ戻っていった。

ミミは伸びをしながら、時計をちらっと見上げた。サラが急いでくれないと、リトル・ミニオネット、もしくは人気で劣るリトル・プレスコットに会わないまま、法律事務所へ出かけるはめになる。その一方で、弁護士なんか待たせておけばいい、という気持ちもある。

それでも、出かける用意はしておいたほうがよさそうだ。ミミはバックパックを取り上げ、化粧室へ向かった。そこでシャツを脱ぎ、体をできるかぎり洗い、歯を磨いて、指で髪をとかす。それから洗面台の上に身を乗り出し、鏡をまじまじとのぞきこんだ。間違いなく、昨日よりも白髪が増えている。それも当然だわ。

背後でドアが開いた。鏡を見上げると——。

「ジョー!」ミミは勢いよく振り返った。罠にかかったウサギのように心臓が激しく鼓動し、嬉しさのあまり頭がくらくらする。

ジョーは完璧だった。白いワイシャツの袖をまくってあの見事な腕を見せ、襟を開き、髪は光沢のある炭のごとく輝いている。きっと駐車場でひげを剃ってきたにちがいない。キスしたくなるほどあごがすべすべして見える。

「やあ、ミミ」彼の声だ。ミミは靴の中でつま先を丸めた。

「ここにいるって、どうしてわかったの?」

「受付の看護師が、きみが入っていくところを見たって」ジョーは答え、あたりを見まわすと、洗面台の端に置かれた金属の椅子に目をとめて微笑んだ。それをつかんで後ろに倒し、上部をドアの取っ手の下に滑りこませて、何気ない口調で言う。「二人の邪魔をされたくないんでね」

「あら」ミミの弱々しい声。

「ぼくのメール、届いた？」

「ええ」ミミはうなずいた。

「まだ〝愛してる〟と言ってくれないいじゃないか。言ってくれって、はっきり書いたつもりだがな」

ミミの心臓が早鐘のように打っている。「支配魔ね」と言ったものの、あわただしく、吐息混じりの声しか出ない。

「まったくそのとおり」ジョーは足どりを乱すことなく歩いてきた。見事に手入れの行きとどいた力強い手でミミの顔を優しく包み、思うさまキスすると、ウエストに手を回して彼女の体を支えた。

「ミミ、愛してる」ジョーが言った。「きみと一緒にいたい。一緒にいられなくても、居場所がわかっていさえすれば、ぼくは大丈夫だ。シンガポールにいたとき、きみのことを思いながら、やっと、どこかしら目的地にたどり着いたという気持ちになった。何千キロも離れていたのにね。大人になって初めて、ぼくには行くべきところ、行くべき相手ができた。きみだ。きみはぼくに方向性を示してくれる、試金石《タッチストーン》なんだよ、ミミ」

「それを言うなら、自然に引きつけられる天然磁石《ロードストーン》だと思うけど」ミミは息を弾ませて言った。ジョーは微笑んだ。目尻のしわの寄り方も、たまらなくセクシーだった。

ミミは息苦しさをおぼえながら手を伸ばしてジョーの顔に触れ、シャツにおおわれた胸をなでた。指先に鼓動が伝わってくる。ああ、いけない！　生地を引っぱりすぎてボタンを次々とはじき飛ばしてしまった。新しいのを買ってあげなくちゃ。シャツを脱がせてたくましい肩をあらわにし、鎖骨のあたりに唇をはわせ――。

「さあ、ミミ、言ってくれ」

「ええ！」ミミは、むき出しになったジョーの胴に腕を巻きつけた。温かくて、濃厚で、ああ、この中にもぐりこんでしまいたい。

「ええって、何が？」ジョーはミミをじっと見つめながらしつこく訊いた。

「愛してる」とミミは言った。北欧の血を半分引く自分は、劇的な愛の告白をするタイプではない。そこが欠点だと痛感していた。ジョーに対するこの気持ちがどれほど激しく、どれほど強く、どれほど不思議かを表現するいい言葉が思いつかない。しかたなく、精一杯の思いをこめて言った。「**無条件に！**」

どうやら彼は満足してくれたらしい。

「愛し合いたい？」彼はミミの体を引き寄せて訊いた。

「無条件に」

「どこにいたの？」

ミミが病室へ入っていくと、ソランジェが疑わしげに尋ねた。ジョーは病院を出てプレスコットを捜しにいった。一方ミミは、サラのお産の進み具合を教えてくれる人を探しまわっていた。ジョーと愛し合っているあいだにお産が無事終わり、サラが元気な女の赤ちゃんの母親になっていたと知ったのだった。

「トムたちをつかまえようとしてたの」とミミは嘘をついた。

「それで、つかまった？」

「ええ」二人が化粧室を出たころにはもう、看護師が皆の居場所を突きとめていてくれたのがありがたかった。「今、こっちへ向かってるところ。サラ、具合はどう？」

訊くまでもなかった。サラは赤ん坊をあがめるようにじっと見つめている。ピンクの縁なし帽をかぶり、ピンクの毛布にくるまれた、しわだらけの小さな生き物がそこにいた。目をぎゅっと閉じている。

「こんなうっとりするぐらい可愛い子、見たことがないでしょ？」

「そうね」

「ママ、この子、赤ちゃんだったころのわたしたちの誰かに似てる？」

「それはなさそうね。この子のほうがずっと可愛いわ」ソランジェは優しくささやき、手を伸ばして、指の背で赤ん坊の頰をそっとなでた。

「わたしもそう思う！」サラが声を張り上げた。

「元気そうね。陣痛があんなに長かったわりには」とミミは言った。サラは本当に元気そうだった。まるで誰かが顔の脂肪を削りとり、ふたたび頰骨の位置がわかるようにしてくれたかのようだ。

「ええ。先生が、むくみはほとんど取れてるって」サラはくすくす笑いながら、毛布から片足を突き出した。「ほらね。もうずんどう足首じゃないでしょ」

ミミに言わせればまだちょっとずんどう足首だったが、出産を祝して、それは胸にしまっておくことにした。

「それで、最愛のベビーにはどんな名前をつけたの？」

「あのね。わたしがミミ姉さんとプレスコットに敬意を表した形で赤ちゃんに命名したいと、心から思ってたって、知ってるでしょ。この数カ月、二人が支えてくれて、わたしのためにしてくれたことすべてに対して感謝してる。でもミミ姉さんには何よりも、この子が生まれてくるときにママがそばにいられるよう、こっそり呼ぶ決断をしてくれたことに対して敬意を表したいの。だって、それは姉さん、あまり得意じゃなかっただろうと思うから」

「たぶんそうね」ミミは認めた。

「それにプレスコット」サラはため息をついた。「すごく、いいやつ。いっつも、わたしが散らかしたところを片づけてくれたのよ。知ってた？」

このときも、プレスコットがそうしていたのは愛情からではなく、潔癖症のせいだという事実はミミの胸に秘めておいた。

「だとすれば、わたしはどうしたらいい？　二人のうち、どちらか片方の名前だけもらうなんて、できるわけないじゃない！」サラは明るく歌うように言った。「だから、正直に言うわ。あいだをとって〝メスコット〟や〝ピピ〟じゃだめなのよ」

「で、どんな名前をつけたわけ？」

「ソランジェ！」

ソランジェは悦に入り、ミミに向かって微笑んでみせた。

ミミは一瞬、サラを見つめた。「わかった。でも自分でちゃんとプレスコットに話すのよ」

「あらミミ、あの人なら気にしないわ。名づけ親になると知ったら、有頂天になっちゃって、そんなこと、どうでもよくなるでしょ」

「プレスコットに名づけ親になってもらうつもりなの？」

「だって、ほかに誰かいる？」サラの口ぶりには当然よ、と断言する響きがあった。「だって彼は、家族の一員ですもの」

「ミミ、家族と言えば」ソランジェが言った。「法律事務所へ行かなくていいの？」そこで時計をちらっと見る。「もう出ないと」

ミミは部屋の奥のほうを歩きまわっていたが、母の最後のひと言はほとんど耳に入らなかった。サラが口にしたある言葉がきっかけで、ジョーが言っていたことを思い出したからだ。そして、はたと気づいた——。

そうだ、あれだわ！

行かなくちゃ。ミミは飛び出した。

47

ミミは法律事務所の会議室のドアを勢いよく開けた。内側の壁に当たってはね返ったドアがあやうく顔に当たりそうになる。ドラマチックな登場はこれぐらいにしておこう、と次はやや控えめに押して中へ入った。弁護士のマイク・ピーターソン、バージー、チャーリー、ジェラルド、ジョアンナ、ナオミ、ナオミの息子ビルが、パイン材のテーブルを囲んで座っていた。それぞれの前に、開いたファイルフォルダーとペンが置かれている。空いている椅子とファイルフォルダーがミミを待っていた。

「いったいどうしたの？」ナオミが訊いた。「サラは大丈夫？」

「元気よ。女の子が生まれたわ。母子ともに健康。名前はソランジェですって」ミミが言った。「例のずんどう足首の遺伝が出るかどうかはまだなんとも言えないけど……でも、わたしが来た理由はそれじゃないの」

「理由はみんなわかってるって」ジェラルドがうんざりして言った。

「いいえ、わかってない。わたしがここに来た理由は、シェ・ダッキーを売ってはいけないからよ」ミミは宣言した。

「ミミ、大丈夫？」ジョアンナが訊いた。「鼻をドアにひどくぶつけたみたいだけど」

「大丈夫」ミミは後ろ手にドアを閉めた。「売ってはいけないって言ったのよ。聞こえなかった？」

「聞こえたわ」バージーが言った。興味しんしんで、警戒をあらわにしている。当然だろう、とミミは思った。シェ・ダッキーの女家長として、バージーこそこの役割を果たすべきなのだ。「売ってはいけないって、どうして？」

「シェ・ダッキーを失えば、わたしたちは家族としてばらばらになってしまうから。お互いの人生から消えていくことになるから。シェ・ダッキーはわたしたちの試金石なの——天然磁石かもしれないけど。でも、とにかくあそこは、わたしたちがつねに戻ってくる、よりどころとなる場所よ」ミミは勝ちほこったように言った。「だからこそ売ってはいけないし、まだ誰一人、書類にサインしていないじゃない！」

この言葉でバージーは一同の書類にこっそり目を走らせ、自分の書類の一番下の署名欄を腕で隠した。

「何をばかなことを」チャーリーが不機嫌そうに言った。「おまえは、我々家族がもう集まらなくなるなんて、本気で思ってるのかね？」

弁護士は椅子の背に低くもたれて両足をまっすぐ突き出し、あごを引いて、自分のウイングチップシューズのつま先を辛抱強く見つめている。

「ここにいるわたしたちは集まるかもしれないわね」ミミは認めた。「でも、一族のほかの人たちはどうかしら？」

家族は困惑して、ちらちらと視線を交わした。「ほかの人？」

「そうよ。あの人たちには集まるチャンスがあるかしら？　いつ、お互いを知り合えばいいの？　オルソン家の直系の子孫だけじゃなくて、なんらかの形でシェ・ダッキーとつながっている人たちはどうするの？　フランクとカールはどう？」ミミはジェラルドに直接訴えた。「ハルヴァードは？　両親の違う兄弟のことをどうやって知ればいい？」今度はジョアンナに訊く。「エミールや、元義理の息子ウィリーは？　遠縁の子たちは？」

ジョアンナが腕を伸ばし、ジェラルドの手をぎゅっと握った。ナオミは目頭を押さえている。

「そういう子たちにルースおばさんや暴走T型フォードにまつわる話をどうやって伝えていくつもり？　ひいおじいさんの双子のうちの一人が第二次世界大戦で勲章をもらった話を、誰がフランクの子どもたちにしてあげるの？　それに、フランクのおじさんの大おじさんが、禁酒法時代に女役を演じる俳優をしていた話は？」

「わしらが運よく逃れられれば、誰もしないだろうな」チャーリーが言い、ジョアンナにぴしゃりと叩かれた。

「それに、先祖の目や髪の色、足の指が六本あった由来を誰が話してあげるの？」ミミは訊いた。

「前に言ってたデジタル写真の検索ソフトを使えばいいんじゃないか？」とジェラルド。

ミミは彼にくってかかった。「ジェラルド、的外れな話はやめて！」

「そうだよ」驚いたことにビルが身を乗り出して言った。「いいからミミ、続けなさい」

意外な人の応援にミミは驚いたが、すぐに考えを整理した。「もしシェ・ダッキーを売ったら、わたしたちの存在も、今までの歴史も、忘れ去られてしまう。わたしたちみんなが昔から伝わる話を語りついでいかなければ、一族をつなぎとめていた糸が切れて、縁が薄れてしまう。肝心なのは」ミミは厳しい声で続けた。「シェ・ダッキーが単にオルソン一族の所有財産にとどまらないということよ。わたしたちはあの場所の守り人なの」

チャーリーは頬の内側を嚙んで考えこんだ。ジェラルドは疑わしげに目を大きく見開いた。

「生まれたばかりのわたしの姪はどうなる？」ミミはささやくように言った。「小さなソランジェが、自分を愛してくれた人たちや、わたしが愛した人たちについて知りたいとき、どこへ行けばいいの？　それからジョアンナおばさんの孫。普段はお母さんと一緒に住んでるけど、毎年、夏休みをシェ・ダッキーで過ごしてるでしょう。あそこがなくなったら、あの子たちはこれからどうやってわたしたちの消息を知ればいいの？　わたしたちはどうやってあの子たちの成長を知るの？」

皆がミミの話に引きこまれていた。「オルソン一族は、複雑な寄せ集めになってる。でも家族ってそんなものよ。わたしたちには農場もなく、家庭用の大きな聖書もない。家系図も作られていないし、出身地の町や州もいろいろ。一族の多くが違う苗字だし、同じ苗字の人だって明日には変わるかもしれない。でも、シェ・ダッキーという、みんなの共通項があるわ」

ミミは会議用テーブルのまわりをゆっくりと歩きはじめた。「ちょうど、イタリアのカピストラーノに毎年決まってツバメが飛来するように、メキシコのミチョアカンでオオカバマダラ蝶が越冬するように、大学生が休暇にカンクンを訪れるように、わたしたちも雑草だらけのファウル湖畔にいやおうなしに引きつけられるのよ」

ミミは言葉を切り、厳粛なおももちで、皆の顔を一人ひとり、順ぐりに見つめていった。

「サケが一生海を回遊したあげくに生まれた川に帰るのと同じように、わたしたちもシェ・ダッキーに何度も戻ってくる。ちょっとジェラルド、誰もシェ・ダッキーでは生まれてないって突っこむつもりなら、夢でうなされるほど、とっちめてやるから」

ジェラルドはひと言も発しなかった。

「断崖から飛び降りるタビネズミや、自らの墓場を持つ象と同じように、わたしたちにはどうしても行かずにはいられない場所がある。行って、去って、また戻ってくる場所がね。それがシェ・ダッキーよ」

ミミは黙った。もう言うべきことはなかった。思いのたけをこめて、言いたいことはすべて言いつくした。あとは皆の判断を待つばかりだ。

チャーリーの表情からは心中が読みとれない。ジェラルドは感傷的になって目をしばたたいている。バージーは自分の書類の一番下の部分にいたずら書きをしている。ジョアンナは三つ編みにした髪をねじり、一点を見つめている。ビルは下唇をつき出し、かつらの下に指を入れて掻きながら考えこんでいる。ナオミは目を閉じて何やら唱えている。

あとひと押しだ。皆、本心ではシェ・ダッキーを売りたくないのだとミミにはわかっていた。だが売らなければ、大金を手に入れるチャンスを逃すことになる。実利的で情に流されないミネソタ州民の彼らが決心するためには、背中を押してくれる何かが必要だった。どんな言い訳でもいい。どんなことでもいい……。

ミミは深呼吸をし、目を閉じた。

「アーディスおばさんが、売ってほしくないって言ってる」そう宣言して目を開けた。

誰も、ひと言も発さずに重い三〇秒間が過ぎた。沈黙を破ったのはナオミの咳払いだった。

「本当に？」とナオミは訊いた。

「ええ、本当よ」ミミはうなずいた。「シェ・ダッキーがなくなったら、アーディスおばさんはどこへ行けばいい？　ナオミおばさんやわたしや子どもたち……死んだあとの霊の行き先は？　わたしたちがこの騒々しい世を去ったとき、行き場所がなくなったらどうするの？　だからアーディスおばさんは心配してるのよ。売るのはよくないって思ってる」

「なんです、それ？　死んだ人、いえ、亡くなった女性の話ですか？」茫然自失の状態から脱した弁護士が、まるでミミの体から頭がもうひとつ生えてきたかのように驚愕の表情で凝視している。「まさか、冗談でしょう」

「いや、冗談じゃない」チャーリーの口角が少しずつ持ち上がり、笑みになりつつあった。

「ミミがそう言うんなら、それがアーディスの望みなんでしょう。シェ・ダッキーを売らないでほしいってことね」ジョアンナがきっぱりと言った。「それだけでわたしには十分よ」

「わたしも、それでいい！」バージーが言い、テーブルに手を叩きつけて跳び上がった。この人の体重を考えれば大したものだ。

ビルがテーブルを押すようにして立ち上がった。「じゃあ、これで決まりかな？」

「ああ」チャーリーが言った。

「右に同じだ」とジェラルド。

「しかし、皆さん……まさか本気じゃ？」弁護士が言った。「この女性がアーディス・オルソンさんと話したなんて、本当に信じてらっしゃるわけじゃないでしょう？」

「ピーターソンさん。ミミはプロの降霊術師なんですよ」ジェラルドがかすかな誇りらしきものをにじませて言った。

「スピリチュアルカウンセラーなんだけどな」ミミは顔を赤らめ、つぶやいた。

「プロの言うことには反論できませんな、ピーターソンさん」ビルがそう言ってミミの腕をつかみ、ドアの外へ導いた。残りの人たちもいっせいに部屋を出た。

48

「姪っ子には対面したの？」

皆が座る〈ボンフィリオ〉のブース席に入ってきたミミにジョアンナが訊いた。

「ちょっとだけね」ミミは答えた。「でも赤ちゃんもサラもママも、みんな寝てたのよ。看護師さんによると、トムとメアリはモーテルに部屋を予約するって出ていったんですって」

もしかしたら法定相続人の誰かが急に立ち上がり、「何を考えてるんだ？」と叫んであわてて法律事務所へ戻るのではないかと、ミミは心配していたが、そんな動きはなかった。皆、自分たちの決定に満足しており、アーディスの冥界からの指示については誰もひと言も触れなかった。デビーでさえあまり大騒ぎせず、「土地がどこかへ行っちゃうわけじゃないしね」と言って、思ったより潔く降伏したのだ。

一同はおしゃべりを楽しみながら食事をし、ビールのピッチャーを二杯ほど空けたあとは、ミミも知らないオルソン家の先祖にまつわる話を披露し合った。

「オラフ・ジュニアって誰？」とミミ。

「知ってるだろう」とジェラルドが言った。「足の指が六本あったオルソン家最初の人だよ」

「嘘でしょ」

「本当だよ。写真を見たことがある。彼がダイニングルームのテーブルに足をのせてる写真で、よーく見れば足の指が六本あるのがわかるんだ」

「オラフ・ジュニアの写真があるのかい？」チャーリーが興味を引かれて訊いた。

「奥さんも写ってた」ジェラルドがうなずいて答えた。

「見せてくれ」とチャーリー。「ジョアンナも見ておいたほうがいい。息子のうち半数は足の指が六本あるじゃないか」

チャーリーは立ち上がったが、体がふらついた。ミミは大おじの腕をつかんで支えた。

「待って。今、運転できるのはわたしだけでしょ」

「問題の写真を見たいんだよ」

「わたしも」ヴィダがかん高い声で言った。

「わかった。こうしましょう」ミミは言った。「わたしがこれから写真を取ってくる。みんなは〈スメルカ〉へ行って――そんな顔しないの、ちゃんと持ってくるから。このままここにいたら、もっと飲んじゃうでしょう。〈スメルカ〉で胃に優しいものを食べたほうがいいわ。そのあいだにわたしが写真を取りに行って、みんなが食事を終えるころには戻ってくる。そしたら一緒に写真を見ましょう。そのころにはみんな、運転できる程度には酔いがさめてるはず。いいわね？」

「ミミのやつ、いったいいつから宇宙の女王になったんだ？」ジェラルドがぶつくさ言った。

「いいじゃないの、喜びなさい」ヴィダが答えた。

一行は歩道で二手に分かれた。ミミはサラのレクサスに乗りこみ、残りの者は〈スメルカ〉に向かって歩き出した。ミミは法律事務所でのクーデターについてジョーとプレスコットに話すのが待ちきれなかった。だが二人がどこへ行ったのかわからない。もしかするとフアウル湖へ戻っているかもしれない。ミミは笑みを浮かべながらシェ・ダッキーへと車を走らせた。西側の空に稲妻が走り、目くるめくような光を発しはじめた。雨を伴わない落雷はいつも壮観だが、これはすごい。竜巻警報がすでに発令されていたが、ミミはさほど心配しなかった。この春、天気予報士は何度も大騒ぎしたが、ほとんど何事もなく終わっている。地面はからからに乾いていた。

予想どおり、シェ・ダッキーへ着くまで雨はひと粒も落ちてこなかった。その一方で稲妻は近づいてきていて、雷鳴でビッグ・ハウスの窓ガラスが揺れ、ドアががたがた鳴った。もっとも、誰かが大きなくしゃみをしたときも同じような現象が起きるのだが。

ミミは建物に目を走らせた。グレーのペンキが剝げかけた下見板張りの外壁、稲妻が照らし出すさまざまな色の混じった屋根、柔らかい苔におおわれた土台。目を閉じると、マツの梢を吹きすぎる風の音にまぎれて、何世代もの大人や子どもたちが発する声のこだまが聞こえてきた。窓を伝って動く彼らの姿が見えるような気さえした。家に入り、箱の中の写真をざっと見て、どれを持っていくか決めようとした。だが最後には酔っぱらったチャーリーのために、全部持っていくことにした。箱を次々とレクサスのトランクに積みこみ、最後のひと箱を運び出そうとしたとき、テーブルの上にフェデックスの封筒小包があるのに気づいた。首をかしげて差出人の名前を見ると、オテル・ウェーバーとある。私立探偵からだ。ミミは眉根を寄せて小包の封を切り、中味をテーブルの上に空けた。ペーパークリップでとめた書類が出てきた。一番上はウェーバーからのタイプ打ちの手紙だった。

親愛なるミズ・オルソン

本日、ここに調査の進展をお知らせすべく、ご報告いたします。同時に悲しいお知らせをお届けせねばなりません。お父上であるジョン・ヘンリー・オルソンの死亡について、疑う余地のない証拠が発見されました。当該の記録とファックス等のコピーを同封しましたのでごらんください。

以下に調査結果を要約してご報告いたします。お父上は一九七九年六月二六日、ノースダコタ州のバスゲートにおいて、雷雨のさなか、国道を渡る途中で雷に打たれ、ミノットにある最寄りの病院に搬送中、意識を取り戻すことなく死亡されました。お父上の身分証明書を含む所持品が落雷により破損していたため、遺体がミノットの死体安置所に運ばれた際に〝ヘンリー・オルソン〟と誤記されて保管されたということです。

調査費用の請求書を同封いたしますのでご査収ください。個人小切手によるお支払いはお受けしかねますのでご了承ください。郵便為替で三〇日以内のお支払いをお願いいいたします（それ以降は延滞金がかかります）。

今回の件でご依頼をいただきましたこと、まことにありがたく厚くお礼申し上げます。

今後、私でお役に立てることがございましたら、ご遠慮なくお申しつけください。

以上、ご報告とお礼まで。

オテル・ウェーバー

ミミは書類をテーブルの上に戻した。父親は死んでいた。あの世へ行ってしまっていた。

ミミは顔を上げ、壁、天井、家具、床をぼんやりと眺めた。頭がくらくらした。まるで頭のてっぺんが空中に舞い上がり、体のほかの部分もそれについていこうとしているかのようだ。

ミミは気持ちを集中させて、父親の声を、笑顔を、髪をかき上げるしぐさを思い浮かべようとした。肩車をしてビーチを駆けてくれたときの父（ミミはずっと金切り声をあげて笑っていた）、毎晩、明かりを消す前にウインクした父、「冒険」と称して家を出た父。

その父は、もういない……**よかった**。

え？　ミミは目を大きく見開いた……**よかった**。

今やその考えはよりはっきりと、しっかりと、自信に満ちて聞こえた……**よかった**。

ミミは、塔に閉じこめられ、鏡に映し出される他人の生活を通じてしか人生を経験できない、現代のシャロット姫にはなりたくなかった。だが、それこそまさに自分がやってきたことだ。生きている人たちと向き合うのがつらいから、死者の霊の話をつむいで暮らしてきた。

だがミミは今、塔の外に出たくなっていた。人生という名の大きな滝を下るボートに乗りたかった。伝説の姫が向かったキャメロットではなく、ミネアポリスへ、シカゴへ、ローマへ行きたかった。

ミミはその旅路を、騎士ランスロットとではなく、ジョーとともに歩んでいきたかった。二人の関係は混乱していて複雑で、順風満帆にはほど遠いだろう。それに、なんの保証もない。だが、ミミが関わり合いたいのはジョーの人生だけではない。プレスコット、母親、トム、サラ、メアリ、オズ、そしていとこ、元妻、未来の妻、継子など、自分にゆかりのあるすべての人たちの複雑な人生と触れ合い、関わっていきたいと考えていた。

そうだ、それでいこう。シェ・ダッキーは、そこへ集まってくる人々の存在があって初めて成り立つ。皆、この風変わりでちぐはぐな小さなコミュニティにつながる道を探してやってくる。コミュニティといっても地域ではなく、仲間の集まりであり、絶え間なく入れ替わる顔と名前が形づくる湖畔の共同体だ。彼らは何度もシェ・ダッキーに帰ってくる。なぜなら、そこに彼らの居場所があるからだ。

ミミは今までシェ・ダッキーを、時の流れに関わりなく一定で不変のものだと考えてきた。だがそれは間違いだった。シェ・ダッキーはいくつもの歴史が通る回転扉であり、日々変わりつつある。誰がそこを通ろうとしているか、彼らの歴史はどんなものか、人と人がどうつながっているかはわからない。わかるのは、彼らがそこにいるということだけだ。

ミミは、父親の霊を見つけられなくてもかまわないと思っていた。ここにいることはわかっているのだから、それだけで十分だった。

ミミはかすかな笑みを浮かべたまま、車へ歩いて戻った。そのときすぐ近くで雷がとどろいた。落雷の衝撃で地面が揺れ、つまずいて転びそうになる。何やら焦げくさい。煙の匂いが漂ってきた。

走ってビッグ・ハウスの玄関近くまで引き返し、状況を確かめた。建物には異状がなく、火の手も見えない——でも、どこかで火事が起きているはず。ミミは湖畔全体を見わたせるビーチへ急いだ。プレスコットの別荘の反対側、スボーダ家のコテージが燃えていた。屋根の上に噴き出した黒い煙が渦巻き、風に運ばれて黒い三角旗のようになり、その先端はプレスコットの別荘へとまっすぐ向かっている。その先にはシェ・ダッキーがある。フォーン・クリークから消防車が駆けつけるまでに三〇分はかかるだろう。

一瞬、ミミは呆然としてその光景を見つめた。せっかくこの土地を守れたのに。不安に襲われ、悩んだあげく、長年の習慣に反して自分の意見をはっきりと述べて、成功をおさめたというのに……落雷で火事だなんて。そんな、おそろしいこと。林に火がついたら、またたくまに燃え広がるにきまっている。消防隊が到着するまでに炎はプレスコットの別荘はもちろん、シェ・ダッキーをものみこむかもしれない……。

「どうしよう！」

ふたたび稲妻が光った。ミミはビーチからプレスコットの別荘へ走った。シーズンオフの別荘利用者の大半と同じように、プレスコットも短いあいだ留守にするときは鍵をかけていなかった。

ミミが中に入るとブロンディとワイリーが不安げに飛びついてきて、足にまとわりついた。二匹をなだめておとなしくさせ、ジャケットのポケットをさぐって携帯電話を取り出す。待ち受け画面を開いたが、電波の受信状態を示す黒いアンテナは一本も立っていない。

それでも緊急電話番号の九一一を押し、端末を耳にあててみた。何も聞こえない。ミミはリビングエリアへ駆けこみ、北に面した窓から外を見た。一〇〇メートル近く離れたところで、スボーダ家のコテージがかがり火のごとく燃えている。ひさしから黒いヘビのような煙がプレスコットの別荘に向かって噴出し、風にあおられて火の粉が後ろに飛び散っている。稲妻がぴかりと光り、空をまっぷたつに割った。ブロンディが遠吠えした。

犬たちをここから連れ出さなくては。ミミはドアまで走り、犬たちの名前を呼んだ。ブロンディとワイリーは先を行き、白目をむいて狂ったように跳びはねている。ビルの姿が見えない。

「ビル！」ミミは叫んだ。「ビル！」

反応がない。ワイリーとブロンディを見下ろしたミミは、三匹いっぺんに外に出すのは無理だということに気づいた。いきなりドアを開けるのもまずい。おびえた犬たちは林に逃げこんでいなくなってしまうかもしれないし、もっと悪い事態になるかもしれない。ミミは玄関わきのクローゼットからリードを取り出し、恐怖に震える手で二匹の首輪に取りつけた。

ドアを開け、リードを引いた。

うながす必要もなかった。犬たちはドアが開くやいなや飛び出し、林のほうへ必死で逃げようとする。引きずられ、つまずき、おろおろしながらもミミは小道を通ってシェ・ダッキーへ向かった。

林から出て、レクサスに突進しドアを開けると二匹はいっきょに中へ飛びこんだ。ミミはドアを外からばたんと閉めて向き直り、プレスコットの別荘へ引き返そうと全速力で駆け出した。足が痛み、肺が焼けつくようだ。炎が林をなめつくす音が今にも聞こえてきそうだった。ビルはまだ、家の中にいるはずだ。すくんでいるか、いや、あの犬のことだから火に噛みつこうとしているかもしれない。

林を抜け出る前から火の手が見えた。ミミは目の前に広がる光景に圧倒されて足をとめ、立ちつくした。プレスコットの別荘の背後の空があかあかと照らし出されている。だがまだ火は燃え移っていない。今のところは。

物がばきっと折れる音、ぱんと弾けたり割れたりする音があちこちで聞こえる。背後からは暴走列車を思わせる轟音が迫ってくる。同時に、マツ材の焦げる臭い、くすぶるように燃えるゴムの臭気が鼻をついた。ミミは家の中に駆けこんだ。顔を汗がしたたり落ち、塩気が目にしみて痛い。「ビル！　ビル！」

階段を駆け下り、半狂乱で叫びながら部屋から部屋へと捜しまわり、二階へ取って返して北側の窓から外を見た。遅かった。勢いを増した炎はすでに窓まで達して、ガラスをあぶっている——ついに爆発音とともにガラスがひび割れ、細かい破片が部屋の中に飛び散って床に降り注いだ。

「ビル！」もう、玄関ホールへ退却するしかない。「ビル！」

ミミは逃げ出した。涙が頬をつたって流れ落ち、目がかすんだ。私道に転がり出て、ふらふらと進む。急に誰かに腕をつかまれ、強く引っぱられた。

「ミミ！」叫んだのはジョーだった。「早く、車の中へ！」彼はミミをレクサスの助手席に押しこみ、その体を乗り越えて運転席に座ると、すばやくギアを入れ、砂利道にタイヤをきしらせながら発進した。ミミが首を伸ばして後ろを振り返ると、薄暗い後部座席の下からワイリーの頭がのぞいた。

「どうやってここに？　どうして来たの？」ミミはジョーに訊いた。

「プレスコットを病院へ連れていったんだ。きみがシェ・ダッキーへ行ったってジェラルドから聞いて、ただ帰りを待つのもいやだったから、捜しに来た。ビッグ・ハウスにはいなかったけど、レクサスが停めてあった。中を見たら犬たちがいて、キーはイグニッションに差しこんだままだった。犬がドアロックボタンを押してきみが閉め出しをくらったら大変だから、中に入ってキーを抜いておこうと思ったんだ。そのとき、火事に気がついた」ジョーの目が恐怖に見開かれた。

「きみの姿が見えなかった。プレスコットに注意を呼びかけに行ったのかもしれないと思って、それで——」ジョーは声をつまらせた。「ミミ。無事でよかった」ジョー・ティアニーのこんな声はもう二度と聞けないだろう。

車は砂利道の端まで来ていた。火事の現場から八〇〇メートルは離れているだろう。ジョーがブレーキを踏んで車を止めるやいなや、ミミは腕を投げかけて彼の首にかじりついた。ジョーはミミをしっかりと抱きしめ、膝の上まで引き寄せた。

「もう大丈夫、ここまで来れば安全だ。風が火を南へ押しやってくれるから。四、五〇〇メートル離れたら火はもう届かないよ」

「大丈夫じゃないわ」ミミはむせて、頭を激しく横に振った。その目は湖岸から立ち昇る煙に釘づけになった。**ああ、ビル**。

「いいんだよ、ミミ」

ミミは膝を抱えてあごをのせ、足を強く胸に引きつけて体を揺らし、「よくなんかない」と言ってすすり泣いた。

「ビルを連れ出しに戻ったんだけど、見つけられなかったの。ああ、ジョー！　一所懸命捜したのに！」

ミミは顔を上げ、自分にはなすすべがなかったのだ、わかってほしいという表情で訴えた。ジョーが妙な顔をして見返す。

「なんなの？　どうしたの？」ミミは訊いた。

「午後、病院から戻ってきてから、プレスコットと一緒に〈ポーシャ〉でビールでも飲もうということになったんだ」

何を言ってるんだろう。ミミはわけがわからなくなってジョーを見つめた。ビルが死んだというのに、ビールの話なんかして。

「ビルは車に乗るのが好きだから、それで……」ジョーは後ろを指さした。

ミミはさっと振り向き、座席の背から身を乗り出して後部の暗がりをのぞいた。ブロンディとワイリーにはさまれて横たわり、こちらを見上げているのはビルだった。

ミミは感きわまって吠えるように叫ぶと、手を伸ばしてビルをすくい上げ、胸に抱きしめた。「ああ、ビル！」ミミは優しくささやいた。「ビル、生きてたのね！　生きてたのね！」

ミミはもう、キスしてやりたいのか、殺してやりたいのか、どうしていいかわからなかった。

ビルはやはりいつものビルだった。

迷うことなく、ミミに嚙みついた。

夏

49

八月

ミニオネット・シャーボノー・オルソンはブルーの世界に包まれていた。頭上にはコバルトブルーの夜空、体の下には絹のような肌ざわりの藍色の湖水。そびえる木々には、幹や枝が焼け焦げて青黒くなった部分と、火を免れて、あるところから急に青々とした葉が茂っている部分がある。心地よい夜だった。空気は暖かく、明るくかん高いアマガエルの鳴き声が、浮き輪に打ち寄せるゆったりした水の音と好対照をなしていた。

ミミはけだるげにビーチに目をやった。大がかりなキャンプファイヤーが焚かれている。炎に照らされて、ひょろりと細長い人影がいくつも浮かび上がった。ほとんどはオルソン一族の男の子たちで、きゃっきゃっと騒ぎながら跳ねまわっていた。そこへ三匹の犬が加わり、同じように跳びはねている。少年たちは火明かりの中を行ったり来たりし、火を棒でつついて、シャワーのように火花が散ると飛びすさった。犬たちが激しく吠えている。ただし一番小さなビルは別で、焼いたスモアのおやつを狙って近くのテントを回っているらしい。

キャンプファイヤーの後ろにはテントがいくつも張られ、ルーフテント付きキャンピングカーが数台停まっていた。中につり下げられたコールマン製のランタンと、上下に揺れる懐中電灯の光があたりを照らす。かつてビッグ・ハウスが建っていたビーチのこちら側の端には、おんぼろの小型飛行機が月光の下で銀色に輝いていた。その隣には中古といってもやや新しいRV車が停めてある。中は暗く、テレビの画面のみがちらちら光って明るい。

シェ・ダッキーで唯一残った建物は、水辺に建つずんぐりとした丸太小屋のサウナだけだ。ほかにどこかの校庭から持ってきた、半分水に浸かって錆びついた滑り台もあるが、ミミにはなぜかこれが悦に入っているように見えてならない。まるで湖水へ逃げたために火事で焼けなくてすんだみたいで、よかったじゃないの。

それこそ、ここのすばらしさだ。シェ・ダッキーは変化し、新たな環境に適応した。時とともに前に進み、生きのびたのだ。

火事で全焼したビッグ・ハウスやコテージを再建する計画は今のところ持ち上がっていない。保険金がおりないからどのみち無理よ、とミミは笑みを浮かべる。それに建て直したくてもできるかどうか疑わしかった。シェ・ダッキーの法定相続人が、この地所の「保全地役権」を〈ミネソタ土地信託〉という団体に譲渡したからだ。これは比較的新しい契約形態で、土地の所有権はオルソン一族にあるが、土地固有の動植物や地形など自然環境の保全に反する建物の建設や土地の造成は禁止されるというものだ。オルソン一族にはそれなりの金銭的な恩恵もあり、すべてを考え合わせるとほぼ申し分のない取り決めと言える。

もちろん、次の世代の相続人の意向によっては、地所の所有権を土地信託に、あるいはミネソタ州に譲渡することも可能だ。ジェラルドの息子のフランクとカールはすでに、社会に貢献したいという意識をおそろしいほど強く持っていた。

ミミはビーチからプレスコットの別荘へと視線を移した。

家は建て直されていた。

以前のように巨大な建物ではないが、伝統的な建築に対するプレスコットのこだわりは火事にあっても消えなかった。今度は北欧の農家を模して、すっきりとした長方形の丸太造りの躯体に急勾配の切妻屋根をあしらった家だ。背面と側面には、格子で九つの枠に区切られた鉛ガラスの窓が対称をなして並んでいる。正面は簡素なデザインで、納屋もある。火事のあと、プレスコットはスボーダ家の所有地を買い取りたいと申し出た。好条件の価格を提示して、売買が成立した。

彼はその後、スボーダ家と反対側に位置する隣接地も購入した。

近隣の土地を可能なかぎりすべて買い取る計画を立てているのだろうか。湖畔の土地を全部入手できるとは考えにくいが、ミミはここぞとばかりに「大したものね！」と言った。実際、プレスコットはそれだけの財力を持つようになるかもしれない。本人の見込みによれば（ミミとしては疑う理由もないが）、新たに開発したソフトウェアのおかげで資産が三、四倍にふくれあがりそうだった。このソフトウェアの原型は、彼がミミのデジタル写真アルバムの作成を手伝う過程でできたものだ。ミミは自分でも驚いたことに、いつのまにかプレスコットの事業のパートナーになっていた。しかも（プレスコットはしまったと思っているかもしれないが）、黙って相手にまかせっきりというタイプではない。いろいろなアイデアを出すからだ。

　プレスコットにはそんなパートナーが必要だ。そうすれば心おきなくオンラインでジェシカとチャットできる。まだ会ったことがない二人だが、これから先どうなるか、ミミにはわかる気がした。ジェシカって外見はどんな感じなんだろう、と楽しみだった。

　ミミは考えこみながら片足をさらに深く水につけた。それによって浮き輪がゆっくりと回りはじめた。水面下の浅いところを漂うセキショウモや細く柔らかい水草のあいだを縫って足を動かすと、誰かの足にぶつかった。

「あら、ママ。ごめんなさい」

　浮き輪に入ったまま眠りに落ち、尻をどんどん深く沈ませていたソランジェは、びくりとして目を覚ました。「えっ？」顔を上げてあたりを見まわす。

　ミミは母親の視線を追った。二人は、バージー、ジョアンナ、ヴィダ、ナオミの四人がくつろいでいる浮き桟橋から少し離れたところまで来ていた。四人は数分前から静かになり、オーロラが見えないかと夜空を探していた。同時に、ソランジェがいなくなるのを待って裸で泳ごうと考えているのかもしれない。四人はまだ、一緒に裸で泳ぎませんか、と誘えるほどソランジェと打ちとけているわけではない。でも九月の労働者の日《レイバー・デー》ごろには、きっとソランジェ自身が先頭を切って浮き桟橋から裸で飛びこむようになるだろう。それまでには時間がある。

「ひどいわ、ミニオネットったら。どうして起こしてくれなかったの？　もう夜じゃない」ソランジェが言った。

「だから、なんなの？」

母親はいらだたしげな声を出した。「可愛いソリーちゃんにおとぎ話を読んできかせてやらなくちゃならないからよ。サラがまだ寝かしつけてないといいけど」

「ママ、あの子はまだ三カ月なのよ」

「天才というのは自然発生的に生まれるものじゃないのよ、ミニオネット。隠れている才能を刺激して引き出してやらなくちゃならないの」

「それか、無理やり引きずり出すかね」ミミはつぶやいた。「でも、岸のほうから〝怒りのソリー〟の泣き声が聞こえてこないところをみると、お母さんも赤ちゃんもまだ起きてると思っていいんじゃない」

ソランジェは声をあげて笑い、「確かに、そうね」と言うと、浮き輪から出て水に入った。光沢のある黒いライクラの水着に大きな胸を包んだその姿は、氷山を離れるアザラシを思わせた。

「サラから聞いたわ。博士課程を修了したらまた別の博士課程を始めることにしたって」ミミは言った。「ソリーと二人、ママとトムのところで同居するつもりらしいけど」

「そのとおりよ」ソランジェは水面に出した頭を上下させながら穏やかな声で言った。

「すごく大変になるわね」

月光の下でもソランジェの自慢げなようすがわかった。「ミニオネット。わたしは三人の子の母親よ。それが仕事なの。天才を育てるのがね。それに、手伝ってくれる人もたくさんいるわ。トムやメアリ、オルソン家の人たち。加えて、あなたやプレスコット、ジョー。みんなソリーを育てるのに協力してくれるでしょ」

ミミとしては文句はなかった。今までのところ、〝ミミおばさん〟の役割が気に入っていた。いやになったときは（ソリーはすでにシャーボノー家特有の頑固さを示しているから、どう考えてもしょっちゅういやになりそうだった）、よい面に目を向けて、もっといいことがありますようにと期待しよう。当分のあいだはこの人間関係から逃れられないのだから、それ以外の道を行くのは愚かというものだ。

「ねえ、夏のあいだ、何日間かでもソリーをこの湖畔に連れてきてわたしが面倒をみたいって言ったら、サラは許してくれるかしら？」

「わたしたちが、でしょ」ソランジェはきっぱりと言った。「悪影響を最小限に抑えるためにもわたしが来て監督しなきゃ。わたし、ジョンが行方不明になってからずっと、シェ・ダッキーへ来なかったでしょ。夏休みをあなたと過ごさなかったのは間違いだったわ。オルソン家の人たちにもあなたと一緒にいる機会を与えてあげたいと思ったものだから。でも、その影響を直すのに何年かかったことか。ところがオルソン家の人たちときたら、あのときと同じようにソリーに接するつもりで待ちかまえているんだから」

ミミは反論できなかった。特にオルソン家の介入については同意見だ。ソリーが生まれたときに居合わせた面々はすっかり肩入れして、この赤ん坊に既得権があると認めていた。そのうえ、女の子はミミ以来ということもあって、ソリーの人気は絶大だった。

「ジョーはどこにいるの？」ソランジェが言った。「彼も来るって、あなた言ってたわよね？」

「来るわよ」とミミは言ったが、ジョーのことを考えただけで微笑みたくなる自分がばかみたいに感じられた。「ミネアポリスで仕事をすませてから、明日の午前中にはこっちへ着くって」

「あのね、ミニオネット。正直言って、あなたがジョーと何かあるって気がついたとき、わたし心配だったのよ。あの人、支配的な性格でしょ。いかにも魅力的だし」

「映画スターみたいにハンサムだっていうのを忘れてるわ」ミミは楽しそうにつけ加えた。「それもあるわね。わたし、ジョーが大きな影響を及ぼして、自分のイメージどおりにあなたを作り変えてしまうんじゃないかって、思ってたの」

「たとえば、水着にアイロンをかけるようになるとか？」

「まさにそうよ。でも嬉しかったのは、あなたが自分をしっかり持っていること。自分の住む世界で自分らしさを保っているものね」

「ありがとう。わたしもそう思う」

「よかった」ソランジェはゆっくりと背泳ぎで進みはじめた。

「待って！」

ソランジェは泳ぐのをやめた。

「ソリーのことなんだけど」

「なあに？」

「わたし、『おやすみなさい　おつきさま』の絵本を持ってきたのよ。車の中に置いてあるの」

短い間があった。ミミが息をつめて待っていると、ソランジェの笑い声が聞こえた。鈴を転がすような、心の底からの楽しそうな笑いだった。かわいそうなソリー。これじゃまるで美女ヘレネをめぐるトロイアとギリシャの戦いだわ。

「あら、ミミ」ソランジェはまだくすくす笑いながら言った。「その絵本なら先週読んであげたわ。今夜は『モー、メー、ラララ』を読むつもり」

そうか。まあ、人生に変化はつきものよね。

ミミは母親が岸まであと半分という距離まで行ったのを確かめると、自分も浮き輪をはずし、みんなのいる浮き栈橋をめざした。そこではナオミがすでに水着を脱ぎはじめていた。

訳者あとがき

何事にも執着せず、欲張らず、無駄な努力をしない。のんびり気ままに、成り行きまかせ――それがミミの選んだ生き方でした。

ところが、ある日配達された絵はがきをきっかけに、心境に変化が生じます。消印は一九七九年六月。差出人は、その年に行方不明になった父親でした。三〇年も経った今になって便りが届くとは？　父の身に何が起きたのか？　まだ生きているのだろうか？　真相をつきとめたいという思いがミミの心に芽生えます。


本書『素顔でいたいから』は、『恋のディナーへようこそ』に続くコニー・ブロックウェイのコンテンポラリー作品邦訳第二弾です。ヒストリカルロマンスの名手として知られ、RITA賞をはじめとする多くの賞を受賞してきた著者は、現代を舞台にしたこの小説でも人物描写力の確かさとユーモアのセンスをあますところなく発揮し、単なるロマンスとはひと味違う物語に仕上げています。

舞台は米ミネソタ州。主人公のミミことミニオネット・オルソンは、ミネアポリスの電話相談サービスの会社で、死者の霊と交信するスピリチュアルカウンセラーというぃっぷう変わった仕事をしています。頭脳明晰ながらものぐさな性格で、何をするにせよ一所懸命に取り組んだことがなく、社会的な成功という点では家族の期待を裏切ってばかり。娘の幸せを強く願う母親に「あなたは、やろうと思えばなんでもできる。自分の能力を十分に活かしていないだけ」と言われつづけてきました。

ミミは毎年夏になると州北部のファウル湖畔を訪れ、オルソン家が所有するシェ・ダッキーという古ぼけた別荘で親族や友人と一緒に休暇を過ごすのがつねでした。ビーチパーティの日、ミミはジョー・ティアニーと知り合います。いかにもエグゼクティブらしく洗練された身なりの、輝くばかりにハンサムな男性ですが、あいにくミミはロマンチックな出会いにふさわしい格好をしていませんでした——ちなみに、本書の原題 "*Skinny Dipping*" は「裸で泳ぐ」という意味です。

この物語には一〇〇年以上前にミネソタ州のファウル湖畔に居を定めた北欧系の一族の末裔が次々と登場し、前作『恋のディナーへようこそ』でも紹介された北欧系住民特有の文化や世界観をかいま見せてくれます。同州出身のブロックウェイが「読者の皆さまへ」で述べているとおり、オルソン家にはモデルが実在するようです。

主人公をはじめとする登場人物は皆、どこか変わっていたり問題を抱えていたりしますが、そこがまた人間らしくて面白くもあります。たとえば、ジョー・ティアニーは愛想がよく誰にも好かれる一方、何事にも完璧を期し、潔癖症と言われるほどのきれい好き。ビジネスの世界では成功をおさめているにもかかわらず、今は亡き妻カレンとの結婚生活ではなぜかうまくいかなかったと感じています。プレスコットは二三歳にしてマサチューセッツ工科大学の教授という驚くべき天才ですが、自分の殻に閉じこもりがちで、社会性に欠けていることは否めません。

ミミは、物事に対するこだわりを持たず、人と一定の距離をおいてつき合い、大きな決断を避けて生きてきました。しかし、子どものころからなじんだ別荘の売却という危機に直面し、またジョーとの出会いを通じて、自分にとって大切なものは何かをあらためて問いかけ、人生を見つめなおす機会を得ます。

全編を通して、ユーモアあふれる言動、気のきいた言葉のやりとり、しみじみとさせられる独白の場面など、新鮮な発見には事欠きませんが、特にミミ（と周囲の人々）の心の成長ぶりには読者の多くが共感をおぼえることでしょう。人と人との絆や、世代を超えて受けつがれていくべき価値観について考えさせずにはおかない、すがすがしい余韻を残す物語です。

二〇一一年七月

ライムブックス

素顔《すがお》でいたいから

著　者　　コニー・ブロックウェイ
訳　者　　数佐尚美《かずさなおみ》

2011年8月20日　初版第一刷発行

発行人　　成瀬雅人
発行所　　株式会社原書房
〒160-0022東京都新宿区新宿1-25-13
電話・代表03-3354-0685　http://www.harashobo.co.jp
振替・00150-6-151594
ブックデザイン　川島進(スタジオ・ギブ)
印刷所　　中央精版印刷株式会社

落丁・乱丁本はお取り替えいたします。
定価は、カバーに表示してあります。
 ISBN978-4-562-04415-3　Printed in Japan